U0510420

国家社科基金
后期资助项目
GUOJIA SHEKE JIJIN HOUQI ZIZHU XIANGMU

美国20世纪小说中的
旅行叙事与文化隐喻研究

A Study of Journey Narratives and
Their Cultural Metaphors in 20th Century
American Fiction

田俊武　著

中国社会科学出版社

图书在版编目（CIP）数据

美国 20 世纪小说中的旅行叙事与文化隐喻研究／田俊武著 . —北京：中国
社会科学出版社，2021.9
ISBN 978 - 7 - 5203 - 8673 - 9

Ⅰ.①美…　Ⅱ.①田…　Ⅲ.①小说研究—美国—20 世纪　Ⅳ.①I712.074

中国版本图书馆 CIP 数据核字（2021）第 126703 号

出 版 人	赵剑英	
责任编辑	张　潜	
责任校对	王佳玉	
责任印制	王　超	

出　　版	中国社会科学出版社	
社　　址	北京鼓楼西大街甲 158 号	
邮　　编	100720	
网　　址	http://www.csspw.cn	
发 行 部	010 - 84083685	
门 市 部	010 - 84029450	
经　　销	新华书店及其他书店	

印　　刷	北京君升印刷有限公司	
装　　订	廊坊市广阳区广增装订厂	
版　　次	2021 年 9 月第 1 版	
印　　次	2021 年 9 月第 1 次印刷	

开　　本	710×1000　1/16	
印　　张	25.5	
插　　页	2	
字　　数	458 千字	
定　　价	138.00 元	

凡购买中国社会科学出版社图书，如有质量问题请与本社营销中心联系调换
电话：010 - 84083683
版权所有　侵权必究

国家社科基金后期资助项目

出 版 说 明

后期资助项目是国家社科基金设立的一类重要项目，旨在鼓励广大社科研究者潜心治学，支持基础研究多出优秀成果。它是经过严格评审，从接近完成的科研成果中遴选立项的。为扩大后期资助项目的影响，更好地推动学术发展，促进成果转化，全国哲学社会科学工作办公室按照"统一设计、统一标识、统一版式、形成系列"的总体要求，组织出版国家社科基金后期资助项目成果。

全国哲学社会科学工作办公室

序

旅行书写视域中的 20 世纪美国小说研究

刘树森

　　《美国 20 世纪小说中的旅行叙事与文化隐喻研究》是田俊武教授撰写完成的又一部新作，选取了一个新的视点探讨 20 世纪的美国小说，在研究理论与方法等方面都具有显见的创新性。这部专著的课题研究有助于拓展对美国小说经典作品的传统认知和解读，尤其是 20 世纪美国小说家对旅行书写内容的青睐和创新，包括有关作品中人物身心的旅行、叙事空间的斗转星移，乃至作家所刻画的文化隐喻等内容。此外，这部专著的研究范围是 20 世纪问世的美国小说，可涉及与探讨的小说家人数之多、小说作品的数量之大、叙事内容之丰富、创作风格变化之迥异，凡此种种因素难以尽数，意味着这一研究课题的研究难度非同一般，所以其学术价值和意义也不言而喻。

　　回溯国内外学术界对 20 世纪美国小说的研究历史，应当有助于更好地理解现当代学者所进行的美国小说研究的特征及其价值和意义。大体而言，就 20 世纪之前的美国作家而言，除了惠特曼、狄金森和马克·吐温等少数作家之外，其他绝大部分作家在创作理念、叙事范式和内容等方面仍然深受英国文学传统的影响，没有创作出爱默生所呼唤和期待的具有美国特征的民族文学作品。上述情况在 19 世纪末叶开始发生明显的变化，与其相关的重要社会因素之一是 1895 年美国国内生产总值超越英国，成为世界上第一大经济体，随后在第一世界大战时期开始由一个区域性的强国逐步发展成为一个势力范围染指全球的大国。从 20 世纪初叶开始，一批具有美国民族特征的小说家、剧作家和诗人陆续脱颖而出，使得美国文学在 20 世纪上半叶发展成为世界各国文学中最具有创造活力和最多产的文学力量之一。就这一时期的美国小说而言，具有国际影响的小说家接踵而至，其中包括亨利·詹姆斯、海明威、菲茨杰拉德、德莱塞、杰克·伦敦、薇拉·凯瑟、斯坦贝克、辛克莱·刘易斯、赛珍珠和福克纳等人。

然而 20 世纪美国文学的迅猛发展及其取得的巨大成就，并没有在美国教育界和学术研究界获得同步认同，英国传统或者欧洲中心的传统及其影响力依旧在美国牢固地占据主导地位。例如，在 20 世纪 50 年代之前，美国高校英语语言文学专业讲授美国文学课程的大学寥寥无几，以美国作家及其作品为研究对象撰写学位论文课题的研究生也是寥若晨星。北京大学英语系的美国文学专家、著名翻译家、诗人赵萝蕤教授 1944 年至 1948 年在美国芝加哥大学英语系攻读博士学位时，师从著名文学批评家 R. S·克莱恩（R. S. Crane，1886 – 1967），她的博士论文是以研究美国小说家亨利·詹姆斯的小说创作艺术及其代表作品之一《鸽翼》为题，成为美国学术界最早研究詹姆斯的博士学位论文。在谈及她选择研究詹姆斯的缘由时，赵萝蕤教授曾回忆说，当时美国学术界仍旧趋向于将詹姆斯视为英国小说家，尽管他的绝大多数作品都是创作于他在第一次世界大战后期加入英籍之前。1875 年詹姆斯 32 岁，开始侨居英国，几乎所有主要作品都是在英国创作。实际上，20 世纪初叶庞德、T. S·艾略特和斯泰因等美国作家旅居欧洲，在进行文学创作和创办文学刊物，在一定程度上都与詹姆斯的影响以及美国学术界延迟认同美国文学具有相关性。

两次世界大战之后，欧洲和亚洲的国家几乎都遭受了毁灭性的创伤和涂炭，作为世界第一大经济体的美国远离第二次世界大战的战场，具有地理优势，在国际政治、军事、经济、贸易、科学技术、教育、文化和文学艺术等领域迅速发展成为超级大国。在上述背景下，美国教育界和学术界才逐渐认同和研究美国文学，开始研究美国文学家及其各种体裁的作品，并迅速出版了一大批具有重要影响的著述，弥补了以往美国文学研究方面的空白，也彻底修正了低估与忽视美国自身民族文学的传统偏见。

由此看来，至 20 世纪末，美国学术界研究美国文学的历史也仅仅有半个世纪。如果与欧洲文学研究的历史和传统相比，美国文学研究的历史虽然时间较短，然而却对美国文学发展起到了积极的促进作用，在加强美国文学在世界范围内的影响等方面也产生了重大影响。此外，因为 1936 年最早在美国爱荷华大学创办的作家写作培训班，由美国国务院提供运行经费，获得良好的培训效果，所以第二次世界大战之后美国数百所大学普遍设立了创意写作硕士项目，其中包括普林斯顿大学、斯坦福大学、波士顿大学和印第安纳大学等著名高校。第二次世界大战之后，几乎所有美国作家都具有在写作项目学习的经历，有效促进了美国文学的强劲发展。从获得诺贝尔文学奖的美国作家人数来看，20世纪50年代之前四位美国作家获奖，分别是刘易斯、赛珍珠、奥尼尔和福克纳，而在后半个世纪则有六位美国作家获奖，包括海明威、斯坦贝克、索尔·贝娄、辛格、约瑟夫·布罗茨基以及托尼·莫里森。在20世纪后半叶的世界文坛，美国文学的发展扭转了长期以来边缘化的地位，在其他国家的翻译与传播等方面超过英国和其他欧洲国家的文学，并进入了欧洲文坛长期以来所雄踞的中心位置。

中国对美国小说的研究是以美国小说和其他体裁的文学作品在中国的传播和翻译为基础。长期以来，学界始终认为，包括美国文学在内的外国文学在中国的传播与接受始于清末民初大规模的外国文学翻译。实际上，这一认知与判断并非客观，因为没有注意或者忽略了鸦片战争之后上海等地陆续出版的英文刊物对欧洲国家的文学和美国文学的介绍，例如19世纪50年代开始《北华捷报》与《大陆报》等英文报刊对西方文学家及其作品的报道，以及刊载的文学动态信息。据不完全统计，仅在19世纪50年代，上述报刊所介绍的著名西方作家就包括法国小说家拉马丁（1851）和大仲马（1852）、英国作家莎士比亚（1853）、托马斯·德·昆西（1857）、托马斯·莫尔（1858）、奥利弗·哥德史密斯（1859）与理查德·B·谢里丹（1859），以及美国作家詹姆斯·F·库柏（1852）、斯托夫人（1856）、华盛顿·欧文（1859）与富兰克林（1859）等。此后，陆续介绍到中国的美国作家还包括爱伦·坡（1869）、惠特曼（1870）、马克·吐温（1871）、朗费罗（1882）、狄金森（1891）与惠蒂埃（1892）等人。

特别值得提及的是，惠特曼、马克·吐温、朗费罗和惠蒂埃等几位声名显赫的美国作家并不知道，在他们进行文学创作的时候，他们的文学作品及其声名便已经开始在中国传播。《北华捷报》与《大陆报》鼎盛时期每期的发行量高达数万份，蔚为可观，足见其覆盖读者的范围与影响力。这些英文报刊对外国文学的早期传播，有助于国内读者逐步了解和认识外国文学，包括西方各国古今作家及其经典作品，为清末民初大规模的外国文学翻译奠定了必要的文学基础。

实际上，清末民初涉足外国文学翻译的大多数译者也是我国最早致力于外国文学研究的作家，例如林纾、梁启超、鲁迅、田汉、周作人、周瘦鹃和郭沫若等人。他们的研究和评论除了见诸其译作的序言、注释和跋等各种形式的副文本，还主要发表在各类中文刊物，包括"五四"时期的《新青年》《小说月报》《学衡》《礼拜六》和《游戏世界》等刊物。在当时刊物上刊登评述美国小说的文章较多的作者，包括赵景深、樊仲云、赵家璧、陈西滢、沈雁冰、程小青、傅东华等。第一部以书的形式出版的研究美国文学的著作是曾虚白 1929 年出版的《美国文学 ABC》。曾虚白也是"五四"时期颇有建树的外国文学翻译家，重要译作包括《欧美名家小说集》等。《美国文学 ABC》包括 16 章，第一章为总论，其余每章以一位美国作家为题，共计探讨了 15 位作家，其中包括 8 位小说家，例如霍桑、爱伦·坡、马克·吐温和亨利·詹姆斯等。如同该书的书名所示，书中的内容主要是美国文学常识，包括作家的生平及其创作经历和主要著作，以及作品描写的内容与形式特征等。

20 世纪二三十年代是外国文学翻译与早期研究的一个活跃时期，抗日战争爆发以后的时间，加之此后的解放战争时期，保家卫国和消除战乱是我国人民的首要关切，外国文学翻译与研究都近乎处于冬眠的状态。新中国成立以后，在全球冷战和意识形态对峙的背景下，国内从事外国文学研究的学者人数和研究成果都不多。上述状况一直持续到 70 年代末改革开放，才逐渐发生巨大的变化。其中，最为显著的变化之一，是高校教师、硕士研究生和博士研究生以及科研机构的研究人员成为外国文学研究的主体，而且四十余年来相关学者的人数也出现了几何数字的增长。可以作为参照的数据是，国内高校数量 1978 年为 500 余所，2020 年这一数字已经增加到 2900 余所。进入 21 世纪以来，国内的外国文学研究与时俱进，进入了现代化的研究生态，尤其是得益于网络与数码技术的迅速发展，可以使用丰富的国内外相关研究文献资料，在许多方面能够与国外的相关学术研究同步发展。

因此，研究美国小说的学者及其研究成果同样也呈现出上述增长态势与发展潜力，采用现当代批评理论和研究方法探讨美国小说，内容涉及在题材、人物塑造、叙事、族裔身份与文化、性别、语言和修辞等不同方面的创作特征及其价值，硕果累累。现在如果尝试在美国知名作家之中找到一位尚未被国内学者研究的人，应当只有小概率的可能性。此外，当前的研究与发展态势已经取代了以往主要研究美国小说通史、断代发展史、作家生平和作品评述等方面内容的较为固定的研究模式。

基于当下的研究生态，田俊武教授的《美国 20 世纪小说中的旅行叙事与文化隐喻研究》可以说是应运而生，从旅行书写这一新的视点对 20 世纪的美国小说进行全景式的探讨，阐释不同时期内不同流派、不同族裔文化身份的小说家是如何在各自的创作中自觉或者不自觉地描写各种形态的旅行，包括身体的空间旅行和因为信仰等因素的心灵旅行，如何书写旅行经历的社会历史背景，以及旅行者的内心感受等，由此揭示了这些美国小说中普遍存在并形成了一定传统的叙事范式，以及国内学术界研究较少、鲜为人知的书写特征。

这部新作虽然以 20 世纪的美国小说为研究对象，但课题研究并没有采取传统编年史的时间顺序，按照小说创作的时间脉络逐一进行探讨，而是按照各类旅行的主题与范式将研究对象划分为不同的作家群体，例如以海明威为代表的"垮掉派"作家、以福克纳为范例的美国南方作家、以贝娄为领袖的犹太裔作家、以及由莫里森为杰出代表的非裔作家等。这种研究方法客观地再现了 20 世纪美国小说的多样性发展，在小说创作的某些方面形成了有别于欧洲传统旅行文学范式的特征，而且凸显了美国各种族裔身份和多元文化对小说创作的影响。另外，这种研究方法也有助于进一步探讨题材与叙事风格斑驳陆离的各种小说中有关旅行的一些共同特征。

作为一个研究重点，这部新作还着力探讨了有关美国小说中旅行书写的文化隐喻，研究内容不仅涉及从古至今欧洲旅行文学传统中的一些核心原型隐喻，例如游子寻家、朝圣、流浪、成长、漂泊、自我放逐等，深入浅出地阐释了欧洲传统隐喻的影响及其意义，而且还较为系统性地分析了美国小说家在旅行书写中所塑造的具有美国本土文化特征的隐喻，别有新意。一个较为典型的例子是聚焦汽车，即 20 世纪美国率先普及的交通工具，几乎家家户户都以拥有汽车为追求的理想，几乎所有的旅行叙事也都离不开汽车。有关汽车的隐喻一方面是基于当时美国先进科学技术和汽车制造业的发展，而且也与美国幅员辽阔和人们的居住空间及人际关系有关，对此田俊武教授在书中提供了周密的考察和统计数据，有助于读者理解这一隐喻的社会背景及其文本内涵。

如果说是囿于新闻传媒和信息技术等方面的缘故，19 世纪后半叶惠特曼、马克·吐温、朗费罗和惠蒂埃等著名美国作家无法得知在他们进行创作的同时，他们的文学创作已经开始在中国传播和翻译。在信息技术如此发达的今天，在田俊武教授等一批国内学者所研究的美国小说家中，有些人仍旧在活跃地进行创作，倘若他们有机会知晓中文语境中对其创作的研究，应当有理由期待：假以时日，这些作家与中国学者之间应当会发生某种方式的交流互鉴。

是为序。

2021 年 3 月
于北京大学肖家河住宅区

目　　录

第一章　引论

　　旅行与旅游既具有外延方面的一致，又具有内涵方面的差异，都是讲述身体在空间的位移及在这种位移的过程中和过程后所发生的其他影响位移者本人和社会的事件和思想活动。不过，由于人们只熟知旅行与旅游外延方面的一致而忽略它们在内涵方面的差异，长期以来旅行作为人类学和社会学方面的一个宏大的行为就受到忽视，尤其是受到中国学界的忽视，使之成为一个"失落的主题"①。事实上，旅行是人类学、社会学和文化学一个极其重要的现象，与商贸、朝圣、军事、政治、冒险、迁徙、流放等行为联系在一起。正是由于旅行与人类社会各种行为的密切联系，自古以来旅行就成为世界各国文学书写的主要对象，最典型的例子是古希腊荷马（Homer）的《奥德赛》（*Odyssey*）、18 世纪英国乔纳森·斯威夫特（Jonathan Swift）的《格列佛游记》（*Gulliver's Travels*），以及中国明朝中期吴承恩的《西游记》。但是，将旅行作为一种本体叙事特征进行充分阐释的莫过于美国 20 世纪的小说。"五月花"号航行、西进运动、19 世纪末火车的普及和 20 世纪初汽车的涌现，在美国这个号称"坐在车轮上的民族"的心中催生一种强烈的旅行情结，促使他们在美国乃至世界各地进行旅行，以便实现"美国梦"、宣扬"天定命运"、进行文化朝圣、逃避物质主义束缚、解决族裔身份等目的。作为一种文学发生学的表征，美国 20世纪各个流派、阶层、种族的小说家都或隐或显地在他们的小说创作中表现了旅行，并赋予旅行特定的文化隐喻。自 20 世纪 70 年代以来，美国 20世纪小说中的旅行叙事受到美国本土文学评论界的关注，相关的论文论著已有不少，但是在中国的外国文学研究界，关于美国文学尤其是 20 世纪美国小说中的旅行叙事却始终没有得到重视。因此，从人类学、社会学和文化学方面阐释旅行的本体意义，揭示旅行与文学表征的关系，梳理美国

---

① 〔美〕雷贝嘉·索尔尼：《浪游之歌》，刁筱华译，台北：麦田出版社 2001 年版，第44 页。

20世纪小说中的旅行表征及国内外在这方面的研究进展和不足，就极具认知的意义。

第一节 旅行的本体意义探微

人类的文化始于"行走"，这是中西文化史不言而喻的事实。人类的祖先类人猿区别于其他动物的决定性因素是直立行走，由此开始了人类文化的建构。随着早期的类人猿的大脑变大，思维的增强，受不同原因的驱使，他们就开始四处行走了。早在新石器时代，古人就开始建造舟船和车轮，目的是要保证他们能以更快的方式进行身体的移动。游牧部落时代，古人循着季节的变化四处游走，以便猎取丰盛的食物。在古罗马帝国时代，人们开始修建公路，以方便在帝国战争期间运送军队。公路的修建，也为平民百姓进行便捷的出行提供了方便。古斯堪的纳维亚人尤其擅长海上冒险，他们穿越危险的大海，不仅征服了冰岛和格陵兰岛这样的地区，而且还一度在985年偶然发现了美国。类似的通过游走发现新的人类聚集地的现象在古代不胜枚举。考证过亚洲、非洲和欧洲的人种在地理环境中持续变动的族谱以后，人类学家弗朗茨·博厄斯（Franz Baos）得出了这样的结论："从最初开始，我们就有了一张人类不断迁移的地图，这其中包括多种人类群落的混合。"① 这说明，人类本身就是行走和迁徙的产物。到了中世纪以后，人类出于朝圣、商贸、探险和迁徙等目的而进行的游走活动日益增多，游走的范围也日趋扩大。

为了表现这一人类学和文化学意义上的"行走"现象，中西方的语言中出现了一系列相应的词汇。比如，在英语中有"movement""passage""migration""exploration""diaspora""exile""travel""journey"等词汇。人类学家范恩·根纳普（Arnold Van Genep）就用"passage"一词来指涉人类的动态位移行为："任何社会里的个人，都是随着年龄的增长，经历从一个阶段到另一个阶段的运动。"② "diaspora"（离散）一词原本是一个生物学用语，指植物通过花粉的飞散和传播而获得繁衍生长。后来，这个词被用在《旧约》（*The Old Testament*）和犹太文化中，"指上帝让以色列人'飞散'到世界各地。'离散'也因此获得了这样的意义。某个民族的

---

① Franz Baos, *Anthropology and Modern Life*, New York: Norton, 1928, p. 30.

② Arnold Van Genep, *The Rites of Passage*, London: Routledge & Kegan Paul, 1965, p. 3.

人离开了自己的故土家园到异乡生活，他们的离散始终贯彻'考验—苦行'的主题，却始终保持着故土文化的特征"①。但是，最能反映人类在地理范围内位移现象的是"travel"一词。"travel"翻译成汉语是"旅行"，就是指人类以各种方式在相对遥远的不同地理空间内的身体位移。"旅行就是运动，一种通过区域化空间的运动，这种运动由人们主观选择进行，或者在人们无法控制的外力作用下进行。"② 在远古交通极度不发达的时代，这种地理空间的身体位移现象的出现非常艰难，远非现代社会的旅游者所能想象。因此，"travel"（旅行）这个词在最初形成的时候，就具有"痛苦"和"考验"的意思："旅行是一种劳作。从词源意义上讲，旅行者就是一个遭遇劳作痛苦 travail（劳作痛苦）的人，而 travail 这个词又来源于拉丁语的 tripalium，这是一种拷打工具，由三个刑柱组成，用来对人进行拷打。"③

由于没有现代化的公路、汽车、火车、轮船和飞机，古人的旅行主要靠步行或原始的马车和舟楫，所以这种行为非常艰难。给古人的旅行造成阻遏的首先是环境问题。"陆地旅行的困难，通常体现在地面的自然环境方面，这些都是靠脚步运动的生物尤其是人类所经历过的……气候、季节和昼夜的长短，都会在较长或较短的时期内对旅行者造成危险；除此之外，还有一年四季所面临的困难，那就是道路本身带来的困难。道路通常被海洋和湖泊、河流和山洪、山脉和丘陵、树林和青苔、岩石和飞沙所阻断，所有这一切都考验着人类的智慧。"④ 除了自然环境会对旅行者的生活带来困难和危险以外，社会环境也会给旅行者的出行带来一定的危险。研究过 16 世纪的欧洲人在希腊旅行的学者大卫·康斯坦丁（David Constantine）如是说："希腊之行异常费力和危险。旅行者冒着在海上被海盗俘获和抢劫的危险，在陆地上被土匪抢劫的危险。还有瘟疫、土尔其人的骚扰和数以千计的偶然事件。"⑤ 至于旅行所耗费的时间，那更是漫长得难以想象。"历史之父"希罗多德（Herodotus，前 484—前 425 年）于公元前 464

① 彭兆荣：《归去来：运动与旅行的文化人类学视野》，《内蒙古社会科学》2013 年第 6 期。
② Frances Bartkowski, *Travelers*, *Immigrants*, *Inmates*: *Essays in Estrangement*, Minneapolis/London: University of Minnesota Press, 1995, p. xxiii.
③ Paul Fussell, *Abroad*: *British Literary Travelling Between the Wars*, New York: Oxford Press, 1980, p. 39.
④ John W. Parker, *The Roads and Railroads*, *Vehicles*, *and Modes of Travelling*, *of Ancient and Modern Countries*, London: West Strand, 1839, p. 12.
⑤ David Constantine, *Early Greek Travelers and the Hellenic Ideal*, New York: Cambridge University Press, 1984, p. 6.

年从希腊出发到埃及旅行，前后历时 20 余年。中国唐朝著名法师玄奘（602—664 年）于公元 629 年离开中国西行去印度取经，前后历时 17 年。13 世纪的意大利旅行家马可·波罗（Marco Polo，1254—1324 年）17 岁时从意大利出发，沿着陆上丝绸之路，历时 4 年才到达中国。

　　旅行，从人类认识到其独特性和重要性的那一刻起，就已经获得多种内涵和意义。这些内涵超越其单纯的使用性，与宗教传教、军事殖民、地理探险和科学考察等活动结合在一起。"正如我们所看到的那样，在古代社会，旅行的主要动机是商业性的、宗教性的、政治性的和军事性的，尽管也有少量证据表明自古希腊以来某些旅行具有消遣目的。"① 在古希腊，商人们通常要在地中海地区广泛地旅行，以便出售他们的货物。为了推销他们的货物，商人们也会在一些繁华的商业区聚集，这同样要求他们走很远的路途。他们持续不断的商业性旅行也为那些非商业性的旅行者开辟了旅行的路线。在中古时期，长期的商贸之旅对于欧亚两洲的文化、宗教和艺术交流起了很大的作用。从 1 世纪起，商人、使节和旅行者穿越西方的英国和西班牙，来到东方的中国、印度和日本。这些商旅路线主要用于把生产过剩地区的原材料、食料和奢侈品运送到缺乏这些产品的地区，例如中国主要向西亚和地中海地区供应丝绸，而香料则主要从南亚印度等国获取。这些货物的运送要穿越长途的距离，主要靠牲畜托运或船舶海运。古代著名的丝绸之路就是靠历代商贾们的商务旅行踏出来的。骆驼队驮载着珍贵的丝绸往西走，而羊毛、金银制品被运到东方。当欧洲探险家和旅行家马可·波罗于 1270 年沿着这条路线从意大利的威尼斯出发去中国的时候，这条路线已经拥有 1500 年的历史了。

　　早在古希腊时期，宗教性旅行就已经存在。当时的希腊人主要到一些神话中的景点去旅行，例如某个据说是神灵出生的洞穴或者某个据说神灵曾经在那里创造人类的庙宇。那些寻求药物治疗的古希腊人也到埃匹道拉斯（Epidaurus）去旅行，在那里他们可以接受药神奥斯克列匹斯（Asklepius）的治疗。但是，宗教旅行最兴盛的时期是中世纪，一个与此有关的词汇 pilgrimage（朝圣）开始出现。对于什么是"朝圣"，学界有不同的看法。约翰·赛克斯（John B. Sykes）认为，"朝圣"是"到一处宗教圣地的旅行，是一种宗教献身行为"②。塞缪尔·布朗顿（Samuel G. F. Bran-

---

① Myra Shackley, *Atlas of Travel and Tourism Development*, New York and London: Routledge, 2007, p. 6.

② John B. Sykes, *The Concise Oxford Dictionary of Current English*, 7th ed, Oxford: Clarendon Press, 1982, p. 776.

don）认为，"朝圣涉及三个因素：一处宗教圣地，吸引个人或群体到这个圣地旅行的行为，一个特殊的目的，比如获得精神或物质上的益处"①。凯斯·克里姆（Keith R. Crim）认为，"每一次到一处宗教圣地的长途跋涉都是一种朝圣，不管是一种微型的转变还是在神圣和新的社区的成长和经历"②。尽管这些定义有一些细微的差异，它们却具有一种共同的特征，那就是"旅行"。"朝圣就意味着旅行，不管是以群体还是以个体的形式。这样的旅行可能会涉及漫长的旅程，或者只是到一个能对旅行者具有特殊意义并能引起个体反应的近地方。"③ 在中古时代，基督徒、犹太教徒和穆斯林教徒到他们各自的宗教圣地进行朝圣是最常见的文化现象。他们的朝圣之旅主要靠步行进行，也有部分富裕的教徒靠牲畜或者车船来解决漫长的旅途问题。比如在后古典时代（500—1500 年），虔诚的穆斯林教徒沿着先知穆罕默德曾经走过的路线，到麦加圣地进行朝拜。伊本·巴图塔（Ibn Battuta，1304—1368 年）是这些朝圣旅行者中最著名的一位，他不仅到麦加进行朝拜，而且足迹远达中亚、印度、中国和地中海等地，直到最终回到自己的家乡非洲摩洛哥。

自从人类有文明记载开始，旅行就具有军事和政治的目的。"人类有历史记载以来的第一位旅行者是汉诺（Hanno），奉迦太基参议员之命前去征服和殖民西非海岸地区。"④ 在公元前 505 年，汉诺率领一支由 60 艘轮船和 3 万人马组成的舰队，开始了漫长的海上航行。在古希腊时代，10 万希腊联军曾经乘坐 1800 多艘战舰，历经各种海上磨难，千里迢迢前去攻打特洛伊城。在古罗马时代，马其顿国王亚历山大大帝（Alexander the Great）曾经率领一支庞大的军队，在 12 年间行军 22000 多英里，征服了地中海沿岸地区 70 多个城池。中世纪持续 300 多年的十字军东征，直接诱因是基督教朝圣者和穆斯林朝圣者在圣地耶路撒冷的冲突，他们对亚洲的东征，与其说是打仗，不如说是旅行或者移民。尤其是第一次东征时的平民十字军"似乎不是前去作战，去同基督教的军队搏斗，而更像是举家移民……他们以牛羊当作马用，沿途拖着双轮小车，车上堆着破碎的行李

① Samuel G. F. Brandon, ed., *A Dictionary of Comparative Religion*, London: Weidenfeld and Nicolson, 1970, p. 501.
② Keith R. Crim, ed., *Abingdon Dictionary of Living Religions*, Nashville: Abingdon, 1981, p. 569.
③ Grethe Knudsen, "Travel as Pilgrimage in Late Adulthood", *Ageing International*, Fall 1997/Winter 1998, p. 95.
④ Jules Verne, *The Exploration of the World-Famous Travels and Travelers*, trans. Dora Leigh, New York: Charles Scriber's Sons, 1892, p. 2.

和孩子们，每经过一个堡垒或城镇，孩子们伸手问道：'这是耶路撒冷吗？'"① 但就是这支看似可怜的队伍，却在漫长的东征途中屠杀了大量的在他们看来是"异教徒"的犹太人、匈牙利人。至于近代的鸦片战争和现代的红军长征，更是军事与旅行结合的典型例子。正是由于旅行和军事战争之间有密不可分的关系，弗朗西斯·培根（Francis Bacon）在其著名的《论旅行》（"Of Travel"）一文中列出了作为旅行者所必须了解的东西，这些东西包括"城墙要塞……武器装备，杂志……士兵的训练，诸如此类"②。

在古代，旅行不仅与商贸、朝圣、军事和政治联系在一起，也总是与冒险、迁徙、流放等行为联系在一起。"一个旅行者（traveler）和探险者（explorer）的不同在于旅行者出发是去寻找业已存在的东西，探险者出发是为了寻找他认为应该存在的东西，两者的共同点在于他们都要经历到达异域他乡的旅程。"③ 为了寻找他们认为应该存在的东西，探险者们通常要驶过浩渺的大海，翻过巍峨的高山，踏过无垠的沙漠，穿越茂密的森林。总之，他们要走很远的路途才能到达未知的地区。这些未走过的路途通常很危险，许多探险者都死在了探索新地域的旅途上。所有这一切都表征探险（exploration）和旅行（travel）具有许多共性。这些共性之多有时候很难让人搞清楚两者的区别，正如弗雷德里克·哈密尔顿（Frederic W. Hamilton）所言，"将探险和人们普遍认识的旅行区别开来很难。即使在横渡大西洋的日子里，每一个旅行者都感觉自己是一个探险者"④。意大利的马可·波罗、西班牙的克里斯托弗·哥伦布（Chistopher Columbus）、英国的詹姆斯·库克（James Cook）、中国的徐霞客等，都是历史上有名的旅行家和探险家，他们在国内和世界各地的旅行和探险，为人类留下了珍贵的文化财富。

至于旅行与迁徙（migration），更是与生俱来的孪生兄弟。人类学意义上的迁徙，是指人类为了永久性或半永久性居住，从一个地理区域位移到另一个地理区域，通常要跨越某种政治边界，例如中国历史上的"走西

---

① 〔美〕詹姆斯·W. 汤普逊：《中世纪经济社会史》（上），耿淡如译，商务印书馆 1984 年版，第 487 页。

② Francis Bacon, *The Essays of Lord Bacon*, London：Warne, 1888, p. 33.

③ Mike Grimshaw, *Bibles and Baedekers：Tourism, Travel, Exile and God*, New York：Routledge, 2014, p. 44.

④ Frederic W. Hamilton, "Introduction", in Andrew Sloan Draper and Charles Welsh, eds., *Self Culture for Young People：Exploration, Travel and Invention*, Berkeley：University of California Press, 1906, p. 19.

口""下南洋"和"闯关东"就是典型的人口迁徙现象。迁徙与旅行的共核部分就是地理区域的位移,换句话说,旅行是迁徙的过程和载体。正如威廉·特恩鲍(William A. Turnbaugh)所言,"迁徙和长途旅行都是广阔区域联系的根本方式"[1]。两者的区别仅在于,"迁徙"主要是群体和家族式的,更强调对目的区域的定居和文化调适。至于迁徙的目的,也与旅行有很多相似之处,多以"探索、朝圣、发现或探险、商业冒险、大巡游、自助游,或者单纯的旅行形式出现,所有这些都是位移运动"[2]。

由此观之,旅行"是人类最早也是最古老的行为方式之一。它的历史与人类的历史几乎同时存在。它是人类的一个主要的行为冲动,是一个决定历史的主要因素。不管是作为迁徙还是探险,不管是出于科学研究还是娱乐,不管是强制性的位移还是非理性的漫游,它已经成为每一个种族、每一个时代、每一种文化存在的条件"[3]。正是因为旅行在人类生活中占据至关重要的地位,"自古以来,旅行这种从一个地方位移到另一个地方的行为,一直被看作学习、习得经验和知识的隐喻"[4]。古希腊人把旅行看作扩大视野、学习他者文化的重要方式。在《克里托》(Crito)篇中,柏拉图(Plato)以对话的形式批评了雅典哲学家苏格拉底(Socrates)一生足不出户的固执:"除了军事服务以外,你从不离开这个城市去参加一个盛会,或者到别的什么地方去。你从不像别人那样去旅行,也不想去了解别的城池和别国的法律,你只满足于待在自己的城市。"[5] 文艺复兴是旅行和探险的黄金时期,旅行在锻炼毅力、增长见识、摆脱愚昧等方面所起的作用日益受到重视。培根就曾经说过:"旅行对于青年,是教育的一个部分;对于老年人,是部分经验。"[6]

只是到了近代,随着以火车和轮船为代表的现代交通工具的变革,昔日漫长的旅行时间被极大缩短,昔日旅行的肉体痛苦和精神寂寞被极大减

① William A. Turnbaugh, "Wide-area Connections in Native North America", *American Indian Culture and Research Journal*, Vol. 1, No. 4, 1976, p. 22.
② Liselotte Glage, "Introduction", in Liselotte Glage, ed., *Being/s Transit: Travelling, Migration, Dislocation*, Amsterdam-Atlanta, Georgia: Rodopi, 2000, p. x.
③ Mordon Dauwen Zabel, ed., *The Art of Travel: Scenes and Journeys in America, England, France and Italy from the Travel Writings of Henry James*, Garden City, New York: Doubleday & Company, In., 1958, p. 13.
④ Bishop C. Hunt, "Travel Metaphors and the Problem of Knowledge", *Modern Language Studies*, Vol. 6, No. 1, Spring 1976, p. 44.
⑤ Plato, *The Dialogues of Plato*, New York: Random House Publishing Group, 2006, p. 42.
⑥ Francis Bacon, *The Essays of Francis Bacon*, Mary Agusta Scott, ed., New York: Charles Scribner's Sons, 1908, p. 79.

轻，旅行开始具有了娱乐的倾向，这种"娱乐性旅行"就是现代意义上的"旅游"（tourism）。托马斯·库克（Thomas Cook）是现代旅游业的奠基人。1841年，库克首次在英国组织了一个旅游团，带领487位到570位游客在英国莱斯特和拉夫堡两地进行了一次一日游活动。此后，旅游便随着现代工业和交通的发展而逐渐成为一项消遣娱乐性的产业。有学者哀叹旅游的兴起意味着旅行的终结，"旅行已经不复存在，它已经被旅游这种瘟疫所取代了"①。但是仍有许多学者坚信，旅游并不能完全取代旅行，比如碧斯万纳斯·葛什（Biswanath Ghosh）就认为，"旅游和旅行并不是同义词。所有的旅游都涉及旅行，但并非所有的旅行都是旅游"②。对于这些学者来说，传统意义上的旅行仍然并将永远存在，而且这种旅行无论是对于作家和读者还是对于整个人类来说都至关重要。尼采（Friedrich Nietzsche）虽然宣称上帝死了，但是宗教信仰仍然存在。尽管在图像时代有人宣称小说作为一种文学范式已经死亡，但是作家们仍然在创作小说。所以，人类仍在四处奔波，再现"旅行"这种被认为已经死亡的仪式。人类之所以这么做，在迈克尔·梅肯（Michael Mewshaw）看来，就是为了"欣赏诗人华莱士·史蒂文森（Wallace Stevens）所称为的'只为运动'的愉悦。因为不运动就意味着人生的最终事实——死亡。我们只有通过不断的运动并在旅途中与我们的旅行同伴相遇，才能证明我们还活着"③。

　　在西方文化语境中，"journey"一词与"travel"（旅行）具有内涵和外延的一致性。"journey"这个词在指涉旅行的过程时可以翻译成汉语的"旅程"，在指涉人类在旅途中跋涉的艰难行为时可以翻译成汉语的"行旅"，因为"行旅"在我国古代就是指艰难旅行。南朝谢瞻在《答谢灵运》一诗中曾经写道："叹彼行旅艰，深兹眷言情。""journey"一词不仅在物理学意义上指涉旅途的遥远和旅行过程的艰难，更被上升到一种隐喻的维度，指涉人类的精神成长和人生经历。在谈及"journey"这个词的隐喻意义时，乔治·莱考夫（George Lakoff）和马克·约翰逊（Mark Johnson）指出："所有的旅行都涉及旅行者、旅行的路径、我们启程的地方和我们曾经去过的地方。有些旅行是有目的的，具有我们赖以启程的目的地；而有些旅行会导致漫游，旅行者心中没有目的，有意识或很可能无意识。

---

① Michael Mewshaw, "Travel, Travel Writing and the Literature of Travel", *South Central Review*, Vol. 22, No. 2, Summer 2005, p. 2.

② Biswanath Ghosh, *Tourism & Travel Management*, New Delhi: Vikas Publishing House Pvt Ltd., 2010, p. 3.

③ Michael Mewshaw, "Travel, Travel Writing and the Literature of Travel", p. 2.

这就使得一个旅行者和一个人的生活阅历具有了照应,旅行的路途照应了人生的旅途。"① 罗伯塔·特赖茨(Roberta Trites)更是将"journey"看作文学叙事的隐喻,表现一种成熟的历程,这种历程"在地理意义上表现为从一个地方位移到另一个地方,在心理意义上表现为从人生的一个阶段进入到另一个阶段"②。但是为了叙述的方便,笔者在这里把"journey"和"travel"的内涵和外延意义合而为一,通称"旅行"。

第二节　旅行文学与经典文学中的旅行叙事

毛泽东指出:"作为观念形态的文艺作品,都是一定的社会生活在人类头脑中反映的产物。"③ 旅行与文学之间的密切性,远远超出了文学与其他任何社会行为之间的联系,甚至连文学批评中的许多术语,都和旅行有关,比如说"场景"(setting)、"转折"(transition)、"跑题"(digression)、"音步"(meter)、"叙事桥"(narrative bridge)等。早在文学形成前的神话时期,旅行就通过不同的形式得以表现。在作为人类文化武器库的古希腊神话和传说中,几乎每一个神灵或英雄人物都有若干不同寻常的旅行经历。宙斯(Zeus)之子赫尔墨斯(Hermes),是一个专门给旅行者提供庇护的神灵。他被授权在天堂、人间和冥界飞行,以便拯救那些落难的凡人和神灵,并负责给旅人传递信息。为了寻找父亲并且弄清自己的身份,忒修斯(Theseus)独自一人踏上通向雅典的道路。一路上,忒修斯制伏了号称"舞棍手"的大盗佩里弗特斯(Periphetes)、扳树贼辛尼斯(Sinis)、凶猛的野猪费亚(Phaea)、"铁床匪"达马斯特斯(Damastes)等一系列恶徒和野兽,终于到达雅典与父亲团聚。为了寻找金羊毛,英雄伊阿宋(Jason)驾船驶过撞岩,进入充满艰险的大海,与守护金羊毛的毒龙进行决战。即使是宙斯,在成为奥林匹斯山的主神之前,也经历过一番漫长的旅行。

"旅行和写作总是内在地联系在一起,旅行者的故事与虚构本身一样

---

① George Lakoff and Mark Johnson, *More Than Cool Reason: A Field Guide to Poetic Metaphor*, Chicago: University of Chicago Press, 1989, pp. 60 – 61.

② Roberta Trites, "Images of Growth: Embodied Metaphors in Adventures of Huckleberry Finn", in Claudia Nelson and Rebecca Morris, eds., *Representing Children in Chinese and U. S Children's Literature*, Rarnham, England: Ashgate Publishing House, 2014, p. 13.

③ 《毛泽东选集》第 3 卷,人民出版社 1991 年版,第 862 页。

古老"①。早在古埃及的第十二王朝时期，就有旅行叙事的书写，讲述一个遭遇海上沉船事故的水手只身一人在一座荒岛上生活的故事，这比古希腊的荷马写作《奥德赛》早了一千多年。但是，旅行写作的真正开始是在古希腊时期。在古希腊时期开始成型的旅行书写，注定不像小说、戏剧、诗歌那样成为一种严格意义上的文学范式（genre），而是更像一种文学现象。这从学者们对它的不同命名和矛盾的定义中就可以看出来。有的学术著作中称这种关于旅行记述的文字为"旅行写作"（travel writing），有的学术著作中称为"旅行文学"（travel literature），还有的学术著作中称为"旅行书写"（travel narrative）。马格利特·赫尔默斯（Marguerite Helmers）和迪拉·马兹欧（Tilar Mazzeo）指出："那种构成'旅行文学'的庞大文类，范围从希罗多德时代一直到当下。这个文类包括探险故事、出海日志、私人笔记和信件、报刊文章及由珀西·亚当斯（Percy G. Adams）所称为的'旅行骗子们'所写的数量可观的奇异故事。"② 乔纳森·拉班（Jonathan Raban）也指出："旅行写作是一个臭名昭著的放荡场所，在那里不同的文类都有可能睡在同一张床上。它可以容纳私人日记、散文、短篇小说、散文诗歌、粗俗的便条及润饰过的、好客的谈话。"③ 但是，简·波尔姆（Jane Borm）认为，旅行文学"不是一个文类，而是一个集合术语，指那些以旅行为主题的虚构或非虚构文本"④。在波尔姆看来，诗歌、小说、旅行札记、书信、回忆录、传记等，但凡涉及旅行叙事的，都可以归入"旅行文学"的范畴，只是旅行指南、导游词之类的写作例外。笔者认同波尔姆关于"旅行文学不是一种文类"的观点，认为把这种关于旅行的书写看作一种现象的观点更为合适。但是笔者也不赞同把表现旅行的史诗和小说等经典文学范式划到旅行文学的阵营中。荷马的《奥德赛》、维吉尔（Virgil）的《埃涅阿斯记》（Aeneas）、但丁（Dante Alighieri）的《神曲》（The Divine Comedy）、乔纳森·斯威夫特的《格列佛游记》、丹尼尔·笛福（Daniel Defoe）的《鲁滨逊漂流记》（Robinson Crusoe）等作品

---

① Peter Hume and Tim Youngs, *The Cambridge Companion to Travel Writing*, Cambridge, UK：Cambridge University Press, 2002, p. 2.

② Marguerite Helmers and Tilar Mazzeo, *The Traveling and Writing Self*, Newcastle, UK：Cambridge Scholars Publishing, 2007, p. 1.

③ Jonathan Raban, *For Love and Money：Writing-Reading-Travelling 1968 – 1987*, London：Picador, 1988, pp. 253 – 254.

④ Jane Borm, "Defining Travel：On the Travel Book, Travel Writing and Terminology", in Glenn Hooper and Tim Youngs, eds., *Perspectives on Travel Writing*, Burlington：Ashgate Publishing Company, 2004, p. 13.

都再现旅行，说它们是旅行文学显然不能为中国的学者所接受，甚至一些研究旅行写作的外国学者也难以认同。比如，卡尔·汤姆普森（Carl Thompson）就提出疑问："格雷厄姆·格林（Graham Greene）的《一个燃烧尽的盒子》（*A Burn-Out Case*，1961）根据作家本人到刚果的麻风病地区的访问写成。亨利·詹姆斯（Henry James）的小说，虽然不能立即和旅行联系起来，但的的确确反映了詹姆斯对欧美两种文化差异的再现。所有这些文本都应该以某种形式被归入旅行文学呢，还是应该把它们看作异于旅行文学的范式？"① 笔者认为，应该根据文体特征及是否虚构性等标准来区分关于旅行的写作。凡是以非虚构形式进行的旅行写作，例如游记、旅行日志和地理探险记述等，缺乏相对精美的文学形式，其主要目的是记述旅行者在旅行途中的所见所闻并给未参与旅行的读者提供异域的信息和知识，这类写作可以归入严格意义上的旅行文学，例如意大利的《马可·波罗游记》（*The Travels of Marco Polo*）和查尔斯·达尔文（Charles Darvin）的《小猎犬号环球航行记》（*The Voyage of the Beagle*）。而以史诗和小说、戏剧等纯文学形式再现的虚构性旅行叙事，它们可以被称为经典文学中的旅行叙事，例如荷马的《奥德赛》和乔纳森·斯威夫特的《格列佛游记》。这两种范式的文学都是在古希腊时期开始形成的。

西方旅行文学的兴起始于古希腊的希罗多德。"自汉诺之后，古代最光彩照人的旅行者是被称为'历史之父'的希罗多德。"② 公元前464年，希罗多德离开他的故乡哈利纳卡索斯，开始到埃及、利比亚、埃塞俄比亚、阿拉伯等欧、亚、非地区旅行。他的皇皇巨著《历史》（*The Histories*）虽然被誉为一部历史名著，但其中相当大一部分是关于古希腊时期欧洲诸国的旅行见闻。因此，说它开创非虚构性旅行写作的先河毫不夸张。恺撒大帝（Julius Caesar）的《高卢战记》（*Commentarii de Bello Gallico*）记录了这位罗马将军在征服高卢部落时的旅行见闻，内容涉及当地的风土人情。希腊作家色诺芬（Xenophon，前430—前350年）的《远征记》（*Anabasis*）记述了希腊远征波斯帝国的经历，其中再现了希腊和波斯帝国的地貌和人种特征。在后古典时期亦即漫长的中世纪，尽管有禁欲主义的束缚，仍有军人在进行跨越国界的征战，商人在东西方巡回贸易，朝圣者们千里迢迢到宗教圣地进行朝圣。因此，这一时期的旅行文学写作并不少

---

① Carl Thompson, *Travel Writing*, London and New York：Routeledge, 2011, p. 11.

② Jules Verne, *The Exploration of the World-Famous Travels and Travelers*, trans. Dora Leigh, New York：Charles Scriber's Sons, 1892, p. 5.

见。其中最著名的旅行文学作品是《马可·波罗游记》。这部长达四卷的游记记述了意大利旅行家马可·波罗从意大利出发沿着丝绸之路东游的过程，在中国元朝的戏剧性经历，以及在亚洲诸国的见闻。游记的记述虽然含有许多道听途说的奇闻，但是故事讲述得有声有色，使得读者们信以为真。

文艺复兴时期是西方地理大发现和旅行的黄金时期。从 1500 年到 1800 年，欧洲的探险家、征服者、商人和传教士成为旅行的主力军，他们的足迹遍及世界各地。他们自己写作或者由别人代写的关于旅行、探险、传教、殖民等活动的作品，随着印刷技术的革新，源源不断地传播到他们的国家，勾起那些未曾旅行的读者关于异域的无穷遐想。例如安托尼欧·皮伽费塔（Antonio Pigafetta）以第一手资料记述了航海家麦哲伦在世界各地的史诗性旅行，与此同时，巴内尔·迪亚兹·德·卡斯蒂罗（Bernal Diaz de Castillo）和费伊·巴拓罗姆·德·拉斯·卡撒斯（Fray Bartolome de Las Casas）留下了西班牙征服拉丁美洲的详细记录。在整个 19 世纪，欧洲旅行者深入亚洲、非洲和美洲的内陆腹地，不断写出更加新鲜的旅行文学作品。例如，库克船长的日志、亚历山大·凡·洪堡（Alexander Van Humboldt）1799 年至 1804 年在美洲的个人生活记录、查尔斯·达尔文的《猎犬号的航行》等，都是这一时期的典型代表。与此同时，殖民主义当局也把他们在被殖民地区的风土人情以文献记述的方式收录起来，为浩如烟海的旅行写作添加了丰富的资料。旅行文学对于异域地理景观描写得极为形象生动，以至于给经典文学的写作想象造成了压力。诗人乔治·戈登·拜伦（George Gordon Byron）曾经哀叹，说自己根本无法再描写君士坦丁堡，因为"你已经阅读了由 50 位各式各样的旅行者所写的描写"①。到 20 世纪初叶，旅行文学的产生已成井喷之势。在这以游记、旅行日志、传记和书信为代表的旅行写作中，要想选出哪一部作品是最著名的，真是比登天还难。

但是，与旅行文学的创作成井喷之势呈反向对应的是，学界关于旅行文学的研究在 20 世纪 70 年代之前却少得可怜。关于这种冷热不均的原因，评论界有不同的看法。评论家迈克尔·考沃斯基（Michael Kowalewski）认为，旅行文学研究的缺失主要是因为这种文学范式"令人望而生畏的异质性"会把评论家吓走。在他看来，旅行文学这种范式"自由地从回

---

① George Gordon Byron, *Works of Lord Byron*: *Letters and Journals*, Rowland E. Prothero, ed., 12 Vols, New York: Octagon, 1966, p.274.

忆录、新闻、书信、旅行指南、忏悔录及最重要的是从小说中借鉴"①。正是因为旅行文学的这种芜杂的异质性,使得评论家们找不出一种能统摄它们的理论来进行研究。对此,评论家保罗·斯默瑟斯特(Paul Smethurst)也有同样的看法:"旅行文学研究或许一直仅限于一种边缘的存在,应用在一个次要的文学形式方面,如果没有当代文学理论来振兴和重新评价它们的话。"②

20世纪末,以爱德华·赛义德(Edward Said)等为代表的后殖民主义批评家的涌现拯救了旅行文学批评。在《东方主义》(Orientalism)一书中,赛义德率先研究了事实与想象、旅行与帝国之间的结合关系。赛义德认为,"旅行文学中事实与想象之间的摇摆不定是殖民主义知识区分官方和大众信息的一个部分……对于赛义德来说,事实性陈述和虚构性描写的结合意味着殖民主义旅行写作是东方/西方二元主义区分的最好骨架"③。自从赛义德在1978年出版《东方主义》一书以来,旅行文学研究逐渐成为学界研究的热潮,关于旅行文学研究的专著纷纷出现,例如丹尼斯·珀尔特(Dennis Porter)的《困扰的旅行:欧洲旅行作品中的欲望及越界》(*Haunted Journeys*:*Desire and Transgression in European Travel Writing*,1991)、玛丽·露易丝·普拉特(Mary Louise Pratt)的《帝国之眼:旅行写作与文化转变》(*Imperial Eyes*:*Travel Writing and Transculturation*,1992)等。这些著作对旅行文学的价值进行了重估,认为它不再单纯是为读者提供关于异域的知识,而是与帝国主义、流散现象、多元文化、民族主义、身份问题、性别关系、全球化、殖民主义和后殖民主义等结合在一起。旅行文学被认为是最能把跨文化、中心和边缘、国界跨越、杂交性、区域与位移等现象统摄在一起的一种文学形式。

第二种形式的旅行写作,亦即经典文学中的旅行叙事,也在古希腊时期大体上成型。在公元前8世纪的古希腊文学中,荷马、埃斯库罗斯(Aeschylus)和赫西俄德(Hesiod)等作家都在自己的作品中表现人或神灵的旅行生活,其中尤以荷马的史诗《奥德赛》的影响最为深远。《奥德

---

① Michael Kowalewski, "Introduction: The Modem Literature of Travel", in Michael Kowalewski, ed., *Temperamental Journeys*: *Essays on the Modern Literature of Travel*, London and Athens, Georgia: The University of Georgia Press, 1992, p. 7.

② Paul Smethurst, "Introduction", in Julia Kuehn and Paul Smethurst, eds., *Travel Writing*, *Form*, *and Empire*: *The Poetics and Politics of Mobility*, New York and London: Routeledge, 2008, p. 3.

③ Debbie Lisle, *The Global Politics of Contemporary Travel Writing*, Cambridge: Cambridge University Press, 2006, p. 28.

赛》主要描写英雄奥德修斯（Odysseus）在参加完特洛伊战争后率领将士
们回国与家人团聚的故事。在他长达十年的海上旅行中，奥德修斯探索了
许多未知的地域，例如斯库拉巨岩和卡瑞布迪斯漩涡，住着塞壬（Siren）
女妖的岛礁，冒险穿越冥河进入地狱，从地狱出来后到达标志着世界尽头
的海格力斯之柱。荷马似乎总是有意识地通过分散奥德修斯重新获得伊萨
卡国王身份的注意力而有意地延缓他旅行终点的到来，这就突出了旅行本
身的意义。而一旦奥德修斯最终回到家里，他还要费尽周折来证明自己的
身份。在许多方面，荷马的《奥德赛》奠定了后来欧洲经典文学中旅行叙
事的基础。"在《奥德赛》传统的影响下，史诗性旅行成为但丁的《神
曲》、薄伽丘（Giovanni Boccaccio）的《十日谈》（Decamerone）、杰弗
利·乔叟（Geoffrey Chaucer）的《坎特伯雷故事集》（The Canterbury
Tales）、约翰·班扬（John Bunyan）的《天路历程》（The Pilgrim's Pro-
gress）、刘易斯·卡罗尔（Lewis Carroll）的《爱丽丝奇景游记》（Alice's
Adventures in Wonderland）、乔纳森·斯威夫特的《格列佛游记》、亨利·
菲尔丁（Herny Fielding）的《弃儿汤姆·琼斯的历史》（The History of Tom
Jones, a Foundling）、丹尼尔·笛福的《鲁滨逊漂流记》、罗伯特·路易
斯·史蒂文森（Robert Louis Stevenson）的《宝岛》（Treasure Island）及詹
姆斯·希尔顿（James Hilton）的《失去的地平线》（Lost Horizon）的中心
叙事结构。"① 莎士比亚（William Shakespeare）的戏剧，也利用一些悲剧
性的旅行作为剧情的主要结构，典型的代表就是他的最后一部传奇剧《暴
风雨》（The Tempest）。

　　在这些经典性的文学范式中，小说尤其成为表现旅行叙事的最佳载
体，造成这种现象的原因首先是小说本身就是从游记文学中演变而来的。
帕西·G.亚当斯（Percy G. Adams）认为，旅行叙事的小说与游记的主要
区别，是在作品的主观性方面（the amount of subjectivity）："主观性越少，
作品看上去越像游记；主观性越强，作品就越接近小说。"② 其次，小说是
架构故事情节的天然框架。旅行叙事具有广阔的时空视阈，可以把不同地
域的人物串缀在一起，以表现人物在地域位移的过程中所发生的精神和肉
体的变化。为此，"几乎没有小说家不把他们小说中的人物送上实际的或

---

① Neil J. Smelser, *The Odyssey Experience: Physical, Social, Psychological, and Spiritual Jour-
neys*, Berkeley, Los Angeles and London: University of California Press, 2009, p. 4.

② Percy G. Adams, *Travel Literature and the Evolution of the Novel*, Kentucky: University Press of
Kentucky, 1983, p. 95.

象征的旅途"①。自18世纪小说正式作为一种独立的文类形成以后，旅行叙事就成为其最主要的叙事框架之一。其中，表现旅行叙事特征最鲜明的小说甚至被称为"道路小说"（road novel）。

如果说旅行文学的研究是前冷后热的话，那么具有旅行叙事特征的经典文学则始终是文学评论界研究的重点。荷马的《奥德赛》、维吉尔的《埃涅阿斯记》、但丁的《神曲》、乔叟的《坎特伯雷故事集》、笛福的《鲁滨逊漂流记》、斯威夫特的《格列佛游记》、菲尔丁的《弃儿汤姆·琼斯的历史》、拜伦的《查尔德·哈罗尔德游记》（*Childe Harold's Pilgrimage*）、康拉德（Joseph Conrad）的《黑暗之心》（*Heart of Darkness*）等史诗和小说，几百年来始终是文学批评界研究的热点，关于这些作品的研究成果可谓汗牛充栋。但是，从"旅行叙事"的视角去研究它们也是发生在20世纪末期的时候，学者们在研究以游记、旅行日志、书信、传记等为代表的旅行文学现象时逐渐发现了这些经典文学作品中的旅行叙事模式。关于这种叙事现象研究的代表性著作有帕西·G.亚当斯的《旅行文学和小说的演变》（*Travel Literature and the Evolution of the Novel*，1983）、詹尼斯·P.斯道特（Janis P. Stout）的《美国文学中的旅行叙事——范式与偏离》（*The Journey Narrative in American Literature*：*Patterns and Departures*，1983）、迈克尔·考维尔斯基（Michael Kowalewski）主编的《喜怒无常的旅行——现代文学中的旅行论》（*Temperamental Journeys*：*Essays on the Modern Literature of Travel*，1992）、布鲁诺·马格利奥切迪（Bruno Magliocchetti）和安东尼·维埃娜（Anthony Verna）主编的《19世纪意大利文学中的旅行母题》（*The Motif of the Journey in Nineteenth-Century Italian Literature*，1994）、艾文斯·兰新·史密斯（Evans Lansing Smith）的《文学中的英雄旅行——诗意的寓言》（*The Hero Journey in Literature*：*Parables of Poesis*，1997）、内尔·J.斯默尔瑟（Neil J. Smelser）的《奥德赛经历：物理的、社会的、心理和精神的旅行》（*The Odyssey Experience*：*Physical*，*Social*，*Psychological and Spiritual Journeys*，2009）、亚历山大·皮特（Alexandra Peat）的《旅行与现代文学：神圣与伦理的旅行》（*Travel and Modern Literature*：*Sacred and Ethical Journeys*，2011）等。这些专著以世界各国经典文学中的旅行叙事作为主要研究对象，对于学界重新发现和认知这些经典文学作品中的旅行叙事具有重要的启发意义。但是，由于大多数著作是把整个世界经典文学中的旅行叙事作为研究对象，对于具体国别和具体作家作品中旅行叙事

---

① Percy G. Adams，*Travel Literature and the Evolution of the Novel*，pp. 148 – 149.

的研究就显得苍白和不足。

第三节　美国 20 世纪小说中的旅行叙事现象

美国 20 世纪的相当一部分小说，可以称作"旅行叙事"或者"道路小说"，"道路小说"这一称谓尤其适合杰克·伦敦（Jack London）的《荒野的呼唤》（*The Call of the Wild*）、欧内斯特·海明威（*Ernest Heming-way*）的《太阳照常升起》（*The Sun Also Rises*）、威廉·福克纳（William Faulkner）的《我弥留之际》（*As I Lay Dying*）、约翰·斯坦贝克（John Steinbeck）的《愤怒的葡萄》（*The Grapes of Wrath*）、弗拉基米尔·纳博科夫（Vladimir Nabokov）的《洛丽塔》（*Lolita*）、J. D. 塞林格（J. D. Salinger）的《麦田里的守望者》（*The Catcher in the Rye*）、杰克·凯鲁亚克（Jack Kerouac）的《在路上》（*On the Road*）、理查德·赖特（Richard Wright）的《土生子》（*The Native Son*）等表现旅行叙事的名篇。因为在这些小说中，汽车和高速公路作为旅行载体开始在小说中起着架构故事情节的中心作用。"在这个世纪的大部分时候，美国人把高速公路看作一个神圣的空间。道路和汽车已经超出其简单的交通功能，变成激动人心的运动、速度和享受孤独的场所。上路意味着一个重新开始的机会，一个发现自我和国家的特殊机会。穿过空旷的原野，然后回家，写作或讴歌这些冒险。在数以百计的图书、电影、诗歌和影像资料中，道路旅行成为一种史诗性的追求，一种朝圣，一种罗曼史，一种有助于解释美国的过去和未来的仪式。"① 这些作品的主人公，不管是居于主流社会的美国白人，还是处于边缘地带的犹太人、黑人和华人，不管是男人还是女人，也不管是成人还是青少年，总是出于人生的不同目的，在陆上、海上甚至空中的"大路"上奔波、漂泊、漫游、迁徙和逃遁。作品的主人公甚至有狗这样的动物。

从进入 20 世纪的那一天起，道路旅行就成为美国作家们笔下常见的表现题材。"从大约 1909 年开始，开车跨越地域的旅行就成为散文和短篇小说的常见题材，在后来的几十年中成为主流作家的常见题材。从西奥多·德莱塞（Theodore Dreiser）的《印第安纳节日》（*Hoosier Holiday*，

---

① Ronald Primeau, *Romance of the Road: The Literature of the American Highway*, Bowling Green: Bowling Green State University Popular Press, 1996, p. 1.

1916）到约翰·斯坦贝克的《愤怒的葡萄》（1939），都包含高速公路上旅行的元素。"① 无产阶级小说家杰克·伦敦（Jack London）的自传体短篇小说集《路上》（*The Road*，1907），比杰克·凯鲁亚克的小说《在路上》的发表早了整整 50 年。在这部小说集中，伦敦"叙述了他在全国各地的开阔视野性旅行（eye-opening journey），他有时候乘坐火车和轮船，有时候步行，当他的鞋袜开裂的时候，他甚至赤脚步行。这部小说集在美国由道路旅行、道路观光和旅行写作所构成的文化史上占据重要的地位"②。发表于 1903 年的《荒野的呼唤》，是伦敦的一部经典的"道路小说"，虽然作品的主人公是一只名叫巴克（Buck）的牧羊犬。巴克从阳光明媚的加利福尼亚到冰天雪地的北极地区的旅程，充满了难以名状的艰辛。它坐过火车，也乘过轮船，不断地从一个主人转移到另一个主人手中，最后被卖到淘金地克朗代克，为邮差们拖拉雪橇，每天都要在严寒的雪地上行驶很远的路途。在弱肉强食的旅行环境中，巴克最终由一只温顺的牧羊犬演变成驰骋荒野的狼犬。西奥多·德莱塞的代表作《嘉莉妹妹》（*Sister Carrie*，1900）也具有旅行叙事的特征，至少在叙述旅行推销员查尔斯·杜威（Charles Drouet）的旅行推销活动，以及嘉莉小姐（Carrie Meeber）从威斯康辛乡下农场到芝加哥投亲和随沙龙经理赫斯特伍（George Hurstwood）私奔到纽约这些情节之中。在 1889 年 8 月，嘉莉小姐从她的家乡哥伦比亚启程，坐上火车到芝加哥旅行。在漫长的火车旅行中，嘉莉小姐结识了旅行推销员查尔斯·杜威，被这位推销员热情的假象所迷惑，继而成为他的情妇。当杜威离开芝加哥到全国各地巡回推销的时候，寂寞的嘉莉投入沙龙经理乔治·赫斯特伍的怀抱，两人相约到纽约私奔。为此，德莱塞又把大部分篇幅用到叙述嘉莉和赫斯特伍的旅途生活上。通过叙述这次重要的旅行，德莱塞揭示了主人公嘉莉对"美国梦"的追求及失望。因此，博耶（Paul S. Boyer）等评论者认为这部小说"讲述了一个旅行故事。在这方面，作品的主人公嘉莉·米伯是一个纯洁的女孩，她从威斯康辛农场来到芝加哥，被一个旅行推销员诱奸，后来又与一个沙龙经理私奔"③。

在"迷惘的一代"小说家海明威、F. S. 菲茨杰拉德（F. S. Fitsgerald）等人的笔下，旅行叙事往往成为小说中的主要框架。在这些小说中，道路、汽车、旅行构成故事的主要叙事元和作品的象征符码。海明威的《太

---

① Ronald Primeau，*Romance of the Road*：*The Literature of the American Highway*，p. 8.

② Jonah Raskin，"Kings of the Road"，*The Nation*，July 30，2007.

③ Paul S. Boyer，et al.，*The Enduring Vision*：*A History of the American People*，Boston：Cengage Learning，2010，p. 589.

阳照常升起》（1926）讲述的是一些移居国外的美国人和英国人在巴黎和西班牙之间的旅行生活，作品对两地之间的道路、风景和其他旅行场景的描写取材于海明威本人在国外的旅行，因而使得这部小说具有"旅行日志"的称号。"即使不是一部明显的旅行书，《太阳照常升起》也被认为是具有旅行日志的传统。"① 在菲茨杰拉德的作品中，"被菲茨杰拉德式的主人公所追求的几乎每一位年轻的女人都与汽车联系在一起，豪华的或者别样的汽车。《人间天堂》（*This Side of Paradise*）中的伊莎贝拉（Isabelle）与那些'开车很猛'并驾驶着'诱人的红色斯图茨车'的男人约会。《夜色温柔》（*Tender is the Night*）中的尼克尔（Nicole Diver）开着一辆'豪华的劳斯莱斯车'来到宫殿宾馆的半月形的门口。《最后的一个大亨》（*The Last Tycoon*）中的凯萨琳（Kathleen），则是驾着一辆老掉牙的雪佛兰"②。菲茨杰拉德的代表作《了不起的盖茨比》（*The Geat Gatsby*，1925），尤其通过表现主要人物的开车旅行，批判了以当时的汽车为主要象征的"美国梦"的非道德性。"开车上路是个人道德的指向标，从富裕的郊区到城区的那一条公路，是暴力和背叛发生的主要场所。"③ 富家子弟汤姆（Tom Buchanan）和黛西·巴坎南（Daisy Buchanan）总是开车行驶在这条路上，不仅碾死了一个可怜的女人，毁掉了她的丈夫，而且也最终击毁了作品的主人公盖茨比的美国梦。小说的副线是作品的叙述者尼克·卡拉威（Nick Carraway）对"美国梦"的观察和批判，而这一切也同样通过卡拉威的路上旅行实现。每天，卡拉威都要乘坐长岛火车从遥远的美国中西部到纽约的曼哈顿上班。正是在这一系列的路上往返中，尼克认识了"美国梦"的本质，以及它对美国各色人等的毒害。最终，尼克放弃了在纽约的工作，决定永远回到他位于美国中西部的家乡。

在20世纪30年代的"大萧条"时期，美国的许多小说家们尤其是无产阶级或社会抗议小说家们都把关注的焦点放在美国的大路上，以表现美国人在道路上的物质追求、道德升华或精神堕落。"20世纪30年代，很多美国人由于经济大萧条而背井离乡。在这一时期，道路小说和道路影片尤

① Allyson Nadia Field, "Expatriate Lifestyles as Tourist Destination: *The Sun Also Rises* and Experiential Travelogues of the Twenties", *The Hemingway Rivew*, Vol. 25, No. 2, Spring 2006, pp. 29 – 30.

② Luis Girón Echevarría, "The Automobile as a Central Symbol in F. Scott Fitzgerald", *Revista Alicantina de Estudios Ingleses*, No. 6, 1993, p. 74.

③ Brian W. Shaffer, et al., *The Encyclopedia of Twentieth-Century Fiction*, Vol. 1, Chichester, West Sussex, UK: John Wiley & Sons, 2010, p. 801.

其重要，从《我是来自囚犯队的逃亡者》（*I'm a Fugitive from a Chain Gang*，1932）和《路上的野小伙》（*Wild Boys of the Road*，1933）到《美国三部曲》（*USA Trilogy*，1930，1932，1936）、《愤怒的葡萄》及《萨利文的旅行》（*Sullivan's Travel*，1941）"①。其中，斯坦贝克的史诗性小说《愤怒的葡萄》尤其以表现发生在66号公路上的美国人的逃难生活而闻名于世。"约翰·斯坦贝克的《愤怒的葡萄》（1939）是一部具有社会责任感的道路小说，描绘的是沙尘暴地区的农业工人开着破旧的汽车到加利福尼亚的希望之乡迁徙的故事。"② 整个66号公路充满了逃难的人群，他们在路上的受难、到达加利福尼亚的喜悦，以及对这个"希望之乡"的失望，深深地打动了读者。为了表现这次迁徙的史诗性意义，斯坦贝克甚至运用了《圣经》（*The Bible*）中的"出埃及记"的叙事结构。斯坦贝克表现旅行的兴趣始终不减，在1947年他又发表了一部寓言性的旅行叙事小说《任性的公共汽车》（*The Wayward Bus*）。小说描写了一个叫朱安·季璜（Juan Chicoy）的司机驾驶着一辆名叫"甜蜜之心"的公共汽车，载着一群来自美国各行各业的乘客，行驶在一条险象环生的公路上，不时地为道路上的各种障碍所阻遏，因而始终无法到达旅途的终点。在大萧条时期，"约翰·多斯·帕索斯（John Dos Passos）的《美国三部曲》展现了一幅关于路上生活的悲观主义场景。三部曲中相互交叉的故事被一个无名流浪汉的漫游串缀起来，在这个'快速交通的社会'里他仍然是一个局外人，没有自己的位置"③。小说一开始，帕索斯就通过万花筒般的镜头组合，捕捉了现代美国人的生活状况，比如三部曲的开篇之作《曼哈顿中转站》（*Manhattan Transfer*）本身就是一个道路和旅行的标志。作为20世纪初新泽西和纽约之间的渡口和火车站，曼哈顿中转站对于当时来自美国和世界各地的人来说，是进出纽约的必经之地。紧接着，帕索斯运用拼贴、电影剪辑等现代主义创作手法，将纽约比作一个人类社会，把去纽约旅行的人比作人生的过客，全景式地再现了美国人从他乡到纽约，以及从纽约到他乡的路上旅行生活。此外，这一时期的社会抗议小说家厄斯凯恩·考德威尔（Erskine Caldwell）的小说《烟草路》（*Tobacco Road*，1932）和《旅行的人》（*Journeyman*，1935）也都表现了主人公的旅行生活。

以威廉·福克纳为首的20世纪南方作家，也大多在自己的作品中表

① 〔美〕萨克文·伯科维奇主编：《剑桥美国文学史》第7卷，孙宏等译，中央编译出版社2005年版，第187页。

② Brian W. Shaffer, et al., *The Encyclopedia of Twentieth-Century Fiction*, p. 801.

③ Brian W. Shaffer, et al., *The Encyclopedia of Twentieth-Century Fiction*, p. 801.

现了旅行叙事。福克纳在 1948 年发表的短篇小说《坟墓闯入者》（*Intruder in the Dust*, 1948），继承了纳撒尼尔·霍桑（Nathaniel Hawthorne）小说的"夜行"叙事传统，将 16 岁的白人少年契克（Chick）的夜间旅行与对白人社会的邪恶认知结合在一起，是一篇集旅行叙事和主人公成长为一体的小说。发表于 1962 年的《掠夺者》（*The Reivers*），在叙事风格上类似马克·吐温（Mark Twain）的《哈克贝利·费恩历险记》（*The Adventures of Huckleberry Finn*），同样将 11 岁的白人男孩卢修斯·普利斯特（Lucius Priest）的道路旅行和精神成长结合在一起。但是，福克纳最著名的表现旅行叙事的小说却是《我弥留之际》（1929）。通过表现本德伦一家（the Bundrens）到杰弗生镇的送葬之旅，福克纳揭示了美国南方社会家庭内部关系的冲突及道德的丧失，借以象征南方社会的解体。正如欧文·豪（Irving Howe）所言："《我弥留之际》不仅仅是我们很快就要发现的旅行灾难记录。由于它是讲述的一次空间的旅行，这部小说同时也就对这些旅行者的内心世界的秘密进行窥探。这个家庭的每一个人都在行动，与此同时也都在表露他内心的负担……外在的行动……就是赶着马车进行的旅行，而内心的行动就是本德伦一家在家庭正在消亡的过程中作为家庭成员企图重新界定自己的身份。"① 凯瑟琳·安·波特（Katherine Anne Porter，1890—1980 年）是南方重要的女小说家，其在 1962 年发表的长篇小说《愚人船》（*Ship of Fools*）是表现海上旅行叙事的代表作。这篇小说描写了 1931 年"真理号"客轮从墨西哥的万拉克鲁兹港口开往德国布莱梅港间所发生的故事。船上的旅行者有德国人、美国人、拉丁美洲人、古巴人和瑞士人等，俨然是现代人的缩影。从艺术结构上看，全书包括登船、在海上和入港三个部分，是旅行叙事的典型表现。小说的每个部分的前面都有一个设问，例如"你何时为幸福而航行？"从这些发人深思的设问中不难看出小说的主题：人们出于追求幸福生活的目的，不惜千里迢迢出海远航。但是由于他们人性中的缺陷，他们旅行的结局是无家可归。尤多拉·韦尔蒂（Eudora Welty，1909—2001 年）也是南方一位重要的女小说家，其小说尤其是短篇小说中也不乏旅行叙事的再现，例如《旅行推销员之死》（*Death of a Travelling Salesman*）、《英尼斯法伦号上的新娘》（*The Bride of the Innisfallen*）、《搭便车的人》（*The Hitch-Hikers*）等。正如福克纳小说中的主人公都行走在"约克纳帕塔法县"的荒原上一样，韦尔蒂小说

---

① Irving Howe, *William Faulkner: A Critical Study*, Chicago: Chicago University Press, 1975, p. 162.

中的男女主人公都始终在一条叫作"纳奇斯特雷斯"的古老公路上奔走。不仅仅是这条公路，其他的公路、河流和铁路也成为韦尔蒂小说中的主人公旅行的载体。为此，马萨兰德（Anne M. Masserand）认为，"在韦尔蒂的小说中，旅行者是一个常见的人物，尤其是在她的短篇小说中。它们中的每一篇都刻画了最著名的旅行者奥德修斯的特征"①。

　　在 20 世纪四五十年代，尤其是 50 年代中期以来，以旅行叙事为主要特征的"道路小说"，在美国文学史上占据了最显著的地位。"大量的美国人发现自己进行真实的或想象性的'上路旅行'，而且明显地感觉在回家后有必要写出他们在美国各地的各种旅行过程。"② 长期在国外流浪的美国现代作者亨利·米勒（Henry Miller），回国伊始就写了一部道路小说《空调噩梦》（The Air-conditioned Nightmare，1945），比垮掉派代表人物杰克·凯鲁亚克的《在路上》早了 12 年。这部具有"自动写作"风格的"道路小说"描写了作家米勒开车上路游历美国本土的过程，这次横越全国的旅行不仅使米勒看尽了美国的风景，更为他评判欧美两种文化提供了很好的契机。"早在小说开始的时候，米勒就让风景后面的读者了解了精心组织自己叙事的方式。在旅行开始前，米勒在想象中进行这次旅行，就像梭罗（Henry David Thoreau）曾经设想他从没有进行过的漫长旅行一样。"③ 在长达一万多英里的旅程中，米勒接触了许多没有实现"美国梦"的弱势群体。利用蒙太奇的叙事方式，米勒记述了他对底特律、克利夫兰、芝加哥等城市臭水沟里的老鼠、圣路易斯的铁锈和胆汁，以及所有能表现美国灵魂病态的建筑风景的印象。凯鲁亚克的《在路上》（1957）与米勒的近似旅行日志式的《空调噩梦》具有惊人的相似性，其小说的主人公萨尔·帕拉代斯（Sal Paradise）也是作家凯鲁亚克本人的虚构性写照。1947—1950年，凯鲁亚克和朋友尼尔·卡萨迪（Neal Cassady）曾经进行过一系列跨越州界和城乡的旅行。恰恰在这一时期，因大萧条和战争而有所收敛的美国人的传统流动性又开始复苏，于是上路旅行成了全国性的热潮。"《在路上》一书的天才之处就在于它把这种新的躁动不安与关于道路的美国经典神话联系起来，并且用这种躁动不安来表达一系列具有颠覆性的价值观……这些价值观念将会向 20 世纪 50 年代以城市郊区和大公司为代表的

---

① Anne M. Masserand，"Eudora Welty's Travellers：The Journey Theme in Her Short Stories"，The Southern Literary Journal，Vol. 3，No. 2，Spring 1971，p. 40.

② Rowland A. Sherrill，Road-book America：Contemporary Culture and the New Picaresque，Urbana and Chicago：University of Illinois Press，2000，p. 1.

③ Ronald Primeau，Romance of the Road：The Literature of the American Highway，p. 34.

保守主义提出挑战。作品中的路代表了战后那种感情开朗奔放，行动无拘无束的美国精神。"① 在表现道路旅行方面，纳博科夫的《洛丽塔》丝毫不亚于凯鲁亚克的《在路上》。"《洛丽塔》对道路上的代际冲突（generational conflict）的再现比其他任何一部小说都更具有抒情性，也更令人感到沮丧。"② 亨伯特·亨伯特（Humbert Humbert），小说的主人公和第一人称叙述者，是一位欧洲移民。出于少年时代形成的幼女情结，亨伯特拐走了一位叫作洛丽塔的12岁美国小女孩，并开车在美国各地漫游。在刚开始的时候，亨伯特的驾车上路旅行是出于摆脱法律的惩罚的目的。但是，当洛丽塔与另一个男人私奔的时候，亨伯特开始发疯地到处寻找她。因此小说的主题又由上路逃避转化为上路追寻。小说将美国的道路风景与洛丽塔的美丽胴体并置在一起，亨伯特疯狂的地理和肉欲的探索促使他去记录他们所走过的一系列地名，这些记录及关于药品和导游之类的叙述构成了小说典型的道路叙事特征。

甚至黑人文学和犹太文学等少数美国族裔文学也不乏行旅叙事的表现。在谈及黑人文学中的旅行叙事的时候，罗伯特·巴特勒（Robert J. Butler）指出："尽管美国人和美国黑人的文学传统在许多重要方面都大不相同，但是在关于想象性运动的方式方面却具有本质的一致性。旅行的母题，是两种文学传统的中心。"③ 在理查德·赖特、拉尔夫·埃里森（Ralph Waldo Ellison）、托尼·莫里森（Tony Morrison）、爱丽丝·沃克（Alice Walker）等黑人男女小说家的作品中，主人公始终在以各种方式奔波在道路上，借以实现人生的某种追求或逃避社会邪恶的现实。赖特的短篇小说集《汤姆叔叔的孩子们》（*Uncle Tom's Children*）本身就让读者们联想起黑人的旅行和逃遁叙事，因为19世纪中叶斯托夫人（Harriet Beecher Stowe）的长篇小说《汤姆叔叔的小屋》讲述的就是黑奴的受难和逃遁的故事。果不其然，在赖特的《汤姆叔叔的孩子们》这部小说集中，《大男孩离家》（"Big Boy Leaves Home"）、《沿河而下》（"Down By The Riverside"）等用自然主义的叙事手法，再现了黑人的逃遁性旅行。《大男孩离家》讲述的是黑人男孩莫里森（Morrison）打死白人青年后被迫逃亡到芝加哥的故事。《沿河而下》叙述的是一个名叫曼（Mann）的黑人农民在密西西比河上驾着木筏漂流并最终被白人追杀的故事。赖特表现旅行叙事最

---

① 〔美〕萨克文·伯科维奇主编：《剑桥美国文学史》第7卷，第186页。

② Brian W. Shaffer, et al., *The Encyclopedia of Twentieth-Century Fiction*, p. 802.

③ Robert J. Butler, "The Quest for Pure Motion in Richard Wright's Black Boy", *Varieties of Ethnic Criticism*, Vol. 10, No. 3, Autumn 1983, p. 5.

出色的一部小说是他的长篇代表作《土生子》，该部小说由《恐惧》《逃跑》和《命运》三部分组成，其中第二部分是表现主人公别格·托马斯（Bigger Thomas）逃亡型旅行的核心部分。如果说《土生子》中的别格·托马斯的逃亡型旅行最终没有使他摆脱种族主义的迫害的话，那么在赖特的另一部长篇小说《长梦》（Long Dream）中，主人公费希贝利·塔克（Fishbelly Tucker）则彻底地通过旅行摆脱了种族主义的束缚。"理查德·赖特的小说不仅关注那些像弗来德·丹内尔斯和克罗斯·达们这样的陷入囚笼中的人们，同时也关注像费希贝利·塔克这样的人物，他在《长梦》的结尾进行了'一次能把他带到更远更远地方的旅行'。"① 在拉尔夫·埃里森的《看不见的人》（The Invisible Man）中，主人公逃遁到地下不是为了死亡，而是像神话中的英雄那样通过一次无限的旅行来实现认识自己身份的新生。从《所罗门之歌》（Song of Solomon）中的派拉特（Pilate）到《柏油娃》（Tar Baby）中的加代恩·柴尔兹（Jadine Childs），托尼·莫里森小说中的许多女性主人公也都通过穿越无限空间的旅行来保持自我身份，摆脱种族和性别的歧视。

在 20 世纪的美国犹太文学中，也有许多小说家写过旅行叙事的小说。亚伯拉罕·卡罕（Abraham Cahan）比任何人都了解 1881—1924 年东欧犹太人到美国的移民历程，因此其史诗性小说《大卫·莱文斯基的发家》（The Rise of David Levensky，1917）通过表现主人公莱文斯基从一个来自俄罗斯的犹太孤儿成长为美国纽约一家商行经理的故事，历史性地再现了东欧犹太人到美国移民的艰辛历程。爱德华·戴尔伯格（Edward Dahlberg）的《底层生活》（Bottom Days，1929）表现了自传性主人公洛里·刘易斯（Lorry Lewis）在美国各地的流浪生活，因此这部小说既被称为无产阶级抗议小说，又被称为"道路小说"②。有评论者认为，凯鲁亚克《在路上》的写作深受戴尔伯格《底层生活》的影响。纳撒尼尔·韦斯特（Nathaniel West，1903—1940）的第一部小说《鲍尔索·斯奈尔的梦幻生活》（The Dream Life of Balso Snell，1930）也是一部旅行叙事小说。该部小说有点类似英国 17 世纪约翰·班扬的《天路历程》，采用梦幻旅行叙事的方式，表现一个名叫斯奈尔的流浪汉梦见自己从特洛伊木马的屁股钻进去，在它幽

---

① Robert James Butler, "Making a Way Out of No Way: The Open Journey in Alice Walker's *The Third Life of Grange Copeland*", *Black American Literature Forum*, Vol. 22, No. 1, 1988, p. 67.

② Josh Lambert, *American Jewish Fiction: A JPS Guide*, Philadelphia, Pensilvania: Jewish Publication Society, 2010, p. 37.

暗的肠道旅行并碰见各色人物的奇幻故事。"随着故事事态的衍进,木马的肠道成了斯奈尔遭遇各色人物、讽刺文学艺术的场所。"① 不过,在所有的美国20世纪犹太小说家中,笔者认为索尔·贝娄(Saul Bellow)是表现旅行叙事的典型代表。贝娄的长篇小说《奥吉·马奇历险记》(*The Adventures of Augie March*)和《雨王亨德森》(*Henderson the Rain King*)"基本上都是道路小说"②。在这两部小说中,主人公的旅行不仅发生在美国国内,更延伸到其他许多国家。

由此可见,在美国20世纪的小说中,以道路为载体的旅行叙事成为显性的特征。20世纪的美国小说家们似乎都偏爱这样一种叙事:将主人公置于陆地、海洋甚至天空的旅途之中,使他们在漫长的旅行和冒险中获取关于异域的知识、探索自己的身份、追求人生的梦想或者逃避人生的困厄,甚至还有的是为了单纯的运动而旅行。这种以道路旅行为显在特征的叙事尤其合乎美国的本土特征。正如詹尼斯·斯道特指出的那样:"旅行的确是美国文学作品的一大特色;甚至可以说美国文学中充斥着各种旅行,其普遍之程度,远超出我们的预想。"③ 斯道特还认为,"美国文学一直就是走在旅途中的、运动中的文学"④。约翰·杰罗姆(John Jerome)在回顾了美国文学尤其是20世纪美国文学中的道路叙事现象以后也指出:"美国是一个道路的史诗,我们已经发展出了一种道路叙事的艺术。"⑤

第四节　国内外关于美国20世纪
小说旅行叙事的研究

这种"旅途中的、运动中"的文学,自20世纪70年代以来开始引起国外学界尤其是美国学界的关注。虽然国外学界在研究这一现象时使用过"旅行"(journey)、"逃遁"(escape, running)、"迁徙"(migration)、"道路叙事"(road narrative)、"运动"(movement)、"追寻"(quest)等

①　杨金才:《新编美国文学史》第3卷,上海外语教育出版社2002年版,第617页。

②　〔美〕萨克文·伯科维奇主编:《剑桥美国文学史》第7卷,第196页。

③　Janis P. Stout, *The Journey Narrative in American Literature*: *Patterns and Departures*, Westport, Connecticut: Greenwood Press, 1983, p. ix.

④　Janis P. Stout, *The Journey Narrative in American Literature*: *Patterns and Departures*, p. 3.

⑤　John Jerome, *The Death of the Automobile*: *The Fatal Effect of the Golden Era*, *1955 – 1970*, New York: Norton, 1972, p. 103.

不同的表述，但是他们的研究还是不同程度地揭示了美国 20 世纪小说中的旅行叙事特征。关于美国 20 世纪小说旅行叙事的研究，大体可以分为两类：一类是关于美国经典文学旅行叙事的总体研究，其中有一部分涉及美国 20 世纪小说中的旅行叙事；另一类是关于 20 世纪美国某一特定作家小说旅行叙事的个案研究。总体性的研究主要有萨姆·布鲁法布（Sam Bluefarb）的《美国小说中的逃遁母题：从马克·吐温到理查德·赖特》（*The Escape Motif in the American Novel：Mark Twain to Richard Wright*，1976）、约瑟夫·艾迪逊·戴维斯（Joseph Addison Davis）的《回家：大路作为美国文学中的神话和象征，1890—1940》（*Rolling Home：The Open Road as Myth and Symbol in American Literature，1890 – 1940*，1974）、詹尼斯·斯道特的《美国文学中的旅行叙事：范式与偏离》（1983）、罗纳德·普莱谬（Ronald Primeau）的《道路浪漫史：美国高速公路上的文学》（*Romance of the Road：The Literature of the American Highway*，1996）、艾文斯·史密斯的《文学中的英雄旅行：诗意的寓言》（1997）、吉尔·林恩·陶包特（Jill Lynn Talbot）的博士论文《这不是出口：当代美国文学和电影中的道路叙事》（"This Is Not an Exit：The Road Narrative in Contemporary American Literature and Film"，1999），以及珍妮弗·R. 罗安果（Jennifer R. Luongo）的博士论文《记忆、历史和 20 世纪美国小说中的西行》（"Memory，History and the Journey West in 20th Century Novel"，2006）等。

萨姆·布鲁法布的《美国小说中的逃遁母题：从马克·吐温到理查德·赖特》以美国文学史上八部小说中主人公的不同形式的逃遁行为作为研究的重点，阐释了美国小说中的逃遁母题。虽然布鲁法布使用的是"逃遁"（escape）这个术语，但是从他所描述的主人公的行为来看，在本质意义上与"旅行"（journey）是一致的。布鲁法布指出："美国现代小说中不断出现的'逃遁'母题反映了美国生活中一个具有主导性的永恒心态，它作为小说主要结构无法摆脱的对位形式以一种令人惊讶的频率出现在美国现代小说中。"① 布鲁法布同时指出："在将逃遁作为一个美国现象进行审视的时候，必须考虑到美国人行为方式的多元性，这决定着他们的逃遁方式也是多元的。美国人，在寻求神圣的或非神圣的原始经验的圣杯中，在通过逃遁寻找自我的过程中，选择了多元的方式；因为每一种逃遁，即

① Sam Bluefarb，*The Escape Motif in the American Novel：Mark Twain to Richard Wright*，Columbus：Ohio University Press，1972，p. 3.

使以群体的迁徙形式出现，也完全依赖个体来进行。"① 布鲁法布的论述，既说明了"逃遁"形式的多元性，又潜在地表明"逃遁"与"迁徙"一样，都是"旅行"的形式。就20世纪的美国小说而言，布鲁法布的研究涉及约翰·多斯·帕索斯的《三个士兵》（Three Soldiers，1921）、欧内斯特·海明威的《永别了，武器!》（A Farewell to Arms，1929）、约翰·斯坦贝克的《愤怒的葡萄》、卡尔森·麦卡勒斯（Carson McCullers）的《心灵是一个孤独的猎人》（The Heart is a Lonely Hunter，1940）和理查德·赖特的《土生子》等几部小说，对这些作品中的主人公不同的逃遁方式和结局进行了分析，简要论述了主人公在空间方面的逃遁性旅行过程。

约瑟夫·艾迪逊·戴维斯的《回家：大路作为美国文学中的神话和象征，1890—1940》是一部博士论文，一部比萨姆·布鲁法布的专著更清晰地揭示美国经典文学中旅行叙事特征的著述。戴维斯首先从美国生活中的"大路"（open road）谈起，指出"大路"不仅仅是指铁路、公路等具体的道路，它还指江河海洋等能为人们旅行提供路径的载体。他把美国人在公路、铁路、江河、海洋上的旅行、漂泊、漫游、迁徙、逃遁等看作一种神话象征，认为这种神话和象征深深地扎根于美国人的文化心理之中。"美国一直是一个在运动的国家；更进一步说，美国自己一直是那么认为的。流动性似乎镶嵌在我们的生活方式中，更深刻地融入我们的所见、所思和言语之中。"② 在从文化的角度对美国经典文学中的旅行叙事进行简要的论述以后，戴维斯把研究的重点放到1900年以后的美国文学中，尤其是重点分析了美国自第一次世界大战到1940年道路叙事小说兴起的原因和盛况。在戴维斯看来，杰克·伦敦的《路上》（1907）、欧内斯特·海明威的《太阳照常升起》（1926）、托马斯·沃尔夫（Thomas Wolfe）的《天使望乡》（Look Homeward，Angel，1929）、威廉·福克纳的《圣殿》（Sanctuary，1931）和《八月之光》（Light in August，1932）、约翰·斯坦贝克的《愤怒的葡萄》（1939）等都是道路小说。戴维斯研究的缺陷在于其博士论文缺乏体系性，在第一章的引论之后，戴维斯在第二章里研究美国边疆的封闭和流浪汉现象在美国的终结，在第三章讲述杰克·伦敦本人的流浪活动及其在小说《路上》里的表现，第四章讲述凡克奈尔·林德赛（Vachel Lindsay）诗歌中的道路回忆，在第五章又论述美国1920—1940年

---

① Sam Bluefarb, *The Escape Motif in the American Novel*: *Mark Twain to Richard Wright*, p. 8.

② Joseph Addison Davis, *Rolling Home*: *The Open Road as Myth and Symbol in American Literature*, *1890 – 1940*, Ph. D. dissertation, University of Michigan, 1974.

间道路小说的兴起原因等。这样的研究太过于随意和零散，使读者无法清晰地了解美国 19 世纪和 20 世纪经典文学中旅行叙事的总体特征。

在《道路浪漫史：美国高速公路上的文学》（1996）一书里，罗纳德·普莱谬将研究的重点指向美国文学（小说和非虚构的旅行日志）中的旅行叙事。普莱谬指出："美国人开着小汽车周游全国，他们要么出于求索，要么就是单纯的离开。道路叙事就是他们所写的虚构和非虚构类作品。最普通的叙事结构是顺从于旅行的顺序，从出发前的准备、行程安排、对于目的地和旅行方式的决定、到达、回归等，最终在讲述故事时进行记录甚至重构旅行中的事件。"① 普莱谬将美国文学中的道路叙事分为"作为抗议的道路旅行""国家身份的探求"和"自我发现"等几部分来进行研究，由于主要采用作品情节概述的方式，普莱谬承认他的局限性为后人的研究提供了更多的阐释空间。吉尔·林恩·陶包特直接受到普莱谬的影响，他的博士论文《这不是出口：当代美国文学和电影中的道路叙事》（1999）通过对约翰·斯坦贝克的《携查理同游美国》（*Travels with Charley：In Search of America*，1962）、杰克·凯鲁亚克的《在路上》、考马克·麦卡锡（Cormac McCarthy）的《穿越》（*The Crossing*，1994）、斯蒂芬·赖特（Stephen Wright）的《行走的土著人》（*Going Native*）等多部当代美国小说、非小说性叙事和电影情节的解读，揭示道路叙事仍然是美国当代文学中最重要的叙事现象。陶包特认为，道路叙事"聚焦的是道路、汽车、边疆或者是逃遁和求索的母题，这一切足以表明道路在美国小说中的重要性"②。珍妮弗·R. 罗安果的博士论文《记忆、历史和 20 世纪美国小说中的西行》（2006）研究的是"西行与通过记忆回归人的自身原初本性之间的关系"③。通过对威拉·凯瑟（Willa Cather）的《我的安东尼亚》（*My Ántonia*，1918）、斯各特·菲茨杰拉德的《了不起的盖茨比》（1925）、罗伯特·潘·沃伦（Robert Penn Warren）的《国王的全班人马》（*All the King's Men*，1946）和杰克·凯鲁亚克的《在路上》（1957）四部美国小说的研究，作者从不同侧面揭示了"我们民族的历史类似于个人的记忆，回归美国的原初（西部）就是对人的原初状态的自然回归"④ 的

---

① Ronald Primeau, *Romance of the Road：The Literature of the American Highway*, p. 1.

② Jill Lynn Talbot, *This Is Not an Exit：The Road Narrative in Contemporary American Literature and Film*, Ph. D. dissertation, Texas Tech University, 1999.

③ Jennifer Luongo, *Memory, History and the Journey West in 20th Century Novel*, Ph. D. dissertation, Fordham University, 2006.

④ Jennifer Luongo, *Memory, History and the Journey West in 20th Century Novel*, p. 2.

观点。

艾文斯·史密斯的《文学中的英雄旅行——诗意的寓言》也涉及了美国 20 世纪小说中的旅行叙事现象。史密斯认为，"坎贝尔（Joseph Campbell）的英雄旅行叙事模式，是一种原型的叙事模式，在世界文学、神话、宗教故事及仪式中广泛地存在，也对文学批评产生了主要的影响"①。英雄旅行叙事主要呈现一种环形的叙事结构，涉及三个阶段，那就是英雄的启程、获取教育和回归。围绕着这三个过程，会出现跨越门槛、监护人、帮助者、磨难与考验等角色或情节，所有这一切都会导致英雄意识的转变。根据这一理论观点，史密斯分析了古希腊神话、荷马史诗、圣经、亚瑟王（King Arthur）传奇及世界文学经典作品，认为这些作品都建立在英雄旅行这种叙事模式之上。就 20 世纪美国小说而言，史密斯主要列举了美国女性小说家尤多拉·韦尔蒂和犹太小说家索尔·贝娄的作品。史密斯认为，这两位美国作家的作品与世界上其他国家的文学作品一样，都具有一种"英雄旅行叙事"的模式。为此，史密斯借用约瑟夫·坎贝尔的"英雄旅行"理论，对这些作品中的"旅行"叙事进行了简略的分析。比如贝娄的《雨王亨德森》描写的是主人公亨德森离开他在康迪涅格州的猪场到非洲旅行的故事，他与非洲两个女王的相遇和情感纠葛类似神话中的英雄历险。因为在坎贝尔看来，神话中的英雄旅行和成长，必须经历穿越象征子夜的母腹。而《雨王亨德森》中的两个非洲女王，无疑是神话英雄旅行过程中所必须经历的考验。史密斯的研究，的确有独到之处。但是作为对世界文学中英雄旅行叙事的总体研究，他的专著对美国 20 世纪经典文学旅行叙事涉猎过少在所难免。

在关于美国女性文学旅行叙事研究方面，比较有代表性的论著是马里琳·C. 魏斯莉（Marilyn C. Wesley）的《秘密旅行：美国文学中女性旅行的隐喻》（Secret Journeys: The Trope of Women's Travel in American Literature，1998）。魏斯莉审视了从 17 世纪到当代的美国文学中关于女性的旅行叙事，并将它们划分为违规性旅行、架构性旅行、重建社会身份性旅行和改变性旅行等。虽然这些旅行总体上讲仍然是"隐秘性的旅行"，女性旅行的叙事隐喻"重新解读了世界及女性在这个世界中的个体和公共身份。在罗兰逊（Lawrenson）的殖民主义回忆录，以及凯瑟和华顿（Edith Wharton）的现代小说等多元的作品中，旅行叙事结构甚至构成一种话语，超越

---

① Evans Lansing Smith, *The Hero Journey in Literature: Parables of Poesis*, Lanham, New York and London: University Press of America, 1997, p. xv.

了社会和文学的意义，进入一种意识和精神的层面。通过这种隐喻，女性的旅行叙事可以表达诸种可能性，而不仅仅是社会的、文化的或心理的"[①]。在研究 20 世纪美国女性文学旅行叙事时，魏斯莉选取了威拉·凯瑟的《教授的房子》（*The Professor's House*，1925）、伊迪斯·华顿的《夏天》（*Summer*，1917）、玛莉莲·罗伯逊（Marilynne Robinson）的《管家》（*Housekeeping*，1981）及尤多拉·韦尔蒂的部分短篇小说作为研究范本。像其他试图研究整个美国文学作品中的旅行叙事的批评专著一样，魏斯莉的这部以独特的女性视角来研究整个美国经典文学中的女性隐秘旅行特征和文化意义的专著，也无法涵盖 20 世纪美国女性小说中的各种层面的女性旅行叙事。

在关于美国黑人文学旅行叙事的总体研究方面，比较有代表性的论著是菲利斯·R. 克劳特曼（Phillis R. Klotman）的《又一个人离去了：当代美国黑人文学中的逃跑者》（*Another Man Gone：The Black Runner in Contemporary Afro-American Literature*，1977）、劳伦斯·R. 罗杰斯（Lawrence R. Rogers）的《迦南的界限：美国黑人文学中伟大的迁徙小说》（*Canaan Bound：The African-American Great Migration Novel*，1997）、罗伯特·巴特勒的《当代美国黑人小说：公开的旅行》（*Contemporary African American Fiction：The Open Journey*，1998）等。克劳特曼的《又一个人离去了：当代美国黑人文学中的逃跑者》讲的是美国当代黑人文学中的黑人逃遁现象。在阐释美国文学中的逃遁传统及美国黑人奴隶文学中的逃遁现象的基础上，克劳特曼重点分析了理查德·赖特、詹姆斯·鲍德温（James Baldwin）、拉尔夫·埃里森等知名黑人作家作品中不同形式的逃遁现象。克劳特曼指出，近百年的美国黑人文学其实就是一种逃遁文学，逃遁者一直处于从束缚到自由的逃遁状态之中。"他逃向自由和个人身份，寻求一种被社会剥夺的人性，追求正常人的生存状态。所有这些渴望都在后来的黑人作品中得到清晰而独特的表达：鲍德温的作品讲的是身份，威廉斯的作品讲的是生存的状态，赖特的作品讲的是人性。"[②] 在《迦南的界限：美国黑人文学中伟大的迁徙小说》一书中，罗杰斯指出："作为黑人文学中一种最广泛的经历，迁徙，不管是被迫的还是自愿的，一直是黑人文学和民间故事中的中心主题。美国黑人文学最具支配性的隐喻包括黑人的迁徙、逃

---

① Marilyn C. Wesley, *Secret Journeys：The Trope of Women's Travel in American Literature*, Albany：State University of New York Press, 1998, p. 142.

② Phyllis Rauch Klotman, *Another Man Gone：The Black Runner in Contemporary Afro-American Literature*, John E. Becker, ed., London：Kennikat Press, 1977, p. 10.

避奴役状态、到应许之地的旅行。"① 罗杰斯所谓的"迁徙",既是一种真实的,又是一种象征性的运动,"一种从南方到北方的旅行"。在罗杰斯看来,从 1902 年保罗·劳伦斯·邓巴 (Paul Lawrence Dunbar) 发表的黑人文学中的第一部迁徙小说《诸神的运动会》(*The Sport of Gods*) 到沃特斯·塔品 (Waters Turpin) 的《哦,迦南!》(*O'Canaan*) (1939),乃至理查德·赖特的《土生子》(1940)、拉尔夫·埃里森的《看不见的人》(1952) 等,美国黑人的小说,始终表现的是黑人的永无止境的迁徙运动。罗伯特·巴特勒的《当代非洲裔美国小说:公开的旅行》选取理查德·赖特的《土生子》、拉尔夫·埃里森的《看不见的人》、爱丽丝·沃克的《格兰奇·考普兰的第三种生活》(*The Third Life of Grange Copeland*)、托尼·莫里森的《所罗门之歌》、伊什梅尔·里德 (Ishmael Reed) 的《逃向加拿大》(*Flight to Canada*)、谢利·安·威廉姆斯 (Sherley Anne Williams) 的《德萨玫瑰》(*Dessa Rose*)、奥克塔威亚·E.巴特勒 (Octavia E. Butler) 的《播种者的寓言》(*Parable of the Sower*) 等九部黑人小说作为研究的文本,指出它们都具有一个共同的"旅行"母题。巴特勒指出:"这九部得到详细研究的小说,包括其他数不清的美国黑人作品,从黑人圣歌、奴隶叙事到詹姆斯·阿兰·麦克弗森 (James Alan McPherson) 和兰德尔·柯南 (Randall Kenan) 的实验性作品,都明显地阐释了美国黑人文学中的旅行母题怎样在世界观上具有肯定性和在形式上具有多变性的特征。"②

在笔者看来,就对美国 20 世纪经典文学旅行叙事的整体研究方面而言,詹尼斯·斯道特的《美国文学中的旅行叙事:范式与偏离》是最具有影响力的一部专著。在这部专著中,斯道特指出:"旅行的确是美国文学作品的一大特色,甚至可以说美国文学中充斥着各种旅行,其普遍之程度,远超出我们的预想。"③ 斯道特所言的"旅行" (journey),除了"旅行" (travel) 的基本内涵以外,还包括"迁徙" (migration)、"漂泊" (tramp)、"逃遁" (escape)、"追寻" (quest) 等外延意义。斯道特的著述分为两部分:范式和偏离。在"旅行范式"部分里,斯道特把美国文学中的旅行叙事分为"探索和逃避""寻家之旅""海外旅行者回归""追求

① Lawrence R. Rogers, *Canaan Bound: The African-American Great Migration Novel*, Urbana and Chicaco: University of Illinois Press, 1997, p. 3.
② Robert Butler, *Contemporary African American Fiction: The Open Journey*, Teaneck: Fairleigh Dickinson University Press, 1998, p. 145.
③ Janis P. Stout, *The Journey Narrative in American Literature: Patterns and Departures*, p. 3.

与相遇”和“迷失与漂泊”五个类别进行综述性研究。在“偏离”部分，斯道特采用文本分析的方式，对经典作家单个文本中的旅行叙事范式进行研究。在关于美国 20 世纪经典文学中的旅行叙事研究方面，斯道特采用归纳性枚举的方式，涉猎了下列小说：其一，以爱默森·休（Emerson Hough）的《大篷车》（*The Covered Wagon*，1922）、洛尔瓦格（O. E. Rolvaag）的《大地上的巨人》（*Giants in the Earth*，1927）、约翰·斯坦贝克的《愤怒的葡萄》、古斯利（A. B. Guthrie）的《西行之路》（*The Way West*，1949）等为代表的西行和寻找家园小说；其二，以伊迪斯·华顿的《快乐之家》（*House of Mirth*，1905）、欧内斯特·海明威的《太阳照常升起》、格林维·威斯克特（Glenway Wescott）的《再见，威斯康辛》（*Goodbye Wesconsin*，1928）、菲茨杰拉德的《夜色温柔》、约翰·多斯·帕索斯的《曼哈顿中转站》、杰克·凯鲁亚克的《在路上》等为代表的失落与漫游小说。同时，斯道特还采用个案文本分析的方式，研究了威廉·福克纳的《我弥留之际》和索尔·贝娄的《雨王亨德森》中的旅行叙事，认为这两部小说中的旅行模式是对她所总结的以往美国经典文学旅行叙事模式的“偏离”。

在关于美国 20 世纪小说旅行叙事的个案研究方面，比较有代表性的是三部博士论文。亚瑟·C. 安德森（Arthur C. Anderson）的博士论文《约翰·斯坦贝克小说中的旅行母题——旅行者发现自身》（“The Journey Motif in the Fiction of John Steinbeck：the Traveller Discovers Himself”，1976）明确地使用了“旅行”（journey）这一术语来研究斯坦贝克小说中的旅行叙事。通过分析斯坦贝克的旅行观、他对欧洲文学旅行叙事的继承、他小说中的人物在旅行叙事中的功能，以及旅行母题在《金杯》（*Cup of Gold*）、《愤怒的葡萄》、《珍珠》（*The Pearl*）、《任性的公共汽车》等小说中的不同表现，安德森指出：“旅行母题揭示了斯坦贝克对美国的看法。斯坦贝克认为，美国是一个分裂的人格，陷入当今世界‘事务’的羁绊，总是躁动不安，寻找出路。斯坦贝克运用旅行母题，就是要解决令人窒息的美国物质主义。斯坦贝克强烈认为，唯一的出路在于重建我们的优势，以便使我们的主要关注不再是‘事务’，而是我们周围的人。”[1] 因宋·乔伊（Insoon Choi）的博士论文《到真正国家的回归之旅：弗兰纳里·奥康纳的小说研究》（“The Journey Home to the True Country：A Study of Flannery O'Conner's

---

[1] Athur C. Anderson, *The Journey Motif in the Fiction of John Steinbeck：the Traveller Discovers Himself*, Ph. D. dissertation, Fordham University, 1976, p. 328.

Fiction", 1989) 阐释了奥康纳（Flannery O'Connor）作品中的各种"旅行运动"（journey movement）。乔伊指出："美国文学中经常出现的旅行叙事，在奥康纳手中作为一个中心的手段得到最充分的运用，这个中心的手段成为奥康纳 31 篇短篇小说和两部长篇小说结构的骨架。"① 在奥康纳的第一部小说集《好人难寻》（*A Good Man Is Hard To Find*）中，旅行分为两类：作为旅行者的主人公的外向型旅行和作为闯入者的反面人物的内向型旅行。在奥康纳死后出版的小说集《物聚其升》（*Everything That Rises Must Converge*）中，故事的人物大都经历了从平面空间的旅行到垂直空间亦即高潮的幻觉经历的旅行。奥康纳的两部长篇小说《智血》（*Wise Blood*，1952）和《强暴的人夺走它》（*The Violent Bear It Away*）则讲述的是主人公的循环旅行，即逃避上帝和回归上帝的旅行，这种旅行正好对应了约瑟夫·坎贝尔所言的主人公冒险的三个阶段：离开—考验—回归。皮特·瑟雷斯（Peter C. Surace）的博士论文《塞林格、贝娄和巴斯 20 世纪 50 年代小说中的圆形旅行》（"Round Trip in the Fiction of Sallinger, Bellow and Barlow During the Nineteen Fifties", 1996）研究的是 J. D. 塞林格、索尔·贝娄和约翰·巴斯（John Barth）三位作家在 20 世纪 50 年代小说中的圆形旅行叙事及其在文学和文化中的意义。在回顾"圆形旅行"是喜剧故事中的一个常见的范式后，瑟雷斯指出："这种'圆形旅行'的变体存在于 J. D. 塞林格、索尔·贝娄和约翰·巴斯三位 20 世纪 50 年代的小说家的作品中，并由此构成一种由来已久的喜剧模式。"② 尽管三位小说家的作品都是描写主人公的"圆形旅行"，但他们旅行的方式又有所不同。塞林格的《麦田里的守望者》写的是出走者的归家，索尔·贝娄的《雨王亨德森》和《奥吉·马奇历险记》讲的是主人公的国际圆形旅行，而约翰·巴斯的《漂浮的歌剧》（*The Floating Opera*，1956）和《大路尽头》（*The End of the Road*，1958）则是主人公存在主义的"圆形旅行"。

国外近年来关于美国 20 世纪文学旅行叙事的研究也引起了中国国内一些学者的关注。早在 1996 年，王守仁就发表了一篇名为"汽车与美国50 年代小说"的论文。该论文分析了塞林格的《麦田里的守望者》、纳博科夫的《洛丽塔》和凯鲁亚克的《在路上》等几部小说中的汽车与主人公旅行的关系，提出"出走"是美国 20 世纪 50 年代小说中一个重要母题的

① Insoon Choi, *The Journey Home to the True Country: A Study of Flannery O'Conner's Fiction*, Ph. D. dissertation, University of Winsconsin, 1989, p. 23.

② Peter C. Surace, *Round Trip in the Fiction of Sallinger, Bellow and Barlow During the Nineteen Fifties*, Ph. D. dissertation, Case Western Reserve University, 1996, pp. 1 – 2.

观点：“塞林格、纳博科夫、凯鲁亚克和厄普代克（John Updike，1932—　）以艺术家特有的敏锐，捕捉到汽车这一交通工具给人们生活方式带来的影响，表现了‘出走’这一美国文学的母题。”① 廖永清和张跃军在 2008 年发表的“美国文学中的旅行与美国梦”和“美国文学中的旅行与美国现实”两篇论文选取凯鲁亚克的《在路上》、纳博科夫的《洛丽塔》和汉特·汤姆逊（Hunter Thompson）的《拉斯维加斯的恐惧和憎恨》（*Fear and Loathing in Las Vegas*）等几部作品来进行研究，认为“这些美国作家把道路旅行作为一个隐喻，通过对‘在路上’旅行这一意象的平面白描或对其深层的象征意蕴的开掘，表现了典型的美国经验，暗示着自由及过路仪式，表达了对美国梦即美国理想的追寻、实现和传播，从而成为美国文化传统的组成部分”②。张艺的论文“桑塔格文学作品中的旅行思想及其情感叙事”（2014）分析了桑塔格（Susan Sontag）的《中国旅行计划》（“Project for a Trip tp China”）、《没有向导的旅行》（“Unguided Tour”）等作品中的旅行思想，认为作家“在虚构小说的创作中发展了‘旅行’作为‘自我风景发现’这一西方浪漫主义写作传统，将自我发现与理想乌托邦的寻找加以联系”③。田俊武的“斯坦贝克小说的出行主题和结构模式”（2007）和“纳博科夫的旅行生涯与《洛丽塔》中的旅行叙事”（2013）两篇文章揭示了斯坦贝克和纳博科夫两位 20 世纪美国作家作品的旅行叙事特征，例如斯坦贝克《愤怒的葡萄》中“西行”的史诗性意义和纳博科夫《洛丽塔》中的大路漫游与悬疑破解等。陈红梅的“感伤之旅：在传统与现代的连接点上——《太阳照常升起》作为旅行文学”分析了作品中所描绘的工商业转型时期的旅行和消费风尚，认为“旅行是小说的重要主题”④。刘国枝的《威廉·福克纳荒原旅行小说的原型模式》是国内第一部以美国特定作家的小说中的旅行叙事作为研究对象的博士论文。在这篇博士论文里，刘国枝不但把福克纳的《去吧，摩西》（*Go Down，Moses*，1942）、《八月之光》《圣殿》《我弥留之际》等主要小说归入“荒野旅行小说”的范畴，而且阐释了这些荒野旅行小说的神话原型和历史意义。刘国枝指出：“福克纳在他的荒原旅行小说中，通过将神话题材现实化和将现实生活神话化的方式，对美国式的荒野—使命命题提供了独到的阐释，

---

① 王守仁：《汽车与 50 年代美国小说》，《当代外国文学》1996 年第 3 期。

② 廖永清、张跃军：《美国文学中的旅行与美国梦》，《外语教学》2008 年第 4 期。

③ 张艺：《桑塔格文学作品中的旅行思想及其情感叙事》，《江苏社会科学》2014 年第 3 期。

④ 陈红梅：《感伤之旅：在传统与现代的连接点上——〈太阳照常升起〉作为旅行文学》，《天津外国语大学学报》2013 年第 5 期。

表达了一位人道主义作家的历史执着和人文情怀。"①

　　总体而言，不论是对美国 20 世纪小说中的旅行叙事的整体研究，还是对 20 世纪美国小说家作品中的旅行叙事的个案性研究，国内外的研究都有其独特性和缺陷性。首先，国内外关于美国文学中的旅行叙事研究的独特性在于，评论家们总是选定一个特定的角度，来宏观或微观地研究美国经典文学中的旅行叙事，并试图把这一时代的所有文学都囊括到他们所框定的模式中。这样的努力和研究，也恰恰暴露了这种研究的缺陷性。因为美国民族是多元民族的集合体，美国文化和文学也具有多元的维度，即使是同一个作家，也不可能始终如一地用同一种范式进行创作。因此，试图用一种或诸种主题或叙事模式来框定美国整个经典文学或某一个世纪文学中的旅行叙事，几乎是不可能的。正如罗兰德·谢瑞尔（Rowland A. Sherrill）所言："这种现象不仅巨大，而且明显的'庞杂'，主要体现在这些多样的文本在本质和叙事风格上各有不同。事实上，在最近的几十年里出现的这些数以百计的美国'道路之书'在文类构成、视角、表现的目的性、动机和传达信息、文学的成功性、文化的输入和隐含等方面是如此的不同，以至于任何统摄性的、规律性的范式研究或者对它们的普通性命名都会显得唐突和不可能。"② 例如，斯道特采用的类型划分方式就无法包容美国整个经典文学中"旅行"叙事的多元范式，甚至她自己在用这些类型论述旅行叙事的时候也出现了混乱。

　　其次，即使是关于美国 20 世纪经典文学旅行叙事现象的总体性研究，也只是相对于单个作家的个案研究而言的。这样的整体研究大多还是局限于某一特定领域，例如 20 世纪美国小说中的西行叙事、20 世纪美国黑人小说中的"公开旅行"，以及 20 世纪美国文学关于高速公路的书写等。迄今为止，无论是国外还是国内，还没有一部专著将美国 20 世纪小说的旅行叙事现象作为一个专门课题来进行宏观和微观的研究。诚然如谢瑞尔所言，20 世纪美国文学中的旅行叙事在叙事方式、叙事视角、主题表达等方面都不尽相同，无法对它们进行统摄性的研究，但是研究者至少可以选取这一时代表现旅行叙事的代表性作家，利用宏观和微观、历时和共时的方式，对他们作品中的各种旅行叙事进行差别化研究，从而使读者们对美国这一"坐在车轮上的国家"的小说的旅行本体叙事特征有基本的了解。

---

① 刘国枝：《威廉·福克纳荒野旅行小说的原型模式》，博士学位论文，华中师范大学，2007 年，第 8 页。

② Rowland A. Sherrill, *Road-book America*: *Contemporary Culture and the New Picaresque*, Urbana and Chicago: University of Illinois Press, 2000, p. 2.

最后，除了詹尼斯·P. 斯道特的《美国文学中的旅行叙事：范式与偏离》之外，过去关于美国经典文学旅行叙事的研究，基本上偏重于对这些旅行叙事的文化或主题意义的研究，很少甚至基本不提这种旅行叙事的发生学原因及作为这种主题意义支撑的叙事学特征。如果不从文学发生学方面揭示 20 世纪美国文学旅行叙事生成原因及从叙事学层面上建构出这些作品的旅行特征，而只从主题或文化意义上阐释这些作品的旅行性，显然是苍白无力的。事实上，尽管 20 世纪的美国小说具有意识流、元小说或传统意义上小说的各种结构特征，但是只要表现旅行叙事，它们就必然或多或少地在叙事学层面上表现出旅行的特征，比如作为叙事元素的汽车、道路和不断的地域场景变换等。

第五节　本书的研究意义、内容、思路与方法

本书的理论意义首先体现在它试图揭示以汽车为主要载体的旅行在 20 世纪美国人民生活中的意义及其在 20 世纪美国小说中的发生学表征。随着 1908 年第一辆福特牌汽车在美国的诞生，美国进入了汽车的时代，美国也从此成为一个"坐在车轮上的国家"。这一重大的社会现象以何种形式反映在美国 20 世纪的文学尤其是小说的创作之中，这是研究美国文学的学者值得关注的问题。在过去的几十年里，国外的学者对美国 20 世纪小说中的旅行叙事已经从不同的侧面进行过研究，但是中国的外国文学研究界却对这种重要的叙事现象关注不多。虽然中国的学者对美国 20 世纪的小说进行的研究可谓汗牛充栋，但是从旅行叙事的角度对美国 20 世纪的小说进行的专门化的研究却是凤毛麟角。为了弥补国内在这方面研究的缺失，本书尝试从旅行的文化意义和文学发生学的角度来揭示美国 20 世纪小说中显在的旅行叙事特征及其文化隐喻。在论及旅行的文学发生学影响时，本书较多地触及小说家个人的旅行经历。这样的选题，对于学界重新审视美国 20 世纪小说的主题和叙事特征，无疑具有崭新的认知意义。

其次，本书有助于打破先前美国文学研究中的范式区隔的樊篱，以集群式统摄的视野来研究 20 世纪美国小说所表征的各种主题、族裔关系、性别特征和叙事手段。人类学家认为，几乎人类所有的文化活动都与旅行有关。美国 20 世纪小说中的"精神迷惘""美国梦寻""族裔冲突""阶级对抗"等诉求，大多在旅途中发生。

再次，本书有助于揭示多元文化视域下 20 世纪美国小说在叙事主题

方面的同构性和差异性。美国文学叙事的同构性正如 Bendixen & Hamera（2009）所言，旅行和美国人的身份建构紧密相连，作为一个永远在路上的民族，美国的旅行文化和美国文学的叙事形式相得益彰。其差异性在于，美国 20 世纪小说由主流白人小说、犹太小说、黑人小说、女性小说等构成，它们在表现共性的旅行叙事方面具有独特的叙事特征和文化诉求。

最后，本书从文学发生学和传记批评的角度，阐释美国 20 世纪小说家的个人旅行经历对其文学创作的影响，以及这种旅行经历在其小说中的具体表征。这样的研究，对于揭示美国 20 世纪小说家的创作规律也具有极为重要的认知价值。

在研究内容上，本书选取以欧内斯特·海明威为代表的"迷惘的一代"、以威廉·福克纳为代表的"南方作家"、以约翰·斯坦贝克为代表的"社会抗议作家"、以杰克·凯鲁亚克为代表的"垮掉派"作家、以理查德·赖特为代表的黑人作家，以及以索尔·贝罗为代表的犹太作家作为研究对象，着重揭示这些作家的旅行经历及其在文学中的发生学表征，分析这些经典作家作品中的旅行叙事书写、叙事结构及其所蕴含的社会和文化意义。这些作家虽然在中国的外国文学研究界如雷贯耳，关于他们作品的研究也汗牛充栋，但是从旅行叙事的角度对于他们进行系统的研究在国内仍然极为少见。只有从宏观和微观方面研究这些 20 世纪经典作家作品中的旅行叙事，才能避免文学研究中的以偏概全，从而令人信服地证实 20 世纪美国小说中的旅行叙事特征。

在研究思路方面，本书首先从汽车的诞生和美国人民驾车旅行的社会现象入手，阐释以汽车为载体的旅行情结成为美国 20 世纪人民的主要心理向度。其次，本书采取宏观概览的方式总结"迷惘的一代""南方作家""社会抗议作家""垮掉派作家""黑人作家"和"犹太作家"等群体小说中的旅行叙事和文化表征，利用微观细读的方式分析这些文学群体中代表性小说的旅行叙事，从而做到点面结合、纵横捭阖。最后，在对具体作家的小说进行微观细读时，除采用叙事学的理论分析这些小说的旅行叙事结构外，还会根据作家自身的种族、阶级及意识形态等方面的特征，有选择地采用传记批评、文学发生学、社会学批评、成长小说、心理分析等理论，从而在宏观地勾勒美国 20 世纪小说旅行叙事的共性基础上，微观地揭示出不同作家旅行叙事的个性特征。

第六节　小结

作为人类亘古以来最伟大的空间位移运动，旅行在人类学上的意义在于它几乎涵盖了人类历史进程中的一切活动，诸如地理探险、军事远征、商业贸易、宗教朝圣、外事交流、殖民征服、流散放逐、离家出走、凯旋回归等。正如西方谚语"每一个旅行者背后都有一个故事"所云，旅行总是和写作结合在一起。旅行者的故事不仅记述在游记、旅行日志、书信、回忆录之中，更通过史诗和小说等经典文学作品表现出来。作为一个由欧洲旅行者和殖民者发现和建立的国家，美国尤其崇尚旅行。尤其是在 20世纪，随着高速公路的大量修建、私家车的广泛普及及其他交通方式的日益完善，美国人民的旅行情结在 20 世纪得到极大的释放，各个种族、各个性别、各种职业的美国人为了求学、寻职、消遣、逃避、朝圣等诸种目的而日夜奔波。虽然火车、轮船和飞机作为大众化的交通工具在旅行生活中仍然起着至关重要的作用，但喜欢自由的美国人更愿意驾着他们的私家车在高速公路上疾驰，这使得美国成为一个闻名世界的"坐在车轮上的国家"。作为对这种社会现象的发生学反映，美国 20 世纪的小说中充满了旅行叙事的书写。从 20 年代欧内斯特·海明威的《太阳照常升起》及 30 年代约翰·斯坦贝克的《愤怒的葡萄》到 50 年代杰克·凯鲁亚克的《在路上》、70 年代托尼·莫里森的《所罗门之歌》和 90 年代克马克·麦卡锡的《穿越》，美国的小说家们，不管是白人还是黑人，不管是无产阶级还是"垮掉派"，不管是男人还是女人，不管是隶属于现代派还是隶属于传统现实主义，总喜欢把主人公放置在道路之上，通过表现主人公在路上的旅行，来表征他们关于种族、阶级、性别等各种层面的问题诉求。因此，这些小说中的旅行叙事也就具有了各种层面的文化隐喻。

第二章 坐在车轮上的国家与 20 世纪美国人的旅行情结

虽然轮船和火车作为现代化的交通工具在美国 19 世纪末期就已经普及，但是对于崇尚自由和平等的美国人民来说，它们并非最理想的交通工具。轮船和火车都具有舱位的区分，与旅行者的地位和经济状况挂钩，这一旅行的等级区分尤其在电影《泰坦尼克号》（*Titanic*）上鲜明地体现出来。但是，汽车就不同了，它由旅行者个人操控，没有阶级地位的差异，也没有火车和轮船集体旅行的不便，旅行者想什么时候出发就什么时候出发，想在什么地方停车就在什么地方停车。因此，20 世纪初福特牌汽车一经推出，就强烈地刺激了美国人民的购买欲。美国人民不像中国人民那样，将"衣食住行"的"行"排在最后，而是将之放在"衣食住"之前。他们一有钱就先买车，然后大部分时间都在汽车上和道路上度过。"Keep your eyes on the road"就是这一时期产生的众多与汽车和道路旅行相关的成语之一。美国人民不仅把拥有一辆汽车作为他们实现"美国梦"的人生奋斗目标的主要标志，而且将汽车作为他们旅行和认知世界的主要载体。到 20 世纪 50 年代，随着几乎每个美国家庭都拥有了汽车，美国就率先在世界上获得了一个"坐在车轮上的国家"的美誉。"坐在车轮上的国家"这一文化隐喻更进一步强化了业已在 19 世纪形成的旅行无意识，使之成为一种以汽车和道路为载体的"旅行情结"，或者理查德·阿斯特罗（Richard Astro）所说的"美国经验"①。"坐在车轮上的国家"和"旅行情结"两种文化称谓的结合极大地促进了美国人民在 20 世纪的旅行，尤其是以汽车和高速公路为载体的旅行。这种井喷式的旅行现象，根据文学发

---

① Richard Astro, "Travels with Steinbeck: The Laws of Thought and the Laws of Things", in Tetsumaro Hayashi, ed., *Steinbeck's Travel Literature: Essays in Criticism*, Library of Congress, 1980, p. 1.

生学的规律，势必在 20 世纪的美国小说中大量体现出来。正如毛泽东所言，"作为观念形态的文艺作品，都是一定的社会生活在人类头脑中反映的产物"①。在表现旅行的时候，20 世纪的美国小说就更多了一种与美国 19 世纪小说不同的叙事元素——汽车。汽车在 20 世纪的美国小说中具有多元的文化隐喻，例如"美国梦"的体现、犯罪的工具、激情的象征等，但最主要的是，汽车是 20 世纪美国人民"旅行情结"的主要载体。

第一节　汽车的诞生与"坐在车轮上的国家"的形成

当美国进入 20 世纪的时候，一系列的变革展现在人们的面前。"这些变革中的一个最主要的表征，就是汽车取代火车，成为工业进步的象征。在'一战'后的十年里，汽车工业使这个国家的面貌发生了完全的变化，促进了经济的发展，刺激了新的生产方式、新的个人管理形式和公司组织的现在体系。汽车也重新界定了道路的含义。"② 托德·德帕西诺（Todd DePasino）所言的汽车取代火车虽然有些过分夸张，但毕竟说明了汽车的诞生对于嗜好旅行的美国人民所具有的伟大意义。"1893 年，当查尔斯·杜耶（Charles Duryea）和 J. 弗兰克·杜默（J. Frank Duryea）首次将一辆由汽油作为动力驱动的汽车奉献在美国人面前的时候，天生好动的美国人就直觉地感到'他们给这个世界提供了一辆摩托化的马车，这辆车可以个性化地把人类送到无穷远的距离，而且不用费人类的吹灰之力。这样的壮举通常只有玄幻故事中的天使或其他神奇的人物才可以做到'。"③ 1908 年，福特汽车公司生产出世界上第一辆属于普通百姓的 T 型车，汽车工业革命就此开始。汽车的创始人亨利·福特（Henry Ford）声称，他要通过汽车流水线的引进而降低汽车价格，从而使每个老百姓都拥有自己的汽车。到 1941 年的时候，美国已经拥有小汽车 2950 万辆；到 1950 年的时候，这个数字已经达到 4930 万辆。促使小汽车在美国大普及的因素主要有两个：一是汽车品牌和款型的不断推出；二是小汽车价格的不断降低。

早在 1950 年，美国的汽车城底特律就已经顺应民众的审美习惯，停

---

① 《毛泽东选集》第 3 卷，人民出版社 1953 年版，第 862 页。

② Todd DePasino, *Citizen Hobo: How a Century of Homelessness Shaped America*, Chicago and London: University of Chicago Press, 2010, p. 173.

③ Shelby Smoak, *Framing the Automobile in Twentieth Century American Literature: A Spatial Aproach*, ProQuest Information and Learning Company, 2007, p. 1.

止那种"单调、笨重、陈腐的战前设计"①，汽车制造者们也决心给美国人民提供他们真正需要的车型，"宽大、强壮、锃亮的汽车，不是下一年，而是现在"②。在此后的二十年中，底特律推出的"绚丽而富有个性"的新款车型纷纷亮相车展，吸引着每一个爱好汽车的美国人。底特律的汽车设计者们清醒地知道，尽管在问卷调查时那些"负责任的"成年客户都会说在购车时他们主要考虑的是汽车的"节俭、耐用和可靠"性特征，但是实际上他们更看重汽车的"潇洒和性感"。尽管趋同性压力在他们的生活中无所不在，"但是在路上美国人渴望奇幻的经历"③。美国 20 世纪汽车品牌的推陈出新在相当程度上归功于哈利·厄尔（Harley Earl）。早在好莱坞的时候，厄尔就以为美国富人和名人设计汽车款型而闻名。1927 年，厄尔加入美国通用汽车公司，成为汽车款型的主要设计者。但是在随后的经济危机和战争期间，厄尔的创造性设计暂时受到压制，因为汽车制造商们顺应当时的国家民意，"把大部分小汽车都漆刷成单调的颜色：黑色、暗绿色，鲜有海军蓝色"④。但是随着美国从经济危机和战争的阴影中走出来，厄尔开始发挥他作为汽车设计者的专长，各种款式和颜色的小汽车相继在他手中诞生。其中最先于 1948 年问世的是凯迪拉克车型，其独特的颜色和车形立刻使美国的汽车爱好者为之着迷。

如果说款型刺激了美国人民对小汽车的喜好，那么便宜的价格和信用支付体系就保证了美国人民对小汽车的购买。"美国人民不苛求富裕，但是他们却想在富裕之外清楚地拥有点什么。"⑤ 最终，赫伯特·胡佛（Herbert Hoover）总统在 1928 年竞选的时候提出的口号"每个锅里都有鸡，每个车库都有车"正在成为现实。福特、雪佛兰、普莉茅斯等汽车公司开始生产中等价位的小汽车，过去被普通美国人认为是天价的汽车品牌也仍有富人在购买。更重要的是，分期付款体系的建立，使人们不用预先支付购车的整个费用。到 20 世纪 50 年代中期，"任何人只要想购买小汽车，都可以通过信用卡购买一辆"⑥。正是汽车新款型的更新，以及汽车定价制度

---

① Mark S. Foster, *A Nation on Wheels：The Automobile Culture in America Since 1945*, Belmont, California：Wadsworth/ Thompson Learning, 2003, p. 69.

② Mark S. Foster, *A Nation on Wheels：The Automobile Culture in America Since 1945*, p. 69.

③ Mark S. Foster, *A Nation on Wheels：The Automobile Culture in America Since 1945*, p. 69.

④ Mark S. Foster, *A Nation on Wheels：The Automobile Culture in America Since 1945*, p. 70.

⑤ Robert Sobel, *The Great Boom, 1950 - 2000：How a Generation of Americans Created the World's Most Prosperous Society*, New York：St. Martin's Press, 2000, p. 101.

⑥ Jonathan Veitch, "Angels of the Assembly Line：The Dream Machines of the Fifties", *Southwest Review*, Vol. 79, No. 4, Autumn 1994, p. 650.

的出台引发了美国的汽车购买潮。到 50 年代末，美国小汽车的拥有量增加到 7380 万辆。到 1960 年，69.5% 的美国人开车上下班。到 20 世纪末，仅洛杉矶一个城市就有 80 万辆汽车，平均每个家庭一辆车。①

家家户户拥有小汽车，也催生了美国道路尤其是高速公路的建设。比如美国 1926 年修建的第 66 号公路从芝加哥一路横贯到加州圣塔蒙尼卡，全长 3943 千米，是 20 世纪上半叶美国人民出行最频繁的一条道路。1947年，美国联邦议会批准建设 37000 英里的全国高速公路网。1956 年，联邦政府又通过州际公路建设法案，决定修建各主要城市之间的公路网络。这是美国历史上最大的公路建设工程，联邦政府在 13 年来累计拨款 310 亿美元。② 这一切成就了美国 "坐在车轮上的国家" 的美誉。对于美国人来说，虽然飞机、火车、轮船和长途公共汽车是长途旅行中必不可少的旅行载体，但是也有其弊端。坐轮船、火车和飞机旅行，总的来说，属于一种具有共同旅行目的地的集体旅行行为，缺乏个性的自由，而且还会因为软座、硬座、上等舱和下等舱的区分而使旅行行为蒙上一种阶层地位的歧视。相比之下，开私家车旅行更为美国大众所青睐，尤其是不太漫长的旅行。驾车旅行是一种个人旅行行为，个人可以随意操控方向盘，选择旅行的目的地，也可以随意在路边的旅馆和加油站停靠。

汽车销售量的增加、标准公路的修建，以及由此带来的旅行便捷，使美国人民心中形成了对汽车的痴迷。"汽车成了美国天才和创新的象征，一种自由和个性的形象，一种能证明人类对火与金属进行普罗米修斯式征服的证据……也许再没有别的发明能像汽车的发明那样对美国的社会、经济和文化产生如此巨大的影响。"③ 拥有小汽车甚至被上升到 "美国梦" 的高度。"在第一次世界大战以前，" 斯蒂芬·西亚斯（Stephen W. Sears）写道："拥有一辆任何型号的汽车就意味着美国梦实现了。" 但是 10 年后，这种美国梦被修改成："拥有一辆合适的私家车，象征着适当的社会地位。"④ 正如英国人见面喜欢寒暄天气一样，美国人见面时经常听到的是关于小汽车的辩论和神化。例如："哪一种小汽车更好/更快，是你的雷鸟 55

---

① 王旭：《美国三大城市与美国现代区域经济结构》，载中国美国史研究学会编《美国现代化历史经验》，东方出版社 1994 年版，第 187 页。

② 郝克路：《战后美国城郊化的趋势和原因》，载中国美国史研究学会编《美国现代化历史经验》，东方出版社 1994 年版，第 195 页。

③ Shelby Smoak, *Framing the Automobile in Twentieth Century American Literature：A Spatial Aproach*, p. 1.

④ Stephen W. Sears, *The Automobile in America*, New York：American Heritage, 1977, p. 213.

还是我的雪佛兰56?"美国人开始崇拜他们的小汽车,这种崇拜丝毫不亚于天主教徒对梵蒂冈教皇的崇拜。在日常生活中,美国人将小汽车看作"一种具有深刻的复杂性和丰富意义的东西——权利、财富、自由、逃避和美国式的成功。例如当美国人购买小汽车的时候,他们是冲着这些观念来的。他们不仅是在购买一种使用的东西,还是在购买奢侈、荣耀、身份、自由、逃避等诸如此类的东西"①。在这样的文化语境中,一次简单的洗车,也被看作吸引邻居关注自己新车的举动。

1955年被认为是汽车成为美国人民痴迷和"头号宗教信仰"的一年。促使美国人形成汽车不仅是交通工具而且是"神灵的坐骑"的观念的最主要事件是詹姆斯·迪恩(James Dean)在1955年的死亡。迪恩是当时美国著名的电影演员,曾经主演过《无因的反抗》(Rebel Without a Cause)、《伊甸之东》(East of Eden)等影片,他所塑造的颓废沉沦的青少年形象,反映了那个时代美国"垮掉的一代"青年的心声。除了演电影以外,迪恩还酷爱跑车运动。1955年9月30日,迪恩驾驶自己的名牌跑车在加利福尼亚的夏洛梅市兜风时不幸发生车祸,他被卡在另外一部车内而死亡。迪恩的死引起全国人民的哀伤,他成了那些汽车崇拜者的殉难者。迪恩与汽车的关系也类似于"圣女贞德与基督教的关系。像贞德一样,迪恩被汽车烧死使他成为一个殉难的圣人"②。给迪恩带来死亡的跑车似乎因为它的魔法般的死亡魅力加剧了人们对汽车的崇拜。那辆被撞毁的跑车后来被拖到一个修理厂进行修理,在拆卸过程中,用千斤顶支撑的车突然坠地,砸断了一名修理工的腿。一位医生不信邪,将跑车的发动机安装在自己的赛车上,这名医生后来开着赛车比赛时死于车祸。另一名购买迪恩报废汽车方向轴的赛车手,也死于车祸。迪恩汽车的外壳被人用来展览,然而展厅却突发火灾。这一切偶然的事件反而更加激起美国人对汽车的迷恋。到20世纪50年代末,美国人民对汽车痴迷到离开汽车就寸步难行的地步。

在这种汽车崇拜文化中,会开小汽车甚至成为青少年走向成人的关键条件之一。在当时的美国,16岁是青少年步入成人社会的关键年龄阶段,只要他拥有一辆小汽车并且具备驾驶能力,他就算成人了。在1959年,大约有90万美国青少年拿到驾驶证,而美国的父母们每年也要额外支付12500万美元的保险费,以便能让自己的孩子驾驶家里的汽车。汽车对于

---

① Shelby Smoak, *Framing the Automobile in Twentieth Century American Literature: A Spatial Aproach*, pp. 2 – 3.

② Jonathan Veitch, "Angels of the Assembly Line: The Dream Machines of the Fifties", p. 650.

美国即将走向成人的男孩来说尤其重要。有了汽车，他"可以上路，可以逃避，可以运动。他脚下拥有了'喷气式飞机'的能量"①。不仅男孩们学开车，那些天真烂漫的女孩们也不甘示弱。在当时的美国，驾驶着私家车在高速公路上飞奔的小女孩们不在少数。理查德·洛林（Richard Loughlin）的一首名为"致一位刚拿到汽车驾照的年轻女士的母亲"的诗歌生动地再现了当时女孩们学车的情景：

> 夫人，你的女儿已经驯服了一条龙，
> 一个风驰电掣般快的东西。
> 这个魔鬼将会孝敬它的女王，
> 直至她的生命安息。
> 她过去恐惧它的钢铁般的控制，
> 还有它的任性随意。
> 但是现在它在她的脚下叫唤，
> 就像张三和李四。②

　　美国的社区布局也决定了汽车的重要性。追求住宅宽敞舒适、环境优美和空气新鲜的美国人，将住宅建到远离城市的地方。另外，美国的法律规定：市场、饭店、娱乐场所和办公地点，必须与住宅区严格分开。为此，上班要开车去，上学要开车去，购物要开车去，甚至乞丐开汽车讨饭也是再正常不过的事情。美国人都喜欢幽默地说，在美国，你即使连买一个汉堡包的钱都没有，也必须首先买一辆汽车。正是因为汽车的生活必需性，一个美国家庭有几个成人，一般就会拥有几部车。这不是美国人生活富裕的象征，而是他们出行的必备工具。同时，驾车旅行也催生了汽车帐篷、汽车剧院、汽车旅馆等相关设施的建立。这一切决定了美国公路的四通八达，公路上的汽车川流不息，美国也由此获得"坐在车轮上的国家"的美誉。更重要的是，汽车和公路从深层意识上影响了美国人民的生活。克里斯·拉吉（Kris Lackey）指出："汽车是一种分离机器，适合自治和独处，思考和乡下逃避。"③ 美国南方作家詹姆斯·阿基（James Agee）更

---

① T. B. Morgan, "What a Car Means to a Boy", *Look*, No. 23, January 20, 1959, pp. 84 - 90.

② Richard L. Loughlin, "To the Mother of a Young Lady Recently Licensed to Drive an Automobile", *The English Journal*, Vol. 38, No. 10, December 1949, p. 589.

③ Kris Lackey, *Road Frames: The American Highway Narrative*, Lincoln and London: University of Nebraska Press, 1998, p. 16.

将汽车比喻成美国人民的鸦片："上帝让美国人焦虑不安。美国人也反过来钻进汽车，认为它很好……汽车很好是因为它持续地满足并同时极大地激励美国人对运动的渴望，这种渴望也是美国这个种族最深刻和最迫切的。事实是，汽车已经成为一种催眠药，汽车已经成为美国人的鸦片。"①

第二节 以车轮和道路为主要载体的旅行情结

"情结"（complex）一词最初由西奥多·兹恩（Theodor Ziehen）于1898 年所创，后经西格蒙·弗洛伊德（Sigmund Frued）和卡尔·荣格（Carl Jung）的发扬光大，才成为一个广泛使用的心理学术语，指代一群重要的无意识组合，或是一种藏在个人神秘的心理状态中的强烈而无意识的冲动。荣格认为，"情结这东西……是一种经常隐匿的，以特定的情调或痛苦的情调为特征的心理内容的聚集物"②。情结有多种，例如弗洛伊德所提出的"俄狄浦斯情结"和阿尔弗雷德·阿德勒（Alfred Adler）所提出的"自卑情结"等。荣格认为，导致情结形成的因素主要是痛苦的情感经验、精神创伤等个人或群体的生活经历。患有某种情结的人或社会群体，一定会在心理和精神上表现出某种症候，例如口误、笔误、忘记熟人、经常性地梦到某一个人或场景等，都是某种情结的表现。人不仅具有情结，有时候情结也会占据人的内心。荣格有一句名言："今天，人们似乎都知道人是有情结的，但是很少有人知道情结也会拥有我们。"③ 被情结占据有时候并不是一件坏事，特别是对于那些从事文艺创作的人来说。情结常常是人类灵感和驱力的来源，对于伟大的艺术家而言，如凡高（van Gogh）、毕加索（Picasso）为绘画之景癫狂，莎士比亚、郭沫若为文学之美着魔，伟大的艺术作品莫不由艺术家内心情结的驱使喷薄而出。④

美国是一个具有浓重的旅行情结的国度。"若从旅行的角度来讲，也

---

① James Agee, *Selected Journalism*, Paul Ashdown, ed., Knoxville: University of Tennessee Press, 2005, p. 45.

② 〔瑞士〕荣格：《分析心理学的理论与实践》，成穷、王作虹译，生活·读书·新知三联书店 1991 年版，第 45 页。

③ 申荷永：《荣格与分析心理学》，广东教育出版社 2004 年版，第 74 页。

④ 〔奥地利〕阿德勒：《超越自卑》，黄国光译，国际文化出版公司 2005 年版，第 58 页。

许世界上没有一个国家像美国那样总是躁动不安。"① 美国人民的旅行情结，源于其先祖们痛苦的旅行经历，那就是在缺乏以汽车为代表的现代交通工具的情况下而进行的"五月花号航行"和"西进运动"。1621 年 9 月，美国的 102 名先祖为逃避天主教的迫害，在清教领袖威廉·布雷德福（William Bradford）的带领下，搭乘"五月花"号轮船，从英国南安普顿出发，开始驶向美国新大陆。他们乘坐的"五月花"号不是极速舒适的小汽车，也不是豪华的游轮，而是一艘用于近海捕鲸的木帆船。在横穿大西洋的旅途上，这些清教徒与风暴、饥饿和疾病顽强地做斗争，许多人死在途中，葬身于大海。经过 66 天的航行，他们终于来到美国马萨诸塞州科德角湾的普罗文斯顿港，此时幸存者已经不及出发时的一半。作为美国建国历程中的一次最重要的旅行，"五月花号航行"因其漫长、痛苦和原始而成为美国人民心头挥之不去的记忆，成为美国人民的国殇。

在距"五月花号航行"183 年后的 1803 年，美国人民又经历了一次惊天动地的旅行，那就是"西进运动"。成千上万的美国人离开自己在东部地区的舒适家园，开始向广袤的、未经开发的西部进发。当时的西进运动非常艰苦，主要原因仍然是如他们的祖先横穿大西洋那样，没有现代化的交通工具，尤其是极具速度和个性化的私家车。通向西部的道路主要是羊肠小道，行走起来非常困难。当时人们的交通工具主要是马车，其中最具特色的一大景观是"大篷车队"：由几头牛或几匹马拉车，车上载人，车顶有一张帆布，既可以避雨又可以晒牛粪。牛粪是主要燃料，可以用来烧火做饭。车上备有大量的淡水和食物，供长途旅行食用。另一种比较快的方式，就是搭乘木筏，沿河漂流而行。由于条件艰苦，许多人饥寒交迫死在西进的途中。美国人民西进的过程，也引起了世界的瞩目。英国观察家摩里斯·伯克贝克（Morris Birkbeck）这样评论："古老的美洲好像正在分裂并且向西迁移，当我们顺着俄亥俄的这条大路旅行的时候，在我们的前面和后面，很少不看到成批的家庭在迁移。"② 西进运动，正如"五月花号航行"一样，对美国社会影响深远。美国历史学家弗里德里克·杰克逊·特纳（Frederick J. Turner）指出："直到目前为止，一部美国史在很大程度

---

① Mordon Dauwen Zabel, ed., *The Art of Travel: Scenes and Journeys in America, England, France and Italy from the Travel Writings of Henry James*, Garden City, New York: Doubleday & Company, In., 1958, p. 15.

② 〔美〕哈罗德·福克纳：《美国经济史下卷》，王锟译，商务印书馆 1964 年版，第 239 页。

上可以说是对于西部的开拓史。"① 西进运动对美国文化的建构也影响至深。"五月花号航行"及其后签订的"五月花号公约"成为美国的立国之本，而"西进运动"不仅使美国在经济上走向独立和强大，而且还使美国在文化上逐渐摆脱欧洲的影响，开始走向美国文化的本土化和个性化。

"五月花号航行"和"西进运动"，随着时间的流逝，已经在美国人民心头升华为旅行的神话原型。它们既让美国人追忆先祖们旅行的痛苦，又让他们叹服旅行的伟大意义，更激发他们进行新的旅行及为方便旅行而进行的交通工具革命。于是，从19世纪初叶开始，美国开始了以火车制造、铁路和公路修建为代表的交通革命。1811年，第一条由联邦政府出资修筑的"昆布兰"大道开始铺设。1828年，美国的第一条铁路开始修建，从巴尔的摩到俄亥俄州的埃利科特密尔，全长14英里。1859年，第一列具有现代意义的旅行火车在伊利铁路上开始投入使用。到19世纪60年代，美国已经建成了四通八达的铁路交通体系，这样的交通体系为美国人民的旅行提供了什么方便？据说在1809年的"马车时代"，美国总统托马斯·杰弗逊（Thomas Jefferson）所派的特使梅里韦瑟·刘易斯（Meriwether Lewis）和威廉·克拉克（William Clark）从大西洋沿岸的圣路易斯市沿密西西比河到太平洋沿岸，花了一年半的时间。同样的距离坐当时的火车，最多不超过5天。火车的快捷时速使得昔日漫长的旅行成为一种在短期内可以解决的事情，因此极大地刺激了美国人民的旅行热潮。《哈泼新月杂志》（Harper's Magazine）曾经对铁路对美国人民动态旅行性身份的影响做过形象的表述：

> 他是坐在车轮上出生的？他是在火车厢里长大的？也许他总是在不停地运动。毫无疑问，我们这个时代的神奇的男孩在以每小时三十英里的速度运动。他不是出生在静止不动的房子里，而是在他的眼睛还没有睁开的时候就被咆哮的火车带走了。他在不同的路段上晃动，他对人生的首次感觉就是在一望无际的空间飞快地运动，越过牛群遍地的丘陵和一排排的楼房。迅捷便利的火车对人的性格的影响或许以前有人讲过，但是在当今的时代，火车似乎已经创造了一种新型的人，铁路时代的直接产物。这个男孩可能并不成熟，但他一定与以前出生在家里或河道的小船上的人不同，并比他们高尚，因为不管他是

---

① Frederick J. Turner, *Frontier in American History*, New York: H. Holt and Company, 1920, p. 1.

在火车上出生的，还是在其他地方出生的，他都属于铁路文明系统。①

　　一个 7 岁男孩乘着火车广泛旅行的经历，使得人们去思考那个作为铁路时代直接产物的"新人"的本质。他生于铁路之上，成长于铁路之上，隶属于"铁路的文明体系"。然而铁路对当时的美国人的影响还不仅仅如此。为确保"美国大陆自由"的铁路所产生的流动性一旦充分实现，则会在美国人心中产生一种对于"伟大的西部的扩张性意识和话语"。这种西部意识就是，"美国人在伟大的西部能够发展自己，传播自己，实现他的价值"②。如果说独立战争和内战促进了美国的政治统一，那么美国的铁路网络则促进了美国地域身份的统一，在美国人心中形成了地理的流动性和区域身份的悖论性统一。"火车旅行也在许多方面不同于徒步旅行、骑马旅行或坐马车旅行。火车旅行很快捷，也很舒服。火车旅行也具有社会性的特征。在进行火车旅行的时候，旅客成为一个公众人物，他在许多陌生人的陪伴下旅行，在这种情况下建立亲密关系是可能的。这是机遇，但也是危险……这使得火车旅行成为一种独特的交通方式，也成为城市居民生活经历的一个隐喻。"③ 到 20 世纪 20 年代，也就是以欧内斯特·海明威为代表的"迷惘的一代"作家兴起的时候，乘火车旅行已经成为美国本土旅行的最主要方式。横跨大西洋的欧洲旅行，则主要借助于轮船这种交通工具。"火车和轮船旅行在 20 世纪前期相互补充。铁路公司和船运公司开始从事运输业，但是在海明威之前或期间的时代，旅客运输变得更加有利可图，它们都同时开始迎合富人、穷人及中产阶级的需求。"④

　　但是，乘坐火车和轮船旅行，像坐飞机旅行一样，毕竟属于一种集体性的行为，具有共同的目的地和旅行路线。更有甚者，火车有软卧、硬卧、座位之分，轮船和飞机有头等舱和二等舱之分。这些与崇尚自由、平等和个人主义等价值观念的美国人格格不入。⑤ 虽然是在旅行中，美国人也不愿意受集体主义和不平等观念的束缚。相对于以上三种交通工具，汽车最能体现美国人的价值观，也最能满足他们对运动、速度和激情的需

①　Editor's Drawer, *Harper's New Monthly Magazine*, Vol. 75, No. 445, June 1887, pp. 159 – 160.

②　Editor's Drawer, *Harper's New Monthly Magazine*, p. 159.

③　Michael Schudson, *Advertising, the Uneasy Persuasion*: *Its Dubious Impact on American Society*, New York: Basic Books, 1986, p. 149.

④　Debra A. Moddelmog and Suzanne del Gizzo, *Ernest Hemingway in Context*, New York: Cambridge University Press, 2013, p. 369.

⑤　王守仁：《汽车与 50 年代美国小说》，《当代外国文学》1996 年第 3 期。

求。早在 1902 年，亨利·亚当斯（Henry Adams）就曾经写道，"我的关于乐园的想象，就是驾驶一辆完美的汽车，以 30 英里的时速行驶在一条平坦的公路上，通向一座 12 世纪的教堂"①。于是，汽车在 1908 年一经问世，便成为美国人旅行的主要载体之一。格列佛是英国小说家乔纳森·斯威夫特作品《格列佛游记》中的主人公，以擅长旅行和冒险而著称。对于喜欢旅行的美国人来说，格列佛早已成为他们心仪已久的英雄。如今，"坐在方向盘后面，每个人都成了格列佛，身强力壮，比没有汽车时代的同胞们更容易获得成功。如果说列缪尔·格列佛的独特魅力来源于乔纳森·斯威夫特的如椽巨笔的话，那么大量的从同一个模子里生产出的美国格列佛们则每天从底特律和克利夫兰的汽车流水线上驶出"②。

为了便于美国人民的汽车旅行，美国政府和各个州政府开始大力投资公路建设。到 20 世纪 50 年代末，美国建成了四通八达的公路交通网，其中最著名的公路有 1 号公路、5 号公路、50 号公路、66 号公路和 95 号公路等。1 号公路北起旧金山，南到洛杉矶，穿行在丛林翠绿的群山和碧波荡漾的太平洋海岸之间，全长 1000 千米，被誉为世界上"最美的公路"。5 号公路北起华盛顿州，南到加利福尼亚州的圣地亚哥，全长 1381 英里，是贯穿美国西南部的交通大动脉。50 号公路全长 1373 千米，横穿快马递送区、人烟稀少的印第安部落、著名的死亡谷等，被称为"世界上最孤独公路"。95 号公路东起迈阿密，沿太平洋西岸一路向北经过华盛顿特区、巴尔的摩、费城、纽约、波士顿、朴茨茅斯等，全长 3098 千米，被称为"东北走廊"。同时这条公路也被称为"寻求美国梦之路"，因为许多拉美国家的移民就是沿着这条公路一直向北走进美国并实现他们的"美国梦"。但是最令美国人民记忆犹新的还是 66 号公路。这条兴建于 1926 年的公路，途经伊利诺伊州、密苏里州、堪萨斯州、俄克拉荷马州、得克萨斯州、新墨西哥州、亚利桑那州、加利福尼亚州 8 个州，全长 23939 千米，跨越 3 个时区，堪称是美国最长的公路。66 号公路不仅将美国中西部和西海岸连接起来，方便了美国各州人民的旅行，在 20 世纪 30 年代美国中西部遭遇一场百年不遇的干旱时，它更是成为穷困潦倒的美国人民外出避难的救命线，因此也被美国人民称为"母亲路"。这一切表明，道路就是美国。

---

① Enerst Samuels, *Henry Adams*: *The Major Phase*, Cambridge, Massachussets: Harvard University Press, 1964, p. 255.

② Cynthia Golomb Dettlebach, *In Driver's Seat*: *The Automobile in American Literature and Popular Culture*, Westport, Connecticut: Greenwood Press, 1976, p. 6.

　　有了火车、汽车等各种类型的交通工具，有了四通八达的公路和铁路，美国人的旅行就更加方便了。住在城市的旅行到乡下，住在乡下的旅行到城市，住在此州的旅行到彼州。这种永无止境的旅行或迁徙构成了美国的象征，并作为一种民族心理潜移默化地传承下来，升华成一种"旅行情结"。正如理查德·阿斯特罗（Richard Astro）所言："美国是一个旅行的民族。我们是一个流线型的、流动的民族，我们有充足的资金和闲暇来支撑我们旅行的冲动。我们在自己的国土上旅行，我们也到整个世界去旅行，以便追求一种完美的生活。的确，我们对于旅行的嗜好源于我们对于熟悉和平庸生活的厌恶，如今这种嗜好已经升级为美国经验。"① 约瑟夫·厄沟（Joseph R. Urgo）也对美国民族的这种旅行集体无意识冲动进行过深刻的论述，虽然他使用的是"穿越"（crossing）这一术语。"穿越是美国的一个根本性的旅行仪式。从一个地方或家乡穿越到另一个地方或家乡，并准备回答那个不可避免的问题：你从哪里来？旅行……无论是从心理上还是从行动上都界定了美国的本质。"②

　　关于旅行或迁徙的目的，罗伯逊（James O. Robertson）似乎更把它上升到国家意识的层面："迁徙增强了人们对无限的机会和最终成功的信念。迁徙——物质上、地理上的迁徙，是社会和经济流动的象征。它也是进步、独立和个人自由融为一体的象征。在向城市迁徙的过程中，在城市内部从一地迁往另一地，在从一个城市迁向另一个城市，从城市迁到郊区和从郊区迁回城市的过程中，美国人，不论新老，都已经把他们自己同他们的移民史、殖民史、西进运动史和边疆史联系在一起了。他们无止境地通过迁徙重复着寻找机遇与自由的仪式般的模式。"③ 当然，美国是一个多元化的民族，人们的旅行也具有多元的目的。在有些时候，美国人民的旅行甚至没有罗伯逊所言的那种高尚的目的，对于这部分人来说，纯粹的旅行就是一切："美国生活中的一个中心诉求就是单纯的运动，要么是单纯的为运动而运动，要么是为了摆脱先前的状态。作为一个相对新兴和在时间上无根的社会，美国对于运动始终有很强烈的期盼。因此，美国文学中高密度地充斥着企图从运动中寻找价值的主人公形象就丝毫也不奇怪了。"④

---

① Richard Astro, "Travels with Steinbeck: The Laws of Thought and the Laws of Things", p. 1.

② Joseph R. Urgo, *Willa Cather and the Myth of American Migration*, Urbana and Chicago: University of Illinois Press, 1995, p. 55.

③ 〔美〕詹姆士·O. 罗伯逊:《美国神话美国现实》, 贾秀东译, 中国社会科学出版社 1990 年版, 第 315 页。

④ Robert Butler, *Contemporary African American Fiction: The Open Journey*, p. 5.

第三节　汽车与美国 20 世纪小说

正是这种建立在车轮上的旅行情结，使得"道路和汽车长久以来超越单纯的交通功能，变成令人振奋的运动、速度和独处的地方。离开就是一次重新开始的机会，一个发现自我和国家、穿越广阔的空间、然后回家写作或歌唱这些冒险的特殊时刻。在数以百计的图书、影视、诗歌和唱片中，道路旅行成为一种史诗性的追求，一种朝圣，一种浪漫，一种帮助阐释美国曾经是什么、又将向何处去的仪式"[1]。汽车和以汽车为主要载体的旅行情结，也必然会影响美国的文艺创作。正如杰拉尔德·西尔科（Gerald D. Silk）所言，"只要汽车跟我们在一起，提供情感的经历、杀害生命、改变环境、改变观念，艺术必然受到影响，会去评价这种最富有创意的现代发明"[2]。作为大众文化主要表现的歌谣和电影，从一开始就把表现汽车与美国人民的旅行作为最重要的主题之一。

早在 1903 年汽车还没有在美国正式问世的时候，美国的歌谣中就充满了对汽车和驾驶汽车旅行的渴望，如"开着汽车度蜜月"（"The Automobile Honeymoon"，1903）、"罗宾·哈斯金开着旋风汽车飞奔"（"Reuben Haskin's Ride On The Cyclone Auto"，1904）、"坐在我的快乐的奥兹莫比尔中"（"In My Merry Oldsmobile"，1905）等。其中最著名的一首早期汽车歌曲是由谢尔兹（Ren Shields）和米尔斯（Kerry Mills）创作的"带我出去快乐地狂奔"（"Take me out for a Joy Ride"），讲的是一个名叫格温多琳·费尔兹（Gwendolin Fields）的女人渴望开车进行一次快乐的狂奔。为了寻找一个奔驰车司机带她出行，这位美国女人甘愿付出任何代价："我要尽可能地放荡不羁，我不担心最终会是什么结局……整个下午我们做爱，我们吃饭，就在一辆快乐的坐骑里。"从一开始，汽车在美国人民的公共想象中就不单纯是交通工具，而是集旅行、快乐、自由、激情和性爱为一体的神物。正是对于汽车的这种情感，使得汽车成为美国歌曲中一个永恒的主题。尽管美国人在 20 世纪 20 年代、30 年代和 40 年代不断地歌唱汽车，汽车歌曲的井喷式出现却是在第二次世界大战以后，这与经济

---

[1]　Ronald Primeau, *Romance of the Road: The Literature of the American Highway*, p. 1.

[2]　Gerald D. Silk, "The Image of the Automobile in American Art", in David L. Lewis and Laurence Goldstein, eds., *The Automobile and American Culture*, Ann Arbor: University of Michigan Press, 1983, p. 221.

危机和战争过后人们对于汽车的需求大增不无关系。在 20 世纪 50 年代，几乎任何范式的歌曲写手都意识到了汽车在美国生活和想象中的重要性。比如赖汀·霍普金斯（Lightin Hopkins）、索尼·威廉姆逊（Sonny Williamson）等勃鲁斯歌手就记录了数十首汽车歌曲，雷伊·查尔斯（Ray Charles）和比尔·哈利（Bill Haley）等歌曲作者也将汽车驾驶写进摇滚乐中。

　　美国的电影几乎和汽车在同一年问世。为了吸引人们对 T 型汽车产生兴趣，美国的汽车创始人亨利·福特自己甚至创建了电影公司。美国汽车与电影的这种共生性使得美国电影，不管是最初的默片还是后来的有声片，不管是动画片还是科幻片，都把表现美国人民的汽车旅行作为主要的内容。这种以驾车旅行为主要叙事结构的电影在美国文化史上被称为"道路电影"。"道路电影是美国社会对公路着迷的能动反映。这种范式的电影由一种复杂的文化偏好构成，旨在探讨美国社会的'疆界'并经常从文化批评的视角提出这样的问题，超越美国社会的疆界和局限性意味着什么……不仅再现那些旅行者们在体力、精神和情感方面的经历，道路电影也表现那些非实用性或功能性方面的道路体验，即为旅行而旅行或把旅行作为最终的目的。"① 在这些旨在表现美国人民旅行生活的道路电影中，汽车不仅是支撑旅行的载体和道具，更是不可缺少的角色。汽车作为一种图像、驾车作为一种行动早在拜奥格拉夫（Biograph）的《私奔结婚》（*Runaway Match*，1903）和《这位绅士是一个拦路强盗》（*The Gentleman Highwayman*，1905）两部影片中就有所反映。前者讲述的是汽车怎样帮助一对夫妻私奔，后者再现的是汽车怎样成为道路上作案的工具。随后美国著名导演大卫·格利菲斯（David Griffith，1875—1948 年）拍摄的《开车逃生》（*The Drive for a Life*，1909）则表现的是汽车救赎的主题。这些早期的喜剧默片和 20 世纪 20 年代的警匪片都以各种方式依靠汽车来展开故事。到了三四十年代，这种大众流行的经典范式继续在荧幕上得以发展。例如《一夜风流》（*It Happened One Night*，1934）讲述的是美国富家女艾丽（Ellie）离家出走并在搭便车的过程中与一位叫作彼得（Peter）的记者相识相爱的故事。当然，对于青年人来说，最令他们难以忘怀的是美国电影中惊心动魄的汽车犯罪和汽车追击场面。这类著名的电影有《关山飞渡》（*Stagecoach*，1939）、《邦尼与克莱德》（*Bonnie and Clyde*，1967）、

---

① David Laderman，*Driving Visions：Exploring the Road Movies*，Austin：University of Texas Press，2010，p. 2.

《逍遥骑士》（*Easy Rider*，1969）等。比如《邦尼与克莱德》以两位主人公抢劫国家银行后驾车亡命天涯为主线，再现了旅行途中惊心动魄的追车场面。《逍遥骑士》的主人公驾驶着特大型哈雷摩托车在美国著名的 66 号公路上狂奔，其反抗社会的垮掉派方式与凯鲁亚克的《在路上》有异曲同工之妙。

在歌谣和电影等表现汽车文化的艺术形式的影响下，美国小说早在 20 世纪二三十年代就开始出现汽车的形象了，例如辛克莱·刘易斯（Sinclair Lewis，1885—1951 年）的《自由的空气》（*Free Air*，1919）、F. S. 菲茨杰拉德的《了不起的盖茨比》（1925）、欧内斯特·海明威的《太阳照常升起》（1926）、西奥多·德莱塞的《美国的悲剧》（*An American Tragedy*，1925）、威廉·福克纳的《喧嚣与骚动》（*The Sound and the Fury*，1929）、厄斯凯恩·考德威尔的《烟草路》、约翰·奥哈拉（John O'Hara）的《撒玛拉约会》（*Appointment in Samarra*，1934）、约翰·斯坦贝克的《愤怒的葡萄》（1939）等。在谈到汽车在美国现代小说中的表现时，大卫·莱厄德（David Laird）指出："汽车以一种截然悖论和对立的方式贯穿在美国现代文学中。"它既是一种实现自由的"浪漫冲动"、探索和逃避的载体，又是我们文化中具有破坏性力量的技术痴迷的威胁性化身。[①] 自 20 世纪 50 年代以后，美国的小说创作几乎没有一部不涉及汽车，例如 J. D. 塞林格的《麦田里的守望者》、弗拉基米尔·纳博科夫的《洛丽塔》、杰克·凯鲁亚克的《在路上》、约翰·厄普代克的《兔子，跑吧》（*Rabbit, Run*，1960）等。在这些小说中，汽车的形象具有多方面的意义。它们可以是消费的符号，是一种买卖关系的物化。例如在《麦田里的守望者》中，小说的主人公霍尔顿（Holden Caulfield）提到他有一个兄长在好莱坞当作家，花四千美元买了一辆"标致"牌小汽车。在谈到对美国中产阶级生活方式的时候，仍然提到了他们对汽车的痴迷和消费："他们都把汽车当宝贝看待。要是车上划了道痕迹，就心疼得要命；他们老是谈一加仑汽油可以行驶多少英里；要是他们已经有了一辆崭新的汽车，就马上想到怎样去换一辆更新的。"[②] 大人们教育孩子好好读书，为的是将来能买一辆卡迪拉克名牌汽车。在索尔·贝娄的《洪堡的礼物》（*Humboldt's Gift*，1975）中，汽车也

---

① David Laird, "Versions of Eden：The Automobile and the American Novel", in David L. Lewis and Laurence Goldstein, eds., *The Automobile and American Culture*, Ann Arbor：University of Michigan Press, 1983, p. 245.

② 〔美〕杰罗姆·大卫·塞林格：《麦田里的守望者》，施咸荣译，译林出版社 1983 年版，第 138 页。

被看作是一种消费的符号。故事的叙述者查尔斯·希特赖恩（Charlie Cit-rine）说他的奔驰汽车是"一辆八千美元的汽车"，这辆车属于"收入超过十万美元的时代"。当他一天早上醒来发现自己的奔驰车在夜间被人砸坏的时候，他的直接感觉就好像是自己大把的美元被人盗取了。

　　汽车也可能是犯罪的工具。哈利斯·伯兰德（Harris Burland）的《黑色的摩托车》（*The Black Motor Car*，1905）也许是美国文学史上第一部将犯罪和汽车结合在一起的小说。理查德·哈定·戴维斯（Richard Harding Davis）的小说《红色的小汽车》（*The Scarlet Car*，1907）描写的是一起汽车绑架案。尽管汽车从表面上看只是小说中的一个道具，但它们对故事情节的发展和主人公性格的刻画却起着重要的作用。例如，在《美国的悲剧》中，克莱德（Clyde Griffiths）开车与朋友郊游，在归途中汽车出事，将一个 11 岁的女孩轧死。为了躲避官司，克莱德不顾受伤呻吟的朋友，一个人逃之夭夭。就叙事空间而言，这短短的十页关于汽车事故的描绘在洋洋洒洒的一千页叙事中可能微不足道，但是汽车的重要性对于德莱塞的情节架构和自然主义思想则显得至关重要。"《美国的悲剧》中所再现的汽车，是一个预示性的情节手段，表征着德莱塞的自然主义最终走向暴力。这次车祸是小说哲学主题的一个微型叙事……车祸暗示着克莱德野心梦幻的展开，随着这一场景的开始，克莱德注定的失败开始出现端倪。"[1] 在《了不起的盖茨比》中，黛西开车无意中碾死了丈夫巴坎南的情妇玛特尔（Myrtle），这一事件最终成为挚爱着黛西的盖茨比走向死亡的导火索。在《洛丽塔》中，亨伯特故意制造一起交通事故，轧死了洛丽塔的母亲，目的是攫取她的 12 岁的漂亮女儿洛丽塔。

　　但是，汽车更是 20 世纪旅行文学的主要元素。在阐释汽车在文学传统中的作用时，普莱谬（Ronald Primeau）指出："汽车进入了旅行文学这个悠长的传统，并赋予后者一种独特性，那就是把边疆精神和将这种机器作为一种复杂图像的崇拜结合在一起。美国汽车早已超越单纯的交通功能，它是地位、成功、梦幻、历险、神秘和性欲。"[2] 在大多数表现旅行的美国 20 世纪小说中，汽车尤其成为一个摆脱现存社会羁绊和负载人们旅行情结的神圣载体。辛克莱·刘易斯的《自由的空气》讲述的是"一战"后美国人横穿全国、"寻找美国"的汽车之旅。"辛克莱·刘易斯是美国

---

① Shelby Smoak，*Framing the Automobile in Twentieth Century American Literature*：*A Spatial Aproach*，p. 9.

② Ronald Primeau，*Romance of the Road*：*The Literature of the American Highway*，p. 5.

20 世纪早期将汽车作为发展人物性格和展开故事情节的最早的小说家之一。在他的多部小说中，尤其是在《自由的空气》中，他通过透镜反映了美国路边风景，探讨了汽车对美国中产阶级的影响。"① 在杰克尔（John A. Jackle）和斯克卡尔（Keith A. Sculle）看来，正是约翰·斯坦贝克，通过表现美国落魄的下层人民的生活，将史诗的范式带到道路文学之中。约翰·斯坦贝克的《愤怒的葡萄》讲述的是约德（Tom Joad）一家驾驶一辆哈德逊牌旧汽车沿着 66 号公路到加利福尼亚逃难的史诗性壮举。约德一家在 66 号公路的迁徙营地受到虐待，公路商业服务区的相继涨价也超过他们的支付能力。故事的中心场景之一是一辆哈德逊牌汽车，汽车的后半部分已经烂掉，与一辆卡车平台焊接在一起。负载着 13 个家庭成员和他们的家产，这辆轿卡车笨重地向西行驶，成为他们走向希望之乡的载体。

凯鲁亚克发表《在路上》的时候，美国的小汽车已经像中国的自行车一样触手可及。因此，汽车几乎成了跟萨尔·帕拉代斯和迪安·莫里亚蒂（Dean Moriarty）一样重要的角色。为此，有评论家认为："杰克·凯鲁亚克的《在路上》是为汽车而作的。"② 小说描写萨尔和迪安等垮掉派青年因不满纽约物质主义生活的困厄而到以加利福尼亚为代表的美国西部旅行的故事。一路上他们或搭乘别人的便车顺道前行，或自己驾车一路飞奔，或在汽车上做爱酗酒，充分表现了"垮掉派"那种放荡不羁的精神。有时候，他们西行并没有明确的目的，使他们着迷的就是汽车的速度和道路本身，"道路就是生活"。发表于 1960 年的《兔子，跑吧》是厄普代克的一部表现汽车和旅行逃避的重要小说。绰号叫"兔子"的主人公哈里·安斯特罗姆（Harry Angstrom）不满于宾州小镇的平庸生活，三度离家出走。但是在 20 世纪中叶的美国，没有汽车连出走也行不通。因此，哈利的出走是通过开车的形式完成的。但是，美国纵横交错的交通路线虽然给哈利的出走提供了便利，但也使哈利感到非常困惑，即使反复研究地图也无法寻到正确的出走路线。在 20 世纪中后期，以开车旅行为主题的小说创作仍源源不断，甚者连福克纳、厄斯凯恩·考德威尔和托马斯·沃尔夫这样的小说大家也利用这种叙事。例如，福克纳的最后一部小说《掠夺者》讲述的是主人公驾车在密西西比河流域的历险。这部小说颠覆了他以前的意识流叙事，采用流浪汉叙事的结构，描写了一个名叫卢修斯·普利斯特的

① John A. Jackle and Keith A. Sculle, *Remembering Roadside America: Preserving the Recent Past as Landscape and Place*, Knoxville: University of Tennessee Press, 2011, p. 21.
② 〔美〕埃默里·埃利奥特:《哥伦比亚美国文学史》，朱通伯等译，四川辞书出版社 1994 年版，第 877 页。

小男孩开着一辆偷来的汽车在密西西比河流域漫游和冒险的故事。小说一经发表便获得了普利策奖，显示出福克纳在晚年的创作实力。甚至一些不直接表现旅行叙事的小说，也有相当篇幅的关于汽车旅行的描写。例如，罗伯特·潘·沃伦的《国王的全班人马》，就表现了汽车怎样被用来作为逃避美国现实社会的工具。

第四节　小结

虽然轮船和火车在 19 世纪末已经成为美国人赖以旅行的主要现代化工具，但 20 世纪初叶诞生的福特牌私人汽车仍然被认为是交通工具的革命性变革。轮船、火车及 20 世纪 40 年代以后盛行的飞机，毕竟属于集体性交通工具，而且还具有头等舱/座和二等舱/座之间的等级划分，这对于崇尚自由的美国人来说，无疑是一种精神上的压抑。驾驶私家汽车进行旅行纯属个人行为，不仅没有等级的划分，而且驾驶者可以随意选择自己的旅行路线和目的地，在不违背交通规则的前提下自主选择停靠点。因此，汽车成了美国人的最爱，拥有一辆私家车也被上升到"美国梦"的实现。随着汽车的普及，美国在 20 世纪 40 年代以后兴起了高速公路建设的热潮。四通八达的高速公路和日益增多的各种品牌的汽车，最终使得美国获得了"坐在车轮上的国家"的美誉。便捷的汽车，加上早已经普及的火车和轮船等交通工具，极大地方便并刺激了美国人的旅行，促使他们为追求美国梦、探索未知的区域、逃避种族的压迫或单纯地为了运动而日夜奔波在路上、海上甚至空中，在潜意识中形成一种旅行情结。作为美国旅行情结的文学发生学反映，美国 20 世纪小说中不乏各种交通工具的书写。最显著的还是关于汽车旅行的表现。在 20 世纪美国小说中，汽车可以是"美国梦"的象征，可以是罪犯作案的工具，更是美国人"旅行情结"的载体，是美国人出于求索、探险、逃避、反抗社会等各种目的而主动或被动旅行的主要交通工具。在约翰·斯坦贝克《愤怒的葡萄》中，汽车是俄克拉荷马人逃难的载体，"66 号公路"是俄克拉荷马人的生命之路；在弗拉基米尔·纳博科夫的《洛丽塔》中，汽车是中年男人亨伯特逃避不伦之恋法律惩处的主要工具；在杰克·凯鲁亚克《在路上》中，汽车则与垮掉派的生活方式有机融合在了一起，背起背包上路、摆个手势搭便车是 20 世纪 50 年代美国青年的主要形象。

第三章 美国20世纪小说旅行叙事特征与文化隐喻

　　美国20世纪小说中的旅行叙事，虽然是美国20世纪旅行文化情结和以汽车为主要载体的旅行行为作用的主要结果，但是其也具有悠久的历史文化源头。其最古老的源头是希腊罗马神话、圣经、亚瑟王传奇中的英雄旅行和历险，这种英雄旅行和历险具有约瑟夫·坎贝尔所言的惯常的叙事特征，即英雄离开日常的世界，踏上漫长的旅行征途，在神灵的帮助下，沿途打败各种邪恶的势力，最终完成神秘的旅行和冒险，带着人生的真谛或造福人类的妙药归来。其最近的历史源头则是这三支文化伏流的欧洲文学和美国19世纪文学。欧洲文学，从中世纪但丁的《神曲》、文艺复兴时期塞万提斯（Cervantes）的《堂吉诃德》（*Don Quixote*）到现代主义时期约瑟夫·康拉德的《黑暗的心》，都具有或明或暗的旅行叙事传统，正如M. H. 艾布拉姆斯（M. H. Abrams）所言，"旅行母题是最持久的经典比喻"，"后古典时代的西方赋予这个人生的历程以结构、目的、意义和价值"①。欧洲近、现代文学中的这种旅行叙事传统直接影响了美国19世纪文学的叙事模式。19世纪的美国作家，尤其是詹姆斯·费尼莫·库柏（James Fenimore Cooper）、纳撒尼尔·霍桑、赫尔曼·麦尔维尔（Herman Melville）、马克·吐温及亨利·詹姆斯等，都喜欢采用英雄历险和"下沉式"的叙事结构，把主人公置于广袤无垠的旅途之中，借以表现西行的伟大、"夜行"与人性恶的发现、大河与青少年成长的关系，以及欧美之间的旅行和文化冲突等。20世纪的美国小说，尽管具有现实主义、现代主义和后现代主义等流派之分，但仍然直接继承了美国19世纪文学的旅行叙

---

①　M. H. Abrams, "Spiritual Travelers in Western Literature", in Bruno Magliocchetti and Anthony Verna, eds. , *The Motif of the Journey in Nineteenth-Century Italian Literature*, Gainesville: University Press of Florida, 1994, p. 1.

事传统。但是，不同于美国19世纪文学的旅行叙事和文化隐喻的是，美国20世纪的小说更多地融入了汽车的元素，而且又与"迷惘的一代""社会抗议""南方文学""垮掉派""黑人文学"，以及"犹太文学"等流派、阶级、区域、族裔等因素联系在一起，使得各个流派、阶层、区域、族裔的小说在表现旅行叙事时，在叙事结构和文化隐喻方面形成完全不同于19世纪文学的旅行叙事特征和文化隐喻。

第一节 原型旅行叙事与欧洲经典文学中的旅行叙事传统

在叙事学和比较神话学中，英雄的旅行是一种广阔的故事范畴中常见的范式。这种范式涉及英雄的历险、在一场决定性的危机中赢得胜利并带着一种不同的面目回归。英雄旅行这一概念最初由约瑟夫·坎贝尔在《千面英雄》（*The Hero with a Thousand Faces*）一书中提出，他认为："英雄从日常生活的世界出发，冒种种危险，进入一个超自然的神奇领域；在那神奇的领域中，英雄和各种难以置信的有威力的超自然体相遇，并且取得决定性的胜利；于是英雄完成那神秘的冒险，带着能够为他的同类造福的力量归来。"[①] 这里的"英雄"（hero），指的是一个具有伟大力量和勇气的个人，至少曾经受过神的灵佑，或者自己就是半神半人。坎贝尔所言的英雄旅行，可以大致表述为：英雄降生到"日常世界"，在那里他接受"冒险的召唤"；刚开始的时候英雄"并不情愿"，甚至"拒绝召唤"，但是受到"导师"的鼓励，去穿越"第一个阈限"，进入一个异域的世界，在这个异域的世界，英雄遇到"考验""同盟者"和"敌人"；英雄"来到幽暗的洞穴"，穿越第二个阈限，在那里他们接受"考验"；英雄接受最终的"恩赐"，并被要求"回归"到"日常世界"；他们穿越第三个阈限，经历"复活"并发生转变；英雄"带着长生不老药回归"，这是一种造福"日常世界"的恩惠。

从坎贝尔的英雄旅行定义中，斯图亚特·沃伊蒂拉（Stuart Voytilla）进一步分析出英雄旅行的十二个阶段，即"日常世界""冒险的召唤""拒绝召唤""遇到导师""穿越阈限""遇到考验、盟友和敌人""接近隐秘的洞穴""考验""获得报酬""归家之途""复活"和"带着长生不

---

① 〔美〕约瑟夫·坎贝尔：《千面英雄》，张承谟译，上海文艺出版社2000年版，第24页。

老药归来"①。"日常世界"就是英雄的家乡，在这里我们能够在英雄开始旅行之前认识他的身份，他旅行的动机、面临的问题、性格特征和缺陷。"冒险的召唤"通过打破英雄在家乡的幸福生活、提出一个必须进行的挑战或者求索目标而使旅行的故事得以展开。"冒险的召唤"可以有多种形式，但是最常见的范式是信使的宣示。"拒绝召唤"表现在英雄不情愿进行旅行，因为在"冒险的召唤"背后隐藏着恐惧和不安全性。有时候尽管英雄本人渴望进行旅行并愿意略过这种"拒绝召唤"阶段，英雄的盟友或阈限守护者们也会强调旅行背后的潜在危险。在"遇到导师"阶段，英雄遇到一个人或者诸如地图、航海日志之类的物体，从中英雄获得自信、洞见、建议、培训及神奇的礼物，以便克服最初的恐惧，应对阈限的历险。"穿越阈限"象征着英雄已经最终同意进行旅行，并准备穿越将日常世界与特殊世界隔离开来的阈限之门。在经历这一阶段时，英雄必须经历一次迫使他进入特殊世界的事件，比如英雄的亲人被拐走、英雄所居的日常世界遭到破坏或者英雄内心世界的张力作用等。在"考验、盟友和敌人"阶段，英雄经历局部的考验，遇到盟友和敌人，从中学到特殊世界的规则。在"接近隐秘洞穴"阶段，英雄已经进入旅行的中心地带，进入特殊世界，准备应对隐藏在特殊世界的最大恐惧和危险。"考验"阶段是任何旅行中最中心、最基本、最神奇的阶段，因为在这里英雄开始面临生与死的危机，遭遇最严厉的挑战，并且经历"死亡"。也只有经历"死亡"，英雄才能获得再生，获得神奇的力量和洞见，使旅行最终得以完成。在"获得报酬"阶段，英雄已经从死亡中获得新生，杀死了恶龙，或者经历了心灵的危机，开始赢得他所追求的报酬。这种报酬可以是一把神奇的宝剑、一包长生不老药、一种难得的知识或洞见等。不管是什么形式的报酬，英雄已经获得庆祝其胜利的权利。在"归家之途"阶段，英雄必须承诺完成整个旅行，并且踏上回归日常世界的道路。像启程时跨越阈限一样，"归家之途"也需要一次事件促使英雄穿越阈限，回归"日常世界"。"带着长生不老药归来"是英雄旅行的最终阶段。在这个阶段，英雄已经复活，灵魂得以净化，并且赢得了回归"日常世界"和分享旅行中获得的长生不老药的权利。这种长生不老药可以是巨大的宝藏、神奇的药方，也可以是爱情、智慧，或者是特殊世界生存的经历。但是，所有这些阶段还只是物理层面上的旅行，英雄的旅行其实还体现在精神的层面。正如沃伊蒂拉所

① Stuart Voytilla, *Myth and the Movies*: *Discovering the Mythic Structure of Fifty Unforgettable Films*, Studio City, California: Michael Wiese Publications, 1999, pp. 7 – 12.

言：“旅行诸阶段（‘穿越阈限’‘接近隐秘的洞穴’‘带着长生不老药回归’）很容易引起我们的误读，把这个模式看作是再现了一种单纯的物理旅行。的确，英雄进行了一次物理的、积极的旅行去解决一个问题或者实现一种目标。但是，英雄的情感性或精神性旅行与其物理性旅行同等重要。”①

坎贝尔和沃伊蒂拉所言的英雄旅行及其包含的十二个基本阶段，在以古希腊罗马神话、圣经和亚瑟王传奇为代表的欧洲经典文学的源头中表现得最为突出。作为人类文化的“思想武库”，希腊罗马神话中充满了关于英雄旅行的叙事，比如奥德赛的十年还乡之旅、伊阿宋的渡海寻金羊毛之旅、忒修斯的雅典之旅、埃涅阿斯的意大利之旅等。这些英雄的旅行，大体上经历了坎贝尔所描述的主要阶段。这里仅以忒修斯的旅行为例。忒修斯是特洛伊西纳城的一个王子，过着平静快乐的生活，这是英雄生活在日常世界的表征。一天，忒修斯的母亲埃特拉（Aethra）告诉儿子，说他是雅典国王埃勾斯（Aegeus）的儿子，要求他找到藏在一个大石头底下的父亲的宝剑和凉鞋并前去雅典寻父。这就是“历险的召唤”阶段。在这里，忒修斯的母亲既是历险的宣示者，又担负着忒修斯历险的导师。她告诉忒修斯如何找到父亲留下的宝剑和凉鞋，如何完成自己的使命。找到父亲的宝剑预示着忒修斯已经跨过了阈限，开始了旅行历险的第一个步骤。为了证明自己是个英雄，忒修斯决定选择充满艰险的陆路去雅典，一路上杀死了六个企图阻止他旅行的惯匪，这就是他所经历的“遇到考验和敌人”阶段。到达雅典之后，忒修斯被他的继母美狄亚（Medea）派去与马拉松洞穴的公牛进行决战，这是忒修斯所经历的“接近隐秘洞穴阶段”。面临生与死的考验，忒修斯利用自己巨大的力气和武艺征服了公牛，并准备回归到雅典。忒修斯为此所获得的“报酬”就是整个雅典的人都认为他是一个英雄。在回到雅典以后，国王和王后美狄亚为他举行了盛大的庆祝宴会。这个神话的“复活”阶段表现为在美狄亚的撺掇下，国王埃勾斯赐予忒修斯毒酒，使其险些死亡。幸运的是，国王埃勾斯发现了忒修斯佩带的宝剑，救下了自己的儿子并将他册封为王位的继承人。这就是神话的“带着长生不老药归来”阶段。

“圣经故事的基本叙事结构，从《旧约全书》到《新约全书》（*The*

---

① Stuart Voytilla, *Myth and the Movies*: *Discovering the Mythic Structure of Fifty Unforgettable Films*, p. 7.

New Testament），就是英雄的旅行；这是圣经作为一个整体的唯一总体结构。"① 以色列人的始祖亚伯拉罕（Abraham）从厄尔之地到"应许之地"，先知摩西（Moses）率领以色列人出埃及之旅，救世主耶稣（Jesus）的旷野之旅，是圣经中英雄旅行的典型代表。其中，摩西的"出埃及记"似乎更符合坎贝尔和沃伊蒂拉所言的英雄旅行的主要阶段，尤其是英雄历险的前几个阶段。在"日常世界"阶段，摩西是一位牧羊人，在古埃及过着平静的生活。在"响应历险召唤"阶段，上帝以一团火的形式出现在摩西面前，向他讲述古以色列人在埃及的艰难困厄，昭示摩西去解救这些以色列人并将他们带到迦南圣地。在"拒绝召唤"阶段，摩西听到上帝的昭示后坚决拒绝完成这一使命，胆怯地向上帝哀求："我是谁，为什么要让我去找法老，要让我去把以色列的子孙们从埃及带出来呢？"② 摩西认为自己没有能力去完成这一重大使命，以色列人也不会相信他。摩西的拒绝响应召唤是一种典型的"英雄拒绝历险"阶段。在"遇到导师"阶段，上帝让摩西的弟弟亚伦作为摩西的帮助者，并赋予摩西一支神奇的魔杖。有了亚伦的帮助和神奇的魔杖，摩西决定开始埃及之旅。在"跨越阈限"阶段，摩西带领他的妻小，开始向埃及进发。他来到埃及，向以色列人讲明了上帝派他来的使命，以色列人开始信奉摩西并把他奉为神灵。这表征着摩西已经最终抛弃他的已知世界和自我，成为古以色列人的领袖，也就是说"跨越阈限"。在"接近隐秘洞穴"阶段，摩西和亚伦来到埃及法老那里，向他宣示上帝要求埃及法老释放以色列人的旨意，但是遭到法老的拒绝。在上帝的帮助下，摩西最终迫使法老释放以色列人，并带领他们离开埃及。在"道路考验"阶段，上帝在埃及释放了一系列瘟疫，目的是把摩西出埃及的旅途变得极为艰难，借以考验摩西和以色列人的意志。经过这些考验尤其是在旷野的四十年生存考验，摩西成功地完成了上帝的使命，将以色列人带到了迦南圣地。在"报酬"阶段，摩西经过艰难的旅行，获取了许多知识，实现了从牧羊人到先知的转变。

　　与古希腊罗马神话、圣经一样，亚瑟王传奇也充满了英雄旅行的叙事描写，比如亚瑟王到阿瓦龙岛的旅行、高文骑士（Sir Gawain）到格林教堂的旅行，以及加拉哈德骑士（Sir Galahad）到圣杯洞穴的旅行。这些故事不仅描绘了英雄到异域世界的物理意义上的旅行，更描绘了他们精神意义上的旅行。异域世界旅行的典型特征，就是比如与死亡相连的一个场

---

① Evans Lansing Smith, *The Hero Journey in Literature: Parables of Poesis*, p. 51.

② Red Letter, ed., *The Holy Bible*, New York: New World Press, 1913, p. 11.

景，英雄与光的联系，与水相联系的旅程等，最终将英雄通往异域的旅行引向死亡和再生。以加拉哈德的旅行为例。在开始寻找圣杯的旅行之前，加拉哈德和其他骑士愉快地生活在亚瑟王的王国之中。一次圆桌聚会上圣杯的显现，可以视作"历险的召唤"，于是加拉哈德和其他骑士离开了他们熟悉的亚瑟王国开始了寻找圣杯的旅行。加拉哈德在旅行途中遇到的亚利马太人约瑟（Joseph of Arimathea），可以视为他旅行的帮助者和导师。经过一系列旅行和历险，加拉哈德终于如愿地看见了圣杯显现的一幕。亚瑟王和他的圆桌骑士寻找圣杯的冒险经历，实际上就是人类寻找知识和真理的旅行，它对西方文化的影响极为深远。

　　欧洲文化三支伏流中的旅行叙事，对欧洲的文学尤其是小说的发展产生了重要的影响。诺斯洛普·弗莱（Northrop Fry）对旅行叙事给予了很高的评价，认为"在所有的虚构中，精彩的旅行是一种用之不竭的程式"①。旅行叙事对欧洲文学的主要影响主要体现在中世纪的朝圣文学、文艺复兴以后的流浪汉小说和成长小说。这三种文学范式的共同结构和叙事特征在于它们都表现了主人公在路上的旅行生活。比如在谈到流浪汉小说时，马克·多内迪欧（Marc V. Donadieu）指出："旅行和道路生活构成流浪主人公的主要性格，由于他们不断地从城镇到乡村及全国各地的漫游，他们就获得了对人类生存状况的全新了解。"② 在谈到成长小说的结构时，尼克尔·葛伊斯包特（Nicole Goisbeault）指出，"在结构层面上，所有的成长故事都描述一个转变阶段，这个阶段采用一种旅行叙事的形式，旅行结束的时候，故事中的人物都会被转变并达到成熟"③。同时需要指出的是，随着时代的发展，古希腊罗马神话、圣经和亚瑟王故事中作为旅行和历险主体的"英雄"，其概念指涉也发生了变化。尤其是到了文艺复兴时代，由于人文主义强调人类的主观能动性，三大伏流中的半人半神的英雄开始让位于世俗意义上的人，与此相适应，其称谓也变成了"主人公"（protagonist）。

　　杰弗里·乔叟的《坎特伯雷故事集》、但丁的《神曲》和约翰·班扬的《天路历程》是欧洲文学发展史上朝圣旅行文学的代表作。《坎特伯雷故事集》借助朝圣者到宗教圣地朝圣这一旅行过程，通过展示朝圣者在旅

---

① Northrop Fry, *Anatomy of Criticism*, Toronto: University of Toronto Press, 2006, p. 57.

② Marc V. Donadieu, *American Picaresque: The Early Novels of T. Coraghassen Boyle*, Ph. D. dissertation, University of Louisiana, 2000.

③ Nicole Goisbeault, "African Myths", in Piere Brunel, ed., *Companion to Literary Myths, Heroes and Archetypes*, New York: Routeledge, 2015, p. 29.

行途中所讲述的各种有趣甚至荒诞的故事，讽刺中世纪社会中人们的邪恶现象。但丁的《神曲》则叙述了作为故事主体的诗人但丁在古罗马诗人维吉尔的引导下游历地狱和天堂的故事。至于作品的旅行叙事的主题意义，罗宾·克柯帕特里克（Robin Kirkpatric）有这样的评价："但丁写的是一种旅行，这种旅行既是内向的，又是外向的。内向性在于，但丁自己致力于探索人性中的最好和最坏之处；外向性在于，但丁不是探索别的，而是整个宇宙的物理和精神的运动过程。"① 作为欧洲文学中表现宗教朝圣旅行最著名的一部小说，约翰·班扬的《天路历程》叙述主人公基督徒历尽千难万险，克服"灰心沼"中的沮丧，摆脱"名利场"的诱惑，爬过"困难山"，跨越"安逸平原"，渡过流着黑水的"死亡河"，最终到达"天国城市"的艰难旅行。正如斯图亚特·希姆（Stuart Sim）所言，《天路历程》"在本质上是一部历险故事，讲述个人在一生的旅行中所经历的磨难和考验，是一部从命中注定的毁灭城到上帝选民居住的天国之城的史诗性旅行"②。

起源于西班牙的流浪汉小说和起源于德国的主人公成长小说，更是将主人公的道路旅行叙事发展到了极致，同时它们都具有很强烈的社会讽刺意义。西班牙作家塞万提斯的《堂吉诃德》和法国作家伏尔泰（Voltaire）的《老实人》（*Candide, ou l' Optimisme*）在结构上都呈旅行冒险的态势。两部小说都利用主人公在旅行途中所经历的荒诞不经的事件，来讽刺那个时代的社会风貌。《堂吉诃德》的主人公一方面受他所阅读的骑士浪漫史的影响而对当时的社会现实置若罔闻；另一方面，他的旅行叙述也暗含着对天主教和西班牙政治之间关系的批判。《老实人》通过主人公坎迪德（Candide）的一系列旅行冒险，戏剧性地再现了当时法国物质主义的社会及西班牙宗教裁判所的虚伪，讽刺当时理想的政治哲学。亨利·菲尔丁的《弃儿汤姆·琼斯的历史》通过讲述主人公汤姆从乡下到伦敦的流浪旅行，审视了当时英国社会五光十色的社会风貌。乔纳森·斯威夫特的《格列佛游记》在表现虚拟旅行方面最为突出，首先从小说的名字上就可略见一斑。小说描写了主人公格列佛在"小人国""大人国""飞岛"和"智马国"等地的游历过程，"是一种非常神奇的旅行，遵循着一种航海—访问—驱逐—回归的叙事范式……探索一种奇特的社会及它所继承的社会和

---

① Robin Kirkpatric, *Dante: The Divine Comedy*, New York: Cambridge University Press, 2004, p. 1.

② Stuart Sim, "Introduction", in John Bunyan, *The Pilgrim's Progress*, Herdfordshire, UK: Wordsworth Editions, 1996, p. xi.

道德理想之间的关系"①。

古希腊罗马神话、圣经、亚瑟王传奇和后来欧洲文学中的旅行叙事，对美国文学中的旅行叙事产生了深远的影响。在《美国的埃涅阿斯——美国自我的经典起源》（*The American Aeneas*：*Classical Origins of the American Self*，2001）一书中，约翰·希尔兹（John C. Shields）指出："《埃涅阿斯记》中的那位厌战而又勇敢的半人半神和特洛伊战争幸存者，是美国人的原型，在史诗性的旅行中四处周游，以便完成自己的使命。"② 英国小说家丹尼尔·笛福的《莫尔·弗兰德斯》（*Moll Flanders*）在叙述女主人公的流浪生活的时候尤其给人留下了深刻的印象，因为它暗示主人公莫尔·弗兰德斯的旅行灾难事实上不是灾难，而是一个强迫她从一个环境流落到另一个环境的剥削社会所造成的恶果。更为重要的是，"莫尔·弗兰德斯最终流落到美国，在那里欧洲旅行叙事的文学传统得到继承并具有新的特点。美国的诞生和青春期成长似乎就建立在旅行的概念之上，旅行也由此成为美国文化身份的一个至关重要的特征"③。

第二节　美国 19 世纪经典文学中的旅行叙事特征

旅行叙事的基本特征就是描述一个旅行者在不同的地域空间的运动。这种旅行叙事的历史和文化方面的独特性在于它是一种结构性和记叙性手段。旅行叙事在小说中可以作为"追寻"（quest）、"朝圣"（pilgrimage）、"流浪汉"（picaresque）、"奥德赛式漂泊"（odyssey）和"成长"（Bildunsroman）等形式表现出来。这样的叙事结构容易将结构的形似性和心理发展的主题结合在一起。早在美国殖民主义时代，作为小说滥觞之一的传记和囚禁叙事，就把英雄旅行作为最主要的叙事之一。"美国传记作家的创作也源自一个朴素的动机，即记录下清教社会所崇敬的英雄人物的生平……因为整个向美洲移民这一事业被认为是与古以色列人迁徙相类似的壮举。正如古以色列人从埃及出发，跨越茫茫荒原，最后到达希望之地一

---

① Robert Scholes，James Phelan and Robert Kellog，*Nature of Narrative*，New York：Oxford University Press，2006，p. 113.

② John C. Shields，*The American Aeneas*：*Classical Origins of the American Self*，Knoxville：University of Tennessee Press，2001，p. 5.

③ David Laderman，*Driving Visions*：*Exploring the Road Movies*，p. 5.

样，移民从英国出发，横渡大西洋，最后到达他们心中的新迦南"①。玛丽·罗兰森（Mary Rowlandson，1636—1678 年）的《遇劫记》（*A Narrative of the Captivity and Restoration of Mrs. Mary Rowlandson*，1682）就把作者在印第安部落的遇劫和获得拯救描绘成英雄的历险。"这种印第安囚禁叙事的主要格局，不管其主题的强调重点如何，都是原型英雄从死亡到再生的成长性旅行。"② 而在独立战争末期，美国出现了小说的雏形。这一时期的小说有两种叙事模式，其中之一就是以旅行叙事为主体的流浪汉小说。流浪汉小说"按主人公的旅行路线或生活经历，描写各种各样的事件和人物，其中以《现代骑士》（*Modern Chivalry*，1792）较为著名"③。《现代骑士》模仿西班牙小说家塞万提斯在《堂吉诃德》中开创的流浪汉叙事结构，描写了一位叫作法拉戈（Farrago）的民兵军官和一位叫作奥里根（Teague）的仆人在美国各地的巡游探险。类似的流浪汉式旅行叙事在查尔斯·布朗（Charles B. Brown，1771—1810 年）的《阿瑟·梅尔文》（*Arthur Mervyn*，1799）、《埃德加·亨特利》（*Edgar Huntly*，1799）等小说中也有表现。

18 世纪末爆发的独立战争，将美国人民从英国的桎梏中独立出来。1829 年安德鲁·杰克逊（Andrew Jackson）通过民选成为美国总统，向美国人民昭示了一个崭新时代的到来，那就是每一个美国人都可以通过自己的个人奋斗成为美国的总统。"美国梦"的抱负和广袤的土地促发了"西进运动"，任何力量都无法阻挡美国人民无畏的冒险和通向财富和荣耀的旅程。因此，19 世纪美国文化和生活的一个典型特征就是"运动"（movement）。早在 1893 年，历史学家特纳就发现了美国民族的这一特征，认为"运动一直是美国历史和美国民族性格的主要因素"④。为了追求美国梦幻，为了追求心灵自由，19 世纪的美国人始终奔走在道路上。住在东部的奔向西部，住在乡下的奔向城镇，住在此州的奔向彼州，久居国内的还越洋到作为老家的欧洲去看看。

新大陆的这种忙碌的旅行生活迫切需要美国文学的形象再现。而刚刚获得民族独立的美国，在文学创作的时候，却仍然依赖于旧欧洲的文学传

---

① 〔美〕埃默里·埃利奥特：《哥伦比亚美国文学史》，第 57—58 页。

② Nellie McKay, "Autobiography and the Early Novel", in Emory Elliott and Cathy N. Davidson, eds., *The Columbia History of the American Novel*, New York：Columbia University Press, 1991, p. 32.

③ 张冲：《新编美国文学史》第 1 卷，上海外语教育出版社 2000 年版，第 203 页。

④ Frederick J. Turner, *The Frontier in American History*, p. 37.

统。作为欧洲文学三支伏流的古希腊罗马神话、圣经和亚瑟王传奇自然是
美国文学作家模仿的对象。纳撒尼尔·霍桑，这位美国19世纪浪漫主义
文学大师，就对古希腊罗马神话极为推崇。他说道："任何时代都无法复
制这些不朽的故事。它们似乎不是被人创作出来的。当然，只要人类存
在，它们也就永远不会消失。但是，正是因为它们的永恒性，它们就成为
合法的题材，让不同时代的人用他们自己的行为和情感服饰进行包装并赋
予自己的道德。"① 关于亚瑟王传奇对美国这个刚刚诞生的新世界的影响，
亚兰·路帕克（Allan Lupack）与芭芭拉·路帕克（Barbara Tepa Lupark）
有这样的论述："梅林（Merlin）的神力和对圣杯的追求是美国亚瑟王文学
中最早和最常见的母题。这是因为梅林，像神话的美国一样，拥有一个创
造新世界的潜在能量，同时也因为对圣杯的追求类似于完美伊甸园的追
求，而这是美国梦的最常见的隐喻。"②

　　欧洲的文化传承和美国19世纪的旅行生活的有机结合，使得美国19
世纪的经典文学在结构和主题方面自然呈现出一种英雄旅行叙事的特征。
这一时期的经典作家，尤其是纳撒尼尔·霍桑、赫尔曼·麦尔维尔和沃尔
特·惠特曼（Walt Whitman）等，都有意识或无意识地把古希腊罗马神话
中的英雄旅行叙事作为他们作品中潜在的结构性叙事。这些作品中的叙事
空间，大都在道路上展开。这种"道路"既可以是霍桑小说中的陆路，也
可以是爱伦·坡（Allan Poe）和麦尔维尔小说中的"大海"，以及马克·
吐温作品中的"大河"。这些作品中的主人公虽然不再是古希腊罗马神话
中出身高贵的英雄，而大多是美国当时社会中的各行各业的普通人物，但
是在美国作家的心目中，他们都是"英雄"，都是"国王"，因为美国是
一个崇尚个人主义的国度。美国文学中的滞定型（stereotypical）主人公就
是自我奋斗的个人主义者，他们通过艰苦奋斗、创新和毅力来实现自己的
美国梦。毫不奇怪，这些普通的"英雄"具有美国民族那种天生的好动和
冒险精神。他们会因为某种召唤，迈出日常世界的"阀阈"，踏上通往异
域世界的道路，在道路上遇到良师益友或敌人，遭遇各种考验，进入神秘
的洞穴，与魔鬼进行生与死的决斗，最终带着某种报酬回归日常世界。例
如，在评价霍桑作品中的英雄叙事时，伊文斯·史密斯指出："纳撒尼
尔·霍桑的故事经常利用英雄旅行的叙事结构，并且经常将旅行与诗性的

①　Nathaniel Hawthorne, *The Complete Works of Nathaniel Hawthorne*, 12 Vols, Boston: Houghton Mifflin & Co., 1883, p. 13.

②　Allan Lupack and Barbara Tepa Lupark, *King Arthur in America*, New York: Boydell & Brewer, 2001, p. 3.

问题结合起来。"① 因宋·乔伊也说过："霍桑总是阴暗地把美国人想象成旅行者，背着世袭的邪恶和愧疚的沉重负担，行走在一条阴暗和危险的道路上。"② 霍桑的以《好小伙子布朗》（"Young Goodman Brown"）和《我的亲戚莫里钮斯少校》（"My Kinsman，Major Molineux"）等为代表的短篇小说正是将旅行和美国清教主义的邪恶问题结合起来，严格按照古希腊英雄旅行和冒险结构进行创作，评论者从这两部小说中甚至可以找出坎贝尔和斯图亚特·沃伊蒂拉所言的英雄旅行的十二个典型阶段。在评价赫尔曼·麦尔维尔的《白鲸》（Moby Dick）的时候，哈罗德·布鲁姆（Harold Bloom）指出："作为人类宇宙故事的史诗，《白鲸》不单纯是一部造神和造人的地方例子，其时空维度可以与古希腊的《奥德赛》和古罗马的《埃涅阿斯记》相提并论。"③ 由于《奥德赛》和《埃涅阿斯记》都是表现英雄旅行和冒险的杰作，麦尔维尔的《白鲸》自然也沿用了古希腊罗马神话和文学作品中的这种英雄旅行叙事。布鲁姆认为，约瑟夫·坎贝尔在《千面英雄》中所提出的英雄旅行历险的"单一神话"叙事模式，完全可以用来阐释麦尔维尔的《白鲸》。《白鲸》不仅在旅行叙事模式上与古希腊神话中的英雄历险很相似，甚至作品的主人公亚哈船长（Captain Ahab），也具有古希腊罗马神话中的英雄品质。正如密尔顿·米尔豪瑟（Milton Millhauser）所言，自赫尔曼·麦尔维尔的《白鲸》开始，我们就看到美国文学中的英雄与希腊传统有密切的联系，但是同时又具有美国的特征。④ 只不过《白鲸》的英雄旅行的复杂性在于，亚哈船长没有完成希腊神话中英雄的最后归家之途，而是把这一剩下的旅程交给了伊什梅尔（Ishmael）。伊什梅尔和亚哈船长共同经历了漫长的海上旅行历险，经历了海上的各种诱惑和考验，也都与作为魔鬼象征的白鲸进行了殊死搏斗。在这场生命攸关的较量中，亚哈船长悲剧性地葬身海底，只有伊什梅尔回归世间，获得了关于人生与宇宙的顿悟。甚至连表层上不属于英雄旅行叙事的诗集《草叶集》（Leaves of Grass），也在精神结构中采用英雄旅行叙事的方式。"惠特曼的《草叶集》是对诗人英雄旅行的美国式再现。《自我之歌》（"Song of Myself"）以诗人对自我身份的欢快追寻开始，由此开始了诗人诗歌创

---

① Evans Lansing Smith，*The Hero Journey in Literature*：*Parables of Poesis*，p. 262.

② Insoon Choi，The Journey Home to the True Country：A Study of Flannery O'Conner's Fiction，pp. 6–7.

③ Harold Bloom，*Herman Melville's Moby Dick*，New York：Infobase Publishing，2007，p. 173.

④ Milton Millhauser，"The Form of Moby-Dick"，in Thomas J. Rountree，ed.，*Critics on Melville*，Coral Gables：University of Miami，1972，p. 76.

作的伟大十年期，并在"丁香花昨日在庭院绽放"这首庄严的哀曲中达到
高潮。这位美国英雄诗人的旅行在一场超验性的死亡中结束，这种死亡是
一种新的神化，通过这种神化，惠特曼将黑夜、死亡、母亲和大海的四维
景象结合在一起①。

为了照应这种英雄旅行叙事，19 世纪初期的许多浪漫主义作家如爱
伦·坡、纳撒尼尔·霍桑、赫尔曼·麦尔维尔、沃尔特·惠特曼等还在他
们作品中全部或局部采用如"下沉式"叙事，以及如荣格所言的"夜海航
行"叙事的结构。"'下沉'（katabasis）这个术语在文学上的意思是'下
降'（descent），是一个源于希腊神话的概念，描绘一种通往地狱并回归的
旅行。"② 这种下沉式旅行通常涉及六个环节：第一，是一次通向地狱的旅
行；第二，这个旅行要使某人或某物得以复活；第三，进入地狱的时候要
通过一条河流或洞穴，并需要一个向导；第四，这个地狱非常危险，充斥
着黑暗，魑魅魍魉；第五，旅行者中必须有一个人作为献祭性受害者死
亡；第六，这个旅行使英雄获得改变，获得再生或者某种酬劳。荣格认
为，"夜海航行是一种下沉到地狱和通往世界之外的鬼魅之域的旅行"③。
这种旅行通常在夜间进行，表现为英雄被恶龙或魔鬼吞噬，英雄打败魔
鬼，并在黎明获得新生。霍桑的《好小伙子布朗》和《我的亲戚莫里纽斯
少校》中的主人公都在夜间展开旅行，都经历了荣格所言的地狱"下沉"。
尽管他们下沉式旅行的目的地有森林、城镇之分，但是在当时的清教主义
盛行的新英格兰，都是邪恶洞穴的化身。爱伦·坡的《亚瑟·格登·皮姆
的历险》（The Narrative of Arthur Gordon Pym of Nantucket）和麦尔维尔的
《白鲸》无论是在叙事时间、叙事场景还是叙事结构方面，都具有古希腊
神话中的那种夜海航行的特征。不独早期的浪漫主义作家具有这种叙事特
征，就是 19 世纪中后期的现实主义和自然主义作家，例如马克·吐温和
斯蒂芬·克莱恩（Stephen Crane）等，也在作品中运用了这种"夜海航
行"和"下沉"式的叙事结构。戴尔·玛萨斯（Dale Mathers）在评论马
克·吐温的小说尤其是《哈克贝利·费恩历险记》（The Adventures of Huck-
leberry Finn）时曾经指出："在马克·吐温版的夜海航行中，密西西比河就

---

① Harold Bloom and Blake Hobby, *The Hero's Journey*, New York: Infobase Publishing, 2009, p. xiii.

② Jennifer Laing and Warwick Frost, *Books and Travel*, Toronto: Channel View Publications, 2012, p. 9.

③ Carl Jung, *The Complete Works of Carl Jung*, Vol. 16, Princeton, New Jersey: Princeton University Press, 1966, p. 455.

是一种集体无意识，英雄的探索就是那个男孩的历险。"① 克莱恩的小说《海上扁舟》（"The Open Boat"）虽然篇幅不长，但是再现人物夜晚在大海上的历险却极为生动和恐怖。

但是，受美国独特历史和社会现实的影响，美国 19 世纪的经典文学在结构上呈现线性旅行叙事特征的同时，在叙事空间方向性方面更突出西行和欧洲旅行的因素，在主题方面突出追寻未知世界、逃避文明社会、渴望成长等母题。罗德里克·纳什（Roderick Frzzier Nash）认为，旅行意识作为美国文化身份的中心，体现的是对荒原的浪漫化视觉。② 这一评述尤其适合美国 19 世纪经典文学中的旅行叙事。詹姆斯·费尼莫·库柏的《皮袜子故事集》（*Leatherstocking Tales*）是表现"西行"的典范之作，作品的主人公纳蒂·邦波（Natty Bumppo），始终置身于通向西部的荒原之旅中，他的西行之旅表现的是美国西进过程中自然与文明的冲突。亨利·詹姆斯的"国际题材"小说，则将作品的叙事空间置于 19 世纪的欧美大旅行语境之中，通过主人公在欧美两地的旅行，表现美国人对旧欧洲的文化朝圣、对自己民族身份的重新审视，以及欧美两种文化的冲突。美国 19 世纪最重要的旅行叙事小说当属马克·吐温的《哈克贝利·费恩历险记》，在这部小说中，同名主人公哈克在逃离父亲的残暴约束后，跟一个名叫吉姆（Jim）的潜逃奴隶沿着密西西比河漂流并最终完成健全心智的发展。这样的一部被称为儿童文学的小说在美国现代文学发展史上具有至关重要的意义。海明威认为："一切当代的美国文学都来自于马克·吐温的一本叫作《哈克贝利·费恩历险记》的小书，在它之前没有别的作品可以与之相比，在它之后也没有别的作品能与它媲美。"③ 这部小说的重要性在于，它是罗曼司、追寻小说、流浪汉小说、主人公成长小说及西部小说，而这所有的标签，最终可以归结为它是一部旅行叙事小说或者道路叙事小说。无论是其主题还是叙事方式，《哈克贝利·费恩历险记》对美国 20 世纪的小说创作都影响深远。

---

① Dale Mathers, *An Introduction to Meaning and Purpose in Analytical Psychology*, East Sussex: Routeledge, 2003, p. 47.

② Roderick Frzzier Nash, *Wildness and the American Mind*, New Haven: Yale University Press, 1967, p. 67.

③ Ernest Hemingway, *The Green Hills of Africa*, New York: Scribers, 1935, p. 22.

第三节　美国 20 世纪小说对 19 世纪小说
旅行叙事结构的继承与变异

自 1900 年尤其是第一次世界大战以来，美国文学呈现了一种多元纷呈的局面，使得文学史论家很难再像过去那样进行简单的浪漫主义、现实主义或自然主义的标签式区分。一方面，受叔本华（Arthur Schopenhauer）和尼采的非理性意志论、柏格森（Henri Bergson）的直觉论、弗洛伊德和荣格的精神分析论，以及海德格尔（Martin Heidegger）的存在主义等哲学思想的影响，美国文学的主体进入了如某些文学史家所言的现代主义文学时期。即使是这样的一种文学范畴称谓，仍然是一个不确定的现象。关于它的起止时间、涵盖流派，以及与"后现代主义"的关系，至今都存在着不同的界说。马尔科姆·布雷德伯里（Malcolm Bradbury）和詹姆斯·麦克法兰（James McFarlane）曾在《现代主义》（*Modernism*）一书中指出："现代主义看上去如此千差万别，简直到了令人惊讶的地步。这取决于人们是在哪个中心，或在哪个首府（或省份）来观察它。正如在今天的英国，'现代'这个词语与一个世纪以前马修·阿诺德（Matthew Arnold）所理解的含义迥然不同那样，我们可以看到，从一个国家到另一个国家，从一种语言到另一种语言，它的含义也是极为不同的。"① 尽管如此，现代主义文学仍然有一些共性的特征。在现代主义者看来，世界是破碎、残酷、不可知的，人生是孤独、痛苦和异化的。现代主义作家的创作，就是要竭力表现人与人、人与自然、人与社会、人与物的对立关系和全面异化，以及对自我的探索和思考。在艺术形式和表现手法上，现代主义具有强烈的反传统性，更多地使用象征、隐喻、时空颠倒、意识流、潜意识和荒诞等手法。现代主义文学的结构是碎片化的，还经常借鉴闪回、拼贴等电影手法来结构情节，给人一种眼花缭乱、无所适从的感觉。

但是，即使是在这所谓的现代主义一统天下的时候，在 19 世纪发展并完善起来的现实主义和自然主义文学也并没有消失。现实主义文学的一个典型特征，就是作家多用无所不在的第三人称叙事手法，详细地交代故事发生的时间、地点及前因后果，并特别强调小说的社会批判意义。但

---

① 〔英〕马尔科姆·布雷德伯里、〔英〕詹姆斯·麦克法兰：《现代主义》，胡家峦译，上海外语教育出版社 1992 年版，第 15 页。

是，面对现代主义思潮和创作手法的挑战，20 世纪的美国现实主义文学也进行了必要的革新。正如王宁先生所说的那样："即使我们拿公认的 20 世纪现实主义作家高尔斯华绥（John Galsworthy）、萧伯纳（George Bernard Shaw）、斯坦贝克、辛克莱·刘易斯以及更早些的托马斯·哈代（Thomas Hardy）等同司汤达（Marie-Henri Beyle）、巴尔扎克（Balzac）、狄更斯（Charles Dickens）、托尔斯泰（Tolstoy）、契诃夫（Chekhov）等 19 世纪的批判现实主义大师们相比较，也不难发现其中明显的差异。"① 这种差异的表现是，那些坚持传统的作家能"自觉地将现代主义和现实主义的成分溶为一体，通过自己'接受屏幕'的创造性'投射'，形成自己独特的风格"②。例如，海明威的总体创作基调是现实主义，但是在具体的技巧方面借鉴了现代主义的意识流。他继承了马克·吐温的现实主义传统，将美国中西部的语言提炼成简洁、明快、含蓄的"海明威式"语体；同时，他又从西方现代派绘画中吸取了直觉的表现手法来构成深沉的意境，从现代派作家那里借鉴了自由联想和内心独白来展示人物的心态。

但是，不管美国 20 世纪的小说是现实主义、现代主义还是后现代主义，它延续了 19 世纪以来的旅行叙事传统并在新的时代继续发扬光大却是显而易见的。只不过这种旅行的叙事空间更多地发生在美国的公路上，旅行的主体更多地采用了汽车运动的方式。因此，美国突出表现 20 世纪汽车旅行的文学获得了一个更具有美国文化特征的称呼："公路文学"（literature of the American highway）。关于这种"公路文学"与 19 世纪美国文学旅行叙事的继承关系，罗纳德·普莱谬有这样的论述："美国公路文学在过去一个世纪的演化已经吸收了几个悠久的传统，旅行、追寻和历险叙事。"③ 在 20 世纪的美国小说中，不管是现实主义作家约翰·斯坦贝克的《愤怒的葡萄》，还是现代主义作家弗拉基米尔·纳博科夫的《洛丽塔》，不管是黑人作家理查德·赖特的《土生子》，还是犹太作家索尔·贝娄的《奥吉·马奇历险记》，作品的叙事空间始终是在大路上展开的，作品的主人公始终是在大路上奔波、追寻或者历险。在叙事结构方面，20 世纪的美国小说都或隐或显地延续了美国 19 世纪经典文学中的旅行叙事范式，概括起来有以下几个方面。

第一，继续沿用霍桑、麦尔维尔等浪漫主义作家所用过的英雄旅行叙

---

① 王宁：《现实主义，现代主义和后现代主义》，载柳鸣九主编《西方文艺思潮论丛：二十世纪现实主义》，中国社会科学出版社 1992 年版，第 59 页。

② 王宁：《现实主义，现代主义和后现代主义》，第 68 页。

③ Ronald Primeau，*Romance of the Road：The Literature of the American Highway*，p. 7.

事模式，亦即约瑟夫·坎贝尔所言的"单一神话"叙事。"美国的公路文学，也是坎贝尔所言的单一神话的现代版本。这种范式的中心是英雄的旅行，英雄为了追寻而启程，经历考验，并最终带着胜利回归，带给家园一些恢复性力量。"① 欧内斯特·海明威的《永别了，武器》、约翰·斯坦贝克的《愤怒的葡萄》、拉尔夫·埃里森的《看不见的人》、威廉·斯泰伦（William Styron）的《索菲的选择》（*Sophie's Choice*）、弗兰纳里·奥康纳的《暴力夺走了它》（*The Violent Bears it Away*）等都采用这种旅行叙事。正如拉马·拉奥（Rama P. G. Rao）在评论海明威的小说时所言，"这种神话的旅行叙事在海明威的所有小说中反复出现。只不过这种现代英雄的历险只是与奇异和恐惧结合在一起，他的胜利就是生存，他获得的知识就是失望"②。

第二，受 19 世纪美国文学旅行叙事的直接影响，美国 20 世纪小说在表现旅行的时候，仍然沿用"追寻"（quest）、"朝圣"（pilgrimage）、"逃遁"（escape）、"流浪汉"（picaresque）、"漂泊"（odyssey）、"成长"（bildunsroman）和"西行"（the western journey）等叙事模式。作为叙事文学的最古老和最常见的结构性范式之一，追寻性旅行主要再现一种以目标为导向的旅行，这种旅行以主人公的线性旅行为主要叙事手段，来表现主人公在生活中的某种追求。具体到美国 20 世纪的小说，这种追求仍然以美国梦和身份的追求为主，但也不乏单纯以上路旅行为目的的追寻叙事。这种旅行叙事在总体上又与"朝圣""逃遁""流浪汉""成长""西行"等旅行叙事具有交集，这种交集取决于旅行者的目的和旅行的方向。如果旅行者的目的是追求宗教的慰藉或文化的寻根，那么这种追寻性旅行就是"朝圣"。比如在海明威的《太阳照常升起》中，主人公杰克（Jake Barnes）的西班牙之行，就是一种寻求宗教拯救的朝圣之旅。如果旅行者的目的是逃避世俗文明的困厄、追寻精神的自由，那么这种追寻性旅行就是"逃遁"。例如在《麦田里的守望者》中，主人公霍尔顿·考菲尔德厌倦了周围成人社会的虚伪，企图逃离纽约，到美国西部去，在那里隐名埋姓，过一种贴近自然的生活。霍尔顿的这种旅行，就是逃遁性旅行。"流浪汉"叙事和"漂泊"叙事基本内涵一致，都强调主人公的旅行没有特别明确的目的，或者由于客观的因素导致主人公无法按照既定的旅行路线到

---

① Ronald Primeau, *Romance of the Road: The Literature of the American Highway*, p. 7.

② Rama P. G. Rao, *Ernest Hemingway's A Farewell to Arms*, New Delhi: Atlantic Publishers & Dist, 2007, p. 48.

达目的地。杰克·凯鲁亚克的《在路上》和《达摩流浪者》(*The Dharma Bums*),是这类旅行小说的典型代表。如果旅行者是青少年,在旅行的过程中或终点获得了精神的成长,那么这种旅行就是"成长性旅行"。比如在《坟墓闯入者》中,威廉·福克纳(William Faulkner)通过再现白人少年契克(Chick)的一次黑夜之旅和对一起凶杀案件的线索破解,揭示了主人公对美国种族社会的认知,以及精神的成长。如果旅行者的旅行方向是美国观念中的西部,那么这种追寻性旅行就是"西行"。比如在《愤怒的葡萄》中,斯坦贝克以史诗的笔触表现了以约德一家为代表的俄克拉荷马人沿着 66 号公路举家西行的壮举。但是,这种划分也并非十分严格。在许多情况下,美国 20 世纪小说中的旅行叙事,常常是多种范式融合在一起的。斯坦贝克的《愤怒的葡萄》,既是一部寻求"迦南圣地"的追寻性旅行小说,又是一部"西行"小说,甚至还是主人公约德获得精神成长的小说。

第三,不同于 19 世纪文学中的旅行叙事,美国 20 世纪的旅行叙事小说更多地融入了汽车的元素。如果说美国 19 世纪的经典文学表现的主要是主人公通过徒步、木筏、马车、舟船和火车进行旅行的话,那么 20 世纪的美国旅行叙事小说则主要表现主人公的汽车旅行生活。在谈到汽车在美国现代小说中的存在时,大卫·莱德指出:"汽车以一种公然悖论和矛盾的方式贯穿于美国现代小说的始终。"它既是一种实现自由、探索和逃遁"浪漫冲动"的方式,也是美国文化中对技术破坏性痴迷的危险性体现。[①] 与汽车叙事相联系的,就是关于公路、沿途风景和汽车旅馆的烦琐描写。"道路起着空间连接的作用,它们将明显空旷的区域连接起来——有了道路,区分城乡社会区别的地理和文化边界将不复存在。"[②] 正如美国的国名全称一样,道路将美国地理意义上的各个州连接在一起,也将美国各个地方的人民连接在一起,因而成为一种社会和文化现象。杰克·萨金特(Jack Sargeant)和斯蒂芬·沃森(Stephanie Watson)进一步指出,"道路在美国民族的心理中占据中心的位置,这可以从美国成为一个国际性的经济和政治大国的形成中看出来"[③]。因此,在美国 20 世纪的旅行叙事小

---

① David Laird, "Versions of Eden: The Automobile and the American Novel", p. 245.

② Jack Sargeant and Stephanie Watson, "Looking for Maps: Notes on the Road Movie as Genre", in Jack Sargeant and Stephanie Watson, eds., *Lost Highways: An Illustrated History of Road Movies*, London: Creation Books, 1999, p. 12.

③ Jack Sargeant and Stephanie Watson, "Looking for Maps: Notes on the Road Movie as Genre", p. 22.

说中，道路继续成为主人公旅行的重要载体也就毫不奇怪了。尤其是到了20世纪50年代，汽车和道路与美国人民的生活和国家的发展更加密不可分，于是有学者干脆把美国比喻成一个会行走的人体，道路是这个躯体的骨骼，而汽车则是这个躯体的血液。"20世纪50年代高速公路的兴起使美国成为一个健康人体的意象，它的生活流淌在四通八达的公路网中。"① 这种将美国比作行人的意象，更强化了美国20世纪小说中的旅行叙事。例如，在海明威的小说《父与子》（"Fathers and Sons"）中，38岁的主人公尼克·亚当斯（Nicholas Adams），与他的儿子开着汽车行驶在中西部的公路上，欣赏着沿途的风景，就好像在阅读一部关于美国的书。

第四，由于20世纪美国小说的总体特征是现实主义、现代主义和后现代主义的交会并存，那么这几种不同类型的小说家在表现旅行这一文学叙事时势必产生叙事方式方面的差异。由于现实主义文学的哲学基础是理性主义，以现实主义手法创作的具有旅行叙事特征的小说仍具有完整的故事情节，主人公的旅行也具有确定的目的性，旅行的线路不管是出发还是回归，都具有直线型的特征。至于旅行主人公的结局，则仍然沿袭了19世纪现实主义小说中的旅行叙事传统，主人公要么通过旅行获得崇高的转变，要么走向死亡或疯癫。正如乔安涅·戈尔登（Jonne M. Golden）所言，"旅行叙事格局在现实主义小说中也很明显。不像上面谈到的玄幻叙事，现实主义小说中的主要角色启程旅行是因为他们想离开当下的环境并寻求新的家园。这些叙事的结构是响应离家的召唤（或者说一个相对安全的环境），以便旅行到另一个家园。这些人物角色会在沿途经历生存的考验，直到他们最终到达目的地（先前的家园或者一个新家园）。因此，理性是促使这一系列事件的因果性连接"② 。约翰·斯坦贝克的《愤怒的葡萄》，是美国20世纪现实主义小说旅行叙事的典型代表。现代主义文学的哲学基础是非理性主义，以现代主义手法创作的具有旅行叙事特征的小说缺乏完整的故事情节，主人公的旅行目的具有随意性，旅行的路线具有非确定性，主人公经过旅行，经常是一无所获地回到原点或者干脆没有终点。对于20世纪现代主义小说中的这种旅行叙事，詹尼斯·斯道特曾经有精辟的论述："在20世纪的美国小说中，旅行母题不断地以一种不确定的无家可归的漫游形式出现。我们主人公的旅行变成了目的和过程不明的旅行，

---

① David Laderman, *Driving Visions*: *Exploring the Road Movies*, p. 39.

② Jonne M. Golden, *The Narrative Symbol in Childhood Literature*: *Exploration in the Construction of Text*, Berlin and New York: Walter de Gruyter, 1990, p. 25.

旅行没有终点。"① 弗拉基米尔·纳博科夫的《洛丽塔》就是美国 20 世纪现代主义小说旅行叙事的代表作。

第四节　美国 20 世纪小说旅行叙事的文化隐喻

"并非所有的旅行文学都围绕着文化批评展开，但是对一些主要作品的回顾显示旅行叙事通常被用来作为某种社会批评的工具。"② 比如拉伯雷（François Rabelais）的《巨人传》（*The Life of Gargantua and of Pantagruel*，1564）和塞万提斯的《堂吉诃德》（1565）都是利用旅行历险叙事结构，利用主人公在旅行途中所经历的滑稽可笑的情节来作为社会讽刺的手段。通过这种旅行结构，庞大固埃（Pantagruel）和堂吉诃德相对地从一个比较稳定的社会环境中分离，因而能够批评地观察社会。比如，堂吉诃德曾经受骑士罗曼司的影响而忽视了现实的弊端。通过表现堂吉诃德的旅行经历，塞万提斯隐晦地表达了自己对天主教和西班牙政治的批判。利用旅行叙事作为社会讽刺的传统在启蒙时代的文学中又得到进一步的发展，尤其是通过流浪汉小说的形式。伏尔泰的《老实人》（1759）通过描写主人公坎狄德的一系列放纵的旅行历险和遭遇，讽刺了当时的理想主义政治哲学。这部旅行叙事小说戏剧化地再现了新型的商业社会的混乱、物质主义的文化，以及西班牙宗教裁判所的残忍和虚伪。美国 19 世纪经典文学中的旅行叙事，也继承了欧洲旅行叙事文学的社会批评传统，但更多地与美国的历史和社会现实结合起来。概括起来讲，在美国 19 世纪经典文学的旅行叙事中，作家们通过表现主人公的各种方式的旅行，来表现对"美国梦"的追寻、成长的渴望、对人性恶的省察、对未知领域的探索，以及对"天定命运"的抱负等。

美国 20 世纪的旅行叙事小说，在继承 19 世纪旅行叙事文学主题的基础上，又在 20 世纪特定现实与特定种族文化的作用下，呈现出更加复杂的文化批评特征。从种族的角度来看，美国 20 世纪的文学有主流白人文学、黑人文学、犹太文学、华裔文学等区分。从性别的角度看，美国 20 世纪的文学又分男性文学和女性文学。从美国白人主流文学的内部来看，又因为两次世纪大战、30 年代的大萧条、反战运动、美国南方特定地域等

---

① Janis P. Stout, *The Journey Narrative in American Literature*：*Patterns and Departures*, p. 106.

② David Laderman, *Driving Visions*：*Exploring the Road Movies*, p. 4.

因素，产生出"迷惘的一代"文学、"左翼"文学、"垮掉派"文学，及"南方"文学等。这些派别常常是相互交叉的，一个作家同时会横跨两个甚至两个以上的派别。比如，欧内斯特·海明威可以同时分属白人文学、男性文学和"迷惘的一代"文学等三个主次派别，托尼·莫里森则同时属于黑人文学和女性作家两个派别。作家自身的种族属性、性别属性，以及所处的文学阵营，都会影响到他们的文学创作，使他们的作品具有独特的文化批评意义。

先以白人文学为例。这一大的种族文学派别下具有"迷惘的一代"文学、"左翼"文学、"南方"文学和"垮掉派"文学等几个主要的次派别。"迷惘的一代"文学的代表小说家主要有欧内斯特·海明威、F. S. 菲茨杰拉德、约翰·多斯·帕索斯等，他们的小说在表现旅行叙事的时候，侧重强调"逃避"（escape）和"流亡"（exile）等主题。"逃避和流亡也是美国许多'迷惘的一代'小说中主人公的主要选择。也许最具有代表性的是海明威的《永别了，武器》（1929）。情节的中心是不断进行的逃避，其中包括几个最具有戏剧性和最富悬念的逃避危险和追捕的旅行，还有更广阔意义上的逃避"①。而在以约翰·斯坦贝克、迈克尔·高尔德（Michael Gold）等为代表的"左翼作家"则将旅行看作摆脱受压迫的经济社会并获得精神救赎的主要方式。在谈到斯坦贝克小说中的旅行叙事时，大卫·雷德曼（David Laderman）指出："运动在斯坦贝克的作品中通常起着这样的作用，那就是关注那些受压迫的经济阶层和导致他们旅行的社会政治原因。在现代化地表现旅行叙事的时候，他的作品通过暗示摆脱腐败文化的精神救赎主要来自自然的超验这一观点，反映了惠特曼和马克·吐温的思想。"② 以威廉·福克纳为代表的南方作家，则通过描写人物的旅行，表现南方家族制社会的衰落，以及南方的黑人奴隶制等问题。正如坎迪斯·维尔德（Candace Waid）所言，"作为一种口头激励的文学形式，南方旅行叙事充满了对奴隶制的诅咒，并且记忆作为南方历史的负担也是南方文学的负担。所有的这些作品都涉及向南旅行的故事，以实现一种潜在致命的身份，而这种身份就位于艺术和种族的十字路口"③。以杰克·凯鲁亚克、威廉·巴勒斯（William Burroughs，1914—1997 年）等为代表的"垮掉

---

① Jean Charles Seigneuret, *Dictionary of Literary Themes and Motifs*, Vol. 1, Westport, Connecticut and London: Greenwood Publishing Group, 1988, p. 468.

② David Laderman, *Driving Visions: Exploring the Road Movies*, p. 6.

③ Candace Waid, *The Signifying Eye: Seeing Faulkner's Art*, Athens: University of Georgia Press, 2013, pp. 39 – 40.

派"作家，则把旅行当作一种反对现有秩序、反对占统治地位的文化与道德观念、主张无拘无束的自我实现的主要手段。凯鲁亚克的《在路上》无疑是这种旅行和反抗主流文化的代表作。"《在路上》一书的天才之处就在于它把这种新的躁动不安与关于道路的美国经典神话联系起来，并且用这种躁动不安来表达一系列具有颠覆性的价值观——充沛的活力、旺盛的精力、精神上的脱俗、强烈的情感、即兴的创作，这些价值观念将会向 50 年代以城市郊区和大公司为代表的保守主义提出挑战。"①

　　美国黑人小说在 19 世纪初见端倪，在 20 世纪随着哈莱姆文艺复兴而日益壮大起来。生活在美国这个旅行国度的黑人小说家，自然也会把旅行叙事作为自己小说的主要母题。但是囿于性别的特定因素，美国黑人男性小说家与女性小说家在表现旅行叙事的时候，往往赋予旅行不同的文化内涵。正如德宝拉·麦克杜维尔（Deborah E. McDowell）所言，"一种始终贯穿在黑人女性作家小说中的主题是旅行母题。尽管人们也可以在黑人男性作家的作品中发现这相同的母题，但他们运用这一母题的形式却与黑人女性作家不同。比如，黑人男性作家笔下的黑人男性主人公的旅行会把他带到地下（underground）。这种旅行是一种'沉入地下'的旅行，很明显地具有社会和政治的隐含意义。拉尔夫·埃里森的《看不见的人》、伊玛谬·巴拉克（Imamu Amiri Baraka）的《但丁地狱的体系》（*The System of Dante's Hell*）和理查德·赖特的《住在地下的人》（*The Man Who Lived Underground*）是这种探寻的例证。而黑人女性作家笔下的旅行，尽管有时候也触及社会和政治的话题，但基本上是个人的和精神的旅行"②。

　　虽然美国犹太文学的发展由来已久，但是真正的兴起却是在两次世界大战期间及其以后。其间，对犹太文学的定义虽然具有相当多的争论，但是两个基本的特征却获得了评论界的普遍认同，那就是为移民到美国的犹太人所写，表现具有犹太民族特征的题材。犹太民族流散历史、奥斯维辛集中营大屠杀的创伤、犹太民族的美国移民历程、犹太民族与白人之间的种族通婚，以及犹太民族在美国的同化等社会和精神问题，一直是 20 世纪美国犹太文学尤其是小说中所关注的问题，这些问题在相当程度上通过小说中的主人公的旅行表现出来。比如在谈到美国犹太小说中的移民叙事时，约什·拉姆贝特（Josh Lambet）指出："美国犹太小说总是反映着美

　① 〔美〕萨克文·伯科维奇主编：《剑桥美国文学史》第 7 卷，第 186 页。
　② Deborah E. McDowell, "New Directions for Black Feminist Criticism", in Winston Napier, ed., *African Literary Theory: A Reader*, New York: New York University Press, 2000, p. 174.

国犹太人生活的范式和运动方式……以移民为例，美国犹太小说的经典结构模式是：在东欧的艰难童年经历、到美国的越洋旅行、旅途中的阻遏、某种程度的成功及无法适应新家园的失败等。"①

第五节　小结

正像美国文学是从欧洲文学的母体中演变出来的那样，美国 20 世纪小说中的旅行叙事也通过其 19 世纪文学中的旅行叙事与欧洲文学中的旅行叙事原型遥相呼应。以古希腊罗马神话、圣经、亚瑟王传奇和流浪汉小说为代表的欧洲文学，具有典型的"英雄旅行"和漫游漂泊的主题和叙事特征，这些特征直接作用于 19 世纪的美国文学，使得 19 世纪的美国文学，尤其是小说，具有典型的英雄旅行叙事范式和直线型、下沉式叙事结构。具体到不同的作家，其旅行叙事范式又因为作家所表征的旅行载体和旅行方向的不同而有所不同。例如，在叙事载体方面，赫尔曼·麦尔维尔表现大海旅行，马克·吐温表现大河旅行，沃尔特·惠特曼表现大路旅行。在叙事方向方面，詹姆斯·费尼莫·库柏表现西行，亨利·詹姆斯表现欧洲旅行。这些旅行叙事范式在美国 20 世纪的小说中都不同程度地得到继承，例如社会抗议作家约翰·斯坦贝克、"垮掉派"作家杰克·凯鲁亚克、美国犹太作家索尔·贝娄在其代表性作品中都曾不同程度地借鉴了库柏的西行叙事。但是，美国 20 世纪小说中的旅行叙事，在继承美国 19 世纪文学中的旅行叙事结构的前提下，又具有许多明显不同于 19 世纪文学旅行叙事的特征。其一，旅行交通方式多元化。虽然火车、轮船、飞机作为现代化交通工具也不时地出现在 20 世纪的小说之中，但是汽车无疑是美国 20 世纪小说中最为主要的旅行方式，与其相关的高速公路和公路旅馆也成为 20 世纪美国小说中的主要叙事元素。其二，美国 19 世纪文学以浪漫主义和现实主义为主，线性旅行叙事结构表现得最为明显和典型。20 世纪美国小说具有现实主义、现代派和后现代派的多元特征，由于表现手法的多元化，19 世纪单一的线性的叙事结构被打碎，呈现出线性、非线性和断裂状等特征。例如在南方作家威廉·福克纳的《我弥留之际》和"垮掉派"作家威廉·巴勒斯的《裸体午餐》（*The Naked Lunch*）中，主人

---

① Josh Lambet, *American Jewish Fiction*: *A JPS Guide*, Philadelphia, Pensylvania: Jewish Publication Society, 2010, p. 4.

公的线性旅行叙事结构就为意识流和时空旅行式的叙事方式所打乱，至少在表层方面是如此。其三，不同于 19 世纪的主流美国文学，主要由白人男性作家一统天下，20 世纪美国小说具有种族、性别、政治等多元的特征，不同种族、性别和政治阶层的小说家纷纷借助旅行叙事这一最能体现各种族、性别和政治阶层的相遇与交锋的范式，来表现他们的文化与政治诉求。因此，美国 20 世纪小说中的旅行叙事，具有种族、性别和阶层的文化隐喻。对于黑人和犹太小说家来说，旅行是对抗种族隔离、实现种族融合的一个主要方式；对于女性作家来说，旅行可以消解父权权威和实现女性精神独立；对于社会抗议作家来说，旅行可以反抗阶级压迫和逃避社会的精神困厄。

第四章　迷惘与朝圣

——"迷惘的一代"小说家笔下的旅行叙事

　　格鲁特·斯泰因（Gertrude Stein）对欧内斯特·海明威所说的一句名言使"迷惘的一代"作为一个松散的文学派别而闻名于美国现代文学史。这一代作家中的代表人物有格鲁特·斯泰因、欧内斯特·海明威、F.S.菲茨杰拉德和约翰·多斯·帕索斯等，他们大都在肉体或精神方面不同程度地遭受过"一战"和美国国内物质主义的创伤，从而选择远离美国本土，越洋过海到欧洲旅居。这些作家"进行了史诗般的旅行，这种旅行使得他们远离家乡。尽管不同年龄和背景的人都有过这种'奥德赛'式的移居国外经历，这次独特的文学流散已经具有一个文学时代或者一个民族的特征"①。尽管他们在文学创作方面没有统一的纲领，他们在小说创作方面却具有一种共性，那就是表现旅行，尤其是表现逃离美国本土和浪迹欧洲的旅行。正如马尔科姆·考利（Malcolm Cowley）所言，"我们梦想逃离现实，逃到街道曲折的欧洲城市，逃到东方的海岛，那里的女人的乳房小而结实，像翻转的茶杯一样"②。在这方面，尤以海明威最具有代表性。正如一位评论家所言，"尽管海明威有时候单独旅行，有时候跟他的妻子哈德莱（Hadley Richardson）一块旅行，他总是选择跟'迷惘的一代'的其他成员们一起旅行，以便在写作方面能够相互鼓励和帮助"③。海明威的《太阳照常升起》由于详细表现人物在巴黎、巴塞罗那等欧洲地理空间的旅行日程，曾经被评论界戏称为"欧洲旅行指南"。广泛的海外旅居和国内旅

---

① Karen Kaplan, *Questions of Travel*: *Postmodern Discourse of Displacement*, Durham and London: Duke University Press, 1996, p. 43.

② 〔美〕马尔科姆·考利：《流放者归来——二十年代的文学流放生涯》，张承谟译，上海外语教育出版社 1986 年版，第 14 页。

③ Nicole I. Schindel, "Les Années Folles: The American Portrayal of Interwar Period Paris—The Lost Generation", *Binghamton Journal of History*, Vol. 16, 2015, p. 60.

行经历对于"迷惘的一代"小说创作产生了发生学性质的影响，使得旅行
叙事成为他们的小说中一个显在的特征。但是由于不同的人生和旅行经
历，这些小说家们在表现旅行叙事共性的同时，又具有个性的文化隐喻差
异。海明威多表现主人公在欧洲的旅居和精神朝圣，菲茨杰拉德多表现主
人公在欧美两地之间的旅行和"美国梦"的破灭，帕索斯多表现主人公在
美国国内的流浪性旅行，以及对虚幻的"美国梦"的追求。

第一节   "迷惘的一代"文学与"迷惘的一代"
小说家的旅行经历

"迷惘的一代"这一术语最初来源于美国旅法女作家格鲁特·斯泰因
的一句名言："你们都是迷惘的一代。"① 海明威将这句话作为他的第一部
长篇小说《太阳照常升起》的题注，于是"迷惘的一代"作为美国"一
战"后现代主义文学的一个专有派别而渐渐闻名于世。作为一个松散且无
任何明确创作纲领的文学派别，"迷惘的一代"作家所包含的成员在不同
的文学史里有所不同。就小说家而言，有的史论家把福克纳和斯坦贝克包
括在"迷惘的一代"中，也有的把理查德·赖特等黑人作家算作在内。但
是大多数史论家认为，欧内斯特·海明威、F. S. 菲茨杰拉德、约翰·多
斯·帕索斯等是"迷惘的一代"最具有代表性的青年小说家。"在美国文
学史上，这些小说家组成了一个相互联系的小说家群体，虽然这些作家当
中没有 19 世纪美国小说家中的文学巨匠的才华和天赋，但是，根据他们
这一代所赋予的使命，他们组成了在美国产生的最优秀的作家群体"②。这
些作家的共同特征是，都不同程度地遭遇过"一战"的身体和精神的创
伤，对当时的美国物质主义文化反感，对人生前途悲观失望。在分析"迷
惘的一代"的形成原因时，马尔科姆·考利（Malcoln Cavley）指出：

> 这一代人之所以迷惘，首先是因为他们是无根之木，在外地上
> 学，几乎与任何地区或传统都失去联系。这一代人之所以迷惘是因为
> 他们所受的训练是为了应付另一种生活，而不是战后的那种生活，是

---

① James R. Mellow, *Charmed Circle: Gertrude Stein and Company*, New York: Houghton Mifflin, 1991, p. 273.

② Jeffery Walsh, *American War Literature: 1914 to Vietnam*, London: Micmillan, 1982, p. 8.

因为战争使他们只能适应旅行和带刺激性的生活。这一代人之所以迷惘是因为他们试图过流放的生活。这一代人之所以迷惘是因为他们不接受旧的行为准则，还因为他们对社会和作家在社会中的地位形成一种错误的看法。这一代人属于从既定的社会准则向尚未产生的社会准则过渡的时期。①

面对这样的人生和社会困境，"迷惘的一代"青年唯一能做的，就是打起背包，去欧洲旅行，在那里寻找精神和文化的圣地。当时的欧洲，被誉为"文化的麦加圣地，为了过一种画家的生活，作家的生活，这些虔诚的信徒渴望到那里去并成为那里的一员……是欧洲在向他们召唤，欧洲成了他们的指望"②。他们的这种旅行，实际上也是一种自我流放。谈起旅行和流放，这自然就涉及这些年轻美国作家的海外旅行生活。美国20世纪初叶的"迷惘的一代"作家还具有另外一个别称，那就是"移居国外的作家"（expatriate writers）。关于这类美国作家的生活和文化特质，学界常用两个术语来进行概括，那就是"迁徙"（migration）和"旅居"（expatriation）。作为人类的一种基本生活方式，迁徙会导致不同人种之间的文化交流。由迁徙产生的文化现象会转化为地理学家所称为的文化迁徙。"研究迁徙的新一代学者在地理和人类学方面……将迁徙看作一种社会和文化的过程……这种过程转换了空间和地点。"③ 随着交通技术的进步，迁徙成为一种更容易的文化交流和文化扩散方式。而那些迁徙者们，"被认为是旅行文化的一部分，总是在不同的世界中跨越……总是在面对新的可能性和限制，总是在与新的主体位置进行争斗"④。与"迁徙"相连但又不完全相同的另一种概念是"旅居"。根据美国的法律，"旅居"是一种自愿放弃母国国籍和效忠的行为。然而这一界定在文化领域从来不可能泾渭分明。南茜·格林（Nancy L. Green）认为，作为一种"失去公民身份的行为"，旅居"有时候也被用作迁移出境的同义词，即住处的物理变化"⑤。

---

① 〔美〕马尔科姆·考利：《流放者归来——二十年代的文学流放生涯》，第6页。

② Nadine Gordimer, *Telling Times*: *Writing and Living*, *1954–2008*, New York: W. W. Norton, 2010, p. 92.

③ Vinay Gidwani and K. Sivaramakrishnan, "Circular Migration and the Spaces of Cultural Assertion", *Annals of the Association of American Geographers*, Vol. 93, No. 1, 2003, p. 193.

④ Vinay Gidwani and K. Sivaramakrishnan, "Circular Migration and the Spaces of Cultural Assertion", p. 193.

⑤ Nancy L. Green, "Expatriation, Expatriates, and Expats: The American Transformation of a Concept", *Chicago Journals*, Vol. 114, No. 2, 2009, p. 308.

尽管美国国会对美国公民移居国外有自愿放弃美国公民身份和效忠精神的限定，但是在 20 世纪 20 年代的"迷惘的一代"作家的眼中，这一立法形同虚设。他们随意地行走于欧美之间，成为文化意义而非严格法律意义上的旅居国外者。这些作家常年旅居在欧洲，尤其是法国的巴黎。在这些旅居欧洲的"迷惘的一代"作家看来，巴黎是最适合他们心境的城市，因为它提供了"美国作家在他们的母国所缺乏的题材；巴黎解决了迫使一代美国作家离开本土的疏离问题"①。

　　但是他们也不是终年待在巴黎，而是以巴黎为中心，在欧洲大陆和欧美之间来回穿梭。也就是说，这些"迷惘的一代"或"移居国外的"作家们始终处在旅行的征途中。"他们不断地运动，不断地寻找刺激，寻找另一种信仰来取代他们在战争中失去的信仰。"② 在这些"迷惘的一代"小说家中，海明威无疑是最具有代表性的一位。"在所有的影响美国文学进程的作家中，欧内斯特·海明威也许是旅行最广泛的作家。他在国内旅行，也在国外旅行，乘坐轮船、火车、汽车和飞机，把大量的时间不仅消耗在旅行本身，而且也消耗在与旅行相关的烦琐的事务中：查时刻表、买行程票、搞签证、订旅馆、安排信用支票、兑换各国的货币……在海明威的旅行中，还有一项重要的事务，就是要让一箱一箱的书伴随着他。"③ 1889 年 7 月 21 日，海明威出生在伊利诺伊州芝加哥市郊的橡树园小镇，还在他不满一岁的时候，父母就带着他和姐姐玛赛琳（Marcelline）到位于密歇根州北部的华隆湖畔度暑假。在 1900 年的时候，这样的旅程并不轻松，华隆湖距橡树园镇三百英里，要经芝加哥，横渡密歇根湖，来到彼托斯基市，再乘火车才能到达。尽管从现代的眼光看区区三百英里并非多远的旅程，密歇根也只是美国的一个地方而已，但是对于当时的海明威来说，那已经是一种远离家乡的大旅行了。因为这个有印第安人聚集的华隆湖畔象征着另外一种时空：缓慢的、乡野的、浪漫的过去，仍然居住着印第安人，流传着印第安人的故事，或者是一个更抽象的伊甸园。由于密歇根是一个他们一家经常去旅行的地方，它就渐渐成为一个记忆的蓄水池和怀恋早年的纯真、浪漫和自由的场所。到马萨诸塞州的南塔基旅行是这个家庭的另一个传统。1910 年，海明威跟随母亲来到这个城市。这同样是一次漫长的旅行，其间要乘坐小船、轮船和火车。海明威的母亲带孩子们

---

① Joseph H. McMahon, "City for Expatriates", *Yale French Studies*, No. 32, 1964, p. 144.

② John W. Aldridge, *After the Lost Generation*, New York City: McGraw-Hill Book, 1951, p. 12.

③ Miriam B. Mandel, *Hemingway and Africa*, New York: Camden House, 2011, p. 1.

来这里的目的，就是让他们接触大海，了解美国的历史，因为在南塔基市的周边就是著名的历史景点波士顿、康科德和列克星敦。据说，海明威的第一次小说创作就是源于这次的南塔基旅行。

"旅行激励着海明威，通向过去的旅行也成为他的一个习惯。事实上，在他的一生中，海明威总是不断地离开家乡去访问或重访一个遥远的地方，这个地方不那么严酷，工业化水平不高，远离现代的喧嚣，更自由。"[1] 正如他离开橡树园到密歇根去旅行一样，海明威也去佛罗里达州的基维斯特甚者美国更远的地方旅行，直至他离开美国，来到欧洲。成年后的海明威到过世界上的许多国家，例如加拿大、古巴和非洲的众多国家，但是成就他作为"迷惘的一代"发言人地位的却是他的欧洲之行，尤其是他在意大利、法国和西班牙的旅行。1918 年 5 月，海明威以"美国红十字会赴欧救护队"成员的身份，乘坐"芝加哥号"游轮，首次来到欧洲的意大利，参加了当时的"第一次世界大战"。战争期间，他的腿部受伤，使他对"一战"的残酷和荒谬有了切肤的认识。在被送到米兰的一家医院养伤期间，海明威与一个同样来自美国的名叫艾格尼丝·冯·库罗斯基（Agnes von Kurowsky）的年轻女护士相恋，但是他们的爱情在海明威回国后很快告吹。这次失恋经历，连同他在战争中的创伤经历，加剧了海明威对他所处时代的迷惘。在一位富有的太太的帮助下，迷惘而又穷困潦倒的海明威旅行到加拿大的多伦多，成为《多伦多星报》的记者和自由撰稿人。工作期满后，海明威回到芝加哥，在那里他不仅邂逅了未来的妻子哈德莱·理查德森（Hadley Richardson），而且结识了他文学上的引路人——著名作家舍伍德·安德森（Sherwood Anderson）。安德森告诉这位立志创作的小伙子：

> 你们该去的地方不是意大利，而是巴黎。巴黎房租低，物价便宜，酒尤其便宜；这是个自由城市，塞纳河沿岸恋人公开接吻，没有人觉得稀罕；公园里，路边的咖啡屋，到处可以写作，在那里看美国看得清清楚楚，比在美国写美国效果好得多。书店，到处都是。你海明威要创作，非去巴黎不可……一句话，美国作家想有出息，"就必须永远做一个实验者，做一个探险者"！巴黎是艺术实验、艺术探险的最好的地方！[2]

---

[1] Miriam B. Mandel, *Hemingway and Africa*, p. 5.
[2] 董衡巽：《海明威评传》，浙江文艺出版社 1999 年版，第 16—17 页。

　　1921年，带着舍伍德·安德森的介绍信，海明威与新婚妻子哈德莱踏上了去法国巴黎的邮轮。当时的巴黎，不仅有安德森所言的物质上的舒适，更是精神和文化上的圣地。巴黎兼具传统和现代性，接受新鲜事物却又不随波逐流，为文艺学家提供了相对稳定的创作氛围。20世纪初叶的三位伟大的艺术大家——西班牙画家毕加索、俄罗斯音乐家斯拉文斯基（Stravinsky）和爱尔兰小说家乔伊斯（James Joyce）当时就生活在巴黎。美国著名文学家格鲁特·斯泰因女士、埃兹拉·庞德（Ezra Pound）等也都生活在巴黎。他们热情地接待了海明威夫妇，并像教父教母一样指导海明威的文学创作。海明威的第二次欧洲之行，不仅是要向格鲁特·斯泰因、埃兹拉·庞德等人学习文学创作，而且也是作为《多伦多星报》的记者身份，前去报道欧洲发生的事件。"海明威认为，'如果不事必躬亲的话，就很难把任何事情做好'。因此，在到达欧洲的头一年里，坐火车旅行了一万多英里。他去报道1922年4月召开的热那亚会议，十月爆发的希腊—土耳其战争、11月的洛桑会议及法国占领区鲁尔地区的现状……海明威总是在寻找新鲜的经历：新的国家和新的文化；在体育和斗牛活动中的新的刺激；新的狩猎和钓鱼的地方；新的老婆和新的战争。"① 此后，海明威还先后去南美洲的古巴、加勒比海，以及非洲的许多国家旅行。但是无论哪一个地方都不如巴黎对海明威的影响大。正如海明威自己所说的那样，"如果你有幸在年轻的时候在巴黎生活过一段时间，那么你以后不管到哪里去，巴黎都会一直跟你在一起，因为巴黎是一个流动的宴席"②。

　　海明威一生不断旅行，固然有马尔科姆·考利所言的不满于美国当时的社会规制和医治"一战"创伤的因素，但是更重要的是一种宗教和文化的朝圣。尽管国内外的研究曾经滞定型地认为海明威是一个宗教虚无主义者和一个不道德的存在主义者，但海明威其实是在教堂进行的洗礼。虽然海明威在成年时代背弃了基督教，但是"一战"的残酷、自己肉体的创伤、爱情婚姻的变故等多种因素还是促使海明威去寻求宗教的慰藉，并最终导致他皈依罗马天主教。因此，"这种个人信仰的旅行在他的人生和作品中显而易见，主要体现在对于美学、历史和精神的深度敏感性方面，这种敏感性的中心是仪式（最明显的是斗牛世界及不太明显的'人生是一种

---

　　① Jeffrey Meyers, *Hemingway：A Biography*, Boston, Massachessets：Da Capo Press, 1999, pp. 91 –92.

　　② Ernest Hemingway, *A Moveable Feast*, New York：Charles Scribner's Sons, 1964, p. v.

朝圣'的隐喻)"①。因此，朝圣（pilgrimage）成为海明威一生旅行的主要精神动机。他不仅到那些被旅行者个人神化的地方去朝圣，而且也到那些亘古以来宗教朝圣者常去的传统宗教圣地去朝圣。

弗朗西斯·斯科特·菲茨杰拉德 1896 年 9 月 24 日出生于明尼苏达州圣保罗市，1940 年 12 月 21 日死于洛杉矶，年仅 44 岁。但是就是在这短暂的一生中，菲茨杰拉德从未在一个固定的家园扎下根来，而是在不断地漂泊着，足迹遍及美国、法国、瑞士等国。还在菲茨杰拉德幼年的时候，他的父母就带着他在水牛城、纽约州北部的西储市等地漂泊，因为他的父亲老菲茨杰拉德不得不在这些地区找工作谋生。这些艰难的旅行和漂泊生活，使幼年的菲茨杰拉德意识到汽车在他们的漂泊生活中的重要性。汽车不仅使他们的旅行变得方便，更是一种"美国梦"的象征。菲茨杰拉德后来写道，"我很小的时候，就开始梦想能坐在一辆豪华的施图茨汽车的方向盘后边，一辆像蛇一样低矮、像印第安人的棚屋一样血红的施图茨汽车"②。但是，由于家贫，少年时期的梦想直到他 31 岁的时候才终于实现。

15 岁的时候，菲茨杰拉德被父母送到新泽西州的纽曼教会学校学习。在这次求学之旅中，菲茨杰拉德遇到了他的精神导师，那就是费伊牧师（Father Sigourney Fay）。正是在这位牧师的赏识和指导下，菲茨杰拉德开始立志从事文学创作。1913 年从纽曼学校毕业后，菲茨杰拉德没有返回家乡，而是选择到普林斯顿大学就读。在这所大学，菲茨杰拉德的文学创作潜力虽然得到开发，但是他和其他文学青年发起的戏剧演出活动却遭到禁止。1917 年，菲茨杰拉德离开普林斯顿大学，应征入伍，先后辗转于堪萨斯州的莱文渥斯军营、肯塔基州的泰勒军营、佐治亚州的高登军营、亚拉巴马州蒙哥马利县的谢里丹军营和纽约长岛的米勒斯军营。1918 年 11 月，正当菲茨杰拉德所在的军队准备奉命开赴欧洲的法国战场时，"一战"结束了。虽然并没有被派到欧洲战场参加"一战"，但是"一战"的恐怖，尤其是他的 21 位普林斯顿同学在战争中的死亡还是对菲茨杰拉德的心灵投下巨大的阴影，使他成为"迷惘的一代"的成员。

在亚拉巴马受训期间，菲茨杰拉德结识了一个名叫姗尔达·赛瑞（Zelda Sayre）的漂亮女孩，但是他向姗尔达的求婚却不成功，因为他是一个一无所有的穷小子。"一战"结束后，菲茨杰拉德离开军队，前去纽约

---

① H. R. Stoneback, "Pilgrimage Variations: Hemingway's Sacred Landscapes", *Religion & Literature*, Vol. 35, No. 2/3, Summer-Autumn 2003, p. 50.

② Matthew Bruccoli, ed., *The Notebooks of F. Scott Fitzgerald*, New York: Harcourt Brace Jovanovich/Bruccoli Clark, 1978, pp. 244 – 245.

谋生。在 24 岁那年，菲茨杰拉德的第一部小说《人间天堂》（1920）一夜走红，丰厚的稿酬使得菲茨杰拉德终于能与作为"美国梦"象征的姗尔达结婚。婚后他们购买了一辆二手跑车，开始在美国各地旅行，举行奢靡的宴会，出入豪华的场所。"这对在'人间天堂'里追求享乐主义的'金童玉女'，如同他小说里的人物一样，终日酗酒狂饮，翩舞达旦，出没在豪华宾馆和游览圣地，往返于纽约和各大城市之间。"① 当然，由此造成的巨大生活开支迫使菲茨杰拉德发疯地进行写作，以赚取稿费来维持这种"爵士时代"的生活。一篇发表在《汽车》杂志上的旅行日志，曾经记录了菲茨杰拉德和他的妻子姗尔达开着他们的老爷车从康州到亚拉巴马的旅行经历，这次行程达到 1200 英里。在此后的 20 年里，菲茨杰拉德还先后购买过一辆二手的劳斯莱斯、一辆破旧的别克、前面提到的施图茨、一辆具有 9 年车龄的帕卡德、一辆 1934 年生产的福特跑车，以及一辆 1937 年生产的福特敞篷汽车。有了这些汽车，菲茨杰拉德和他的妻子姗尔达可以随心所欲地在美国各地旅行。

像当时的许多"迷惘的一代"青年那样，菲茨杰拉德和他的新婚妻子姗尔达也将旅行的目光投向欧洲。"1921 年 2 月，姗尔达发现自己怀孕了。菲茨杰拉德决定趁她还能旅行之际，立即去欧洲游历一趟。他们于 1921 年 5 月乘船来到伦敦这座国际大都市。"② 菲茨杰拉德的欧洲之旅，主要有 3 次，历时 5 年零 8 个月。"在他创作最受人关注的时候，菲茨杰拉德旅居在国外——主要是法国，一共生活了 5 年零 8 个月，大部分时间是消耗在追逐迷乱的社交生活，这种社交生活妨碍了他的文学创作。他的欧洲旅行包括从 1924 年 5 月到 1926 年底和从 1929 年 3 月到 1931 年 9 月的 2 次漫长旅居，还包括 1928 年中间的一次 5 个月的短期逗留"③。尽管和姗尔达不断出席欧洲的社交活动有影响到自己的文学创作，菲茨杰拉德毕竟是一个"爵士时代"冷静的作家，时时提醒自己不忘创作和学习的重任。因此，像海明威一样，菲茨杰拉德有意识地将自己的欧洲之旅化作一种文化的朝圣。在伦敦，菲茨杰拉德拜访了心仪已久的英国大作家约翰·高尔斯华绥，参观了大英博物馆和牛津大学，游览了伦敦各地的名胜古迹，考察了英国各地的民俗风情，加深了对英国的了解。此后，菲茨杰拉德夫妇告别英国，前往法国和意大利等国游玩。在法国，菲茨杰拉德首先去拜访法

① 吴建国：《菲茨杰拉德研究》，上海外语教育出版社 2002 年版，第 37 页。
② 吴建国：《菲茨杰拉德研究》，第 40 页。
③ Ruth Prigozy, *The Cambridge Companion to F. Scott Fitzgerald*, Cambridge, UK and New York: Cambridge University Press, 2002, p. 118.

国著名作家安那托·法郎士（Anatole France），但是未获成功。由于在法国、意大利等欧洲国家没有亲朋好友，同时也因为他们的资金日渐枯竭，菲茨杰拉德夫妇只好在 1921 年 7 月回到美国，在家乡圣保罗市安顿下来。"1924 年春天，经济条件已较为富裕、创作热情极为高涨的菲茨杰拉德决定再赴欧洲，因为他感到欧洲的文学氛围更适合他的创作，欧洲的生活费用也比美国低廉，而且外来的干扰相对较少。于是他们夫妇收拾好行装，于 1924 年 5 月初乘船来到巴黎，并计划在此生活两年半左右。"① 菲茨杰拉德夫妇在巴黎逗留数日，然后来到法国东南部的游憩圣地里维埃拉，住进一所海滨豪华别墅。其间，耐不住寂寞的姗尔达曾经与法国海军航空兵尤多亚德·约桑（Edouard S. Jozan）发生过一段婚外情，使菲茨杰拉德的婚姻面临解体的危险。1924 年 10 月，菲茨杰拉德带着姗尔达离开法国里维埃拉，前去意大利的罗马，在那里居住了 4 个多月，终于摆脱了他们之间的婚姻危机。从 1925 年 4 月到 1926 年 12 月，除前往伦敦和其他地区度假外，菲茨杰拉德主要旅居在巴黎。在海明威的引荐下，菲茨杰拉德拜访了"迷惘的一代"作家的精神领袖格鲁特·斯泰因，并将自己的作品交与斯泰因点评。"菲茨杰拉德的第二次欧洲之行收获颇丰。他在欧洲各地的亲身经历和他对欧洲社会风貌的深入了解，以及他在欧洲结识的众多朋友，为他的创作活动提供了宝贵的感性素材，使他的创作思想和艺术风格得以日趋成熟，同时也为他提供了一个更为广阔的展现自己才华的舞台。"②

在国内外长期旅行期间，菲茨杰拉德跟他的妻子姗尔达主要住在旅馆中。因此，旅馆构成了菲茨杰拉德的主要生存空间，不仅给他提供了暂时的家的感觉，同时也是他收集创作素材和创作的主要地方。受益于旅行生活的菲茨杰拉德，后来在一部小说中通过一位叫萨莉·卡萝尔（Sally Carol）的女孩之口，再次表达了旅行阅历对于人类成长的重要性："我想到各地看看，看看大千世界的人们。我想让我的心智成长起来。我想生活在有事情大规模地发生的地方。"③ 可惜，这位"迷惘的一代"的代表作家和"爵士时代"的发言人，在他的人生步入 44 岁的时候，却因心脏病突发于 1941 年 1 月 15 日去世了。他的死亡仍然不是在自己的家中，而是在好莱坞他的情人施拉·格来厄姆（Sheilah Graham）的寓所。临死前，菲

---

① 吴建国：《菲茨杰拉德研究》，第 47 页。
② 吴建国：《菲茨杰拉德研究》，第 55 页。
③ F. S. Fitzgerald, *The Price Was High*: *The Last Uncollected Stories of F. Scott Fitzgerald*, ed., Matthew J. Bruccoli, New York: Harcourt Brace Jovanovich/Bruccoli Clark, 1979, p. 66.

茨杰拉德还在创作他认为一生中最好的长篇小说《最后的大亨》（1941）。

　　在"迷惘的一代"小说家中，约翰·多斯·帕索斯的旅行行为也丝毫不亚于海明威和菲茨杰拉德。在谈到帕索斯的欧洲旅行时，马尔科姆·考利写道："约翰·多斯·帕索斯是一代流动作家中最伟大的旅行家。当他在巴黎出现时，他总是在去西班牙或俄国或伊斯坦布尔或叙利亚沙漠的途中路过巴黎。"① 但是，与海明威、菲茨杰拉德等"迷惘的一代"作家出于朝圣或挣钱的目的而进行的旅行不同，多斯·帕索斯的旅行更多地表现为一种流浪性旅行，尤其是在他出生后和意识到要成为一个小说家之前这一段漫长的时间里。这一时期的多斯·帕索斯，更确切地说，是一个漂泊者（hobo），而一个漂泊者的典型特征就是无家可归、旅行和居无定所。"在人类的所有经历中，没有什么能胜过家园对人类的意识形态产生的影响。家园是根本的和永恒的，任何定义都无法阐释其本质，因为它存在于记忆和想象之中，就像砖石和沙浆那样结合在一起。家园不仅仅是住所和社会再生产的方式，更是身份和归属之源。"② 多斯·帕索斯年幼时代没有家园的漂泊生活，深深地影响了他后来的身份归属问题。

　　1896 年 1 月 14 日，帕索斯以一个私生子的身份出生于芝加哥市的一家旅馆里。由于得不到多斯·帕索斯家族的接受，年幼的帕索斯"只好与母亲生活在一起，过着几乎流浪的生活。母子俩频频迁徙，往返于布鲁塞尔、伦敦和美国"③。好在他的父亲还挂念他们母子两人，除了暗中接济他们以外，偶尔也能在纽约新泽西海岸上与他们相见。五岁那年，父亲的结发妻子病故，父亲得以与帕索斯的母亲结婚，小帕索斯终于结束了那孤独的旅馆生活。虽然从法律意义上帕索斯跟母亲有了家园的归属，但是从地理空间上讲，这种"家"与先前的漂泊状态并没有太大的区别。随着父母的正式结婚，帕索斯可以公开随父母旅行，有机会走访欧洲、中东和近东等地的国家。从五岁到十三岁期间，年轻的帕索斯穿梭在英国和美国间，接受欧美两地的教育，但是从没有在一个固定的地方待过三年以上。即使在不上学的时候，帕索斯也生活在无休止的旅行中。对于这种居无定所的生活，帕索斯本人具有矛盾的心情。尽管他经常哀叹早期的漂泊生涯，但这种生活也刺激了他后来的"旅行胃口"，这种胃口伴随了他的一生。在一封写给朋友的信件中，帕索斯描绘了他的旅行癖（wanderlust）："不旅

---

① 〔美〕马尔科姆·考利：《流放者归来——二十年代的文学流放生涯》，第 259 页。

② Todd DePastino, *Citizen Hobo: How a Century of Homelessness Shaped America*, p. xvii.

③ 杨金才：《新编美国文学史》第 3 卷，第 553 页。

行真是一种折磨。夜间火车的鸣笛声已经变得令人发狂——你了解那附近的铁轨上发出的悠远动听的声音吗？其次是那驶向远方港口的轮船也使我激动。"①

　　1912 年中学毕业后，帕索斯考入位于波士顿的哈佛大学。在哈佛大学求学期间，帕索斯经常出入波士顿剧院和芭蕾舞场，也经常在夜间去探索波士顿的街道。哈佛大学毕业后，帕索斯本欲赴欧洲参加战后救护工作，因遭到父亲的反对而改去西班牙学习建筑。1917 年父亲去世后，帕索斯终于能如愿以偿地赴法国参加战争救护工作。"一战"结束以后，帕索斯像其他"迷惘的一代"美国青年那样，选择留在欧洲，留在法国巴黎。1920—1928 年，帕索斯先后在葡萄牙、西班牙、法国、意大利等国家旅行。那些年，帕索斯对于旅行的激情日益剧增，并在他的一生中延续下来。20 世纪 20 年代，帕索斯似乎要将旅行作为认知这个世界及他自己在这个世界中的位置的方式。在巴黎，帕索斯还与海明威交上了朋友。"1924 年，当多斯·帕索斯在'巴黎不定期停留'期间，这两位作家开始亲近起来。他们经常在蒙巴纳斯大街的丁香园聚会，品尝味美丝鸡尾酒，讨论他们的读书和写作。在许多个黄昏，他们还休闲地走回家，帮助哈德莱给孩子洗澡，等着法国保姆的到来，然后三人一起去吃晚餐。"②

第二节　发生学创作影响与"迷惘的一代"
小说中的旅行叙事概观

　　韦勒克（René Wellek）说过："一部文学作品最明显的起因，就是它的创造者，即作者。因此，从作者的个性和生平方面来解释作品，是一种最古老和最有基础的文学研究方法。"③ "迷惘的一代"作家在国内外的旅行经历，不可避免地在他们的小说作品中打下了旅行叙事的烙印，赋予它们或隐或显的旅行叙事特征。在这些"迷惘的一代"小说家的作品中，"人物角色不断地跨越地理边界，不仅从美国来到欧洲，同时也到欧洲大

---

① Townsend Luddington, *John Dos Passos：A Twentieth Century Odyssey*, New York：Dutton, 1980, p. 70.

② Clara Juncker, "Friends, Enimies, Writers：Dos Passos and Hemingway", *American Studies in Scandinavia*, Vol. 42, No. 2, 2010, p. 38.

③ 〔美〕勒内·韦勒克、〔美〕奥斯汀·沃伦：《文学理论》，第 75 页。

陆的其他地方，包括法国、西班牙、瑞士和比利时"①。这些作品中的主人公不仅通过无休无止的旅行来缓解"一战"带来的肉体和精神方面的创伤、逃避国内物质主义文化的压力，同时也从在欧洲各地及美国本土的旅行中寻求文化和宗教的救赎，以及"美国梦"的实现。

　　"尽管他的书中没有一部完全属于旅行文学的范畴，旅行书写仍然在海明威一生的创作中占据中心的地位。从最早的《多伦多星报》文章到死后出版的《危险的夏天》（*The Dangerous Summer*）。同时，他的旅行书写也总是孕育着他的小说创作。"② 海明威在美国国内旅行时所看到的景点和所住过的旅店，成为他的国内小说叙事的主要场景，例如海明威最早发表的短篇小说《在密执安北部》（"Up in Michigan"）、《大二心河》（"Big Two-Hearted River"）、《印第安营地》（"Indian Camp"）、《搭火车记》（"A Train Trip"），以及他的第一部长篇小说《春潮》（*The Torrents of Spring*，1926）等，都把故事发生的场景设定在密歇根，而不是在他的家乡橡树园。为了强调他对这些非家乡场景的意识，海明威有意把这些场景设置在小屋、饭馆、帐篷或户外。在叙事母题方面，"海明威运用了他最重要的表现手法之一，那就是旅行叙事。从某种程度上讲，海明威的几乎每一部作品都运用了那个母题。海明威式的英雄虽然与古典英雄奥德修斯在字面意义上相似性不多，但是他所经历的那些痛苦、光彩照人的人生事件，他对生活本身的旅行，与古典的旅行母题呈现出平行的对应"③。谢尔顿·格莱布斯坦（Sheldon Norman Grebstein）更是将旅行结构看作"海明威小说中起支配性的、经常运用的结构性设计"④。

　　《印第安营地》是海明威短篇小说集《在我们的时代》（*In Our Time*）的第一篇，其故事发生的背景就在密歇根地区，主题是表现一个名叫尼克·亚当斯（Nick Adams）的小男孩的黑夜旅行和心理成长。一天夜里，小男孩尼克要跟父亲和乔治大叔（Uncle George）乘船到一座印第安营地去，目的是为一个难产的印第安女人接生。"两条船在黑暗中划出去。在浓雾里，尼克听到远远地在前面传来另一条船的桨架的声响。两个印第安

---

①　Alexandra Peat, *Travel and Modernist Literature*: *Sacred and Ethical Journeys*, New York: Routledge, 2012, p. 110.

②　Andrew L. Giarell, "Ernest Hemingway", in Jennefier Speake, ed., *Literature of Travel and Exploration*: *An Encyclopedia*, London and New York: Routledge, 2014, p. 552.

③　Joseph Michael Defalco, *The Theme of Individualization in The Short Stories of Ernest Hemingway*, Ph. D. dissertation, University of Florida, 1961.

④　Sheldon Norman Grebstein, *Hemingway's Craft*, Carbondale: Southern Illinois University Press, 1973, pp. 4 – 5.

人一桨接一桨，不停地划着，掀起了一阵阵水波。尼克躺倒下去，偎依在父亲的胳膊里。湖面上很冷。"① 在印第安营地，尼克亲眼看见了印第安妇女生产孩子的痛苦，以及那位印第安妇女的丈夫不忍看到自己妻子的痛苦而自杀的惨状，从而理解了生与死的意义。在这篇短篇小说中，尼克的家代表着阳间的白人温馨生活，湖对岸的印第安营地象征着黑暗的地狱，摇着船桨将尼克和他的父亲、乔治大叔运送到黑暗、原始的印第安营地的两个印第安人就是阴间负责摆渡的卡戎（Charon），尼克到印第安营地的黑夜之旅就类似古希腊神话中英雄的地狱之旅。在《大二心河》的开篇，海明威写道："火车顺着轨道继续驶去，绕过树木被烧的小丘中的一座，失去了踪影。尼克在行李员从行李车门内扔出的那捆帐篷和铺盖上坐下来。这里已经没有镇子，什么也没有，只有铁轨和火烧过的土地。沿着森奈镇唯一的街道曾有十三家酒馆，现在已经没有留下一丝痕迹。"② 尼克回归的家乡是一片被烧焦的废墟，他所熟悉的家园已经不存在，所留下的只是供旅客们短暂栖身的旅馆。这样的场景自然使读者们联想起"一战"期间欧洲烧焦的战场，联想起尼克内心的创伤。面对夷为焦土的家乡，尼克这位"受伤"的英雄表现出出奇的淡定。他决定进行新的旅行，坐火车离开家乡，独自到密歇根州北部的大森林去露营。他希望选择一处幽静的地方宿营，搭起一座帐篷，自己捕鱼，然后做饭。乔治·蒙泰若（George Monteiro）认为，《大二心河》"讲述的是一个人的旅行，他越过自己熟悉的家乡，到一个陌生的地方宿营几天，到一条溪流里捕捉鲑鳟鱼"③。通过这次远离人烟的自然之行和露宿，尼克亲近了自然，抚平了内心的创伤。

除了在密歇根州旅行以外，海明威的主人公逐渐走向全国，并进入美国的周边国家。在短篇小说《搭火车记》中，父亲带着儿子吉米（Jimmy）首先坐汽艇离开家乡，然后乘火车到加拿大去。关于这次离家远行的目的，父亲并没有告诉儿子吉米，使得这个小男孩内心充满了疑惑。在火车上，父亲目睹两个罪犯打死一个警官后逃走，却对这次暴力事件无动于衷。吉米质问父亲对这次暴力事件的看法，父亲却含糊其辞。像《印第安营地》一样，这部短篇小说通过一次火车旅行，揭示了父子之间的隔膜，以及儿子的心理认知和成长。中篇小说《胜者一无所有》（*To Have and*

① 〔美〕欧内斯特·海明威：《海明威短篇小说全集》（上），陈良廷译，上海译文出版社2004年版，第120页。
② 〔美〕欧内斯特·海明威：《海明威短篇小说全集》（上），第244页。
③ George Monteiro, "The Hemingway Story", in Alfred Bendixen and James Nagel, eds., *A Companion to American Short Story*, West Sussex, UK: John Wiley & Sons, 2010, p. 229.

Have Not，1937）的最初构思是一部短篇小说，以《一次旅行路过》
（"One Trip Across"）为名于 1934 年发表在一份名为《四海为家》（*Cosmo-politan*）的杂志上。1936 年，海明威又创作出一篇名为《商人回来了》
（"The Tradesman's Return"）的短篇小说，于 1936 年发表在一份名为《时尚先生》（*Esquire*）的杂志上。海明威将这两部短篇小说合并起来并重新构思，创作出《胜者一无所有》这部中篇小说。仅从两部短篇小说的题目来看，它们与旅行叙事有很大的关系。故事的主人公哈里·摩根（Harry Morgan）居住在佛罗里达州的基维斯特，这里也是海明威常年旅居的地方。但是由于命运的捉弄，摩根被迫在美国和古巴之间不断奔波，最终死在一条小船上。

　　海明威的欧洲旅行经历，也在他日后表现"迷惘"和"旅行"的小说中体现出来。关于欧洲旅行经历对海明威创作"迷惘的一代"小说的影响，西尔维亚·阿莫瑞（Silvia Ammary）有如下评述："欧洲对于海明威来说是一片发现的国土，不了解海明威对这片土地的激情就无法理解这位小说家的作品。事实上，海明威在他的作品中所经历和记述的欧洲，在他的小说中起着重要的作用，也成为一种类似'他者'的东西，一种完全不同于美国根基的异族文化，这种他者文化满足了海明威及他小说中的人物的成长和学习的心理需求，使他们在痛苦和迷惘中获得成长。"① 海明威的短篇小说集《在我们的时代》（1925）中有许多欧洲旅行的场景。主人公尼克·亚当斯在离开美国去欧洲旅居的时候还很年轻，而在他回到美国的时候已经获得成熟。《太阳照常升起》（1926）讲述的是以主人公杰克·巴恩斯为代表的一群在战争中遭受生理或心理创伤的美国青年男女在法国巴黎和西班牙马德里的放浪形骸的旅行生活。《永别了，武器》（1929）则主要以意大利和瑞士为故事的主要场景，讲述主人公弗雷德里克·亨利（Frederic Henry）和妻子凯瑟琳（Catherine Barkley）从意大利战场逃往瑞士的故事。《流动的宴席》（*A Moveable Feast*，1964）的故事场景设在法国的巴黎，展现了海明威、斯泰因、庞德、菲茨杰拉德等作家在法国的文化流放经历。当然，最重要的还是作品中的朝圣性旅行叙事。"海明威作品不断重复的中心，是朝圣的概念。朝圣，以它的各种化身，作为一种深层叙事结构来服务于他的作品，或是外在化的神秘主义，或是通向神圣景观的地图……或者是一些实际景观的社会的和历史的联系，这种联系被数百

---

① Silvia Ammary, *The Influence of the European Culture on Hemingway's Fiction*, Lanham, Maryland: Lexington Books, 2015, p. ix.

年来数以万计的朝圣者的旅行加以强化。"①

　　菲茨杰拉德在国内外的旅行活动，尤其是他跟妻子开着私家车的旅行，也对他的小说创作产生了深远的影响。正如裴尔泽（Linda Claycowb Pelzer）所言，"生活和艺术在菲茨杰拉德的小说中有机地结合起来。这位来自明尼苏达州圣保罗市渴望成功的少年，逐渐成长为一个伟人，他用自己的生活概括了那个时代的快乐和浮华，那个介于'一战'之后和1929年股市危机之间的'喧嚣'岁月，那个他称之为'爵士时代'的岁月"②。驾车旅行对菲茨杰拉德小说创作的影响主要体现在汽车几乎成为他的每部小说中显而易见的叙事元素。正如路易斯·埃吉娃莉亚（Luis Girón Echevarría）所言，"汽车在菲茨杰拉德的生活中成为一种原始的尺度，用以检测他的生活真实和梦想之间的差距，以及他的黯淡的命运，从一个粗心和不负责任的青年走向谨慎和忧虑的中年的旅行"③。例如，在一篇根据他与妻子驾车旅行而创作的自传体小说中，菲茨杰拉德写道："他们开着敞篷车行驶了五年，额头前是太阳，他们的头发在风中飞舞。他们向认识的人们挥手，但却很少停下车问路或者检查油箱里的汽油够不够用，因为每天早晨都有一个壮观的新地平线，而且他们很自信地认为，到了傍晚他们会在地平线处相互找到彼此。"④ 在一篇名为《家庭公交车》（"The Family Bus"，1933）的短篇小说中，汽车所起的叙事作用更加明显。事实上，在菲茨杰拉德的小说中，没有一篇能像《家庭公交车》那样将汽车置于如此有机的叙事结构之中。小说一开始就是对那辆1914年出厂的汽车的描述："那是一辆贵重型号的车，车身低，有电灯和电动式发动装置。"⑤乍一看来，这辆昂贵的新车似乎象征着亨德逊（Henderson）一家金融和社会地位。但是，菲茨杰拉德真正要表现的是汽车代表着的"美国社会和经济的流动性"⑥。因为随着亨德逊先生的去世，亨德逊夫人再也供养不起她家的那辆豪车了，也无法开车送她儿子上大学。与此同时，她家先前的园

① H. R. Stoneback, "Pilgrimage Variations: Hemingway's Sacred Landscapes", *Religion & Literature*, Vol. 35, No. 2/3, Summer-Autumn 2003, pp. 50–51.

② Linda Claycowb Pelzer, *Student Companion to F. Scott Fitzgerald*, Westport, Connecticut and London: Greenwood Publishing Group, 2000, p. 1.

③ Luis Girón Echevarría, "The Automobile as a Central Symbol in F. Scott Fitzgerald", *Revista Alicantina de Estudios Ingleses*, No. 6, 1993, p. 73.

④ F. S. Fitzgerald, *The Notebooks of F. Scott Fitzgerald*, Matthew Bruccoli, ed., New York: Harcourt Brace Jovanovich/Bruccoli Clark, 1978, p. 87.

⑤ F. S. Fitzgerald, *The Price Was High: The Last Uncollected Stories of F. Scott Fitzgerald*, p. 488.

⑥ Luis Girón Echevarría, "The Automobile as a Central Symbol in F. Scott Fitzgerald", p. 76.

丁却戏剧性地发了家，买了一辆豪车，甚至送他的女儿到欧洲留学。

　　此外，菲茨杰拉德在国内外的旅行经历也成为他小说中的叙事主题或者叙事结构。《人间天堂》是菲茨杰拉德的第一部小说，再现了主人公艾默里·布莱恩（Amory Blaine）从童年到青年时期在美国各地的漫游和成长经历。布莱恩童年时期的大部分岁月，都花费在跟母亲贝雅特丽丝（Beatrice）的旅行方面。"从四岁起到他十岁这些年，他和他的母亲坐着他外祖父的私家车探险旅游，从科罗纳多一直南下到墨西哥城。"① 直到他在新英格兰上了一所预科学校，这种旅行生活才暂时中止。在圣里基斯预科学校求学期间，布莱恩结识了达西牧师（Monsignor Darcy），后者成为他成长过程中的一个如同父亲一般的引路人角色。从圣里基斯预科学校毕业后，布莱恩考入位于新泽西州的普林斯顿大学。在这里，布莱恩参加了一系列 20 世纪 20 年代美国青年常参与的活动。有一次在从纽约舞会回归普林斯顿的途中，布莱恩的朋友迪克·哈姆伯德（Dick Humbird）丧身车祸，这次事件对布莱恩产生了深远的影响。普林斯顿大学毕业以后，布莱恩应征参军。"一战"结束后，布莱恩回到纽约，爱上了一个名叫罗萨琳（Rosalind Connage）的富家女孩。由于无法满足罗萨琳挥金如土的生活方式，布莱恩与罗萨琳的感情无果而终。在回英格兰拜访达西牧师的旅途中，布莱恩结识了劳伦斯夫人（Mrs. Lawrence），在后者的鼓励下布莱恩逐渐对诗歌创作产生了兴趣。在马里兰州旅居期间，布莱恩爱上了一个名叫埃里诺（Eleanor Savage）的女孩，但是这位欣赏布莱恩文学创作才华的女孩却在骑马沿着山崖旅行的时候不幸身亡。心灰意冷的布莱恩离开马里兰州，前去大西洋城旅行。小说的结局是布莱恩重新回到普林斯顿，对人生产生了新的认知并致力于文学创作。詹姆斯·魏斯特（James L. W. West）认为，《人间天堂》是"一部表现阿莫利·布莱恩从幼年到成熟期间旅行的成长小说……尽管有一些瑕疵，它却是一部了不起的书：它感知和捕捉了那个时代的节奏，表现了美国文学的几个经典主题，即在一个物质主义社会里人们对成功、金钱和理想主义的追求"②。

　　长篇小说《了不起的盖茨比》最初发表的时候，名字是《通向西卵之路》（Road to West Egg），这一名字本身就彰显出小说的旅行叙事因素。小说以叙述者尼克·卡拉威的环形旅行叙事为结构框架，虚写了小说主人公

---

① 〔美〕菲茨杰拉德：《人间天堂》，金绍禹译，上海译文出版社 2010 年版，第 5 页。

② James L. W. West, "Introduction", in James L. W. West, ed., *This Side of Paradise*, F. S. *Fitsgerald*, Cambridge: Cambridge University Press, 1995, p. xiii.

杰伊·盖茨比的美国梦追求之旅，实写了导致他悲惨结局的纽约公路驾车之旅。尼克的环形旅行在结构方面甚至暗含着希腊单一神话中英雄旅行的叙事特征，亦即"分离—传授奥秘—回归"①。尼克出生在中西部的明尼苏达州，参加过第一次世界大战，精神上受过创伤，也对家乡闭塞的文化观念感到失望，希望到东部旅行，在纽约这个"世界的温暖中心"找到精神上的慰藉。盖茨比从纽约西卵地区发来的邀请使尼克的纽约之旅得以成行。但是，20 世纪 20 年代的纽约，远非尼克所想象的"世界温暖中心"，而是 T. S. 艾略特（T. S. Eliot）笔下的"荒原"。这一荒原意象，以一个"灰烬的山谷"的形式象征性地体现出来："西卵和纽约之间大约一半路程的地方，汽车路匆匆忙忙与铁路汇合，它在铁路旁边跑上四分之一英里，为的是避开一片荒凉的地方。这是一个灰烬的山谷……在这里灰烬像麦子一样生长，长成小山小丘和奇形怪状的园子……在这片灰蒙蒙的土地及永远笼罩在它上空的一阵阵黯淡的尘土的上面，你过一会儿就会看到 T. J. 埃克尔堡大夫（Doctor T. J. Eckleburg）的眼睛……显然是一个异想天开的眼科医生把它们竖在那儿的，为了招来生意……由于年深月久，日晒雨淋，油漆剥落，光彩虽不如前，却依然若有所思，阴郁地俯视着这片阴沉沉的灰烬。"② 在纽约这个精神的"荒原"之地，尼克结识了小说的主人公杰伊·盖茨比并通过后者之口了解到他的"美国梦"追求之旅。盖茨比追求漂亮女孩黛西多年，但是由于贫穷无缘与之结婚，结果图慕虚荣的黛西嫁给了富家子弟汤姆·巴坎南。为了得到黛西，盖茨比在国内外四处奔波，寻求发财的途径。功成名就的盖茨比在黛西夫妇居住的纽约东卵地区修建了一座豪华的别墅，日日笙歌燕舞，以求引起黛西的注意。盖茨比的金钱终于赢得黛西的好感。在跟盖茨比驾车外出旅行的时候，黛西由于情绪激动，撞死了巴坎南的情妇玛特尔·威尔逊。为了使自己的恋人不至于因车祸蹲监狱，盖茨比主动承担责任，却被巴坎南设计杀死。在盖茨比的葬礼上，昔日那些出入舞会的所谓好友们没有一个前来吊唁，只有尼克和盖茨比年迈的父亲。这一惊人的发现使尼克彻底地认清了美国东部和纽约的精神实质，认为东部"鬼影幢幢""面目全非"不可救药。于是，尼克决心离开令他伤心欲绝的纽约，乘火车回归他的家乡——中西部地区。詹尼佛·罗安果指出："尼克的叙事以他的西行回归而结束，但是我们意识到

---

① 〔美〕约瑟夫·坎贝尔：《千面英雄》，第 31 页。
② 〔美〕菲茨杰拉德：《了不起的盖茨比》，巫宁坤等译，上海译文出版社 2002 年版，第 16—17 页。

他的这次逃离不仅使他能够讲述盖茨比的故事，而且也使尼克能够反思甚至欣赏他作为一个中西部人的身份，可惜的是这种中西部身份盖茨比最终拒绝了。"①

《夜色温柔》所表现的主人公迪克（Dick）和他的妻子尼科尔在欧洲各地的旅行生活，简直是菲茨杰拉德和姗尔达在欧洲旅行经历的翻版。"菲茨杰拉德 1925—1931 年在欧洲旅行期间所到过的景点可以在《夜色温柔》中追溯出来：1925 年春天在巴黎，拜访萨拉（Sara）和墨菲（Murphy）的美国别墅，去安提比斯，那年夏天到索姆河战役旧址，1928 年夏天在巴黎度过一段喧嚣的生活，1929 年夏天去参观里维埃拉，1930 年早期的时候在瑞士旅居很长一段时间。"② 除了这部著名的长篇小说之外，菲茨杰拉德还创作出许多表现欧洲旅行的短篇小说。这些短篇小说由于写作年代的不同，在主题方面也不尽相同。1925 年发表的三篇小说表现出一种浪漫的乐观主义，1929—1932 年发表的十篇短篇小说表现出失落和失望，他回到美国后发表的几篇短篇小说则表现出某种程度的怀旧。如果把这些不同年代发表的短篇小说当作一个整体来看待，我们会发现它们具有共同的欧洲旅行叙事特征，具有"位移和文化相遇的综合叙事，在批判美国天真和无节制的同时也勾勒出民族身份"③。像亨利·詹姆斯一样，菲茨杰拉德似乎也对欧洲化的美国人和天真的美国人在欧洲的旅行相遇深感兴趣，喜欢探讨两种美国人在异国的相遇所表现出的文化问题。例如，《花费出去的一便士》（"A Penny Spent"）聚焦于一个名叫哈莉·布什米尔（Hallie Bushmill）的美国富家女孩和一位名叫柯克兰（Corcoran）的多年移居欧洲的放荡美国男人之间的关系。由于自孩提时代就跟生活奢侈的母亲生活在欧洲，柯克兰对适度的价值观没有概念，生活上也入不敷出。为了维持生计，柯克兰担任了来欧洲旅行的哈莉·布什米尔的导游。在给柯克兰布置任务的时候，布什米尔先生给他规定了严格的财务预算，以帮助他恢复美国人对金钱和价值的观念。在一段时间里，柯克兰的确奉行了富兰克林式的节俭原则，安排哈莉坐旅游大巴去布鲁塞尔和滑铁卢旅行。在这里，菲茨杰拉德区分了常年的海外旅居者和短期的旅行者之间的异同。一个本土

---

① Jennifer Luongo, *Memory，History and the Journey West in 20th Century Novel*，p. 62.

② Donald Pizer, *American Expatriate Writing and the Paris Moment：Modernism and Place*，Baton Rouge：Louisiana State University Press，1997，p. 103.

③ J. Gerald Kennedy, "Fitzgerald's expatriate years and the European stories", in Ruth Prigozy, ed.，*The Cambridge Companion to F. S. Fitzgerald*，Cambridge and New York：Cambridge University Press，2002，p. 119.

的欧洲人不会去进行庸俗的"观光",柯克兰必须研究历史和旅行指南,才能用旅游知识取悦哈莉和她的母亲。尽管自诩对欧洲历史和地理烂熟于心,柯克兰还是对欧洲作为一种文化商品的"他者性"缺乏深入的认识。当哈莉表现出对欧洲的纪念碑和战场遗址审美厌倦的时候,柯克兰的导游使命就陷入了危机。

"'我想有个家,但却没有家。'这是摄影机眼中所录下的一个男孩的呼声。他不断地从一个欧洲国家来到另一个欧洲国家,从一个美国地点来到另一个地点,他总是在运动,一会儿在墨西哥,一会儿在加拿大,一会儿乘出租车、火车,一会儿又坐轮船,总是在去某个地方,但总是找不到家。这种躁动不安的早年岁月和无根基的旅行,环境的始终变换和不稳定性,给多斯·帕索斯的主人公留下了创伤性的、无家可归的童年经历。"①多斯·帕索斯童年时期的旅馆生活经历,若干年后被作家以各种形式写进自己的作品中,例如,他的回忆性作品《最好的岁月》(*The Best Times*,1966)。在英国,叙述者"我"曾经与四个少年坐在长途大巴的车顶上,或者与他的父母在公园的橡树下进行野餐,或者在苏格兰的湖中捕捉大马哈鱼。这种童年和青少年时期的旅行经历,在他的自传体小说《被选择的国籍》(*Chosen Country*,1951)中表现得更为充分。小说的主人公杰伊·皮格奈特利(Jay Pignatelli)具有和多斯·帕索斯相似的人生经历,认为自己的童年是"旅馆童年"。出生在美国芝加哥的杰伊,却被迫和母亲一起旅居在布鲁塞尔和伦敦。在布鲁塞尔期间,杰伊经常和母亲在夜间旅行,听着火车熟悉的哐当声,闻着煤烟的气味。有一次在去比亚里茨的旅行途中,杰伊在火车上看到一个西班牙女人在歇斯底里地哭泣,原来她的丈夫在某一站偷偷地带着钱下车了,把她独自丢在火车上。这位丈夫的绝情使得杰伊联想到自己的父亲,他认为成年男人都很残忍。在旅居国外期间,幼年的杰伊接触到许多外国人,甚至还受到一些成年女性的性诱惑。有一天夜晚,杰伊的法国女保姆把他带到自己的床上,脱掉他的睡衣,把他的"那玩意儿"放在她的裸露的肚子上蠕动。当杰伊问到为什么那"玩意儿"湿润的时候,那女保姆说是那里流水了。还有一次,一位旅居在布鲁塞尔的美国女人当着杰伊和他母亲的面脱个精光,并朝杰伊微笑。但是,最令杰伊感到苦恼的不是在异国遭遇那些异性的骚扰,而是身为美国人,他却不得不常年旅居在欧洲,感觉自己"是一个双重国籍者……一个没有

---

① Blanche H. Gelfant, "The Search for Identity in the Novels of John Dos Passos", *PMLA*, Vol. 76, No. 1, March 1961, p. 134.

国家的人"①。这种没有归属的感觉使得杰伊始终感到自己是美国社会的"局外人",一个孤独的漂泊者。

在哈佛大学求学期间,帕索斯认为他的人生经历不能在15岁的时候就定格在大学校园之中,于是跟一个来自多米尼加的神学院学生坐船到英国、法国、意大利、希腊等地旅行。这些旅行经历不仅植入帕索斯这个未来作家的意识之中,而且也成为他后来永远难以摆脱的"旅行癖"的另一个重要诱因。② 这次欧洲诸国旅行也标志着帕索斯所言的校园之外教育的真正开始,这种经历在他后来为《哈佛月刊》(Harvard Monthly)所写的许多短篇小说中体现出来。例如,短篇小说《我们不再去树林了》("Les Lauriers Sont Coupés")取材于他1912年的布鲁塞尔之行。在青年帕索斯的笔下,布鲁塞尔到处是快乐和蔼的景象,例如喷泉、公园、出租车、卖巧克力的弯曲街道,在那里穿戴五颜六色的女人叽叽喳喳。在布鲁塞尔,有轨电车横贯全城,通向远方的森林公园。但是更令主人公印象深刻的是夜晚的火车:"机车喷出的白烟的滋滋声和探照灯僵尸般的照射,不可避免地给我带来敬畏,使我对火车的急速行驶和乘客的众多感到好奇……没有人如此充分地表现过火车在夜间行驶的浪漫和神秘。"③ 此后帕索斯创作的许多小说中都有主人公乘火车旅行的场景。

帕索斯"一战"期间在法国和意大利参加战争救护队的军旅生活经历,记录进了他的第一部小说《一个人的成长》(One Man's Initiation,1917)。"像他的其他书一样,《一个人的成长》开篇讲的是一个人的旅行。"④ 迈克尔·克拉克(Michael Clark)和迈克尔·哈巴卡克(Michael Hardbackark)也指出,"正如像帕索斯一样,马丁(Marin Howe)通向战争的旅行就是他的成长"⑤。成长小说的一个中心结构就是旅行,即主人公的精神顿悟和成长主要发生在道路旅行之中。这部成长小说的主人公马丁·豪像帕索斯一样毕业于哈佛大学,对艺术有美好的向往,渴望到艺术

① Townsend Ludington, "The Hotel Childhood of John Dos Passos", The Virginia Quarterly Review, No. 2, 1978, p. 299.

② John Dos Passos, The Fourteenth Chronicle: Letters and Diaries of John Dos Passos, Townsend Ludington, ed., Boston: Gambit Inc., 1973, p. 24.

③ John Dos Passos, "Les Lauriers Sont Coupés", Harvard Monthly, No. 62, April 1916, pp. 48-51.

④ Jay Parini, American Writers: A Collection of Literary Biographies, Detroit, Michigan: Charles Scribner's Sons, 2010, p. 476.

⑤ Michael Clark and Michael Hardbackark, Dos Passos's Early Fiction, 1912-1938, Cranbury, New Jersey: Susquehanna University Press, 1987, p. 63.

氛围浓厚的法国去，在法国的古式建筑里进行艺术创作。但是，他的梦想被"一战"的炮火给粉碎了。"一战"期间，豪受到关于战争的英雄主义宣传的吸引，参加了法国和意大利军队的医疗队，开着救护车不断奔波于战场和医院之间，目睹了战争的残酷，体悟到人生的脆弱和短暂。小说的许多叙事场景表现了旅行，以及豪对战争的认识，比如在他乘坐的轮船离开纽约港口驶向欧洲时，豪看到"纽约的大楼滑向一起，堆成金字塔"。这样的叙事意象很能表现"战争的错位"的影响，因为经历过战争以后主人公豪将不可能"再回家"。小说的另一个著名旅行场景是主人公豪坐在巴黎的一家咖啡店，看到巴黎街头满目疮痍，一位伤兵躺在大街上痛苦不堪。还有一个场景表现豪跟一个士兵去拜访一位中学校长和他的妻子，并和他们在一个花园里饮酒。在花园附近的大路上，一辆辆卡车载着士兵驶向战争前线。这一系列万花筒般的旅行场景，表现了战争的残酷与和平的珍贵，也预示着主人公最终的逃离。

"在20世纪20年代，帕索斯似乎把旅行作为一种学习外部世界、文化、文学及他自己在这个世界的位置的方法。他写了许多表现旅行的文章，他的注意力甚至集中于始终在旅行的美国主人公身上。这种将半自传性的人物塑造与哲学和文学的思考结合在一起的做法使得帕索斯的旅行写作在他成为一个作家的道路上发挥着重要的作用。"[1]《美国》三部曲的第一部《北纬42度》(The 42nd Parallel)，从叙事结构方面照应了多斯·帕索斯本人的漫无边际的漂泊生活。普莱契特(V. S. Pritchett)将《北纬42度》看成是作者本人"一次性朝12个不同方向的奔跑"[2]。普莱契特的评论将这部小说杂乱无章的、无意识的多元范式和暧昧的内容与多斯·帕索斯个人生活的独特性结合起来，那就是他的"精力充沛的好动性"(vigorous mobility)。该部小说主要塑造了5个人物，他们在情节方面互不关联。小说一开始，多斯·帕索斯用编年史的叙事手法表现了菲尼(Fainy)坐火车在美国纵横交错地旅行的经历，以期寻找到一份工作。同时，多斯·帕索斯也运用"叙事万花筒"的方式，再现了一个叫麦克(Mac)的流浪者的故事。麦克故事的原型，就是多斯·帕索斯在墨西哥旅行期间所结识的一个名叫格拉德文·布朗德(Gladwin Bland)的流浪汉。"在听格拉德文·布朗德讲述他的人生经历的时候，多斯·帕索斯认为这个流浪者的兴

① Linda W. Wagner, *Dos Passos*: *Artist as American*, Austin: University of Texus Press, 1979, p. 31.
② Spencer Virginia Carr and Donald Pizer, *Dos Passos*: *A Life*, Evanston, Illinois: Northwestern University Press, 2004, p. 272.

衰故事是这个时代的史诗，是一个将已经逝去的沃尔特·惠特曼共和主义
世界与亨利·福特的流水线文明架接起来的叙事。"① 在《北纬 42 度》
中，麦克首次上路行旅是在他的父母去世和他的叔父迪姆（Uncle Tim）破
产以后，那时候他还是一个少年。在离家出走前，破产的叔父告诫麦克，
不要跟流浪汉们待在一起，因为那会使麦克更加不能安定。当麦克沿着北
纬 42 度线向西流浪时，他所遇到的流浪汉强化了他叔父的告诫，激励他
无休无止地流浪而不是定居下来。《曼哈顿中转站》的故事场景设在纽约
的地铁站，这部小说被表述成"不断的运动，人物的来来回回的动态叙
事"②。

第三节 《太阳照常升起》——海外迷惘中的旅行与朝圣

　　海明威在《太阳照常升起》的扉页中记述了斯泰因夫人的那句名言，
"你们都是迷惘的一代"。据说，这句名言并非斯泰因夫人的原创，而是巴
黎地下修车行的老板所说的一句话。这句由车行老板原创、经文学泰斗斯
泰因夫人转述的话，其实暗示了"迷惘的一代"作家与旅行的潜在关系。
《太阳照常升起》这部长篇小说，表现的是以杰克·巴恩斯、勃莱特·阿
施利夫人（Lady Brett Ashley）、罗伯特·科恩（Robert Cohn）、迈克·坎佩
尔（Mike Campbell）和比尔·科顿（Bill Gorton）等美国青年在欧洲尤其
是法国的巴黎进行旅行和朝圣的故事。除科恩没有直接参加过"一战"以
外，其他人物都曾经以直接或间接的方式参加过这场战争，并经历了肉体
或精神上的某种创伤。例如，作品的主人公兼叙述者杰克·巴恩斯就带有
作者海明威的影子。巴恩斯曾经参加过第一次世界大战，在战争中肉体下
部受到重创，从此失去了性爱的能力。战后，巴恩斯来到法国的巴黎，在
一家报社找到一份记者的工作。阿施利夫人是一个年纪三十来岁的漂亮女
人，"一战"期间曾经在英国一家战地医院担任护士，她的未婚夫在战争
中丧生。由于无法承受战争中的巨大创伤，阿施利夫人不断地旅行，并通
过不断地与男人发生性关系和酗酒来逃避战争带来的精神创伤。但是即使

① Todd DePastino，*Citizen Hobo：How a Century of Homelessness Shaped America*，p. 171.
② Catherine Morley，*Modern American Literature*，Edinburgh：Edinburgh University Press，2012，p. 66.

没有经历过"一战"创伤的科恩，也仍然具有他自己的情感创伤，那就是与几个女人的婚姻纠葛问题。

　　这些经历过"一战"的精神和肉体创伤的美国青年们，都不约而同地选择在战后离开美国，到欧洲尤其是法国的巴黎旅居，以逃避美国本土的文化和精神的压抑。"一战"以后，美国的经济得到快速发展，物质财富急剧膨胀，人们对以金钱和成功为代表的"美国梦"的追逐也日益激烈。以海明威为代表的"一战"归来的老兵们，他们的功绩非但被人们很快忘却，而且政府承诺的上大学或就业机会也没有得到兑现。他们有了一种受欺骗的感觉，对国家信仰和个人前途感到迷惘。同时，美国"一战"后颁布的禁酒法使得那些从战争中归来的老兵们尤其难以忍受，因为正是靠酗酒才能使他们摆脱战争的恐怖和生活的寂寞。面对战后美国本土压抑的物质和文化氛围，这些"迷惘的一代"青年们普遍感到无所适从，正如亨利·米勒在《空调噩梦》中通过主人公之口所言，"实际上在任何地方我都能感受到家的感觉，唯独在我的祖国不是这样。我感到格格不入，尤其在纽约，我的出生地"[1]。面对这样的经济和文化困境，"迷惘的一代"青年们的唯一选择就是打起背包，去国外旅行，寻求能够医治他们精神迷惘的良药。

　　在小说一开始，青年作家罗伯特·科恩就与叙述者巴恩斯讨论要不要到南美洲旅行的事情，从中读者感受到旅行叙事在这部小说中的重要性。对于犹太青年科恩来说，人生的意义就是趁年轻的时候把世界的一切都看看，不要到老了像一些动物一样带着对于世界的一无所知而死掉。对于科恩的南美洲旅行建议，巴恩斯回答："听我说，罗伯特，到别的国家去也是这么样。我都试过。从一个地方挪到另一个地方，你做不到自我解脱。毫无用处。"[2] 巴恩斯认为旅行并不是逃避生活的绝对方式，批评科恩的毫无目的的漫游情结。巴恩斯渴望进行一种与科恩和其他旅居国外的成员们不同的旅行方式。在巴恩斯看来，欧洲的巴黎似乎是最好的地方。"巴黎是个好地方。为什么你就不能在巴黎重整旗鼓呢？"对于生活在 20 世纪初叶的美国"迷惘的一代"青年人来说，巴黎无疑是最适合他们旅居和文化流放的地方。它传统而又先锋，平静而又浪漫，好客而又尊重人们的隐私，美国人在国内所感受到的精神上的压力，大都能够在巴黎得以释放。

---

① 〔美〕亨利·米勒：《空调噩梦》，金蕾译，中国人民大学出版社 2004 年版，第 12 页。
② 〔美〕欧内斯特·海明威：《太阳照常升起》，赵静男译，上海译文出版社 1984 年版，第 12—13 页。

"不是去欣赏欧洲文化的精华，这些'迷惘的一代'代表们要在巴黎寻求他们在国内所缺失的东西：一种对待婚外恋和同性恋更加开放的态度，一种对他们的艺术才能更加同情的环境，最重要的是，容忍他们喝酒。"① 巴黎的确满足了这些"迷惘的一代"美国青年们的诸种要求，难怪"迷惘的一代"作家的精神领袖斯泰因女士一生旅居在巴黎，并发出如此的感慨："美国是我的祖国，巴黎是我的故乡。"②

　　在巴黎，巴恩斯结识了同是天涯沦落人的勃莱特女士并与之相恋。但是，由于自己肉体方面的创伤，巴恩斯无法与勃莱特发生性爱。他们所能做的，就是不断驾车在巴黎的各个街道漫游，出入于各种酒吧之间，以此来排遣心中的郁闷。巴恩斯跟勃莱特约定，他们住的每一家旅馆必须有一个酒吧，而且酒吧侍者要善解人意。对于勃莱特来说，旅行还具有另一种含义。作为一个具有强烈性欲的女人，她无法一生待在一个固定的地方，守住一个男人过一辈子。所以她不断地旅行，在不同的地方与不同的男人发生关系。汽车，作为 20 世纪初最伟大的发明之一，为他们的放浪形骸的巴黎之旅提供了极大的便利，因此书中有许多章节表现了他们的汽车旅行，不管是自驾还是乘出租车。在小说的第四章，海明威这样描写巴恩斯和勃莱特乘出租车在巴黎街头的旅行：

　　　　汽车登上小山，驶过明亮的广场，进入一片黑暗之中，继续上坡，然后开上平地，来到圣埃蒂内多蒙教堂后面的一条黑魆魆的街道上，顺着柏油路平稳地开下去，经过一片树林和蒙特雷斯卡普广场上停着的公共汽车，最后拐上鹅卵石路面的莫弗塔德大街。街道两旁，闪烁着酒吧间和夜市商店的灯光。我们分开坐着，车子在古老的路面上一路颠簸，使得我们紧靠在一起。③

在小说的第六章，海明威描写了巴恩斯一人乘出租车从他所居住的克莱荣旅馆到雅士咖啡馆的孤独旅行，这次旅行更强化了巴恩斯心中的空虚感：

　　　　汽车绕过一座打着旗语姿势的旗语发明者的雕像，拐上拉斯帕埃

①　Hans Ulrich Gumbretcht and Hans Ulrich Gumbretcht, *In 1926*: *Living on the Edge of Time*, Cambridge, Massachessets and London, UK: Harvard University Press, 1997, p. 14.

②　Gertrude Stein, *Gertrude Stein's America*, New York: W. W. Norton & Company, 1965, p. 63.

③　〔美〕欧内斯特·海明威：《太阳照常升起》，第 28 页。

大街。我靠后坐在车座上，等车子驶完这段路程。行驶在拉斯帕埃大街上总是叫人感到沉闷。这条街很像巴黎—里昂公路上枫丹白露和蒙特罗之间的那一段，这段路自始至终老是使我感到厌烦、空虚、沉闷。我想旅途中这种使人感到空虚的地带是由某些联想造成的。巴黎还有些街道和拉斯帕埃大街同样丑陋。我可以在这条街上步行而毫不介意。但是坐在车子里却令人无法忍受。[①]

巴恩斯之所以感到生活的空虚，一方面固然是因为"一战"对他的肉体造成的创伤使他无法与心爱的女人勃莱特发生性爱；另一方面也是因为如马尔科姆·考利所言，他离开了自己的祖国，成为无根之木。正如小说中比尔·科顿在批评巴恩斯时所说的那样，"你是一个流亡者。你已经和土地失去了联系。你变得矫揉造作。冒牌的欧洲道德观念把你毁了。你嗜酒如命。你头脑里摆脱不了性的问题……你是一名流亡者，明白吗？你在各家咖啡馆来回转悠"[②]。比尔的话一针见血地道出了以巴恩斯为代表的旅居在巴黎的"迷惘的一代"美国青年的生存本质。他们内心空虚，只能周游于巴黎各地的俱乐部、咖啡馆和餐馆，靠酗酒来打发无聊的日子。

尽管海明威一生对旅游者嗤之以鼻，但他在小说中所提到的巴恩斯、勃莱特，以及其他"迷惘的一代"青年在巴黎街头漫游时所游历的地方名称仍然使这部小说具有以《巴黎揽胜》（*Paris on Parade*）、《巴黎书页》（*Pages from the Book of Paris*）、《掀开盖子的巴黎》（*Paris with the Lid Lifed*）、《怎样在巴黎过得幸福》（*How to Be Happy in Paris*）等为代表的旅行日志的特征。"由于巴恩斯不断地强调他所处的环境，不间断地提到他跟那些移居国外的同伴们所光顾过的一些街道、酒吧、咖啡厅的名称，海明威对旅行文学作出了贡献，他描绘的地方构成了那些臭名昭著的海外生活方式的地理学。"[③] 早在1924年，罗伯特·威尔逊（Robert Forrest Wilson）就写过一本叫作《巴黎揽胜》的旅行日志，详细记述了20世纪初叶旅居在巴黎的一些"迷惘的一代"作家尤其是美国作家的放浪形骸的行为。在书中，威尔逊引领他的读者们穿过位于巴黎拉丁区的"美国村"和位于塞纳河左岸的索巴纳斯大街，去观看巴黎的狂欢——饮酒、跳舞和其他为清教主义所鄙弃的行为。书中描写了当时的美国"迷惘的一代"作家

---

① 〔美〕欧内斯特·海明威：《太阳照常升起》，第46页。

② 〔美〕欧内斯特·海明威：《太阳照常升起》，第125页。

③ Allyson Nadia Field，"Expatriate Lifestyles as Tourist Destination：*The Sun Also Rises* and Experiential Travelogues of the Twenties"，*The Hemingway Rivew*，Vol. 25，No. 2，2006，p. 30.

所光顾的巴黎大街、酒吧、咖啡馆、俱乐部，它们的具体位置，以及周围的环境特征等，例如蒙巴纳斯大街、圆顶咖啡馆、哈里酒吧、西尔维亚（Sylvia Beach）的"莎士比亚书店"等。这些作家在巴黎的放浪不羁的旅居行为，形成了一种关于巴黎的旅游神话。正如约翰·奥尔德里奇（John W. Aldridge）所言，"我们认为 20 世纪的文学生活是一种神话和现实的复杂混合体，是现实被想象成了神话，是神话被个性化到我们自己所经历的现实"①。在创作《太阳照常升起时》，海明威显然受到过《巴黎揽胜》这本书的影响，当然也是他自己在巴黎旅行的如实反映。难怪他在写巴恩斯在巴黎的游荡生活时对巴黎的地理景点如数家珍，信手拈来。比如在小说的第四章，在描写巴恩斯离开勃莱特并独自返回自己的旅馆时，海明威这样写道："我走到外面人行道上，向圣米歇尔大街走去，走过依然高朋满座的洛东达咖啡馆门前的那些桌子，朝马路对面的多姆咖啡馆望去，只见那里的桌子一直排到了人行道边……我想回家去。蒙帕纳斯大街上冷冷清清。拉维涅餐厅已经紧闭店门，人们在丁香园咖啡馆门前把桌子叠起来。我在奈伊的雕像前面走过。"②

巴恩斯、勃莱特、科恩等人的西班牙之旅，也使这部小说具有旅行日志的特征。他们坐火车从巴黎来到法国南部的巴荣纳，然后搭乘长途汽车到达西班牙的潘普洛纳，再由潘普洛纳去别的地方。这些行程，叙述者巴恩斯交代得一清二楚。比如在叙述经过西班牙边境线的时候，巴恩斯说道："我们跨过西班牙国境线。这里有一座小溪和一座桥，一侧是西班牙哨兵，头戴拿破仑漆皮三角帽，背挎短枪，另一侧是法国的法国兵，头戴平顶军帽，留着小胡子。他们只打开一只旅行包，把我们的护照拿进哨所去检查……司机不得不走进哨所去填写几张汽车登记表。"③ 然而，在这次西班牙之行中，巴恩斯同样意识到生活的空虚，逐渐认识到宗教对于其生命的意义。在列车上，巴恩斯和比尔·科顿发现几节车厢几乎都被来自美国俄亥俄州达顿市的天主教徒们包乘了。这些天主教徒们刚在罗马朝圣完毕，现在正要去比亚里茨和卢尔德朝圣。在一节车厢里，巴恩斯与一家来自美国蒙大拿州的天主教徒拉起了家常。通过与这些天主教徒的谈话，巴恩斯似乎意识到天主教信仰对于医治他的肉体和精神创伤的意义，因此他

①　John W. Aldridge, "Afterthoughts on the Twenties and *The Sun Also Rises*", in Linda Wagner-Martin, ed., *New Essays on The Sun Also Rises*, Cambridge: Cambridge University Press, 1987, p. 112.

②　〔美〕欧内斯特·海明威：《太阳照常升起》，第 33 页。

③　〔美〕欧内斯特·海明威：《太阳照常升起》，第 101 页。

此后的西班牙旅行更多地体现在一种宗教的朝圣旅行方面。巴恩斯就像一个患了性无能的现代渔王(Fisher King),通过不断的宗教朝圣,来寻求精神的救赎。"《太阳照常升起》中杰克的精神旅行使他成为一个像渔王、阿贝拉德(Abélard)、堂吉诃德或者桑丘·潘拉(Sancho Panza)一样的人物,但是他的朝圣也隐含地与这些文学或神话中的范式进行对比。"[①]

巴恩斯的精神旅行与科恩的"圣地之旅"形成鲜明的区别。像犹太人的先知摩西被上帝允许看到"应许之地"却不能进入一样,科恩将勃莱特看作失去的家园的理想化身,他不断地追求,却永远无法到达。科恩追随着勃莱特来到西班牙,但是他的爱情追求之旅无果而终。因此,与巴恩斯相比,科恩是一个错误的朝圣者。巴恩斯的精神之旅,由于赋予了天主教的因素,他在西班牙的身体旅行最终使他领悟到人生的意义。在西班牙潘普洛纳城,巴恩斯看见一座天主教大教堂位于街道的尽头,就朝教堂走去。来到教堂,巴恩斯双手合十,跪在那里虔诚地祈祷:"我跪下开始祈祷,为我能所想起的所有人祈祷,为勃莱特、迈克、比尔、罗伯特·科恩和我自己……这会儿我把额头靠在前面长木凳的靠背上跪着……为自己是一个糟糕透顶的天主教徒而懊悔……不过,怎么说天主教还是一种伟大的宗教,但愿我有虔敬之心。"[②]虽然此时的巴恩斯在祷告的时候还多少掺杂着一些功利主义的思考,但是他毕竟跪下祈祷了,这就是他寻求精神救赎过程中的一个进步。正如 T. S. 艾略特所言,"你来这里不是为了检验/教导自己,或者满足好奇/或者携带报告,你来这里是要跪下/这里,祷告是一直见效的"[③]。如果说,勃莱特、比尔、科恩等人到西班牙来旅行是为了游览西班牙的风景或欣赏斗牛的狂欢的话,那么巴恩斯却是在试图遵循真正的朝圣准则,寻访神圣的宗教景观场所,以便获得灵魂的再生和拯救。因此,"《太阳照常升起》远非人们所认为的'迷惘的一代'漫无目的的编年史记录,而是海明威的第一次对朝圣主题的伟大思考"[④]。换句话说,巴恩斯也是一位神话英雄的现代翻版,企图在"迷惘的世界"寻找出一条宗教救赎的道路。

不过总体而言,以教堂、修道院为代表的宗教景观在《太阳照常升起》中大多以隐性的方式出现,巴恩斯的宗教朝圣路线更多地朝向那些在历史传统上并不太出名的地方。在跟那些美国朝圣者乘坐同一列火车沿着

---

① Alexandra Peat, *Travel and Modernist Literature*:*Sacred and Ethical Journeys*, p. 119.

② 〔美〕欧内斯特·海明威:《太阳照常升起》,第 105—106 页。

③ 〔英〕托·斯·艾略特:《四个四重奏》,裘小龙译,漓江出版社 1985 年版,第 217 页。

④ H. R. Stoneback, "Pilgrimage Variations:Hemingway's Sacred Landscapes", p. 52.

同一路线朝圣的中途，巴恩斯和他的同伴们决定乘坐孔波斯特拉线到圣塞瓦斯蒂安。因此，巴恩斯的精神朝圣之旅更多地定位在那些人迹罕至的荒野地区。在巴斯克乡下，巴恩斯去钓鱼并看到"龙塞斯瓦列斯修道院的灰色铁皮屋顶"。但是，当巴恩斯和他的同伴真正参观了龙塞斯瓦列斯修道院以后，他们只是淡淡地说了句还好而已。站在这座古老的教堂里，他们的目光却转向了路边的一个酒吧。难道巴恩斯的宗教朝圣不真诚？非也。真正的朝圣者一般"放弃世俗的城市，选择在荒野成为隐士或者漫游者"①。梅西娅·埃里埃德（Mircea Eliade）也指出，真正的朝圣者"能接近世界的中心，在最高的阶地上……超越世俗和混沌的空间，进入'纯洁的宗教'"②。埃里埃德进一步指出，森林、沙漠、海洋等地理景观是天地交合的神圣地方，而狩猎、钓鱼、决斗、冲突、酗酒、性爱等是参与神圣朝圣的仪式性行为。巴恩斯的漫游性朝圣基本遵循的是这一种模式。他在西班牙旅行时的钓鱼和观看斗牛行为就是他漫游性朝圣的重要组成部分。比如，在法布里卡河谷钓鱼的时候，巴恩斯对同伴比尔说道："我们还是要靠信仰……在这辽阔的山野之间，谁也不必羞于下跪。记住，丛林是上帝最早的圣殿。"③

　　小说的高潮之处是巴恩斯和勃莱特等人参加的圣福明节庆祝活动，圣福明节也是西班牙的一个重要宗教节日。"那天下午，举行了盛大的宗教游行。人们抬着圣福明像，从一个教堂到另一个教堂。世俗显要和宗教名流全都参加游行。"④ 但是在这个盛大的宗教节日中，最引人入胜的还是巴斯克人的斗牛狂欢。巴恩斯和勃莱特等人亲眼看见了以佩德罗·罗梅罗（Pedro Romero）为代表的勇敢的西班牙斗牛士与疯狂的公牛搏斗的壮举，从中看到了斗牛士们敢于单身鏖战、蔑视痛苦和死亡的"硬汉"精神。这是他们在西班牙精神和宗教朝圣过程中所获得的最大启示，是对人生真谛的顿悟。海明威认为，巴恩斯的精神顿悟预示着永恒的人生，是太阳升起的地方。因而，他从《圣经·传道书》中摘引一小段话，作为小说卷首的引语，与小说的标语遥相呼应，进一步肯定了巴恩斯的精神顿悟，"日头出来，日头落下"，但是"地却永远长存"。

---

① Allan E. Morinis, *Sacred Journeys: The Anthropology of Pilgrimage*, Wesport, Connecticut: Greenwood Publishing Group, 1992, p. 13.

② Mircea Eliade, *The Myth of Eternal Return: Cosmos and History*, Princeton, New Jersey: Princeton University Press, 2005, p. 15.

③ 〔美〕欧内斯特·海明威：《太阳照常升起》，第134页。

④ 〔美〕欧内斯特·海明威：《太阳照常升起》，第169页。

斗牛节结束后，这一帮旅行者不欢而散。巴恩斯去了圣塞瓦斯蒂安，在那里过了几天悠闲的日子，直到他收到勃莱特从马德里发来的电报。在电报中，勃莱特告诉巴恩斯说她遇到了麻烦，并让他赶快到她的旅馆来。于是，巴恩斯坐了一通宵的火车到达了马德里。勃莱特见到巴恩斯非常高兴，告诉他她已经把罗梅罗给打发走了。巴恩斯正式表达想娶勃莱特的意思，以便她"再也不会离开他"。但是，勃莱特告诉巴恩斯，如果当初不知道他患有性无能病症，她本来是会嫁给他的。现在，勃莱特决定要重新回到她现在的未婚夫迈克的身边。他们购买了当天晚上的火车票，然后坐出租车在马德里兜了一圈。小说到此结束。

海明威本人在欧洲的旅居经历使他对巴黎、潘普洛纳、马德里等地的街道、旅馆和咖啡厅等旅行者必去的地方非常熟悉，因此小说中充斥了大量的这类旅行场景叙事。正是由于《太阳照常升起》里面有大量的旅行场景描写，许多评论者都将它看做旅行文学的典范。比如，艾利森·费尔德（Allyson Nadia Field）就把《太阳照常升起》归入旅行日志的行列，指出："尽管海明威讨厌旅行，小说中不断重复提起的地名可以组合成旅行的日常表，与小说同时期出现的旅行指南非常相似。尽管不是一部公然的旅行指南，《太阳照常升起》仍被认为具有部分的旅行日志的传统。"[1]

第四节 《夜色温柔》——"爵士时代"的旅行与美国梦寻的破灭

菲茨杰拉德青年时代的人生经历及他与新婚妻子姗尔达在欧洲的旅行经历为他构建《夜色温柔》中的旅行叙事提供了重要素材，他从美国到欧洲的求学经历，以及他们夫妻欧美之行中所乘坐的轮船、火车、汽车，行旅过程中所经历的地理景点及所下榻的旅馆等，在《夜色温柔》中均有自传性的再现。正如凯瑟琳·帕金森（Kathleen Parkinson）在评价《夜色温柔》时所言，"在菲茨杰拉德的任何一部小说中，人们很容易地找出任何一个事件，在起源方面都具有自传性，包括姗尔达与一位法国军官的私通，以及菲茨杰拉德本人与一位年轻的美国电影明星的友谊，这位明星曾

① Allyson Nadia Field, "Expatriate Lifestyles as Tourist Destination: *The Sun Also Rises* and Experiential Travelogues of the Twenties", pp. 29 – 30.

经陪伴姗尔达的母亲旅行"①。正是因为显而易见的自传性因素，以及作家在创作过程中对自身欧美旅行叙事的艺术化虚构，使得《夜色温柔》像海明威的《太阳照常升起》一样，具有旅行文学的显在叙事特征。小说分为三部，虽然总体上采用的是第三人称全知视角叙事，但是小说各个部分的叙事视角又具有微妙的变化。第一部是从旅居法国的美国电影女演员罗斯玛丽·霍伊特（Rosemary Hoyt）的视角展开，主要再现故事的主人公迪克·戴弗（Dick Diver）与他的妻子尼科尔·戴弗（Nicole Diver）在法国的旅行生活。第二部用闪回的叙事手法，从迪克·戴弗的叙事视角讲述迪克·戴弗从美国到欧洲的求学经历，以及与妻子尼科尔从相识到结婚的过程。第三部主要通过尼科尔的叙事视角揭示迪克·戴弗从欧洲回到美国，以及美国梦最终破灭的悲剧性境况。这样的叙事结构，连同小说的题目，暗示出主人公迪克·戴弗从追寻"美国梦"的英雄式旅行到梦幻破灭后的精神颓废过程。"夜色温柔"这个题目取自约翰·济慈（John Keats）的《夜莺颂》（"Ode to a Nightingale"）。正如萨杰欧·帕罗萨（Sergio Perosa）所言，这个题目"暗示着一种颓废和死亡，预示着主人公逐渐跌入黑暗和湮没无闻"②。

　　作为"爵士时代"的代表性人物，《夜色温柔》的主人公迪克·戴弗对"美国梦"有着执着的追求。迪克·戴弗是一个贫穷牧师的儿子，自幼就对教堂里的财务出纳感兴趣，认为有了金钱就可以过上体面的生活。迪克也把格兰特（Grant）将军作为自己学习的榜样，格兰特曾经是一位普通的美国人，内战期间成为美国北方军队的统帅，是美国梦的重要表征之一。成年后，迪克树立了远大的理想："我只有一个打算……那就是做一个出色的心理学家——也许是有史以来最伟大的心理学家。"③在美国，心理医生是最挣钱的热门职业之一，成为最好的心理医生，无疑就等于实现了"美国梦"。为此，迪克开始了艰难的旅行和求学历程。迪克也具有英雄人物的气质，尤其信奉美国内战前的英雄准则。为了实现梦想，迪克首先来到耶鲁大学求学，1914 年以罗氏奖学金学者的身份到牛津大学访学，1916 年他回到美国，在位于马里兰州巴尔的摩市的约翰·霍普金斯大学获得医学博士学位。在第一次世界大战期间，他不顾战争的危险，到欧洲的

①　Kathleen Parkinson, *F. Scott Fitzgerald's "Tender Is the Night" — A Critical Study*, Harmondsworth: Penguin Books, 1986, p. 12.

②　Sergio Perosa, *The Art of F. Scott Fitzgerald*, trans. Charles Matz, Ann Arbor: University of Michigan Press, 1965, p. 116.

③　〔美〕菲茨杰拉德：《夜色温柔》，主万、叶尊译，人民文学出版社 2007 年版，第 143 页。

维也纳旅行，因为他"觉得自己如果不抓紧时间，弗洛伊德大师也许最终会在飞机的轰炸中丧生"①。在战火纷飞的岁月里，维也纳呈现出一派衰落死亡的景象。在一座女修道院的房间里，面对缺衣少食的困境，迪克居然写出了一本关于心理分析的小册子，并于 1920 年得以在苏黎世出版。可见，此时的迪克，俨然是一位追求梦想并愿意为之奋斗的英雄。

1917 年春天，迪克离开战火纷飞的维也纳，来到了当时的中立国瑞士。小说中关于瑞士地理景观的描述，是这部小说旅行叙事的重要表征。在小说第二部开始的时候，菲茨杰拉德描绘了瑞士的地理风景："瑞士犹如一个岛国，一边受到戈里齐亚附近雷鸣般的海浪的拍击，另一边则受到索姆河和埃纳河的急流奔湍的冲刷。在瑞士各州，令人好奇的陌生人破例超过了前来疗养的病人……在伯尔尼和日内瓦的小咖啡馆里那些窃窃私语的人大概是珠宝商人或旅行推销员……他们在明净的康斯坦茨湖和纳莎泰尔湖之间彼此相遇。"② 这些美丽的地理景观不仅标示出小说的旅行叙事特征，同时也表征着重要的文化和主题学意义，它们是主人公迪克做出人生选择的重要场所。其中，瑞士场景在菲茨杰拉德的小说中尤为重要。正如伊丽莎白·鲍尊维拉（Elisabeth Bouzenviller）所言，"《夜色温柔》和其他短篇小说中的瑞士旅行经常发生在主人公在欧洲其他国家的逗留和漫游之后。在大多数情况下，瑞士场景具有疗效作用，与作品中人物关于欧洲其他景观地点例如巴黎、意大利或里维埃拉的天真和青春的发现形成对比，那些地理景观只是意味着消遣、娱乐、文化和动态主义，与昂贵和禁酒主义的美国形成一种差距。"③

在瑞士苏黎世湖畔的一家心理诊所，迪克接诊了一个叫尼科尔·沃伦（Nicole Warren）的 16 岁女孩。尼科尔是来自美国芝加哥的一位遗产继承人，她到瑞士来是想治疗她的精神分裂症，她的精神分裂症源自她幼年时遭受的来自父亲的性骚扰。出于愧疚，父亲带着年幼的尼科尔四处巡游求医，甚至利用自己家族的影响，乘着一艘美国巡洋舰横渡大西洋来到瑞士。在治疗尼科尔精神病症的过程中，迪克做出了一个大胆的决定，娶尼科尔为妻。迪克这样做一方面固然是出于同情和喜爱，另一方面却是因为尼科尔殷实的家庭背景和遗产继承人身份。正如尼科尔企图向迪克展示的

---

① 〔美〕菲茨杰拉德：《夜色温柔》，第 123 页。

② 〔美〕菲茨杰拉德：《夜色温柔》，第 122 页。

③ Elisabeth Bouzenviller, "A Decisive Stopover in 'an Antiseptic Smelling Land': Switzerland as a Place of Decision and Recovery in F. Scott Fitzgerald's Fiction", *The F. Scott Fitzgerald Review*, Vol. 3, 2004, p. 28.

那样，"想要让他知道自己有多富有，住的是多么高大宽敞的房子，让他知道自己可真是一份宝贵的财产"①。同样，汽车作为负载"美国梦"和身份的重要象征，也在迪克向尼科尔求婚的过程中潜移默化地发挥了作用。在迪克内心纠结着究竟是否要娶尼科尔的时候，他看到了尼科尔跟自己的姐姐开着一辆豪华的罗尔斯—罗伊斯牌汽车旅行的场景："当时他正走过王宫饭店，一辆豪华的罗尔斯—罗伊斯牌汽车转进了半月形的大门。尼科尔和一个年轻女子坐在车里，他猜想那个女子就是尼科尔的姐姐。在庞大的车身里她们俩显得十分娇小，却仍毫无必要地由力量有一百马力的车子托着。"② 在此后与尼科尔的单独旅行，及与尼科尔的姐姐巴比（Baby Warren）小姐的交谈中，迪克进一步了解到尼科尔家族的财富状况，以及这种财富之于他这位冒险家的意义。迪克意识到，尼科尔一家是一个没有封号的贵族世家，这样的家庭足以压倒他的牧师家庭出身。尼科尔家族的姓名可以成为一种信用和炫耀签在旅馆住宿登记簿和介绍信上，成为在欧美大陆旅行和生活的通行证。这样的财富和地位，不正是他这位出身低微的穷小子梦寐以求的吗？

当从巴比小姐的口中得知尼科尔的父亲要花重金为尼科尔小姐雇用一个私人心理医生时，迪克的故作平静再一次被打破。迪克终于同意要和自己的病人尼科尔小姐结婚，借助她的金钱，来实现开一家现代的心理诊所的梦想。因此，正是在瑞士，迪克把作为美国梦象征的金钱和女人联系在了一起。"在《了不起的盖茨比》《夜色温柔》和《最后的大亨》中，美国梦的基质是不一样的。但是在每一种情况下，作品的主人公都像菲茨杰拉德一样，'作为一个分裂的人'，致力于将对一个女人的爱和在世界上建功立业结合起来。"③ 婚后，迪克和尼科尔开始了在欧洲乃至世界各地的旅行。为了表现这对夫妻在欧洲旅行的行程和消费，菲茨杰拉德运用了意识流的叙事手法，亦即尼科尔杂乱的回忆："……那年我们四处旅行——从伍鲁穆鲁海湾到比斯克拉。在撒哈拉沙漠的边缘，我们遇上了蝗灾，但司机却和气地解释说那只是一群大黄蜂。"④ 当然，旅行期间的一切费用，都是由尼科尔家族提供的。尤其在旅行到瑞士的阿尔卑斯山区的时候，尼科

---

① 〔美〕菲茨杰拉德：《夜色温柔》，第155页。

② 〔美〕菲茨杰拉德：《夜色温柔》，第157页。

③ John F. Callahan, "F. Scott Fitzgerald's Evolving American Dream: The 'Pursuit of Happiness' in *Gatsby*, *Tender Is the Night*, and *The Last Tycoon*", *Twentieth Century Literature*, Vol. 42, No. 3, 1996, p. 380.

④ 〔美〕菲茨杰拉德：《夜色温柔》，第174—175页。

尔用自己的钱财为迪克买下一个昂贵的心理诊所，以便能让丈夫实现成为一流心理医生的梦想。

但是，与尼科尔的结婚及陪伴她在世界尤其是欧洲各地的旅行，也极大地影响了迪克在心理医生事业方面的深造和进取，成为他日后走向精神和事业衰落的主要因素。尤其是在尼科尔生下第二个孩子后，她的精神病就经常发作，"在她旧病复发的那段漫长的时间里，迪克经受了一个医生所不应有的巨大痛苦，不得不硬起心肠来对待她"①。酗酒是迪克摆脱精神痛苦的主要手段，但是过度酗酒不仅伤害了他的身体，而且损伤了他的精神。因此，《夜色温柔》作为菲茨杰拉德最复杂的一部小说，"通过一个全新的设定在欧洲的情节，表现一个美国的心理医生怎样被一场与富有女病人的婚姻毁掉"②。事实上，自从与尼科尔结婚，迪克就从浪漫主义的"美国梦"追求者转向了消极的颓废主义者，这在他们夫妻的法国旅行中表现得尤其突出。像亨利·詹姆斯在他的中篇小说《黛西·米勒》（*Daisy Miller*）的开始就详细描述瑞士韦维小城的旅馆一样，菲茨杰拉德也在《夜色温柔》第一部的开篇就用详细的笔墨描绘了法国著名旅游胜地里维埃拉海滨宜人的风景和旅馆，因而给这部小说的旅行叙事打下鲜明的印记：

在法国里维埃拉风光旖旎的海岸上，大约位于马赛到意大利边境的中途，有一家高大堂皇的玫瑰色的旅馆。好几棵神态谦恭的棕榈树为旅馆正面那绯红色的墙面遮阳送凉。旅馆前面，延伸出一小片耀眼的海滩。近来，这里已经成为名流显要和时髦人士的避暑胜地。十年以前，当那些英国客人在四月里到北方去以后，这里就变得几乎无人居住。如今，旅馆近旁却密密匝匝地出现许多带凉台的平房，不过，在我们的这个故事开始的时候，周围还只有十多幢古老的别墅，他们那破损的圆屋顶看上去好似戈斯的外国游客旅馆与五英里外的戛纳之间茂密的松树林中的睡莲。③

里维埃拉，作为《夜色温柔》中一个重要的地理景观，在小说中起着重要的叙事作用。菲茨杰拉德以此作为小说第一部的叙事开端，又在小说进展的过程中安排迪克和尼科尔夫妇不定期地到那里度假，在小说的结尾

① 〔美〕菲茨杰拉德：《夜色温柔》，第182页。
② Matthew J. Bruccoli and Judith S. Baughman, *Reader's Companion to F. Scott Fitzgerald's Tender is the Night*, Columbia: University of South Carolina Press, 1996, p. 330.
③ 〔美〕菲茨杰拉德：《夜色温柔》，第1页。

又让迪克站在阳台上眺望里维埃拉海滩。作为一个文学手段，里维埃拉不仅表征着迪克夫妇及那些旅居国外的美国人的旅行线路，同时也是他们豪华生活的展示场。从表面上看，里维埃拉好像是一个美丽的伊甸园，是那些移居海外的美国人度假的圣地。但是实际上，菲茨杰拉德笔下的这个乐园却是一个失落园，来这里度假的美国人都具有某种程度的精神失落。"法国的里维埃拉成了一个失落园，因为欧洲化的美国人在这里漫游，以便寻找人生的意义，但是他们丢失了自己的身份。从一个曾经是现代和理想化的世界，里维埃拉成为一个类似 T. S. 艾略特笔下'非真实之城'那样的颓废和腐化的世界。"① 在《流放者归来》（*Exile's Return*）一书中，考利认为美国人没有文明，美国人把自己的国家看作一片精神和艺术的荒原。他们到欧洲旅行，本来是想获取美国所不具有的精神和艺术的熏陶。但是到了"一战"后的欧洲以后，他们发现除了优厚的金钱汇率以外，欧洲并没有给他们提供有价值的东西。因为有钱，这些美国人可以想去哪里就去哪里，想买什么就买什么。这种"爵士时代"纸醉金迷的生活可以从尼科尔一家在欧洲的旅行和疯狂的购物活动中体现出来。因此，在《夜色温柔》的第一部，菲茨杰拉德刻意地从 18 岁的美国漂亮女演员罗斯玛丽·霍伊特的视角来表现迪克夫妇及其他移居国外的美国人在法国里维埃拉和巴黎所度过的那种毫无意义的漫游生活。

正是在这表面风景如画却又有一些颓废的旅游胜地，18 岁的美国漂亮女演员罗斯玛丽·霍伊特与迪克夫妇相遇。罗斯玛丽一见到迪克，就爱上了这位富有才华且风流倜傥的有妇之夫，并跟他进入了由移居海外的美国人组成的社交圈子。这个圈子里有落魄的音乐家阿贝·诺斯（Abe North）跟他的妻子玛丽·诺斯（Mary North），小说家埃尔伯特·麦基斯科（Albert McKisco）跟他的妻子麦基斯科夫人（Violet Mckisco）等。离开里维埃拉，罗斯玛丽陪着迪克夫妇及其社交圈中的朋友一同游览了巴黎，但是巴黎作为一个重要的地理景观，远非这些移居国外的美国人的精神归宿。在这里，这些"美国游客在宁静的异国他乡往往会感到沉闷乏味……没有什么事情引起她们的兴奋，也没有什么声音从外面唤醒她们……她们思念着帝国的喧嚣，觉得这里的生活停滞不前"② 。从这个空虚的空间中，这些到巴黎旅行的美国人企图建构一个关于美国的想象替代。这些游客们到法美

---

① Bui Thi Huong Giang, *Trauma and Psychological Losses in F. Scott Fitzgerald's Novels*, Ph. D. dissertation, Fukuoka Women's University, 2014.

② 〔美〕菲茨杰拉德：《夜色温柔》，第 12 页。

电影公司的访问暗示着巴黎在文化上已经成为美国的共谋。对于迪克来说，观看《老爸的女儿》（*Daddy's Girls*）这部美国电影代表着某种程度的家园回归。然而，这个回归不是真正意义上的家园回归，而是用一部伤感的好莱坞影片来表征思乡的情绪。

　　但是对于尼科尔来说，巴黎旅行只不过是她疯狂购物的另一站而已。在罗斯玛丽的陪同下，尼科尔按照一份两页纸长的清单来进行购物。为了表现这位女人的富有，菲茨杰拉德甚至运用了抒情性夸张的叙事手法："为了她，一列列火车从芝加哥出发，穿过大陆丰腴的腹地，抵达加利福尼亚；胶姆糖工厂冒出滚滚浓烟，工厂的输送带一环环地加长；男人们在大缸里搅拌着牙膏，从铜制的桶里汲取漱口剂；姑娘们在八月里敏捷地把番茄装成罐头……这只是向尼科尔作出贡献的一部分人。"① 由此可见，作为这样一个富有女人的丈夫，迪克的精神压力是多么的巨大，不管是在她清醒着展示自己巨大的财富实力的时候，还是在她精神病发作不能自理的时候。因此，迪克最初到欧洲来时的那种独立求索的精神在陪伴尼科尔的旅行途中渐渐消失。不过此时的迪克还没有完全堕落，他的内心还保留着某些英雄的情结。在驶向巴黎的过程中，他们参观了一个位于巴黎北部的"一战"战场遗址，迪克就发生在那里的可怕战役发表了自己浪漫的看法。从迪克对战争的看法中，读者隐约感觉到此时的迪克仍然抱有美国内战时期的那种英雄的理想，虽然这种英雄主义的理想早已为他与尼科尔的婚姻和天南海北的旅行所冲淡。"银联折断，金罐破裂，一切都已过去，可是像我这样一个老派的浪漫主义者对此却无能为力。"②

　　为了重新获得精神上的独立，迪克背着尼科尔，接受了罗斯玛丽对自己的爱情。他们两个频繁地出入巴黎的宾馆，有几次罗斯玛丽提出向迪克献出自己的身体，但是被迪克婉转地拒绝，因为此刻的迪克还没有完全从精神上堕落，还从道德方面肩负着守护尼科尔的责任。此时的迪克和罗斯玛丽，就像海明威《太阳照常升起》中的巴恩斯和勃莱特那样，不断地出入于巴黎的各种酒吧和聚会，小说中所提到的酒吧、餐厅和俱乐部的名字，也丝毫不亚于《太阳照常升起》中的同类地名。当然，像巴恩斯和勃莱特的巴黎旅行一样，汽车也为迪克和罗斯玛丽的巴黎兜风提供了极大的便利："在许许多多的消遣娱乐当中，有一辆波斯国王的汽车。迪克究竟从哪儿搞来这辆汽车，用了什么贿赂手段，这些都无关紧要。罗斯玛丽只

① 〔美〕菲茨杰拉德：《夜色温柔》，第57页。
② 〔美〕菲茨杰拉德：《夜色温柔》，第61页。

把它看作令人难以置信的事情的一个新的方面。"①

迪克与尼科尔的公开分裂发生在瑞士。迪克被指控诱奸了他的一位病人的 15 岁女儿，听到这个消息后尼科尔非常嫉妒，开始怀疑迪克是否对自己忠诚。在驾车外出旅行的时候，处于歇斯底里状态下的尼科尔强行抓住迪克开车的方向盘，险些酿成一起车祸，造成一家人的丧生。为了摆脱尼科尔给他带来的麻烦，迪克谎称到德国柏林参加精神病学大会。"在苏黎世，迪克驱车前往机场，坐上飞往慕尼黑的那架大型飞机。在飞机轰鸣着升入蓝天的时候，他觉得身体有些麻木，意识到自己是何等疲惫。"② 在奥地利的因斯布鲁克市，迪克开始对他这几年的生活进行反思，也就是旅行文学或成长小说中常见的顿悟。"应该有个欧洲大陆式的解决办法，但事实还没有完。我已浪费了八年时光……但我并没有一败涂地。"③ 在奥地利期间，迪克得知他的父亲已经去世，于是乘坐一艘邮轮回美国安葬自己的父亲。跪在父亲的墓地前，迪克感到"再也没有什么牵挂，心里也不相信自己还会回来"④。这就如考利所言，"迷惘的一代"之所以迷惘，是因为他们割舍了作为根基的祖国。

在罗马，迪克再度与罗斯玛丽相遇，他们已经分别四年了。虽然迪克最终背叛尼科尔并与罗斯玛丽发生了性关系，但她已经不是四年前的那位纯洁的姑娘了。罗斯玛丽非但不是一位处女，而且已经跟 640 个男人睡过觉。但最让迪克无法容忍的是，罗斯玛丽此刻在与一位年轻的意大利演员热恋。失意的迪克开始靠酗酒度日，并因在醉酒状态下殴打警察而被关进监狱。迪克在罗马锒铛入狱，是他走向彻底堕落的标志。在这里，菲茨杰拉德暗示了艾略特在《荒原》中所使用的"塔落"（falling tower）主题，象征着迪克在现代荒原的失落。"当迪克离开罗马的时候，他已经是一个被打败的人了。"⑤

在小说的第三部，迪克又重新回到妻子尼科尔的身边。当得知尼科尔的父亲不久将要离开人世时，他们赶忙到瑞士洛桑去看他。但是当他们来到洛桑时，尼科尔的父亲却飞到巴黎去了，病情显然得到了好转。由于此时的迪克再也无心经营他在瑞士的心理诊所，在朋友的建议下，迪克卖掉

① 〔美〕菲茨杰拉德：《夜色温柔》，第 80—81 页。

② 〔美〕菲茨杰拉德：《夜色温柔》，第 211 页。

③ 〔美〕菲茨杰拉德：《夜色温柔》，第 219 页。

④ 〔美〕菲茨杰拉德：《夜色温柔》，第 222 页。

⑤ Richard Lehan, *Literary Modernism and Beyond：The Extended Vision and the Realms of the Text*, Baton Rouge：Louisiana State University Press, 2012, p. 137.

了诊所，跟尼科尔又开始四处旅行。每到一个地方，迪克都酗酒闹事，惹了许多麻烦，使得尼科尔非常伤心，认为他们之间再也无法像过去那样愉快地生活了。在托米斯，迪克夫妇遇到了以前社交圈里的朋友托米·巴班（Tommy Barban）。当得知巴班有意追求她的时候，尼科尔竟与他发生了关系。故事的结局是尼科尔与托米·巴班结了婚，而迪克孤身一人回到美国，浪迹于不同的中小城市，人生日渐暗淡。"菲茨杰拉德的小说以迪克·戴弗作为一个堕落的英雄而告终。他是一个心灰意冷的移居国外者，回到家乡却发现那里已经不是家乡了。"①

第五节　《曼哈顿中转站》——纽约之行
与美国梦的虚幻性

基于早年旅行生活的经历，约翰·多斯·帕索斯也在小说中"暧昧地表现运动。尽管在不同的场合这种美国生活成为激进的非稳定性和非连贯性的令人惊恐的表征，运动却不断地被用作一个强有力的隐喻，表现自新、自由和独立"②。罗伯特·巴特勒在此处所言的"运动"（movement），实际上就是"旅行"。在代表作《美国》三部曲中，多斯·帕索斯就用各种人物无休止的旅行来表现美国生活的方方面面。小说一开始就描述一个无名的年轻人靠搭便车而在美国各地漫游，以便追寻美国梦。紧接着，第一个新闻片表现的是一群美国士兵在美国—西班牙战争期间盲目地冲上圣胡安山的镜头。此后的新闻剪辑表现了美国的夸张主义，预示这种进程会导致人类永无止境的前进。第一个主要叙事单元再现多斯·帕索斯一个躁动不安的主人公芬尼安·麦克克里亚瑞（Fainy McCreary）早期的漫游经历。尽管小说充分运用旅行作为小说的结构性特征，凸显了小说的动态流动性，这些快速的新闻剪辑、慢速的摄影特写和碎片化的故事情节还是令读者眼花缭乱。因此，"在内容和形式的双重界面上，《美国》表现的是一切都在运动而且没有一样东西是静止的社会——一个杂乱无章和非连续的永恒运动的世界"③。

《美国》三部曲中所表现的这种杂乱无章的旅行运动叙事，早在多

---

① Alexandra Peat, *Travel and Modernist Literature: Sacred and Ethical Journeys*, p. 124.

② Robert James Butler, "The American Quest for Pure Movement in Dos Passos' U. S. A", *Twentieth Century Literature*, Vol. 30, No. 1, 1984, p. 83.

③ Robert James Butler, "The American Quest for Pure Movement in Dos Passos' U. S. A", p. 83.

斯·帕索斯的成名作《曼哈顿中转站》（1925）中就已经初见端倪。像许多"迷惘的一代"成员那样，刚从法国巴黎归来的多斯·帕索斯也不得不应对美国20世纪20年代的快节奏生活。巴黎街头那悠闲的散步让位于纽约快速运动的地铁和可以升降的火车和汽车。漫步于百老汇街头，震耳欲聋的汽车声响和来来往往的行人会让你眩晕。对于多斯·帕索斯，以及当时所有的来纽约旅行的人来说，最不能忽略的就是曼哈顿中转站。"曼哈顿中转站"是20世纪初新泽西—纽约之间的渡口和火车站，当时对于来自美国和世界各地的人来说，这里是进出纽约的必经之地，他们很远就能看到港口自由女神的雕像。因此，从题目上，多斯·帕索斯的长篇小说《曼哈顿中转站》就具有明显的旅行叙事。"甚至多斯·帕索斯的小说《曼哈顿中转站》这一题目，暗示着穿越这个城市的车船和民众的无休无止的运动，将它看作是通向新泽西的中转车站，是上班族进出纽约旅行过程中的中转阶段。"① 不同于传统小说的是，这部小说并没有一个贯穿全书的主人公。帕索斯运用拼贴、电影剪辑等现代主义创作手法，将纽约比作一个人类社会，把去纽约旅行的人比作人生的过客，全景式地再现了现代人的来来往往那种漂泊无垠的生活。20世纪初叶的城市纽约"既非常庞大，又普遍被认为是现代性的象征。它象征着现代人的困窘"② 。一个典型的景象就是1925年的纽约那万花筒般的电子广告招牌，把"时代广场"装点成纽约的中心，把纽约装点成美国的中心，把美国装点成世界的中心。像曼哈顿的摩天大楼一样，百老汇的路标也构成了现代性的明信片意象。"希望你到这里来。祝你在这里过得愉快！"路标上那诱人的标语如是说。为了追求金钱的成功，而不是像过去那样追求自由和幸福，来自世界各地的人们放弃了他们传统的人生之路，来到百老汇的"宽街"。他们在曼哈顿转车，进入百老汇和时代广场的"中心"。但是在《曼哈顿中转站》里，帕索斯却给世人向往的大都市纽约赋予了不同的含义："这里"就是"乌有"，"中心"是个虚幻，美国只不过是个招牌而已。③

　　小说一开始，帕索斯就叙述巴德·库本宁（Bud Korpenning）从轮渡上下来，在曼哈顿中转站转车，来到纽约。巴德曾经是库珀斯镇农场的一

① Alastair Beddow, "Manhattan Nightmares: John Dos Passos, Charles Sheeler and the Distortion of Urban Space", *Moveable Type*, Vol. 6, 2010, p. 3.

② Monroe K. Spears, *Dionysus and the City*, New York: Oxford University Press, 1970, p. 75.

③ William Brevda, "How Do I Get to Broadway? Reading Dos Passos's Manhattan Transfer Sign", *Texas Studies in Literature and Language*, Vol. 38, No. 1, Representative Paradoxes, Spring, 1996, p. 80.

位青年，从小跟一个据说是他父亲的男人长大。这个男人不仅经常毒打他，还用烧红的烙铁烫他的脊背。巴德最终进行反抗，杀死了这个恶棍，从此开始了流浪纽约之旅。在评论多斯·帕索斯小说的流浪汉叙事特征时，约瑟夫·菲契特尔伯格（Joseph Fichtelberg）指出："根据这种流浪汉旅行的逻辑，稳定性是不可能取得的。这些流浪者都毫无例外地感觉到他们的世界是压抑的。"① 人生地不熟的巴德同样感觉到纽约都市的压抑，他只能靠一路打听去寻找心目中的天堂。"怎么去百老汇？我想到市中心。""向东走，过一个街区后从百老汇街转过去接着走，只要你走得够远，你就能到市中心。"② 在巴德看来，百老汇就是纽约"中心"的象征，到达百老汇就能找到一个好工作，实现人生的超越。然而，巴德越接近市中心，他的疑虑也越来越重。饥肠辘辘的肚子使他的百老汇之行变得步履沉重，都市眼花缭乱的路标使他辨不清该向哪个方向走，饭馆里伙计们对他关于怎样在百老汇找工作的嘲笑使他对都市人的冷漠感到寒心，警察的粗暴更使他对这个都市感到恐惧。几年来在纽约找不到工作的巴德彻底失望了，他在布鲁克林大桥上漫游，最终掉进河里淹死了。即使在跳河前，巴德仍然做着进入百老汇"中心"的美梦，幻想成为纽约市政厅的官员，迎娶一个百万富翁的女儿。巴德的死亡暗喻着贫穷的旅行者无法在纽约这样的大都市找到自己的归宿。在评论多斯·帕索斯小说中历史和乌托邦意象的虚幻性时，钧杨·李（Jun Young Lee）指出："作为一个现代主义者，多斯·帕索斯通过表现巴德·库本宁通向纽约中心的旅行，反讽了现代主义的美学工程，那种寻找中心的行为。像现代主义的英雄那样，巴德相信如果他达到了中心，他就能解决自己的问题，就能找到一个体面的工作，从而使他摆脱贫困的生活……然而，他的象征性追求却以他在布鲁克林大桥的自杀性跳河而终结，作为大都市的一个无名失败者而死亡。"③

生于纽约本土的艾莲·撒切尔（Ellen Thatcher），表面上看进入了纽约的"中心"。在纽约的街道上散步的时候，她也时常被城市五光十色的地理景观震撼。艾莲成了百老汇的一名女演员，并一度在演出中引起轰动，名利双收，前来向她求婚的成功男士也络绎不绝。在 18 岁的时候，艾莲嫁给了约翰·奥格勒索普（John Oglethorpe），不是因为爱情，而是因

① Joseph Fichtelberg, "The Picaros of John Dos Passos", *Twentieth Century Literature*, Vol. 34, No. 4, 1988, p. 440.
② 〔美〕约翰·多斯·帕索斯：《曼哈顿中转站》，闵楠译，重庆出版社 2006 年版，第 4 页。
③ Jun Young Lee, *History and Utopian Disillusion: The Dialectical Politics in the Novels of John Dos Passos*, New York and Washington, D. C.: Peter Lang, 2008, p. 139.

为他能帮她在百老汇发展。可想而知，虽然艾莲进入了所谓的纽约"中心"，她的生活却并不幸福。《曼哈顿中转站》这部小说的题目来自书中的"他们要在曼哈顿中转站换车"，这句话连同随后的章节，表现了艾莲与丈夫到亚特兰大的毫无快乐的旅行。"曼哈顿中转站"是纽约与新泽西交界处的火车站，在这里艾莲和她丈夫要换上从潘恩火车站发来的火车，才能完成到亚特兰大市的旅行。当艾莲在曼哈顿中转站登上火车飞速开向亚特兰大时，昔日的曼哈顿生活浮现在她的心中，使她郁郁不乐：

> 艾莲穿着新裁的衣服，肘部那里有点紧。她希望能感到快乐并去倾听传入她耳朵里的他叽里咕噜的话语，但不知为何她愁眉深锁。她只能面向窗外，看着外面褐色的沼泽，工厂成千上万的黑色窗户，城镇里坑坑洼洼的街道，运河上锈迹斑斑的汽船，畜棚和达拉谟牛肉的标志，还有纵横交错的雨水中的圆叶荷兰薄荷。火车停下的时候，宝石般的雨水在窗玻璃上竖直地流下；而当火车加速的时候，一道道雨水的界限变得越来越模糊。她的脑中有许多车轮行驶，轰隆隆的声音说着"曼—哈顿中—转站，曼—哈顿中—转站"。要过很久才能到达亚特兰大。等我们到了亚特兰大城……噢，雨下了 40 个白天……我就会高兴起来……噢，又下了 40 个夜晚……我要让自己感到高兴。①

尽管在曼哈顿中转站登上了从"世界的快乐中心"发来的火车，艾莲却似乎要消失在无聊的倦怠之中。艾莲曾经是一位天真可爱的姑娘，也有过浪漫的爱情之梦。可是在纸醉金迷的大都市，为了生存，她只能用自己的美色和情感做投资，来换取在百老汇的名声和地位。虽然她进入了百老汇的"中心"，但是那里有什么呢？在这个巨大的白色噪声世界里，她看到的不是婚姻的"婚姻"，不是成功的"成功"，不是爱情的"爱情"，不是自由的"自由"。一句话，"'婚姻''成功''爱情'，这些不过是些字眼而已"②。尽管认识到百老汇的本质，艾莲仍然乐于使自己留在这个"中心"。当乔治·鲍德温（George Baldwin）初到百老汇开办律师事务所进行创业的时候，艾莲才刚刚出生。然而当鲍德温事业到达顶峰的时候，这对年龄相差悬殊的男女却能走进婚姻的殿堂。但是，这样的婚姻是什么？"他的嘴唇无情地凑过来。她像个濒临淹死的人一样透过摇晃着的车窗向

---

① 〔美〕约翰·多斯·帕索斯：《曼哈顿中转站》，第96页。
② 〔美〕约翰·多斯·帕索斯：《曼哈顿中转站》，第220页。

外望，她瞥见的是交错的脸、街灯和飞速旋转的车轮。"① 通过艾莲的多次蜜月之旅，多斯·帕索斯似乎要揭示美国人追求快乐的人生之旅已经出现了方向上的偏差。

在这部表现众生群像的小说中，吉米·赫夫（Jimmy Herf）似乎是唯一一个对百老汇的"中心"有比较清醒认识的人物，他到纽约的归家之旅、梦想追求，以及最终弃纽约而逃的经历是全书的一个重要部分。"在《曼哈顿中转站》中，回归家乡而在家乡主人公却找不到家乡的感觉体现在吉米·赫夫对纽约的回归方面。经过多年的在外旅行，他于 7 月 4 日这一天回到纽约。"② 16 岁的少年吉米跟他的母亲莉莉坐船旅行到纽约，节日里飘扬的国旗和燃放的焰火使这个孩子激动，但是其中蕴含的家园的含义他却未必知道。将他与故乡连接在一起的纽带是什么呢？是一种被讲述的故事，而不是吉米·赫夫本能的情感。"终于到家了，亲爱的。这儿就是你出生的地方。"③ 但是，在吉米·赫夫看来，他与纽约这个故乡的关系只不过是一种旅游者的关系。像一个节日的旅游者那样，吉米·赫夫所看到的只是一些纽约的地标建筑，比如自由女神、布鲁克林大桥、百老汇、熨斗大厦等。有趣的是，即使吉米的母亲和纽约本地人在给吉米介绍纽约的地标性景点时，也是用游客们常见的走马观花式的浏览，从没有带感情地聚焦于某一个具体的景观："那是自由女神……那是布鲁克林大桥……那景色不错。看那些码头……那是巴特利……还有桅杆和船……那是三一教堂的尖顶，还有普利策大楼。"④ 这更加强化了吉米的归家之旅本质上是一种游客式的观光而已的观念。像一位旅行者一样，在天快黑的时候，吉米·赫夫被安顿在第五大道饭店一所陌生的房间，四周是高大的衣橱和梳妆台，外边传来喊叫声和车轮的辚辚声。

吉米的母亲回到纽约后不久，就在宾馆里突发中风去世了。"在英雄的生活圈中，母亲的去世标志着家园的最终瓦解。"⑤ 失去母亲的吉米，在内心更将故乡纽约作为一个旅居地。他被转交给姨夫和姨妈抚养，却循着自己的想法考上纽约哥伦比亚大学新闻系。"一战"爆发的时候，作为记者的吉米来到欧洲。在欧洲，吉米邂逅了同去欧洲旅行的艾莲，两人闪电

---

① 〔美〕约翰·多斯·帕索斯：《曼哈顿中转站》，第 308 页。
② Blanche H. Gelfant, "The Search for Identity in the Novels of John Dos Passos", *PMLA*, Vol. 76, No. 1, 1961, p. 135.
③ 〔美〕约翰·多斯·帕索斯：《曼哈顿中转站》，第 55 页。
④ 〔美〕约翰·多斯·帕索斯：《曼哈顿中转站》，第 56 页。
⑤ Blanche H. Gelfant, "The Search for Identity in the Novels of John Dos Passos", p. 136.

式地结了婚，尽管此时艾莲已经怀上别人的孩子。然而回到纽约后，面对
丢掉记者工作的困境，吉米发现妻子艾莲马上就移情别恋了。像艾莲一
样，吉米也意识到在曼哈顿一切都是"字眼"而已。"如果我还对字眼有
信心"，他感叹道。但是不像艾莲，吉米选择逃离这个"字眼"的城市，
去追求一个有真正意义，而不是充满广告的真正的美国。吉米的真正"顿
悟"发生于他放弃了记者工作，去体验曼哈顿这个充满广告招牌的巴比伦
式城市。多斯·帕索斯运用意识流的形式，生动地再现了曼哈顿的广告招
牌的眼花缭乱：

> 灰暗的天空下，一幢有着无数窗户的大楼似乎正在倒下并向他压
> 过来。他耳中一直听到打字机上镍制字符连续不断的敲击声。姑娘们
> 的脸从窗户里露出来，笑着朝他打手势。艾莲穿着金色的裙子，每一
> 个窗口里都有一个薄金箔纸做的、栩栩如生的艾莲正在打手势。他在
> 一个又一个曼哈顿街区里走来走去，想要找到那幢大厦的门，但是走
> 来走去都找不到门。每次闭上眼睛时，他就看到那幢大楼；每次停下
> 脚步用一些华而不实的辞藻跟自己辩论时，他就看到那幢大楼。年轻
> 人，要先保持心智健全，你要在两件事中选择一件……先生，请问这
> 幢大楼的门在哪儿？街区那边？就在街区那边……两件缺一不可的事
> 物中选择一件：穿一件肮脏但柔软的衬衫走开，还是穿干净但硬领的
> 高级衬衫留下。你用毕生的时间妄图逃离这个行将毁灭的城市，但那
> 又有何用？①

这个充满广告招牌和"字眼"的城市，在吉米看来，无疑是一个"毁
灭之城"。如果他不想在这个城市被淹没，唯一的出路就是逃离它。在小
说的结尾，吉米毅然婉拒了朋友的帮助，开始了离开曼哈顿的漫长之旅。
"《曼哈顿中转站》以新闻记者吉米·赫夫搭便车离开这个城市作结，'驶
向远方'。这条道路是美国文化可能性的一个如此持久的意象，小说的结
局也就显得远非毫无希望。"②

---

① 〔美〕约翰·多斯·帕索斯：《曼哈顿中转站》，第 300—301 页。

② Peter Messent，"John Dos Passos"，in Andrew Hook & David Seed，eds.，*A Companion to Twentieth-Century United States Fiction*，West Sussex，UK：John Wiley & Sons，2010，p. 256.

第六节 小结

"小说形式是对超验的无家可归状态的表达"①，现代人的境况就是永久的精神和肉体的流放，因为他们生活在"一个完全被上帝抛弃的世界"②。在这个世界中，"人成为孤独者，只能在自己的内心寻找意义和慰藉，他们的家不复存在"③。卢卡契（Georg Lukács）对现代人和现代小说叙事主题的论述非常切合美国"迷惘的一代"小说家的人生经历，以及他们小说的叙事主题。"一战"后的美国，正像一个上帝缺席的世界，以欧内斯特·海明威、F. S. 菲茨杰拉德和多斯·帕索斯为代表的战后青年作家，一方面对"现代荒原"般的美国社会现实感到失望和无家可归；另一方面又到以巴黎为代表的欧洲社会寻求精神的慰藉。作为文学发生学的反映，"迷惘的一代"作家在小说叙事中的共同特征，就是漫游性朝圣（wandering pilgrimage）。在亚历山大·皮特看来，"漫游性朝圣不是一种漫无目的的、怀旧的或者绝望的随波逐流者，而是踏上永久旅程的精神追寻者"④。"迷惘的一代"小说家作品中所呈现出的"漫游性朝圣"，"具有不断旅行的特征，这种特征构成一种精神的激情。因此，在每一部文本中，'朝圣'不完全是严格意义上的宗教朝拜，而是地理和精神意义上的远足和回归。作品中的人物也不仅仅是寻求一种超验的精神转化，不仅仅是展示一种特定的文化教育的愿望，而是企图寻找一种'能生活在这个世界'的方法"⑤。海明威《太阳照常升起》的主人公杰克·巴恩斯到以巴黎和巴塞罗那为代表的欧洲圣地朝圣，目的是寻求对精神迷惘的超验性解脱；菲茨杰拉德《夜色温柔》中的主人公迪克·戴弗夫妇到以瑞士苏黎世湖畔为代表的欧洲风景区旅行，目的是寻求以心理治疗为象征的精神救赎；多斯·帕索斯的《曼哈顿中转站》与前两部小说在叙事场景方面略有不同，主要人物活动的场景不在欧洲，而在美国纽约。而且这部小说没有固定的

---

① Georg Lukács and György Lukács, *The Theory of the Novel*: *A Historico-philosophical Essay on the Forms of Great Epic Literature*, Cambridge, Massachussets: MIT Press, 1971, p. 41.

② Georg Lukács and György Lukács, *The Theory of the Novel*: *A Historico-philosophical Essay on the Forms of Great Epic Literature*, p. 88.

③ Georg Lukács and György Lukács, *The Theory of the Novel*: *A Historico-philosophical Essay on the Forms of Great Epic Literature*, p. 103.

④ Alexandra Peat, *Travel and Modernist Literature*: *Sacred and Ethical Journeys*, p. 97.

⑤ Alexandra Peat, *Travel and Modernist Literature*: *Sacred and Ethical Journeys*, p. 97.

主人公，众多的人物犹如乔叟《坎特伯雷故事集》中的香客，从四面八方涌向以纽约百老汇广场为象征的"美国梦"圣地。不管这些小说在叙事场景和叙事情节方面有多么大的差异，这些作品中人物旅行地图所涉及的区域之广泛却是具有惊人的一致性。"作品中的人物不断地穿越地理上的疆界，不仅是从美国到欧洲，也到达欧洲大陆的其他地方，包括法国、西班牙、瑞士和比利时。"① 例如《夜色温柔》的主人公迪克·戴弗曾先后漫游过法国、奥地利、瑞士、德国和意大利等地方。但是，他们的漫游性朝圣最终以失败而收场，他们的迷惘、失败乃至最终的死亡反映了美国 20世纪 20 年代那一代人的共同命运。

---

① Alexandra Peat, *Travel and Modernist Literature: Sacred and Ethical Journeys*, p. 110.

第五章　道路上的抗争

——左翼小说家笔下的旅行叙事

在现代美国文学史上，有这样一个作家群体，他们与 20 世纪初叶至 20 世纪 30 年代这一特定的时期相联系，在思想上具有表现下层人民的生活疾苦和社会邪恶现象的倾向，但又不主张从根本上进行无产阶级革命，这类作家在美国史上被贴上"左翼作家""社会抗议作家"或"无产阶级作家"等不同的标签。但是总体而言，"左翼作家"（the Leftist）这一标签似乎更适合这类作家，因为它涵盖的时间范围更长、思想倾向更具包容性、人员构成更具多元性。根据这一宽泛的定义，厄普顿·辛克莱（Up-ton Sinclair）、杰克·伦敦、西奥多·德莱塞、约翰·斯坦贝克、詹姆斯·法雷尔（James T. Farrell）、辛克莱·刘易斯等都属于这一时期著名的左翼作家，尤其是美国白人左翼作家。不过，除了早期的厄普顿·辛克莱和杰克·伦敦以外，这些 30 年代的作家无论在形成时间还是在创作主题方面，都与 20 世纪的"迷惘的一代"作家群体有一定的联系。约翰·斯坦贝克、约翰·多斯·帕索斯、辛克莱·刘易斯等也曾被划入"迷惘的一代"作家序列，只是由于他们的思想由 20 年代的迷惘发展到 30 年代的抗议，他们被列入"左翼作家"的阵营。关于"迷惘的一代"作家与"左翼作家"之间的联系，威廉·菲利普（William Phillips）有过这样的论述："20 年代的精神是我们传统的一部分，年轻的革命一代作家中有许多人深深地意识到这一点。"[1] 像"迷惘的一代"作家一样，这些左翼作家在成名前和成名后都具有广泛的旅行经历，旅行要么是他们生计所迫的行为，要么是他们的生活嗜好，要么是他们了解社会百态的途径。亚兰·沃尔德（Alan M. Wald）认为这些左翼作家的旅行轨迹甚至走得更远："30 年代的左翼作家冒着危险和风险到矿山或类似亚拉巴马州这样的种族歧视堡垒调查工人

---

① William Phillips, "Three Generations", *Partisan Review*, Vol. 1, No. 4, 1934, p. 53.

阶级的生存状况。他们甚至进行了更艰难的旅程，到诸如纳粹德国之类的国家去揭露残忍的暴政。他们自愿参加英勇但装备较差的国际纵队到西班牙参战。"① 总之，不管是出于什么样的目的而去旅行，广泛的旅行经历对他们的文学创作产生了一些文学发生学的影响，使他们的小说中出现了独具特色的旅行叙事。本章选取杰克·伦敦、约翰·斯坦贝克和辛克莱·刘易斯三位白人左翼作家作为研究对象，通过挖掘他们的人生旅行史料，阐释旅行对他们文学创作的影响，概观他们小说中的旅行叙事，并分析他们的代表性小说中的旅行叙事与文化隐喻。

第一节　左翼文学与左翼作家的旅行经历

　　什么是美国左翼文学作家？这个左翼文学作家群体究竟指涉哪些知名作家？美国文学史上并没有严格的定论，虽然有一些文学评论家在试图给这种文学群体下一个定义，但是他们关于美国左翼文学作家的定义始终绕不开"无产阶级文学作家""激进作家""社会抗议作家"或"自然主义文学作家"这些定义标签。在定义什么是"美国左翼文学作家"时，V.F.卡尔维敦（V. F. Calverton）首先从什么是"左翼文学作家"这个定义入手，认为左翼文学作家"信仰在生活中的反叛"。卡尔维敦指出，作为一个群体，左翼文学作家"认为现存的工业社会建立在剥削和非正义的基础之上，这种社会为多数人带来痛苦和不安，只为少数人带来幸福……除非它的私有制根基被毁掉并为公有制所控制，人类就不能逃避失业和战争的恐怖。更重要的是，左翼文学作家认为他们的文学应该服务于一个伟大的目的，那就是摧毁现存的社会制度，建立一个社会的而不是个人的理想社会，就像今日的苏联那样"②。所谓美国左翼作家，就是在思想上始终或在某一时期持有这种社会变革观念的美国作家，不管他是白人作家、黑人作家还是犹太作家。这种关于美国左翼文学作家的定义，跟"美国无产阶级文学作家""激进主义文学作家"甚至自然主义文学作家并没有太大的区别。只不过"美国无产阶级文学作家"和"美国激进主义文学作家"这些概念更多地与美国20世纪30年代的"大萧条"岁月联系在一起。比如

---

① Alan M. Wald, *Writing from the Left*: *New Essays on Radical Culture and Politics*, London and New York: Verso, 1994, p. 2.

② V. F. Calverton, "Left-Wing Literature in America", *The English Journal*, Vol. 20, No. 10, December 1931, p. 789.

本杰明·富兰克林（Benjamin Franklin）指出，美国无产阶级文学"在大萧条岁月开始繁荣起来……20世纪30年代一些最著名的小说包括高尔德的《没有钱的犹太人》（*Jews Without Money*，1930）、亨利·罗斯（Henry Roth）的《称它为睡眠》（*Call It Sleep*，1934）、奈尔森·阿尔格林（Nelson Algren）的《穿靴子的某个人》（*Somebody in Boots*，1935）、约翰·斯坦贝克的《愤怒的葡萄》"①。相较"美国无产阶级文学"主要限定在20世纪30年代，"激进主义文学"的时间跨度似乎更长一些，一般指1900—1950年的美国文学，虽然这种文学"要么直接要么间接地表现作家对某种社会经济体制强加给人类的灾难的反抗及从根本上改变这种体制的倡议"②，但是作家们的社会变革主张并不完全是无产阶级或社会主义的变革主张。让·布朗杰（Jean F. Beranger）则把舍伍德·安德森、辛克莱·刘易斯、杰克·伦敦和约翰·斯坦贝克定义为社会抗议作家③。美国自然主义文学是受法国自然主义作家左拉（Émile Zola）的影响而于19世纪80年代末在美国产生的一种文学流派，一种文学主张和创作手法的结合。"自然主义的主要标准是决定论，人类（抑或动物）只能在一些预定的环境中开展活动"④。美国自然主义文学也是在20世纪30年代达到创作的顶峰时期，主要运用像自然科学那样的精确再现来表现美国下层社会的疾苦和对社会的反抗。

正是因为这些流派标签的重叠性和含混性，我们在给某一个美国作家的身份进行确定时才会遇到众说不一的情况。比如在谈到约翰·斯坦贝克的归属时，有的文学史上将之归为自然主义作家，有的将之归为左翼作家，有的将之归为无产阶级作家或社会抗议作家。杰克·伦敦也是如此。同时需要指出的是，尽管美国左翼作家或无产阶级作家在20世纪30年代和40年代红极一时并在随后走向衰落，但左翼思想自19世纪在美国产生以后，并没有完全在美国绝迹。尤其是在20世纪60年代和70年代，随着民权运动、向贫穷开战等运动的兴起，美国又出现了新左翼文学运动。美

①　Benjamin Franklin, *Research Guide to American Literature*, Vol. 1, New York: Infobase Publishing, 2010, p. 51.

②　Walter Bates Rideout, *The Radical Novel in the United States, 1900 – 1954: Some Interrelations of Literature and Society*, New York: Columbia University Press, 1992, p. 12.

③　Jean F. Beranger, "John Fante and the Eco of Social Protest", in Stephen Cooper and David M. Fine, eds., *John Fante: A Critical Gathering*, Madison, Jew Jersey: Fairleigh Dickinson University Press, 1999, p. 77.

④　Paul Binford, "American Realism: Literature or Social Criticism?" *Journal of Nanzan Junior College*, Vol. 32, 2004, p. 72.

国女作家苏珊·桑塔格（Susan Sontag）成为这一新左翼作家群体的代表人物。由于左翼作家群体活动的时间长久，指涉的成员族裔复杂，本书在研究这一类作家小说中的旅行叙事时，把研究范围限定在白人左翼作家方面，而把具有社会抗议思想的黑人作家和犹太作家的作品放到另外的章节。在研究白人左翼作家小说中的旅行叙事时，本书也只选取杰克·伦敦、辛克莱·刘易斯和约翰·斯坦贝克三位代表作家的作品作为范本。像"迷惘的一代"作家一样，美国 20 世纪早期的左翼小说家也具有广泛的旅行经历。

　　杰克·伦敦于 1876 年 1 月出生于加利福尼亚州旧金山市一个破产的农民家庭，生活的艰难使得伦敦自幼就成为一个漂泊的旅行者。首先，杰克·伦敦的旅行是随着他们的家人进行的。"为了生计，伦敦一家常常搬迁。1883 年杰克 7 岁生日那年，一家人租赁一辆马拉大车，又一次搬迁，移居到城南圣麦托的一个土豆农场。"① 当杰克·伦敦 8 岁的时候，他的母亲芙萝拉（Flora Wellman）已经对种土豆感到厌倦，相信干别的营生也可以挣到钱，于是全家再次搬迁，搬到距离旧金山 18 千米的郊区奥克兰镇。虽然搬迁到奥克兰并没有使这一家人的生活有所好转，但是那里公共图书馆的藏书却引起了杰克·伦敦这位少年的兴趣。"对杰克来说，这时最伟大的发现是奥克兰公共图书馆，杰克的惊喜如同在沙漠上发现绿洲。"② 虽然公共图书馆的藏书并不太多，关于冒险、旅行、航海、探险的书籍，还是成为杰克·伦敦的最爱。"书籍让杰克幻想从奥克兰出发，去闯世界，去经历种种动人的冒险。"③

　　其次，为了挣钱养家糊口，杰克·伦敦很早就开始闯荡世界。其间，他不仅在旧金山、奥克兰等地来回奔波，靠卖报、在罐头厂做童工、倒卖牡蛎等来谋生，而且在 17 岁的时候开始了真正意义上的远行和冒险生活。他以水手的身份，登上一艘名叫"索非亚·苏瑟兰"号并开往高丽、日本和西伯利亚的海豹捕猎船，第一次离开旧金山，开始长达 90 天的海上航行和冒险。此时的杰克·伦敦，已经拜读过赫尔曼·麦尔维尔的长篇海上旅行叙事小说《白鲸》。"裴廓德"号捕鲸船与象征自然力量的白鲸之间惊心动魄的搏斗，以及最后船毁人亡的悲剧，令年仅 17 岁的杰克·伦敦心情久久难以平静。他渴望像伊什梅尔一样从海上旅行中获得成长，也希

---

① 虞建华：《杰克·伦敦研究》，上海外语教育出版社 2009 年版，第 19 页。
② 祝东平：《杰克·伦敦的青少年时代》，山西人民出版社 1999 年版，第 12 页。
③ 祝东平：《杰克·伦敦的青少年时代》，第 13 页。

望像亚哈船长一样成为一个驾驭大海的英雄。在漫长的海上航行过程中，杰克·伦敦也经历了一系列的磨难和考验，包括当船童、伺候上等水手、学习航海知识并最终成长为猎豹船的掌舵手。其间，杰克·伦敦所经历的最大一次考验就是在暴风雨中掌舵。在暴风雨来临的时候，连在海上磨炼多年的船长都感到恐惧，杰克·伦敦硬是熟练地操控着船舵，使得猎豹船在飘摇的大海中顶风前进。杰克·伦敦的这次考验，为他赢得了从船长到船员的一致敬畏，确立了他在船员们中的威信。

　　远航归来后，杰克·伦敦正好赶上 1893 年美国有史以来最大的一次经济大萧条。这次大萧条，只有 40 年后的 1929 年经济危机能与之相提并论。从 1893—1896 年，约有 15000 个公司倒闭，500 家银行破产，大量农场的农产品价格下降，使得数以百万计的公司职员、工人和佃农丢掉稳定的工作，成为流浪的失业工人，亦即美国文化史上所说的 hobo。查尔斯·福克斯（Charles Elmer Fox）认为，这种流浪的失业工人"就是漫游者和无家可归的漂泊者，总是尽可能地乘火车漂泊。流浪失业工人是迁徙性工人的先驱者，他们愿意干任何可能的工作来支付他们的路费……但是流浪失业工人从根本上讲是漫游者。他们是有精神的人类，将个人的自由置于世俗的欲望之上"①。但是，真实的流浪失业工人并非福克斯所说的那么高尚，其真实身份颇为复杂，既有失业工人和公司职员，又有怀有各种目的的社会工作者，还有企图隐匿自己身份的逃犯等。这些流浪工人聚集的地区被称为"流浪工人集中营"（homohemia）。为了生计，杰克·伦敦也加入了这场席卷全国的流浪失业工人大军。1894 年初，一个名叫雅各布·考克赛（Jacob Dolson Cox）的俄亥俄州人，计划从全国招募 2 万失业流浪工人，向美国首都华盛顿进军，呼吁美国国会对失业人员进行救济。消息传到旧金山，杰克·伦敦马上决定参加。但是当赶到预定集会地点的时候，旧金山的请愿分队已经出发。于是，美国文学史上便出现了惊人的一幕："1894 年早些时候，这位日后将成为美国第一个无产阶级作家和第一个文学上的百万富翁的青少年，放弃他的铲煤工作，登上一列从加利福尼亚开出的货车。忍受着难以忍受的炎热、刺骨的严寒、饱含敌意的列车乘员和能使他的外套起火的淋浴般的煤硝，杰克·伦敦追赶着统率 15000 名失业大军的查尔斯·凯利（Charles T. Kelley），前往华盛顿哥伦比亚特区请愿，

---

① Charles Elmer Fox, *Tales of an American Hobo*, Iowa City: University of Iowa Press, 1989, p. 1.

要求国会进行失业救济。"① 尽管没有追赶上那支请愿大军，但是这对于杰克·伦敦来说影响不大。17 岁的杰克·伦敦在当时的主要兴趣是流浪和冒险。他几乎没怎么带钱，只是跟其他流浪工人一样，沿着铁路边流浪边打工，方向是首都华盛顿。这次沿着铁路横跨美国和加拿大的流浪性旅行，对杰克·伦敦的影响不可低估。"在旅行期间，他看到美国社会在一次最著名的危机中所暴露出来的痛苦和混乱……他第一次看到这个社会是如此糟糕地结合在一起。"② 尤其是在尼亚加拉瀑布前，杰克·伦敦居然因为流浪罪而被美国警察逮捕，在艾利县监狱被关押 30 天。整个过程没有陪审团，也不允许上诉和申辩。在监狱里，杰克·伦敦被强行剃光头，与杀人犯、强奸犯等关押在一起，并遭受着看守们凶残的拷打与饥饿的煎熬。这一切使得杰克·伦敦对美国的司法和政治制度的信仰产生动摇，也使其体验到美国下层人物的困境。同时，在这次横贯全国的流浪性旅行期间，杰克·伦敦"第一次听到诸如马克思（Karl Marx）、尼采、斯宾塞（Herbert Spencer）等思想家的名字。这些人对这位未来作家的思想产生了很大的影响。听这些有知识的流浪汉讲经济、政治、哲学和社会主义，这位 18 岁的青年了解了很多他原来不知道的东西"③。杰克·伦敦的左翼思想，就是在这长达 8 个月的流浪性旅行中形成的。

19 岁的时候，杰克·伦敦结束流浪生活，回到故乡奥克兰读高中。他想在高中静下心来读读文学书，以便从事文学创作。不久，另一个重大的冒险诱惑开始出现在杰克·伦敦的面前。1896 年，在被称为美国最后一块边疆的克伦代克地区发现了黄金，于是整个美国开始骚动起来，大约 25 万美国人从全国各地蜂拥到那里。面对巨大的发财诱惑，杰克·伦敦暂时放弃当作家的梦想，于 1897 年 7 月离开故乡奥克兰，踏上淘金的旅程。在后来的小说《约翰·巴雷康》（*John Barleycorn*，1913）中，杰克·伦敦再现了他当时的那一重大人生选择："让（当作家的）计划见鬼去吧，我又踏上历险之路，去寻找发财的机会。"④ 杰克·伦敦乘着"乌马提拉"号轮船从旧金山港口出发，到达阿拉斯加的第三大港口斯凯革维，然后改乘小船继续前行，经德牙海滩登上阿拉斯加。但是，这还只是万里长征的第一步，从阿拉斯加到达淘金地的中心仍然路途遥远，也更不好走。"去

---

① Todd DePastino, *Citizen Hobo: How a Century of Homelessness Shaped America*, p. 59.
② Franklin Walker, *Jack London and the Klondike: The Genesis of an American Writer*, San Marino, Clifornia: Huntington, 1994, p. 31.
③ 虞建华:《杰克·伦敦研究》，第 28 页。
④ Jack London, *John Barleycorn*, New York: Century Co., 1913, p. 231.

克朗代克的旅途令人望而生畏，他们面对的是难以想象的困难。他们常常要驮着沉重的行李——淘金工具和生活所需的一切——在没膝的泥潭里行走，常常要砍树搭桥，越过湍急的山溪，攀登冰雪覆盖的山坡，越过令人目眩的冰川。到接近北极的地区，他们必须顶着刺骨的严寒，驾狗拉雪橇继续北上"①。

　　当杰克·伦敦一行历经艰险终于到达离克朗代克还有 100 英里的道森地区时，一场突如其来的大风暴宣布了冬天的来临。大雪封山，气温骤降，粮食奇缺，淘金者的生存都成为问题。那些来自美国各地的淘金者们，非但没有淘到他们梦寐以求的金子，有许多人在这恶劣的北极地区被活活冻死和饿死。杰克·伦敦虽然没有能够淘到黄金，但是顽强地生存了下来。"克朗代克把杰克·伦敦真正锻造成'男人中的男人'。在那里，赤裸裸的生存斗争剥除一切社会的虚饰。"② 除了将自己锻造成为一个"物竞天择，适者生存"的超人以外，杰克·伦敦的克朗代克淘金之旅还使他真正发现自己的历史使命，实现人生旅途上的顿悟。正如杰克·伦敦自己所言，"在克朗代克我发现了我自己。在那儿，没有人说话，但是每个人都在思考。大家都得出了真正的悟识"③。杰克·伦敦的悟识不仅体现在他对作家这一人生职业的慎重选择方面，更体现在他对思想信仰的选择，那就是强化他在全国大流浪旅途中所习得的社会主义思想。"杰克·伦敦在流浪期间就已经做出信仰社会主义的决定，并宣布自己是社会主义者。在克朗代克，他绝不孤立。这批为了发财前来寻找黄金，为了私有财产前来冒险的人中间，不乏社会主义的信徒。他们一边做发财梦，一边赞美公有制。"④

　　辛克莱·刘易斯不仅是美国第一个获得诺贝尔文学奖的小说家，也是美国 20 世纪初叶一个重要的左翼文学作家，更是一个广泛旅行的作家。关于自己的旅行经历，刘易斯曾经有过这样的表述："我旅行的次数非常多。表面上看，我似乎是一个爱冒险的人，因为在过去的 15 年间我到过美国的 40 个州，去过加拿大、墨西哥、英国、苏格兰、法国、意大利、瑞士、德国、奥地利、捷克斯洛伐克、南斯拉夫、希腊、瑞典、西班牙、西印度群岛、委内瑞拉、哥伦比亚、巴拿马、波兰和俄罗斯。然而，这是

---

① 虞建华：《杰克·伦敦研究》，第 32 页。

② Clarice Stazs, *American Dreamers：Charmian and Jack London*, New York：St. Martin's Press, 1988, p. 62.

③ Franklin Walker, *Jack London and the Klondike：The Genesis of an American Writer*, p. 5.

④ 虞建华：《杰克·伦敦研究》，第 36—37 页。

传记方面的一个典型错误。我的海外旅行只是一种娱乐，一种对现实的逃避。我的真正的旅行是在有吸烟室的火车车厢，在明尼苏达村庄，在佛蒙特农场，在堪萨斯城或萨凡纳大草原的旅馆，聆听对我来说属于美国平民世界的人们的日常生活抱怨。"① 囿于篇幅，本书只谈刘易斯在国内的主要旅行经历，以便探讨这种旅行经历对他作品中旅行和社会抗议叙事的影响。

刘易斯于 1885 年 2 月 7 日出生于明尼苏达州一个名叫"索克中心"的小镇，这个原始草原小镇当时的人口只有 2500 人，是一个典型的乡野小镇。那里残留的西部边疆开拓传统对刘易斯产生了相当程度的影响，尽管最后一代边疆开拓者已经衰老并正在逝去。刘易斯的父亲埃德温·刘易斯（Edwin J. Lewis）大夫本身就是一个边疆开拓者，曾经离开康涅狄格州家园，千里迢迢到边疆明尼苏达拓荒，成为那里的一个乡村医生。在明尼苏达，一代新的开拓者也先后到达，他们是德国移民和斯堪的纳维亚移民。经过一个世代以后，这些新移民的后代比最初的定居者更像美国人。正是在这个草原小镇，正是从动态的边疆移民到静态的文化社区转化的过程中，刘易斯降生了。据说，刘易斯的父亲曾经根据一个叫"圣克莱尔股份公司"的旅行剧团的名字，说服妻子给新生的儿子取名为 Harry St. Clair。但是当这对兴致勃勃的夫妻开车来到镇上给孩子登记的时候，登记官的耳朵背，竟将孩子的名字写成 Harry Sinclair 而不是 Harry St. Clair。

刘易斯的第一次旅行是他的大学求学之旅。高中毕业后，刘易斯产生了想上哈佛大学的念头，父亲刘易斯医生对儿子的想法很支持，但是坚持让他上耶鲁，因为耶鲁的所在地纽黑文是他们的祖籍地。1903 年 9 月，年仅 18 岁的刘易斯第一次离开家乡，经过漫长的旅行，从明尼苏达州来到康涅狄格州的纽黑文。他的这次旅行，既是到耶鲁大学探求知识的旅行，也是代替父亲行使的归家之旅。他离开了给他的童年生活留下深刻印象的"索克中心"小镇，这个小镇曾经把他塑造成一个草原浪漫主义者、理想主义者和社会叛逆者。尽管在他以后的生涯中，刘易斯回小镇的次数寥寥可数，但是他对小镇依然心存热爱。1906 年 10 月，年仅 21 岁的刘易斯离开正在求学的耶鲁大学，旅行到新泽西州，加入由"揭露黑幕"作家厄普顿·辛克莱创办的赫利孔社会主义居民试验区，接受社会主义思想教育，体验社会主义生活。当这个社会主义试验区在一场大火中化为灰烬时，刘易斯旅行到纽约，在那里从事报刊专栏写作，但是不成功。为了谋生，刘

---

① Horst Frenz, *Literature*, *1901 – 1967*, Singapore：World Scientific, 1999, p. 292.

易斯乘轮船来到中美洲南部的巴拿马，希望在运河上找个工作谋生。发现在那里也找不到工作，刘易斯只好又回到耶鲁大学继续求学。

1808 年从耶鲁大学毕业后，刘易斯恢复了他的漫游生活。他首先回到故乡索克中心，但是很快就对故乡厌倦，决定到全国各地漫游。刘易斯"作为一个记者和专栏作家漫游美国：爱荷华、纽约、加利福尼亚、哥伦比亚特区，并最终回到纽约"①。刘易斯的漫游经历，与杰克·伦敦作为流浪性工人的经历差不多。在爱荷华州的滑铁卢市，刘易斯为一家报纸做过记者；在加利福尼亚的旧金山市，刘易斯干过一段时间的临时秘书；在首都华盛顿，刘易斯为一家聋哑教师主办的杂志干过编辑。沿途的经历使他体验到美国各个社会阶层的生活，并作为重要片段写进自己的小说中。1911 年，刘易斯在纽约漫游的过程中参加了社会主义政党。在纽约的格林威治村，刘易斯与激进主义分子交往，其中最著名的就是列宁（Lenin）的朋友约翰·里德（John Reed）。加入社会主义政党，以及与厄普顿·辛克莱、约翰·里德等社会主义分子的接触，使刘易斯习得社会主义理论，形成他的社会抗议思想。

在纽约期间，刘易斯遇到日后成为他第一任妻子的女人格蕾丝（Grace）。出生在纽约的格蕾丝喜欢旅行，也具有文学的抱负，为报纸专栏写些旅行和时尚类的文章，还曾经尝试写作小说。共同的旅行爱好使他们走到了一起。在婚后的最初几年里，刘易斯带着格蕾丝在美国的大小城市四处旅行，让格蕾丝以自己的眼光来审视美国的城镇。当与格蕾丝的关系恶化的时候，刘易斯也主要通过旅行和酗酒来寻求心灵的慰藉。从1915—1930 年，刘易斯的足迹遍布美国的 40 个州，同时还到过加拿大、墨西哥、欧洲的 14 个国家和南美的 3 个国家。即使获得诺贝尔文学奖并成为美国文学艺术院院士后，刘易斯仍然没有放弃旅行，直至 1951 年因心脏病突发死于意大利的罗马。刘易斯之所以一生对旅行乐此不疲，是因为旅行一方面具有教育意义，可以开阔眼界，丰富阅历，但是另一方面它也是对现实的一种逃避，刘易斯小说中巴比特的缅因州之旅和多茨沃斯的欧洲之旅其实都是一种对现实社会的逃避②。

杰克逊·本森（Jackson Benson）在评价约翰·斯坦贝克时这样说过，

---

① Martin Bucco, *Main Street*: *The Revolt of Carol Kennicot*, New York: Twayne Publishers, 1993, p. xi.

② 杨金才：《新编美国文学史》第 3 卷，第 258 页。

斯坦贝克"本质上是一个记者——他喜欢旅行"①。斯坦贝克从小就对旅行怀着渴望，20 岁时他想效法心目中的英雄杰克·伦敦穿越太平洋，但是这个异想天开的计划并没有实现。1925 年秋天，斯坦贝克进行了人生历程中的第一次长途旅行。他乘轮船从旧金山出发，穿越巴拿马运河和加勒比海，到达纽约。如同他的第三任妻子伊莲·斯坦贝克（Elaine Steinbeck）所说的那样："约翰本来可以像海明威与菲茨杰拉德一样去巴黎，但是他没有钱支付旅费。"② 在纽约，斯坦贝克得到了第一个有薪水的记者职位，但是他对这个工作并无多大的兴趣。斯坦贝克坚持干这份工作，是因为他想给该报社的一位女孩留下一个好的印象。不过斯坦贝克并没有与那位报社女孩发展出一段恋情，在他被报社解聘的前两天，那女孩与一位来自中西部的银行家结婚了。斯坦贝克只得打道回府，靠在轮船上打工，一路回到故乡加利福尼亚。这次旅行虽然无果而终，却成为他一生通过旅行来认知世界的序曲。

斯坦贝克第二次重要的旅行发生在 1937—1938 年。那时候，无论是小说家斯坦贝克还是人民，都在经受某种困厄。从作家本人来说，他正在为写作有关俄克拉荷马人的小说找不到好的切入点而苦恼。从社会处境来看，1937 年秋俄克拉荷马州发生了百年不遇的尘暴。尘暴所到之处，溪水断流，田地龟裂，庄稼枯萎，牲畜渴死。尘暴的袭击给美国的农牧业生产带来了严重的影响，俄克拉荷马、得克萨斯、堪萨斯等州的农民被迫到加利福尼亚等地逃难。为了摆脱写作的苦恼，也为了表现这场旷日持久的灾难，在文学上已经崭露头角的斯坦贝克决定亲自跟随俄克拉荷马州的农场工人流浪到加利福尼亚，实地考察尘暴对农业工人造成的影响。像杰克·伦敦一样，斯坦贝克成了流浪失业工人中的一员。他跟工人们一起住在"胡佛村"宿营地，并和他们一起到大农场主的田地里摘水果和棉花。在漫长的旅途中，斯坦贝克看到和经历的情景使他非常震惊。他在给文学经纪人伊利莎白·欧迪斯（Elizabeth Otis）的信中写道："有五千户人家快饿死了，不光是挨饿，是快饿死了……有一个帐篷里，隔离了二十个出天花的人，而同一个帐篷里，这个星期有两个妇女要生孩子……州政府和县政府什么也不给他们提供，因为他们是外来人。但是，没有这些外来人，

---

① Jackson Benson, *The True Adventures of John Steinbeck, Writer*, New York: Viking, 1984, p. 793.

② John Steinbeck, *Travels with Charley: In Search of America*, New York: Penguin, 1962, p. viii.

州里的庄稼怎么收获？①"在这次跟俄克拉荷马州农业工人到加利福尼亚州的旅行途中，斯坦贝克亲身感悟到农业工人的痛苦，产生了社会抗议的思想。

斯坦贝克第三次重要的旅行是与海洋生物学家爱德华·里基茨（Edward）联合进行的科茨海旅行，时间是在 1940 年 3 月。当时，斯坦贝克正因为《愤怒的葡萄》给他带来的盛名烦恼不已。全球都在希望这位所谓的左翼作家再创作出激动人心的作品，批评家也寄希望于这位"普罗"作家回归 20 世纪 30 年代的主题，希望再听到振聋发聩之声。斯坦贝克从不愿意重复自己旧有的风格和主题，希望逃避民众和评论界的期望。里基茨也面临着人生的问题，那就是与蒙特雷湾一个有夫之妇的关系出现了危机。他们都愿意通过一次科学和文学之旅来摆脱双方面临的困厄。他们乘船到科茨海旅行，沿途忘却各自的烦恼，一边进行生物学考察，一边畅谈文学和科学的融合。这次海上之旅无论是对科学界还是文学界来说，都具有重要的意义。对斯坦贝克来说，这次旅行使他形成了重要的群体—个体关系和目的论—非目的论哲学观。

斯坦贝克第四次重要的旅行是俄罗斯之行，与美国著名摄影家罗伯特·卡柏（Robert Capa）一起。像 1940 年与里基茨结伴进行的科茨海旅行一样，斯坦贝克与卡柏的俄罗斯之行，一半是逃避生活与政治的困厄，另一半是出于对未知领域的探索。第一，国内的政治环境和家庭矛盾使斯坦贝克倍感压抑。他在日记中写道，"举国被拖到愚蠢悬崖外坠入毁灭深渊莫此为甚。愿上帝保佑我们……时代越来越复杂，已经到了人连自己的生命也看不到的地步，遑论要掌握它……所以，我继续写无关紧要的小说，小心地避开时事"②。然而，虽然斯坦贝克想躲进小楼不关心窗外事，他却无法躲避来自家庭内部的烦恼，与妻子的情感冲突已经严重地影响他的小说《任性的公共汽车》的创作。当《纽约先驱论坛报》（New York Herald Tribune）提出赞助他到苏联旅行时，他愉快地接受了。第二，他想看看铁幕后的俄国的真实现状。"我终于想到在俄国可以做什么。我可以写份翔实的游记，一本旅游日志。还没有人做过这种事。它既是人人都感兴趣，也是我可以做，而且做得很好的。"③ 于是，在 1947 年 7 月 31 日，

---

① Elaine Steinbeck and Robert Walsten, eds., *John Steinbeck: A Life in Letters*, New York: The Viking Press, 1975, p. 158.

② 〔美〕约翰·斯坦贝克：《斯坦贝克俄罗斯纪行》，杜默译，重庆出版社 2006 年版，第 9 页。

③ 〔美〕约翰·斯坦贝克：《斯坦贝克俄罗斯纪行》，第 10 页。

斯坦贝克与卡柏踏上飞往莫斯科的飞机，开始为期 40 天的俄罗斯之行。这次旅行使斯坦贝克认识到苏联集权体制对人民的思想控制，加深了作家对团体控制下的个人命运的思考。

斯坦贝克最后一次重要旅行是在 1960 年 9 月 23 日开始的探索美国之旅，历时 11 个月。像斯坦贝克的历次重要旅行一样，这次旅行也具有探索未知世界的目的，那就是探索当今的美国是个什么样子。斯坦贝克在致朋友的信中毫不隐讳地告诉了他这次旅行的目的："我打算去了解自己的国家。我已经不记得自己国家的情趣、味道与声音了。真正体会到这些感觉，已经是好多年前的事情了。就这么决定！我要买辆载着一个小公寓的卡车，有点像拖着一间小屋子或小船的卡车，屋子里有床、炉子、书桌、冰箱、厕所——不是拖车，而是称为客车。我要一个人旅行，取道南部的公路往西走……将从这趟行程中得到我亟须的收获——重新认识自己的国家、语言、观点、看法及改变。"① 与以往的坐轮船、汽车和飞机旅行不同，斯坦贝克在他人生的暮年决定亲自开汽车横越美国。为了纪念西班牙作家塞万提斯作品《堂吉诃德》中的坐骑，斯坦贝克给自己的汽车命名为Rocinante。为了排遣漫长旅途上的寂寞，斯坦贝克还决定带上自己心爱的伙伴，一只叫查利的法国鬈毛狗。斯坦贝克从纽约的萨格港出发，一路经过马萨诸塞州、佛蒙特州、新罕布什尔州、缅因州、俄亥俄州、密歇根州、伊利诺伊州、加利福尼亚州等，最终在弗吉尼亚州结束旅行。这次旅行，使斯坦贝克发现，20 世纪 60 年代的美国俨然成为一个现代的荒原。

第二节　旅行的发生学影响与左翼小说中的旅行叙事概观

正如亚莱克斯·克萧（Alex Kershaw）所言，"他（杰克·伦敦）的漫游癖无与伦比。他的'冒险之路'，正如他本人所说的人生旅程，使他的足迹遍布几个大洲，并为他的所有的最好小说提供了灵感"②。关于旅行对他的小说创作的影响，杰克·伦敦本人也直认不讳，虽然他采用的是流浪性旅行的说法："一个成功的流浪汉必须是个艺术家。他必须即席创作，他不能从自己的大量的想象中选择主题，而是要根据为他开门的那个人的

① Elaine Steinbeck and Robert Walsten, eds., *John Steinbeck: A Life in Letters*, p. 158.
② Alex Kershaw, *Jack London: A Life*, New York: St. Martin' Griffin, 2013, pp. xx – xxi.

脸色来进行写作，不管那个人是男人、女人还是小孩，甜蜜的还是暴躁的，慷慨的还是吝啬的，性情好的还是脾气坏的，犹太人还是非犹太人，黑人还是白人，种族歧视的还是友好的，心胸狭窄的还是普世的，不管他是什么人。我经常在想，流浪岁月里的这种锻炼成就了我这位作家。"①

杰克·伦敦少年和青年时代的旅行和冒险经历，较为显著地在他日后的小说创作中表现出来，不管是自传性小说还是其他纯虚构性小说。其结果是，杰克·伦敦的小说具有典型的旅行叙事的特征。正如理查德·伊图莲（Richard W. Etulain）所言，"很少有美国作家能像杰克·伦敦那样始终如一地对道路叙事感兴趣。有时候这种主题呈现出单纯的地理性旅行行为，有时候他将地理的和精神的旅行结合在一起，以旅行行为来暗示主人公的成长"②。发表于1907年的《路上》是杰克·伦敦的自传体小说，该作品取材于作者1894年在美国各地的流浪和漂泊经历。这部小说没有完整连贯的故事情节，人物的行动也缺乏亚里士多德（Aristotle）所言的统一性，唯一能将所有的章节串联在一起的就是叙述者"我"的流浪性旅行。关于叙述者上路漫游的原因，小说第七章"道路上的孩子和流浪汉"有直白的说明："我成为一个流浪汉是因为生活使然，是因为我的血液中有一股漫游欲，它让我片刻不得安宁……我之所以'上路'是因为我离不开它，是因为我的牛仔裤里没有钱买火车票。"③ 小说各个章节主要讲述了叙述者"我"在美国和加拿大各地的流浪，例如扒货车、讨饭、在伊利县被警方拘捕、随凯利失业大军进军华盛顿等。小说重点讲述了这种流浪生活跟叙述者"我"的文学创作之间的关系。一个浪迹天涯的流浪汉，必须学会撒谎和讲故事，否则就不能讨来食物，也无法应付警方的盘问。叙述者声称，正是针对不同的人编造不同故事的技巧最终使他具备了现实主义叙事的能力。

杰克·伦敦的半自传体小说《月亮谷》（*The Valley of the Moon*，1913），在出版年代方面比杰克·凯鲁亚克的《在路上》早出半个世纪，也是一部著名的"道路旅行"小说，描述比利·罗伯茨（Billy Roberts）和他的妻子萨克逊·罗伯茨（Saxon Roberts）奥德赛式的旅行和求索。他们在19世纪和20世纪之交离开劳资冲突的奥克兰地区，不辞辛苦到加利福尼亚中部和北部寻求适合耕种的土地。他们的旅行和求索欲望不仅反映

---

① Jack London, *The Road*, New York: Macmillan, 1907, pp. 9 – 10.

② Richard W. Etulain, "*The Road by* Jack London (Review)", *Western American Literature*, No. 1, 1974, p. 65.

③ Jack London, *The Road*, p. 152.

了杰克·伦敦本人年轻时候的躁动不安，而且也反映了整个美国民族集体无意识中的旅行情结。主人公比利对他的妻子萨克逊如是说："你有时候是否有这种感觉，如果你不了解山外边的世界你就会死掉？还有金门！金门之外有太平洋、中国、日本、印度……还有所有的珊瑚岛。穿过金门，什么地方你都可以去，澳大利亚、非洲……北极、合恩角。这些地方都等待着我去看它们。我一生都住在奥克兰，现在我不打算把余生留在奥克兰了，一分钟也不。我要离开，离开！"① 虽然《月亮谷》采用的是旅行和求索的叙事结构，但它与美国传统经典文学旅行叙事的结构又有所不同，因为这部小说的主人公其实是比利的妻子萨克逊·罗伯茨。"《月亮谷》不是一种传统的英雄求索，而是一种非传统的英雄求索，因为在这里是一个女性得到了生活的洞见并成为主要的力量。是一个女英雄，而不是男英雄，主导了《月亮谷》里的求索。"②

乘索非亚·苏瑟兰号猎豹船冒险的经历，成为杰克·伦敦长篇小说《海狼》（*The Sea Wolf*, 1904）的重要素材。"10 年后，杰克·伦敦根据'索非亚·苏瑟兰号'的经历和听来的故事，写下了著名的长篇小说《海狼》，讲述了一艘叫'魔鬼号'的捕海豹船在太平洋上的历险故事。其中，原始的野性和文明进行了惊心动魄的较量。'索非亚·苏瑟兰号'为故事中的'魔鬼号'提供了原型。"③ 与杰克·伦敦其他长篇小说不同的是，《海狼》将叙事的背景放在大海之上，具有赫尔曼·麦尔维尔小说中的"大海旅行"的叙事特征。然而，杰克·伦敦并不满足于单纯的大海旅行叙事。"在大海上，通过测试自己物理忍耐的极限，他要把自己重塑成一个传说般的旅行者，一个能面对任何挑战而获得征服性胜利的人。"④ 因此，通过表现哈姆弗雷·威登（Humphrey van Weyden）在猎豹船"鬼影"号上的冒险性旅行经历，《海狼》这部小说再现了威登的精神成长，以及尼采式超人哲学等主题。小说中的大海就是道路，猎豹船和其他船只是交通工具，船长沃尔夫·拉森（Wolf Larsen）既是威登旅行途中的恶魔，又是他的反向导师，女作家茅德·布鲁斯特（Maud Brewster）是威登的爱人和帮助者。正是在这惊心动魄的海上旅行中，威登在拉森的虐待和反向教

① Jack London, *The Valley of the Moon*, New York: Macmillan Compony, 1913, p. 208.

② Susan Nuernberg, et al., "*The Valley of the Moon*: Quest for Love, Land and a Home", in Jay Williams, ed., *The Oxford Handbook of Jack London*, New York: Oxford University Press, 2017, p. 376.

③ 虞建华:《杰克·伦敦研究》，第 25 页。

④ Alex Kershaw, *Jack London: A Life*, p. 177.

育下，迅速从一个文弱书生成长为一个超人般的强者，并在布鲁斯特的爱情激励和帮助下，战胜拉森的精神和肉体控制，逃离大海，来到岸上社会，开始新的生活。

杰克·伦敦的克朗代克淘金之旅，也为他日后的创作提供了取之不竭的创作素材。在克朗代克淘金营地，杰克·伦敦听老资格的探险家讲述他们与饥饿和风暴搏斗的壮举，亲眼看见雪橇狗为主人尽忠的感人事迹，从书中读到许多关于财富失而复得的故事。多年后，杰克·伦敦把听来的故事和观察到的人物，写进《荒野的呼唤》《白牙》（*White Fang*，1906）、《雪的女儿》（*A Daughter of the Snows*，1902）等小说，成就了杰克·伦敦作为美国伟大作家的美名。正如沃克（Franklin Walker）所言，"育空河流域的历险把杰克·伦敦引入一个更大的世界。在 24 岁的年纪，一般人刚刚踏出大学校门，他已一脚踏上通向名声的梯子。是克朗代克让这一切变得可能"[1]。

"旅行中既备受折磨，遭遇难处，又陶冶身心，洗涤心灵。旅行者选择行走在路上，并非为了观察世界，而只为逃避现实，逃避自己。"[2] 这是刘易斯通过同名小说《孔雀夫人》（*Dodsworth*，1929）中的叙述者多兹沃斯（Sam Dodsworth）先生之口所表达的对旅行的看法，这样的旅行观点在这部小说中还有许多，由此看出旅行对刘易斯人生观和创作的影响。"在他的短篇小说《流浪宿营地》中，辛克莱·刘易斯讽刺性地再现了他在纽约格林威治村流浪住宿营地所观察到的流浪艺术家的生活方式和习俗。在这里，人们除了战争、性爱……平克斯的绘画、生育控制、人种改良、心理分析、流浪演员等很少涉及别的话题。"[3]《我们的雷恩先生》（*Our Mr. Wrenn*，1914）是刘易斯的第一部具有旅行叙事的小说，它的副标题是"一位绅士的浪漫冒险"，表现主人公"通过旅行历险等各种经历，更多地了解人生、了解世界，最后变得成熟，事业也获得成功"[4]。同时，这也是一部主人公成长小说。小说的主人公威廉·雷恩（William Wrenn），"一生中一直在计划进行一次伟大的旅行。尽管他去过史德顿岛，也曾到新泽西州的班德布鲁克进行过远足，但是这些都不能算伟大的旅行。是该进行一

① Franklin Walker, *Jack London and the Klondike*: *The Genesis of an American Writer*, p. 191.
② 〔美〕辛克莱·刘易斯：《孔雀夫人》，郝姣译，首都师范大学出版社 2015 年版，第 290 页。
③ Rolf Lindner, *The Reportage of Urban Culture*: *Robert Park and the Chicago School*, New York: Cambridge University Press, 1996, p. 133.
④ 杨金才：《新编美国文学史》第 3 卷，第 256—257 页。

次伟大的旅行了。在雷恩这个像藤壶一样留恋纽约的人心中，隐藏着英雄漫游的冲动"①。小说以历险的叙事模式，再现了雷恩从纽约乘船出发，先后在波士顿和英国的旅行经历。沿途，雷恩接受过莫顿的激进社会主义的熏陶，在牛津大学聆听过关于美学的讲座，在伦敦结识了一位叫作伊斯特拉·纳什（Istra Nash）的美丽女孩。从英国回来，雷恩对自己的祖国有了更多的了解，也对自己的身份有了更多的认识。他放弃了对虚幻的梦中女郎纳什的孜孜追求，理智地选择与另一个女孩内莉·克罗贝德（Nelly Croubel）结为人生伴侣。这部小说具有很强的自传性，在写给妻子的题记中，刘易斯写道："亲爱的，这与其说是一部小说，不如说是我们游戏、交谈、思考和旅行的记录。"②

　　刘易斯跟妻子格蕾丝在 1916 年的旅行经历也同样反映在他的第一部以汽车为载体的道路旅行小说《自由的空气》中。"刘易斯的《自由的空气》是一部结构松散的汽车旅行罗曼司，它是根据一次真实的旅程写就，那就是刘易斯跟他的妻子格蕾丝·刘易斯在 1916 年的横跨美洲的旅行。这对新婚夫妇开着 T - 型福特牌汽车，从明尼苏达州一路行驶到太平洋西北岸。"③ 这部小说聚焦于一位来自纽约上流社会、名叫克莱尔·鲍特伍德（Claire Boltwood）的女孩，在 20 世纪的早期，开着私家车从纽约到太平洋西北岸进行旅行。在那里，克莱尔邂逅了来自中西部的机械工米尔特·达吉特（Milt Daggett），与之产生了一段跨越阶级差别的爱情姻缘。小说不仅聚焦以克莱尔为代表的上流社会人士的势利行为，同时也表明相对于贵族化的火车旅行，汽车旅行更具有民主的特征。这部著名的汽车旅行小说，成为斯坦贝克《愤怒的葡萄》和凯鲁亚克《在路上》表现汽车旅行叙事的滥觞。在写作《大街》（Main Street）的时候，刘易斯跟他的第一任妻子格蕾丝回过自己的家乡索克中心。不过，此时的刘易斯对自己的身份有些困惑，不知道是应该以一个成功的文学家的身份还是以一个书呆子医生的儿子的身份来回归故里。但是总体而言，刘易斯以一个都市访客的身份来看待他的故乡索克中心，以前大街上熟悉的建筑的外墙已经消失，房子也已经变得丑陋和萎缩。"刘易斯的这次旅行影响了他对故乡的看法，这

---

① Sinclair Lewis, *Our Mr. Wren*, New York and London: Harper & Brothers Publishers, 1914, p. 3.

② Mark Schoer, *Sinclaire Lewis: An American Life*, New York: McGraw Hill Book Company Inn, 1961, p. 223.

③ Kris Lackey, *Road Frames: The American Highway Narrative*, Lincoln and London: Uiversity of Nebraska Press, 1999, p. 133.

又反过来影响了他正在写作的小说。"① 在她的自传体小说《半块面包》（*Half a Loaf*）中，刘易斯的妻子格雷丝·刘易斯曾经回忆刘易斯对她所说的话："这次故乡之行使我的童年生活重现得活灵活现，我决心要把它写出来，否则我宁可去死。之所以把你带来，是要让你以一个陌生人的眼光，帮我看看这个地方。"②

刘易斯长期在外旅行也意味着寂寞和孤独，这种旅途的孤独尤其在他的中后期作品中体现出来。在小说《巴比特》（*Babbitt*）中，刘易斯通过主人公巴比特（George F. Babbitt）之口，表达对故乡的思念："他永远逃避不了泽尼斯城，逃避不了他的家庭和交易所，因为他的交易所，他的家庭，以及泽尼斯城的每一条街道，每一种不安和幻想，都深深地印在自己的脑海里。"③ 虽然这部小说在整体上是批判中产阶级的物质主义生活，这种主题仍然与旅行意象分不开。比如在第三章，刘易斯写道："对于乔治·巴比特来说，也像对于大多数泽尼斯市富足的市民一样，汽车是浪漫，也是悲怆，是真爱，也是豪迈。交易所是他的海盗船，而开车则是他在岸上的危险之旅。"④ 小说中最主要的旅行叙事是巴比特到缅因州森林火车之旅，目的是逃离泽尼斯城殷实而又滞定的中产阶级生活。但是，他最终还是回归了泽尼斯城，表明他的反叛性旅行的失败。

刘易斯的最后一部比较著名的长篇小说《孔雀夫人》也仍然是作家跟妻子的旅行反映。"辛克莱·刘易斯的长篇小说，有自传成分，反映作家本人的旅行经历和他与格蕾丝和多萝西（Dorothy）前后两任妻子的婚恋关系和作家的情感矛盾。"⑤ 小说的主人公山姆·多兹沃斯是美国中西部泽尼斯市一名汽车制造商，在功成名就后带着妻子芙兰（Fran）到欧洲旅行。就在横跨大西洋的航船上，妻子芙兰开始与一位名叫洛克特（Lockert）的英国少校调情。此后在欧洲各国的旅行中，多兹沃斯发现妻子不断出轨，只得忍痛与之离婚。而多兹沃斯本人，也在意大利旅行过程中找到了自己的真爱。在主题方面，布里基特·普任（Bridget Puzon）认为"多兹沃斯的求索类似于处于中年状态的英雄的成长，他们离开功成名就的现世生

---

① Jennifer Marie-Holly Wells, *The Construction of Midwestern Literary Regionalism in Sinclair Lewis's and Louise Erdrich's Novels*: *Regional and Cultural Influences on Carol Kennicott and Fleur Pilla-ger*, Ph. D. dissertation, Drew University, 2009.

② Grace Hegger Lewis, *Half a Loaf*, New York: Liverright, 1931, p. 116.

③ 〔美〕辛克莱·刘易斯:《巴比特》，蔡玉辉译，译林出版社 2003 年版，第 326 页。

④ 〔美〕辛克莱·刘易斯:《巴比特》，第 25 页。

⑤ 虞建华主编:《美国文学词典: 作家与作品》，复旦大学出版社 2005 年版，第 266 页。

活，到未知的异域进行旅行"①。在叙事结构方面，斯蒂芬·康若伊（Stephen S. Conroy）认为这部小说采用的是"场景（setting）—逃离（escape）—回归（return）"的叙事模式，认为小说明显的结构是通过"旅行隐喻（travel metaphor）"来表征主人公的精神成长。②

"美国是一个旅行者的国度。我们是流动的民族，由于具备了支撑我们变动渴望的必需的财富和消遣时间，我们开始在自己的国家及整个世界漫游，以便寻找一种充分的生活……斯坦贝克，作为这个时代和环境的产物，像任何一位现代美国作家那样，清楚地反映了这种美国旅行经历的正面和负面特征。"③ 美国的这种"旅行情结"或曰"旅行病毒"诱使斯坦贝克在美国本土、加利福尼亚湾、墨西哥、交战时期的英国、北美、意大利、地中海地区、越南、西班牙、俄国直至最终到瑞典进行旅行。"作为这些旅行的结果，几本本质上具有自传性质的书得以出版，例如《科茨海日志》（Sea of Cortez）、《从前有一场战争》（Once There Was a War）及《携查理同游美国》；但是在他的小说中，对旅行的迷恋也非常明显。旅行也是《金杯》《愤怒的葡萄》《珍珠》《任性的公共汽车》及许多短篇小说的结构性手段。"④

斯坦贝克作品中的旅行叙事，一方面是自己一生广泛的旅行经历使然，另一方面也与他对世界文学中经典的旅行叙事习得分不开。众所周知，自荷马史诗以来，世界文学中有许多表现旅行叙事的经典，例如《奥德赛》《埃涅阿斯记》《神曲》《每个人》（Everyman）、《坎特伯雷故事集》《堂吉诃德》《天路历程》和《格列佛游记》等。"斯坦贝克对这些世界文学中的伟大旅行耳熟能详，在自己的作品中经常将它们作为典故。"⑤ 例如，在《致一位无名的神》（To a God Unknown，1933）中，作品的主要人物伊丽莎白（Elizabeth）"具有荷马和维吉尔的古典背景"；《任性的公共汽车》的题名来自《每个人》；《天路历程》是《愤怒的葡萄》中除

① Bridget Puzon, "The Bildungsroman of Middle Life", *Harvard Library Bulletin*, No. 26, 1978, pp. 5 - 6.
② Stephen S. Conroy, "Sinclair Lewis's Plot Paradigms", *Sinclair Lewis Newsletter*, No. 5 - 6, 1973 - 1974, pp. 4 - 5.
③ Richard Astro, "Travels with Steinbeck: The Laws of Thought and the Laws of Things", *Steinbeck's Travel Literature: Essays in Criticism*, p. 1.
④ Athur C. Anderson, *The Journey Motif in the Fiction of John Steinbeck: the Traveller Discovers Himself*, p. 2.
⑤ Athur C. Anderson, *The Journey Motif in the Fiction of John Steinbeck: the Traveller Discovers Himself*, p. 26.

《圣经》以外反复提到的三本书之一；在《携查理同游美国》中，斯坦贝克将自己的卡车命名为"驽骍难得"，也就是堂吉诃德的坐骑的名字。"这些对世界文学中著名旅行叙事的暗示，表明斯坦贝克非常有兴趣将旅行作为讲故事的手段。"①

在这些表现旅行的经典世界文学作品中，斯坦贝克对塞万提斯的《堂吉诃德》尤其喜欢。"约翰·斯坦贝克将堂吉诃德看作自己的象征，将小说中道德的荒原时期看作美国 20 世纪中叶的反映。因此，斯坦贝克将《任性的公共汽车》表现为类似'墨西哥的堂吉诃德'的东西。"② 小说虽然表面上描写现代人的一次现实意义上的旅行，但是由于斯坦贝克在小说扉页上题写了中世纪道德剧《每个人》的诗句并将塞万提斯的《堂吉诃德》作为叙事隐喻，它就从现实层面的旅行转化成揭示人类精神上的失落与救赎的旅行。小说中的公共汽车"甜蜜之心"（sweetheart）和道路代表旅行的物质载体，汽车上的旅客是旅行的"每个人"。司机朱安·季璜是一个先知式的人物，他的名字本身就像耶稣名字的缩写。车上的乘客来自美国的各行各业，例如小商贩欧内斯特·赫敦（Ernest Horton）、脱衣舞女卡米尔·欧克斯（Camille Oaks）、学徒工匹姆珀利斯·卡尔森（Pimples Carson）、女大学生密尔德拉德·普利查德（Mildred Pritchard）和她的父母亲普利查德夫妇（the Pritchards），以及老头范·布伦特（Van Brunt）等。汽车上的每一位乘客都具有道义上的缺陷、精神上的疾病、性方面的饥渴和感情上的压抑，这些可以看作现代人类的通病。为了逃避艰难的现实、生活的无聊并追求欲望的满足，他们坐在朱安·季璜的公共汽车上旅行，就像被摩西率领着的古犹太人出埃及，也像安·波特的《愚人船》上的人物那样去远行。他们希望通过旅行得到幸福和乐园，因此，他们的旅行就象征着现代人类寻求救赎的历程。然而他们的旅行是任性的，永远不能到达目的地，因为生活的喧嚣、肉体的享受、道义的放纵巨大地影响着他们追求救赎的意识。同时，他们旅行的历程也为砾石、河水冲塌的桥梁、泥泞的公路和泥潭所困扰，他们要不断地穿行在山岭和沙漠之中，这实际上是现代荒原的象征。尽管他们在旅行途中不断看到指引他们通向救赎的正确道路的启示性招牌，像 Repent（忏悔）、Come to Jesus（到基督那里）、

①　Athur C. Anderson，*The Journey Motif in the Fiction of John Steinbeck*：*the Traveller Discovers Himself*，p. 27.

②　Stephen K. George，"Cervantes，Miguel De"，in Brian E. Railsback and Michael J. Meyer，eds.，*A John Steinbeck Encyclopedia*，Westport，Connecticut and London：Greenwood Publishing Group，2006，pp. 54 - 55.

Sinner，Come to God（罪人，到上帝那里去）等，他们仍然不能到达目的地。一个很重要的原因是司机朱安·季璜不喜欢他的乘客，就像耶稣或摩西不爱他的庶民一样。他有意将车往坏路上开，致使汽车在途中抛锚。他借故找人修车而离开了这群乘客，并躺到山岭上的一间草屋中睡大觉。在季璜离开汽车的那段时间里面，车上的其他乘客就像贝克特（Samuel Beckett）荒诞戏剧《等待戈多》（*Waiting for Godot*）中的两个流浪汉，他们一方面在等待季璜的到来，另一方面又在漫无目的地闲谈或沉溺于虚无缥缈的幻想之中。他们不考虑旅行的目的，也不想在今后的人生中发生什么变化。只有女大学生密尔德拉德具有一种叛逆精神，她出于对季璜的兴趣而离开公共汽车去寻找他。她终于在山岭上的一间草房里找到了正在睡大觉的季璜，并在半推半就的状态下与他发生了性关系。心满意足的季璜这才下山，继续开着他的破旧的公共汽车带着乘客前行。他要带着这群毫无人生目的的乘客到何方去？结果不得而知。

　　"他（斯坦贝克）将旅行神话作为自己小说母题的运用通常是直线性的，而非环形的，至少就他的小说中的主人公的那些可记录的物理性行动而言。只有在《珍珠》中斯坦贝克使他的旅行者明显回到了他们出发时的世界。斯坦贝克开发一种旅行的场景，这种场景模仿的是圣杯旅行的场景，而圣杯旅行的场景是线性的，例如加拉哈德和珀西瓦尔（Percival）的旅行。也许他不想借用这种世界神秘旅行的叙事模式是因为他想在美国文学的传统中进行写作。"① 在美国文学的传统中，主人公的旅行大多没有归途，这一方面是因为美国人强调永远向前运动，而不强调后退和回归，另一方面也许与美国没有完整的历史有关。维吉尔受命写作《埃涅阿斯记》的时候，罗马的存在已经有了相当长的历史。从特洛伊的陷落到奥古斯都时期的罗马盛世，罗马经历过一个漫长的历程。19 世纪的美国作家没有维吉尔的那种历史优势，即使在经历了 250 年的历史以后，美国文学中仍很难找到主人公具有完整归途的旅行的现象。在斯坦贝克的旅行叙事小说中，《人鼠之间》（*Of Mice and Men*）、《胜负未决》（*In Dubious Battle*）、《任性的公共汽车》和《愤怒的葡萄》中的主要人物的旅行都没有归途，但是唯独短篇小说《珍珠》例外。《珍珠》不仅再现了奇诺（Kino）一家完整的旅途过程和对人生真知的发现，而且还采用了爱伦·坡和纳撒尼尔·霍桑等人所开创的"夜行"叙事模式。像斯坦贝克的其他小说一样，

---

① Athur C. Anderson，*The Journey Motif in the Fiction of John Steinbeck：the Traveller Discovers Himself*，p. 58.

《珍珠》的素材也是作家在旅行的过程中发现的。在《科茨海日志》中，斯坦贝克记述了自己发现这个素材的过程：

> 一个印第安男孩偶然发现了一颗巨大的珍珠，一颗令人难以置信的珍珠。他知道这颗珍珠价值连城，有了它就再也不用工作。这个男孩将珍珠带到一个珍珠商那里，珍珠商给他的价钱很低。这个男孩非常生气，因为他知道珍珠商人在骗他。男孩将珍珠带到另一个珍珠商人那里，结果给的价钱和第一个珍珠商人的差不多。经过几次买卖后，男孩发现这些商人都受一个人控制，他不可能卖到好价钱。于是，这个男孩将珍珠带到海边，埋在一块石头下。那天夜里，男孩被用棍子打昏，被搜了身。第二天夜里男孩睡在朋友家，他和朋友都被打伤、绑架，整个房子被搜了个遍。男孩决定到内地去以便摆脱那些跟踪者，半途却遭到伏击和严刑拷打。男孩气坏了，但是他意识到该做什么事情。男孩忍着疼痛在夜里爬回拉帕茨，像一个被捕猎的狐狸一样偷偷摸摸地来到海边，从石头下取出珍珠，诅咒它并用力将它扔进大海。①

第三节　《荒野的呼唤》——巴克的英雄旅行与社会反抗

《荒野的呼唤》（1903）是杰克·伦敦的第一部杰作，它在文学史上的重要性在于其多元的叙事内涵使得评论界很难把它归入某一具体范式，正如斯图亚特·戈贝尔（Stewart Gabel）所言："《荒野的呼唤》表现了美国文化中的历险和英雄时代；它反映了对新阿拉斯加荒原地区的探险渴望；它是人类所写过的最好的狗类或动物类故事；它反映了人类与生俱来的残忍和攻击性；它表现了在巨大的逆境中不可战胜的生存意志；它反映了人类回归原始过去的渴望和人类物种的本能；它是英雄超越自我需求达到与自然结合的旅行故事。"② 除了戈贝尔所列出的这些叙事内涵以外，《荒野的呼唤》同时还是一部成长小说和社会抗议小说，更是一部具有英雄历险

---

① John Steinbeck, *The Log from the Sea of Cortez*, New York: The Viking Press, 1951, pp. 102 - 103.

② Stewart Gabel, *Jack London: A Man in Search of Meaning: A Jungian Perspective*, Bloomington, Indiana: Author House, 2012, p. viii.

意蕴的旅行叙事小说。小说的旅行性特征首先体现在其地理空间的位移方面：

> （这部小说的）地理空间性与一本旅行书的地理空间性一样简明和精确，能够非常容易地在一张地区图上标示出来。故事的行为开始于加利福尼亚的圣克拉拉市的一个庄园……从那里，巴克被装运到火车上，运到旧金山。在这个城市码头边的一个酒馆逗留一夜之后，巴克又被用摆渡船运过旧金山海湾，送到奥克兰市，从那里又被运到圣帕布洛海湾。一只渡船带它穿越卡奎内兹海峡，在那里，巴克再次被装到火车上，运送到华盛顿州的西雅图。从华盛顿州，巴克被装到轮船上，穿越北太平洋，向北经过夏洛特女王湾，到达阿拉斯加州斯卡圭对面的迪业港口。①

从叙事结构上看，《荒野的呼唤》采用的是英雄旅行的单一神话结构。关于单一神话，坎贝尔曾有一段名言进行表述："英雄从日常生活的世界出发，冒种种危险，进入一个超自然的神奇领域；在那神奇的领域中，和各种难以置信的有威力的超自然体相遇，并且取得决定性的胜利；于是英雄完成那神秘的冒险，带着能够为他的同类造福的力量归来。"② 在谈到《荒野的呼唤》与《白牙》两部小说的相似性时，查尔斯·克劳（Charles L. Crow）指出："将这两部小说合并成一个寓言，我们几乎可以得到约瑟夫·坎贝尔单一神话模式的完美范本：响应历险的召唤、穿越阈阈、下沉到阴间或森林、与敌人搏斗、回归家园、变化、具有一种新的视野或救赎的力量。"③ 故事的主人公巴克在进行英雄的旅行之前，生活在坎贝尔所述的"日常世界"里。巴克曾经是加利福尼亚州圣克拉拉庄园里一个叫米勒（Judge Miller）的法官家的牧羊犬。像当时大多数被豢养的犬狗一样，巴克在主人的庄园里过着幸福的生活。他跟主人的少爷们一同去游泳或者打猎，护送主人的女儿们在清晨和黄昏散步，在冬日的晚上还跟主人围坐在温暖的炉火边。在与主人共同生活的 4 年里，巴克跟人类建立了一种天真

① Claudia Durst Johnson, *Understanding The Call of the Wild: A Student Casebook to Issues, Sources, and Historical Documents*, Westport, Connecticut: Greenwood Publishing Group, 2000, p. 4.

② 〔美〕约瑟夫·坎贝尔：《千面英雄》，第 24 页。

③ Charles L. Crow, "Ishi and Jack London Primitives", in Leonard Cassuto and Jeanne Campbell Reesman, eds., *Rereading Jack London*, Stanford: Stanford University Press, 1996, p. 48.

的互信，"它已经学会信任它所认识的人，并且相信它们的智慧，那是它自己望尘莫及的"①。然而，天真的巴克万万没有想到，正在加拿大克朗代克地区兴起的淘金热会跟它的命运连在一起，会成为它进行英雄旅行的召唤，而且促使它踏上艰难旅程的竟然是它很信任的法官家的仆人曼纽尔（Manuel）。由于淘金需要大量的狗来拉雪橇，狗的价格飙升，于是曼纽尔打起了巴克的主意。"这种召唤的典型条件是幽暗的树林、潺潺的泉水和面貌可憎、受到鄙视的命运力量的传送者的出现。"② 曼纽尔可以视为巴克历险的召唤，他趁法官跟他的孩子不在家的时候，偷偷地把巴克卖给一个狗贩子。对于这种历险的召唤，巴克在认清其实质后表现出"拒绝召唤"的态度。为此，巴克被狗贩子们打晕，用绳子捆在一只笼子里，带到火车上运走。"下一次它苏醒过来的时候，它只茫然地觉得舌头受了伤，而它是在什么运输工具里颠簸着。火车头的沙哑汽笛在铁路交叉口鸣叫起来，告诉它身在何处。它曾经跟大法官旅行过好几次，但从来没有尝过坐行李车的味道。"③

巴克开始了艰难的旅行。从火车上到轮船上，从轮船上再到火车上，狗贩子带着巴克行驶几天几夜。在这几天几夜的旅程中，巴克没有吃，没有喝，还要忍受着狗贩子的捉弄。到了西雅图以后，巴克又遭受到专业训狗人的毒打，目的是让它成为一只为淘金人服务的所谓"好狗"。在这艰难的旅行和考验下，巴克慢慢地得到精神的顿悟。对于巴克来说，殴打它的棍子"是个启示。这是它进入原始规律支配之下的初步"④。生活的严酷现实呈现出凶恶的面目，要想获得生存，就必须学会适应。在西雅图，巴克和另外一条叫科利（Curly）的狗被加拿大的两名邮差法兰夏（François）和派瑞特（Perrault）买走，并再次被装上一艘叫作"纳霍"号的轮船，继续向北方驶去。

"作为一种永恒的神话主题，'跌入地狱'代表着英雄发展的一个根本阶段。这种'跌入'涉及的是字面上或象征意义上的地狱旅行，或通向死人的黑暗王国的旅行。这种旅行的目的可以是将某人从死神那里拯救过来，可以是完成一种使命，或者带回一种珍贵的智慧。当英雄完成这种救赎、完成任务，或获取珍贵的智慧后，他作为一个充实的和精神上升华的

---

① 〔美〕杰克·伦敦：《荒野的呼唤》，蒋天佐译，人民文学出版社1981年版，第4页。
② 〔美〕约瑟夫·坎贝尔：《千面英雄》，第48页。
③ 〔美〕杰克·伦敦：《荒野的呼唤》，第5页。
④ 〔美〕杰克·伦敦：《荒野的呼唤》，第10页。

人回归到人间。"①巴克到达克朗代克后的经历，俨然如神话中的英雄跌入地狱。来到寒冷的北方后，巴克被一群狗打架的场景震惊了。一只叫"科利"的狗刚从轮船上跳下来，三四十只爱斯基摩犬就围成一团，向它发起猛烈的进攻，顷刻间把这只南方狗撕扯成碎片。看到同伴的死，巴克心中暗暗发誓，它要想办法不让科利的命运落在自己的头上。在克朗代克，巴克和另外的两只名叫"史皮茨"（Spitz）和"德芙"（Dave）的狗套在一起拉雪橇，为加拿大政府送信。尽管巴克认为让它拉雪橇大大地伤害了它的尊严，但是在棍棒的淫威下，它还是学着适应。在雪橇队里有好几只狗，它们闲着不拉雪橇的时候，就开始打斗，弱者往往被撕咬得遍体鳞伤。面对这邪恶的环境，巴克意识到为了生存，它必须学会反抗。于是，巴克开始学打斗，学争食，也学会在冬日的晚上睡在雪地里。与此同时，巴克也与雪橇队里的领头狗史皮茨为争夺领导权形成尖锐的对立。它跟史皮茨打斗几个回合，最终将后者杀死，于是巴克取代史皮茨的位置，成为雪橇队里的领头狗。

　　由于巴克成为领头狗，法兰夏和派瑞特的信差任务完成得很圆满。然而不久，这两个人不再做信差工作，巴克的雪橇队也转交给另一个信差。这个邮差总是让巴克的雪橇队拖载很重的邮件。在一次艰难的送信途中，一只因劳累过度而病倒的狗被主人开枪杀死。这一事件再一次教育巴克，无论如何自己都要成为强者。旅途结束的时候，这些狗都累得无法动弹了，那个邮差只好把巴克和其他的狗卖给淘金者哈尔（Hal）、查尔斯（Charles）和梅西（Mercedes）。巴克的三个新主人比起以前的那两个加拿大邮差，在本性方面更加凶残。他们让这些狗拉着沉重的货物，还动不动就抽打它们。由于他们对旅行的路线计划不周，跑冤枉路是常有的事。结果，他们的旅程还没有走到一半，就断粮了。为了生存，一些瘦弱的狗只得被杀死。在路过约翰·桑顿（John Thornton）的营地的时候，原本14只狗的雪橇队只剩下巴克和另外的4只狗了，它们一个个都累得骨瘦如柴，而且脚痛得再也走不动路。然而，查尔斯和哈尔还要继续驱赶着这五只奄奄一息的狗驶过行将融化的冰河。巴克意识到继续前行将是死路一条，于是拒绝执行他们的命令，结果险些被哈尔毒打致死。

　　"不曾抗拒过招呼的人在冒险征途中首先遇到的是一位保护他的人物……这种超自然的助力经常以男性的形状出现。在童话和传说中，他可

---

①　Jean Charles Seigneuret, *Dictionary of Literary Themes and Motifs*, Vol. 1, Westport, Connecticut and London: Greenwood Publishing Group, 1988, p. 363.

能是林中的小矮人，可能是巫师、隐士、牧人或铁匠，他们在英雄面前出现，向他提供所需的护身符或忠告。在高级神话中，这种角色发展成领路人、导师、将灵魂送到阴间去的摆渡人等重要人物。"① 在巴克走向死亡的旅途中，是约翰·桑顿将它救下，桑顿也因此成为巴克成长道路上的一个重要的帮助者和导师。在桑顿的精心照料下，濒临死亡的巴克终于恢复生机，它对新主人的感情无与伦比。巴克曾将桑顿从河水中救上来，在酒吧里攻击一个企图与桑顿打架的人，它还拉着一个千磅重的雪橇为主人赢得1600 美元的赌注。但是巴克对桑顿的忠诚，以及它在北方的一系列经历，使它对弱肉强食的世界有了全新的认识："它已经透彻地领略了棍子和虎牙的规律；它决不放弃有利的机会，也决不在一个被它逼到死路上的仇敌面前退缩。它从史皮茨身上受过教训，也在警察局和邮运队的主要战狗那里受过教训，它知道没有中间路线。它必须支配人，或者被人支配；仁慈是一个弱点。"② 因此，在陪伴新主人在北方淘金旅行的过程中，巴克心中的野性意识在不断膨胀，它感觉它正在被一种荒原的呼唤驱使着，离开文明，走向荒原。在桑顿跟他的朋友们去淘金的时候，巴克总是在荒原漫游，与狼为伍，共同猎杀狗熊和驼鹿。它总是在夜色迟暮的时候回到主人的帐篷，直到有一天它发现主人的帐篷被印第安人袭击，主人也惨遭不幸。愤怒的巴克扑向那些印第安人，把杀死主人的印第安人一一咬死。给主人报过仇的巴克对于文明社会再没有留恋，义无反顾地走向荒原。

"当英雄的冒险，由于英雄自己进入事务的本源，或由于男性或女性的、人形或兽性的神灵化身的帮助而得以完成之后，冒险者还必须带着他那能改变人们生活的战利品归来。"③ 远在几千里之外的加利福尼亚的家乡巴克是回不去了，但是在每一年桑顿的祭日，巴克都会独自来到这位新主人死亡的地方，表达对主人的哀思。但是此时的巴克，俨然如神话中的英雄，在回归的时候已经发生了彻底的改变。它不仅成为狼群的首领，而且也成为传说中的一只"狗妖"，其对周围世界的改变就是令克朗代克地区的印第安人闻风丧胆。

"《荒野的呼唤》不仅仅是一只狗的历险性转变的故事，它也同时是以狗的生活反映人类状况的故事。在这个意义上，这部小说具有动物寓言的

---

① 〔美〕约瑟夫·坎贝尔：《千面英雄》，第 63—68 页。
② 〔美〕杰克·伦敦：《荒野的呼唤》，第 75 页。
③ 〔美〕约瑟夫·坎贝尔：《千面英雄》，第 203 页。

特征，将人类的行为赋予动物身上，以便阐释或讽刺人类社会和人的本质。"① 巴克的故事，尤其折射出杰克·伦敦本人作为一个无产者在社会底层流浪和奋斗的经历。年轻时的伦敦为了生计在社会上四处流浪，经历了资本主义社会制度给人民带来的各种痛苦。他曾经在加利福尼亚的农场、庄园和罐头厂打过零工，那里的工作条件极其可怕。在旧金山，他目睹了工人们在血汗工厂里的悲惨状况。在夏威夷捕猎海豹的历险中，伦敦为船长对海员的严刑拷打而感到震惊。在参加"凯利失业大军"在美国各地进行流浪和抗议期间，伦敦又亲眼看见资本主义社会体制对全国工人的压榨，以及由此导致的民不聊生。因此，在描写巴克遭绑架并被装到笼子里运送到北方的苦难历程时，伦敦很显然将他自己在全国流浪时的悲惨遭遇作为故事的素材。比如，伦敦自己就曾因为流浪罪而在俄亥俄州的伊利县被投入监狱。像巴克一样，伦敦对"淘金潮"期间发生在克朗代克地区的人类惨景感到震撼。然而，比起从克朗代克归来后在新英格兰的伦敦市所目睹的下层人的悲惨状况，克朗代克地区的见闻只是小巫见大巫。在随后写给友人的信中，伦敦说他简直无法相信在美国这么一个如此富有和"文明"的社会居然还存在这样悲惨的人类境况。"这次经历加深了他对社会主义的信仰，因为他看到了文明，尤其是资本主义的文明和政府的不作为，给经济阶梯中的底层带来的灾难。"②

考虑到杰克·伦敦在流浪途中接触到的社会主义思想教育和遇到的无产阶级领导人的交往，我们不难推测，《荒野的呼唤》中的约翰·桑顿，是一个具有社会主义思想或者至少具有社会平等思想的一个人物。他不仅将巴克从濒临死亡的旅行中拯救下来，而且以平等和友爱的思想来对待它。在桑顿的领导下，劳动成为巴克所喜欢的一项愉快的事业。遗憾的是，以桑顿为代表的社会主义制度的温暖最终无法抵挡来自荒原的呼唤。就在巴克身体的创伤被桑顿治愈好的时候，它内心的野性却也迅速地膨胀。桑顿的死亡象征着社会主义作为一种美好制度的夭折，而巴克走向荒原的旅程象征着人类对社会达尔文主义和尼采超人哲学思想的最终选择。之所以会是这种结局，是因为杰克·伦敦本人思想的复杂性。正如一位评论者所言：

---

① Claudia Durst Johnson, *Understanding The Call of the Wild: A Student Casebook to Issues, Sources, and Historical Documents*, Westport, Connecticut: Greenwood Publishing Group, 2000, p. 10.

② Claudia Durst Johnson, *Understanding The Call of the Wild: A Student Casebook to Issues, Sources, and Historical Documents*, p. 11.

在《荒野的呼唤》这部小说中，杰克·伦敦把狗类比作人类，通过狗的经历反映资本主义社会被剥削的人们的悲惨生活，表现他们对压迫和剥削的反抗。然而，伦敦在揭露资本主义社会人吃人现象的同时，接受了弱肉强食为生存不择手段的观点。这是由于杰克·伦敦在接受马克思主义的同时，也大量阅读达尔文、尼采、斯宾塞的著作，从而接受了社会达尔文主义观点。在他的一生中，他时而赞成马克思主义的观点，时而赞成尼采的观点，这些矛盾都充分地体现在他的作品中。①

第四节　《大街》——卡罗尔的旅行与美国乡村病毒的费边社会主义改革

这是一个坐落在盛产麦黍的田野上、掩映在牛奶房和小树丛中、拥有几千人口的小镇——这就是美国。

我们的故事里讲到的这个小镇，名叫"明尼苏达州戈弗草原镇"。但它的大街却是各地大街的延长。在俄亥俄州或蒙大拿州，在堪萨斯州或肯塔基州或伊利诺伊州，恐怕都会碰上同样的故事。就是在纽约州或卡罗来纳山区，说不定也会听到跟它的内容大同小异的故事。

大街是文明的顶峰。多亏当年汉尼拔（Hannibal）入侵罗马，埃拉斯慕斯（Erasmus）隐居在牛津著书立说，今日里这辆福特牌汽车方才能停靠在时装公司门前。杂货食品铺掌柜奥利·詹森（Ole Jenson）对银行老板埃兹拉·斯托博迪（Ezra Stowbody）所说的都是一些至理名言——对于伦敦、布拉格，以至于一文不值的海上小岛来说，同样是金科玉律；凡是埃兹拉所不知道的和不认可的事情，那人们大可不必去了解、思索，因为它们肯定是异端邪说。②

刘易斯所言的"大街"或戈弗草原镇，其实就是整个美国的象征。此时的美国，已经弥漫着一种刘易斯称为的"乡村病毒"，狭隘、保守与虚伪。在这里，人们容不得新思想和新作风，每个窗户后面都有人在偷看，每个房门后面都有窃窃私语。在这里，来自斯堪的纳维亚的手工业者迈尔

---

① 张莹：《杰克·伦敦》，载吴富恒、王誉公主编《美国作家论》，山东教育出版社1999年版，第358页。

② 〔美〕辛克莱·刘易斯：《大街》，潘庆龄译，上海译文出版社1993年版，第1页。

斯（Miles）跟它作对，结果被迫害得家破人亡。在这里，一个作为中学教师的年轻姑娘无意中冒犯了它，也被搞得声名狼藉。正是遍布美国的无数个"戈弗草原镇"，向全国输送思想狭隘的文人、专制的政客和主宰人们命运的工业巨头。"因此，假如我们把《大街》一书看作美国整个社会的缩影，把生活在那里的庸俗、保守的市侩们看作美国资产阶级的化身，恐怕绝非过分，而这正是小说的意义所在。"①

美国乡镇的这种病毒本质，是作品中的女主人公卡罗尔·米尔福德（Carol Mitford）通过旅行发现的。在小说中，卡罗尔到戈弗草原镇，以及在全国各地的旅行构成一个重要的叙事元素，成为主人公发现美国乡村病毒，以及反抗这种病毒的重要载体。卡罗尔·米尔福德，是一个在异化了的时代仍然具有堂吉诃德式梦想的人物。理查德·普里德摩（Richard Predmore）认为堂吉诃德式的主人公具有三种特征："文学，一个无所不在的存在和幻想的源泉；冒险，源于幻想和现实的冲突；迷狂，在邪恶的现实面前保卫幻想。"② 少年时期的卡罗尔在明尼苏达州的曼卡托市长大，她的父亲允许她阅读任何她想看的书，大量的阅读使她对未来的人生产生各种各样的幻想。在 11 岁的时候，卡罗尔随父母举家迁到明尼阿波利斯市。正是在这里，卡罗尔考上布罗杰特学院。在一位大学教授的建议下，卡罗尔在大三的时候离开布罗杰特学院，到芝加哥攻读图书馆学。在芝加哥，卡罗尔对弗洛伊德、费边社会主义、女权运动等都产生过兴趣，甚至还要体验波西米亚式的流浪生活。在一次去温奈特卡市探访表兄的旅途中，卡罗尔发现郊区的建筑新颖别致，于是浮想联翩，决定在将来的某个时机，放下图书馆的工作，到一个草原乡镇去，做一番"连她自己也会感到莫名其妙的奇迹"。

卡罗尔改变乡村的梦想终于有了实现的机会。在一个朋友的家里，卡罗尔与威尔·肯尼科特（Will Kennicott）大夫相遇。相逢是旅行叙事文学中一个重要的情节构件，巴赫金（Bakhtin）称为"相逢时空体"。"相逢时空体在文学中实现着布局结构的功能，即作为开端，偶而是作为高潮，或者甚至作为情节的收尾（结局）。相逢——这是史诗里最古老的组织情节的一个事件（尤其是在长篇小说里）。特别需要指出的，相逢情节与同样具有统一的时空定规的近似情节，有着密切的关系，如离别、出逃、寻

---

① 毛信德：《美国小说发展史》，浙江大学出版社 2004 年版，第 223 页。

② Richard Predmore, *The World of "Don Quixote"*, Cambridge: Harvard University Press, 1967, p. 53.

获、丢失、结婚等。意义特别重大的，是相逢情节与道路（'大道'）时空体的紧密联系。"① 肯尼科特大夫来自明尼苏达州的戈弗草原镇，尽管在明尼阿波利斯一家医院做实习医师，他还是希望在家乡戈弗草原镇工作。肯尼科特大夫建议能有一个像卡罗尔那样的女孩到戈弗草原镇去，改变一下那里的面貌。肯尼科特大夫的话深深地打动了卡罗尔这位具有堂吉诃德幻想的女孩的心扉。这位曾经拒绝过许多男人求婚的女孩，向肯尼科特大夫敞开她的情爱之门。卡罗尔同意嫁给肯尼科特大夫，两人一起到戈弗草原镇去，小说中的旅行叙事也随着这对夫妇的回乡展开。承载他们旅行的交通工具，是火车。"第七次旅客列车轰隆隆地穿过明尼苏达州，不知不觉地爬上了那从炎热的密西西比河下游一直伸展到落基山脉，长达一千多英里的气势磅礴的大草原。这时正是九月间，天气闷热，尘土飞扬。"②

在这辆列车上，坐着卡罗尔和肯尼科特大夫。他们在科罗拉多州度完蜜月之旅后，又开始了到戈弗草原镇的旅程。看着车上那些衣冠不整的旅客——贫穷的农民、倦怠的妻子和数不清的孩子，卡罗尔闷闷不乐。她认为这些人卑下地接受贫穷和愚昧的命运，内心想象着怎样把这些人的生活改造得更好。当火车中途在只有150人的朔恩斯特鲁姆小镇停下的时候，卡罗尔对这个小镇的丑陋感到非常惊讶。然而自幼在这些小镇长大、习惯了这些小镇风貌的肯尼科特大夫不以为然，认为小镇生活就是这样，没有什么可以挑剔的。透过奔驰的火车的车窗，卡罗尔看到戈弗草原镇的风貌，感觉这个镇并不像丈夫所说的那样美好，而是与沿途所看到的其他乡镇一样丑陋无比，她的堂吉诃德式的梦想开始有些冷却，还没有下火车，她的内心就产生了逃避戈弗草原镇的念头："戈镇的居民——跟他们的房子一样单调乏味，跟他们的农田一样平淡无奇。看来她在这里是待不下去的。今后她恐怕不得不从这个男人身边一扭身逃跑。"③ 令人惊讶的是，与卡罗尔夫妇乘坐同一列火车到达戈弗草原镇的，还有一位叫作碧雅·索伦森（Bea Sorenson）的女孩。她来自一个乡下农场，早已厌倦那里的生活，认为唯一的出路就是到戈弗镇这样的城市去享受人生。她一下火车，就兴致勃勃地游览戈弗草原镇。由于碧雅以前从没有到过大城市，在她的眼中，戈弗镇的一切都令她感到神奇。碧雅的这种表现多少影响了卡罗尔。

---

① 〔苏联〕巴赫金：《小说的时间形式和时空体形式——史诗学概述》，载《巴赫金全集》第 3 卷，河北教育出版社 1998 年版，第 288—289 页。
② 〔美〕辛克莱·刘易斯：《大街》，第 34 页。
③ 〔美〕辛克莱·刘易斯：《大街》，第 44 页。

　　于是，在改造乡村梦幻的鼓舞下，卡罗尔带着她的新聘女仆碧雅·索伦森开始向戈弗草原镇的陈规陋习宣战。她想改革芳华俱乐部的陋习，结果受到俱乐部成员们的抵制；她批评戈镇对仆人们的歧视，结果受到家庭主妇们的抨击；她在图书馆批评图书管理体制不合理，结果与管理员维达·舍温（Vida Sherwin）展开激辩……总之，卡罗尔所做的一切在她看来有助于改革戈弗镇的事情都受到当地人的不公正的评判、抵制和嘲讽。面对种种的阻力，卡罗尔这位堂吉诃德式的冒险者"恨不得从这儿逃走，躲到大城市里各扫门前雪的习俗中。她不断地对肯尼科特说，'不妨让我到圣保罗去住几天吧'"①。在《大街》这部小说中，旅行不仅仅起着发现乡村病毒的作用，而且也起着逃避乡村病毒和认识自身身份的作用。看到卡罗尔在戈弗镇面临的舆论压力，肯尼科特医生决定带妻子外出旅行一段时间。他带着卡罗尔来到明尼苏达州北部的杨克—基—迈特，这是奥杰布华族印第安人保留地的门户，是一个风光秀丽的湖畔和林海区。在这两天的旅行中，卡罗尔暂时摆脱了在戈弗镇被人指指点点的烦恼，增强了自信心。从杨克—基—迈特回到戈弗镇后，卡罗尔决心改变自己以前的激进方式，与这里的镇民搞好关系。

　　卡罗尔决定首先从改造自己的丈夫开始，教他欣赏诗歌。但是，肯尼科特医生虽然喜欢卡罗尔，但是对于他来说，开车旅行似乎远比欣赏诗歌有趣得多。为了从精神和文化上消除戈弗镇的愚昧，卡罗尔还决心组建戏剧俱乐部，效仿当时刚刚在美国百老汇兴起的"小剧场"演出。当她从一则广告上听说在明尼阿波利斯市将举行萧伯纳和叶芝（W. B. Yeats）等人的剧目演出时，卡罗尔恳求丈夫肯尼科特与她一起到该城市旅行看演出。于是，卡罗尔跟丈夫肯尼科特医生的旅行生活再度开始，当然，他们的这次长途旅行还是通过火车进行的。卡罗尔跟丈夫在明尼阿波利斯市度过了几天快乐的时光。他们在这个城市各处游览观光，参观世界上最大的面粉厂，到戏剧学校观摩演出，到阿波利斯市内城游览等，真是非常开心。从明尼阿波利斯市回到戈弗草原镇，卡罗尔开始指导戈镇的戏剧俱乐部进行演出。然而，戈弗镇戏剧俱乐部的成员都热衷于表演内容庸俗的闹剧而不喜欢具有一定改良社会意义的严肃剧，卡罗尔的改革计划再度失败。戈弗镇新任镇长奥利·詹森任命卡罗尔为公共图书馆馆务委员会委员，于是卡罗尔抓住这个机会对图书馆进行改革，却遭到其他委员的抵制。后来，戈弗镇来访一个"文化讲习团"，旨在向中小城市进行文化普及。这个讲习

---

① 〔美〕辛克莱·刘易斯：《大街》，第 161 页。

团燃起卡罗尔再次改革乡镇的希望，于是她全力以赴地支持这个讲习团。但是，经过几次活动后，卡罗尔发现这个文化团只不过是讲些一文不值的废话和粗野的笑话，而戈镇的乡巴佬对这些老掉牙的笑话却乐此不疲，这再一次使卡罗尔大失所望。当肯尼科特医生暗示卡罗尔他们该要一个孩子的时候，失望至极的卡罗尔再一次萌发逃离戈佛草原镇的念头。她想到在城乡之间穿越的火车，认为只有火车才能帮助她逃离这个庸俗、闭塞的城镇。在这里，刘易斯用浓墨再现了火车在现代美国人生活中的重要地位：

> 她在湖滨别墅时，非常惦念疾驰中的一列列火车。她觉得，她在镇上时就是从南来北往的火车那里知道，还有另一个时间存在。
>
> 对戈镇来说，铁路不仅仅是一种交通工具。它是一个新神，一个以钢铁为四肢，橡木为肋骨，砾石为躯体的怪物，贪婪地吞纳着数量惊人的货物。它是这里的人们为了崇拜个人财产而创造出来的一个神。正如人们在别的地方出于同样原因，把矿山、纱厂、汽车厂、大学和军队也都尊奉为神像一样。①

由于无法忍受戈弗镇的寂寞，卡罗尔每年都渴望能去美国东部旅行观光一番。她常常想象自己到了东部，一会儿瞻仰爱默生（Ralph Waldo Emerson）的故居，一会儿又在宛如翡翠牙雕一般的拍岸浪花里洗海水浴，一会儿穿着珍贵的衣服在跟一个具有贵族风度的外国人侃侃而谈。然而，肯尼科特医生总是推脱医务缠身，使得她的旅行计划泡汤。随着岁月的慢慢流逝，支持卡罗尔改革的女仆碧雅出嫁并跟丈夫离开了戈弗镇，经常与卡罗尔争论的维达·舍温为了不使自己成为一个老处女，也在39岁的时候结婚了。待在家里无事可干的卡罗尔开始与丈夫肯尼科特医生因为生活琐事争吵不休，双方甚至闹出情感出轨的风波。为了修复夫妻关系，卡罗尔和丈夫决定到加利福尼亚旅行：

> 肯尼科特夫妇俩这次出门旅行长达三个半月之久。他们看过了大峡谷、圣菲的泥砖砌成的墙垣，并从帕索乘车进入墨西哥，所以说这是他们俩头一遭出国旅行。接着，他们乘坐颠簸不堪的汽车，经由圣迪戈和拉霍亚到达洛杉矶、帕萨迪纳和里弗赛德，沿途各城镇都有许多钟楼耸立的教堂和橘子园。他们又游览了蒙特雷、旧金山和一大片

---

① 〔美〕辛克莱·刘易斯：《大街》，第379页。

> 红杉树的保护林区……四月一日，正是清空一碧如洗，罂粟花遍地盛
> 开，海滨呈现初夏风光的时候，他们终于离开了蒙特雷，踏上了
> 归途。①

三个月的旅行生活，不仅使卡罗尔暂时逃避了戈弗草原镇的病毒生
活，而且也暂时修复了她与丈夫感情方面的破裂。同时，三个月远离家
乡，也使她开始思念自己的儿子修（Hugh），思念多年来她一直想改造的
戈弗镇。卡罗尔希望，经过三个月的旅途疏离，戈弗镇会有些许的改变。
但是回到戈弗镇以后，卡罗尔发现这里一切如故，就像她压根儿没有离开
一样。镇上的居民整整一冬天的垃圾都往他们的后院堆放，待到开春再往
外清除，因此弄得市镇脏乱不堪，令人恶心。看到这种情景，卡罗尔的心
再一次凉了下来。虽然在表面上卡罗尔竭力装出心满意足的样子，可是心
里仍感到很矛盾。新近到戈镇来做地产投机生意的布劳塞（Bresnahan）先
生，在戈弗镇商会的帮助下，发起"繁荣戈镇运动"，包括肯尼科特医生
在内的戈镇市民竟都表示拥护。由于看不惯布劳塞先生那副嘴脸，卡罗尔
拒绝参与这个运动，这竟引起丈夫和其他市民对卡罗尔这个昔日的改革派
的惊讶和不满。

由于卡罗尔与丈夫和镇民们的矛盾再度激化，她觉得自己无法融入戈
弗镇，想彻底地离开。于是在十月的一天，卡罗尔带着三岁半的儿子修，
坐上通向华盛顿市的火车。虽然戈镇的地方报纸说卡罗尔去华盛顿是为了
在那里开展战时服务活动，但是个中的原因她跟戈弗镇的人都知道，那就
是逃避现实。在华盛顿的两年半时间里，虽然这个现代化城市的优美雅致
的风光曾经使卡罗尔短期内流连忘返，但是深入的生活也使她对自己和美
国有了惊人的发现：华盛顿机关里的工作照样单调乏味。正如在戈镇没有
人认为她是一个重要的人物，在华盛顿她更是芸芸众生中的一个小人物而
已。更重要的是，戈弗镇的单调和毫无生机，在美国的其他市镇同样存
在，戈弗镇的市民与美国其他城市的市民并无二致。"经过几次反叛，卡
罗尔离开了肯尼科特，来到了首都华盛顿，期望在那里找到一个自由的、
世界性的社会。然而，在那里，卡罗尔发现华盛顿人也只不过是来自全国
数以万计的戈弗镇人的杂烩而已。"②

---

① 〔美〕辛克莱·刘易斯：《大街》，第 645—647 页。
② James M. Hutchisson, *Rise of Sinclair Lewis*, *1920 – 1930*, Pensylvania：Pensylvania State University Press, 2010, p. 10.

　　还有一个现象令卡罗尔非常惊讶，虽然两年多来她主观上极力排斥戈弗镇，但是这个市镇始终萦绕在她的心头。在与来自华盛顿以外的女人谈及美国的城市时，卡罗尔甚至发现戈弗镇还比其他城市优秀。她已经从心里真正喜欢上这个城市了。最终，在丈夫肯尼科特来华盛顿看望她之后，卡罗尔这位堂吉诃德式的女主人公，再度回到戈弗镇。她已经不再做各种改良乡镇的幻想，而是极力与镇民们融为一体，心甘情愿地做起相夫教子的妻子角色，戈佛镇的改革已经不是她心头所想的事情。这表明，通过不断的旅行，卡罗尔不仅发现了美国社会的本质，而且也认清了自己的身份，意识到单凭自己一人堂吉诃德式的冒险改革，是无法触动戈弗草原镇乃至整个美国病毒的根基的。唯一的选择，就是向整个社会妥协。

　　值得一提的是，虽然卡罗尔通过不断的旅行发现美国乡镇乃至整个美国的"病毒"，她对这种"病毒"的反抗和改革却是费边社会主义式的，这反映出刘易斯本人对费边社会主义的接受。"刘易斯曾经作为一个费边社会主义者接受他的意识形态的洗礼，费边社会主义相信 H. G. 威尔斯（H. G. Wells）的合作共同体制度会逐渐取代资本主义制度。"[1] 费边社会主义一方面揭露并抗议资本主义社会的诸种弊端，另一方面又不主张采用马克思主义的暴力革命方式，而是倡导渐进式的社会改良措施，使资本主义逐渐走向社会主义。这种费边社会主义的改良，一旦遇到资产阶级的阻力和抗拒，就注定会失败，而费边社会主义者也会走向与资本主义的妥协。在小说的结尾，完全与社会妥协的费边社会主义改革者卡罗尔把实现人类社会美好的愿望寄托在她的孩子那一代身上："那女孩子在公元2000年去世以前，她的所见所闻、所作所为又会是什么样的情景呢？说不定她会看到全世界工人联合起来，人类的飞船正在驶向火星！"[2]

第五节　《愤怒的葡萄》——约德一家的
道路旅行与精神成长

　　约翰·斯坦贝克的《愤怒的葡萄》是美国20世纪30年代左翼文学或"无产阶级文学"中的代表作。"当约翰·斯坦贝克的代表作《愤怒的葡

---

① Richard Lingeman, "Sinclair Lewis", in Jay Panini, ed., *The Oxford Encyclopedia of American Literature*, Vol. 1, Oxford and New York: Oxford University Press, 2004, pp. 436 - 437.

② 〔美〕辛克莱·刘易斯：《大街》，第720页。

萄》在1939年发表的时候，共产党的机关报《每日工人》（Daily Worker）以这样一种题目赞誉它：《愤怒的葡萄》是一部伟大的无产阶级小说。"①约瑟夫·比奇（Joseph Warren Beach）也指出："《愤怒的葡萄》也许是美国20世纪30年代所创作出的无产阶级小说的最好典范。"②作为一部出色的无产阶级小说或社会抗议小说，《愤怒的葡萄》真实、严肃、典型地反映了20世纪30年代在经济危机冲击下美国破产农业工人的悲惨命运，表现了他们对资本主义压迫制度的反抗，以及对社会主义信念的象征性接受。但是，《愤怒的葡萄》不仅仅是一部无产阶级抗议小说，更是20世纪美国道路小说的杰出代表。"《愤怒的葡萄》是一部具有社会良心的道路小说，描写干旱盆地的农业工人开着破旧的汽车到加利福尼亚圣地迁徙的故事。"③事实上，《愤怒的葡萄》与纳博科夫的《洛丽塔》和凯鲁亚克的《在路上》一起被称为美国现、当代文学中的三大道路叙事小说。

作为一部道路叙事小说，《愤怒的葡萄》突出地再现了汽车和道路在美国人生活中的重要作用。从小说的第一章到最后一章，几乎每章都有关于汽车的叙述。例如，小说第2章对于"一辆巨大的红色运货汽车"的介绍预示着汽车在这部小说中起着叙事和象征载体的双重作用。斯坦贝克生动地再现了一家汽车交易市场繁忙的购车场景，作为一种特写描绘了一个无名的汽车老板与他的店员在售车时的算计。一群准备迁徙的农业工人围在道奇和别克汽车的发动机前，讨论他们的西行和购车计划。斯坦贝克不仅侧面描写汽车业在美国的发展，以及汽车在美国生活中的重要性，而且也尤其强调了汽车在约德一家西行中的重要作用。"斯坦贝克将哈德逊汽车作为约德家的一个成员，给予它传记和描写。约德家的汽车既表征着他们到加利福尼亚逃亡的原因，又是他们实现新生活梦想的载体。"④作为20世纪汽车旅行的反映，《愤怒的葡萄》用大量的篇幅表现约德一家驾车西行的过程。例如，在第13章的开端，斯坦贝克写道："那辆装载得过重的旧哈德逊车咯吱咯吱地哼叫着，在萨利索开上了公路，转向西去；太阳

① Alan M. Wald, "Steinbeck and the Proletarian Novel", in Leonard Cassuto, ed., The Cambridge History of American Novel, Cambridge, UK: Cambridge University Press, 2011, p. 671.

② Joseph Warren Beach, "John Steinbeck: Art and Propaganda", in W. Tedlock and C. V. Wicker, eds., Steinbeck and His Critics, Albuquerque: University of New Mexico Press, 1957, p. 250.

③ Andrew S. Gross, "The Road Novel", in Brian W. Shaffer, et al., eds., The Encyclopedia of Twentieth-Century Fiction, West Sussex, UK: John Wiley & Sons, 2010, p. 801.

④ Laura DeLucia, "Positioning Steinbeck's Automobiles: Class and Cars in The Grapes of Wrath", Steinbeck Review, No. 2, 2014, p. 145.

晒得刺眼。但是奥尔却在这混凝土的公路上加快了速度，因为压扁了的弹簧再也没有什么危险了。从萨利索到戈尔是 21 英里，那辆哈德逊每小时却能跑 35 英里。"①

作为一部道路叙事小说，《愤怒的葡萄》的整个叙事结构呈现出一种史诗性的旅行叙事结构，尤其是《圣经》中"出埃及记"的叙事结构。为了表现美国农业工人的"旅行和抗争"这一宏大的主题，斯坦贝克在小说里采用了史诗的结构。具体到美国文学，史诗主要不是像传统的欧洲史诗那样赞美民族的重大事件，它主要致力于表达美国意义上的英雄使命，以及不能完成这种理想的根本性矛盾。为了表现这种主题，美国作家改变史诗的常规而保留其精神，偏离文化认同的爱国主义英雄传奇叙述，而主要对一个堕落的现实进行反讽性叙说。宏大的规模、超然的视角和对旅行的主题性关注是美国史诗的主要特征。从这个意义上讲，斯坦贝克的长篇小说《愤怒的葡萄》被称为史诗毫无异议。这体现在以下几个方面。其一，斯坦贝克运用 16 个插入章和长达 100 多页的篇幅来渲染俄克拉荷马州和加利福尼亚州的社会背景、66 号公路上的逃荒实况，以及季节的自然变化，这就为读者构建了一个史诗般的背景，使读者从更为广阔的社会和历史背景下了解约德一家及以他们为代表的美国农业工人的生活状况、他们旅行的必然性，以及他们美国梦破灭的必然结局。例如，第 1 章用全景式的笔法描写俄克拉荷马州的干旱及其对人们生活和心理的影响，这就为读者揭示一个现代荒原的图景，同时也预示以约德一家为代表的季节工人通过旅行寻求新的家园的必然性。第 12 章用全景式和蒙太奇的笔法记述 66 号公路上季节工人的大逃难，以及约德一家的实际旅行，这就将一般和个别、整体性和典型性有机地结合起来。最后一个插入章亦即第 29 章描写加利福尼亚的一场暴风雨，这场雨从自然的层面上讲给旅行到加州的农业工人带来了严重的生存危机，但从社会或者宗教的层面上讲却促使他们灵魂的转化和再生。雨即水，水在西方文学中具有深刻的象征意义，即"施洗礼"和"灵魂再生"。

为了表现"旅行"和"社会抗争"这个宏大的主题，斯坦贝克有意识地在《愤怒的葡萄》中运用了《圣经》的叙事结构。《圣经》的神话叙事模式主要是"失乐园""出埃及记"和"耶稣的死亡和复活"等，它们和《愤怒的葡萄》的"旅行"叙事在结构上正好相对应。皮特·里斯卡（Pe-

---

① 〔美〕约翰·斯坦贝克：《愤怒的葡萄》，胡仲持译，上海译文出版社 1982 年版，第 137 页。

ter Lisca）指出："这部小说由三个主要部分组成：干旱、旅行和加利福尼亚。"① 乔治·厄润哈夫（George Ehrenhaf）也指出："《愤怒的葡萄》可以分为三个部分。第一部分被称为受压迫部分，指的是俄克拉荷马州的干旱和尘暴。第二部分是旅行，可以称为'出埃及记'。第三部分是加利福尼亚，亦即圣地。在这样看这部小说的结构时，我们可以看出其与圣经中的对应。"② 两位评论家的话充分揭示，《愤怒的葡萄》中的 30 章可以划分为三部分，即俄克拉荷马（第 1 章至第 10 章）、旅行（第 11 章至第 18 章）和加利福尼亚（第 19 章至第 30 章）。这三部分大体上和《圣经》的"失乐园""出埃及记"和"死亡与复活"呈结构性对应。小说的第一部分甚至可以对应约瑟夫·坎贝尔单一神话叙事中的英雄"出发"部分。即使是在第一部分和第三部分，也具有各种各样的次旅行叙事。比如在"干旱"部分的第 2 章，斯坦贝克讲述了汤姆·约德离开麦克阿里斯特监狱并在途中搭乘一辆红色卡车归家的故事。在小说的第 4 章，斯坦贝克又描写了牧师吉姆·凯绥（Jim Casy）放弃自己的牧师职业后的荒野旅行。这次旅行暗示着吉姆·凯绥的灵魂之变，预示着他将成为约德一家和其他俄克拉荷马人在西行途中的帮助者。在小说的第三部分，斯坦贝克描述了汤姆打死警察后到神秘洞穴旅行和精神上转变的故事。

在上帝派摩西前去拯救古以色列人之前，这些"上帝的选民"在埃及过着水深火热的生活。出生的男婴一律被杀死，女婴则留她们长大，以便成为埃及男人的性奴。20 世纪 30 年代发生在美国的大旱，使俄克拉荷马州成为一个现代的荒原，河水断流，田地龟裂，庄稼枯萎，牲畜渴死。再加上大银行资本家的从中盘剥，以约德一家为代表的农业工人纷纷破产，面临生存的危机。他们把没有受到干旱袭扰的加利福尼亚州当作圣经中的"迦南圣地"，于是变卖全部家产，举家西迁。小说的第 11 章到第 18 章，构成了全书最重要的"旅行"部分或道路叙事。整个 66 号公路变成了一条蜿蜒而行的长龙。斯坦贝克这样描述俄克拉荷马人西行的公路："66 号公路是主要的流民路线。66 号——这条横贯全国的混凝土的长路，在地图上从密西西比河一直蜿蜒通到贝克斯菲尔德……然后又越过沙漠通到山区，再通到加利福尼亚的富饶平原……逃荒的人们在 66 号公路上川流不息地前进，有时候是单独的一辆车，有时候是一个小小的车队。他们沿着

---

① Peter Lisca, *The Wide World of John Steinbeck*, New Brunswick and New Jersey: Rutgers University Press, 1958, p. 168.

② George Ehrenhaf, *John Steinbeck's The Grapes of Wrath*, New York: Barron's Educational Series, 1984, p. 37.

这条大路终日缓缓地行驶着。"①

西行之路漫长而艰难，道路颠簸，气候多变，各种瘟疫的侵袭，还有各州资本家的人为阻挠。对于以约德一家为代表的西行者来说，克服旅途困倦和寂寞的一个重要方式是"白日梦"，这种"白日梦"其实也就是"美国梦"。约德妈对儿子汤姆说："可是我爱想象加利福尼亚的情况有多么好。天气永远不冷。到处是水果，大家都住在一些顶好的地方，住在橙子树当中精致的白房子里……如果我们全家都有了工作，都干活了——说不定这种小白房子我们也能置一所。"② 约德爷爷更是对加利福尼亚充满想象："让我到加利福尼亚去吧……我要从葡萄架上摘一大串葡萄来，按在脸上使劲挤，让汁水顺着下巴往下流。"③ 然而，梦幻再美，终究没有能够支撑这位老头走完 2000 英里的路程，他终于倒在了西行的漫长旅途中。约德家的小儿子诺亚（Noah Joad）和罗莎香（Rose of Sharon Joad Rivers）的丈夫康尼（Connie Rivers），也因经受不了漫长旅途的困苦而在中途先后放弃西行。

为了从更深的层面上揭示现代人通过旅行获得的精神救赎，使这部史诗性小说不至于成为记述约德一家西行的琐碎故事，斯坦贝克几乎将他习得的所有关于哲学、社会学和文学的知识融进这部巨著，如科学家兼哲学家爱德华·里基茨的"群体"和"个体"关系理论、爱默生的超灵说，以及惠特曼近乎宗教式的普世之爱等。在小说第 4 章，作家引进牧师吉姆·凯绥这个人物，描写他的旷野旅行暗喻着耶稣的旷野之行。像耶稣在旷野中经受魔鬼的三次诱惑从而成为人类的救世主一样，凯绥的旷野之行也预示着他的转变，预示着他要成为约德一家和其他农业工人西行的精神导师或救世主。凯绥以前是个基督教的牧师，现在决心成为某种新思想的发言人，为人类重新确定方向。他的新思想是爱默生的"超灵说"："我想我们所爱的也许就是一切男男女女；也许这就是所谓圣灵——那一大套反正就是这么回事。也许所有的人有一个大灵魂，那是大家所共有的。"④ 这一超验主义的思想先由凯绥的口中说出，并将由约德一家和其他的家庭在西行的旅途中去实施。

在第 8 章即将旅行的时候，斯坦贝克关于"群体"和"个体"的理论通过约德妈的直觉和凯绥的饭前"布道"宣示了出来。身处女族长地位的

① 〔美〕约翰·斯坦贝克：《愤怒的葡萄》，第 132 页。
② 〔美〕约翰·斯坦贝克：《愤怒的葡萄》，第 101—102 页。
③ 〔美〕约翰·斯坦贝克：《愤怒的葡萄》，第 103 页。
④ 〔美〕约翰·斯坦贝克：《愤怒的葡萄》，第 26 页。

约德妈直觉地意识到面对家乡邪恶势力的步步紧逼和即将到来的艰难旅
行，每一个弱小的力量都不能应对，只有组成一个集体才能形成对个体的
有效保护。她对儿子汤姆说："听说我们这些被赶掉的人有上十万。我们
要是都跟他们作对，那么，汤姆——他们就不能捉到什么人了。"① 约德妈
的这种靠直觉得来的想法在凯绥的"布道"中得到更明确的阐释："我想
我们成了一体，我们也就神圣了，人类成了一体，人类也就神圣了。"② 约
德妈和牧师凯绥所倡导的群体求生思想在他们西行的路上正式开始实施。
首先是威尔逊一家和约德一家联合起来共渡难关，这是在旅行途中面临艰
难困苦时他们感悟到的从"我"到"我们"或者从"个体"到"群体"
的开始。在西行的途中，人们从"我"到"我们"，以及惠特曼式的普世
之爱的观念进一步加强，斯坦贝克尤其描写了宿营地西行的人们群体求
生、普世之爱和爱默生式的自助行为：

> 到了晚上，奇怪的事情发生了：二十家变成了一家，孩子们都成
> 了大家的孩子。丧失了老家成了大家共同的损失，西部的黄金时代成
> 了大家共同的美梦……晚上坐在火边，二十家人便成为一家了。他们
> 变成宿营地的组成单位，变成共同过夜的组成单位了……于是领袖出
> 现了，种种的法律制定出来了，种种的规则产生了。这些世界一面向
> 西迁移，一面也就逐步完备起来，因为那些建造者对于建成这种世界
> 越来越有经验了。③

到了全书的第19章，约德一家和其他的西行家庭终于来到了他们梦
想的加利福尼亚。然而加州并非他们所想象的迦南圣地，这块盛产葡萄的
乐园早已异化为富人的天堂和穷人的地狱。那里的工作很少，大农场主还
联合起来压低工资标准，并派警察来骚扰这些难民。更有甚者，唯利是图
的加利福尼亚农场主们宁可把葡萄、橙子、土豆放火烧掉，把出栏的猪用
生石灰埋起来，也不让饥饿的俄克拉荷马难民食用。于是，这些西行的俄
克拉荷马人得到了对于加利福尼亚这个所谓的迦南圣地的悲剧性认知：
"于是，在人们的眼里，可以看到一场失败；饥饿的人眼里闪着一股越来
越强烈的怒火。愤怒的葡萄充塞着人们的心灵，在那里成长起来，结得沉

---

① 〔美〕约翰·斯坦贝克：《愤怒的葡萄》，第93页。
② 〔美〕约翰·斯坦贝克：《愤怒的葡萄》，第100页。
③ 〔美〕约翰·斯坦贝克：《愤怒的葡萄》，第248—249页。

匐匐的，准备着收获期的来临。"① 面对这一新的困厄，他们精神上开始顿悟了。"在迁徙过程中心灵的教育赋予得到启蒙的约德一家关于人类团结的知识，一种吉姆·凯绥应许他们的'家园'幻景——一句话，应许之地。从这个视角来看，约德一家到应许之地加利福尼亚的旅行，就象征着人类从地上寻求天堂的旅行。作为'选民'的以色列孩子最终到达了应许之地，约德一家也到达了目的地，但不是地理意义上的目的地，而是存在于人类精神上的目的地。他们在旅途上的磨难教会约德一家一个真理，那就是救赎之路存在于善良、忍耐、合作和永不放弃的信仰之中。"② 尽管约德一家在加利福尼亚州一再忍耐，他们为了生存还是被迫与镇压工人的当地警察发生了冲突，汤姆打死了一名警察。凯绥为救汤姆而甘愿代人受过，就像耶稣为拯救世人而被钉上十字架一样。对于凯绥来说，监狱的日子仍然像耶稣在旷野度过的日子。在那里，他感悟了人生的真理，认为人性的堕落是因为贫穷，而摆脱贫穷的唯一办法就是组成一个群体来和压迫者抗争。因此，凯绥出狱后积极组织领导工人进行罢工斗争，却不幸被农场主的走狗杀害。凯绥作为一个拯救人类的救世主走完了他人生的历程，他的死教育了汤姆，使其从个人主义的窠臼中最终摆脱出来，将自己的灵魂融入群体的大灵魂中，并成为一个先知。"在通往圣地的旅行中，汤姆是一个摩西式的人物。像摩西一样，他曾经杀死一个人，在重新加入他的族人并成为族人的领袖之前曾经离开一段时间。像摩西有个名叫亚伦的弟弟一样，汤姆有一个名叫艾尔的弟弟来为他这位领袖服务。在到达目的地之前，汤姆听说并拒绝了那些曾经到达过加利福尼亚的人关于这块圣地的负面报道。"③

汤姆打死杀害凯绥的敌人后藏在一个幽暗的洞穴，这个洞穴既是旷野的象征，又是子宫的象征。汤姆从洞穴中走出，以及和母亲的告别象征着耶稣从旷野中获得启示和灵魂的新生。他对母亲说："也许凯绥说得对，一个人并没有自己的灵魂，只是一个大灵魂的一部分……到处都有我……不管你往哪一边望，都能看见我。凡是有饥饿的人为了吃饭而斗争的地方，都有我在场。凡是有警察打人的地方，都有我在场……我们老百姓吃

① 〔美〕约翰·斯坦贝克：《愤怒的葡萄》，第402页。

② P. Balaswamy, "The Chosen People in the Promised Land: The Allegorical Structure of *The Grapes of Wrath*", in Manmohan K. Bhatnagar, ed., *Twentieth Century Literature in English*, Vol. 1, New Delhi: Atlantic Publishers & Distributors, 1996, p. 168.

③ Harold Bloom, *John Steinbeck's The Grapes of Wrath*, New York: Infobase Publishing, 2005, p. 59.

到了自己种的粮食，住上了自己造的房子的时候……我都会在场。"①

至此，汤姆在灵魂中完成了从"小我"到"大我"的转变，他踏入人生的新的征途，投入为人民谋利益的宏大的事业中去。汤姆的转变也深深地影响了约德妈，她从儿子身上看到了博爱和人类救赎的希望。她和家里其余的人经过暴风雨的洗礼后迁移到山上的一个仓棚中，在那里他们看到了一个行将饿死的男人。约德妈给女儿罗莎香一个意味深长的目光，女儿便躺在那个挨饿的男人身边，将奶水喂给他。这一崇高的行为标志着罗莎香从一个极度自私、只关心自己腹中孩子的女人升华为人类的伟大之母，她的转变标志着约德一家彻底完成自己的人生之旅。他们经过旅行虽然没有得到物质的乐园，但是在精神上却获得了升华和救赎，进入了崇高的境界。

第六节　小结

美国"左翼文学"产生、发展与没落的时段较长，从"一战"前持续到 20 世纪 40 年代末，它与"迷惘的一代"文学在时间和人员组成方面产生了许多交叉现象。许多"左翼"小说家，就是从"迷惘的一代"发展而来，例如约翰·斯坦贝克、约翰·多斯·帕索斯和辛克莱·刘易斯等。他们的左翼思想也是从对美国社会的失望和对前途的迷惘逐渐发展成对美国社会现实的愤怒和抗议。像"迷惘的一代"作家那样，"左翼作家"尤其是 20 世纪二三十年代的左翼作家，也都有广泛的旅行经历，虽然他们的旅行经历主要发生在美国国内，而不像海明威和费茨杰拉德那样主要是在国外。作为广泛旅行的文学发生学反映，"左翼作家"的小说中具有大量的旅行叙事。但是，由于作家本人的创作思想不同，作品中的旅行叙事结构和主题也不尽相同。杰克·伦敦年轻时具有广泛的历险式经历，他的小说《荒野的呼唤》就明显地采用了历险（adventure）式线性叙事结构。在小说开始的时候，巴克的旅行具有被动性，在旅行载体的选择方面没有主动权，只能被狗贩子囚禁在笼中，乘火车和轮船到达遥远而又寒冷的淘金地。火车和轮船在杰克·伦敦那个时代是先进的旅行工具，但是对于巴克这只受难的狗来说，先进的交通工具不是它旅行激情的载体，而是流动的囚笼，或者说资产阶级囚禁无产阶级的移动监狱。辛克莱·刘易斯自幼受

---

① 〔美〕约翰·斯坦贝克：《愤怒的葡萄》，第 553 页。

西班牙作家塞万提斯的影响，因而他的小说尤其是《大街》具有堂吉诃德漫游式的叙事结构。为了方便自己堂吉诃德式的漫游，女主人公卡罗尔·米尔福德选择了当时几乎所有的现代化交通工具，火车、公共汽车和私家车。这些现代化的交通工具既能承载她到乡镇去浪漫地反抗乡村病毒，又能帮助她在遇到乡镇邪恶势力的阻力时进行逃遁。约翰·斯坦贝克的《愤怒的葡萄》旨在表现俄克拉荷马州佃农的西行逃难和社会抗争，因而小说采用了"出埃及记"的叙事结构。对于这些以家庭为单位进行逃难的俄克拉荷马人来说，卡车是必备的旅行工具。它们不仅是西行加利福尼亚的旅行载体，而且又是将整个家庭连接在一起的精神纽带。正如谢尔比·斯莫克（Shelby Smoak）所言，"约德一家的哈德逊牌汽车是一个移动的家庭中心。当这辆汽车将一家人团结在一起并强调彼此忠诚的时候，这个家庭经历了神圣的洗礼"①。

---

① Shelby Smoak, *Framing the Automobile in Twentieth Century American Literature: A Spatial Aproach*, p. 94.

第六章　失落的旅行：南方小说家笔下的旅行叙事

在美国地理和文化史上，曾经为"内战"前的"南联邦"所属的南方 11 州，不仅具有地理层面的意义，更具有文化层面上的意义。在文化层面上，南方总是与落后的种植业、蓄奴制、贵族的没落、战争的惨败等意识联系在一起。但是落后的经济基础和社会意识并不必然决定那里的文学创作落后于时代。在 20 世纪 30 年代，以威廉·福克纳、罗伯特·潘·沃伦、托马斯·沃尔夫、弗兰纳里·奥康纳等为代表的一批南方作家，以美国南方独特的历史背景和社会现实作为表现材料，创作出一大批令美国其他地区尤其是北方作家耳目一新的作品，这一现象也被评论界称为"南方文艺复兴"。尽管南方文学作品在许多方面不同于同一时期美国其他地方的文学创作，但是它们毕竟属于美国，受制于美国民族心理中"旅行情结"的影响。同时，北方高速公路向南方的延伸，以及汽车在南方的普及也深深地影响到南方的经济结构和思想意识。但是，由于美国南方人心理中的保守性，他们在旅行的时候对于交通工具的选择就可能不同于北方作家。因此，在 20 世纪的美国南方小说中，马车、汽车和火车作为旅行的载体得到褒贬不一的表现。威廉·福克纳倾向于书写马车旅行，借以表现对南方失落文化的哀伤；托马斯·沃尔夫喜欢表现火车旅行，借以揭示现代性进程对南方传统意识的影响；弗兰纳里·奥康纳则希望再现汽车旅行所造成的暴力犯罪，借以讽刺汽车作为现代暴力犯罪工具对南方社会机制的破坏。

第一节　南方文学与南方小说家的旅行生涯

1938 年，当经济危机步入中期的时候，美国总统富兰克林·罗斯福

(Franklin Roosevelt）宣称美国南方是这个国家的一号经济问题。罗斯福总统所言的美国南方，不仅具有地域的含义，而且具有文化的内涵。从地域上看，美国南方指涉历史上"南联邦"统治下的 8 个州：亚拉巴马、阿肯色、佛罗里达、佐治亚、路易斯安娜、田纳西、得克萨斯和弗吉尼亚。但是，根据盖洛普民意测验，"南方"除此 8 州外还应包括俄克拉荷马和肯塔基。但是从文化意义上讲，美国南方却迥异于美国的北方、东方、西方等其他区域。美国南方人所维护的独特历史和现实使得他们在身份上区别于美国任何一个地方的人。正如吉姆·雅各布森（Jim Jacobson）所言：

> 南方与美国其他地方截然不同。数以千计的美国北方人和外国人曾经迁徙到那里……但是他们不会成为南方人。因为南方仍然是一个你要么出生在那里、要么你在那里"有人"的地方，以便让他们感觉你是本地人。本地人会告诉你这一点。他们作为美国人而感到骄傲，但是他们也为作为弗吉尼亚人、南卡罗来人、田纳西人、密西西比人和得克萨斯人而感到骄傲。但是他们也意识到另一种忠诚，一种超越国家爱国主要和本州自豪感的惯常纽带的忠诚。这是一种对一个拥有很强的习性和漫长记忆地区的忠诚。如果这些记忆能够言说，它们就会讲述一个曾经被历史强烈地塑型并决心将这种记忆传给未来几代人的一个地区的故事。[1]

提起美国的南方，人们马上会联想起落后的种植业、蓄奴制和种族主义的罪愆、贵族社会的没落、美国南北战争的惨痛，以及意识形态的保守主义等。尽管在内战胜利后南方被迫归顺了国家，联邦政府也采取措施促进南方经济的发展，但是文化的巨大差异仍然存在，许多人在思想上仍然存在着巨大的耻辱感，以及对于过去南方没落阶级生活的留恋。这种意识形态的禁锢和落后的生产方式，一直延续到 20 世纪 30 年代。在罗斯福总统谈到南方的时候，这个积重难返的南方社会，无论是教育程度、工业化水平还是人均财富，都远远地落后于美国的其他地方，成为美国其他地区嘲弄的对象。然而，经济基础并不总是决定上层建筑。尽管南方社会的经济在 20 世纪 30 年代仍然远远落后于美国其他地区，美国的南方文学却异军突起，产生出一大批以威廉·福克纳、托马斯·沃尔夫、罗伯特·潘·沃伦、尤多拉·韦尔蒂、艾伦·格拉斯哥（Ellen Glasgow）、弗兰纳里·奥

---

① Jim Jacobson, *Heritage of the South*, New York：Crescent Books, 1992, p. 10.

康纳、威廉·斯泰伦为代表的优秀作家。这就是所谓的"南方文艺复兴"。这次地域文艺复兴运动的主力军是小说家，他们的创作主题主要体现在历史记忆和现实存在的矛盾性方面。正如刘易斯·辛普森（Lewis P. Simpson）所言：

> 20 世纪二三十年代的南方小说家把注意力集中在一个新奇但又是时代错误的奴隶社会的及其历史余波上——那个社会梦想成为一个现代民族国家，同时又再现宗法社会；既成为工业机械世界的一个主要原料供应者，同时又成为逃避那个世界的田园诗天地。这些南方小说家意识到了南方有可能成为历史十字路口的一种代表。他们在南方小说中创造了一出有关自我与历史的动人戏剧。①

辛普森所言的时代错误就是奴隶社会的历史及其历史余波，就是蓄奴制和南北战争的失败对当下南方社会的影响，这种影响主要体现在种族冲突的继续存在、南方贵族社会的没落，以及家庭伦理观的淡化等。进入 20 世纪 20 年代以后，南方通过"文艺复兴"运动重新进入世界的视线。但是，"南方文艺复兴"作家关注的主题，仍然是南方沉重的历史负担。正如艾伦·泰特（Allen Tate）所言，"南方进入了世界，但是在跨越世界边缘的时候却向后看。向后的一瞥使我们有了南方文艺复兴，一种在现在意识到过去的文学"②。然而，尽管 20 世纪初叶的南方作家的叙事体现南方独特的历史文化特征，但它们毕竟属于美国文学的一个部分，仍然或隐或显地继承了美国文学的基本特征，尤其是旅行叙事。"作为一种口头激励的文学，叙事中的南方旅行充满了奴隶制的诅咒，同时历史的负担也是南方文学的负担，那就是记忆。所有的作品都涉及南方旅行的故事，以便揭示出一个位于艺术与种族十字路口的致命的身份。"③ 为了发现和表现这种叙事和主题，美国 20 世纪初叶的南方小说家，也都像他们的父辈马克·吐温一样，具有各种背景的旅行经历。其中最为有代表性的是威廉·福克纳、托马斯·沃尔夫和弗兰纳里·奥康纳等。

---

① 〔美〕刘易斯·P. 辛普森：《南方小说》，载丹尼尔·霍夫曼主编《美国当代文学》（上），中国文联出版公司 1984 年版，第 213 页。

② Allen Tate, "The New Provincialism", *Virginia Quarterley Review*, No. 21, Spring 1945, p. 272.

③ Candace Waid, *The Signifying Eye: Seeing Faulkner's Art*, Athens: University of Georgia Press, 2013, pp. 39 – 40.

　　对于威廉·福克纳来说，促使他成为20世纪"南方文艺复兴"一面旗帜的重要因素就是他的家庭历史和旅行。福克纳的曾祖父被称为"老上校"，17岁的时候只身离开故乡田纳西州，千里迢迢地来到密西西比北部的里普利镇，建立了自己的种植园。在南北战争中，"老上校"曾经率兵与北方军队进行抗争，内战失败后也仍然是地方上的一个强势人物。他拥有大庄园，有许多黑奴为他服务，只是在后来与竞争对手的冲突中死于非命。福克纳的祖父"小上校"也非等闲之辈，只是他不想卷入南方的时代冤仇，才举家从里普利镇迁徙到奥克斯福德镇。尽管两地的地理距离不远，但是其间人迹罕至的山脉、树林和河流仍然给他们的迁徙之旅带来一定的困难。福克纳一家在祖荫的庇护下，过着当地上层社会的生活，他们有宽敞的住宅和黑人的伺候。一个叫卡洛琳·巴尔（Caroline Barr）的黑人大妈，从小负责照料福克纳的生活，给他讲过许多奴隶时代与内战的故事，以及三K党的残暴。受南方的历史和现实环境的熏陶而长大的福克纳，在日后的文学创作中将他的祖先及其相关人物的经历作为小说中各种人物的原型。正如福克纳本人所言，"老一辈的故事经过祖父、姑婆、黑佣人及乡邻一遍又一遍的叙述，已变得像陈酒那样又醇又香了"[1]。当然，这只是从作品的素材而言的。促使这些又醇又香的南方生活素材成为小说经典的重要因素是文学的表达手法，而这种文学手法是福克纳通过旅行和学习发现的。

　　福克纳最初的旅行在他那"邮票般大小"的故乡拉法特耶县进行。这个后来被福克纳称为"约克那帕塔法县"的小县城，西边三十英里处是一个三角洲，林木葱郁，犹如一个世外桃源。南边几英里处有一条河流，成为该县的南线界标。像马克·吐温笔下的汤姆·索亚（Tom Sawyer）一样，幼年的福克纳在这片贴近自然的荒野进行了快乐的历险。这种贴近自然的生活使福克纳能够像马克·吐温笔下的汤姆·索亚，通过荒野的游历来保持一颗未被文明社会同化的纯真灵魂。正如美国评论家弗里德里克·卡里（Frederick R. Karl）所言："小镇生活和独特的林中经历，使福克纳远离大城市和移民的价值观。"[2] 在福克纳看来，神妙莫测的大森林是一个绝妙的自然空间，它不仅给人以宗教的启示，也给人以精神的引导。然而，随着人们拓荒进程的开展和机械文明的逼近，以奥克斯福德镇所在区

---

① 李文俊：《福克纳传》，新世界出版社2003年版，第4页。
② Frederick R. Karl, *William Faullmer: American Writer*, NewYork: Ballantine Books, 1989, p. 59.

域为代表的原始荒原却在日益减少。荒野的日渐消失对于自幼在荒野中旅行和历险的福克纳来说无疑是一种精神上的打击。

福克纳最早的城市之旅的目的地是孟菲斯市，距离奥克斯福德镇不过几十英里。"在福克纳的一生中，最早的也是永久重要的城市阅历是他的家乡附近的孟菲斯市。作为一个北方密西西比人，福克纳很早就经常光顾那个城市，而那个城市也将成为福克纳离开家乡步入一个更大的世界的参照坐标。"① 福克纳最早到孟菲斯的旅行发生在童年时期，那时他的父亲因为酗酒经常犯病，需要被带到孟菲斯市郊外的一家医院进行治疗。在此期间，福克纳和他的兄弟们总是乘着有轨电车到孟菲斯，以便观看这个大城市的精彩。长大以后，福克纳在菲尔·斯通（Phil Stone）的引领下甚至光顾了孟菲斯的赌场、妓院。孟菲斯市以其邪恶而著名，福克纳通过不断的旅行领略那里的赌博、嫖妓和非法贩卖私酒的文化。1918年，当青梅竹马的恋人艾斯特尔·奥尔德哈姆（Estelle Oldham）与另一个男人订婚的时候，福克纳碍于情面离开了家乡。"他辗转奔波于几个城市之间，这次旅行对他的人生产生了戏剧性的影响，不仅影响了他的世界观，而且也影响了他的文学艺术。"②

康涅狄格州的纽黑文市，是福克纳离开密西西比州后而旅行到过的第一个城市，在那里他跟一个名叫菲尔·斯通的耶鲁大学学生再次相遇。福克纳与菲尔·斯通的相识，缘于1914年夏天的一次在密西西比三角洲的荒野旅行中，这块三角洲狩猎营地正是菲尔·斯通父亲的属地。"1914的年夏天，福克纳与一位比他大四岁半的大学生相遇了。这件事对他进入文坛起了相当大的作用。这个青年的名字叫菲尔·斯通……这是福克纳遇到的第一个真正的知识分子。他熟悉当前西方的文学情况，读过许多新潮作品……通过菲尔·斯通，福克纳对文学的认识从19世纪进入一个新世界，亦即现代主义文学世界。"③ 在纽黑文市期间，福克纳曾跟随菲尔·斯通到耶鲁大学听课，感觉耶鲁大学的文化传统远比他故乡的密西西比大学丰富多彩。1917年，随着美国介入第一次世界大战，美国的年轻人心中燃起一股参战的热潮。身在纽黑文的福克纳也受到感染，他不顾菲尔·斯通的反对，执意到纽约市去报考美国空军。几经周折，福克纳于1918年6月被英国皇家空军加拿大飞行队录取，被派到加拿大多伦多市受训。这是福克

---

① Taylor Hagood, "Cosmopolitan Culture: New Orleans to Paris", in John T. Matthews, ed., *William Faulkner in Context*, Cambridge: Cambridge University Press, 2015, p. 71.

② Taylor Hagood, "Cosmopolitan Culture: New Orleans to Paris", p. 72.

③ 李文俊：《福克纳传》，第7页。

纳的第一次出国旅行，属于军旅的性质。在去多伦多的途中，福克纳一路经过巴尔的摩、费城、华盛顿等大城市，用一个年轻人的眼光来观看美国的城市。"正如他把纽黑文比作他年轻时所游历的大都市一样，福克纳也将多伦多市与孟菲斯进行比较。这个城市不仅要大得多，而且他还发现了一种不同的风味。在写给母亲的一封信中，他说道：'这的确是一个具有英国风味的地方——伦敦。'"① 然而福克纳的军旅生涯并没有完全实现，同年 11 月，"一战"结束，福克纳也随之复员回到家乡，人们见到的是一个留着小胡子、走路一瘸一拐、穿着一套英国军官服、夹着英式拐杖的"伤残老兵"的形象。

　　1921 年，福克纳再度离开故乡，到纽约谋生。在一个名叫斯塔克·杨（Stark Young）的作家和评论家的帮助下，福克纳在一家书店找到了一份售货员的工作。虽然对售书的工作并不怎么擅长，福克纳却深受书店女老板伊丽莎白·普劳尔（Elizabeth Prall）的赏识，这位女老板日后成为著名作家舍伍德·安德森的妻子。可能是乡土世界观形成的缘故，福克纳在外总是待不惯，时间稍长就会思乡。因此，1921 年 12 月，福克纳离开纽约，回到故乡奥克斯福德镇。朋友们为福克纳找到了一份在密西西比大学邮政所当所长的工作，但是这位日后的大作家似乎对邮政所所长这个职位根本不上心，总是躲在柜台深处看书写作，非要等客户用硬币敲击柜台多次才慢吞吞地出来应付差事。校方要求寄送的印刷品，福克纳干脆扔进垃圾桶。天气不好的时候，福克纳跟朋友们躲在邮政所打牌喝酒；天气晴朗的时候，福克纳干脆锁上邮政所大门，到草坪上去打高尔夫球。屡屡接到投诉的州邮政局终于把福克纳给开除了，而福克纳对此的反应是："感谢上帝，从今以后我再也不用听从任何一个有两分钱买邮票的龟孙子的使唤了。"② 具有讽刺意味的是，虽然福克纳不愿与邮票打交道，但是他的一生却把"像邮票那样大"的故乡表现得入木三分。正是因为如此，在 1979 年福克纳诞辰 90 周年纪念庆祝的时候，美国邮政署发行了 5000 万张价值 20 美分的福克纳邮票。

　　但是，对福克纳小说创作影响最大的是他的新奥尔良之旅。"对福克纳的小说创作影响最大的城市是新奥尔良。"③ 1924 年 1 月，福克纳离开家乡，前去新奥尔良。福克纳的此次新奥尔良之行，具有重要的目的，那

① Taylor Hagood，"Cosmopolitan Culture：New Orleans to Paris"，p. 72.
② 李文俊：《福克纳传》，第 11 页。
③ Taylor Hagood，"Cosmopolitan Culture：New Orleans to Paris"，p. 74.

就是寻求文学创作方面的指导。在那里，福克纳遇到了自己文学创作方面的第二个导师，舍伍德·安德森。这位美国著名作家是福克纳在纽约打工时的书店老板伊丽莎白·普拉尔的丈夫。在普拉尔的热情介绍下，福克纳与安德森得以相识，后者不仅给他进行具体的文学指导，而且还建议自己的出版商出版福克纳的第一部小说《士兵的军饷》（Soldiers' Pay）。这是福克纳走向小说创作的重要开端。

在当时的美国人眼里，文学家成名有一个秘而不宣的捷径，那就是美国文学家要想尽快地获得本国的认可，就必须首先在欧洲获得认可。例如19世纪的华盛顿·欧文（Washington Irving），20世纪的罗伯特·弗罗斯特（Robert Frost）和卡尔·桑德堡（Carl Sandburg）等。菲尔·斯通也建议自己的"学生"福克纳走这条捷径。于是在 1925 年 8 月，福克纳和朋友斯普拉特林结伴到欧洲旅行。他先后到过意大利的热那亚、瑞士、法国，在巴黎的卢森堡花园租房子旅居。1928 年 10 月，福克纳还到英国旅行过一次。等他再回到巴黎的时候，得知他的第一部小说《士兵的军饷》已经被出版社同意出版，并能预先支付 200 美元的稿费。闻知这一喜讯，福克纳就更想回归家乡了。他无法像海明威、菲茨杰拉德等"迷惘的一代"的作家那样，终年待在欧洲。虽然福克纳在欧洲旅居三年之久，但这段海外旅行经历对福克纳的成名并无大的影响。福克纳不像华盛顿·欧文、海明威等旅居国外的作家那样，能与欧洲的作家和文学评论家进行广泛的交往。福克纳性格内向，不善于与人交往，他在巴黎的时候只是从远处看到过詹姆斯·乔伊斯（James Joyce）。

在此后的岁月里，福克纳主要在他的故乡奥克斯福德居住，从事小说创作。在此期间，他也会偶尔中断写作，跟朋友们到林中去进行短暂的狩猎之旅。除了这些对他来说至关重要的林中探险之外，福克纳也偶尔到纽约和好莱坞去旅行。正是这一段岁月的静心写作，福克纳在小说创作方面达到炉火纯青的地步，终于在 1950 年获得诺贝尔文学奖。在人生的最后几年，福克纳又像年轻时候那样开始广泛旅行了。他去位于纽约的美国文学和艺术学会做过演讲，参观过西点军校。福克纳于 1962 年 6 月回到故乡奥克斯福德镇，不久因心脏病发作而去世。

托马斯·沃尔夫虽然在 37 岁的时候就英年早逝，但是旅行在他短暂一生中的分量并不轻。1900 年 10 月 3 日，沃尔夫出生在北卡罗来纳州的阿什维尔镇。4 岁的时候，沃尔夫就到圣路易斯市旅行，因为他的母亲茱莉亚·沃尔夫（Julia Wolfe）在那里开了一家旅店，接待世界博览会的旅客。旅居在圣路易斯市的时候，幼小的沃尔夫目睹过兄长格罗维尔

(Grover) 的病死。为了摆脱丧子的痛苦，沃尔夫的母亲带着其余的几个孩子返回故乡阿什维尔。1906 年，沃尔夫的父母关系破裂，母亲带着最小的儿子托马斯·沃尔夫离开原来的家，到这个城市的另一端租房居住。年幼的沃尔夫在这个号称"老肯塔基家园"的陌生环境中生活得并不开心，好在跟随母亲生活使得沃尔夫经常有机会进行旅行。"汤姆经常跟母亲在南方旅行，茱莉亚通常在冬天把她的公寓出租出去，到别的州进行旅行，以便保养身体、进行炒房或者让自己的儿子了解一下这个国家。从 1907 年冬天到 1916 年，母子俩去佛罗里达旅行，先后参观了圣彼得堡、杰克逊维尔、圣奥古斯丁、代托纳比奇和棕榈滩，还到了路易斯安那州的新奥尔良。"① 在 1913 年，沃尔夫又跟母亲到首都华盛顿旅行，目的是观看托马斯·伍德罗·威尔逊（Thomas Woodrow Wilson）总统的就职典礼。

1916 年 9 月，尚不满 16 岁的沃尔夫离开阿什维尔家乡，到北卡罗来纳大学教堂山分校就读。由于来自一个小镇，沃尔夫在这个新的环境中有一种局外人的感觉。当老师要求每个学生都写一篇名为"我是谁"的作文时，沃尔夫毫无羞涩地讲述了他在家乡的生活，而他的同学们却认为这篇作文纯属虚构。然而这次自传性写作试验却预示了他未来的文学创作之路。到大学三年级的时候，沃尔夫已经在文学创作的道路上初露锋芒，开始涉猎诗歌和戏剧的创作。1920 年 9 月，从北卡罗来纳大学教堂山分校毕业后，沃尔夫又在母亲的资助下到位于马萨诸塞州波士顿市的哈佛大学深造，跟当时著名的戏剧学教授乔治·贝克（George P. Baker）学习戏剧创作。不过，沃尔夫在哈佛大学的戏剧深造并不成功。当他带着自己的剧本《欢迎来到我们的城市》（Welcome to Our City）兴冲冲地到纽约碰运气的时候，纽约这个大都市似乎并不怎么欢迎这个初出茅庐的文学小子。由于剧本不被纽约的任何剧场接受，沮丧的沃尔夫只得不情愿地到纽约大学教授英文。

幸运的是，在纽约大学的这个教职给沃尔夫提供了旅行的机会，这是他多年来的抱负。正如丹尼尔·巴斯（Daniel Barth）所言，"他（沃尔夫）此后主要生活在纽约，但是广泛旅行，在英国、法国和德国先后住过一段时间"②。1924 年 10 月，沃尔夫乘船去英国，随后又到达法国和意大利。沃尔夫在旅行的过程中随时写日记，他的旅行日记后来发表在家乡阿

---

① Ted Mitchell, *Thomas Wolfe: An Illustrated History*, New York: Pegasus Books, 2006, p. 36.

② Daniel Barth, "Thomas Wolfe's Western Journeys", *Western American Literature*, Vol. 26, No. 1, Spring 1991, p. 39.

什维尔的报纸上。1925 年 8 月，沃尔夫从欧洲回到纽约，在旅程结束前的
一个夜晚，他邂逅了一生中对他影响最大的一个女人。这个女人名叫艾
琳·伯恩斯坦（Aline Bernstein），比沃尔夫大 19 岁，是一位时装设计师，
一个拥有两个孩子的已婚母亲。艾琳对沃尔夫的文学才华非常自信，并在
精神和财政上支持这位青年的文学创作。1926 年 7 月，沃尔夫和艾琳乘不
同的游轮再赴欧洲旅行，到达欧洲后沃尔夫正式向艾琳求婚，但是艾琳并
不想与在纽约华尔街做股票经纪人的丈夫离婚。艾琳回国后，沃尔夫独自
留在英国，创作他的第一部小说《哦，迷失！》（O Lost），主题是所有的
人都很孤独和陌生。同年 11 月，沃尔夫又到德国去旅行，对这个国家和
这个国家的人民产生了一种本能的亲近，因为他父亲的祖籍就是德国。在
沃尔夫步入 20 岁的时候，他的处女作也基本完成。但是这部洋洋洒洒的
小说仍然缺乏形式，长达 33 万字，是一般长篇小说的 3 倍，而且严格地
讲不属于任何文学范畴。由于国内所有的出版社都拒绝出版这部所谓的
"小说"，沃尔夫只得再次奔赴欧洲，在各个城市疯狂地奔波，的确如小说
的题目所言"迷失"了。正是在欧洲奔波期间，沃尔夫收到了来自纽约著
名出版商查尔斯·斯克里布（Charles Scribner）父子公司的消息，该公司
对他的书稿颇感兴趣。于是沃尔夫马不停蹄地回到纽约，并在 1929 年 1
月与该出版公司的高级编辑麦克斯韦·珀金斯（Maxwell Perkins）相见。
在珀金斯的建议下，沃尔夫对小说的枝蔓进行大刀阔斧的修改，并重新给
小说取名《天使望乡》，这就是沃尔夫的小说处女作。

　　在沃尔夫人生的最后几年，他还到美国西部各州旅行过两次。一次是
在 1935 年，另一次是 1938 年。早在孩提时代，沃尔夫就曾经随母亲观
看过在圣路易斯举办的 1904 年世界博览会，自那时起，沃尔夫就梦想到
密西西比河以西的广袤土地去看看。在一封写给母亲的信中，沃尔夫这样
说道："美国是一个巨大的国家，我希望有一天能将它看个遍……有一天
我也想去看看遥远的西部，在我死前希望探索整个国家。"① 1935 年夏天，
沃尔夫去美国西部旅行的梦想终于实现了。那一年，沃尔夫的第二部小说
《时间与河流》（Of the Time and the River）出版并受到评论界的好评，位于
博尔德市的科罗拉多大学召开的夏季作家研讨会向沃尔夫发出参会的邀
请。在做好会议发言的准备后，沃尔夫登上了驶向科罗拉多的火车。途
中，沃尔夫给母亲写信说，"我期望着我的西部旅行，打算一路走到太平

---

① David Herbert Donald, *Look Homeward*: *A Life of Thomas Wolfe*, Boston: Little Brown, 1987,
p. 333.

洋沿岸"①。参加完在科罗拉多大学举行的作家研讨会以后，沃尔夫在友人的陪同下游历了科罗拉多的第二大城市斯普林斯、新墨西哥州的圣达菲市和陶斯市，从陶斯市坐火车又去了加利福尼亚州的洛杉矶。沿途，沃尔夫参观了大峡谷，为大峡谷的壮丽风景所震撼，感叹道："我开始意识到我以前关于这个国家所说过和写过的东西多么微不足道。"②离开洛杉矶后，沃尔夫又去了旧金山，这个城市自1908年以来在他的想象中始终占有一席之地。沃尔夫漫游在旧金山的街道中，赞叹这个城市的生机和多元性。沃尔夫还到位于圣克鲁慈山脉的大盆地旅行，有生以来第一次看到红杉林，那种美景使沃尔夫甚为惊愕。若不是他的经纪人珀金斯催促他回纽约处理一些文学和法律的问题，沃尔夫本想沿着太平洋海岸向西北继续旅行。

　　1938年5月，就在沃尔夫去世前的几个月，他接到一封信，邀请他出席在普渡大学举办的文学宴会。正如接受在科罗拉多大学举办的文学研讨会邀请那样，沃尔夫决定利用这个机会再次到西部旅行。在5月17日，沃尔夫登上了驶向印第安纳波利斯市的火车。在普渡大学做完报告后，沃尔夫劝说他新结交的朋友陪同他去芝加哥旅行。沃尔夫第一次坐上流线型的火车，驶向丹佛市。离开丹佛市后，沃尔夫又向北驶向怀俄明州首府和最大城市夏延市，然后向西穿过怀俄明州，来到爱达荷州首府博伊西市。在7月初，沃尔夫来到俄勒冈州的最大城市波特兰，然后去西雅图。从一开始，太平洋西北岸的广袤土地就在沃尔夫的心中产生了震撼，他写道："这是一片适合神灵生活的土地……你从没有看过任何在规模、壮观和丰腴方面超过它的……你感觉它无垠无界，相比之下，东部就显得渺小和贫瘠。"③在朋友的陪同下，沃尔夫又向南游历俄勒冈州南部的火山口湖国家公园、加利福尼亚的约塞米蒂国家公园和巨杉国家公园，穿过莫哈维沙漠，到达亚利桑那州的大峡谷、犹他州的布莱斯大峡谷、怀俄明州的黄石公园和蒙大拿州的冰川，最终在西雅图结束这次旅行。关于这次西部旅行，沃尔夫在书信中有详细的描述："这次旅行真是太精彩了……在最后的两周里，我行驶五千多英里，从西雅图几乎到了墨西哥边境。国家公园固然了不起，但是对我来说最具有价值的还是我所看到的美国的城镇、美

①　Thomas Wolfe, *Thomas Wolfe's Letters to His Mother*, John Skally Tery, ed., New York: Charles Scribner's Sons, 1946, p. 314.

②　Elizabeth Nowell, *Thomas Wolfe*, New York: Doubleday & Co., 1960, p. 287.

③　Thomas Wolfe, *The Letters of Thomas Wolfe*, Elizabeth Nowell, ed., New York: Charles Scribner's Sons, 1956, p. 768.

国的事物和美国的人民——整个西部和它的人民以万花筒般的速度展现在我面前。"①

与福克纳、沃尔夫等南方作家的旅行经历相比，弗兰纳里·奥康纳的生活更多地与宗教朝圣结合在一起。关于奥康纳的这种旅行经历，安吉拉·欧丹内尔（Angela Alaimo O'Donnell）做过这样的论述："事实上，奥康纳世俗的朝圣短暂而又凄惨。在某些方面，这种凄惨不可避免，尤其是当一个富有才华的人在有能力完成自己的生命承诺之前去世的时候。但是就奥康纳而言，我们为她的人生、为她的死亡、为她的旅行的独特性所感动，因为通过她的小说、散文尤其是她的书信，我们深刻地了解了她。"②奥康纳于 1925 年 3 月 25 日诞生在美国佐治亚州的塞瓦纳镇，父母都是天主教徒，她的母亲丽贾纳·奥康纳（Regina Cline O'Connor）更是出生于一个古老的爱尔兰天主教家庭。早在少年时期，奥康纳就随父母不断地过着颠沛流离的生活。1938 年，父亲爱德华·奥康纳（Edward Francis O'Connor）被任命为联邦政府房地产管理局的不动产评估师。为了工作的需要，一家人从他们在塞瓦纳镇的天主教社区迁徙到佐治亚州首府亚特兰大市，而奥康纳本人也从塞瓦纳镇的圣心教会学校转学到亚特兰大市的圣·约瑟夫教会学校。可以想象，对于这个新城市生活的适应给母女俩带来怎么样的困难。不久奥康纳的父亲就被查出患有狼疮病，为了不让女儿知道，父亲安排妻子带着女儿移居米里兹维尔市，亦即奥康纳母亲的家乡。父亲仍然留在亚特兰大工作，只是在周末的时候到米里兹维尔市与家人团聚。虽然年幼的奥康纳对米里兹维尔市并不陌生，但是这个城市仍然给她带来了新的挑战和机遇。像大多数佐治亚州的小城一样，米里兹维尔市也主要是一个清教城市，没有天主教学校。为了求学，奥康纳只好到佐治亚州女子学院教育系附属的皮博迪师范学校就读。这在奥康纳的父母看来不是一件好事，但是对于年幼的奥康纳来说，这次求学使她第一次置身于天主教的世界之外，使她能够有机会与清教徒的孩子们接触。这样的生活在 1941 年奥康纳的父亲去世时有短暂的中断，那时奥康纳随母亲回到亚特兰大市小住一段时间，以便料理父亲的后事。此后，奥康纳又跟随母亲回到米里兹维尔市。

与奥康纳的出生地塞瓦纳镇这个更具世界主义的港口城市相比，米里

---

① Thomas Wolfe, *The Letters of Thomas Wolfe*, pp. 774 – 775.
② Angela Alaimo O'Donnell, *Flannery O'Connor: Fiction Fired by Faith*, Collegeville, Minnesota: Liturgical Press, 2015, pp. 12 – 13.

兹维尔市或许有些狭小。它却是一个能让奥康纳获得全面发展的地方。这个人口不足六千的睡意惺忪的小镇，位于佐治亚州的中心，能够感知南方腹地的气味，具有那个世界的地方色彩和地区偏狭观念。尤其值得一提的是，被戏称为当时世界上最大疯人院的佐治亚州中央医院，就坐落在米里兹维尔市，"去米里兹维尔市"也因此成为一个人失去理智的戏称。正是在这样一个古朴和怪诞的小城，奥康纳真切地感受到南方的风土人情。皮博迪师范学校的教学环境，也为奥康纳了解南方的生活和习俗提供了便利。尤其是在担任校报编辑期间，奥康纳的写作才能、绘画才能，以及社会讽刺才能得到较大发展。高中毕业后，奥康纳按照快速升级项目的计划，进入佐治亚州女子师范学院学习。其实，奥康纳本来是想逃离米里兹维尔市，到美国其他城市更好的大学去读书。但是"第二次世界大战"的爆发和旅行的费用问题使得这位刚满 17 岁的女孩望而止步了。再者，奥康纳和自己的母亲仍然为一年前父亲的去世而感到伤心难过，在这样的时刻到新的地方去开展新的人生显然不是一个 17 岁的女孩的正确选择。

大学期间，奥康纳不仅继续发展她的写作和社会讽刺才能，而且还参加了一个由少数天主教大学生组织的名叫"纽曼俱乐部"的宗教组织。他们每周定期在圣心教堂聚会，每个月的第一个星期五在一起做弥撒。奥康纳甚至还与驻扎在米里兹维尔市的海军士兵约翰·沙利文（John Sullivan）谈过一段恋爱，这位士兵跟奥康纳具有共同的天主教信仰。总的来讲，奥康纳在佐治亚女子师范学院度过了一段在学业和人生经历方面比较充实的岁月。1945 年 9 月，奥康纳终于离开她旅居七年的米里兹维尔市，在一位大学哲学教授的推荐下，前往位于安姆斯市的爱荷华州立大学深造，在该所大学的保罗·恩格勒（Paul Engle）写作研究中心进行创作训练。从佐治亚州的米里兹维尔市到爱荷华州的爱荷华城，距离大约九百英里，这是奥康纳所进行的第一次长途旅行。尽管路途遥远，但是对于奥康纳来说颇为值得，因为此次远距离求学之旅"开创了她一生中作为作家的新时代"①。

从 1945 年到 1948 年，奥康纳在爱荷华大学求学三年，这也是她在佐治亚州以外旅居的最长一段时间。爱荷华大学所在地是爱荷华城，在奥康纳看来有些"空虚"，是一个由"烟熏火燎的看起来像得了结核病的房子"构成的城市。在这里，奥康纳跟室友在东布鲁明顿街合租一间房子。

① Melissa Simpson, *Flannery O'Connor: A Biography*, Westport, Connecticut: Greenwood Publishing Group, 2005, p. 10.

在周末，这位室友会离开爱荷华城，留下奥康纳孤身一人在家中。为了排遣旅居异乡的寂寞，奥康纳开始到圣玛利亚教堂做弥撒，这个教堂使久居异乡的奥康纳获得了一种一踏进教堂的门就好像进入家里的感觉。也正是在爱荷华城这段寂寞的岁月里，奥康纳开始写日志，记载自己对天主教的祷告。在写作祷告日志的时候，奥康纳将自己的才情和对上帝的激情融合在一起，以便创作出一种独特的崇拜。书面的祷告，在奥康纳看来是一种极其有价值的工具。借助这个工具，奥康纳不仅能够提高她的精神旅行的层次，而且能够进行文学的旅行。奥康纳在此期间所写作的祷告日志，后来被编辑成册，以《祷告日志》（*A Prayer Journal*）的名字发行。这本祷告日志忠实地再现了奥康纳在旅居爱荷华城期间的天主教信仰的升华。天主教祷告的形式和影响也为奥康纳日后的文学创作预设了范式。从根本上讲，正是这一时期写作的祷告日志造就了奥康纳的文学品格，决定了她日后作为一个天主教作家的身份。奥康纳也坚持每天给母亲写信，作为一种维持与过去和她的南方身份的联系。正是在天主教和南方情怀双重心绪的影响下，奥康纳几乎读完了毛里亚克（François Mauriac）、巴内诺斯（Georges Bernanos）、布洛伊（Léon Bloy）、格林等所有天主教小说家的作品，也阅读了福克纳、凯瑟琳·安·波特、尤多拉·韦尔蒂等南方小说家的一些作品，这对于她日后创作南方天主教题材小说产生了一定的影响。

1948 年，奥康纳离开爱荷华大学，前去纽约旅行。她在纽约市郊的雅多住宿数日，与来自全国各地的作家有过一些短暂的接触。1949 年，奥康纳离开雅多，在纽约市区旅居。在这里，奥康纳有幸结识了两位罗马天主教诗人——罗伯特·菲茨杰拉德（Robert Fitzgerald）和萨莉·菲茨杰拉德（Sally Fitzgerald）。夫妻两个不仅鼓励奥康纳潜心创作，而且还引荐她认识纽约文学圈内的作家们。经过著名诗人罗伯特·洛厄尔（Robert Lowell）的引荐，奥康纳结识了出版商罗伯特·克鲁克（Robert Giroux），使之成为自己文学作品的唯一出版商。1949 年，菲茨杰拉德夫妇离开繁华的纽约市，搬迁到康涅狄格州里蔺费尔德区的一个山间别墅。奥康纳作为一个"付费的客人"与他们随行，在罗伯特·菲茨杰拉德的山间农场旅居了一年半的时间，过着田园诗般的生活。除了每天早晨到四英里外的乔治敦镇做弥撒外，奥康纳将大部分时间花费在小说创作之中。在晚上，奥康纳与菲茨杰拉德夫妇聊天，畅谈文学创作的感想。但是，这种悠闲的田园写作生活并没有长久，1950 年 10 月的一天，奥康纳突感身体不适，经医院确诊患了跟她父亲同样的病症——狼疮病！无奈，奥康纳只得登上南下的火车，回归故乡佐治亚州的亚特兰大市，在母亲的陪伴下进行治疗。1951 年夏天，病情稍有好转的奥康纳离开亚特兰大，回到阔别多年的米里兹维尔市，在城北的一座养牛场疗养。在此期间，奥康纳忍着病痛，继续进行创作，历时 14 个春秋，直至在 1964 年病逝。

疗养期间，奥康纳也有过一次国外旅行，那就是到法国的鲁尔兹和意大利的罗马旅行。位于法国西南部的小城鲁尔兹，被称为一个天主教版本的拉斯维加斯。自从 1858 年被曝出一个名叫巴内迪特·索比洛斯（Bernadette Soubirous）的农家女孩在这里看到圣母玛利亚的灵光以后，这个小镇就一直吸引着世界各地的信徒来这里朝圣。当然，鲁尔兹也以疗养的圣地而闻名遐迩。浸泡在鲁尔兹的温泉中可以治愈那些朝圣者们身体和精神方面的病症。1957 年底，借助表姐凯蒂（Katie）的经济资助，奥康纳在母亲的陪护下，参加了到鲁尔兹的治疗和朝圣之旅。但是奥康纳本人对这次鲁尔兹的治疗并不积极，她在给一个朋友的信中这样说道："我要作为一个朝圣者到那里去，而不是病人。我是那些愿意为宗教信仰而死的人中的一员，而不愿意到那里去沐浴。"① 尽管一开始并不情愿，但奥康纳还是跟母亲到法国的鲁尔兹去旅行了，尤其是当她听说这次行程还包括到意大利的罗马去拜访天主教教皇皮尔斯十二世的时候。在圣皮特大教堂，罗马天主教教皇皮尔斯十二世亲自接见了奥康纳，并给病中的奥康纳赐福。

第二节 旅行的发生学影响与南方小说中的
旅行叙事概观

福克纳的早年旅行生活，对于他的文学创作之路具有重要的影响。这种影响体现在旅行生活一方面引领他走向文学创作之路，另一方面影响他小说中的叙事模式和主题表达。童年时代在故乡荒原的旅行，使福克纳对田园牧歌式的南方自然环境和人文景观流连忘返。但是，内战的炮火和现代工业文明的进逼不但从物质上摧毁了南方自给自足的自然经济状态，而且还从精神上瓦解了南方人的文化传统。因此，荒野的失落成为福克纳"最伟大的主题，他对现代世界、商业主义和工业化的憎恨正是由此开始或因此而得以强化"②。透过对这一主题的审视，福克纳进而触及了南方的

---

① Flannery O'Connor, *The Habit of Being*：*Letters of Flannery O'Connor*, Sally Fitzgerald, ed., New York：Macmillan, 1988, p. 258.

② Frederick R. Karl, *William Faullmer*：*American Writer*, NewYork：Ballantine Books, 1989, p. 160.

历史、家族的衰败、道德体系的崩溃等宏大的富有南方特色的母题。在福克纳看来，荒野的失落不仅仅是土地的失落，更象征着南方古老传统的逝去，因而也意味着人的生存境况的没落。福克纳年轻时代在全国各地及加拿大的旅行经历，逆向地促进了他对家乡的喜爱和对家乡人文环境的关注。正如泰勒·哈谷德（Taylor Hagood）所言："尽管他获得了世界性的观点，福克纳也同时了解到一个白人的密西西比身份是多么的与众不同。他意识到人们对他的说话方式很着迷，他本人的所思所想及南方白人的生活方式对于局外人来说都显得很浪漫。换句话说，这种正在成长的世界主要意识不仅使福克纳了解了外部世界和它的城市中心，而且也重铸并且修订了他对故乡和身份的认识。当'一战'结束后福克纳于12月无功而返地回到奥克斯福德镇的时候，他的新的世界主义观点强化了他对南方乡村生活的依恋。"[1]

福克纳的第二次纽约之旅和首次的新奥尔良之旅，对他的文学创作道路的影响不容小觑。他在格林威治村租下一间房子安顿下来，这个著名的城中村当时是波西米亚文化中心，来自世界各地的许多艺术家旅居在这里，过着一种文化上富裕和行为上放荡的生活。"他们带来的是关于自由恋爱、实验写作和艺术的观点及一些大胆的时尚。福克纳为这种艺术生活方式所吸引，也为先锋派的视觉和声音表达艺术所吸引。"[2] 关于新奥尔良旅行期间所受到的舍伍德·安德森文学创作的影响，福克纳在后来的回忆中曾经写道：

> 我从他那里学到的是，作为一个作家，你必须做你本色的人，做你生下来就是那样的人，也就是说，做一个美国人和一个美国作家，你无须去口是心非地歌颂任何一种传统的美国形象……你只须记住你原来是怎么样的一个人。"你必须要有一个地方作为开始的起点；然后你就可以开始学着写，"他告诉我，"是什么地方关系不大，只要你能记住它，也不为这个地方感到害羞就行了。因为有一个地方作为起点是极端重要的。你是一个乡下小伙子；你所知道的一切也就是你开始你的事业的密西西比州的那一个小地方。不过这也可以了。它也是美国；把它抽出来，虽然它那么小，那么不为人知，你可以牵一发而

---

① Taylor Hagood，"Cosmopolitan Culture：New Orleans to Paris"，p. 73.

② Taylor Hagood，"Cosmopolitan Culture：New Orleans to Paris"，p. 73.

动全身，就像拿掉一块砖整面墙会坍塌一样。"①

评论家们普遍认为，福克纳的欧洲旅行类似于 18 世纪和 19 世纪的英国旅行者在欧洲大陆的大旅行，属于一种观光性行为，对一心致力于文学创作的福克纳并无明显的影响。尽管如此，欧洲旅行在福克纳的小说创作中还是留下了一些不可磨灭的痕迹。福克纳利用欧洲旅行场景最著名的一部小说是《圣殿》，在这部小说的结尾部分，小说家把谭波尔·德雷克（Temple Drake）置于卢森堡花园之中，远离暴力和犯罪场景的美国南方社会。法国旅行场景也出现在福克纳的小说《寓言》（A Fable，1954）中，作为这部道德和政治寓言小说的背景。在《小镇》（The Town，1957）和《大宅》（The Mansion，1959）中，从没有到德国旅行过的福克纳运用德国文化的复杂暗示来反讽性地将小说的主人公格文·史蒂文斯（Gavin Stevens）塑造成一个堂吉诃德式的理想主义者。

但是总体而言，旅行经历对福克纳小说叙事的影响，主要体现在他的主人公在南方的旅行，以及这种旅行与南方文化之间的关系方面。发表于 1932 年的《八月之光》，开篇就讲述一个叫莉娜·格罗夫（Lena Grove）的年轻女人的寻亲之旅。这位来自偏僻乡村的女人，因为未婚先孕而不得不踏上到杰弗生镇的千里寻亲之途。由于心怀寻夫的念想，沿途荒僻的田野、嘎吱作响的骡车、令人昏昏欲睡的 8 月阳光并不能打消她的旅行的兴致。随着莉娜杰弗生镇寻夫之旅的进展，纵火、谋杀、种族的诅咒、历史的阴影等与南方社会息息相关的罪恶逐渐暴露出来。发表于 1962 年并在 1963 年赢得普利策奖的《掠夺者》，是福克纳的最后一部小说，这部小说正是根据小说家早年在孟菲斯市的旅行经历写成的。"有趣的是，当福克纳写作他人生中最后一部小说《掠夺者》的时候，他带着一种留恋的情绪回顾孟菲斯市的黑社会生活的快乐，回到丽芭的妓女院。"② 这是一部将旅行与主人公成长主题结合在一起的小说，在叙事风格上类似马克·吐温的《哈克贝利·费恩历险记》。关于这部小说的构思，福克纳曾有过如下的表述："它有点像哈克·芬……一个 12 或 13 岁的正常男孩；一位高大、热情、勇敢、诚实、有点不大可靠、智商类似小孩的男人；一个老黑人奴仆，固执、饶舌、自私、不轻易相信人，正处在第二少年时期；一个老妓女，很有个性、慷慨和常识意识；还有偷来的一匹马，他们之中谁也无意

① 李文俊：《福克纳传》，第 12—13 页。
② Taylor Hagood，"Cosmopolitan Culture：New Orleans to Paris"，p. 72.

将它卖掉。故事讲述的是他们怎样旅行一千英里、节衣缩食、摆脱警方的追捕并归还马匹的故事。"① 小说中显在的旅行叙事的一个重要标志是汽车旅行贯穿这部小说的始终。然而，作为一个对南方传统文化非常怀旧的作家，福克纳对汽车闯入人类的旅行生活表现出一种潜在的抵触情绪。在福克纳看来，汽车昭示的是一种由内向外的离心运动，它更多地将人带出家庭之外，因而是弱化家庭关系、鼓励感官享受的力量，常常"与犯罪、受到困扰的男性身份，以及历史的流逝联系在一起"②。因此，在《掠夺者》中，福克纳总是对汽车进行巧妙的揶揄。比如在卢修斯等人驾车穿越地狱溪的时候，福克纳故意让汽车陷入泥泞之中，成为一个"昂贵、无用的机械玩意"，不得不靠骡子将它拉出来。卢修斯等人到达孟菲斯以后，黑人仆人耐德（Ned McCaslin）又将汽车卖掉，换成一匹马。为了使布恩（Boon Hogganbeck）免受祖父的惩罚，卢修斯决计进行赛马比赛，以便将汽车赎回。这种颇具喜剧性的描写，消解掉了汽车在南方荒野旅行中的作用。《坟墓闯入者》是福克纳的一部较为著名的"青少年成长小说"。故事中的旅行不仅发生在荒野，而且是在夜间，从某种意义上说属于一部"夜行小说"。一起突发的谋杀事件，促使年仅 16 岁的白人少年契克要在夜间旅行到十几英里外的墓场进行盗墓。像纳撒尼尔·霍桑《好小伙子布朗》中的黑夜森林场景一样，《坟墓闯入者》中的黑夜荒野也具有象征的意蕴，它象征着以杰弗生镇为代表的南方根深蒂固的种族歧视的氛围。通过夜行和盗墓，契克查明黑人路喀斯（Lucas Beauchamp）不是杀人犯，帮助镇治安官抓住了杀人不眨眼并嫁祸他人的真正凶手。少年契克的夜行和发现，使他进一步思考杰弗生镇的深层问题，从单纯的路喀斯事件联想起整个南方社会白人对黑人的种族歧视。契克觉得"是他将支撑这个镇的全体白人的基础里的某样令人震惊的可耻的东西找了出来暴露在光天化日之下，由于他也是这个基础培养出来的，因此他也一并承受着那耻辱与震惊"③。契克的荒野之行使他变得成熟了，他不仅认识到以舅舅史蒂文斯（Stevens）律师等为代表的成人社会具有的种族歧视观念，而且也承认自己曾经深受其害，并进而挖掘出这一观念的社会根源。

① Jonathan Yardley, "William Faulkner's Southern Draw: 'The Reivers'", *Washington Post* January 6, 2004, p. C01.

② Deborah Clark, "William Faulkner and Hery Ford: Cars, Men, Bodies, and History as Bunk", in Ann J. Abadie and Donald Katiganar, eds., *Faulkner and His Contemporaries*, Jackson: University Press of Mississippi, 2004, p. 99.

③ 〔美〕威廉·福克纳:《坟墓闯入者》，陶洁译，上海译文出版社 2004 年版，第 61 页。

　　托马斯·沃尔夫短暂一生中的广泛旅行，对于他的小说创作产生了重大的影响。这种影响不仅体现在沃尔夫小说创作的宏观思想方面，更体现在小说具体的叙事范式和叙事符码之中。首先，沃尔夫的少年和成年时期广泛的旅行，尤其是乘坐火车而进行的旅行，深深地影响到他的小说叙事，以及叙事因素的选择。沃尔夫的第一次坐火车长途旅行，是在他3岁的时候离开位于北卡罗来纳州的阿什维尔家乡，随母亲到圣路易斯参加世界博览会的旅行。自那时候起，一直到他最后的一次从西雅图到巴尔的摩的跨州寻医治病的旅行，沃尔夫对火车旅行的热情始终不减。据沃尔夫自己声称，"在他一生的34年里，他坐火车旅行的距离在12.5万英里到15万英里之间"①。作为这种独特人生阅历的结果，"火车——它的站台、轨道、机车、运货车厢、座席客车、普尔曼式卧车……充斥于托马斯·沃尔夫的小说创作之中"②。在沃尔夫小说的主要象征符码中，火车最为重要。它不仅具有多样的含义，而且它的巨大而坚实的存在也对故事情节的发展起着不可估量的作用。在代表作《天使望乡》中，沃尔夫再现主人公尤金·甘特（Eugene Gant）和朋友们夜间坐火车到美国弗吉尼亚州首府查尔斯顿市的旅行场景："现在，在这个夜里，他又一次乘车向着南方去。普通车厢里闷热异常，到处充满了陈旧的红绒椅垫散发出的刺鼻的气息。乘客们坐在椅子上勉强地打着盹，火车头发出的凄厉的鸣声和每次停车时车轮发出的摩擦声，给他们带来了一阵阵烦心。"③ 这样的火车旅行经历，从父亲奥利佛·甘特（Oliver Gant）的第一次西行到儿子尤金·甘特的全国旅行，在小说叙事中占据相当大的比重。但是对于小说的主人公尤金·甘特来说，他的首次无父母陪伴的火车旅行，象征着他摆脱家庭束缚、走向自由的第一步，尽管这第一步对于甘特来说可能并不美好。在沃尔夫的第二部著名小说《你不能再回家》（*You Can't Go Home Again*，1940）中，小说家更是借主人公之口，表达了火车旅行对于人生的意义："这个世界上最精彩的东西，莫过于乘坐火车……如果一个人坐在车厢里，一切都不同了。列车本身就是一个人奇迹般的工艺品，与它相关的一切都雄辩地表达

① Thomas Wolfe, *Notebooks of Thomas Wolfe*, Richard S. Kennedy and Paschal Reeves, eds., 2 vols, Chapel Hill: University of North Carolina Press, 1970, pp. 806–807.
② Richard Walser, "Thomas Wolfe's Train as Symbol", *The Southern Literary Journal*, Vol. 21, No. 1, 1988, p. 3.
③ 〔美〕托马斯·沃尔夫：《天使望乡》，范东生、许俊东译，安徽文艺出版社1996年版，第350页。

了人的目的和方向……那种男子汉气概与掌控欲在火车上得到了最高的升华。"① 这部小说的中心思想是表达主人公乔治·韦伯（George Webber）对于美国及整个宏观世界的认知过程。在这个过程中所发生的对自由的追求、对困厄环境的逃避、对故乡的怀旧，以及对人性的反思等叙事情节和母题表达都发生在火车之上，通过火车的运动而指向美国乃至世界。因此，这部小说不仅有主人公在美国各地的火车旅行，甚者也有主人公坐火车在德国的旅行经历。沃尔夫小说中最著名的火车旅行，"很可能也是文学史上最长的火车旅行"②，出自于长篇小说《时间与河流》的前 75 页。在这一部分，沃尔夫叙述主人公尤金从阿尔特芒特附近的一个车站启程去哈佛大学的旅行，他在火车的吸烟室与当地商人的相遇，以及后来醉酒后与两个青年打架。火车车头的巨大、旅客的乘车行为、火车在美国广袤而孤寂的土地上穿越的场景等在这一部分表现得活灵活现。沃尔夫本人对小说中大量的火车旅行场景表现也极为满意，曾经自豪地说："我已经写尽所有人们能写的或者需要写的关于火车的事情。"③ 沃尔夫本人骄傲的声称也获得了评论家们的认可。克莱伦斯·霍尔曼（C. Hugh Holman）说道："没有任何美国人能像托马斯·沃尔夫那样成为火车诗人。"④ 约瑟夫·沃伦·比奇也指出，除了沃尔夫以外，"没有人能更好地表现火车旅行的激情和浪漫，机车的力量和神秘"⑤。

　　旅行对沃尔夫小说创作产生的第二个重大影响是旅行帮助沃尔夫认识了自己的祖国，尤其是美国的南方。在创作之初，沃尔夫就立下了宏大的抱负："要将美国大陆的整个荒原囊括到我的作品之中。"⑥ 要实现这一伟大的抱负，一个至关重要的方式就是旅行。从家乡阿什维尔，沃尔夫来到北卡罗来纳州大学所在地教堂山。从教堂山，沃尔夫来到哈佛大学、纽约市等美国的其他机构和城市。直到 1938 年去世为止，沃尔夫除却得克萨

① 〔美〕托马斯·沃尔夫：《你不能再回家》，刘积源、祁天秀译，敦煌文艺出版社 2008 年版，第 54 页。

② Maxwell Geismar, *Writers in Crisis：The American Novel*, *1925－1940*, Boston：Houghton Mifflin, 1961, pp. 205－206.

③ David Herbert Donald, *Look Homeward：A Life of Thomas Wolfe*, Boston：Little Brown, 1987, p. 298.

④ C. Hugh Holman, *Thomas Wolfe*, Minneapolis：University of Minnesota Press, 1960, p. 178.

⑤ Joseph Warren Beach, "Thomas Wolfe：Discovery of Brotherhood", in Joseph Warren Beach, ed., *American Fiction 1920－1940*, New York：McMillan, 1941, p. 97.

⑥ Richard S. Kennedy, *The Window of Memory：The Literary Career of Thomas Wolfe*, Chapel Hill：University of North Carolina Press, 1962, p. 6.

斯州几乎已经走遍美国的每一个州。沃尔夫的足迹不仅踏遍美国，也几乎踏遍英国、德国等欧洲国家。正是这种广泛的旅行经历，使沃尔夫有机会看到美国广袤的土地，认识到南方文化的独特性。"他为美国的广袤和复杂、美丽和震慑、孤独和拥挤所惊愕，它们以一种矛盾的方式相安无事地结合在一起，构成自己的祖国。从他的第一次欧洲之行开始，他就惊讶地发现自己承担着一个具有自我意识的美国人捍卫自己的祖国和人民的角色。"[1] 沃尔夫对祖国的认识和思念，在他旅欧期间变得更加清晰和强烈，因为异国的孤独和思乡更能勾起旅人对故国的认识和思念。在一封写给友人珀金斯的信中，沃尔夫这样说道："在异国的土地上你早晨醒来，思念家乡；夜晚在睡眠中你听到你几年前所认识的人们的声音，或者美国街道的声音。我对美国的思念成为一种持续的阵痛，我能感觉到它一直在我的心中，就像一种无法平息的饥饿。"[2] 也正是对美国尤其是故乡美国南方小镇的思念，使沃尔夫找到了他写作的具体素材。在《一位美国小说家的自传》(*The Autobiography of an American Novelist*) 中，沃尔夫谈到欧洲旅行对于他创作第一部小说的影响："说到在巴黎的那个夏天，我想我那次所感到的思乡之苦，是比过去任何一次都更为强烈的……这种巨大的、无可奈何的对家乡的思念中，产生了我现在开始写作的那本书的材料和结构。"[3] 虽然南方"重农派"的一些评论家曾经否认沃尔夫与美国南方文学的联系，但沃尔夫文学创作的自传色彩，以及故事场景和人物都取材于南方地域的特征，令他作为南方文学代表人物的事实毋庸置疑。沃尔夫小说的主人公大都出生于没落的南方小镇，生活在旧的南方传统消退而新的南方价值观没有确立的精神真空地带，于是他们在孤独中渴望离开故乡，到美国广阔的地方去寻找梦想。像福克纳一样，沃尔夫在作品中隐约地表达了对南方的怀旧情感和历史意识。沃尔夫不承认南北战争中南方的失败，对于南方逝去的蓄奴制也具有怀恋和批判的双重情感。这一切都是沃尔夫通过在国内外的广泛旅行，从内外两个视角对美国尤其是美国南方的认知。因此，后来的评论家看到了沃尔夫文学创作中的一个悖论性的存在："沃尔夫始终意识到他的南方背景及现代重农派所界定的问题。在用写作表现这

---

① C. Hugh Holman, "Thomas Wolfe and America", *The Southern Literary Journal*, Vol. 10, No. 1, 1977, pp. 56 – 57.

② Thomas Wolfe, *The Letters of Thomas Wolfe*, Elizabeth Nowell, ed., New York: Charles Scribner's Sons, 1956, p. 268.

③ 〔美〕托马斯·沃尔夫：《一位美国小说家的自传》，黄雨石译，上海人民出版社 2008 年版，第 43 页。

些问题方面，南方作家们很少能够胜过沃尔夫。沃尔夫离郝瓦德·欧代姆
（Howard Odum）、约拿旦·丹尼尔斯（Jonathan Daniels）和弗兰克·格莱
厄姆（Frank Graham）的意识越远，他离南方重农派中的保守主义思想越
来越近。"①

　　正如安吉拉·欧丹内尔所言，"奥康纳的旅行经常将她带到一些她不
情愿去的地方，但是朝圣使她更具人文性，更忠诚，也更关心她身边的生
活，这些生活后来都成为她的小说的材料"②。弗兰纳里·奥康纳少年时期
旅居米里兹维尔市的经历，首先为她日后的小说创作提供了必要的人物素
材。米里兹维尔市的"上流社会和怪诞社会的结合对敏感的奥康纳极具吸
引力。事实上，这个镇的郊区都是些怪诞的人物——假冒的牧师和信仰治
疗者、假冒的圣经销售员、好管闲事的农夫的婆娘们、三 K 党成员、流浪
汉、连环杀手们，都是'怪胎的人'（奥康纳本人语），他们都会在日后
成为奥康纳小说中的人物。因此，米里兹维尔注定要成为一个远远超出奥
康纳物理居所的东西，它提供灵感，规定着她的想象，并且提供一个合适
的剧场，在这个剧场中的人物将上演他们自己的救赎戏剧"③。保罗·艾里
（Paul Elie）则指出，米里兹维尔的 7 年旅居时光是奥康纳思想获得独立的
重要时刻。因此，"独立将是奥康纳朝圣的主题，在她的一生中，在她的
小说中"④。如果说奥康纳在米里兹维尔的旅居经历为她日后的文学创作提
供了必要的文学积淀的话，那么她在爱荷华州的求学之旅则促使她正式走
向文学创作之路。"她在那里（爱荷华）的故事不是一个天才让老师们惊
讶并且领得头等奖励的故事，而是对于小说创作皈依的故事，皈依某种特
定的只有她才可以写出的那种小说的故事。"⑤ 在爱荷华市的旅居经历使奥
康纳发现她以前从来不知道的作家世界，正如她在给菲茨杰拉德夫妇的信
中所言："在我去爱荷华之前，我从来没有听说过福克纳、卡夫卡（Kaf-
ka）、乔伊斯，更别说读他们的作品了……我阅读了毛里亚克、巴内诺斯、
布洛伊、格林、沃（Waugh）等所有天主教小说家的作品……我阅读了福
克纳、泰特夫妇（the Tates）、凯瑟琳·安·波特、尤多拉·韦尔蒂和皮

①　Floyd C. Watkins, "Thomas Wolfe and the Nashville Agrarians", *The Georgia Review*, Vol. 7, No. 4, Winter 1953, p. 423.

②　Angela Alaimo O'Donnell, *Flannery O'Connor: Fiction Fired by Faith*, Collegeville, Minnesota: Liturgical Press, 2015, p. 7.

③　Angela Alaimo O'Donnell, *Flannery O'Connor: Fiction Fired by Faith*, p. 25.

④　Paul Elie, *The Life You Save May Be Your Own: An American Pilgrimage*, New York: Macmillan, 2004, p. 135.

⑤　Paul Elie, *The Life You Save May Be Your Own: An American Pilgrimage*, p. 146.

特·泰勒（Peter Taylor）等南方最好的小说家的作品。"① 除了这些感性的阅读以外，奥康纳还在爱荷华大学写作班系统研修主要的写作课程，其中克林斯·布鲁克斯（Cleanth Brooks）和罗伯特·潘·沃伦主编的《理解小说》一书对她的影响最大。透过这本关于小说创作的理论书，奥康纳也逐渐理解南方"重农派"的思想和南方文学的思想特征，渴望做沃伦那样的人物。更重要的是，在爱荷华大学写作班中，奥康纳结识了她文学创作方面的导师和指路人，那就是南方"重农派"的重量级人物约翰·克劳·兰瑟姆（John Crow Ransom）和罗伯特·潘·沃伦，他们受邀到爱荷华大学写作班访问，评阅过奥康纳的小说习作，并给予这位年轻女孩创作方面的鼓励和指导。

由于奥康纳一生不断地旅行，旅行也成为她的小说和短篇小说集中最重要的叙事元素。"以令人惊讶的频率出现在美国文学中的旅行叙事，也被奥康纳作为一个中心手段充分地利用，以便为她的三十一部短篇小说和两部长篇小说提供结构的支撑。"② 奥康纳小说中的旅行叙事，既表现为人物外在的道路行走，更体现在人物精神方面的转变。人物的精神转变主要是指那些旅行者们皈依天主教的心路历程，这也是奥康纳一生践行天主教信仰的写照。两者的内在结合在于，正是在旅途中，主人公的精神转变得以发生，以便使他们能接受天主教的昭化。但是，这些旅行者通往天主的道路既危险又艰难重重，许多时候旅行者还没有到达他们精神的目的地，就被邪恶势力杀死在路上，或者因为邪恶的诱惑而走向偏离天主之路。"奥康纳小说中的人物所旅行的道路是一条障碍重重、充满狡诈的道路，在那里，恶魔势力潜伏着并企图阻碍旅行者通往神圣的王国。"③ 将故事中的主要人物置于这样一条阴暗的、充满危险的路上，奥康纳构建出一个"独特的十字路"，在那里"时间、地点和永恒得以汇聚"。奥康纳的小说，不管是长篇小说《智血》和《暴力夺走了它》，还是短篇小说集《好人难寻》和《物聚其升》等，都有明显的旅行叙事特征。叙事的场景，大都发生在路上。同时，作为道路旅行的物理载体，汽车和火车在奥康纳的多部作品中占据重要地位，例如长篇小说《智血》、短篇小说《好人难寻》和《救人如救己》（"The Life You Save May Be Your Own"）等。这些

① Flannery O'Connor, *The Habit of Being*: *Letters of Flannery O'Connor*, p. 98.

② Insoon Choi, *The Journey Home to the True Country*: *A Study of Flannery O'Conner's Fiction*, p. 23.

③ Insoon Choi, *The Journey Home to the True Country*: *A Study of Flannery O'Conner's Fiction*, p. 24.

小说中的车轮旅行叙事不仅形象地体现出美国这个"坐在车轮上的国家"在文学上的叙事特征,而且还被奥康纳赋予了多元的意义,例如汽车旅行与南方道德没落、汽车旅行与美国梦寻、汽车旅行与宗教布道等。

以奥康纳的第一部短篇小说集《好人难寻》为例,这部短篇小说集由同名短篇小说《好人难寻》《救人如救己》《乡下好人》("Good Country People")等组成。在这部短篇小说集中,奥康纳不仅描写了美国南方社会生活中的堕落,也表现了天主教在人们精神救赎方面的日渐式微,而这一切都是通过将故事的主要人物置于旅途尤其是汽车旅行的形式得以展现。"《好人难寻》中的这十篇故事,戏剧性地再现了旅行者与阻碍他们通向'灵魂的天主'之'真正的国度'的阴暗魔鬼势力的遭遇。尽管旅程具有阴暗危险的性质,人的失落的态势仍然驱使他去旅行,要么遭遇真正的国度的流放,要么回归真正的国度。"① 这样的旅程表现,使得这些短篇小说具有寓言(allegory)的维度。在寓言层面上,奥康纳的叙事范式遵循的是基督教朝圣的原型,那就是故事中的人物从罪愆的失落状态走向救赎,其间经历漫长的旅行,认识自己的罪愆。旅行得以发生的路上景观,就是神圣与邪恶、向天堂进军的旅行者和封锁旅行道路的魔鬼之间激烈战斗的战场。

同名短篇小说《好人难寻》讲的是一个佐治亚家庭到阳光之州佛罗里达度假的故事,但是故事的结局是这一家人遭到毁灭性的杀害,他们在旅途中遭遇的魔鬼就是车祸和一个外号叫"不合时宜的人"的越狱犯。"不合时宜的人"可能要在通往佛罗里达的道路上出现,在旅途开始前就被这家美国人中的老祖母提到,她利用这个威胁作为理由,建议她的家人改变旅行路线,去田纳西州。由于无法说服家人,这位老祖母只好跟随家人踏上通往佛罗里达州的旅途。在叙述这一家人的旅行时,奥康纳很显然地运用了杰弗里·乔叟的《坎特伯雷故事集》和《圣经》中的某些叙事元素。比如,在通往佛罗里达的汽车旅行途中,奥康纳也安排这家美国人中的各个成员讲述一些故事,那些讲述得最好的人员将得到某种奖励。正如乔叟的故事揭露出中世纪各个阶层人士的邪恶一样,奥康纳也利用这个叙事结构揭露了南方社会的道德没落。中途,这家佐治亚人在一家名叫"尖塔"的路边烧烤店歇宿,这一情节令人想起圣经的隐喻。在《新约全书》的"提摩太书"中,保罗(St. Paul)提醒提摩太(Timothy)警惕陷入促使人

---

① Insoon Choi, *The Journey Home to the True Country: A Study of Flannery O'Conner's Fiction*, p. 46.

们远离上帝的渎神讨论。在《好人难寻》中，老祖母与烧烤店店主瑞德·萨米（Red Sammy）的关于"好人"的界定正是这种渎神的讨论。他们关于"好人"的定义当然与物质主义相联系，哀叹当今的世界世风日下，到处都是像"不合时宜的人"那样的罪犯。就在这家人离开"尖塔"烧烤店、驱车继续向着佛罗里达前行的时候，前面的路况变得越来越糟糕，不久他们就发生了一场车祸。这是他们在旅行途中遇到的一个重大的困厄。然而祸不单行，就在这家遭难的人等着过往的车辆来救助他们的时候，传说中的"不合时宜的人"越狱犯和他的同伙劫持了他们。在劝说"不合时宜的人"放下屠刀、皈依天主的过程中，老祖母放弃宗教信仰，转向乞怜、吹捧和说教，活脱脱地暴露出南方社会失落的信仰。然而，尽管老祖母在越狱犯"不合时宜的人"面前极力布道和吹捧，她还是无法制止自己一家人的被杀害，自己也成为"不合时宜的人"的枪下鬼。"可能他（耶稣）不能使人复活"是老祖母临终前的最后一句话，也是她在这次死亡之旅中所获得的精神启示。

在短篇小说《河流》（"The River"）中，奥康纳将地理意义上的旅行叙事和主人公的精神成长和宗教救赎结合在一起，构成一篇反讽性旅行成长小说。小说的主人公哈里·阿什菲尔德（Harry Ashfield）是一个三四岁的小男孩，正如他的名字暗示的那样，生活在南方一座灰色、冷漠的城市公寓里。哈里的父母不仅对孩子缺少关爱，而且对宗教毫无兴趣。这样的生存环境不仅使哈里遭受生活的困厄，而且也使他在信仰方面感到空虚。为了摆脱这种生活的困厄，哈里恳求他的保姆康宁太太（Mrs. Connin）将他带出公寓，去寻找生活的意义。走出压抑的公寓，哈里像惠特曼诗歌中那个"天天向前走"的孩子那样，开始在旅程中认识世界。哈里首先认识到耶稣基督的信仰性存在，感知到大自然的变化。在哈里旅行和精神成长的过程中，保姆康宁太太扮演着一个帮助者的角色。康宁太太带着哈里走过城市，最终来到郊外的一条小河边。在小河边，哈里接受了牧师贝弗尔（Bevel）的布道："你们要是有信仰，就可以把痛苦抛入那条河，从而摆脱痛苦，那河本身能够承载罪恶。它带着满身罪恶，满身痛苦，流向基督之国。"[①] 然而，年幼的哈里当时并没有完全理解牧师布道和施洗礼的含义，尽管他内心非常希望到达基督之国。不过，当哈里回到家里再次看到父母的冷漠和那种毫无精神信仰的生活后，他开始产生顿悟。"哈里决定去寻找真正的意义，即成为一个真正的人……他想让生命拥有价值，这种

---

① 〔美〕弗兰纳里·奥康纳：《好人难寻》，於梅译，新星出版社 2010 年版，第 38 页。

价值并非短暂的瞬间，而是永恒的存在。"① 于是，哈里再次走出家门，踏上去河边的旅途。哈里来到河边，以暴力的方式沉入河中死亡。

"并非所有的奥康纳人物都会离开他们自诩作为'好人'而生活于其中的那些自我创造的人工世界，踏入外向的旅行征途。对于那些固执地留在自我封闭并且认为不可侵犯的世界里的人，奥康纳安排了令人惊讶的闯入，即让一个神秘的外乡人闯入这种人的门槛。这个神秘的陌生人，通过剥夺那些定居者们最为珍视的东西，挑战他们对虚假理性的信仰，破坏他们对善良的沾沾自喜的看法。"② 如果说《好人难寻》《河流》和《人造黑人》（"The Artificial Nigger"）等小说中的人物角色都是外向型的旅行者的话，那么《乡下好人》中的《圣经》推销员曼雷·波因特（Manley Pointer）则是一个闯入型的旅行者，即从异域闯入一个定居地的旅行者。闯入型的旅行者从异域来到某个定居地并导致这个定居地的居民发生某种变化，这样的叙事同样属于旅行叙事。何况，这位《圣经》推销员名字的英文拼写 pointer 本身就具有"指路人"的旅行含义，尽管这种"指路"以反讽的形式呈现。农庄主霍普韦尔太太（Mrs. Hopewell），她的一条腿的博士女儿赫尔加（Hulga），还有她们的女佣人弗里曼（Freeman）一家，自认为都是"乡下好人"，过着一种平静和舒适的南方乡下生活。然而，这种平静生活被一个叫作波因特的《圣经》旅行推销员打破了。这位推销员每天提着"巨大提包"，挨家串户地推销《圣经》，并劝告人们信仰上帝。但是，这位自称"把一生都献给基督教工作"的推销员波特因，却是一个满口谎言、毫无宗教信仰的骗子。当他看到霍普韦尔太太的一条腿的女儿赫尔加以后，就立刻打定主意要勾引她。而赫尔加这位 32 岁的南方老处女，一位自诩看透一切的哲学博士，却也鬼使神差地想着跟这位《圣经》推销员幽会。在他们幽会的干草房里，波特因不仅骗取了赫尔加的初吻，还把她的赖以行走的假腿拐走。这位外来的旅行推销员，不仅令赫尔加认识到"乡下好人"的宗教虚伪本质和她自己的虚无主义哲学的脆弱，而且促使她最终皈依真正的宗教。奥康纳作品中的这些旅行叙事和宗教救赎隐喻，都是她自己独特的旅行和宗教救赎追寻经历的文学发生学的反映。

① Ralph C. Wood, "The Scandalous Baptism of Harry Ashfield in Flannery O'Connor's *The River*", in *Literature and Theology*, Nashville: Abingdon Press, 2008, p. 199.

② Insoon Choi, *The Journey Home to the True Country: A Study of Flannery O'Conner's Fiction*, p. 89.

第三节 《我弥留之际》——马车旅行与
南方没落道德观的批判

在福克纳的荒野旅行叙事小说中，最著名的当属《我弥留之际》。作者通过"同心圆式"的多角度内心独白的形式，以 15 个人物的 59 节独白和意识流，将本德伦一家的送葬之旅叙述得淋漓尽致。所谓"同心圆"，就是以死去的母亲艾迪·本德伦（Addie Bundren）为圆心，以她的家庭成员的视角为内圆，以其他人的视角为外圆。① 通过叙述本德伦一家到杰弗生镇的送葬之旅，福克纳揭示了南方社会的家庭内部关系的冲突，以及道德的沦丧，借以暗喻南方社会的解体。作为同心圆叙事的圆心，虽然艾迪的内心独白只有一节，而且出现在小说的后半部分，但是她的死是这次送葬之旅的核心，自始至终牵动着她的丈夫安斯·本德伦（Anse Bundren）和她的几个孩子的心理反应。

作为母亲的艾迪早年接受父亲虚无主义的思想，认为"活在世上的理由仅仅是为长久的安眠做准备"②。作为小学教师的她仅仅因为安斯在周末从乡下拜访过她几次，以及他有一处房产，便阴差阳错地嫁给了这位小农场主。这样仓促的婚姻似乎更印证了艾迪父亲的话。结婚后，安斯一反当初与艾迪见面时的形象，变得自私自利，又懒惰成性。他既不能干重活，又在人生中拿不定主意，只会怨天尤人。他经常挂在嘴边的话是："还有比我更倒霉的人吗？"他与艾迪的结合似乎就是为了让她多给自己生几个孩子。可想而知，这样的婚姻对于一个具有强烈个性的小学女教师而言除了精神的隔膜以外更是毫无幸福可言。这种失败的婚姻不仅诱使她对丈夫不忠，采取渎神行为与牧师惠特菲尔德（Reverend Whitfield）进行私通，而且也导致她对自己的子女无法产生正常的母爱。在她的五个孩子中，只有大儿子卡什（Cash）似乎是她与安斯初婚时自愿所生，三儿子朱厄尔（Jewel）是她与牧师惠特菲尔德偷情的产物，女儿杜威·德尔（Dewey Dell）和最小的儿子瓦达曼（Vardaman）是因为对于自己与牧师偷情的事情感到歉疚而对安斯的自愿补偿，只有二儿子达尔（Darl）是她的弃儿，

---

① Alice Shoemaker, "A Wheel within a Wheel: Fusion of Form and Content in Faulkner's *As I Lay Dying*", *Arizona Quarterley*, Vol. 35, No. 2, 1979, p. 102.

② 〔美〕威廉·福克纳：《我弥留之际》，李文俊译，上海译文出版社 2004 年版，第 146 页。

因为他是自己在受到安斯的欺骗时怀孕所生，所以在情感上始终无法接受这个孩子。也正是在她怀着达尔的时候，她决定报复安斯，给他立了约定，她死后他要把她的遗体运到她的娘家杰弗生镇安葬。

在这样的家庭氛围里，他们的孩子自然无法得到身心的健康成长。通过他们对于母亲之死的态度和内心独白，福克纳揭示出艾迪的五个子女们独特的内心世界。大儿子卡什木讷迂腐，他把对于母亲死亡的悲痛全部融进为母亲打造一口精美棺材的锯声中。听着他内心关于制作棺材的十三条设想，读者们不禁哑然失笑。作为私生子，三儿子朱厄尔似乎最受母亲的宠爱。但是私生子的地位，使他在潜意识中认为自己在家中是个另类。他最大的希望就是拥有属于自己的一匹马，为此他不惜夜里给别人打短工。对于母亲的死亡，他内心的唯一冲动就是设想跟母亲站在高山上向下推石头砸别人，直到母亲感到心里清静为止。小儿子瓦达曼心智不全，有点儿像《喧嚣与骚动》中的痴儿班吉，母亲的死使他的头脑更加混乱，他的整个意识就是"我妈是一条鱼"。他将棺材钻了几个洞，幻想母亲像鱼儿一样游出来，结果两次将母亲的脸钻破。唯一的女儿杜威·德尔也是体格健壮而头脑简单，在与男友莱夫（Lafe）一起摘棉花的时候失身怀孕。对于母亲的死亡，她没有很深的哀痛，她更关注的是怎样打掉腹中的胎儿。只有达尔是一个最具有思想和行动能力的人。作为母亲精神上的弃儿，达尔在这个本德伦家庭中成为被拒斥和排挤的对象，这种地位导致他敏感多思，他也始终与家庭的其他成员格格不入。在全书59节内心独白中，他一人占据19节，可见他在全书的重要地位。在孤独的内省中，达尔既哀叹母亲对自己身份的拒斥，又希望通过自己与他人的关系印证自己存在的意义。作为这个愚钝家庭的局外人和清醒者，达尔具有一种超乎寻常的洞察力。他知道父亲安斯的无能和自私，洞晓三弟朱厄尔的私生子身份，觉察妹妹杜威的未婚先孕。他的这种先知先觉和玄思多想更使他成为这个病态家庭的危险人物，成为家庭罪恶的替罪羊。

尽管一家人如此的貌合神离，但是对于母亲艾迪与父亲安斯的约定，他们还是决定完成。他们为艾迪打造了一口精致的棺材，驾着骡车，载上食物和其他家当，在村民们异样的目光中，开始了一场长达40英里的送葬旅程。他们神情肃穆地辗转于乡间小道上，虽然没有明显的丧亲之痛，但是也有一丝宗教般的虔诚，这情景与以色列人奔赴迦南圣地前的荒野旅行有点相似。本德伦一家尽管愚昧、自私，但是在实现母亲艾迪临终约定方面也不乏质朴和豪爽。这种由诺言维系的家族使命生成了一股暂时的向心力，使他们能够在炎热的夏天将送葬之旅变成荒野上的庄严朝圣。所以弗兰纳里·奥康纳指出，这部作品虽然是关乎密西西比州的一个"红颈"家庭，却"隐隐召唤着远古时代的时空意象"，其展现的是"灵魂上的地理背景"①。正是实践约定的某种使命感，使本德伦父子的生命潜能和基本人性能够超脱暂时的自私考虑而得以激发。一路上，面对暑天可能遭遇的数不清的艰难险阻，本德伦一家表现出难能可贵的品质，如卡什对母亲的忠诚和承受痛苦时的隐忍，朱厄尔的果敢与自我牺牲精神，杜威·德尔对卡什和瓦达曼的细心照料，就连一贯懒惰猥琐的安斯也显得格外执着，始终念念不忘对妻子的承诺和责任，决意将行程进行到底。

福克纳曾在谈到《我弥留之际》的创作时说到，他只不过是把本德伦一家置于"人所能遭受的两个最为严酷的灾难——洪水与大火——之中而已"②。这一创作意图足以将本德伦一家的送葬之旅置于《圣经》原型的反讽性叙事之中。《圣经》中先知摩西与耶和华（Jehovah）的缔约是基于结束犹太人在埃及的受难并将他们带到迦南圣地这样一个庄严的使命，因此是一种神圣的人神之约。艾迪与安斯之间的约定，虽然不乏伦理上的合理性，却是建立在夫妻失信的报复基础之上。立约者艾迪对丈夫不忠，对子女不爱，还与作为上帝代言人的牧师私通，这多种罪行足以消解她立约的合法性。安斯和他的儿女们虽然践行约定，但是都在自己的心中为约定附加各种自己的考虑。安斯答应送妻子到杰弗生镇，以便借此机会去城里安装假牙，"吃起上帝赐给的粮食时也像个人样"，或许还可以再娶一房妻子。他的子女们也各有自己的打算，愚钝木讷的大儿子想去买一台向往已久的点唱机，朱厄尔为送葬途中能骑到心爱的马而感到开心，女儿杜威·德尔要去城里打胎，痴儿一般的瓦达曼惦记着玩具小火车。这就使艾迪和安斯的约定的道德性再一次消解。人类因堕落而遭遇来自上帝的大火和洪水的惩罚，本德伦一家的堕落也势必令他们的送葬之旅充满艰难险阻。

艾迪的多种罪行也使她自己受到了惩罚。她在一个盛夏时节病逝。在她弥留之际，一家人本该守在身边为她送终。可是贪财的丈夫竟让两个儿子驾骡车去外地拉木材。就在这时，一场暴雨不期而至，不仅打断了儿子们按原计划回家的行程，使艾迪带着未能与儿子们见上最后一面的遗憾死去，而且还耽误了出殡的日期，使艾迪的尸体逐渐发臭。结果，艾迪对丈夫的报复在冥冥之中演变成为对自己的报复。骡车是本德伦父子运送棺

---

① Flannery O'Connor, *The Habit of Being: Letters of Flannery O'Connor*, p. 162.

② Frededck L. Gwynn and Joseph L Biotnex, eds., *Faulkner in University*, New York: Vintage Books, 1965, p. 87.

材、进行送葬之旅的重要旅行工具，福克纳对它的描写颇似《圣经》中的诺亚方舟。在《圣经》中，上帝发滔天洪水灭绝人类，却让义人诺亚一家的方舟安然无恙。《我弥留之际》中的本德伦一家的送葬骡车，却是《圣经》中诺亚方舟的反讽性翻版。密西西比河流域遭受的这场旷世未闻的大洪水，淹没了道路与河岸；水面上的树、芦苇、藤蔓飘摇不定，仿佛已经与土地隔断；横跨在河上的桥"一头扎进汹涌的水中，好像一直插到地球的另一端"。放眼望去，整个世界似乎"正在加速运动，差一点就要掉到万劫不复的悬崖底下去"①。这种末日般的情景不能不使人们联想起《圣经》中诺亚时代的滔天洪流。

面对共同的生存危机，人类是有可能暂时摒弃前嫌，从而同舟共济地应付迫在眉睫的生存困境的。本德伦一家也是如此。面对突如其来的洪水，他们决定铤而走险，强行过河。朱厄尔探路，卡什驾车，达尔在一旁相帮，三兄弟暂弃前嫌。他们将骡车赶进水中，小心翼翼地前行。但是由于这家人心中各有罪恶，上帝可不像对待诺亚那样对待本德伦一家，而是要以某种形式对他们进行惩罚。果不其然，在骡车快要到达河对岸时，突然一根巨大的圆木"从水里冒出来，有好一会儿像基督似的直立在汹涌起伏的荒凉的波浪上面"，径直朝大车猛冲而来。大车瞬间被掀翻，拉车的两匹骡子一命呜呼，驾车的卡什一条腿折断。然后，这根圆木"一头朝着大车绕了一圈就彻底离开它了"，仿佛是"被派到这儿来完成一个任务"②。这根圆木仿佛上帝之手的化身，来惩罚本德伦一家的罪恶。在这突发的灾难面前，本德伦们表现出某种可贵的人性本能。朱厄尔奋不顾身地将母亲的遗体从水中救出，还打捞出卡什珍贵的木匠工具。当拉棺材的骡子被洪水淹死的时候，朱厄尔用自己心爱的马换了两头骡子，使送葬之旅得以继续进行。

由于暴雨毁坏了附近的道路和桥梁，本德伦一家不得不几经辗转，寻找通向杰弗生镇的新的道路和桥梁。当他们反复在萨姆森农庄、怀特里夫和塔尔家河岸、哈利洼地、莫特森镇等地迂回穿行的时候，一个叫纽霍普的地名反复映入他们的眼帘。纽霍普的英文是 New Hope，意为"新希望"。这里本有一座教堂，安斯的祖辈就葬在旁边的墓地里。不管是依据风俗习惯还是从天气、路况等因素考虑，故去的本德伦太太都理当在此下葬安息，这里应该是本德伦家的"新希望"。可是本德伦父子们却对这

---

① 〔美〕威廉·福克纳：《我弥留之际》，第 124 页。
② 〔美〕威廉·福克纳：《我弥留之际》，第 131 页。

"新希望"视而不见，仍然固执地前行，这就使他们的送葬之旅更具有现实的和象征的含义。从现实的意义讲，安斯和他的儿女们甘冒盛夏的酷暑和坎坷的路况到杰弗生镇安葬艾迪，是因为他们各自的私心远大于实践艾迪约定的忠诚；从象征的意义讲，有醒目的路牌却依然陷入迷途，这透示出本德伦一家心灵的隔膜而导致的道路的迷途。

虽然经历了洪水的考验，但是在纽霍普错过"希望救赎"的本德伦们还要在旅行途中经历一场大火的考验。不过，这场大火不是上帝的惩罚之火，而是缘于本德伦一家的人性之火。由于洪水的浸泡和连日的炎热，艾迪的尸体已经腐烂发臭。具有先知般意识的二儿子达尔认为，这趟被洪水延误的送葬旅程已经失去其最初的意义，再继续走下去的话，不仅是对母亲的不敬，也是对上帝的亵渎。再者，卡什的脚踝也伤得不轻，急需钱治疗，再这样继续下去对谁都不利。于是，他决定放一把火，把停放母亲尸体的棺材烧掉。对于二弟达尔的这一理性决定，作为长兄的卡什也表示认同。然而具有荒诞意味的是，由于朱厄尔及时闯进大火抢救出母亲的棺材，结果大火非但没有实现达尔的意图，反而将邻居借给他们临时停放棺材的谷仓给焚烧了。这场大火不但没有阻挠本德伦一家荒诞的送葬之旅，反而为全家清除达尔这个先知般的异己埋下伏笔。

历经旅途的艰难万险，本德伦们终于将一具腐烂发臭的尸体拉到杰弗生镇，并将之在艾迪的娘家墓地下葬。艾迪的尸体刚刚入土，本德伦一家就以达尔的疯癫为借口，急不可耐地开始了围捕达尔的行动。围捕达尔最起劲的是朱厄尔和杜威·德尔，他们和疯人院的工作人员一起，把达尔捆住，并带上驶向疯人院的火车。他们这样做，表面上看是为了逃避邻居的起诉，实际上是本德伦家为了祛除达尔对家庭成员的隐秘的洞察及由此带来的恐惧，减轻他们送葬之旅中积累起来的挫败感和对于艾迪遗体不敬的负罪感。卡什虽然对达尔并无恶意，对达尔疯癫之说也不大相信，但是他也认为这是一个保全家庭的策略，并自我安慰地想："这样对他也许更好些。这个世界不是他的；这种生活也不是他该过的。"①

本德伦一家的送葬之旅，本质上是一次离心之旅。"福克纳小说中的本德伦一家，踏上一次埋葬母亲/妻子艾迪的旅行。这次重任需要家庭的同心协力，然而在旅行途中，家庭成员彼此间的离心越来越明显。读者们在本德伦一家的追寻中所看到的不是个体的成员结合在一起完成这次追

---

① 〔美〕威廉·福克纳：《我弥留之际》，第225页。

寻，而是个体迫于压力凑合在一起，这从一开始就强化了他们的相互离心。"① 虽然本德伦一家的送葬之旅使他们在面临洪水的考验时瞬间绽放出一丝人性的火花，全家同舟共济地渡过洪水的难关，但是那毕竟是昙花一现的东西。送葬之旅结束后，他们不仅像该隐（Cain）弑杀兄弟那样开始围捕达尔的行动，而且安斯通过这次送葬之旅为自己找到了一个新的太太，杜威的打胎没有成功而即将分娩一个新人。本德伦一家的罪恶是否会在新的家庭和新的一代重新发生？这是福克纳为后人留下的一个悬念。

第四节　《你不能再回家》——火车旅行与回不去的南方家园

姑且不论小说的内容，单从题目上讲，托马斯·沃尔夫的《你不能再回家》就具有旅行叙事的意蕴。尽管小说中的许多局部章节表现了主人公的归家之旅和美欧之间的旅行，但小说的中心主题是归家的不可能性，这就反讽性地照应了美国文学中少有的归家之旅的总体叙事特征。在这部长篇小说中，沃尔夫采用局部的火车旅行叙事和总体的心踪旅行相结合的叙事方式。具体的火车旅行主要有两次，而"家园"这个旅行意象则由利比亚希尔这个具体的南方小镇升华为过去熟悉的生活的总体精神意象。当代的南方人再也无法回归逝去的南方传统家园这一宏大的主题建构，则主要通过心踪旅行这一叙事模式实现。

作为长篇小说《网与石》（*The Web and the Rock*，1939）的续篇，《你不能再回家》的主人公仍然是乔治·韦伯。乔治的父亲是一个北方人，他的母亲是一个南方人。这一家庭背景既使主人公身上具有南方性的传统，又最终暗喻着他从精神上无法完全回归南方的家园。因为在评论家看来，乔治·韦伯具有南北分裂的二元主义精神遗产。"北方代表着理性、秩序和控制。南方代表着无意识的王国，里面有内在的力量和危险，那就是直觉、冲动、暴力和迷信。"② 乔治所居住的纽约市，就是北方的象征，而他所爱恋的女人伊斯特·杰克（Esther Jack）则代表着北方的那种"理性、秩序和控制"。杰克把她的爱全部给予乔治，也因此想完全占有乔治，使

① Jonathan P. Davis, *Stephen King's America*, Bowling Green, Ohio: Popular Press, 1994, p. 100.

② Richard S. Kennedy, "Thomas Wolfe's Don Quixote", *College English*, Vol. 23, No. 3, December 1961, p. 188.

得乔治感到"如同被关在牢笼中一般"。为了摆脱这种爱情的束缚，乔治决定逃离，离开杰克，来到欧洲。离开北方而又没有返回南方传统家园的乔治"便成了一位异乡的流浪汉。他一路漂泊经过英格兰、德国和法国，到过数不清的新地方，遇到了数不清的人们。在穿越大陆途中他咒骂、嫖妓、饮酒、争吵，他的脑袋也被人打破……在慕尼黑医院康复的孤独日子里，他躺在床上……在那里，他最终获得了一丝直觉"①。这是乔治逃离北方后在欧洲的漫游，也是小说旅行叙事的虚写，反映出沃尔夫早年在欧洲的旅行经历。通过在欧洲的游离，通过游离途中所经历的考验、磨难和幻灭，乔治似乎意识到自己贸然离开恋人伊斯特的莽撞，漫长的旅途也加深了他对恋人的思念，于是他决定从欧洲返回纽约。"在一阵强烈的好奇心的驱使下，他感到自己已经真正地回家了——回到了美国这个家，回到了曼哈顿密集砖石群中的家，回到了爱的家园。"②

回到纽约不久，乔治就接到舅舅发来的关于姨妈乔伊娜（Aunt Maw Joyner）病故的电报，要他从速回归故乡利比亚希尔镇，参加姨妈的葬礼。犹如福克纳《献给艾米丽的玫瑰》（"A Rose for Emily"）中的主人公艾米丽·格里尔逊（Emily Grierson）小姐一样，姨妈乔伊娜也是一位老处女，代表着旧南方的传统。她用她那永无休止的单调声音讲述着她们乔伊纳尔家族在内战前的辉煌经历，也曾经以严厉和坚定的热情把乔治拉扯大，希望他成为一个为日渐衰败的乔伊纳尔家族光宗耀祖的人物。如今，姨妈乔伊娜这位乔伊纳尔家族中最年长、最不惧死亡的人也去世了，她的死象征着南方宗法制社会的终结，也暗喻着乔治的南方家园的失去。尽管乔治对回归故乡利比亚希尔镇有一丝恐惧，尤其是在姨妈去世这一特定场合，他还是购买了回归故乡的火车票，踏上归家的旅程。

"火车，火车站及远方火车的鸣笛声遍布沃尔夫小说的每一个页面，也占据着他作品中每一个人物的意识。在所有的长篇小说和短篇小说中，沃尔夫将数以百计的页面用来描绘他的主人公尤金·甘特或乔治·韦伯坐火车在美国或欧洲旅行的场景……对于沃尔夫来说，这种火车旅行不是将人物从一个地方运到另一个地方的途径，而是故事的中心场景就发生在火车上。"③沃尔夫之所以花费如此多的笔墨描绘火车旅行，不仅是因为早年海量的火车旅行经历，还因为作为现代科技的产物，铁路和火车对南方文

---

① 〔美〕托马斯·沃尔夫：《你不能再回家》，第3页。
② 〔美〕托马斯·沃尔夫：《你不能再回家》，第2页。
③ Joseph Bentz, "More than a Means to an End: The Train as the Locus of Human Interaction in the Fiction of Thomas Wolfe", *Thomas Wolfe Review*, Vol. 36, No. 1 - 2, 2012, p. 7.

化的暧昧性具有重要的影响。"总体而言，铁路作为文学意象和象征，代表着南方文化在面临日益勃兴的技术闯入时的矛盾心理，那种要摆脱堕落的物质主义世界惰性的内在承诺与疏离传统的自然秩序所带来的威胁之间的矛盾。换句话说，像20世纪的许多新技术一样，铁路对于南方文化来说代表着自由和宿命主义。一旦坐上新南方时代的火车，那就不可能再下车或者回去，直到从文化和文学上走完通向现代主义的区域旅行。"① 在《你不能再回家》这部小说中，乔治离开他在纽约的寓所，来到宾夕法尼亚火车站，思考着即将到来的长途火车旅行，心中品评着这次火车旅行将给他带来怎样的渴望与刺激。

在沃尔夫的小说中，"火车站是另一个常见的场景。这些火车站场景充满极端的情绪，只有了解这样的一个事实这些场景才可以忍受。那就是：像火车旅行一样，一旦火车到达，这些火车站场景也注定有一种确定的终结"②。在小说《你不能再回家》中，沃尔夫通过乔治的思绪，照例对火车站在人们旅行中的作用进行高度的评价："现在对乔治来说，没有什么地方可以与火车站相比，这里具有一种无与伦比的合理与恰当。因为正如在地球上的其他地方一样，人们在他们无尽的旅行开始和结束时都会聚集在此，在这里他们互相问候和道别。在这里的一瞬间，人们会得到全部人类命运的照片。"③ 像《天使望故乡》和《时间与河流》的主人公尤金·甘特一样，乔治在乘火车旅行时，照例选择普尔曼快车的 K19 号车厢。因为在乔治看来，这节列车与他的南方家乡利比亚希尔小镇联系最为密切。这节车厢的两点都与美洲大陆相连，而他的家乡介于两点之间，这火车成为他与家乡之间联系的唯一纽带。"一个人可能已经离开故乡多年，没有见过一张熟悉的面孔；一个人可能已行遍天涯……一个人可能在曼哈顿的高楼间生活和工作多年，直到有一天他对故乡的回忆变得如梦中一样模糊不清。然而当他踏进 K19 号车厢的时候，这一切又重新回来了，他脚踩大地，已然回到了故乡。"④

然而令乔治感到遗憾的是，在 K19 号车厢遇到的故乡人物关于故乡利比亚希尔的交谈内容却丝毫不像乔治一生所了解的南方沉睡的山区小镇的

① Joseph R. Millchap, *Dixie Limited*: *Railroads*, *Culture*, *and the Southern Renaissance*, Lexinton, Kentucky: University Press of Kentucky, 2015, p. 37.

② Joseph Bentz, "More than a Means to an End: The Train as the Locus of Human Interaction in the Fiction of Thomas Wolfe", p. 18.

③ 〔美〕托马斯·沃尔夫：《你不能再回家》，第 34 页。

④ 〔美〕托马斯·沃尔夫：《你不能再回家》，第 36 页。

事情。镇长巴克斯特·肯尼迪（Baxter Kennedy）、巴·奥·弗拉克教长（Pa on Flack）、银行家贾维斯·里格斯（Jarvis Riggs）等人在一起交谈的不是故乡的风土人情和逸闻趣事，而是土地购买和房地产开发。这使乔治感到困惑和迷惘，不知道故乡究竟发生了什么。庞大的列车在新泽西州大地上轰隆飞驰，穿过宾夕法尼亚州、特拉华州，一直驶向南方，沿途不断展现的土地景象犹如时间之轴的序列在慢慢展开。火车在巴尔的摩车站中途停下的时候，有一个叫拉姆福德·布拉德（Rumford Bland）的盲人法官上了车。这位法官乔治认识，他来自家乡利比亚希尔一个古老而显赫的家族，主要经营镇上的黑人法律业务。借助乔治回忆布拉德法官在利比亚希尔镇与黑人打法律交道尤其是放高利贷的往事，沃尔夫再次表现了美国南方黑人与白人之间的种族冲突，表明沃尔夫虽然致力于表现美国宏大的叙事，但其小说创作并没有疏离南方文学的传统。昔日这位具有辉煌荣耀、沾满黑人鲜血的法官，如今也已经到了人生暮年，而且双目失明。这再次让乔治产生一种世事变迁、物是人非的感觉。当得知乔治此次回家乡是为逝去的姨妈乔伊娜奔丧时，布拉德法官反问道："你觉得你又可以回家了吗？"① 这一突如其来的反问令乔治感到惊愕和气愤，同时也成为乔治"再也不能回家"的谶语。

回到故乡，首先前来车站迎接乔治的是他儿时的隔壁邻居玛格丽特（Margaret）兄妹。乔治曾经和玛格丽特一起度过青梅竹马的童年时光，其间双方都曾允诺要毕生钟爱对方并且在长大后结婚，但是岁月改变了一切。随着乔治离开故乡多年，以及玛格丽特家庭的变故，这对青梅竹马的好伙伴再也没有机会走到一起。莫名的失落感使乔治心中升起一丝哀伤。在舅舅家，乔治看到外祖父多年前亲手建造的房屋虽然还在，但是"要比他记忆中的更小、更寒酸、更破旧"。虽然舅舅、舅妈和乔伊纳尔家族的其他人对姨妈的葬礼安排还算尽心，但是乔治感觉他们心中并没有过多的悲伤。尤其是给姨妈进行死亡超度的牧师，竟然带着几分冷酷和自以为是，在布道时津津有味地重复着乔伊纳尔家族的丑闻。前来送葬的迪莉娅·弗拉德夫人（Mrs. Delia Flood），不但连做作的哀痛都没有，还在送葬的过程中大谈特谈房地产投资。这一切都让乔治为南方传统家园的逝去感到悲哀：

　　　　乔治感到一种从未感受过的痛苦和悲伤……这是一种为自己和所

---

① 〔美〕托马斯·沃尔夫：《你不能再回家》，第 58 页。

有人而产生的痛楚与同情，其中包含了对生命短暂、生命渺小及突然
来临的无尽黑暗的理解。而今随着姨妈的离去，家中已无什么亲近之
人了……他想到了即将面对的茫然前程，一时间觉得自己就像个迷途
的孩子，充满了巨大的恐惧和绝望，因为他现在觉得那根将他跟故乡
大地相连的纽带已经断裂，而他就像一个无家可归、背井离乡、孤
独、无处可去、在广大荒凉的地球上找不到归宿的人。①

　　乔治的"无家可归"的情感还因为两个见闻而变得更加剧烈。其一是
因为此前创作的小说《群山之家》（Home to Our Mountains）将南方故乡卡
托巴地区的父老乡亲如实地写了进去，乔治受到了故乡利比亚希尔镇人的
敌视。当地人认为乔治在小说中丑化他们，于是他们开始威胁乔治，甚至
那些少年时代的玩伴们，如今见到他也退避三舍或缄口不言。更有甚者，
他们威胁要对乔治施以南方社会惯用的私刑，甚至要杀掉乔治。这种来自
于南方家乡的敌意和隔膜使乔治"觉得他已彻底消失在人们的生活中，比
他死去还消失得彻底，他感到他失去了所有人"②。其二是北方资本主义的
入侵已经使南方彻底失去了昔日田园牧歌式的宁静，就连利比亚希尔这个
昔日与世隔绝的山区小镇，如今也在发疯似的进行房地产投机。"到处都
是搞房地产的人。他们的汽车和巴士轰鸣着穿过城市的街头，进入乡村，
载着成群的潜在客户。人们可以看到他们站在门廊旁展开设计图及简介，
冲着耳聋的老妇叫喊着诱惑和暴富的许诺……大家都在购置产业；不论从
名义上还是在实践中，人人都是地产商。"③ 这种疯狂的房地产投资，终于
随着美国经济危机的到来，使利比亚希尔镇陷入全面的崩盘。资本主义的
房地产投机，已经把南方故乡的地貌和人们的精神搞得面目全非，也令乔
治精神上的家园荡然无存。总之，由于资本主义对美国南方的入侵，乔治
是再也无法回归南方传统的精神家园了。

　　小说中另外两次重要的旅行发生在英国和德国。发生在英国的主要是
汽车旅行，发生在德国的是火车旅行。从表面上看，这两次旅行与主人公
回归南方家园似乎关系不大，但是从深层意义上讲，它们是主人公乔治探
索"回归家园"的继续，尤其是德国的那次火车旅行。以前，乔治认为
"德国是继美国之后他最喜欢的国家。在那儿他觉得最舒适，他与那里的

---

① 〔美〕托马斯·沃尔夫：《你不能再回家》，第 73 页。
② 〔美〕托马斯·沃尔夫：《你不能再回家》，第 89 页。
③ 〔美〕托马斯·沃尔夫：《你不能再回家》，第 78 页。

人有着最自然、最直接、最本能的同情和理解。德国不同于其他任何国家，它具有某种吸引他的神秘和魔力"①。如果乔治在美国南方回归不了家园，他或许能在德国找到家园的感觉。尤其是随着他的第二本小说在德国的发行，乔治发现他像拜伦一样，一觉醒来发现自己出名了，具有优厚的物质来源，可以娶一位德国女孩为妻。然而随着希特勒（Hitler）和纳粹分子的上台，整个德国陷入白色恐怖之中。首当其冲的是在德国生活的犹太人，他们遭到纳粹分子的逮捕、监禁和屠杀。面对这种恐怖的氛围，乔治只得忍痛选择离开德国，乘火车踏上通往法国巴黎的旅程。沃尔夫照例花费大量的笔墨来描写这次欧洲火车旅行，从站台朋友的送别、火车上新结识的旅客、一路经过的站台景点到火车到达巴黎车站终点，甚是详细。虽然在火车上美国旅客的活动并没有受到纳粹列车警员的限制，但一个犹太人却以携款走私的罪名被逮捕并被押下火车。看着这位曾经一路同行的旅客被羁押在比利时火车站那无助的场景，乔治和其他几位旅客感到某种毫无掩饰的愧疚。"他们都觉得此时是在道别，不是向一个人道别，而是在向人性道别；不是在向某个可怜的陌生人、某位旅途中偶尔结识的人道别，而是在向人类道别；不是向生活中某个无名之卒道别，而是向某位形象渐渐模糊的兄弟道别。"② 通过这次欧洲火车之旅，沃尔夫再次揭示，在德国，主人公乔治找不到归家的路。

在小说的其他部分，例如"杰克的世界""结束与开始""寻找公正的美杜莎""流亡和发现""风起水涌"等，沃尔夫主要采用"心踪旅行"的叙事方式，从更广阔的层面上探索"不能归家"这一主题。所谓心踪旅行叙事，常常是旅行者触景生情后勾起的恋旧心绪，重新回到记忆库中的旅行时间，去开辟心灵的旅行路线。心踪旅行叙事具有下述特征：首先，旅行者的旅踪是心理的，它通过联想把以往的旅行印象串联起来，构成一个独特的旅行世界；其次，就是对过去的印象做一定的情与景、心与物的剥离，在剥离中赋予再造的旅行世界以新的情感内容③。透过心踪旅行的叙事模式，小说的场景不断地在利比亚希尔、纽约、伦敦、巴黎、柏林、南方和北方等城市和地域之间转换，主人公乔治的思绪也如万花筒般地在内战、黑人、犹太人、女人、爱情、孤独和友爱、经济危机、人类本性、上帝等话题方面游弋。即使是这些心路历程的抒发，沃尔夫也通常使用物

① 〔美〕托马斯·沃尔夫：《你不能再回家》，第446页。
② 〔美〕托马斯·沃尔夫：《你不能再回家》，第501页。
③ 南治国：《中国现代小说中的南洋之旅》，博士学位论文，新加坡国立大学，2005年，第6页。

理旅行的意象。比如乔治在与儿时的伙伴兰迪·舍波顿（Randy Shepper-
ton）谈论美国的衰败时，就运用了旅行的意象："美国已经在某处脱离了
正常的道路，返回到内战时期或刚结束不久的时期。它并没有超前沿着国
家创立之初的路线发展，而是转向另一个方向。现在我们环顾左右，才发
现我们已经走到了我们并不想走的地方。"①

从故乡利比亚希尔回到纽约的乔治，发现他也不属于杰克夫人的爱情
世界。杰克夫人代表的是纽约上流社会，出入她的朋友圈的都是纽约经济
界和艺术界的大腕人物，他们过着纸醉金迷、放浪形骸的生活。尽管杰克
夫人爱恋着乔治，一心想把他拉入纽约上层社会，但乔治仍然发现，他与
这个社会格格不入，并最终选择与杰克分手。这表明，来自南方小镇的年
轻人乔治也无法返回以杰克夫人为代表的建立在北方资本主义财富之上的
"爱情家园"。离开杰克夫人的爱情世界并到曼哈顿独自谋生的乔治，结识
了文学编辑福克斯·爱德华（Fox Edward）先生。"这位来自南方的热血
青年，情感丰富，他多年前就失去了父亲，现在已在爱德华身上找到了替
身。而爱德华，这位矜持的新英格兰人，具有很强的家庭和继承意识……
随着时间的推移，他把乔治看作自己的养子。"② 在西方文化传统中，"寻
父"是和旅行紧密结合的叙事。在《奥德赛》中，由于奥德修斯多年离家
不归，他的儿子忒勒玛科斯（Telemachus）便外出寻父，终于在女神雅典
娜的帮助下与父亲团聚。乔治通过多年的人生奔波，终于在曼哈顿找到了
自己的精神之父。每当遇到人生中的烦闷事情的时候，乔治总能够在福克
斯那里找到精神的慰藉。然而，他们建立的长达 9 年的友谊家园最终还是
坍塌了。在表达乔治与福克斯友谊诀别时，沃尔夫仍然运用旅行的语言：
"在人生的旅途中，你是北极，我是南极……我们中间隔着整个世界。"③
通过乔治与自己的精神之父和贴心好友福克斯·爱德华因信仰不合而导致
的最终分手，沃尔夫意在表现乔治无法回归"友谊之家"。

通过乔治物理意义上的火车旅行和内心的精神旅行，沃尔夫再现了 20
世纪 30 年代南方城镇的变迁、席卷美国的经济危机、德国纳粹分子对犹太
人的迫害等政治形势，以及在这些形势的作用下美国人爱情、友谊、名利、
伦理等情感的变化，这一切预示着从南方社会走出来的乔治将再也无法回归
南方的传统家园。不仅如此，由于疏离了南方精神传统，也无法融入北方的

① 〔美〕托马斯·沃尔夫：《你不能再回家》，第 277 页。
② 〔美〕托马斯·沃尔夫：《你不能再回家》，第 311 页。
③ 〔美〕托马斯·沃尔夫：《你不能再回家》，第 528—529 页。

商业社会，乔治将无法回归任何家园。这个家园不仅是物理意义上的家园，更是精神意义上的家园。这正如乔治在写给好友福克斯信中所说的那样：

> 你再也无法回到家乡。对他来说这句话有很多含义。你无法返回故乡、回到你的家中；无法返回童年、回到那种浪漫之爱、回到你年轻时对名利的梦想之中；你无法返回流亡状态、无法逃避生活来到欧洲那些异邦之地；你无法返回满是诗意的日子、无法为唱歌而唱歌；你无法回到唯美主义、回到"艺术家"年轻的思想及"艺术"与"美"的满足之中；你无法返回象牙塔、返回乡下、返回百慕大的村舍、无法远离所有的纷乱和冲突；你无法返回已经失去，但却一直寻找的父亲身边。①

第五节 《智血》——破旧汽车上的巡回旅行布道与死亡

如果说威廉·福克纳的《我弥留之际》讲述的是南方一家人的马车旅行，托马斯·沃尔夫的《你不能再回家》讲述的是一位南方青年作家的火车旅行，那么弗兰纳里·奥康纳的《智血》则讲述的是一位南方落魄青年的火车和汽车的双重旅行。通过再现这个南方落魄青年的旅行、布道和死亡，奥康纳揭示的仍然是南方社会的病态和没落。

22岁的南方青年黑兹尔（Hazel Motes）的旅行，非常符合玛丽·戈顿（Mary Gordon）所言的美国运动男孩的特征。"运动着的男孩形象一直是美国文学的中心形象"，这个男孩"必须能够运动"，而且还要"自由"和"快速"地运动②。《智血》不但叙写了主人公黑兹尔·莫茨的物理意义上的旅行，而且将主人公的道路旅行与对天主教的背弃和追求有机地结合起来。"黑兹尔的道路，像圣保罗到大马士革的旅行一样，漫长而又充满冒险。黑兹尔不断地在行走。每一次他企图逃避，每一次耶稣都紧追不舍。黑兹尔坐火车，步行，最终开车旅行。"③这双重意义上的旅行，显然

① 〔美〕托马斯·沃尔夫：《你不能再回家》，第508页。
② Mary Gordon, *Good Boys and Dead Girls: And Other Essays*, New York: Open Road Media, 2013, pp. 3–4.
③ Connie Ann Kirk, *Critical Company to Flannery O'Connor*, New York: Infobase Publishing, 2008, p. 167.

也属于美国文学中司空见惯的"追寻"（quest）。所谓"追寻"，就是作品中的主人公或主要人物为了某一理想、某种神圣的目的或者某种价值观，甘愿踏上地域的或精神的旅途去进行上下求索。这种追寻性叙事通常具有表层的道路旅行叙事和深层的精神哲理探索。正如罗伯特·雷切尼茨（Robert M. Rechnitz）所言，"《智血》，弗兰纳里·奥康纳近期出版的第一部长篇小说，是一部追寻小说。黑兹尔·莫茨，勤奋得像一个基督徒，致力于将他的朝圣通向荣光之门"①。为了表现主人公黑兹尔物理的道路旅行和精神的追寻，奥康纳在小说中隐含了《圣经》中圣保罗到大马士革旅行的神话叙事。在《圣经》中，使徒保罗起初认为耶稣是违背传统犹太教信仰的异教徒，极力迫害耶稣和基督徒。在去大马士革的旅行途中，耶稣使保罗致盲，并随后恢复了他的视力。从此，保罗皈依基督教，在地中海地区广泛旅行，传播基督教。

作为物理意义上旅行的典型表征，《智血》一开始就表现了主人公黑兹尔·莫茨坐火车去托金汉姆市旅行的情景："黑兹尔·莫茨坐在车厢里绿色长毛绒座位面对列车行进方向的一角，先是默默地凝视着窗外，似乎打算跳出去，一会儿后又顺着通道望向车厢的另一头。列车像是沿着林梢穿行，树梢渐渐掠过，便又露出了挂在远处林边的火红的落日。"② 黑兹尔所乘坐的这列火车，既是主人公旅行的载体，又像巴赫金所言的"道路时空体"小说中的旅店，"为演员、情人、流浪汉、水手、逃犯及各式各样的旅者提供了相遇的场所"③。在这列通往托金汉姆市的火车上，黑兹尔首先遇到的是乘务员和邻座乘客希契科克太太（Mrs. Hitchcock）。黑兹尔与他们关于家乡和旅行目的地的交谈，使得这位 20 岁的青年旅者开始思考此次托金汉姆市旅行的目的："就是说要去那儿，就是这么回事。"④ 这个回答尽管含混不清，但仍然暗示黑兹尔此次的旅行目的是寻找一个"地方"来代替失去的家园。黑兹尔出生于田纳西州的埃斯特罗德乡下，祖父是一位巡回传教士，母亲也是一位虔诚的天主教徒。尽管祖父和母亲成功地在黑兹尔心中培养出一种敬畏上帝的虔诚，这种虔诚却与少年心中对发怒的上帝的恐惧结合在一起，反讽性地将黑兹尔变成一个背弃上帝的叛逆

---

① Robert M. Rechnitz, "Passionate Pilgrim: Flannery O'Connor's *Wise Blood*", *The Georgia Review*, Vol. 19, No. 3, Fall 1965, p. 310.

② 〔美〕弗兰纳里·奥康纳：《智血》，周欣译，译林出版社 2001 年版，第 1 页。

③ Percy G. Adams, *Travel Literature and the Evolution of the Novel*, Kentucky: University Press of Kentucky, 1983, p. 225.

④ 〔美〕弗兰纳里·奥康纳：《智血》，第 6 页。

者。即使黑兹尔长大后做牧师的决定，也是基于逃避罪恶、逃避耶稣的愿望。在 18 岁的时候，黑兹尔被迫应征入伍，被派遣到异国战场上。在异国他乡，黑兹尔一方面努力使自己远离罪恶，另一方面却发现自己的宗教灵魂已经不复存在。经过 4 年在异国他乡的征战，黑兹尔拖着失去灵魂的身体躯壳，终于乘火车回到了南方家乡埃斯特罗德，却发现家乡"只剩了个空壳，除去骨架什么都没有了"①。这个与颓废和死亡联系在一起的南方家园，已经不再是回归的地方，而是一个逃避的地方。"黑兹尔离开埃斯特罗德这个已经消失的宗教虔诚之乡，标志着他已经成为一个货真价实的'悬置'的人——不仅悬置于他的家乡之外，而且也悬置于在他看来整个世界，这个世界是埃斯特罗的延伸。"② 从这个意义上讲，黑兹尔的这次火车旅行，既是一种逃离南方的离家之旅，也是一种追寻新的家园和灵魂归宿之旅。从叙事模式上讲，黑兹尔的旅行也基本符合约瑟夫·坎贝尔所界定的"英雄旅行"的模式，尤其是在第一个环节的"英雄启程"。

一旦黑兹尔离开了埃斯特罗德，他就处于不断的旅行之中，不管是坐火车、开汽车，还是步行。尽管内心在企图否定基督教，黑兹尔还是为他此次的旅行购买了一套深蓝色的套装和一顶硬帽，使他看起来像一位福音传教士。黑兹尔此行的目的地托金汉姆市，俨然如神话中的英雄所遁入的地狱或黑暗王国。正如荣格所言，"这种神话英雄遁入地狱的目的，是要表明只有在这个危险的地方（有水的深渊、洞穴、森林、岛屿和城堡等），英雄才能找到那不易得到的珍贵的东西"③。当然，在地狱中，英雄会遇到各种诱惑和危险。在托金汉姆车站下了火车后，黑兹尔立刻就被城市眼花缭乱的景象迷惑了，各种广告和招牌扑面而来，还有厕所墙壁上涂满的污言秽语和不堪入目的男女图片。像一个迷途的人一样，黑兹尔被城市的一系列招牌引领到犯罪的地方。在肮脏的男厕所里，黑兹尔遇到的第一个诱惑是一则字体写得歪歪扭扭的小广告。"本城最好客的床铺"，虽然名为旅店住宿，却透露出诱人的色情意象。于是，黑兹尔打出租车到利昂娜·瓦特斯（Leora Watts）家去，沿途面对司机怀疑的目光，极力否认自己是基督徒或者牧师。到了瓦特斯太太家，黑兹尔照例否定自己的宗教信仰，在这位老房东兼妓女的诱惑下，犯下嫖宿的罪恶。这是黑兹尔在地狱王国里

① 〔美〕弗兰纳里·奥康纳：《智血》，第 18 页。
② Insoon Choi, The Journey Home to the True Country: A Study of Flannery O'Conner's Fiction, p. 174.
③ Carl G. Jung, *Psychology and Alchemy*, London: Routeledge & Keegan Paul, 1968, pp. 335 – 336.

所经历的第一次诱惑。他这样做的目的，就是通过去"作恶"来证明"他不相信罪恶"这种弃神谬论。

　　第二天，黑兹尔开始步行游览托金汉姆市，以便了解它的肮脏和邪恶。"到托金汉姆的第二天晚上，黑兹尔沿着店铺橱窗在闹市漫步，不过没有兴趣向里面瞧上一眼。黑色的天穹看上去像是脚手架的长条银色斑纹支撑着……不过行人中没有谁顾得上关注天空，因为托金汉姆的所有店铺在星期四这天晚上整夜都不打烊，给了全城居民一个特别机会来选购所需的物品。"① 这表明，托金汉姆市已经沦为黑暗的地狱，人们对物欲的觊觎胜过了对上帝所赐予的美好景观的关注。在这个南方城市，妓女们专注于卖淫，街头小贩们变着花样兜售自制的削土豆器，巡回牧师用花言巧语骗取钱财，外来者得不到关心。公园看门人伊诺克·埃默里（Enoch Emory）和巡回牧师阿萨·霍克斯（Asa Hawks）是黑兹尔在这次城市之旅中所结识的两个重要人物，对于黑兹尔认识城市和宗教的虚无本质具有重要的作用。哈罗德·布鲁姆认为，"伊诺克·埃默里是《创世记》章节中两个伊诺克人物的互文性呈现。第一个伊诺克是该隐的儿子，是他的父亲因为杀了亚伯（Abel）而遭到上帝诅咒后而生……第二个《旧约全书》中的伊诺克是亚当（Adam）和夏娃（Eve）的第三个儿子赛斯（Seth）的儿子"②。根据《旧约全书》，第一个伊诺克代表的是人类的任性和与上帝的疏远，因此上帝要惩罚他去四处流浪并遭遇孤独。像《圣经》中的第一个伊诺克一样，《智血》中的伊诺克·埃默里自幼也被父亲遗弃，孤身一人流落到托金汉姆市，在城市公园找到一份看门的工作，在城市的一隅居住安顿下来。然而，在这个人与人缺乏精神沟通的地狱之城，伊诺克感到出奇的孤独和寂寞。托金汉姆市的人"不是想方设法把你打趴下"，就是"连鬼也没有一个来上门"拜访。为了摆脱寂寞，伊诺克像宗教信徒一样每天去四个地方朝觐：到一个叫"冰瓶"的热狗摊享受巧克力麦乳精的味道，到动物园看关在笼子里的动物，到游泳池看女人的半裸游泳，最后是到博物馆看干尸。这样的朝圣，当然与宗教意义上的朝觐背道而驰。第二个伊诺克代表的是善良，是上帝的同行人，能与上帝进行直接的交流。在《智血》中，伊诺克·埃默里也企图与托金汉姆市里的人尤其是新来的旅客黑兹尔进行沟通，向后者传授一种依靠自身内在的知识而非精神或情感的指导来决定人生方向的所谓的"智血"理论。为了帮助黑兹尔建立一种新的宗

① 〔美〕弗兰纳里·奥康纳：《智血》，第28页。
② Harold Bloom, *Flannery O'Connor*, New York：Infobase Publishing, 2009, pp.57-58.

教，伊诺克甚至从博物馆偷来一具干尸来充当新耶稣。"街头布道者阿萨·霍克斯，是黑兹尔遇到的第一个'假'先知，其作用就像《俄狄浦斯王》（*Oedipus Rex*）中的先知特里赛斯（Teresias）。"① 在《俄狄浦斯王》中，天降灾害于底比斯王国，国王俄狄浦斯发誓要消除灾害。盲先知特里赛斯来到国王俄狄浦斯身边，告诉他国王是盲人，因为他看不清自己是谁。具有反讽意义的是，尽管是盲人，特里赛斯却能看清国王俄狄浦斯的本质，一个杀父娶母的人。而国王俄狄浦斯，虽然眼睛不瞎，却看不到自己的罪恶。但是在《智血》中，阿萨·霍克斯却只是一个冒牌的瞎子和打着规劝人们信仰耶稣的旗号乞讨钱财的骗子。霍克斯曾经对教民们许下诺言，声称要为了证明对耶稣的信仰而自瞎其双眼。但是由于胆怯，霍克斯最终没有这么做。不过既是一位假先知，霍克斯仍然具有某种看穿人和事物本质的能力，锐利地看出黑兹尔具有内在的牧师本质，反向地引导黑兹尔走向宗教的信仰。在认清霍克斯的假宗教本质，以及人们对宗教缺乏真挚的信仰以后，黑兹尔决定建立一种新的宗教，一种"没有被钉死在十字架上的耶稣而只致力于宣扬真理的教派"②。

为了能在托金汉姆市自由地运动，以及更方便地宣传自创的新宗教教派，黑兹尔决定购买一辆汽车。"这时他心里只有一个想法，就是赶快去买辆车。今天自打睁开眼，他满脑门子装的都是这码事。"③ 对于黑兹尔来说，拥有一辆汽车就等于拥有绝对的旅行自由，他可以开着汽车满世界跑，可以到达任何想去的地方，可以去干任何想干的事情。不过作为一个下层社会的流浪汉，黑兹尔只能花费 40 美元购买一辆老掉牙的二手埃塞克斯牌汽车。刚一交清购车款项，黑兹尔就急不可耐地开着这辆老爷车上路了。他冒着小雨，开车驶过街区，驶过一座高架桥，转向高速公路，然后去城市动物园。在城市动物园，黑兹尔找到守门人伊诺克·埃默里，在后者的带领下驱车去找阿萨·霍克斯和他的女儿。由此看来，有了这辆破旧的埃塞克斯汽车，黑兹尔在托金汉姆市的旅行就非常便利了。不仅如此，这辆埃塞克斯汽车还充当着两个重要的角色：一是黑兹尔的家园；二是黑兹尔宗教布道的载体。作为一个初到托金汉姆市的流浪汉，"家"自然是黑兹尔关注的第一生存要务。他对汽车销售商说："我买这车主要为

---

① Magaret Summit, *Catholic Literature*: *An Introduction*, Arcadia, California: Tumblar House, 2005, p. 192.

② 〔美〕弗兰纳里·奥康纳：《智血》，第 48 页。

③ 〔美〕弗兰纳里·奥康纳：《智血》，第 58 页。

的是给自己找个窝……我现在连个落脚的地方都没有。"① 把汽车作为自己的家，这也是美国房车文化的反映。在20世纪的美国，开着房车去旅行，不仅是旅行的享受，更是移动家园的浪漫。不过黑兹尔的埃塞克斯牌汽车可没有那些豪华房车的舒适，它残缺破旧，噪声极大，而且还经常在道路上抛锚，黑兹尔为此还会遭受其他开车人的嘲笑和奚落。尽管如此，黑兹尔还是把这辆车当作自己的家，当有一次汽车在路上抛锚的时候，他就蜷缩在车中过夜。一个完全意义上的家园没有女人是不行的。黑兹尔的汽车不仅给他提供住宿的便利，而且在开车的过程中甚至会使他具有某种与女人做爱的快感。事实上，在20世纪三四十年代的美国，将开车与性爱结合在一起是男人们普遍的想象。"对大部分男人来说，汽车象征着性爱和权力。把钥匙插入车锁中，打火，活塞有节奏地抽动，引擎加速动产生的巨大动力，它拉伸的形状，所有这些都带有性暗示。"② 事实上，开车与性爱也是黑兹尔在托金汉姆市旅行中的重要组成部分。他曾经开车去勾引霍克斯的女儿萨巴斯（Sabbath）。然而具有喜剧性的是，当这位性饥渴并且具有心计的女孩爬上他的车反客为主地勾引他的时候，黑兹尔却从车中跳出来溜之大吉。等他再返回来开车的时候，却发现这辆车跟他本人一样蔫儿吧唧了，无论他怎么启动，汽车都纹丝不动。黑兹尔之所以购买汽车，也是受他爷爷的影响。"他爷爷就是开着辆福特牌汽车在三四个县里到处跑的。每个月的第四个星期六，他必须赶回埃斯特罗德，就像要及时回来拯救人们免于下地狱似的。一进村，车门还没有打开，他就大声吼叫，而人们也都从四面八方跑来把车子团团围住……这时他便爬上汽车前盖开始布道。"③ 购买了埃塞克斯牌汽车以后，黑兹尔也像他爷爷那样，站立在车前盖上宣扬他那"没有耶稣的宗教"。然而，尽管黑兹尔开着他的老爷车在托金汉姆市不停地奔跑，费劲心力地聚合人们去听他的布道，他的信徒始终只有一人，那就是他自己。造成这种现象的根本原因，还是托金汉姆这个地狱之城的人们已经失去了对宗教的虔敬，不管是霍克斯宣扬的有耶稣的宗教，还是黑兹尔宣扬的没有耶稣的宗教。

　　在托金汉姆市开车布道的旅行中，黑兹尔像神话中的英雄一样，遇到了许多敌人。其中对黑兹尔宗教信仰构成最大威胁的是胡佛·肖茨（Hoover Shoats）和他雇用的假先知索拉斯·莱菲尔德（Solace Layfield）。他们

---

① 〔美〕弗兰纳里·奥康纳：《智血》，第65页。

② J. F. Peirce, "The Car as Symbol in Hemingway's The Short Happy Life of Francis Macomber", *The Southern Central Bullitin*, Vol. 32, No. 4, 1972, p. 230.

③ 〔美〕弗兰纳里·奥康纳：《智血》，第14页。

不仅复制黑兹尔的"没有基督的宗教"教派，而且还用之来牟利，这与黑兹尔的宗教信仰格格不入。为了除掉自己的宗教宿敌，黑兹尔以制造车祸的假象，残暴地碾死了假先知索拉斯。作为小说旅行叙事的反映，奥康纳详细表现了这一人为的车祸的发生过程："两辆车都加快了速度，不过几分钟就来到了郊外。第一辆车转向一条两旁树木挂满青苔的荒凉路上……黑兹尔逐渐缩小两车间的距离，嘎嘎作响地加速冲上前去，猛地一下撞上了前车尾部……黑兹尔再次发动马达向前冲。不过这次换了个角度，撞的是前面那车的侧部，一下就撞得它滚向路边，四轮朝天地掉进了沟里，连那人也被带翻在地……黑兹尔向前冲出二十来英尺后，停下来又向后倒，再次从那人身上碾过去。"① 在美国现代文学史上，表现汽车车祸的小说不在少数，菲茨杰拉德的《了不起的盖茨比》就是其中的一例。但是表现用汽车杀人的小说，尤其是由女性作家创作的汽车杀人小说，却并不多见。作为一个天主教南方作家，奥康纳浓墨地表现汽车杀人，意在强调汽车不仅是南方人旅行和宗教布道的载体，也是南方传统美德没落后暴力犯罪的工具。彻底阻遏黑兹尔进行宗教布道的是一位交通警察，他勒令黑兹尔把汽车开上悬崖，并将黑兹尔的汽车推下了悬崖。这位警察之所以这样做，不是黑兹尔的车祸，也不是黑兹尔的超速或没有驾照，而是因为他不喜欢黑兹尔的脸。这位邪恶警察的行为，不仅彻底阻遏了黑兹尔的汽车布道旅行，而且也代表着昔日南方的黑暗的过去。尽管黑兹尔在通过旅行来逃避它，但它还是会不时地以这种或那种方式跳出来，阻遏黑兹尔通往真正宗教信仰的旅行。正如威廉·阿伦（William Rodney Allen）所言，"尽管黑兹尔全力奔跑想逃离那些可怕的记忆，但他发现自己总是处于象征性的棺材之中：火车的座位、车站的厕所蹲位、利昂娜·瓦特斯的小房间、他的汽车。黑兹尔旨在逃离过去的旅程就像趴在脚踏车中的老鼠一样徒劳，他这辆老鼠颜色般的汽车从高速公路坠落峡谷，就像是脚踏车中的老鼠滑落到滚轮之下"②。

第六节　小结

20 世纪的"美国南方作家"绝不仅仅有 30 年代的威廉·福克纳、托

---

① 〔美〕弗兰纳里·奥康纳：《智血》，第184—186页。

② William Rodney Allen, "The Cage of Matter: The World as Zoo in Flannery O'Connor's *Wise Blood*", *American Literature: A Journal of Literary History, Criticism and Bibliography*, Vol. 58, No. 2, 1986, pp. 262–263.

马斯·沃尔夫和弗兰纳里·奥康纳，还有早期的艾伦·格拉斯哥、罗伯特·潘·沃伦，以及中晚期的凯萨琳·安·波特和卡森·麦卡勒斯等。作为美国文学中的一个地域流派，"南方文学不可避免地开始于旅行文学。从踏入南方的第一批欧洲探险者到 20 世纪末期的旅游者，作家们不断地被吸引到南方这块土地上，创作出大量的、对南方身份至关重要的文学作品"①。南方文学中的这种旅行叙事特征，也表现在作家的小说创作之中。然而，由于作家本人的世界观和旅行阅历的不同，他们在小说中表现旅行叙事时也各有侧重。威廉·福克纳一生主要在他那邮票般大小的"约克纳帕塔法县"社区和郊野旅行，他的小说主要表现主人公在郊野和社区的旅行，借以揭示南方社会的道德衰微、族裔冲突，以及时间的流逝等主题。作为一个保守的南方作家，福克纳喜欢表现主人公的骑马或马车驾驶旅行，汽车作为一个现代化的交通工具往往作为一个反讽性对象出现。出生在南方阿帕拉尼亚山脉地区的托马斯·沃尔夫自幼随母亲在全国各地旅行，因此他与美国南方社会的关系已经渐行渐远，旅行在他的小说中呈现出一种浪漫、开放的状态，成为他疏离南方的主要方式。作为一个拥抱现代性的新南方人，沃尔夫喜欢火车，火车既把他与南方传统连接起来，又能使他对南方传统进行逃避。这种独特的火车旅行叙事使得沃尔夫不同于传统的南方作家，正如瑟西利娅·康威（Cecelia Conway）所言，"南阿帕拉契亚地区的小说倾向于记录普通人的抒情、没有固定目的地的、自传性的旅行。托马斯·沃尔夫的《天使望乡》（1929）预示了这一时期的文学创作特征"②。作为一个女性作家，弗兰纳里·奥康纳虽然也在自己的小说中表现过女性在南方社会变革过程中的命运和诉求，但是她更倾向于将南方风景、族裔冲突、天主教信仰、哥特式恐怖等因素融入旅行叙事之中，使她的小说中的旅行叙事呈现出暗恐（uncanny）的相遇（encounter）的特征。这与她的天主教信仰、身心的疾病，以及对哥特式恐怖的嗜好心理有关。

① Jeffery A. Melton, "Travel Literature", in Joseph M. Flora and Lucinda Hardwick Mackethan, eds., *The Companion to Southern Literature: Themes, Genres, Places, People, Movements and Motifs*, Baton Rouge: Louisiana State University Press, 2001, p. 913.
② Cecelia Conway, "Appalachia", in Joseph M. Flora and Lucinda Hardwick Mackethan, eds., *The Companion to Southern Literature: Themes, Genres, Places, People, Movements and Motifs*, Baton Rouge: Louisiana State University Press, 2001, p. 42.

第七章　吸毒、性爱、反抗之路

——"垮掉派"笔下的旅行叙事

在 20 世纪 50 年代的美国文学中，表现漫游式旅行最多的文学作品莫过于"垮掉派"的小说。正如乔治·阿比比尔（Georges Van Den Abbeele）所言，"旅行话语，是垮掉派写作的中心，主要体现在道路故事和跨国旅行方面"[1]。玛利亚·法兰德（Maria Farand）也指出："漫游经常与垮掉派小说联系在一起，比如《在路上》。在这部小说中，地理的流动性看起来就像一种男性的特权。"[2] 正是杰克·凯鲁亚克的《在路上》引发了一代美国人上路旅行的狂潮。虽然"垮掉派"不是一个具有严格文学创作纲领的文学家团体，其成员也不固定，但是杰克·凯鲁亚克、威廉·巴勒斯和约翰·克莱龙·赫尔米斯（John Clellon Holmes，1926—1988 年）是这个文学团体的中心人物的观点却是国外学界的共识。在这三位小说家中，虽然赫尔米斯不为中国学界所知，但是他是"垮掉派"的"父亲"和非官方的发言人，他的小说《行走！》（*Go!*）是表现"垮掉派"旅行的第一部小说。虽然凯鲁亚克的《在路上》被誉为美国人民上路旅行的《圣经》，但是真正将"垮掉派"旅行推行到极致的却是巴勒斯的《裸体午餐》。在这部小说中，巴勒斯将汽车旅行、性滥交、吸毒、暴力犯罪、反乌托邦等各种因素融为一体，全方位地表达了"垮掉派"对美国 20 世纪 50 年代主流文化的反叛。同时，由于巴勒斯所言的旅行有许多出自主人公在吸食毒品后的幻想性旅行，这种旅行也就具有了"时空旅行"的性质。

---

[1] Georges Van Den Abbeele, *Travel as Metaphor：From Mantainge to Rousseau*, Minneapolis：University of Minnesota Press, 1992, pp. xxv–xxvi.

[2] Maria Farand, "Literary Feminism", in Leonard Cassuto, ed., *The Cambridge History of American Novels*, New York：Cambridge University Press, 2011, p. 931

第一节　垮掉派与"垮掉派"小说家的旅行地图

"垮掉派"（Beat Generation）这个术语最初是由杰克·凯鲁亚克在1948年提出来的。在一次与约翰·赫尔米斯的谈话中，凯鲁亚克说："我们好像是生活在地下、处于秘密状态的一代，你知道，我们从内心里体会到在公众面前招摇过市是没有任何用处的。我们选择一种'垮掉的'（beatness）生存方式——我的意思是我们选择处于社会的底层、忠实我们自己，因为我们都知道我们自己的地位和身份。我们厌倦一切形式及所有社会惯例……我想你会说我们是垮掉派。"① 赫尔米斯认为凯鲁亚克不经意间杜撰出的这个术语极为精确，能够概括当时正在兴起的、还不为世人所知的一代美国人的特征。后来，随着这一运动的深入发展，赫尔米斯认为有必要将这一文学流派介绍给美国公众。于是，在1952年11月16日的一期《纽约时代杂志》（*The New York Times Magazine*）中，出现了一篇由赫尔米斯撰写的文章——《这就是垮掉的一代》（"This Is the Beat Generation"）。赫尔米斯指出，垮掉"涉及一种思想的裸露，并且最终是一种灵魂的裸露；一种被降低到意识最低点的情感"②。赫尔米斯尤其强调，"垮掉的一代"是"二战"后在美国兴起的一代，"他们在一种倦怠的萧条集体环境中长大，在那种集体的连根拔起的全球战争中断了奶……他们在滩头阵地、低级酒吧、劳军联合组织中形成自己独立的意识，在过去的午夜到达并在黎明离开"③。

但是，首先使用"beat"这个词并将之引入"垮掉派"之中的人并不是凯鲁亚克，而是赫伯特·亨克（Herbert Huncke），这期间他也经历了一段漫长的旅行。赫伯特·亨克于1915年出生于马萨诸塞州的格林菲尔德小镇，却在芝加哥长大。由于缺少家庭的关爱，亨克12岁就离家出走，浪迹江湖。亨克最早是在芝加哥的演艺圈中听到"beat"这个词的，这个词具有"筋疲力尽的、处在社会底层的、失眠的、睁大眼睛的、有感悟能力的、被社会抛弃的、孤独一人的、以大街为家的"等多种含义。④ 在纽

① Ann Charters, ed., *The Beat Reader*, New York: Punguine Books, 1992, p. xix.
② John Clellon Holmes, "This is the Beat Generation", in *Passionate Opions: The Cultural Essays*, Fayetteville: University of Arkansas Press, 1988, p. 58.
③ John Clellon Holmes, "This is the Beat Generation", p. 59.
④ Ann Charters, ed., *The Beat Reader*, p. xviii.

约，亨克结识了小说家威廉·巴勒斯，将这个词传给他，并经巴勒斯之口传给诗人艾伦·金斯堡（Allen Ginsburg，1926—1997）。由于金斯堡与凯鲁亚克的亲密关系，beat 这个词自然也就旅行到凯鲁亚克那里了。因此，尽管赫伯特·亨克没有在文学史上留下令人过目不忘的作品，但他仍然被列为"垮掉派"的一个重要成员。凯鲁亚克的《在路上》和巴勒斯的《吸毒者》（Junky，1953）都将亨克作为一个"垮掉派"的人物原型写进自己的作品。

虽然"垮掉派"在美国文学史上占有重要的地位，但是严格地讲它并不是一个有严密组织和共同创作纲领的文学流派。这一派别的作家在作品风格和文学范式方面千差万别，很难归纳出共同的美学原则。之所以将他们列为一个派别，是基于这些作家之间的个人联系、他们对美国"二战"后物质主义时代精神的挑战，以及某些相似的生活方式。换句话说，"社会的、艺术的、个人的、地理的联系是多数作家的垮掉派身份的基础"①。按照这样的标准衡量，"垮掉派"的核心成员有杰克·凯鲁亚克、艾伦·金斯堡、威廉·巴勒斯和约翰·赫尔米斯等，其中艾伦·金斯堡主要以写诗歌为主，凯鲁亚克和巴勒斯则以小说创作为主。

张国庆认为，作为一种社会文化现象，"垮掉派"作家"彻底抛弃和反叛美国中产阶级价值观，他们蔑视财富，放弃家庭，追求漂泊、自由的生活，通过麻醉药品、酒精、冥想来扩大自己的感知范围、来超越自我。这种行为方式和价值观深深烙有波西米亚和嬉普斯特的印记，是美国悠久的波西米亚传统和嬉普斯特现象在战后美国的集中体现"②。这里所说的"波西米亚"或"波西米亚人"（bohemian）来源于法语"La Boheme"，意思是"流浪汉"或"漂泊者"。这说明，美国的"垮掉派"具有一个共同的特征，那就是流浪式旅行。"垮掉派痴迷于'大路之歌'，将沃尔特·惠特曼激情的 19 世纪诗歌再塑为战后自由和 20 世纪汽车的赞歌。在他们的影响下，道路召唤人们摆脱平庸，置身于生活的伟大神秘之中。垮掉派急切地想把传统抛弃，把他们关于战后再生的问题诉诸道路的追寻。"③ 哈拉斯（Judith R. Halasz）也指出，"那些主要人物，凯鲁亚克、艾伦·金斯

① Ronna C. Johnson and Nancy M. Grace, eds., *Girls Who Wore Black*: *Women Writing the Beat Generation*, New Brunswick, New Jersey, and London: Rutergers University Press, 2002, pp. 2 – 3.

② 张国庆：《垮掉的一代与中国当代文学》，武汉大学出版社 2006 年版，第 21 页。

③ Katie Mills, *The Road Story and the Rebel*: *Moving Through Film*, *Fiction and Television*, Carbondale: Southern Illinois University Press, 2006, p. 35.

堡、威廉·巴勒斯等，都过着一种垮掉式的生活。他们听爵士乐，像流浪汉一样旅行，尝试毒品，尝试新的文学形式，探索他们的性爱和东方宗教——一句话，寻找人生经历"①。因此，"垮掉派"的成员们几乎都有广泛的旅行经历，从纽约到旧金山，从美国本土到墨西哥、加拿大、法国等。

"垮掉派"的代表人物是杰克·凯鲁亚克，他一生中的大部分时间都是在旅途中度过的。1922 年凯鲁亚克出生于马萨诸塞州的洛威尔市，父母亲是来自加拿大魁北克的法国移民，为寻找工作而来到新英格兰。虽然生性腼腆，凯鲁亚克却喜欢骑马、足球等户外运动，而且经常随身带着一个笔记本，记录下周围的人和事。凯鲁亚克的一生与旅行密不可分。在一首名为"墨西哥城蓝调"（"Mexico City Blues"）的诗歌中，凯鲁亚克就曾提到马可·波罗、亚美利哥·韦斯普奇（Amerigo Vespucci）等一些著名旅行家的名字，"来象征他对运动、旅行、交新人和接触新文化的喜好"②。1939 年，由于在足球方面的出色表现，波士顿学院和纽约哥伦比亚大学同时向凯鲁亚克抛出了橄榄枝。而在这时，凯鲁亚克与波士顿的女孩玛丽·卡勒（Mary Carney）陷入爱河。在这人生的十字路口，凯鲁亚克不得不做出艰难的抉择。去纽约，意味着他从此要离家远行，并且与女友玛丽别离。出于对旅行和新事物的好奇，凯鲁亚克最终选择纽约之行。在哥伦比亚大学，凯鲁亚克不仅把学校的足球队搞得红红火火，而且还在业余时间阅读文学作品。除了文学以外，凯鲁亚克还喜欢上自由奔放的爵士音乐。爵士音乐的风格对凯鲁亚克的触动很大，并为他日后的自动写作方式提供了灵感。

"二战"的爆发迫使凯鲁亚克中断了在哥伦比亚大学的学业。1942年，凯鲁亚克应征加入美国商船队，其间曾进行过一次漫长而危险的海上旅行。到战争结束的时候，曾经有 7300 多名海员死在海上，12000 名海员受伤，663 名海员被俘，31 艘商船坠入大海。"当他登上多切斯特号商船的跳板进行第一次海上旅行的时候，凯鲁亚克既不勇敢，也不天真。"③ 尽管商船进入最危险的水域，随时有可能被德国的潜艇炸沉，凯鲁亚克发现

---

① Judith R. Halasz, *The Bohemian Ethos: Questioning Work and Making a Scene on the Lower East Side*, New York: Routledge, 2015, pp. 27 – 28.

② Stefano Maffina, *The Role of Jack Kerouac's Identity in the Development of his Poetics*, Lulu. com, 2012, p. 27.

③ Paul Maher Jr, *Kerouac: His Life and Work*, Maryland: Taylor Trade Publications, 2007, p. 99.

商船上的船员们却并不恐惧，仍在若无其事地打牌喝酒。就在凯鲁亚克第一次海上航行三个月后，这艘商船遭遇了德国潜艇攻击，葬身海底。此后，凯鲁亚克加入海军部队服役。不到一年，凯鲁亚克就被美国海军以"性格麻木"为由开除军籍。凯鲁亚克再次来到纽约，在曼哈顿结识了一个学艺术的女大学生埃迪·帕克（Edie Parker），帕克的公寓后来就成为凯鲁亚克、威廉·巴勒斯、金斯堡、鲁森·卡尔（Lucien Carr）等"垮掉派"成员经常聚会的地方。对于凯鲁亚克和金斯堡来说，年长的巴勒斯既是他们的同性恋朋友，又是他们开始"垮掉派"生活方式的启蒙老师。①虽然出身于名门望族，巴勒斯却厌恶贵族阶级的生活方式，喜欢吸毒和浪迹天涯，同下层社会的人物进行交往。正是受巴勒斯的影响，凯鲁亚克开始对吸毒上瘾。凯鲁亚克与金斯堡的关系也非同一般。金斯堡的母亲曾经是一名共产党员，受美国保守势力的迫害，精神几乎崩溃，最终死在一家疯人院。受母亲的影响，金斯堡对美国社会的"精神疯狂"有独特的感受，他的代表作《嚎叫》（Howl）艺术性地再现了20世纪五六十年代美国下层社会民众对美国体制的疯癫性的不满和失望。这种情绪也深深地影响了凯鲁亚克对待美国社会的态度，以及他日后在小说创作中对待主题的选择。这些人在凯鲁亚克后来的全国漫游过程中都成为他的旅行同伴。正是与这些人的共同生活和旅行，使得凯鲁亚克能够把他们表征为"垮掉派"。需要指出的是，尽管此间凯鲁亚克与巴勒斯和金斯堡保持着或明或暗的同性恋关系，他仍然维持着与女友帕克的恋爱关系。凯鲁亚克与女友帕克结婚后，随她到密歇根州的格罗斯波特因市旅行，那是妻子帕克的娘家，她希望跟丈夫在那里过上安逸的生活。在那里，凯鲁亚克在一家工厂找到一个轴承检查员的工作，帕克找到一份铆工的工作。但是凯鲁亚克对这种死板的工作环境感到压抑，几个月后就与帕克分道扬镳，再次回到纽约哥伦比亚地区。

　　1946年，凯鲁亚克又与尼尔·卡萨迪结识。在"垮掉的一代"团伙中，卡萨迪是个"天使"兼"恶魔"式的人物。说他是"天使"，是因为卡萨迪长得风流倜傥，知识渊博，谈吐机智，颇得女人青睐；说他是"恶魔"，是因为卡萨迪是在父母的流浪途中所生，因而无形中继承了父母流浪的天性，喜欢混迹于乞丐、酒徒和流浪汉中，做些偷鸡摸狗的勾当。

---

① 　文楚安：《"垮掉一代"及其他》，四川大学出版社2003年版，第56页。

"根据传说，卡萨迪在 18 岁之前已经偷过 500 辆汽车，和 500 个女人上过床。"① 比如在 1940 年到 1947 年的 7 年间，卡萨迪偷车达到 500 余次，不是为了钱，而是为了"在路上"的游历。到 1946 年他从丹佛到纽约旅行那一年为止，卡萨迪因为偷盗已被逮捕过 7 次。"但是对于凯鲁亚克来说，更重要的是卡萨迪的生活激情。卡萨迪能够随心所欲地进行历险，从不考虑自己的安危。他想什么时候走就什么时候走。卡萨迪的巨大能量、进行彻夜长谈的能力及暧昧的性取向使得他成为纽约垮掉帮的天然人选。"② 1948 年冬天，凯鲁亚克和卡萨迪决定进行一次横跨全国的长途旅行。为了给这次长途旅行做准备，凯鲁亚克和卡萨迪以旋风般的速度驾车在纽约地区四处游荡，会老朋友，看新风景，以各种方式获取油料、金钱和食品。1949 年 1 月 19 日，凯鲁亚克、卡萨迪、卡萨迪的前妻露安（LuAnne），还有一个叫埃尔·欣克尔（Al Hinkle）的男人组建了一个俱乐部，开始启程到旧金山旅行。离开麦尔斯城，这一帮人前往新奥尔良，中途在路易斯安纳州的阿尔及尔斯市短暂停留。在那里，凯鲁亚克得到了巴勒斯的警告，说与卡萨迪一起旅行不是一个好的主意。但是凯鲁亚克无视他的导师的警告，继续与卡萨迪等人向旧金山进发。一路上，这一帮人偷盗食物、金钱和油料，倒卖财物，飙车，放声歌唱，旅行生活过得无忧无虑。

到达旧金山后，卡萨迪离开这个旅行团队，回到他的妻子身边。凯鲁亚克也去丹佛跟他的母亲住在一起。1950 年底，凯鲁亚克与相识不到几周的女孩琼·哈弗蒂（Joan Haverty）结婚，并与之生下一个女孩。然而，这段婚姻持续不久，凯鲁亚克就再次来到旧金山拜访卡萨迪，并与卡萨迪的老婆卡罗琳（Carolyn）打得火热。凯鲁亚克试图说服卡罗琳跟他私奔到墨西哥，但是最终还是他自己去了墨西哥，跟在那里度假的巴勒斯进行了短暂的会面。1954 年，凯鲁亚克再次到旧金山拜访卡萨迪夫妇。在加利福尼亚的圣·乔斯市，凯鲁亚克企图探究他内心躁动不安的原因。为此，他找到一个新的地方，一个具有亚洲风味的佛教圣地，获得了心情的平静。凯鲁亚克开始对佛教产生兴趣，他开始静坐、参禅，发誓不再酗酒和性滥交。凯鲁亚克对佛教的兴趣随着他与诗人加里·斯奈德（Cary Snyder）的相识而得到强化。1954 年秋天，凯鲁亚克离开墨西哥城，到他的朋友金斯堡所居住的加利福尼亚州伯克利旅行。通过金斯堡的介绍，凯鲁亚克结识

---

① Matt Theado, *Understanding Jack Kerouac*, Columbia: University of South Carolina Press, 2000, p. 19.

② Matt Theado, *Understanding Jack Kerouac*, p. 19.

了加里·斯奈德。两人都对佛教怀有浓厚的兴趣，于是相约在10月到约塞米蒂国家公园进行一次露营旅行。他们徒步旅行，讨论宗教，在清凉的山间空气中进行沉思默想。对凯鲁亚克来说，斯奈德就像一个佛教僧侣。

　　1957年，随着《在路上》的出版与传播，凯鲁亚克在美国和世界上的名声日盛，他的旅行脚步也从美国逐渐走向世界。1957年3月，凯鲁亚克来到摩洛哥的丹吉尔市，到了4月，他又离开那里，来到法国巴黎。这次的欧洲之旅对于凯鲁亚克来说也是一次寻根之旅。在伦敦，凯鲁亚克曾经在博物馆寻找他的家族的资料。"这次发现增加了他对自己家族贵族背景的信仰，促使这位作家在此后的几年中再到欧洲寻找更多的关于他的家世的信息。"① 在此后的岁月里，凯鲁亚克继续在美国本土、欧洲、非洲等地旅行，多次往返于佛罗里达州的奥兰多、新墨西哥城、摩洛哥、纽约、马萨诸塞州的洛厄尔市和意大利等，直至他在1969年去世。

　　"作为20世纪最重要的先锋作家之一，威廉·巴勒斯对旅行和毒品的结合拥有毋容置疑的影响……巴勒斯也是一个很上瘾的旅行者，居住和不断穿梭于圣路易斯、纽约、加利福尼亚、得克萨斯、堪萨斯、墨西哥城、北非和南美。"② 这种地理上的不断穿梭甚至远离美国的行为使得巴勒斯成为一个如评论家奥利弗·哈里斯（Oliver Harris）所言的"不可救药的异乡人"。巴勒斯1914年2月5日出生于美国密苏里州圣路易斯城的一个中产阶级家庭，其祖父老威廉·巴勒斯创建了一个计算机公司，使得其后代能够过上家庭殷实的生活。但是童年时候的一次痛苦经历使巴勒斯的性格开始变得内向和沉沦。在4岁的时候，巴勒斯被他家的一位保姆的男性朋友性侵，这次不幸经历给巴勒斯留下了长久的心理创伤。巴勒斯开始阅读恐怖小说和牛仔故事，以此来忘记痛苦。年轻的巴勒斯"常常会破门而入但又不偷东西"，常常会"开车在乡下闲逛，带着一支2.2式步枪"，"由于不断地开车而将乡下道路搅得鸡犬不宁，直到出了一次车祸"③。

　　由于身体原因，巴勒斯在15岁的时候离开家乡密苏里州的圣路易斯市，千里迢迢地到位于新墨西哥州的洛斯阿拉莫斯农场学校求学和治疗。

① Stefano Maffina, *The Role of Jack Kerouac's Identity in the Development of his Poetics*, Lulu. com, 2012, p. 42.

② Lindsey Banco, *Travel and Drugs in Twentieth-Century Literature*, New York：Routledge, 2013, p. 45.

③ William S. Burrows, *Word Virus：The William S. Burroughs Reader*, James Grauerholz and Ira Silverberg, eds., New York：Grove/Atlantic, Inc., 2007, p. 48.

在这所离家乡很远的体能训练学校里，巴勒斯不仅学会了打枪和投掷刀子，而且还在校长康奈尔（Cornell）的影响下爱上旅行。不仅如此，巴勒斯的吸毒和同性恋幻想也在洛斯阿拉莫斯发展起来。他曾经喝掉一瓶毒品，还曾经沉浸在性幻想和手淫之中。"但是对巴勒斯来说，他在洛斯阿拉莫斯中学求学的真正意义与这所学校的命运有关。"① 珍珠港事件爆发以后，罗斯福总统批准制造原子弹的曼哈顿计划，洛斯阿拉莫斯中学因其环境优美而且地理位置适合保密而被军方征用，作为原子弹的研究所。原子弹在日本的爆炸巨大地震撼了巴勒斯。"作为一个后原子弹时代的作家，巴勒斯看到美国已经制定法西斯公约，将灵魂出卖给权势，失去它的天真。巴勒斯对原子弹前的美国极为怀恋。在原子弹之前，美国一直是一个安全和受到保护的地方，始终在走自己的路，追求自己的梦想。"② 这也许是巴勒斯最早对美国社会失去信心、信仰上垮掉的原因。

1932 年 9 月，巴勒斯离开家乡圣路易斯，到位于波士顿的哈佛大学读书。在学术上，巴勒斯还算视野开阔，阅读过柯勒律治（Coleridge）、托马斯·德昆西（Thomas De Quincey）等人论吸食鸦片的书籍。但是总体而言，此时的巴勒斯"已经完全是一个垮掉派式的人物，不知道自己是谁，也不知道要干什么"③。在哈佛大学求学期间，巴勒斯还同一位名叫里查德·斯特恩（Richard Stern）的商学院学生相识，正是这位学生"在 20 世纪早期将巴勒斯引向纽约市的同性恋亚文化。他们总是开车到哈莱姆和格林威治村闲逛，在那里他们看到女同，钢琴酒吧，男同地下广场——"④正是在这样的场合，巴勒斯结识了一些性格古怪、放荡不羁的人物，这些人物是"垮掉派"的雏形。1934 年暑假，巴勒斯与一位朋友共同出国旅行。轮船上的一次羞辱性经历使巴勒斯终生难忘，他向乘务员要一杯牛肉汤，而乘务员却说这些牛肉汤是专门供应给乘客的。难道在这位乘务员眼中，巴勒斯和他的朋友只不过是偷乘轮船者？巴勒斯内心的无归属感使他对这种轻蔑尤其敏感。7 月初轮船停靠在马耳他的时候，巴勒斯在一张德国报纸上读到一篇有趣的文章，讲的是希特勒对帝国冲锋队的整肃，而帝国冲锋队的队长恩斯特·罗姆（Ernst Röhm）居然是一位同性恋者。这无

---

① Ted Morgan, *Literary Outlaw: The Life and Times of William S. Burroughs*, New York: W. W. Norton & Company, 2012, p. 57.

② Ted Morgan, *Literary Outlaw: The Life and Times of William S. Burroughs*, p. 59.

③ Williams S. Burrows, *Conversations with William S. Burroughs*, Allen Hibbard, ed., Jackson: University Press of Mississippi, 1999, p. 26.

④ Williams S. Burrows, *Conversations with William S. Burroughs*, p. 6.

形中强化了巴勒斯的同性恋意识。回到哈佛大学以后，巴勒斯终于有勇气去完成他人生的性爱缺失，但是也为此付出了代价，患上了梅毒。为了医治这可怕的病症，巴勒斯又开始了到纽约的求医之旅。在纽约，一位名叫密尔顿·费尔腾斯坦（Milton Feltenstein）的医生一边给巴勒斯静脉注射磺胺606，另一边还给这位哈佛大学学生传授共产主义。不过，巴勒斯对这位医生所传播的共产主义信仰并不信服，以法国作家安德鲁·纪德（André Gide）访苏之旅和对苏联模式的失望来反驳医生。

1936年7月从哈佛大学毕业后，巴勒斯被父母送到欧洲旅行，在欧洲巴勒斯跟一个朋友一起游历法国的巴黎、奥地利的维也纳、匈牙利的布达佩斯和克罗地亚的杜布洛夫尼克市，维也纳市的巴洛克风格尤其给巴勒斯留下深刻的印象。在布达佩斯，巴勒斯遇到了一个名叫杰拉尔德·汉密尔顿（Gerald Hamilton）的青年，也就是克里斯托夫·衣修伍德（Christopher Ishwood）的小说《诺里斯先生换火车》（*Mr. Norris Changes Trains*）的主人公原型。此人与布达佩斯市区的同性恋群体有密切的联系，得知巴勒斯具有同性恋的倾向后便介绍他住到布达佩斯一家名叫"匈牙利之王"的同性恋旅馆。听说南斯拉夫的杜布洛夫尼克市是一个值得游览的城市后，巴勒斯便与友人到那里游览。中世纪的步行街、穆斯林居民，以及宽敞的海滩让巴勒斯流连忘返。在杜布洛夫尼克市，巴勒斯遇到的一个名叫爱尔斯·克拉帕（Ilse Klapper）的具有德国魏玛共和国人长相的犹太女人，她的穿戴和幽默吸引了巴勒斯。南斯拉夫之旅结束后，巴勒斯决定留在欧洲，到维也纳学习医学。巴勒斯在欧洲的这些旅行经历使他后来能够与衣修伍德和田纳西·威廉姆斯（Tennessee Williams）在一起畅谈日耳曼的葡萄酒、古罗马的澡堂和维也纳的普拉特公园。当得知爱尔斯·克拉帕受到德国纳粹的迫害并且想移民美国的时候，巴勒斯决定帮助她摆脱痛苦。实现帮助克拉帕移民美国的唯一办法就是与之结婚。1937年，巴勒斯从欧洲回到美国，使他的父母吃惊的是，与巴勒斯一起回来的还有一位四十多岁的犹太女人，也就是巴勒斯的临时妻子。回到美国后不久，巴勒斯就与这位犹太女人友好分手了。

1942年，巴勒斯到芝加哥北部旅行，在那里巴勒斯遇到了一个名叫鲁森·卡尔（Lucien Carr）的年轻人，并与之结交，鲁森·卡尔也成为巴勒斯后来的性幻想对象。1943年春天，巴勒斯与鲁森·卡尔一起回到纽约，并在后者的介绍下相继结识艾伦·金斯堡和杰克·凯鲁亚克。于是，美国文学史上著名的"垮掉派"三人团就正式形成了。1945年，巴勒斯与琼·沃尔莫（Joan Vollmer）住在一起，沃尔莫是"垮掉派"成员们所欣赏的唯一一个女人。尽管具有强烈的同性恋倾向，巴勒斯还是让沃尔莫成为自己的女朋友。与此同时，巴勒斯也吸毒成瘾，1946年因为制造毒品还曾被警方逮捕。从监狱出来后，巴勒斯与女友沃尔莫过上了一种近似游牧（nomad）的生活，在世界各地旅行，逃避法律对吸毒的规制和惩戒。在墨西哥城，巴勒斯发现那里的警察力量弱小，吗啡也很容易搞到，是一个适合他跟沃尔莫生活的地方。不过在墨西哥城，巴勒斯失去了对沃尔莫的性爱欲望，反而更喜欢与当地那些年轻、价格便宜的墨西哥男人做爱。1951年，巴勒斯离开墨西哥城，前去厄瓜多尔的普约城，以便寻找一种名叫"雅热"（yage）的能够让人产生幻觉的毒品。虽然没有找到这种毒品，但是巴勒斯对于它的寻找持续许多年，这一求药经历后来被写进他的小说《酷儿》（Queer, 1953）。1953年，巴勒斯带着一大箱"雅热"毒品及与艾伦·金斯堡发展同性恋关系的欲望，回到纽约市。但是金斯堡对于与巴勒斯的罗曼史并不满意，两人不久就分手了。

与金斯堡分手后，巴勒斯漫无目的地进行横穿大西洋的旅行，最终到达摩洛哥的唐吉尔市（Tangiers）。唐吉尔市是一个吸毒和同性恋的天堂，也是适合巴勒斯享乐的理想地方。在刚开始的时候，巴勒斯发现当地的大麻太冲，当地的男人也不具魅力，于是产生了回美国的想法。不久，巴勒斯就遇到一个身强力壮、对人忠诚、年龄不大的男人做他的性伙伴。于是巴勒斯留在那里，很快就对那里的几种毒品上瘾，多次体验令人浮想联翩的幻觉。在这种幻觉状态下，巴勒斯一人待在屋中，发疯地写作，甚至还会对着一地稿纸歇斯底里地发笑。他的名作《裸体午餐》就是在此种状态下写出来的。在此期间，金斯堡和凯鲁亚克也曾千里迢迢地从美国赶来探望巴勒斯，但是他们两个都无法忍受巴勒斯那强大的性欲望，以及稀奇古怪的举动。凯鲁亚克率先离开巴勒斯，金斯堡勉强留下来满足他这位老男友的性欲望，帮助他整理书稿。这种吸毒、同性恋，以及发疯的写作生活严重地损害了巴勒斯的健康，为此他不得不到伦敦去接受治疗。在巴勒斯赴伦敦治病期间，金斯堡去了巴黎。1958年，巴勒斯也来到巴黎，跟金斯堡一起住在当地一个所谓的"垮掉派旅馆"。该旅馆是一个具有典型的欧洲风格的家庭旅馆，每一层都有公用卫生间，每一间屋子里都有一小块地方，供旅客做饭使用。在这个简陋、价格便宜的旅馆里，当时住着格里高里·科索（Gregory Corso）、金斯堡等许多垮掉派和同性恋分子。当金斯堡离开巴黎、回到美国的时候，巴勒斯邂逅了一个名叫布赖恩·吉星（Brion Gysin）的艺术家，此人后来成为他的知心朋友，也对他的小说创作产生了一定影响。

1966 年，巴勒斯离开巴黎，来到伦敦，再次接受治疗，这次治病之旅竟持续了 12 年。在伦敦度过 12 年的隐居生活后，巴勒斯回到美国，任教于纽约城市学院。在此期间，巴勒斯开始公开演讲，参与拍摄电影，结交女作家。他挣钱不少，但是也不得不承受毒瘾发作的痛苦。1983 年，巴勒斯迁徙到堪萨斯州的劳伦斯市，因为那里的土地比较便宜，适合他在那里安个家。更重要的是，住在这样一个小镇可以使巴勒斯摆脱大城市的吸毒诱惑。在此后的十几年时间中，巴勒斯仍然在不断地旅行，直至他在 1997 年死于突发性心脏病。

作为"垮掉派的父亲"[①] 和非官方的发言人，约翰·赫尔米斯也有过广泛的旅行经历，尽管他的旅行经历如他本人的声誉一样不太为人所知。赫尔米斯于 1926 年 3 月 12 日出生于马萨诸塞州的赫里欧克镇，父亲是一位推销商，经常带着家小四处旅行。在 18 岁之前，赫尔米斯就已经迁居了 20 多个不同的地方，[②] 先后在马萨诸塞州、长岛、新泽西州、新罕布什州、加利福尼亚州等地住过。父亲的频繁变换工作导致他们的家庭最终在 1941 年破裂，赫尔米斯和他的两个妹妹随母亲迁居到纽约的查帕克镇。从新泽西州英格伍德镇的德怀特中学辍学后，赫尔米斯在查帕克镇找到一份征订《读者文摘》(Reader's Digest) 的工作。1944 年 7 月，赫尔米斯应征入伍，加入美国海军医护队，开始自己的军旅生涯。由于医护队不停地在长岛和纽约之间巡回，赫尔米斯也在两地之间奔波。尽管这一时期的旅行生活使他感到痛苦，却也给予他不少生活的阅历，以及读书的时间。在奔波的间隙，赫尔米斯认真阅读了莎士比亚、托尔斯泰、陀思妥耶夫斯基 (Dostoyevsky) 和布莱克 (Blake) 的书籍。

服完兵役后，赫尔米斯跟他的第一任妻子定居纽约，根据美国退伍军人安置法的要求进入哥伦比亚大学学习。正是在这所大学，赫尔米斯结识了凯鲁亚克、艾伦·金斯堡等后来成为"垮掉派"的大学生。赫尔米斯与凯鲁亚克进行过一次深入的谈话，他们谈到当时的社会环境及年轻人的悲哀境况。凯鲁亚克认为，他本人、金斯堡、赫尔米斯，以及同时代的年轻人都应属于"垮掉派"。赫尔米斯为凯鲁亚克的话所震撼，于是写下了一篇名为《这就是垮掉的一代》的文章，并于 1952 年 11 月 16 日发表于《纽约时代杂志》上。从此，"垮掉派"这一术语不仅改变了赫尔米斯和

---

① Michael J. Dittman, *Masterpieces of Beat Generation*, Westport, Connecticut: Greenwood Publishing Group, 2007, p. 6.

② Michael J. Dittman, *Masterpieces of Beat Generation*, p. 5.

凯鲁亚克的生活，也改变了美国的历史和文化。尽管赫尔米斯以一篇文章令"垮掉派"作为一个松散的团体一夜之间红遍美国，但是，他在"垮掉派"文学创作中的成就并不如后起之秀凯鲁亚克那么突出，总是生活在凯鲁亚克、金斯堡和巴勒斯的阴影之中，他与"垮掉派"的关系渐行渐远。

随着与第一任妻子玛丽安（Marian）关系的破裂，赫尔米斯在 1955 年与第二任妻子谢莉·亚伦（Shirley Allen）迁居到康涅狄格州。自那以后，除了在 1957 年和 1967 年到欧洲进行过旅行以外，赫尔米斯不再喜欢"垮掉派"那种浪迹天涯的漫游生活，而是把精力用在大学教职工作的寻找方面。在 20 世纪 60 年代末至 70 年代，赫尔米斯先后辗转于爱荷华、布朗、耶鲁、鲍灵格林等大学之间，最终在美国阿肯色大学找到一个正教授职位。

第二节 旅行的发生学影响与"垮掉派" 小说中的旅行叙事概观

旅行对于"垮掉派"文学大师杰克·凯鲁亚克的小说创作影响很大。"旅行也是杰克·凯鲁亚克、威廉·巴勒斯等垮掉派作家的重要主题，以及受垮掉美学影响的作家的主题，例如肯·凯西（Ken Kesey）、汤姆·沃尔夫（Tom Wolfe）。"① 像许多作家一样，凯鲁亚克的作品也具有浓厚的自传性特征。"要理解杰克·凯鲁亚克，读者必须了解他的人生经历。比大多数小说家更明显的是，他的'小说'通常是自传性的。像他的早期文学榜样托马斯·沃尔夫一样，凯鲁亚克努力将他的生活转化为艺术，语言就是他的生活变形的载体。他的写作直接取材于他的生活经历，通过强化的语言将生活细节转化为艺术。"② 凯鲁亚克的主要人生经历是旅行，他所到之处，总有一种发现会对他的小说创作产生影响。在哥伦比亚区，凯鲁亚克喜欢古希腊罗马诗人荷马和维吉尔，也喜欢美国浪漫主义诗人沃尔特·惠特曼，这些诗人作品中的旅行描写对凯鲁亚克日后的旅行生活和旅行书写产生了重要的影响。"注意到荷马的《奥德赛》和维吉尔的《埃涅阿斯

---

① Carl Thompson, "Travel Writing Now, 1950 to the Present Day", in Carl Thompson, ed., *The Routledge Companion to Travel Writing*, London and New York: Routledge, 2015, p. 201.

② Matt Theado, *Understanding Jack Kerouac*, p. 9.

记》表现航海和旅行极为有趣，这些后来成为凯鲁亚克最熟悉的题材。"①惠特曼对于凯鲁亚克的旅行生涯影响更大。约翰·汀德尔（John Tytell）认为，惠特曼和凯鲁亚克都将道路看作"个人发现之旅"的象征，凯鲁亚克也同时将道路看作是自己个人身份的追求。②拉斯·拉森（Lars Eric Larson）指出，凯鲁亚克将旅行看作道路激励的自由的观点只不过是"惠特曼大路礼赞的继续"③。惠特曼和凯鲁亚克都将旅行看作认识美国和他们自我的必要手段。比如惠特曼豪迈地写道："我们走在俄亥俄州、马萨诸塞州和弗吉尼亚州的大路上，走在威斯康辛州、纽约州和新奥尔良州的大路上，走在得克萨斯州、蒙特利尔、旧金山和查尔斯顿的大路上，走在内陆、沿海和疆界的大路上。"④由于所住的地方离托马斯·沃尔夫写作《天使望乡》时所住的地方不远，凯鲁亚克自然对沃尔夫的写作产生了兴趣。将美国看作一首悠长、宏大的诗篇而不是一个"工作和受难的地方"这一观念开始渗入凯鲁亚克的意识形态。"在凯鲁亚克看来，托马斯·沃尔夫是迄今为止最伟大的美国作家之一。沃尔夫对语言和独特文学文体的运用正是凯鲁亚克本人在当代小说写作方面所缺乏的。"⑤1942年的那次商船海上旅行也对凯鲁亚克的写作产生一定的影响。"对凯鲁亚克来说，船上的550名船员和军人是再好不过的人选了，这是他的艺术所需要的真正原材料：来自各行各业代表着整个世界的人种。这里有'醉汉、印度人、波兰人、圭亚那人、犹太人、爱尔兰佬……包括蒙古的傻子、摩洛哥的刀客、菲律宾人，在一个奇妙的商船队里你所能想到的应有尽有'。"⑥通过对这些来自各个种族的人在航行途中的观察，凯鲁亚克写出小说《大海是我的兄弟》（The Sea is My Brother, 1942），讲述两个年轻人从波士顿到格陵兰岛的海上旅行经历。主人公魏斯利·马丁（Wesley Martin），像凯鲁亚克一样是一位大学辍学生，喜欢大海旅行。而另一位年轻人埃弗哈特（Everhart），因为逃离社会才来到大海上，发现大海是一个恐怖而孤独的

---

① Stefano Maffina, *The Role of Jack Kerouac's Identity in the Development of his Poetics*, Lulu. com, 2012, p. 235.

② John Tytell, *Naked Angels: Kerouac, Ginsberg, Burroughs*, Chicago: Ivan R. Dee, 2006, p. 169.

③ Lars Eric Larson, "Free Ways and Straight Roads: The Interstates of Sal Parodise and 1950 America", in Hilary Holladay and Robert Holton, eds., *What's Your Road, Man? Critical Essays on Jack Kerouac's On the Road*, Carbondale: Southern Illinois University Press, 2009, p. 35.

④ Walt Whitman, *Poetry and Prose*, New York: Library of America, 1982, p. 71.

⑤ Paul Maher Jr, *Kerouac: His Life and Work*, p. 72.

⑥ Paul Maher Jr, *Kerouac: His Life and Work*, p. 99.

地方。

　　在1949年的那次旧金山旅行中,凯鲁亚克开始有意识地记下他们一路的行程。当他们到达蒙大拿州的麦尔斯城的时候,凯鲁亚克突然产生了写作的顿悟,决定要写一部关于道路旅行的史诗。"凯鲁亚克看到了依赖直接经历进行写作的重要性,他突然成为一个作家。他不再像受托马斯·沃尔夫的影响写作《城镇与城市》(*The Town and the City*)那样在小说中虚构人生经历。他将直接写作他的人生经历,用自己的艺术视野将人生场景糅合进去。"① 凯鲁亚克及其"垮掉派"同伙在20世纪四五十年代在全国的漫游式旅行,为他创作道路旅行小说提供了第一手的资料。事实上,凯鲁亚克的著名旅途叙事小说《在路上》《孤独天使》(*Desolation Angels*)和《达摩流浪者》等,都是他多年旅途经历的记录,书中人物的原型都取材于他本人和巴勒斯、金斯堡和卡萨迪等人。他的自动写作手法,也或多或少地受到其他"垮掉派"成员写作风格的影响。比如,1951年2月,凯鲁亚克收到卡萨迪的一封长达23000字的来信,信中用自由联想的方式,记述了卡萨迪与不同女孩的性爱关系。在这封信件的启发下,凯鲁亚克服用毒品安非他命,在打字机旁蹲坐20多天,用长达120英尺的打字纸敲打出《在路上》的初稿。写作过程就类似爵士乐的即兴演奏,没有固定的主题,也没有统一的情节和结构,想写到哪里就写到哪里,一如他们在路上的随意旅行。这部名副其实的"道路"小说一开始自然因为其杂乱无章而受到各家出版社的拒绝。但是在著名评论家马尔科姆·考利的推荐和建议下,凯鲁亚克略做某些结构方面的修改,终于使之在1957年出版,成为引发时代旅行狂潮的经典小说。

　　发表于1958年的《达摩流浪者》是凯鲁亚克的《在路上》的续篇,这部具有明显旅途叙事特征的小说极有可能是凯鲁亚克根据"真实年表"所写的自传。② 正如《在路上》的萨尔·帕拉代斯和狄安·莫里亚蒂是以作者凯鲁亚克和卡尔·卡萨迪为原型一样,《达摩流浪者》的叙述者"我"即雷伊·史密斯(Ray Smith)仍以作者本人为原型,贾菲·赖德(Japhy Ryder)则以垮掉派的另一个重要人物加里·斯奈德为原型。斯奈德生于旧金山,早年当过伐木工、木匠和海员,后在加州大学伯克利分校学习东方文化,对印度佛教和日本禅宗有深入的研究。斯奈德与"垮掉

---

① Matt Theado, *Understanding Jack Kerouac*, p. 20.

② Jacob Leed, "Gary Snyder, Han Shan and Jack Kerouac", *Journal of Modern Literature*, No. 1, 1984, p. 191.

派"的主要成员凯鲁亚克、金斯堡等有密切联系，直接或间接地影响了这些"垮掉派"成员走向佛教和禅宗之路。《达摩流浪者》就是通过艺术的手法，再现"垮掉派"从世俗反叛到宗教启悟的历程。作为表现这一历程的旅途小说，《达摩流浪者》一开始就点明了作为佛教追求的显性旅行发生的时间和旅行的目的地："1955年9月下旬一天中午，我偷偷溜上一列从洛杉矶开出、朝圣·巴巴拉（Santa Barbara）而去的货运火车……那是一列慢车，我计划在圣·巴巴拉的海滩睡一晚，隔天一大早再偷溜上一列开往圣路易斯—奥比斯波（San Luis Obispo）的慢车，要不就是等到傍晚七点，溜上一列到旧金山去的直达车。"①旅途就犹如社会人生的缩影，随着旅途中地点在洛杉矶、圣·巴巴拉、旧金山等地不断变换，雷伊·史密斯邂逅了社会上形形色色的人物，例如洛杉矶的流浪汉小老头、圣·巴巴拉的垮掉派诗人贾菲·赖德、科尔德马拉的木匠辛恩·莫纳什（Sean Monahan）等。这些人都是赖德所言的"达摩流浪者"。"达摩"（Dharma）源于佛教，是"佛法"的意思。这些流浪者的共同特征是，他们不是因为生活所迫而去流浪，而是因为追求佛教的顿悟而去旅行和流浪，有点类似于俄罗斯的"圣愚"。在这些浪迹天涯的众多流浪汉中，贾菲·赖德无疑是作家着墨最多的一个。事实上，在这部小说中，凯鲁亚克要让贾菲·赖德取代《在路上》的狄安·莫里亚蒂，成为"垮掉派"进行上路旅行和文化探索的新导师。赖德来自俄勒冈州的东部森林，当过伐木工和农夫，在大学里研究过人类学和印第安神话。后来，赖德学习日文和中文，开始研究东方学，将"达摩流浪者"的鼻祖中国唐代诗人寒山作为自己精神上的知音。寒山身居孤山而心境泰然，诚所谓"谁能超世累，共坐白云中"（《诗三百三首》）。这种抛弃世俗的功名利禄、与自然融为一体的宁静淡泊的生活方式，对于同样为美国主流文化所累的"垮掉派"成员来说无疑是一种理想的境界。赖德在生活中处处以寒山为榜样，生活极端简朴，全部的家当就一个背包，以此自由地行走于世界。作为"垮掉派"新的精神导师，赖德带领雷伊·史密斯在险峻的马特抗山峰上游历时，以一种寒山式的飞奔让雷伊·史密斯得到了一次禅宗式的生命启悟。雷伊·史密斯体悟到了中国禅疯子寒山的人生境界，那就是：人与自然的和谐，时间与空间的统一，心灵与存在的交融。只有达到这种境界，才能摆脱麦卡锡时代政治高压对人们的思想戕害和文化消费主义对人类精神的腐蚀，从而达到一种心灵的宁静。贾菲甚至期望这种寒山式的生活方式普及全国，在全国

---

① 〔美〕杰克·凯鲁亚克：《达摩流浪者》，梁永安译，上海译文出版社2008年版，第1页。

来一场浪漫的上路旅行和打坐参禅运动："我有一个美丽的愿望，我期待着一场伟大的背包革命的诞生。届时，将有数以千计甚至数以百万计的美国青年，背着背包，在全国各地流浪……会把永恒自由的意象带给所有的人和所有的生灵。"① 可以想象，如果那些终日定格在工作—消费—工作系统中的美国人，如果那些终日为购买冰箱、电视、汽车等物质享受产品而苦恼的美国人，都能成为像赖德这样背着背包上路旅行的人，都是拒绝为消费主义而生活的"达摩流浪者"，那将是一幅怎样壮观的情景？在赖德的影响下，雷伊·史密斯决定背起背包，到一个空旷的地方，进行打坐参禅："我计划要为自己配备好所有登山所必需的装备，包括睡的、吃的、喝的（一言以蔽之就是把一个厨房和一个睡房背在背上），然后前往某个地方，寻找完全的孤独，寻求心灵上的空，让自己成为一个超然于一切观念之外的人。"② 为此，雷伊·史密斯竟还真的背起背包上路了。他或一路步行，或乘火车，或搭载各种能载他前行的车辆，在加利福尼亚州、亚利桑那州、北卡罗来纳州、佐治亚州、亚拉巴马州、得克萨斯州等全国各地流浪，并在沿途向他遇到的人们讲解他对于佛教的见解。雷伊·史密斯的这些旅行经历，为他获得佛教的人生真谛打下了重要基础。

　　作为"垮掉派"作家的代言人，凯鲁亚克所追求的，既不单纯是《在路上》的肉欲放纵，也不完全是《达摩流浪者》中的皈依佛教，而是努力寻找生活的意义。这种对生活真谛的寻找没有尽头，这就决定了"垮掉派"要不停地上路旅行。发表于 1960 年的《孤独旅者》（*Lonesome Traveller*），较之于《在路上》和《达摩流浪者》来说，更具有自传性的因素。在这部小说里，类似于狄安·莫里亚蒂和贾菲·赖德这样的精神导师已不复存在，取而代之的是作者本人对于人生的独立探索。小说开始的一首题诗，揭示了这本小说作为旅行叙事的显在特征："在我们都去天堂之前/从这里落到黑暗的土地上/美国的景象/所有搭便车的旅行/所有铁路上的旅行/所有的归程/穿过墨西哥和加拿大边境/回到美国。"③ 全书由"码头上的无家之夜""墨西哥农民""铁路大地""海上厨房的懒汉们""纽约场景""独自在山顶""欧洲快意行"和"正在消失的美国流浪汉"八个部分组成，叙述了凯鲁亚克本人在美国大陆、墨西哥、摩洛哥，以及欧洲各国的旅行和探索经历。虽然这些旅行经历在时间和空间上不如前两部小说

①〔美〕杰克·凯鲁亚克：《达摩流浪者》，第 53 页。
②〔美〕杰克·凯鲁亚克：《达摩流浪者》，第 57 页。
③〔美〕杰克·凯鲁亚克：《孤独旅者》，赵元译，重庆出版社 2007 年版，第 9 页。

那样具有线性的连贯的特征，但在精神内涵上具有一致性。通过对不同国度那正在逝去的传统文化的记述，凯鲁亚克试图揭示"垮掉派"的反叛文化与欧美传统文化的联系，并哀叹传统文化在欧美大陆的日渐消逝。

小说一开始，主人公凯鲁亚克讲述几周来他一直在路上，乘着公交车旅行了三千英里。如今，他来到圣·彼得罗码头，准备登上"漂泊者"号轮船，周游世界。在圣·彼得罗码头，主人公的思绪从眼前的码头延伸到他过去自西向东旅行穿越美国大陆的经历。通过对过去历史的回顾，凯鲁亚克得出对美国的整体认识："美国，如此盛大，如此悲伤，如此黑暗，你就像干燥夏季里的树叶，在8月之前就开始卷皱，看到了尽头。你是无望的，每一个人都在旁观你，那里只有枯燥乏味的绝望，对将死的认知，当下生活的痛苦。"① 正因为美国机械文明和消费主义戕害了人们的精神，人们才需要通过不断的上路疯狂来打破这一文化困境。"墨西哥农民"和"欧洲快意行"是这部自传体小说中的关于异国旅行和文化记述。初踏进异国的土地，墨西哥的一切都使凯鲁亚克感到无比的惊奇。这里的乡村古朴自然，这里的斗牛惊心动魄，这里的教堂神圣而静谧。在凯鲁亚克看来，墨西哥与处在麦卡锡主义的文化高压和消费主义盛行的美国截然不同："墨西哥大体上说文明而美好，哪怕你像我一样。在那些危险人物身边旅行时也是如此——在某种意义上，'危险'是对我们在美国时的含义而言的。"② 比起墨西哥，欧洲尤其是法国和英国的文化氛围更是给凯鲁亚克留下了深刻的印象，虽然在通向欧洲的越洋旅行中的一艘轮船上一个同行的女乘客使他感到恐怖，担心她是俄国的间谍。在摩洛哥，凯鲁亚克领略了丹吉尔市喧嚣的集镇、美丽的海滩和夜晚的笛声；在法国，凯鲁亚克体验了马赛的宏大、聆听了救世主大教堂唱诗班男童的歌唱，在巴黎光顾了伏尔泰咖啡馆和卢浮宫等，徜徉在艺术的海洋中；在英国，凯鲁亚克游览了宁静的乡村、伦敦的大英博物馆、南安普敦莎士比亚故乡的田野。"世界旅行不像它看上去的那么美好，只是在你从所有的炎热和狼狈中归来之后，你忘记了所受的折磨，回忆着看见过的不可思议的景色，它才是美好的。"③ 通过对旅途中所经历的欧洲文化场景的记述，凯鲁亚克试图感知这些与美国主流文化截然不同的异域文化，并把它们定格在记忆之中。在"铁路大地""海上厨房的懒汉们"和"纽约场景"三个篇章中，凯鲁

---

① 〔美〕杰克·凯鲁亚克：《孤独旅者》，第25页。
② 〔美〕杰克·凯鲁亚克：《孤独旅者》，第32页。
③ 〔美〕杰克·凯鲁亚克：《孤独旅者》，第164页。

亚克又把旅程定在旧金山、航行在大海中的一艘轮船和美国大都市纽约。与在墨西哥和欧洲旅行的欢快不同，一进入美国，凯鲁亚克的心就悲凉起来："叫人感觉旧金山似乎是世界上最令人悲哀的地方。小路上挤满了在附近做生意的卡车和汽车，没有人知道也没有人关心我是谁。"① 这个"钢铁文明"笼罩下的都市，死气沉沉，毫无生机。在旧金山，凯鲁亚克当上了一名火车司闸员，在工作之际，可以有幸在美国的各个城市旅行，得以了解在钢筋混凝土框架下的城市里各个阶层的机械、压抑的生活，以及他们对待社会的态度。在卡罗瑟斯号轮船上，凯鲁亚克谋得了一份卧室管理员的职位，使他得以有机会了解这个漂浮的社会中海员的生活。在凯鲁亚克看来，整个轮船就好比一个"漂浮的监狱"，海员的生活带着一种"了无兴趣的忧伤"。纽约虽然是世界上最繁华的大都市之一，但是在表层的繁华和喧嚣之下，仍然像陀思妥耶夫斯基所遭遇的那种罪与罚："'垮掉的一代'知道这一点，如果你每晚去时代广场并待在那儿，你完全可以独自开始一整个陀思妥耶夫斯基季节，整个午夜，遇到卖报小贩，他们的纠缠、家庭及悲哀——宗教的狂热者把你带回家，在厨房的桌子上向你作关于'新启示录'的漫长布道。"②

这些在美国各地的旅行及对于窒息人心的文化场景的描述，再次以艺术的形式回应了人们关于"垮掉派"逃遁的原因。正像"垮掉派"的上路流浪一样，在人类文明史上，有许多著名的流浪汉，他们在流浪的过程中创造了不朽的文化遗产。基督耶稣、李白、惠特曼、富兰克林、叶赛宁（Yesenin）、卓别林（Chaplin）等都是闻名世界的流浪汉，他们为人类创造的遗产鲜有后人能够超越。可是，在凯鲁亚克写作的时代，流浪汉正在美国逐渐消失："而今，美国的流浪汉进入了一个艰难的流浪时刻，因为越来越多的警察开始监视出现在高速公路、铁路停车场、海滩、河床、堤坝和夜晚藏身的第一千零一个工业洞穴的流浪者……他们过去曾心怀希望地行走着，穿越西部城镇去奋斗，那些城镇现在已经太繁华了而不再需要旧式流浪汉。"③ 造成流浪汉消失的终极原因，还是美国日渐盛行的消费主义文化，以及美国法制对人们的规训。经济的发展使美国统治阶级认为，过去的流浪汉已经没有存在的必要。他们甚至立法对流浪汉进行规制，视流浪为一种罪过，流浪者的栖息地，不管是在城市的街道还是遥远的森林

---

① 〔美〕杰克·凯鲁亚克：《孤独旅者》，第 50 页。
② 〔美〕杰克·凯鲁亚克：《孤独旅者》，第 128—129 页。
③ 〔美〕杰克·凯鲁亚克：《孤独旅者》，第 199 页。

中，都受到警方的监视。同时，美国的宣传机构例如电视媒体也不遗余力地发出鼓噪之声，将流浪汉描述成强奸犯、杀人犯、恶魔等，使得整个社会都对流浪汉产生恐惧意识。在这样的邪恶环境下，凯鲁亚克还能否像过去那样背起背包继续上路旅行，"垮掉派"的反叛还能否继续下去？作者在"正在消失的美国流浪汉"中给读者留下了一个重重的悬念。

"旅行在他（巴勒斯）的小说中占据突出的位置，这一点可以从他后来的小说三部曲体现出来，那就是《红色夜晚的城市》（*Cities of the Red Night*，1981）、《死路上的地方》（*The Place of Dead Roads*，1983）和《西部的陆地》（*The Western Lands*，1987）。不可避免地，旅行和吸毒一起出现在他的写作中，尤其是在他的《雅热信件》（*The Yage Letters*，1963）。"① 这段话表明，旅行生涯对巴勒斯的小说产生了深远的影响，旅行不仅是他获得小说创作方法和素材的主要途径，更是其小说结构和情节的主要表征。在哈佛大学，对巴勒斯影响深远的一门课是关于英国湖畔派诗人柯勒律治的，授课教师是哈佛大学的文学教授约翰·洛威斯（John Livingston Lowes），也是《上都之路》（*Road to Xanadu*）一书的作者。这是一本关于柯勒律治创作发生学的书，在这本书中，洛威斯将柯勒律治的吸毒与其作品的创作过程结合起来，认为柯勒律治的诗歌都是在诗人吸毒过后产生的幻觉中创作出来的。洛威斯的观点被巴勒斯全盘吸收，尽管当时在哈佛大学搞不到毒品进行试验。但是，在以后的小说创作生涯中，巴勒斯自觉或不自觉地将旅行、吸毒和小说创作结合在一起，他的著名小说《裸体午餐》就采用超现实主义的拼贴手法，表现他的吸毒、同性恋，以及浪迹天涯的经历。由于巴勒斯一生的旅行过多，对于地理区域的描述甚至成为他的小说作品的主要特征。正如韦恩·庞兹（Wayne Pounds）所言，"地图绘制是巴勒斯小说的一个主要功能。在好几种场合，巴勒斯把自己比作'地图制作者，一个内心空间的宇航员'"②。巴勒斯反复提到的地理空间主要包括沙漠、丛林、城市，以及整个美国，这些地理场景和空间既是巴勒斯多年来国内外旅行的真实记录，又在巴勒斯的小说中具有重要的象征隐喻。例如沙漠场景出现在《狂野的男孩》（*The Wild Boys*）、《圣人的港口》（*Port of Saints*）、《红色夜晚的城市》《死路上的地方》等小说中，森林出现在《死路上的地方》《爆炸的车票》（*The Ticket That Ex-*

---

① Lindsey Banco，*Travel and Drugs in Twentieth-Century Literature*，New York：Routledge，2013，p. 45.

② Wayne Pounds，"The Postmodern Anus：Parody and Utopia in Two Recent Novels by William Burroughs"，*Poetics Today*，No. 8，1987，p. 627.

ploded，1962）、《柔软的机器》（*The Soft Machine*，1961）、《西部的陆地》《红色夜晚的城市》及《雅热信件》中，城市的摩天大楼出现在《吸毒者》《裸体午餐》《爆炸的车票》《新兴快车》（*Nova Express*，1964）、《红色夜晚的城市》和《西部的陆地》等。"这些地理场景的变换反映了巴勒斯的旅行及他津津乐道的以历险为主旨的虚构叙事的写作。"①

　　巴勒斯最早发表的小说《吸毒者》最具作家旅行和吸毒的自传色彩。在这部小说中，巴勒斯"企图讲述在他身上所发生的一切活动，他曾经做过什么，最重要的是他的所见所闻。以极度的诚实，他毫不掩饰地讲述了他的吸毒和同性恋经历"②。主人公威廉·李（绰号比尔，William Lee）是一位三十岁的白人男性，生活在纽约。在第一次尝试注射吗啡以后，染上毒瘾的比尔开始尝试各种形式的吸毒。为此，比尔带着家人开始在全国各地旅行，以便寻找新型的毒品或者医治毒瘾发作带来的疼痛。从纽约，比尔旅行到得克萨斯州，在布朗斯威尔市小住一段时间。厌倦此地的生活后，比尔又旅行到新奥尔良市，在那里参与一些同性恋活动。几个月后，比尔又开始吸毒，由于吸毒在新奥尔良是违法行为，比尔曾经被逮捕入狱。刑满释放以后，比尔回到得克萨斯州。得知吸毒在新墨西哥城合法的消息后，比尔迁居到那里，靠在咖啡馆看报，与妓女和同性恋伙伴乱交度日。在新墨西哥城，比尔弄到几种新的毒品，很快吸食上瘾。由于身体状况恶化，比尔又尝试戒毒。经过一段时间的戒毒，比尔的身体状况好转了。可是当听说南美洲有一种能刺激心灵感应的毒品时，比尔又急不可耐地想得到这种毒品。故事的结尾是比尔踏上南美寻毒之旅。"在后来写给金斯堡的信中，巴勒斯声称《吸毒者》是一部旅行书。从某种意义上说，它是一本通往下流社会地狱的旅行书，一本如亚兰·安森（Alan Ansen）所说的'人类社会学旅行日志'（anthropo-sociological travelogue），但是巴勒斯在给金斯堡的信中将之称为'旅行'叙事。"③

　　"《雅热信件》首先是一部虚构小说，它源于巴勒斯在亚马逊地区长达七个月的探险之后所写的一篇题为'寻找雅热'的文章。"④ 以巴勒斯与金斯堡进行通信的形式，《雅热信件》叙述了作为巴勒斯化身的主人公威廉·李在其妻子琼死后到南美亚马逊地区的寻找毒品之旅。1952年5月，

①　Kathryn Hume，"William S. Burroughs's Phantasmic Geography"，*Contemporary Literature*，Vol. 40，No. 1，Spring 1999，p. 112.

②　William S. Burrows，*Word Virus: The William S. Burroughs Reader*，p. 213.

③　Phil Baker，*William S. Burroughs*，London: Reaktion Books，Limited，2010，p. 46.

④　Lindsey Banco，*Travel and Drugs in Twentieth-Century Literature*，p. 48.

巴勒斯在给金斯堡的信中写道："我必须去，我必须找到雅热。"① 这两句简单的、祈使式的句子表达了一种旅行的激情，一种巴勒斯无法控制的运动冲动。这种好奇的、内心强迫式的旅行在小说主人公威廉·李的虚构信件中可以找到类比。他不断地从一个地方旅行到另一个地方，对静止不动具有一种噩梦般的恐惧。"害怕自己被卡在这个地方。这种恐惧伴随我走遍整个南美洲。"② 这种旅行与停滞的悖论性意象贯穿于《雅热信件》的始终。比如，在哥伦比亚的莫科阿，主人公感觉到一个无所不在的警察在巡视着这座小城，给他的逗留造成压迫性的威胁。逃离莫科阿使得主人公威廉·李在不到三十页的叙事篇幅中第三次来到波哥大。在这部书信体小说中，尽管旅行充斥故事发展的始终，但它基本上发生在两个层面上，一个是地理层面上的旅行，另一个是精神层面的旅行。

除了旅行的基本叙事外，对雅热毒品的寻找和关于文学写作的探讨构成了小说的两个次主题。事实上，寻找雅热毒品是威廉·李在南美洲旅行的主要目标。"雅热"或称"灵魂之藤"，是亚马孙河流域热带雨林中的一种药用植物，具有祛病提神、强身健体的功效，后来被吸毒者作为毒品使用。吸毒者吸食雅热水后能进入更高层次的时空维度，见识一个与普通人完全不同的神奇世界，即普通人感官无法感知的世界。但是，威廉·李最初品尝雅热并没有获得那种奇幻的时空置换的美妙，而是极度的恶心和眩晕。他写道："不到两分钟，我周身感到头晕目眩，小屋在飞转……蓝色的光焰在我眼前闪过……我感到突然的剧烈呕吐，于是我跑到门边，将肩膀靠在门柱上。"③ 在这种极度的呕吐和眩晕痛苦中，威廉·李甚至考虑过要终止他的寻找雅热之旅，离开南美。但是在第二次尝试雅热以后，威廉·李获得了他梦寐以求的幻觉效果，当然也是在经历了身体的四分五裂的肢体变化和剧烈的呕吐之后。威廉·李写道："雅热就是时空旅行。屋子看起来在晃动，并随着运动而震颤……迁徙、穿越沙漠、丛林和山脉的难以置信的旅行（密闭的山脉谷地中的静止与死亡，在这里植物里长出岩石，岩石里孵卵出巨大的虾蟹，打开你身体的壳），乘着一只舢板穿越太平洋，来到东岛。"④ 除此之外，巴勒斯还通过闯入性叙述者的声音与金斯

---

① William S. Burroughs, *The Letters of William S. Burroughs*, *1945 – 1959*, Oliver Harris, ed., New York: Viking, 1993, p. 126.

② William S. Burroughs and Allen Ginsberg, *The Yage Letters*, San Francisco: City Lights, 1963 Repr., 1975, p. 32.

③ William S. Burroughs and Allen Ginsberg, *The Yage Letters*, p. 24.

④ William S. Burroughs and Allen Ginsberg, *The Yage Letters*, p. 44.

堡探讨写作在他的探险之中的关键作用，即将"南美的地理现实作为一种想象"①重构出来。由于受制于语言和空间的束缚和局限，巴勒斯希望通过吸食雅热来达到改变现实和沉默语言的目的。这种主题将"垮掉派"写作与尚处于萌芽状态的虚幻旅行写作结合在一起。因此，《雅热信件》作为一部试验性书信体小说就融合了多种叙事的范式，奥利弗·哈里斯将之称为"喜剧性流浪汉传统、旅行写作、民族植物学田野调查、政治讽刺、幻觉文学和书信叙事的杂交体"②。

　　"我们不仅要在空间中旅行，还要在时间中旅行。那就是说，在空间中旅行就是在时间中旅行。如果作家能在时空中旅行并且由这些时空打开的未知领域，我想他们一定会形成一些如物理的时空旅行一样新颖和确定的创作技巧。"③这是巴勒斯在谈论其作品中的时空旅行时说过的话。尽管巴勒斯不可能真正借助科技设备在时空中进行现实的旅行，他却经常运用"雅热"这种通灵毒品进行幻觉的时空旅行。巴勒斯说，"雅热"（yage）"是一种时空旅行（space-time travel），也许这就是为什么它最初会让人产生呕吐的感觉。最初的雅热呕吐实际上就是被运送到幻觉状态的'运动疾病'"④。巴勒斯吸食雅热水后的幻觉旅行经验，尤其体现在以《柔软的机器》《新兴快车》和《爆炸的车票》为代表的三部曲中。《柔软的机器》的基本结构是"旅行日志。巴勒斯已经在《裸露的午餐》中使用过这种旅行日志的范式，在那部小说中叙述者跨越全国的'美国拖车'旅行最终指向边境，进入墨西哥"⑤。但是这部小说中的旅行，已经主要不是《吸毒者》和《雅热信件》中的地域意义上的旅行，而是一种时空旅行。这种时空旅行叙事典型地体现在"我是谁，要接受批评？"一章中。这一章包括两节，不仅表现性爱、宗教和西方文明中的政治习惯，而且还首次使用了巴勒斯正在试验的"剪裁"（cut up）叙事手法。从地理空间上讲，小说中的旅行带着读者穿越美国全境，进入墨西哥的丛林地带；从时间上讲，主人公的旅行是向后的，即从他所处的时代向后穿越到20世纪20年代的"美好时光"，从那个时代再穿越到古老的、农耕时代的玛雅社区，最终来

---

① William S. Burroughs and Allen Ginsberg, *The Yage Letters*, p. xxiv.

② Oliver Harris, "Introduction", in Oliver Harris, ed., *The Yage Letters Redux*, San Francisco: City Lights Books, 2006, p. xi.

③ Williams S. Burrows, *Conversations with William S. Burroughs*, p. 14.

④ Phil Baker, *William S. Burroughs*, London: Reaktion Books, Limited, 2010, p. 77.

⑤ Robin Lydenberg, *Word Cultures: Radical Theory and Practice in William S. Burroughs' Fiction*, Urbana and Chicago: University of Illinois Press, 1987, p. 57.

到丛林的原始生活区域。在这个最原始的村落，叙述者感觉自己似乎走了一个完整的圈。在这整个环形时空旅行中，叙述者经历了一系列狂热的场景。关于这些场景，评论家罗宾·李登伯格（Robin Lydenberg）进行了细致的罗列：叙述者和约翰尼（Johnny）乘火车到列克星敦寻求毒品治疗、一次短暂的性交过后他们跳下火车去寻找毒品、向南走向墨西哥、参加墨西哥内战、继续向南行进并来到蒙特雷、在那里观看火刑、叙述者和癫痫症患者在墨西哥城做爱、发现一个神奇的人在旋转他们的身体——第一次剪裁——叙述者在新的躯体里继续向南行、在一个小屋中的土著男孩那里发现简单的生活、土著男孩喝酒后发了疯、叙述者出于自保杀死那个土著男孩、逃向南方的玛雅社区、打破玛雅人的控制、建立自己的火箭控制、发现齐姆部落、打破他们的"死亡机制"控制系统、走向丛林深处猎杀新的物种、在原始的卡姆亚部落找到"活人"、逃离战乱的奥卡部落、最终回来为石油总部工作。①

与巴勒斯疯癫般的旅行、吸毒和性爱写作相比，赫尔米斯的旅行写作相对比较理性。赫尔米斯认为，上路的冲动表面上看是享乐主义的行为，实际上却是上路者对他那个时代的政治、社会和文化环境的反应。② 作为"垮掉派"运动的非官方发言人，赫尔米斯也将自己广泛的旅行经历写在小说之中。首先，他早年经常连根拔起的漂泊不定的生涯使他的内心深处产生了一种无家可归的情愫，成为他日后文学创作的一个主题红线。③ 他的第一部小说《行走!》发表于 1952 年，比凯鲁亚克的《在路上》整整早了三年。这部小说就取材于他的旅行经历，小说中的人物都是以现实生活中的"垮掉派"主要人员为原型的，例如保罗·霍布斯（Paul Hobbes）以他自己为原型，哈特·肯尼迪（Hart Kennedy）以尼尔·卡西蒂为原型，大卫·斯托夫斯基（David Stofsky）以艾伦·金斯堡为原型，基尼·帕斯特纳克（Gene Pasturnak）以凯鲁亚克为原型。正如杰普·本特（Jaap Vander Bent）所言，《行走!》"是第一部全面公开描写赫尔米斯、凯鲁亚克、艾伦·金斯堡、赫伯特·亨克、尼尔·卡西蒂及其他与 20 世纪 40 年

---

① Robin Lydenberg, *Word Cultures*: *Radical Theory and Practice in William S. Burroughs' Fiction*, pp. 57 – 58.

② Judith R. Halasz, *The Bohemian Ethos*: *Questioning Work and Making a Scene on the Lower East Side*, New York: Routledge, 2015, p. 28.

③ Arthur Knight and Kit Knight, *Interior Geographies*: *An Interview with John Clellon Holmes*, Warren, Ohio: The Literary Denim, 1984, p. 14.

代末期的垮掉派运动有联系的人物"① 的小说。批评家经常拿这两部 "道路" 小说进行比较,一部是从技术层面预示了 "垮掉派" 时代的开始,一部是将 "垮掉派" 时代推介给美国整个大众。正如理查德·阿丁格 (Richard Kirk Ardinger) 所言,"如果说《在路上》表现的是垮掉派对于重新发现美国的自发性躁动特质的话,《行走!》则讲的是来自底层的'垮掉派'在吸毒、爵士乐、酗酒和性交中绝望地寻找希望"②。

在创作第一部小说《行走!》的时候,赫尔米斯也在为他的第二部小说《号角》(Horn, 1958) 做准备。在一封于 1950 年写给凯鲁亚克的信中,赫尔米斯谈到他对这部小说的构思,就是要写爵士乐的世界,写一个爵士乐歌手在一个下午的生活。正如詹姆斯·乔伊斯的《尤利西斯》(Ulysses) 通过描述三位都柏林小人物一天的经历来暗喻当代人类的生活缩影一样,赫尔米斯也要通过描述这个爵士乐歌手一个下午的 "奥德赛式"(oddyssey) 旅行经历,来表征美国 20 世纪 50 年代的精神荒原生活。"到处都有旅行的危险:警察、鲁莽、狂野、精神的荒原。前方还有什么?一些成功的陶醉瞬间,一些将要遇到的不可知的东西。"③ 小说取材于以 Charlie Parker 和 Lester Young 为代表的爵士歌手的生活经历。小说的主人公是一位名叫埃德加·波尔 (Edgar Pool) 的萨克斯管演奏歌手,在人生临近死亡的最后 24 小时里还在纽约街头奔波,企图筹钱坐公交车回到他的故乡堪萨斯城。波尔找到几个音乐家寻求帮助,但是这些人都没有提供给他所需要的帮助。由于过度的奔波和对世态炎凉的愤懑,波尔死于胃部大出血,最终没有回归他的故乡堪萨斯城。虽然这部小说的内容是关于爵士歌手的人生经历,但是由于从赫尔米斯这个 "垮掉派" 非官方发言人的视角写出,它就与垮掉派运动联系到了一起。在 20 世纪 50 年代的美国,不仅人们的道德情操垮掉了,甚至连高雅的艺术也垮掉了。艺术沦为商业的附庸,一个具有高雅情操追求的爵士乐歌手在临死前甚至买不到一张回归故乡的公共汽车票。

赫尔米斯的第三部小说《自由回家》(Get Home Free, 1964) 仍然取材于《行走!》中的人物形象,表现 "垮掉派" 人物的旅行与归家。尽管

---

① Jaap Vander Bent, "John Clellon Holmers", in William Lawlor, ed., Beat Culture: Lifestyles, Icons and Impact, Santa Barbara, California: ABC-CLIO, 2005, p. 145.

② Paul Vaner, Historical Dictionary of the Beat Movement, Lanham, Maryland: Scarecrow Press, 2012, p. 127.

③ Gerald Nicosia, Memory Babe: A Critical Biomanhv of Jack Kerouac, New York: Grove, 1983, p. 298.

小说中的两个主要人物是从 20 世纪 60 年代的视角讲述他们的故事，但他们所讲述的故事仍然发生在 20 世纪 50 年代。按照赫尔米斯的说法，这部小说最初的原型来自两个故事，源于他旅行中的发现和构思。在其写作日志中，赫尔米斯提到《自由回家》中的一个主要人物威尔·莫里钮斯（Will Molineaux），作家在康州旅居期间曾经遇到过一个类似莫里钮斯那样的人物。但是直到 1961 年，赫尔米斯才开始动笔以《老人莫里钮斯》（Old Man Molineaux）为题写作这个故事。一次与妻子的南方之行使赫尔米斯产生了一个创作另一个故事的新想法，于是创作出《霍布斯和小奥吉》（Hobbes and Little Orkie）。经过几次修改，两篇小说最终合成现在的样子。小说的主人公丹尼尔·弗杰（Daniel Verger）和梅伊·德拉诺（May Delano）是一对年轻的夫妻，在纽约格林威治村有一处房子，房主是梅伊的前夫阿加森（Bill Agatson），他在一次地铁车祸中丧生。这对再婚的夫妻相处得并不融洽，他们靠酗酒来打发无聊的时光。后来，丹尼尔决定回归他的故乡——康州的格拉夫顿小镇待一段时间，然后到欧洲旅行。在故乡格拉夫顿的日子里，丹尼尔遇到了一个名叫威尔·莫里钮斯的老年人，他向这位年轻小伙子讲述了自己一生渴望通过旅行获得自由与人生阅历的计划及其失败。就在丹尼尔回归故乡的时候，妻子梅伊与一位名叫特迪亚斯·斯特雷克的男子勾搭成奸。当她跟那位男子的恋情无功而果的时候，梅伊也决定回归她以前的家乡路易斯安那州小住一段时间。在家乡路易斯安那州她祖父的家中居住两周后，梅伊觉得她再也无法将南方当作自己的家乡了。小说的结尾处夫妻俩再度相遇了，他们的关系似乎有了好转。小说通过表现夫妻俩的关系不合及随后的旅行经历，再现了 20 世纪 50 年代美国年轻人中垮掉的婚姻观，以及他们通过旅行重新寻找婚姻价值的行为。

第三节　《行走！》：垮掉派旅行叙事的开山之作

提起"垮掉派"，人们自然会想起杰克·凯鲁亚克、艾伦·金斯堡和威廉·巴勒斯这三个人物，想起他们的《在路上》《嚎叫》和《裸体午餐》等经典作品，书中所描写的"背包上路"、嚎叫式喧嚣、吸毒、纵欲等 20 世纪 50 年代美国"垮掉派"的生活方式，曾经使得无数的美国青年人为之神往。然而人们有所不知，首先引领"垮掉派"文学潮流的不是凯鲁亚克等上述三位作家，而是约翰·赫尔米斯，而后者恰恰被文学史家淡忘了。事实上，如果我们把凯鲁亚克称作"垮掉派"之王的话，那么赫尔米斯就是当之无愧的"垮掉派"之父，因为记录"垮掉派"生活细节的首部纪实小说《行走!》就出自赫尔米斯之手。"垮掉派"一词虽然是由凯鲁亚克在一次聚会上首次"口头提出"，却是赫尔米斯在《行走!》这部小说中正式使用，并在其中归纳和定义"垮掉派"作家的共同特征。因此，《行走!》在"垮掉派"群体的形成中起着重要的宣言书作用，其中的旅行描写也直接从叙事范式上影响了凯鲁亚克《在路上》的创作。

赫尔米斯在小说中写道："这是一封很长的信，详细地描述了他们的生活，并附上他的评论和反应；他曾努力去记录他发现的感觉，但却失败了，所以他就一直写，记录下'这垮掉的一代，这种地下生活'!"① 《纽约时报书评》(The New York Times Book Review) 前主编杰姆斯·阿特拉斯 (James Atlas)，在 1980 年给《行走!》写的再版前言里也曾经谈到，"1948 年的一个晚上，当时赫尔米斯还在写《行走!》，在艾伦·金斯堡组织的一个派对上，赫尔米斯与凯鲁亚克相遇。他们两人聊了很长时间，谈论他们的朋友及在现实社会下的悲哀。在他们谈话的某一时刻，凯鲁亚克提出把派对上的所有人，以及和他们类似的其他人都称作'垮掉派'。这个词不仅改变了赫尔米斯和凯鲁亚克的生活，也改变了世界历史和文化"②。另外，赫尔米斯还曾于 1952 年 11 月 16 日在《纽约时代》杂志上发表一篇名为《这就是垮掉的一代》的文章来解释"垮掉派"这个群体的思想状态和生活方式。赫尔米斯认为"垮掉派"并不是精神上的空虚，他们只是对自己的文化失望，他们决定背弃这种文化而变得更有灵性。在大多数人看来，"垮掉派"酗酒、吸毒、喜欢非主流的性体验，痴迷于开车上路旅行，而赫尔米斯则认为他们的这些行为并不是对现实生活的绝望，而是为了更好、更多、更完全地体验生活。他写道："傻笑着，时速 90，在高速公路上边开车，边吃东西，用脚掌握方向盘，这就是哈里·克罗斯比——'迷茫派'诗人，他想有一天把他的飞机开进太阳，因为他再也无法接受现代世界。驾驶员只邀请死亡来赢过他，他知道该怎样把握自己的生命。"③ 这一典型而又夸张的旅行意象不仅是"垮掉派"旅行生活方式的写照，而且也在他的代表作《行走!》中有诸多体现，表征着赫尔米斯在"垮掉派"这一文学流派的创建中所起的重要作用。

---

① John Clellon Holmes, *Go!*, New York: Thunder's Mouth Press, 1997, p. 126.

② John Clellon Holmes, *Go!*, p. xii.

③ John Clellon Holmes, "This Is the Beat Generation", p. 11.

作为赫尔米斯同时也是"垮掉派"的第一部自传性作品,《行走!》采用"纪实小说"(roman a clef)的写作范式。"纪实性小说就是一种主要人物基于生活中的真人真事而创作的小说。"① 作为"纪实小说"的典型代表,《行走!》"虚构性地记述了垮掉派人物杰克·凯鲁亚克、艾伦·金斯堡、加里·斯奈德和尼尔·卡萨迪的生活片段"②。书中的主要人物形象均来源于真实人物——赫尔米斯和他的"垮掉派"朋友们。例如,小说的主人公保罗·霍布斯就是作者自己,大卫·斯托夫斯基的人物原型是艾伦·金斯堡,基尼·帕斯特纳克的人物原型是杰克·凯鲁亚克,比尔·阿加森的人物原型是比尔·卡纳斯特拉(Bill Cannastra),哈特·肯尼迪的人物原型是尼尔·卡萨迪。小说的主要故事场景发生在纽约,中心情节讲述的是霍布斯跟他的妻子凯萨莉(Kathryn)陷入婚姻危机,同时也再现了霍布斯与其他"垮掉派"分子在纽约街头漫游、逛酒吧、吸毒,以及性爱的故事。也有一些文学批评家认为赫尔米斯的《行走!》是对凯鲁亚克的《在路上》的模仿。对此,赫尔米斯在1997年再版的序言中对这些质疑进行了详细回应:"我曾经说过,在我创作《行走!》的两年中,凯鲁亚克一直在读这个书稿,这两年中他的《在路上》还没有完成创作。而在1951年3月左右,他读完我的初稿后,他才开始创作他的作品,他在当年4月左右,花费20天的时间完成了那部作品。我并不想过分强调这两本书是如何互相影响的,我只是想说我对'垮掉派'体验模式悲观的观点,凯鲁亚克并不认同。他的观点特立独行,并且可以给他提供必需的动力。"③ 另外,从出版时间来看,赫尔米斯的《行走!》也不是对凯鲁亚克的《在路上》的模仿,因为《在路上》首次出版时间为1957年,而《行走!》首次出版于1952年。不过,作为一部纪实小说,《行走!》所表征的纽约空间漫游、吸毒和性爱,在很大程度上为后来凯鲁亚克写作《在路上》提供了主题和叙事的范式。

詹尼斯·斯道特指出,漫游与迷失模式(wandering and lost)是20世纪美国小说一个常见的叙事模式,主要表现为作品中人物的旅行"没有确定的目的地,也没有确定的时序,旅行没有终点"④。这与欧洲文学中的旅行叙事传统具有明显的区别。欧洲传统的旅行叙事模式一般都是建立在某

① Michael J. Dittman, *Masterpieces of Beat Generation*, Westport, Connecticut: Greenwood Publishing Group, 2007, p. 12.
② Eberhard Alsen, *Romantic Postmodernism in American Fiction*, Chicago: Rodopi, 1996, p. 35.
③ John Clellon Holmes, *Go!*, p. xx.
④ Janis P. Stout, *The Journey Narrative in American Literature: Patterns and Departures*, p. 105.

种社会和道德的假设或者目标之上，主人公有特定的旅行目标或旅行目的地，并且具有朝向这个目标的空间位移行动，比如荷马史诗中奥德赛的归家之旅和约翰·班扬《天路历程》中基督徒的天国之旅等。美国文学中的"漫游式"旅行模式在垮掉派文学作品中的表现尤为突出。正如大卫·列文斯顿（David Levinston）所言，"20 世纪中叶以威廉·巴勒斯和杰克·凯鲁亚克为代表的垮掉派作家所塑造的漫游形象继续激励人们对大路进行畅想，继承漫游者那种自由的生活方式。这些作家笔下的主人公很浪漫，他们在城市和乡村漫游，吸毒、酗酒并寻求历险"①。

事实上，首先将漫游和垮掉派生活方式结合在一起的作家并不是列文斯顿所言的凯鲁亚克和巴勒斯，而是赫尔米斯，尤其是他的纪实小说《行走！》。这部小说的地理场景主要是在纽约，主要人物的漫游区间主要发生在公寓、街区、车站和各种酒吧之间。从表面上看，这样的市区短距离漫游不能称为旅行，更不能与传统的户外长远距离旅行相提并论。但是，如果我们将赫尔米斯的《行走！》与海明威的《太阳照常升起》进行对比，我们会发现《行走！》中空间和场景变换的频率丝毫不亚于《太阳照常升起》。关于《太阳照常升起》，艾利森·费尔德有过这样的评述："小说中不断重复提起的地名可以组合成旅行的日常表，与小说同时期出现的旅行指南非常相似。尽管不是一部公然的旅行指南，《太阳照常升起》仍被认为具有部分的旅行日志的传统。"② 但是如果与赫尔米斯《行走！》中的空间转换场景相比，海明威的《太阳照常升起》还是逊色了些。在《行走！》中，主人公霍布斯和他的"垮掉派"朋友们不断地游走在纽约的公寓、街区、酒吧和车站，这种漫游图景在小说的各个章节多有表现。"这个世界有阴暗的公寓、时代广场的咖啡厅、比博普爵士乐参加者、整夜的漫游、街道角落的集会、搭便车、大量时髦的酒吧。这个世界里的人吸食毒品，还有其他习惯，不断地寻找新的疯狂……他们不断地在行走，生活在夜间，四处狂奔去寻求'接触'，要么突然消失在监狱中，要么继续行走在路上，为的是回头再来相互寻找彼此。"③ 凡是有名字的地标性场景，例如格林威治村、长岛、哈莱姆、曼哈顿、百老汇、哥伦比亚大学、时代广场、华盛顿广场、华盛顿大街公园、哥伦比亚图书大夏、洛克菲勒中

---

① David Levinston, *Encyclopedia of Homelessness*, Vol. 1, London: Sage Publications, 2004, p. 299.

② Allyson Nadia Field, "Expatriate Lifestyles as Tourist Destination: *The Sun Also Rises* and Experiential Travelogues of the Twenties", pp. 29 – 30.

③ John Clellon Holmes, *Go*!, p. 36.

心、哈福迪酒吧、乔治·华盛顿大桥、唐人街、华尔街、列克星敦大街、阿姆斯特丹大街，以及各种用数字命名的大街、桥梁和车站，都在小说里主要人物的漫游、光顾酒吧和寻找毒品的过程中得到展示或提及，堪称一部活生生的纽约旅行地图。各种旅行工具，例如公共汽车、火车、地铁、各种品牌的汽车，不断地被作品中的人物提及或默默地承载着人物的空间运动，go（走）、arrival（到达）、departure（离开）、trip（旅行）、wander（漫游）、escape（逃离）、flee（逃跑）、head for（奔向）、quest（追求）、walk（行走）、travel（旅行）、tour（巡游）等表征运动和空间位移的词汇成为小说中的高频词汇。

　　与万花筒般的空间转换相对应的是小说中主要人物的心灵迷失。霍布斯在情感生活和小说创作事业中受到双重挫折，几乎对自己失去信心。他和妻子凯萨琳在一次火车旅行中相遇，双方相似的家庭破裂背景使他们对彼此产生好感，并最终走进婚姻殿堂。然而他们婚后的生活并不幸福，双方相继在婚姻生活中出轨，霍布斯逐渐迷恋上一位叫作丽泽·艾德勒（Liza Adler）的女孩，凯萨琳也跟霍布斯的好友帕斯特纳克调情做爱。双方情感的出轨使彼此都感到苦闷，更使霍布斯感到痛苦的是他的小说不能得到出版。双重的苦闷使得霍布斯放浪形骸，加入其他"垮掉派分子"的行列，在纽约街头漫游，狂欢，寻找大麻和烈性酒。例如在小说第二部第六章，赫尔米斯讲述霍布斯等人来到一个非裔美国俱乐部，但是大麻贩子没在这里。在即将天亮之时，他们只好坐上地铁无奈地各自回家。在回家路上霍布斯对自己的生活感到迷惑，他看见商人去上班，而他和朋友们却在通宵的放纵之后准备回家。"在他几乎令人愉快的沉闷中，霍布斯突然想：像他们或像我们，还有别的位置吗？"[1] "令人愉快的沉闷"这一矛盾修辞法暗示着霍布斯心理的迷茫和犹豫。在夜色中，他们各自从家中出发，迷失在人群中，又共同聚集到酒吧交流和发泄，徘徊在街头思考人生。当黎明到来之际，他们仍然没有找到想要的答案，无奈只好各自回家，重复着一次又一次或许永远没有终点的身体和心灵上的旅行。不独霍布斯感到苦闷，书中的其他人物都有苦闷和迷惘。"哈特、迪娜（Dinah）、斯托夫斯基、克蕾斯蒂（Christine）、安克（Albert Ancke）及死去的阿加森……他们中的所有人，都是午夜的孩子。他们走到哪里都很狂野，走到哪里都感到迷失，走到哪里都感到没有爱情，没有信仰，没有家园。"[2] 斯托夫斯基

---

[1] John Clellon Holmes, *Go!*, p. 141.
[2] John Clellon Holmes, *Go!*, p. 310.

曾经帮助维尼（Winnie）等人销赃。他和他们一起把赃物搬上汽车，准备运到外地处理掉。谁知路上偶遇巡逻的警察，斯托夫斯基和维尼只好弃车逃跑。逃走后的斯托夫斯基感觉很迷茫，独自徘徊在纽约街头，内心充满挣扎和后悔："他不能保持头脑清醒。他在这里做什么，在这些荒芜的街道上迷路，从一个失事的地方逃走，被追捕？它对他来说毫无意义，然后它就这样做了：一种不可避免的、命中注定的感觉，在他承认它的那一刻，他的头脑拒绝接受它。他为什么不知道会发生这种事？他怎么就没能预见呢？"① 最后他无奈地返回家中，却在家里被警察逮捕，从而结束了这次惊险的旅行。

虽然这些"垮掉派"成员们的内心感到非常迷茫，沉溺于纽约街头的漫游、酒吧酗酒、派对、吸毒和性爱，然而他们并没有完全"垮掉"，而是有所追求，有所求索。斯道特指出，"这种求索趋向于精神旅行，它的真实空间维度趋于消退或者失去实质，其象征意义成为主导"②。处于精神之旅中的人们也像地理意义上的旅行者一样会遇到无数考验，他们旅程也并不完全由他们的个人意识控制，而是被一股非直接的力量驱动。赫尔米斯在表现"垮掉派"成员在纽约街区漫游的同时，也再现了这些波西米亚式的人物们的灵魂求索状态。"这些人物的重要性在于，他们企图超越他们的现状，他们已经踏上求索之路，追求一种更真实的生活，寻求生活的意义和平静。"③ 小说中的斯托夫斯基，是除主角霍布斯之外第二个重要的人物，与象征虚无主义和恶魔形象的阿加森形成鲜明的对比。"如果阿加森代表我们这个时代心灵的疟疾的话，斯托夫斯基代表的就是拯救。作为一个诗人和神秘人物，斯托夫斯基是一个真诚的求索者，他经历了一种幻境的突破，揭示了存在本质的二元性对立，亦即物质和精神。他看到普通的意识具有'化学穿透性特征'，但是在更深的层次下，拥有'一种非个人的、然而却是自然的爱，把每一个原子凝合在一起'。这种爱就是神圣的存在，是圣灵。作为这种顿悟的结果，斯托夫斯基踏上了慈善和救赎之路"④。

斯托夫斯基的三次旅行都属于在困厄中求索的旅行模式。在第一次旅

---

① John Clellon Holmes, *Go!*, p. 281.

② Janis P. Stout, *The Journey Narrative in American Literature: Patterns and Departures*, p. 90.

③ Gregory Stephenson, *The Daybreak Boys: Essays on the Literature of Beat Generation*, Carbondale: Southern Illinois University Press, 2009, p. 90.

④ Gregory Stephenson, *The Daybreak Boys: Essays on the Literature of Beat Generation*, pp. 91 - 92.

行中，斯托夫斯基怀着期待去探访海员杰克·沃特（Jack Waters）。沃特不仅喜欢吸食大麻，而且也是一个类似于圣经中施洗礼者约翰（Saint John the Baptist）那样的角色，痴迷于时间主题，喋喋不休地谈时间本质和时间流逝给人类带来的影响，他说："我们互相评判，我们互相憎恨，我们受苦……都用时间的眼光，因为我们害怕！但是在上帝的眼中，永恒之眼，不再有仇恨，不再有痛苦！"① 斯托夫斯基深受感染，随后便和霍布斯开始争论上帝的存在，却无果而终。但是在斯托夫斯基看来，这是一次非常有意义的精神求索之旅，因为斯托夫斯基认为"他（沃特）透过面纱看到了真理"②。在第二次旅行中，斯托夫斯基决定去哥伦比亚大学寻找布莱克作品更加完整的版本，于是他坐上环城巴士，转乘地铁来到哥伦比亚大学的向阳高丘。在巴士换乘地铁的途中，斯托夫斯基脑海里一直回想着庞德的那首诗《在地铁站内》（"In a Station of the Metro"）。进入书店浏览了几个书架后，他突然第一次感觉到与其他东西的"连接"："一切都不一样，都浸透在同样的颜色里，露出和平常一样耀眼的白光。他似乎获得一种 X 光透视的感觉，透过成堆的书和浏览的学生，他凝视着，仿佛现实的表面是某种底片。"③ 他顿时觉得自己能和世界上任何物品建立这种"连接"，至此斯托夫斯基的"疯癫"似乎得以爆发，也为他后文中疯狂的行为埋下伏笔，这是一次在困厄中身体和精神层面的双重旅行。第三次旅行是斯托夫斯基去见上帝。他步履沉重地走着，穿过漆黑的走廊，走廊尽头的门自动打开，屋里宝座上坐着一个老人，"一个曾经体格强壮的老人，现在隐约感到疲倦。他那未修剪的胡须在胸前呈白色皱褶散开，眼睛发出柔和的光芒，就像只有老人的眼睛才能从一张老脸的清澈沉静中发出光芒一样。是上帝"④。斯托夫斯基依偎在上帝脚下，并把人类历史近期发生的灾难一一叙述，请求上帝帮他解答。

　　上帝说："你必须回去……被拯救如同被诅咒……去吧，不靠地球上任何生物的帮助去爱。"……

　　斯托夫斯基仍然困惑地说："暴力、苦难、仇恨、战争、绝望，人类受尽折磨，您能帮助他们吗？"……

① John Clellon Holmes, *Go*!, p. 49.
② John Clellon Holmes, *Go*!, p. 52.
③ John Clellon Holmes, *Go*!, p. 83.
④ John Clellon Holmes, *Go*!, p. 245.

上帝脸色暗沉，简单地回答道："我试过，我已尽力而为。"①

斯托夫斯基与上帝的相见和对话，在现实中绝对不可能发生，只能发生在梦境或梦游之中。这种梦境中的旅行或者说梦游，也是一种旅行。这是不同于地理层面的精神旅行或灵魂旅行。安娜·麦克休（Anna McHugh）指出，描写从一种地方到另一种地方的物理旅行，是旅行的一种范式；描写精神的或灵魂的旅行，是旅行的另一种范式。第二种范式的旅行文学涉及一种玄学的地理景观、类型化的叙事者和一种神学的观念，而不是根据经验可以确认的现实的何时、何地的真实信息。这种玄学地理景观紧密地与叙事者的心态相连，通过这种心态，人生的经历得到思考并获得意义。这种叙事范式不是对外在的"异乡"的寻求，而是对精神内心的探索。探索的结果是对精神或神学真理的接受。② 斯托夫斯基的梦中之行及其与上帝的见面，使得真实的空间维度趋于消退，使得主人公求索的目标神秘且超自然。它表明斯托夫斯基希望冲破自身困厄从上帝那里得到真知，找出到达自我完善和自我救赎的途径。

"寻家之旅经常始于逃离，但是其重心在于新家园的建立及它所带来的福祉。"③ 在这种模式中，主人公的生活环境从熟悉转向陌生，旅行的目的是试图建立或寻找新家，抑或是对建立新家园所遇到的困难进行前瞻性预测。这种旅行模式可以是一次或者多次，可以是个人的、单一的追求，也可以包含集体意识或者家族意识。在《行走！》中，几个主要人物都具有寻找家园的旅行动机和行为，尤其是帕斯特纳克和霍布斯。在小说中，帕斯特纳克的原型是"垮掉派"代表人物杰克·凯鲁亚克。他虽已成年，却与老母亲相伴为生，没有真正属于自己的家庭。他经常逃离母亲的住处，寄宿在朋友家里的沙发上，往返转移于不同的家庭。他离开老母亲的旧家既是一种逃亡，也是一种探险，逃离固有家庭环境的束缚，去外面的世界寻找自己梦想的生活。他沿袭了"垮掉派"放荡不羁的生活方式，没有固定的女性伴侣，喜欢无拘无束的生活，在朋友们不同的家庭环境中寄宿、派对、酗酒、吸毒和性爱。但是，他对纽约的这种居无定所的生活有些厌倦，想离开纽约，到西部去建立自己真正的家园。他对霍布斯说：

---

①　John Clellon Holmes, *Go!*, p. 246.

②　Anna McHugh, "Journeys of the Mind: *Pearl* as Travel Literature", in Geraldine Barnes, ed., *Travel and Travellers from Bede to Dampier*, Newcastle: Cambridge Scholars Publishing, 2008, pp. 97 – 98.

③　Janis P. Stout, *The Journey Narrative in American Literature: Patterns and Departures*, p. 42.

"我想到乡下的什么地方去，那里有土地和大庄园！保罗，那是我们要去的地方。你知道么？大家庭，餐桌上有热气腾腾的饭菜，还有四季变化！比如，你到过科罗拉多州的牛仔城之类的地方么？那是我想要的生活。"①

霍布斯虽然已婚，但是他与妻子凯萨莉却摩擦不断。他曾经两次想要逃离婚姻的枷锁，徘徊于道德和"出轨"的边缘。当帕斯特纳克与他谈论到西部去建立家园的时候，霍布斯表示赞同。他说："当我写完我的书，我们可能都要去墨西哥，暂时忘掉眼前的一切。"② 然而，与斯托夫斯基的交往及阿加森的死亡对他触动很大，他开始反思生活的假象、肤浅，以及他与人交往过程中的自私。"在对自己有了新的认识以后，霍布斯开始进行更深远的旅行，探索自我的黑暗迷宫，动机和情感的迷宫，抗击人性中的魔鬼。"③ 他反思自己的婚姻，主动和妻子妥协商议，希望能建立一个全新的家园。小说最后一章发生在渡船上，他紧紧搂着妻子，凝视着黑漆漆的、湍急的河水，以及远处的克莱斯勒大厦，深情地问道："哪里是我们的家呀？"④ 这里的"家"有一语双关之意，既指他和妻子目前居住的旧家，也指在经历了出轨风波、朋友离世、好友被捕等事件后，两人选择重新继续生活、珍爱彼此的新家园。至此，帕斯特纳克和霍布斯都将继续踏上寻找和建立新家园的旅程，他们希望通过坚持不懈的努力而找到理想温馨之地。

作为"垮掉派"文学之父，约翰·赫尔米斯为"垮掉派"文化的形成、完善和传播起到了关键作用。他的小说《行走！》不仅首开"垮掉派"文学之先河，而且再现了"垮掉派"上路旅行叙事的雏形。尽管小说中表现的这三种模式同时也是美国小说中的常见旅行模式，但是它们在"垮掉派"文学中却又具有独特的意义。首先，"迷失和徘徊"是他们成长中的必要元素。他们的旅行也许不完整、缺失方向感和终点、多次反复，但是他们仍然一直坚持，以便过上更充实、更真实的生活。其次，随着人们对科学技术的乐观情绪在广岛爆炸和环境恶化中消散，人们对社会进步充满希望的假想也在希特勒的大屠杀中破灭，"二战"后的美国社会陷入信仰"真空期"。小说中以斯托夫斯基为代表的"垮掉派"希望找到一种合适的沟通和交流的方式来弥补人们对于信仰的缺失。不管是用消灭"时间"，或者建立"连接"，或是在梦里"对话上帝"的方式，"垮掉派"

---

① John Clellon Holmes, *Go!*, p. 54.

② John Clellon Holmes, *Go!*, p. 55.

③ Gregory Stephenson, *The Daybreak Boys: Essays on the Literature of Beat Generation*, p. 93.

④ John Clellon Holmes, *Go!*, p. 311.

都希望能尽快冲破这种困厄的状态，实现灵魂解放。最后，"垮掉派"年轻人的身心在"二战"后遭遇重创，他们需要在思想上和实际中寻找一个新的家园和归宿。尽管他们无法确定新的家园究竟在何方，但是他们敢于大胆地寻找。"垮掉派"放荡不羁的生活方式注定他们会选择用上路旅行的方式浪迹天涯，也因此预示着凯鲁亚克的《在路上》和巴勒斯的《裸体午餐》的到来。

第四节　《在路上》：垮掉派上路旅行的"圣经"

提起杰克·凯鲁亚克，人们无法不把他与20世纪50年代以来风行美国的"垮掉派"运动和背着背包开车上路的旅行风尚联系起来。事实上，正是凯鲁亚克的代表作《在路上》激励了一个时代的美国人开车上路，为60年代达到高潮的精神觉醒铺平了道路。凯鲁亚克的《在路上》也因此被认为是"垮掉派的屁股后袋里的圣经"（hip-pocket bible of the Beat Generation）。① 关于自己在世界文学上的影响，凯鲁亚克本人也不无得意地说："我的作品与普鲁斯特（Proust）的一样，构成一部巨著，与他不同的地方在于我的追忆不是在病床上而是在道路上写的。"②

《在路上》里面的人物原型，主要来自凯鲁亚克本人和"垮掉派"的主要成员。作为第一人称叙述者的"我"，萨尔·帕拉代斯，其实就是凯鲁亚克本人；狄安·莫里亚蒂就是尼尔·卡萨迪；布尔·李（Bull Lee）即威廉·巴勒斯；卡罗·马克斯（Carlo Marx）即金斯堡。全书采用第一人称的叙述视角，讲述主人公萨尔（萨尔·帕拉代斯的昵称）4次去美国西部旅行的经历。像大多数旅行小说中的主人公一样，萨尔内心始终具有一股上路旅行的冲动，希望到美国西部进行旅行："就在这时，狄安·莫里亚蒂闯入我的生活，你可以说我生活在路上了。未同狄安相识前，我常梦想到西部去游历，不只一次地在脑中盘算这件事。可就是没有上路。"③萨尔之所以想到西部去，除了与妻子离婚的烦恼之外，一个重要的原因就是受了狄安的感染。在萨尔看来，来自美国西部、又是在旅途中出生的狄安·莫里亚蒂"具有西部特征，犹如西部吹来的狂风，发自西部草原的一

---

① P. Tamony, "Beat Generation: Beat: Beatniks", *Western Folklore*, Vol. 28, No. 4, 1969, p. 274.

② Ann Charters, ed., *The Portable Jack Kerouac*, New York: Viking Press, 1995, p. 5.

③〔美〕杰克·凯鲁亚克：《在路上》，文楚安译，漓江出版社2001年版，第3页。

曲赞美诗，令人感到清新"①。再者，作为一个作家，萨尔还很年轻，"需要新的人生经历"，需要在旅途中结识新的姑娘，需要幻想。这一切，都促使萨尔背着背包上路旅行。

> 一路上，我老是想象当我到达芝加哥、丹佛，最后抵达旧金山时该干些什么事。我在第 7 大道乘坐地铁到达位于第 242 街的终点站，马上转乘电车到杨克斯。在杨克斯市中心，我登上一辆开往郊外的电车到达哈德逊河东岸的市郊……我继续搭免费便车上路，先后换乘了 5 次汽车，到达了我向往已久的比尔大桥。从新英格兰方向延伸过来的 6 号公路在大桥上呈拱形。离开大桥时，大雨开始倾盆而下，山路崎岖。6 号公路跨越哈德逊河，弯弯曲曲隐入荒凉的山野，满目苍茫，不但没有见到任何车辆，更糟糕的是雨越下越大，令我无法藏身……我当时已在纽约以北 40 英里的路上，越往前走我越心烦意乱。这是我伟大旅程的第一天，我本该朝西，那才是我所期待的目的地。②

虽然主观上想到西部去，但是到西部究竟干什么，萨尔并没有一个确定的计划，这就注定他的西部之行比较随意，对于旅行路线的选择没有规划，当然迷途和走回头路也就不可避免了。作为一个"垮掉派"分子，萨尔没有一份体面的社会工作，当然也没有足够的收入来支付他那横跨全国的西部之行的旅费。他所有的收入就只有 50 美元，这决定他的首次西部之行只能采取搭便车的形式。只要站在公路上等待一阵子，并朝过往的车辆伸出拇指，总会有辆车在萨尔面前停下，搭载他一程。《在路上》把萨尔和狄安等人的搭便车旅行行为描写得生动逼真，他所搭的便车包括私家小汽车、货车、农民们上地干活的工具车等无所不有，以至于这本小说被誉为 20 世纪 60 年代以来美国青年旅行者搭便车的《圣经》。众多的美国青年纷纷仿效狄安和萨尔，走出家门，来到公路上伸出拇指。他们用这种方式来宣示自身对传统价值观的蔑视，表达对挣脱保守思想束缚的追求。但是，搭便车旅行毕竟不如坐公共交通工具和自己开车旅行具有效率和便利。有时候萨尔要在公路边等待很长时间才能等来一个善意的开车者将他顺路搭载一程，有时候他又会被司机丢在前不着村、后不着店的地方。由于没有钱，漫长的旅途中住宿也是个问题。对于住宿，萨尔首先考虑的是

---

① 〔美〕杰克·凯鲁亚克：《在路上》，第 10 页。
② 〔美〕杰克·凯鲁亚克：《在路上》，第 13 页。

教会机构的免费旅馆，例如"基督教青年会"之类机构的免费旅馆。实在
找不到这种免费的旅馆，萨尔就只好花点钱在最便宜、简陋的小旅馆凑合
一夜。这种旅行的非计划性、交通方式的不确定性，以及对于旅店选择的
凑合性等因素结合在一起，常使萨尔对自己的身份和旅行行为产生某种怀
疑。比如在爱荷华州梅德因城的一家印第安人小旅馆住宿一晚上后，萨尔
搞不清自己的身份了：

　　　　这可是我生活中非凡的时刻，我一生中最不可思议的一刻，我不
　　知道我是谁——我远离家乡，旅行使我担惊受怕，筋疲力尽。我住在
　　一间我从来没有见过的廉价旅店里，听着窗外机车蒸汽发出的"嗖
　　嗖"声响，旅店破木板仿佛要断裂似的吱吱声，还有楼上的脚步声及
　　其他一切令人心烦的声音。望着高高的天花板，它咯咯作响，我确实
　　在瞬间产生了一种奇异的感觉，我不明白我他妈的到底是谁……此刻
　　我置身于东西部的分界线上，也许正因为如此，在那个红日高照、不
　　同寻常的下午我才会有如此奇思怪想吧。①

　　值得指出的是，萨尔的身份迷失发生于他所置身的"东西部的分界线
上"，这正是以纽约为代表的主流压抑文化和以旧金山为代表的西部自由
文化的分界线。所谓身份认同主要指"某一文化主体在强势与弱势文化之
间进行的集体身份选择，由此产生了强烈的思想震荡和巨大的精神磨难，
其显著特征，可以概括为一种焦虑与希冀、痛苦与欣悦并存的主体体
验"②。一般而言，只有不同种族、文化、时代和地域的人们在交际和相处
时才可能发生身份的错位和迷失现象，例如瑞普·凡·温克尔（Rip Van
Winkle）一觉醒来，从英国的殖民地跨入独立的美利坚合众国的时候所产
生的身份困惑。那么身为白人中产阶级的萨尔为什么此刻在印第安人小旅
馆产生了身份迷失呢？最主要的原因是他来到了东部和西部两种文化的临
界点。身在东部纽约的时候，萨尔跟其他美国人一样，犹如"成天生活在
噩梦中"，那时正是麦卡锡主义盛行的时期，对进步人士的迫害使得他们
人人自危，正如著名作家诺曼·梅勒（Norman Mailer）所言，"当今的时
代是随大流和消沉的时代"，"人们没有勇气，不敢保持自己的个性，不敢
用自己的声音说话"。因此"一种随波逐流带来的缓慢死亡使一切创造和

---

① 〔美〕杰克·凯鲁亚克：《在路上》，第 18—19 页。
② 陶家俊：《身份认同导论》，《外国文学》2004 年第 2 期。

叛逆的本能遭到窒息"①。与人们的文化噪声一样，消费时代人们对物质的疯狂角逐也在逐渐泯灭人们的个性。与东部这种令人窒息的氛围相反，美国西部向来被认为是美国人民进行精神逃遁的避难所。19世纪初，西部未经开发的处女地吸引东部成千上万的家庭举家西迁，要么在那里寻求精神的宁静，要么在广袤无垠的土地上重建"伊甸园"。在库珀、惠特曼、马克·吐温等几代作家的努力下，美国的西部俨然成为一个神话，它不仅仅是地理上的一个概念，而且是在精神上象征着"超强的自由理念，凝重的个人主义，深厚的乌托邦意识，久远的无政府反权威传统。这些特点使西部生活具有强烈的非约束性或自由性，充满了活力和开放精神"②。这正是20世纪50年代的东部反传统的年轻人所需要的。

　　然而，当萨尔真正到了洛杉矶，到了好莱坞，他却惊讶地发现，想象中的西部与东部并没有什么本质上的差别："这块人们向往的土地，一切看起来都是那么乱糟糟的，可这就是美国令人不可思议的、最具有神奇色彩的一角。我们在中央大街下了车，这种大街同你在堪萨斯、芝加哥或波士顿下车时看见的那种大街没有什么两样——清一色的红砖建筑物已经黯然失色，形形色色的人在这令人沮丧绝望的黎明拥向电车站栅栏，到处弥漫着大城市所特有的那种污秽淫荡的气息。"③ 20世纪50年代高度物质化的社会已经使西部沦为跟东部乃至全国各地一样的肉欲之都和精神的荒漠，人们所赖以逃避的精神避难所已经不复存在。旅行一圈，萨尔最后发现自己又回到了纽约的时代广场，"我那历经长途跋涉、对一切感到陌生好奇的目光又看到了纽约难以言状的疯狂，骚乱的喧嚣，成千上万人为了赚得一个子儿终日奔波，做着疯狂的梦——掠夺、占有、失去、叹息、死亡，就这样，为在离长岛不远的那些可怕的城市公墓里寻找一块栖身之地"④。这与其说对于"垮掉派"分子是个悲剧，不如说是20世纪50年代整个美国民族的大悲剧。"当悲剧英雄被逼至生存的边缘，面临着生命的极限背景，他们必须做出选择，坚定地说'是'或'不'。正是他们对必然性灾难的勇敢承担而显示出崇高的悲剧精神来。"⑤ 狄安·莫里亚蒂正是一个具有"酒神"精神的尼采式人物。面对20世纪50年代的生存悲剧，

---

①　〔美〕诺曼·梅勒：《白种黑人》，载《伊甸园之门——六十年代美国文化》，方晓光译，上海教育出版社1985年版，第53—54页。

②　吕庆广、钱乘旦：《60年代美国学生运动》，江苏人民出版社2005年版，第219页。

③　〔美〕杰克·凯鲁亚克：《在路上》，第87页。

④　〔美〕杰克·凯鲁亚克：《在路上》，第111页。

⑤　王本朝：《西方文学悲剧意识的宗教背景》，《文艺研究》1996年第3期。

狄安也在思考通过走什么样的道路才能对抗被麦卡锡主义和物质主义强奸得奄奄一息的美国。狄安对萨尔说："你的路在哪儿？——圣徒的路，疯子狂人的路……还有其他路。不论什么路，对任何人来说，总有这么一条路，就看他怎么走。"① 但是最关键的是，首先要上路。只有上路，才是生活。"要是这路走得通，咱们可以一直开到南美。你想那该多带劲！"② 于是，这位近乎邪恶的旅行天使开着偷来的破车，带着萨尔和其他的"垮掉派"伙伴，在道路上任意奔驰，穿过浩渺的田野，驶过沉寂的城镇，犹如一股不可阻挡的暴力。

　　在上帝对人类的痛苦极度冷漠的后现代社会，人类的唯一出路就是以自己的本能和天性行事，活出真正的自我。用狄安的话来说，"咱们都应该明白，如果这世上有什么东西需要咱们明白的话，那就是咱们压根儿应该无忧无虑"。自由自在地活着，不为任何宗教的和世俗的观念所束缚，这才是人生最大的幸福。这也就是"垮掉派"的人生宗旨。凯鲁亚克后来在一篇文章中解释"垮掉派"这一术语的含义时，就将先前的"疲惫和沮丧"发展成为"至福"（beatitude），使 beat 这一词的含义从生存的艰辛中历练出超越艰辛的"崇高"精神。③ 狄安将这种无忧无虑的生活演绎到极致。他会带着女友赤裸裸地开车在路上飞奔，裸体在公路草丛里嬉戏玩耍，全不顾及过往车辆上的旅客和司机的偷窥和议论。狄安每到一个地方，首先想到的是找一些女孩做爱，当然也找男性伙伴做爱。对于狄安来说，"性可是生活中唯一头等重要而神圣的事"，他甚至一次做爱能延续10小时。"在那温柔甜美的洞开之门前恳求，肉体因为体验到那生命之源的激情而如痴如醉，不顾一切地寻找重返它时之路途。"④ 上路旅行，是他追求性爱和使性爱富有刺激性的重要方式。他两次开车横穿美国大陆，甚至越境到墨西哥，都是为了追求性爱的刺激。

　　在狄安的带动和陪同下，萨尔跟其他"垮掉派"成员共进行了4次西部之旅。每一次的西行都是因为对纽约地区的政治高压和物质主义窒息的不满，都是因为想通过西行来逃避生活中的麻烦和无聊的处境。每一次在路上或旅馆里，他们都争论不休、酗酒泡妞、放浪形骸，但是最终还是无果而返。正如爱德华·福斯特（Edward Halsey Foster）所说："最后，他们

---

① 〔美〕杰克·凯鲁亚克：《在路上》，第263页。
② 〔美〕杰克·凯鲁亚克：《在路上》，第291页。
③ K. Hemmer, *Encyclopedia of Beat Literature*, New York: Facts on File, Inc., 2007, p. x.
④ 〔美〕杰克·凯鲁亚克：《在路上》，第139页。

发现所有的路都让他们又回到了原点……他们其实根本没有出路。"①　小说的结尾，萨尔从墨西哥城返回纽约。每当太阳落山的时候，他总是坐在河边，仰望着新泽西方向辽阔无垠的天空，想象着向西部海岸延伸的广袤的土地和西行之路。

然而，"垮掉派"真的如福斯特所言除了纵情声色以外没有人生的出路了吗？事实也不尽然。"垮掉派"仍然在追求人生的意义。除了将"垮掉派"与"至福"的含义结合在一起外，凯鲁亚克还说过"垮掉的一代"就是"寻找"的一代。如果说狄安·莫里亚蒂的路上开车裸奔和女孩尽情做爱是一种对生命意义的初级性"寻找"的话，那么对于宗教救赎的"寻找"则是一种更高层次上的追求。凯鲁亚克在回答记者们关于"垮掉派"的人生追求时这样回答："我要上帝露脸。"②

第五节　《裸体午餐》——垮掉派的时空旅行、吸毒与性爱

巴勒斯的"《裸体午餐》最初是由奥林匹亚出版公司以'旅行伴侣'（Traveller's Companion）系列的形式出版的。由于内容的极端性无法在美国印刷，这本书被知识分子和年轻的旅行者偷运到法国和英国"③。小说第一稿在进行最初的编辑时，取名为《跨界》（Interzone），是巴勒斯旅行日志和行程录的编辑和试验性排列。其中的一章"《国际区》（'International Zone'）就是巴勒斯为杂志投稿所写的旅行片段；他称之为'布灵顿'的那个人物很明显就是他自己"④。《裸体午餐》是一部没有连贯故事情节的非线性叙事小说，由一系列在结构上具有松散联系的故事片段构成，按照巴勒斯的意思，这本小说可以从任何一个角度去阅读。但是从文学的发生学上讲，这部小说"是巴勒斯吸毒上瘾、寻求治疗及最终治疗成功的故

① Edward Halsey Foster, *Understanding the Beats*, Columbia：University of South Carolina Press, 1992, pp. 43 – 44.

② Ann Charters, *Kerouac：A Biography*, New York：Warner, 1974, p. 298.

③ James Grauerholz, "Interzone", in James Grauerholz and Ira Silverberg, eds., *Burrows, William S. Word Virus：The William S. Burroughs Reader*, New York：Grove/Atlantic, Inc., 2007, p. 452.

④ James Grauerholz, "Interzone", p. 451.

事。巴勒斯以威廉·李这个人物作为手段，将他的传记戏剧化了"①。作为这种一生追求吸毒享受和治疗毒品上瘾的艺术表征，小说就自然具有了旅行叙事的主题。正如约翰·拉达斯（John Lardas）所言，"《裸体午餐》的一个中心主题就是经纪人威廉·李在美国的反乌托邦的跨界旅行和追求"②。

尽管故事的主要人物兼叙述者威廉·李是一个毒品贩子和吸毒者，他对美国无所不在的集权主义控制的逃避仍然具有英雄的性质，他逃离纽约并追求乌托邦自由的行为就类似古希腊神话中英雄的旅行和求索。"英雄从日常的世界出发，冒着种种危险，进入一个超自然的神奇领域；在那神奇的领域中，和各种难以置信的超自然体相遇。"③ 正像所有的历险英雄一样，故事的主人公威廉·李在开始历险之前也经受着世俗生活的困厄，那就是邪恶的美国对个人的控制。在小说中，巴勒斯假借叙述者威廉·李之口对美国 20 世纪 50 年代的集权主义控制所进行的批判，是那一时代的"垮掉派"作家望尘莫及的。正如刘易斯·麦克亚当斯（Lewis MacAdams）所言，"在所有的垮掉派作家中，威廉·巴勒斯是最危险的一个"④。巴勒斯的最危险之处，在于他对当时整个美国的反叛，不仅仅是 20 世纪 50 年代的消费社会，而是整个美国集权主义社会对个人的控制。例如，威廉·李这样攻击美国："美国不是一个年轻的国家。在早年垦荒者之前，在印第安人之前，它就是古老、肮脏和邪恶的。邪恶等在那里呢。"⑤ 紧接着，威廉·李用旅行的意象表征了美国机制的控制的无所不在和无法逃脱："美国影响力把我们包围，跟世界上的其他影响力都不一样，比安第斯山脉中的一切还糟糕。一座座高山城镇，凛冽的风像明信片似的从山中吹来，稀薄的空气在嗓子里如同死亡，厄瓜多尔的河畔小镇，黑色的斯泰森毡帽下的瘴气像毒品一样灰暗……可是任何影响力也不如美国的影响力。

① John Lardas, *The Bop Apocalypse: The Religious Visions of Kerouac, Ginsberg, and Burroughs*, Urbana: University of Illinois Press, 2001, p. 197.
② John Lardas, *The Bop Apocalypse: The Religious Visions of Kerouac, Ginsberg, and Burroughs*, p. 197.
③ 〔美〕约瑟夫·坎贝尔：《千面英雄》，第 24 页。
④ Lewis MacAdams, "William S. Burrougs (1914 – 1997)", in Holly George-Warren, ed., *The Rolling Stone Book of the Beats: The Beat Generation and the Counterculture*, London: Bloomsbury Publishing Plc, 1999, p. 171.
⑤ 〔美〕威廉·巴勒斯：《裸体午餐》，马爱农译，作家出版社 2013 年版，第 12 页。对马译本翻译中不到位的地方笔者有不同程度的修改，但页码仍然与马译本保持一致。作为一部后现代小说，《裸体午餐》在语言方面极为晦涩，怎样翻译和表达，仁者见仁。

你看不见它,不知道它从何处来。"① 在叙述者看来,就是被世人吹捧为最完美制度的美国民主,也从根基上烂掉了:"民主患了癌症,官僚机构就是病根。官僚机构在国家的任何地方扎根,像缉毒署那样变得恶性难医,越长越大,总在复制更多自己的同类,到最后如果不控制或切除,终将害死它的主人。"②

小说开篇子题目"开始向西行"就点明了小说的旅行叙事主题,该部分叙述毒品贩子威廉·李在纽约地铁站逃避缉毒探子,并向美国西部旅行的过程。"我感觉到一股力量在逼近我,感觉到它们向我移动……穿过围住入门的拱形的旋转式栅门,然后顺着铁梯涌下两层平台,攫住了一列进城的火车……那个身穿白色军用雨衣的缉毒探子刚刚在此时冲上了月台……然而地铁已经在移动了。"③ 这次在地铁中发生的逃避性旅行,被罗恩·利文森(Ron Loewinsohn)称为"一次字面意义上的遁入地狱"④。其遁入地狱的目的,按照弗雷德里克·卡尔(Fredrick R. Carl)的话说,就是为了进入吸毒的天堂:"对巴勒斯来说,要想进入吸毒的天堂,首先必须进入吸毒的地狱……发现的形式,正如 50 年代的小说一样,是旅行:外向型旅行,道路旅行,内向型旅行,进入知识内部的旅行,到达别人不敢冒险去的地方旅行。"⑤ 随着这个由地上到地下的转变,小说中叙述者的旅行更多地进入了幻觉(hallucination)的层次,换句话说,小说中的旅行叙事基本上是叙述者幻觉中的时空旅行。约翰·汀德尔指出:"《裸体午餐》是对 50 年代最糟糕的前景的幻觉性表征。"⑥ 小说中的叙事场景包括真实的地方,例如美国纽约的华盛顿广场、墨西哥和北非的丹吉尔,也包括一些非真实的场景,例如弗里兰、地区间(interzone),因为巴勒斯在幻觉中已经跨越了真实的世界。叙述者不断地穿越于不同的边界,创造出大量想象的空间。从这个意义上讲,《裸体午餐》也是一部时空旅行小说和

① 〔美〕威廉·巴勒斯:《裸体午餐》,第 13 页。
② 〔美〕威廉·巴勒斯:《裸体午餐》,第 122 页。
③ 〔美〕威廉·巴勒斯:《裸体午餐》,第 1 页。
④ Ron Loewinsohn, "'Gentle Reader, I Fain Would Spare You This, but My Pen Hath Its Will like the Ancient Mariner': Narrator and Audience in William S. Burroughs's *Naked Lunch*", *Contemporary Literature*, No. 39, 1998, p. 566.
⑤ Fredrick R. Carl, "The Fifties and After: An Ambuguous Culture", in Josephine G. Hendin, ed., *Concise Companion to Postwar American Literature and Culture*, Malden, Massachusetts: John Wiley & Sons, 2008, p. 45.
⑥ John Tytell, "The Beat Generation and the Continuing American Revolution", in Holly George-Warren, ed., *The Rolling Stone Book of the Beats: The Beat Generation and the Counterculture*, London: Bloomsbury Publishing Plc, 1999, p. 59.

反乌托邦小说（dystopian novel）。时空旅行小说中具有旅行叙事自不待言，反乌托邦小说与旅行的关系必须从乌托邦与旅行的关系说起。从空间维度上讲，乌托邦大多与旅行具有密切的联系，乌托邦城市的发现者、观察者和讲述者大都是旅行者和陌生客，他们在域外旅程中意外地发现了一个不为人知的乐园并讲述给世人。作为乌托邦的反面，反乌托邦自然也会与旅行有一定的关系。

　　"于是，我们囤积了一批海洛因，买了一辆二手老爷车，朝西出发。"① "汽车总是遇到麻烦：在圣路易斯街用那辆 1942 年的老爷车（它的发动机有个先天缺陷，像鲁比一样），换了一辆旧的帕卡特小客车，情况更糟，还没有跑完堪萨斯城就熄火了。"② 叙述者威廉·李在驱车进行西部之行的途中所经历的一切，既具有 20 世纪 50 年代的"垮掉派"风景特征，又具有后现代的颓废特征，例如叙述者写道："我们把货装进一个法国佩诺茴香瓶，出发去新奥尔良，一路经过五光十色的湖泊、橘黄色的煤气路灯、沼泽地和垃圾堆，短吻鳄在破碎的瓶瓶罐罐间爬来爬去，汽车旅馆前霓虹灯花里胡哨的图案，无所事事的娼妇男妓从垃圾岛上朝过往车辆叫嚷下流的粗话。"③《裸体午餐》常常被文学评论家们归为后现代主义小说，后现代主义小说的一个典型特征就是跨界，模糊事实和想象之间的界限。马尔科姆·布雷德伯里称巴勒斯的小说是"垮掉派的超现实主义和先锋派小说"④，罗恩·利文森更是将这部小说称为集"科技论文、传统的硬派侦探小说、色情滑稽模仿、抒情诗和间谍历险"⑤ 为一体的大杂烩，由此可见这部小说的复杂性。

　　总体而言，巴勒斯在小说中表现的旅行不是现实的身体旅行，而是一种时空旅行，是叙述者威廉·李服用具有致幻作用的"雅热"毒品后的幻觉旅行。"我的双腿呈现出波利尼西亚的浑圆……一切带着蠢蠢欲动的活力……房间是近东的，黑人的，南太平洋的，在某个我说不上来的熟悉的地方……雅热是时空旅行……房间似乎在摇晃震颤……黑人、波利尼西亚人、山地蒙古人、沙漠游牧民、懂几种语言的近东人、印第安人、尚未出

---

① 〔美〕威廉·巴勒斯：《裸体午餐》，第 7 页。

② 〔美〕威廉·巴勒斯：《裸体午餐》，第 12 页。

③ 〔美〕威廉·巴勒斯：《裸体午餐》，第 14 页。

④ Malcolm Bradbury, *The Modern American Novel*, Oxford: Oxford University Press, 1992, p. 190.

⑤ Ron Loewinsohn, "'Gentle Reader, I Fain Would Spare You This, but My Pen Hath Its Will like the Ancient Mariner': Narrator and Audience in William S. Burroughs's *Naked Lunch*", p. 561.

生的种族……迁徙，难以置信的旅行，穿过沙漠、丛林和山区。"①　就像格列佛在"小人国""大人国""飞岛"和"慧骃国"的旅行一样，叙述者威廉·李借助"雅热"毒品的魔力，在幻觉的时空中旅行，先后到过"阿涅西亚"（Annexia）、"弗里兰"（Freeland）和"地区间"（Interzone）等地方，以求寻找没有集权主义控制的自由。然而具有反讽意味的是，威廉·李的乌托邦式追寻，却总使他到达被腐败和淫秽的机构控制的反乌托邦地区。比如，有人告诉威廉·李说"弗里兰"是一个好地方："弗里兰共和国是个福利社会。不管公民需要什么，从一堆骨头到性伴侣，总有某个部门可提供有效的帮助。"②　可是当他时空旅行到那里以后，他发现表面的福利社会下隐藏着集权的控制。弗里兰政府给予其国民的只是一种表面的自由，只允许国民做少许的事情，即使这样，他们也仍然受到集权机构的控制。正如叙述者威廉·李对弗里兰共和国顾问本威（Benway）医生的评价那样："本威是象征体系的操纵者和合作者，是审问、洗脑和控制的每一阶段的专家。"③　乘着时空旅行的快车，威廉·李来到安涅西亚，但是这里的情况也好不到哪里。"安涅西亚的每一位公民，需要申请一系列完整的身份档案，并且任何时候都必须随身携带。公民们在街上随时会被拦住。调查者也许穿着便衣，也许穿着各种各样的制服。"④　最要命和荒唐的是，"城市里所有的板凳都搬走了，所有的喷泉都关闭了，所有的鲜花和树木都摧毁了。每座公寓楼（每个人都住在公寓里）的楼顶上都安着巨大的电铃，每过一刻钟就铃声大作……探照灯彻夜在城市上空扫来扫去（任何人不得使用窗帘、百叶窗和遮阳篷）"⑤。这真是一个集权主义的社会，集权主义对人民的控制不亚于乔治·奥威尔（George Orwell）在《1984》（1984）中所表征的集权主义。

"对于大多数垮掉派作家来说，大麻就是逃避美国白人社会的乌托邦期望，正如19世纪中叶的法国作家吸食毒品来逃避资产阶级的巴黎那样。"⑥　但是在《裸体午餐》中，威廉·李和其他吸毒贩毒者吸食的不是传统的大麻，而是比大麻更厉害的海洛因和具有"时空旅行式"致幻作用

---

① 〔美〕威廉·巴勒斯：《裸体午餐》，第103页。
② 〔美〕威廉·巴勒斯：《裸体午餐》，第165页。
③ 〔美〕威廉·巴勒斯：《裸体午餐》，第21页。
④ 〔美〕威廉·巴勒斯：《裸体午餐》，第22页。
⑤ 〔美〕威廉·巴勒斯：《裸体午餐》，第22页。
⑥ Marcus Boon, *The Road of Excess：A History of Writers on Drugs*, Cambridge, Massachussets：Harvard University Press, 2002, p. 160.

的雅热。旅行到墨西哥的时候，威廉·李描述了他和同伴注射毒品可卡因C的过程："这个时候我们弄到了一些处方 C。注射到静脉里，小子。你可以闻到它的气味，凉凉的、清清爽爽的，钻进你的鼻孔和喉咙，然后一种极度的快感突然蹿进你的大脑，与 C 有关的那些细胞霎时被点燃。你大脑四分五裂，一片发白，像爆炸了一样。十分钟后，你还想注射一针……你会走遍全城去找下一针。"① 对于具有吸毒和治疗毒瘾经历的巴勒斯来说，吸毒不仅具有使人快乐和逃避社会烦恼的作用，它同时也具有控制人类精神、麻痹人类意识甚至给人类带来极端痛苦的副作用。威廉·李在旅行途中所目睹的一个女吸毒者被毒品控制而麻木的情景着实令读者对毒品的控制作用感到惊恐："她抓起一根沾着血迹和锈斑的安全别针，在腿上戳开一个大洞，看上去像张着一个色情的、化脓的嘴巴，等着跟滴管做无声的媾和。这时，她把滴管整个儿插进张着嘴的伤口。她可怕的、触电般的欲望（干燥处无数饥饿的昆虫）使滴管折断在她惨不忍睹的大腿的血肉里（像一幅土地腐烂的宣传画）。可是她才不在乎呢。她甚至没有把碎玻璃弄出来。"② 这种关于吸毒的经历，如约翰·汀德尔所言，是"极其不浪漫的"③。但是作为"垮掉派"文学中反复出现的一个叙事因素，吸毒在《裸体午餐》中同样具有象征的含义。吸毒，不管是令人愉悦还是令人痛苦，都是对 20 世纪 50 年代美国社会机制的反叛和对个性自由的追寻。正如迈克考米克（Michael McCormick）所言，"尽管垮掉派用各种各样的方式来违反甚至颠覆社会机制，例如明显的怪诞、激进的政治或者破坏偶像的独特的其他方式，一种最明显、最连续的方式无疑是吸毒在生活和工作中所起的主要作用"④。

像大多数"垮掉派"小说一样，《裸体午餐》也再现了"垮掉派"分子在旅行途中的性交生活。翻开《裸体午餐》，有关交媾、阴茎、阴道、肛门、乳房、手淫、精液、操等与性有关的字眼历历在目，使读者们不忍卒读。小说不仅再现了叙述者威廉·李在旅行途中频繁的交媾生活，而且也全景式地表现了叙述者在旅行途中所看到的各行各业的人的交媾场景，比如在"哈桑的喧闹房间"一章里，巴勒斯再现了美国男女同性和异性做

---

① 〔美〕威廉·巴勒斯：《裸体午餐》，第 18 页。

② 〔美〕威廉·巴勒斯：《裸体午餐》，第 11 页。

③ John Tytell, "The Beat Generation and the Continuing American Revolution", p. 59.

④ Michael McCormick, "Beat Pharmacopoeia", in Holly George-Warren, ed., *The Rolling Stone Book of the Beats: The Beat Generation and the Counterculture*, London: Bloomsbury Publishing Plc, 1999, p. 367.

爱的狂欢：

> 黑人温柔地把精致秀气的中国男孩抱到一个吊床里。他把男孩的双腿架到头顶上，然后骑坐在吊床上。他把阴茎慢慢插进男孩细瘦紧绷的肛门里。他温和地前后摇晃着吊床。男孩尖叫起来，是一种因无法忍受的快感而发出的怪异高亢的嚎叫。
>
> 一位爪哇岛的舞蹈家坐在华丽的柚木摇椅里，拉过一个红头发、眼睛又绿又亮的美国男孩，以例行仪式般的动作将他套坐在他的阴茎上，男孩被动地面对舞蹈家坐着，舞蹈家推动男孩做着画圈动作，黏糊糊的液体流到了椅子上。"呜呜呜呜呜！"男孩喊道，他的精液喷射到舞蹈家瘦精精的褐色胸膛上。有一滴落在舞蹈家的嘴角，男孩用手指把它推了进去，笑道："伙计，这才是我说的爽啊！"
>
> 两个面目狰狞的阿拉伯女人扒下一个黄头发的法国小男孩的短裤，用红色的橡皮阴茎操他。男孩粗声大叫，又咬又踢，直到他的阴茎勃起、射精，他才泪流满面地瘫倒下来。[①]

巴勒斯不仅在小说中全景式地再现了同性恋的狂欢，而且也表现了集权主义对同性恋的性的羞辱。在弗里兰共和国，代表集权主义控制的本威医生就运用性羞辱手段来控制和惩罚同性恋者。他扬扬得意地告诉威廉·李：

> 对于性的羞辱，许多管制对象都不堪一击。全身赤裸，被春药刺激着，时刻有人监视，使管制对象感到难堪，不让他通过手淫释放（睡眠中的勃起自动接通一个巨大的震动电铃，使管制对象从床上一头扎进冰冷的水里，这样就把梦遗的发生率降到最低）。还给一位神父催眠，对他说他要实现与耶稣的交合，然后把一头发情的老绵羊放在他的屁股上……我还记得那个小伙子，我训练他在我面前大便。然后我替他擦屁股，操他。感觉真美妙。而且他是个很可爱的家伙。有时，某个管制对象在你操他时忍不住射精，便会像小男孩一样哭起来。[②]

---

① 〔美〕威廉·巴勒斯：《裸体午餐》，第75页。
② 〔美〕威廉·巴勒斯：《裸体午餐》，第26—27页。

《裸体午餐》中所描述的同性恋交媾，尽管在读者们看来有伤风化，但是对于认识 20 世纪 50 年代的美国社会生活及"垮掉派"对那个社会的清规戒律的反叛仍然具有重要意义。在 20 世纪 50 年代，美国像大多数国家一样，禁止同性恋。"美国几乎还没有准备好承认同性恋是除了精神不正常之外的另一种行为。"① 当时的美国非但不承认同性恋的合法性，而且在麦肯锡时代的反共高潮中还将对共产主义的怒气撒在同性恋者身上。在 1952 年竞选获胜的艾森豪威尔（Eisenhower）总统，上任伊始就发布总统令，赞成联邦政府和公司以"性变态"为由解雇和拒绝雇用同性恋者。1953 年，美国国务院率先解聘了 531 个同性恋人物，使得同性恋者人人自危。就在这时，麦卡锡（McCarthy）的得力干将科恩（Cohn）被人举报是个同性恋者，好事的人立即联想到麦卡锡肯定与科恩有一腿。一直独身的麦卡锡如惊弓之鸟，立即宣布结婚并收养一个女孩，但是这仍然无法挽回他的政治命运。在这种以反共产主义和同性恋为代表的高压背景下，巴勒斯在《裸体午餐》中尽情表现同性恋的交媾活动，无疑是对当时美国集权主义控制的激烈反抗。从这个意义上讲，《裸体午餐》在对 20 世纪 50 年代的美国反抗方面，就比凯鲁亚克的《在路上》更为激进。

第六节　小结

"垮掉派，一句话，既生活在路上，又生活在边缘……垮掉派所共同拥有的不是一种确定的地理目标，而是一种无法确定的对精神追求的执着。他们志向不在到达，而在旅行本身，在这种运动的过程中他们进入一种神圣的境界。"② 斯蒂芬·普洛瑟罗（Stephen Prothero）的话部分地总结出"垮掉派"旅行和精神求索的特征。尽管赫尔米斯《行走！》中的地理空间是在纽约街头，凯鲁亚克《在路上》的地理空间是在西行路上，巴勒斯《裸体午餐》中的地理空间是现实的美国和虚拟的敌托邦，主人公的上路旅行却总是与他们的精神追求结合在一起，那就是反抗美国"物质主义"和集权主义的精神桎梏，寻求精神的解脱。但是，"垮掉派"的上路

---

① Mikal Gilmore, "Allen Ginsberg, 1926 – 1997", in Holly George Warren, ed., *The Rolling Stone Book of the Beats：The Beat Generation and the Counterculture*, London：Bloomsbury Publishing Plc, 1999, p. 235.

② Stephen Prothero, "On the Holy Road：The Beat Movement as Spiritual Protest", *The Harvard Theological Review*, Vol. 84, No. 2, April 1991, p. 19.

旅行并没有使他们如普洛瑟罗所言的那样进入神圣的境界，而是一种更大的失望甚至沉沦。因为他们在上路旅行的时候，始终不离纵欲和吸毒。纵欲和吸毒，固然能使他们暂时摆脱美国主流社会物质主义和麦卡锡时代集权主义的束缚，但是那毕竟是一种精神麻醉甚至是犯罪。以精神麻醉和犯罪的生活方式去反抗美国主流社会的邪恶，其结果必将是他们的反抗走入死胡同。

第八章　流散之旅与精神回归
——美国犹太小说中的旅行叙事

　　虽然"美国犹太文学"是一个不太容易界定的概念，但是学界通常确认的两个标准是：第一，由出生在美国的犹太人创作的文学；第二，表现犹太性。根据这两个标准，笔者将索尔·贝娄、伯纳德·马拉默德（Bernard Malamud）、J. D. 塞林格、菲利普·罗斯（Philip Roth）、辛西娅·奥奇克（Cynthia Ozick）等列为20世纪最重要的美国犹太小说家，虽然贝娄极力否认自己的犹太作家身份，塞林格作品中的犹太性也被学界认为不明显。犹太人的出身，使这些作家无法忘记自己的犹太文化，尤其是以出埃及记、大流散和大屠杀幸存者为表征的民族记忆。进入或生活在美国，又使这些作家不约而同地爱上美国文化，美国主流文化中的旅行情结也与犹太民族文化中的"迁徙"和"流散"产生某种程度的契合。因此，20世纪的美国犹太作家在小说中书写旅行，也就是顺理成章的事情了。欧文·豪（Erving Howe）指出："美国犹太小说的最伟大主题就是迁徙：犹太人出于更好或更坏的目的成为美国人。"[①] 豪的论述主要是基于美国犹太文学的早期作品而言的，并不完全适合美国20世纪中期以后的美国犹太小说。事实上，在移居美国并成为美国人以后，美国犹太文学中的主人公就更多地像美国人那样去生活和旅行，为生活所迫去流浪，为躲避体制的迫害而逃遁，或出于文化朝圣的目的到国外旅行。但是，不管他们的旅行基于什么样的目的，或者采取什么样的方式，他们始终无法回避犹太性这一最具身份性意义的特征。

---

① Ezra Cappell, *American Tamud: The Cultural Work of Jewish American Fiction*, Albany, New York: State University of New York Press, 2012, p. 55.

第一节 美国犹太文学与犹太作家的旅行

"美国犹太文学"是一个相当复杂的概念，任何一个定义标签都会引来众多学者的质疑，因为它涉及作品的语言使用、宗教信仰、种族身份，以及主题表达等多方面的内容。正如虞建华所言，"'犹太文学'是一个含糊其词的概念，其定义范围覆盖广泛，不像'迷惘的一代'或'垮掉派'文学那样代表一场文学运动，不像'南方文学'或'西部小说'那样代表区域，也不像'超验主义'或'存在主义'文学那样代表思想倾向，更不像'黑色幽默'或'印象派'那样代表表现手段"①。更有甚者，以索尔·贝娄、菲利普·罗斯、诺曼·梅勒为代表的美国犹太作家还反对评论界给他们贴上"美国犹太作家"的标签，只承认自己是美国作家。对于这种现象，同为犹太裔出身的美国著名文学评论家阿尔弗雷德·卡津（Alfred Kazin）曾经提出激烈的批评："美国作家过于急切地通过现代象征主义情感净化来摆脱某种惨痛的经历。那些远离自己过去曾经依附过的生活方式的犹太裔或黑人作家，现在是那样自信，认为他的经历具有普遍意义，于是他趋于从经历本身挣脱出来，利于美国抽象观念的大空间。"②

尽管"美国犹太文学"难以定义，但是关于美国犹太文学的两个基本标准还是被大部分学者接受：第一，这些作品的作者是移居到美国的犹太人；第二，这些作品都或隐或显地表现了"犹太性"。关于"犹太性"这一特征，评论家山福德·平斯克（Sanford Pinsker）说得过于绝对："严格地说，（美国）并无'犹太'文学。而我们说的只不过是文学内容的'犹太性'。"③关于"犹太性"，斯蒂文·科恩（Steven M. Cohen）和阿诺德·埃森（Arnold M. Eisen）说得较为中肯："一个人的犹太性既不会因为选择参加较多的犹太活动而有所增加，也不会因为选择参加较少的犹太活动而有所减弱。没有哪个犹太人比其他犹太人更具犹太性，也没有哪个犹太人的犹太性会因为与非犹太人的通婚而有所削减，因为这种犹太身份是自在

---

① 虞建华：《美国犹太文学的"犹太性"及其代表价值》，《外国语》1990 年第 3 期。

② Alfred Kazin, *Contemporaries*: *From the 19th Century to the Present*, New York: Horizon Press, 1982, p. 208.

③ Sanford Pinsker, *Between Two Worlds*, *the American Novel in the 1960's*, New York: Whitson Publishing Company, 1980, p. 29.

的，独立于一个人的人生之外。"①　"犹太性"与犹太民族的宗教"犹太教"具有一定的联系。犹太教是犹太人所奉行的一种伦理道德体系，它强调以实际行动来表达对唯一真神上帝耶和华的忠诚，以犹太人与上帝订立的契约尤其是摩西十戒来约束犹太人的行为，追求公义和真理。基于这种犹太教伦理，美国社会学家威尔·赫伯格（Will Herberg）将"犹太性"定义为"嵌入在宗教和文化策源地并为一个单一的宗教与文化的统一体"②。在这个定义中，赫伯格主要强调的是犹太教的构成，亦即犹太宗教、犹太文化，以及二者所存在的方式。乔国强则认为，犹太性主要指"犹太作家在其作品中所表达出来的某种与犹太文化或宗教相关联的思想观念。一般来说，这主要体现在某犹太作家本人或其作品中人物的思维方式、心理机制及任何能表现犹太人的生活、性格、语言、行为、场景等特点的东西"③。按照乔国强的定义，凡是用意第语或英语表现流散、受难、大屠杀、同化、父子关系、人与上帝契约、复国主义等内容的文学作品，都属犹太文学。

　　莱斯利·费德勒（Leslie Fiedler）指出："美国犹太作家取得成功之际，正是他们作为一个犹太人的意识逐渐消失，他们的背弃之举似乎构成了与过去历史的最后连接之时。"④　也就是说，犹太人并非始终如一地遵从他们的犹太教传统，而是在美国文化的新环境中力图从他们的犹太宗教和文化传统中解脱出来，迎接在美国大陆中同化与异化的挑战。因此，虞建华认为，犹太性"首先是传统性和现代性撞击的产物，是一种互相排斥的结合。这一特性无疑迎合了 50 年代以'垮掉的一代'为典型代表的社会运动和文化运动，以及这场运动激起的反主流文化、反传统心理；也迎合了更大范围的对这一运动的戒心与抵制"⑤。根据虞建华的观点，J. D. 塞林格的《麦田里的守望者》和索尔·贝娄的《奥吉·马奇历险记》都具有新时期犹太文学中的反叛者和追求者的双重属性。此外，虞建华认为犹太性还表现为对无处不在的灾难感的反思、忍耐性和苦斗精神、孤独和异化感、不懈的理智追求，以及世界主义等。

---

① Steven M. Cohen and Arnold M. Eisen, *The Jew Within: Self, Family, and Community in America*, Bloomington: Indiana University Press, 2000, p. 23.

② Will Herberg, *Protestant-Catholig-Jew: An Essay in American Religious Sociology*, New York: Anchor Book, Doubleday& Company, 1960, p. 183.

③ 乔国强：《美国犹太文学》，商务印书馆 2008 年版，第 17 页。

④ Leslie Fiedler, *Waiting for the End*, New York: Stein and Day, 1964, p. 66.

⑤ 虞建华：《美国犹太文学的"犹太性"及其代表价值》，《外国语》1990 年第 3 期。

　　莱斯利·费德勒还指出，"美国犹太小说家在进入美国文学的那一刻起就扮演着一个深情恋人的角色"①。也就是说，具有犹太文化出身的小说家在进入美国的那刻起，就深深地爱上美国的主流文化并嫁入美国主流文学的豪门。美国主流文学的一个中心主题，就是旅行，正如詹尼斯·P. 斯道特所言，"旅行的确是美国文学作品的一大特色，甚至可以说美国文学中充斥着各种旅行，其普遍之程度，远超出我们的预想"②。从 19 世纪爱伦·坡的《阿瑟·戈登·皮姆的历险》、赫尔曼·麦尔维尔的《白鲸》、沃尔特·惠特曼的《大路之歌》（"Song of the Open Road"）、马克·吐温的《哈克贝利·费恩历险记》、亨利·詹姆斯的《专使》（The Ambassadors）到 20 世纪杰克·伦敦的《荒野的呼唤》、欧内斯特·海明威的《太阳照常升起》、约翰·斯坦贝克的《愤怒的葡萄》、威廉·福克纳的《我弥留之际》、杰克·凯鲁亚克的《在路上》等，以小说为代表的美国主流文学始终不乏旅行叙事的鸿篇巨制。美国人的上路旅行具有各种各样的原因，追求美国梦、探索异域未知的领域、逃避社会体制的压抑、进行阶级的抗争、宣扬美国的"天定命运"等，甚至还有毫无动机的"为上路而上路"的旅行。从以色列或欧洲各地辗转移居到美国的犹太作家，潜移默化地被美国主流文学中的"上路旅行"叙事同化，并深深地爱上这种叙事范式。犹太作家喜欢上美国主流文学中的旅行叙事并非出于无奈，因为这种旅行叙事其实也与犹太文化传统中的流散、迁徙相契合，从某种意义上说，美国主流文学中的旅行叙事，部分来源于犹太文化的旅行叙事传统。

　　"迁徙（migration）曾经是并且一直是犹太历史的中心主题之一。圣经学者追溯了古以色列人的漫游，中世纪犹太历史学家聚焦于犹太人从西欧的流放，现代犹太历史学家审视人口统计学上的变迁，这种变迁导致新的犹太社区在巴勒斯坦、南美洲和美国的出现。"③ 犹太人的这种长达几千年的迁徙、流散和流浪生活甚至在 20 世纪以色列建国以后也没有停止，正如亚瑟·格仁（Arthur A. Goren）所言，"即使在以色列建国以后，仍然有30 万犹太人从以色列永久性地移民到美国……以色列移民的到来为美国犹太社团提出了这样一个问题：他们选择离开的土地正是每一个美国犹太人业已认识到要把它作为'停泊之港'的地方，是犹太幸存者的保护地和希

①　Leslie Fiedler, "Genesis: The American Jewish Novel through the Twenties", p. 28.

②　Janis P. Stout, The Journey Narrative in American Literature: Patterns and Departures, p. ix.

③　Pamela Susan Nadell, The Journey to America by Steam: the Jews of Eastern Europe in Transition, Ph. D. dissertation, Ohio State University, 1982.

伯来文化的中心"①。作为这种历史和现实的反映，犹太文学尤其是美国犹太文学的一个中心主题就是流浪。"犹太历史化的经验积淀如同犹太超验思想一样对文学主题也起到了某种内在的启示作用。不断的流浪史程构成了犹太民族基本的经验因素，犹太散居者在本质上都是一个无家可归的流浪者。在非族语犹太文学的结构模式中，贝娄的《奥吉·马奇历险记》……约瑟夫·布罗茨基（Joseph Brodsky）的'流亡诗歌'、卡夫卡的《美国》（*America*）和《城堡》（*The Castle*）等都是极为突出的实例。"②犹太文学作品中主人公的流浪性旅行，不管其内在的原因是什么，都与美国主流文化中的旅行叙事具有同构性。理查德·阿斯特罗指出，"美国是一个旅行的民族。我们是一个流线型的、流动的民族，我们有充足的资金和闲暇来支撑我们旅行的冲动。我们在自己的国土上旅行，我们也到整个世界旅行，以便追求一种完美的生活。的确，我们对于旅行的嗜好源于我们对于熟悉和平庸生活的厌恶，如今这种嗜好已经上升到美国经验"③。几十年后，又有一位名叫葛文·布鲁克斯（Gavin Cologne Brookes）的美国学者同样表达了旅行是美国写作中心主题的观点："美国历史和写作始终是关于到一个别的什么地方旅行的内容，不管是到被迫或者自愿选择的新的疆土，还是追求伟大或者并不怎么伟大的未来，不管是逃避束缚，还是去扩充疆域，还是到外层空间去。"④ 为了揭示美国犹太小说中的旅行叙事特征，本节选取 J. D. 塞林格、索尔·贝娄和辛西娅·奥奇克三位代表性作家作为研究对象，研究三位作家的旅行经历、旅行经历对他们小说的发生学创作影响，以及他们代表作中的旅行叙事特征。

J. D. 塞林格，因其在《麦田里的守望者》中塑造的反抗社会的青少年霍尔顿·考菲尔德而享誉于世，以至于学界竟忘记了他的犹太人身份。其实，塞林格是一个地地道道的犹太作家。正如赫尔基·尼尔森（Helge Normann Nilson）所言，"'二战'后的美国犹太小说，自然反映了发生在美国社会及作为一个种族的犹太人的生活中的变化。生活条件得到显著改善，许多犹太人进入中产阶级。像其他大多数人一样，作家们也受到很好

① Arthur A. Goren, *The American Jews*, Cambridge, Massachussets: Belknap Press of Harvard University Press, 1982, pp. 111 - 112.

② 刘洪一:《走向文化诗学：美国犹太小说研究》，北京大学出版社 2002 年版，第 33—34 页。

③ Richard Astro, "Travels with Steinbeck: The Laws of Thoughts and the Laws of Things", p. 1.

④ Gavin Cologne Brookes, "Writing and America, an Introduction", in Gavin Cologne-Brookes, Neil Sammells and David Timms, eds., *Writing and America*, London and New York: Routledge, 2016, p. 17.

教育，开始融入美国的主流生活。与此同时，他们仍然保留着对人文价值的忠诚，保留着他们祖先对于人类生存悲剧的认知。因此他们就搭建了这样一个舞台，探索犹太民族敏感性和更大的社会中不可预测的消费心态之间的冲突。J. D. 塞林格的《麦田里的守望者》就是这种冲突的一个典型例子"①。融入美国主流生活的塞林格，也有过广泛的旅行经历，尽管这种旅行以求学和军旅为主。1919 年 1 月，塞林格诞生在纽约市一个犹太家庭。由于在纽约当地的麦克巴尼中学经常逃课，塞林格被父母送到远离纽约的宾夕法尼亚州瓦莱弗格军事学院进行强制性学习。在瓦莱弗格求学的两年中，塞林格感觉自己长大了，认为父亲给他取的名字太孩子气，于是决定改名为"杰里·塞林格"。从瓦莱弗格军事学院毕业后，塞林格回到家乡，就读于纽约大学。一年后，塞林格离开纽约大学，只身到欧洲游历。"塞林格在 1937 年秋去了欧洲，虽然他好像巴黎和伦敦两个地方都去过，但在旅程初期他把绝大部分时间都花在了维也纳。"② 迫于父亲让他学做生意的压力，塞林格离开维也纳，去波兰学做火腿。在那里，塞林格学过杀猪，还跟杀猪高手在雪天坐着马车来回奔波。欧洲的这段旅行经历对塞林格的人生产生了重要的影响，正如亚历山大（Paul Alexander）所言："他极度痛恨这段经历，他算是彻底明白了，他永远不能——永永远远不能——进到他父亲从事的那一行中。"③ 要说欧洲之行有塞林格留下的美好记忆，那就是在维也纳的岁月。他曾经跟一个年龄与他相仿的女孩一起去溜冰，他跪下来帮那女孩穿冰鞋的一幕尤其给他留下了深刻的印象。后来，塞林格所钟爱的异性对象总是跟那个维也纳姑娘的岁数差不多。"从许多方面来说，这个简单的事实后来成了他的人生和作品的一个特征性因素。"④

　　在欧洲度过几个月后，塞林格回到纽约。由于曾经在纽约大学辍过学，塞林格不可能再被任何声名卓著的大学接受。几经周折，塞林格被厄西那斯学院录取。这是一所名不见经传的大学，位于宾夕法尼亚州的科勒治维尔小镇，即使从费城开车也得花费两个多小时的车程。在厄西那斯学院，塞林格并没有真正融入学校的环境。正如该校的一位女生所说的那样，"他感觉他是从纽约市屈尊到那儿的，没有真正融入环境。他待人非

---

① Helge Normann Nilson, "Rebellion Against Jewishness: *Portnoy's Complaint*", *English Studies*, Vol. 65, No. 6, 2008, p. 495.

② 〔美〕保罗·亚历山大：《守望者：塞林格传》，孙仲旭译，译林出版社 2001 年版，第 25 页。

③ 〔美〕保罗·亚历山大：《守望者：塞林格传》，第 26 页。

④ 〔美〕保罗·亚历山大：《守望者：塞林格传》，第 27 页。

常冷漠，很难跟他聊上几句话。他几乎是个隐士"①。果然，在厄西那斯学院待了九个月后，塞林格决定退学回纽约家里。塞林格参加了小说家惠特·伯耐特（Whit Burnett）在哥伦比亚大学举办的小说创作培训班，开始正式踏上文学创作之路。

1940年春天过后，塞林格考虑离开纽约，到环境安静的乡村去度假并专心从事文学创作。这一想法在1940年夏天开始实现。塞林格离开曼哈顿，前去马萨诸塞州的科德角，然后在8月初踏上去加拿大的旅途。在位于魁北克风景迷人的玛里湾，塞林格给他的文学老师伯耐特寄去一张明信片及关于他写作计划的短信。从加拿大回到纽约曼哈顿以后，塞林格仍然住在父母那里。虽然几次向《纽约客》杂志投稿，但是大都以失败告终。1941年夏天，塞林格到新泽西州的布莱勒市旅行，看望同学的姐姐伊丽莎白·穆里（Elizabeth Murray），这次旅行对塞林格的写作和人生具有重要的影响。首先，伊丽莎白始终对塞林格的文学创作抱以鼓励态度；其次，正是在这次旅行中，塞林格结识并爱上著名作家尤金·奥尼尔（Eugene O'Neill）的女儿——乌娜·奥尼尔（Oona O'Neill），当时她才16岁。

1941年珍珠港事件爆发后，塞林格应征入伍，从而开始了长达几年的军旅生活。他先是被编入位于新泽西州的迪克斯堡军事基地，在随后的几年里随军先后开拔到佐治亚州、田纳西州、俄亥俄州、马里兰州等地。1944年3月，塞林格随军开拔到英国的英格兰地区。正是在这漫长的军旅生涯中，塞林格与乌娜·奥尼尔的爱情由于地域的阻隔而夭折了，这位刚满18岁的女孩嫁给了比他父亲奥尼尔年龄还大的滑稽影星——大师卓别林。得知这一消息，塞林格心情极为消沉。后来塞林格参加了举世闻名的诺曼底登陆作战，在解放了法国首都巴黎后，他有幸见到了欧洲进行战争采访的美国大作家——欧内斯特·海明威。至于这次海外相遇对塞林格的文学创作产生过什么影响，目前仍然是学界研究的一个盲区。见过海明威不久后，塞林格随军参加了卢森堡争夺战，并于1945年5月随军攻入德国本土。几年的军旅生涯和所目睹的"二战"惨象，使塞林格内心产生沮丧和绝望的情绪。虽然并没有在战争中受伤，但塞林格还是决定住进位于德国纽伦堡的部队总医院。在住院期间，医生们居然询问他"关于他的性生活、童年和他对于部队的感觉"②，这使塞林格感到有些荒谬。

1946年5月，塞林格结束了漫长的军旅生涯，回到纽约，住在父母家

---

① 〔美〕保罗·亚历山大：《守望者：塞林格传》，第29页。
② 〔美〕保罗·亚历山大：《守望者：塞林格传》，第75页。

里，开始专职进行小说创作。在纽约，塞林格经常出入夜总会、餐馆和格林威治的社交圈。1947年1月，就在短篇小说《冲击麦迪逊的轻度反叛》（"Slight Rebellion off Madision"，1946）发表并获得不小的反响后，塞林格决定永远搬出父母在曼哈顿的寓所，在西切斯特县的特里镇租房住下，开始真正的独立生活。1949年初秋，塞林格又将自己的家搬迁到康涅迪格州的西港镇。正是在这个小镇，塞林格把他多年来酝酿的长篇小说《麦田里的守望者》形成文字，于1951年付梓，成为轰动整个时代的畅销书。有学者认为，"自《麦田里的守望者》发表以后，他（塞林格）深居简出，长期过着几乎与世隔绝的生活"①。这个观点并不完全正确。其实，这部著名小说发表后，塞林格并没有立刻从公众视野中消失。1951年5月，塞林格就坐船去英国旅行，此行的目的是商讨《麦田里的守望者》在英国的出版事宜。在英国出版商海米什·汉米尔顿（Hamish Hamilton）的安排下，塞林格游览了威廉·华兹华斯（William Wordsworth）的故乡大湖区、勃朗特姐妹（The Brontës）生活过的西莱丁沼泽地、莎士比亚的故乡埃文河畔的斯特拉福镇，以及牛津大学。"到了7月下旬，塞林格完成了他的欧洲之旅。回到美国后，他没有返回西港，而是在市里寻找了一番后决定在东五十七街300号租下一套公寓，然后就开始了新的生活。"②

塞林格真正考虑想过离群索居的生活是在1952年的秋天，他买下新罕布什州康涅迪格河旁边靠近佛蒙特州温莎镇的一块地方，准备把它打造成自己的隐居之所。即使在新罕布什州的森林中隐居了，塞林格仍然没有放弃旅行。"塞林格根本不是隐士，"美国纪录片导演莎恩·萨勒诺（Shane Salerno）如是说，"隐士不四处旅行，隐士也不会像塞林格那样追逐美女。"③在离群索居期间，塞林格从来没有放弃对小美女的追求，这种年轻时在维也纳旅行期间形成的嗜好一直保持到他去世。比如，塞林格在53岁的时候曾经追求过耶鲁大学一个名叫乔伊丝·梅纳德（Joyce May-nard）的女大学生，并成功诱使这位18岁的女孩到他的隐居地与他同居达9个多月。当他携着这位幼小的妻子在佛罗里达海滩度假的时候，双方因为是否生养孩子的问题而分道扬镳。1981年，已经62岁的塞林格爱上一个名叫伊兰·乔埃斯（Elaine Joyce）的年轻女演员，并带着她在纽约、佛罗里达等地幽会。塞林格与这位年轻女演员的浪漫史维持到20世纪80年

---

① 王守仁：《新编美国文学史》（卷四），上海外语教育出版社2002年版，第50页。
② 〔美〕保罗·亚历山大：《守望者：塞林格传》，第117页。
③ Andrew Purcell，"Sallinger's Secrets: The Man Behind the Legend"，*The Sidney Morning Her-ald*，September 7，2013.

代后期，直至这位大作家又遇到一位名叫柯琳·奥尼尔（Colleen O'Neill）的女孩。尽管双方年龄相差极大，塞林格还是与之同居，并带着她在全国各地秘密幽会。

索尔·贝娄于 1915 年诞生于加拿大魁北克省的勒申市。贝娄的父母曾经是流散到俄国的犹太人，父亲亚伯拉罕·贝娄（Abraham Bellow）"是一个躁动不安的人，喜欢旅行"①。由于遭到俄国反犹势力的迫害，亚伯拉罕带领全家于 1913 年从圣彼得堡移居到加拿大的蒙特利尔，这一经历犹如摩西带领犹太人出埃及。在蒙特利尔的犹太贫民区，贝娄认真学习希伯来语，在 4 岁的时候就能用希伯来语和意第绪语背诵《创世纪》。此外，贝娄在蒙特利尔犹太贫民区与操着英语、法语、俄语等多种语言的邻居的接触，也极大地影响了他的语言风格。"1924 年，父亲在美国梦的诱惑下，带领全家从加拿大的勒申市移居到美国的芝加哥。"② 芝加哥位于美国东北部密歇根湖的南部，是美国的国际金融中心之一，也是美国三个人口大市之一。在这里，铁路的纵横交错、小麦交易的熙熙攘攘、黑社会的枪声和妓女的浪叫共同构成了美国独特的地理和人文风景。1933 年，贝娄在位于芝加哥西郊洪堡园的图利高中毕业后，考入芝加哥大学。1934 年夏天，贝娄跟他的朋友赫伯特·帕辛（Herbert Passin），与数以千计的因大萧条而失业的美国青少年会合，沿着铁路和公路漫游，找工作、历险或者逃避。他们跳到货运列车上，一路向东奔去。在底特律，贝娄跟他的朋友被警察以流浪的罪名逮捕。贝娄从监狱里逃脱出来，越过加拿大边境，在蒙特利尔的亲戚家留宿了几个星期。

躲过这场牢狱之灾后，贝娄偷偷回到芝加哥，在兄长莫里斯（Maurice）的煤炭场打工。由于在工作的时候读书，贝娄受到兄长的训斥，不久就放弃了这份工作。1935 年，贝娄离开芝加哥，到位于埃文斯顿市的美国西北大学求学，攻读英国文学和人类学。从西北大学毕业后，贝娄又于 1937 年秋天来到威斯康辛州的麦迪逊市，在威斯康辛大学社会和人类学系攻读研究生学位。由于不满威斯康辛大学的研究生生活，贝娄最终离开麦迪逊市。1938 年他与在西北大学结识的女生安妮塔·格什金（Anita Goshkin）结了婚，这个女孩像贝娄一样，也是从俄国来的犹太移民，还是一个校园激进分子。受妻子的影响，贝娄在芝加哥结识了詹姆斯·法雷尔等世

---

① Zachary Leader, *The Life of Saul Bellow: To Fame and Fortune, 1915 – 1964*, New York: Alfred A. Knopf, 2015, p. 23.

② 乔国强：《美国犹太文学》，第 339 页。

界无产阶级联合会的一些作家，但是这些作家没有能够成为贝娄兴趣的引路人。作为一个托洛茨基分子，贝娄感觉自己被这些斯大林分子缘化了。1940年，在母亲的资助下，贝娄辞去在裴斯特罗兹—弗洛贝尔师范学院的教书工作，偕妻子到墨西哥城旅行。"贝娄对这座城市产生了双重的兴趣。在阅读了D. H. 劳伦斯（D. H. Lawrence）的旅行散文集《墨西哥的早晨》（*Mornings in Mexico*）以后，贝娄这位人类学者，对墨西哥这个国家的原始风味和迷人的风景极为入迷。作为一个托洛茨基分子，贝娄也想会见一位来自苏联的著名流放者。"① 这个流放者正是托洛茨基（Trotsky），苏联社会主义革命的主要领导人，后与斯大林（Stalin）政见不合而被流放到墨西哥。可是，当贝娄在1940年8月21日终于找到托洛茨基的时候，这位苏联领导人已经被斯大林派来的特工暗杀，并暴尸荒野。这一事件对贝娄的影响很大，使其对苏联的社会体制有了深刻的认识。

1945年，年满30岁的贝娄应征加入一个商业船队，从芝加哥来到纽约市布鲁克林地区，试图结识一些文学同行。1946年，贝娄离开纽约，来到明尼苏达州的双子城，在明尼苏达大学找到一份教职。在这里，贝娄不仅结识了著名作家罗伯特·潘·沃伦，而且在妻子安尼塔不在身边的情况下，还与当地的女孩们鬼混。1947年，当妻子安尼塔跟她的父母在威斯康辛州度假的时候，贝娄乘坐一艘破旧的货船，开始了他人生中的第一次欧洲之行。在巴黎，贝娄跟同是来自芝加哥的哈罗德·卡普兰（Harold Kaplan）住在一起。同年7月，两人一同到西班牙首都马德里旅行。在马德里，贝娄与一个为西班牙从事秘密警察工作的女孩发生了性关系。9月，在回国的旅行途中，32岁的贝娄又与来自威斯康辛大学的一位19岁的女生发生了性关系。回到明尼苏达后，贝娄又继续自己的大学教书生涯，跟妻子安尼塔继续按部就班的生活。

1948年至1949年，由于对自己小说的销售量感到失望，贝娄再次离开明尼苏达，来到纽约，跟各个出版商洽谈出版生意。由于成功申请到古根海姆讲学金，贝娄偕妻子于1949年9月到法国旅行。他们在巴黎旅居一年，发现这个城市仍然没有从"二战"的后遗症中摆脱出来，煤炭和面包极其稀缺。"然而这个单调的城市，却成为美国艺术家和作家的麦加圣地。在参加舞会、会议和其他文化活动的时候，贝娄结识了理查德·赖特、詹姆斯·鲍德温、杜鲁门·卡波特（Truman Capote）、赫伯特·高尔

---

① Mark Connelly, *Saul Bellow: A Literary Companion*, Jefferson, North Carolina: McFarland & Company, In., 2016, p. 7.

德（Herbert Gold）、玛丽·麦卡锡（Mary McCarthy）等著名作家。同时，他也被引介给阿尔伯特·加缪（Albert Camus）、亚瑟·克斯特勒（Arthur Koestler）等欧洲作家。"① 1949 年 12 月，贝娄还到英国伦敦旅行过一次，在那里结识了西瑞尔·康奈利（Cyril Connolly）、约翰·里曼（John Rieman）等作家。1950 年，贝娄在德国的扎尔兹堡做过讲座后，又游览了意大利，并结交了一些欧洲作家。同年 9 月，贝娄夫妇回到美国纽约。

　　自 1952 年起，为了解决生计方面的困境，贝娄开始在美国的各个大学进行学术讲座，奔波于俄勒冈、威斯康辛、西雅图、普林斯顿等美国各个大学的所在地。这些不得已而为之的学术之旅不仅暂时解决了贝娄的经济困境，而且沿途所结识的作家、出版商和美国文学团体负责人也为他的小说出版和销路提供了必要的帮助。比如在普林斯顿，贝娄结识了美国自白派著名诗人约翰·贝里曼（John Berryman），后者成为贝娄的终生好友。1953 年 9 月，小说《奥吉·马奇历险记》的出版使贝娄名声大振，奠定了他在美国文学史上作为主要犹太作家的地位。巨大的名声和经济收入使贝娄不再为经济状况所困，却最终导致他与第一任妻子安尼塔的离婚，以及与一个名叫桑德拉（Sondra）的女孩的结婚。为此，贝娄开始了疏远安尼塔的逃婚之旅和追求桑德拉的结婚之旅。在内华达州的里诺市，贝娄终于摆脱了与安尼塔的婚姻关系，与桑德拉结了婚。在内华达州的蜜月之旅中，贝娄还结识了美国戏剧家亚瑟·米勒（Arthur Miller）。1960 年，在与第二任妻子桑德拉办理完离婚手续之后，贝娄又开始到欧洲旅行，主要是做巡回讲座。他首先游历了波兰和南斯拉夫，然后在女作家玛丽·麦卡锡的陪伴下游览法国和意大利，并在伦敦受到一些英美作家的热烈接待。1961 年，贝娄从欧洲回国，先后在波多黎各大学和芝加哥大学任教一段时间。

　　正是在芝加哥大学教书期间，贝娄的小说《赫索格》（*Herzog*，1964）出版了。"《赫索格》将贝娄推到美国作家的前列，并且帮助他实现经济的稳定。"② 但是，贝娄的旅行并未到此为止。从 1964 年最终成名到 2005 年在马萨诸塞州的布鲁克林市逝世，贝娄后半生 40 年的时光都是在旅行中度过的。这些旅行包括大学讲学之旅、参加白宫的宴会和作家协会的笔友之旅、参加朋友的葬礼之旅、与第四任妻子亚历山大·图尔西娅（Alexan-

————————

　　① Mark Connelly, *Saul Bellow: A Literary Companion*, Jefferson, North Carolina: McFarland & Compony, In., 2016, p. 9.

　　② Mark Connelly, *Saul Bellow: A Literary Companion*, p. 13.

dra Tulcea）和第五任妻子詹尼斯·弗里德曼（Janis Freedman）的蜜月之
旅及与第三任妻子苏珊·格拉斯曼（Susan Glassman）的婚姻诉讼之旅、
到以色列的朝圣寻根之旅、到欧洲的文化交流之旅等。总之，从出生到去
世，贝娄几乎从来没有在一个地方完整待过三年以上，总是出于各种目的
不断地在美国乃至世界各地旅行。

　　比起其他犹太男作家，犹太著名女作家辛西娅·奥奇克的旅行经历似
乎并不多。奥奇克于 1928 年 4 月 17 日出生于纽约市一个犹太家庭，不久
就随父母从纽约的中心城区迁居到位于市北部的布朗克斯地区。布朗克斯
虽然是纽约市的一个区，但是与农村差不多，还停留在 19 世纪末期。这
里虽然有许多汽车，但是也不乏骑马的人。在夏天，马粪拉撒在人行道
上，在太阳的照射下，发出一种独有的气味。虽然条件与纽约城中心相差
甚大，但是对于从沙皇俄国流亡过来的父母来说，这已经是很不错的地方
了。奥奇克的父亲威廉·奥奇克（William Ozick）21 岁的时候从白俄罗斯
流散到美国，而奥奇克的母亲西利娅·罗格尔森（Celia Regelson）在 9 岁
的时候从俄罗斯边境偷渡到美国。父母的这种犹太移民经历对奥奇克日后
的小说创作产生了深远的影响，正如但尼拉·法吉奥涅（Daniela Fargione）
所言，"奥奇克的父母在她的写作中是一种重要的存在，是她发自内心尊
重和敬仰的对象"①。

　　但是在布朗克斯区，幼小的奥奇克也遭遇了种族歧视的痛苦。在邻近
的教堂走过的时候，会有白人孩子向她投石头，骂她是个基督教杀手。在
小学上学的时候，她因拒绝朗诵基督教圣歌而遭受白人老师和同学的羞
辱。在成名之前，奥奇克的旅行主要表现在她的求学之旅和作家梦寻之
旅。高中毕业以后，奥奇克进入位于曼哈顿的纽约大学亨特学院。置身于
该学院空旷的华盛顿广场，奥奇克既感到孤独，又感到好奇，发誓要成为
一名优秀的大学生。在格林威治村，奥奇克从书亭里第一次看到《先锋评
论》（*Patisian Review*），一本先锋派文学杂志，也在一些二手书店里买到一
些文学书籍，从此她发誓要成为一名作家。大学毕业后，奥奇克离开纽
约，旅居俄亥俄州哥伦布市，在俄亥俄州立大学攻读英语文学硕士学位。
奥奇克的硕士论文题目是《亨利·詹姆斯后期小说中的寓言》（"Parable in
the Later Novels of Henry James"）。从写作关于亨利·詹姆斯的硕士论文那
天起，奥奇克的人生旅行就基本上变成了追求亨利·詹姆斯写作风格的精

---

① Daniela Fargione, *Cynthia Ozick Orthodoxy and Irreverence: A Critical Study*, Roma: Arache, 2005, p. 1.

神之旅了。"从那时期，渐渐地，也是自觉地……我变成了亨利·詹姆斯。在22岁的时候离开研究生院，对博士学位不屑一顾……我变成了亨利·詹姆斯。"① 从哥伦布市回到纽约，奥奇克把所有的时间和精力都用在模仿亨利·詹姆斯的写作风格方面。

像其他作家一样，奥奇克也到欧洲旅行过。1952年，奥奇克来到英国，进行所谓的文学朝圣。当时的英国还没有从"二战"中恢复过来，从很远的地方就能看到被炸弹轰炸过的废墟，看到整个社会的衰弱无力。不过，总体上来说这次文学朝圣还算成功。她游历了古城爱丁堡，参观了罗伯特·彭斯（Robert Burns）的家，看到了彭斯戴过的眼镜。当然，她也参观了英国大文豪查尔斯·狄更斯的家。离开伦敦，奥奇克于1957年去巴黎旅行，参观著名的埃菲尔铁塔。作为一个美国犹太作家，奥奇克自然不会忘记到犹太民族的发源地以色列去旅行。奥齐克的以色列之旅，一是为了开创作会议，二是追寻美国犹太人的族裔根基，体悟犹太民族的流散情结，以及种族大屠杀对犹太民族的创伤性影响。

第二节　旅行的发生学影响与犹太小说中的旅行叙事概观

保罗·亚历山大认为，"塞林格的作品即使不是全部也是大部分……在很重要的程度上是自传性的"②。塞林格成名前的广泛旅行经历，对他的小说叙事情节、人物塑造和主题的提炼都产生过影响。旅行，既是塞林格增加生活阅历、认识文学创作和积累文学素材的主要途径，又是其作品中反叛性人物活动的主要方式。虽然塞林格刻意隐瞒作品中人物的族裔身份，但是其始终如一的青少年反叛叙事与犹太文化中的儿子叛逆惩戒一脉相承。塞林格在21岁那年发表的第一部短篇小说《年轻人》（"The Young Folks"）虽然没有明显的旅行叙事，却是在求学之旅中对青少年精神境界的真实观察和剖析。《年轻人》"显示了塞林格的另一种精神迷恋，他日后将对其进行发掘——即对年轻人的所想所做极感兴趣"③。小说表现的是几个男女少年聚集在一起闲聊、抽烟和酗酒的场景。他们的闲聊涉及假正

---

① Cynthia Ozick, "The Lesson of Masters", *A Cynthia Reader*, Bloomington: Indiana University Press, 1996, p. 275.

② 〔美〕保罗·亚历山大:《守望者：塞林格传》，第82页。

③ 〔美〕保罗·亚历山大:《守望者：塞林格传》，第37页。

经、性滥交等，从中可以看出塞林格对青少年精神境界的敏锐观察。塞林格的第二部短篇小说《去看埃迪》（"Go To See Edie"，1940）从题目上就已经具有旅行叙事的意象了。小说讲述了一个叫鲍比（Bobby）的男孩去看她的妹妹海伦（Helen），并威胁她要去看一个叫埃迪的男人。他不仅劝说妹妹去看自己的好友埃迪，而且警告她不要与一个有妇之夫通奸。他抱怨自己的妹妹生活不检点，兄妹俩的分歧因此升级，并打了一架。再次劝说海伦要去看埃迪后，鲍比就离开了。小说最引人注目的特征是被省略的故事背景，但细心的读者仍能发现它与塞林格总体小说创作的关联之处，那就是对20世纪四五十年代美国青少年叛逆生活的关注。弗兰克·马吉尔（Frank N. Magill）认为，塞林格在1938年12月"突然离开厄西那斯学院，他到纽约家乡的火车之旅或许是他创作《麦田里的守望者》（1951）的最初灵感"①。但是，塞林格真正找到青少年的旅行与反叛主题却是在1941年以后的旅行和创作过程中。他构思的短篇小说《冲出麦迪逊的轻度反叛》（"Slight Rebellion Off Madison"），其主人公是一个名叫霍尔顿·考菲尔德的青少年。需要指出的是，"霍尔顿"（Holden）和"考尔菲尔德"（Caulfield）这个名姓组合，正是源于塞林格的旅途邂逅和发现。1941年在坐豪华游轮"SS国王岛"号旅行的时候，塞林格遇到一个名叫霍尔顿·鲍勒（Holden Bowler）的歌星，他的举止和名字给塞林格留下了深刻印象。而"考尔菲尔德"则源于琼·考尔菲尔德（Joan Caulfield）这个名字，是塞林格在曼哈顿旅行时所看到的电影《可爱的露丝》（Dear Ruth）中一位女演员的姓氏。对于这些有趣的猜测，塞林格既没有肯定，也没有予以否认。② 作品中的主人公霍尔顿·考菲尔德正处在感情的不定型期。在跟女友萨莉（Sally）聚会的时候，霍尔顿说他憎恶纽约中产阶级的生活，憎恶纽约第五大道上人们的来来往往，希望跟女友萨莉离开纽约，到佛蒙特州一个人迹罕至的地方过一种宁静的生活。这部短篇小说其实就是《麦田里的守望者》的原型。只不过由于太平洋战争的爆发，这篇小说被认为不合战时时宜，被编辑部压下了。

从欧洲战场回到美国以后，塞林格继续沿着他在《冲出麦迪逊的轻度反叛》中所开辟的青少年旅行与叛逆的主题模式进行创作，发表了短篇小说《我疯了》（"I Am Crazy"，1945）。小说的主人公仍然是一位名叫霍尔

---

① Frank N. Magill, *The 20th Century O-Z*: *Dictionary of World Biography*, London and New York: Routledge, 2013, p. 301.

② Ian Hamilton, *In Search of J. D. Salinger*, London: Faber & Faber, 2010, p. 39.

顿·考菲尔德的少年，被寄宿学校开除，偷偷地回到他父母在纽约的寓所，意欲将沉睡中的妹妹菲苾（Phoebe）唤醒，跟她一起逃往西部。这部短篇小说从某种意义上丰富了《冲出麦迪逊的轻度反叛》中的逃遁与叛逆情节。短篇小说《霍尔顿·考菲尔德在公共汽车上》（"Holden Caufield on the Bus"）致力于将霍尔顿的叛逆性逃遁从空想变为旅行的现实，可惜的是这部短篇小说没有得以发表。塞林格的旅行和对青少年叛逆主题的关注，最终使其在1951年创作并发表了著名的长篇小说《麦田里的守望者》。在这部著名的小说里，"考菲尔德的语言和他的循环性旅行及两者背后的原因都被看作是对50年代文化的反应。将考菲尔德与哈克·芬进行比较确有必要。两位流浪汉都与他们所处的主流文化产生冲突——哈克是与支持蓄奴制的两面派社会的冲突，考菲尔德则是与50年代显而易见的消费主义和虚假的冲突"①。《麦田里的守望者》的发表使塞林格在国内外家喻户晓，此后他便隐居到新罕布什州的一座森林小镇。其间发表的作品不多，只有短篇小说集《九故事》（Nine Stories）等。在这些短篇故事中，主人公也大多是青年，不断地通过旅行来对抗美国50年代的物质主义。

　　"年轻的逃遁者不断地进行循环性旅行这一主题性意象在塞林格其他关于50年代的作品中不断继续，尤其是《九故事》。"② 这部故事集中的每一篇都塑造了出走和回归的旅行者形象，尤其是《下到小船里》（"Down at the Dinghy"）和《德·杜米埃–史密斯的蓝色时期》（"De Daumier-Smith's Blue Period"）。《下到小船里》的主人公是一位年仅4岁的犹太儿童，名叫莱厄尼尔·塔男鲍姆（Lionel Tannenbaum）。这个名字本身就具有旅行的意象，名是来自当时的玩具火车制造商的名字，而姓是玩具火车不断往返运动所环绕的那棵圣诞树。当莱厄尼尔听到一个厨子发表针对他父亲的反犹主义演讲时，他认为自己下一步可能成为反犹主义的目标。就像坐在木筏上的哈克·芬的微缩版，莱厄尼尔逃离压迫性的环境，来到河边的一艘小船上。然而小船始终没有启动，而是拴在桥墩上。坐在船上的时候，莱厄尼尔受到河水的威胁。最后，是他的妈妈波波（Boo Boo Tannenbaum）在河边找到他，并把他接回家。在《德·杜米埃–史密斯的蓝色时期》这部短篇里，同名主人公是一个19岁的青少年，曾经在法国巴黎旅居17年，深受法国意识氛围的熏陶。回到纽约后，史密斯遭遇剧

①　Peter C. Surace, *Round Trip in the Fiction of Sallinger, Bellow and Barlow During the Nineteen Fifties*, Phd. dissertation, Case Western Reserve University, 1996, p. 22.

②　Peter C. Surace, *Round Trip in the Fiction of Sallinger, Bellow and Barlow During the Nineteen Fifties*, p. 23.

烈的文化休克。美国 20 世纪 50 年代粗俗的物质主义和肤浅的艺术氛围使他极为反感，美国出租车司机的轻浮话语也使他感到不快。与粗俗的美国氛围相比，这位回国的青年更喜欢巴黎的高雅。当从报纸上读到加拿大蒙特利尔市有一个工作职位的时候，史密斯篡改自己的名字、年龄和工作经历，逃离美国的纽约，前去加拿大蒙特利尔市应聘一所通信学校的艺术教师职位。在远离祖国的加拿大，史密斯抨击那些艺术情趣迎合美国 20 世纪 50 年代低级趣味的艺术家。然而，蒙特利尔也不是一个纯粹的艺术殿堂，在那里，史密斯遇到了与纽约同样粗俗的物质主义和浅薄艺术。不仅纽约和蒙特利尔，整个世界都是如此。获得此种顿悟的史密斯最终决定回归纽约。"《德·杜米埃－史密斯的蓝色时期》开始于一次用讽刺来反击中产阶级和通俗文化的喜剧性旅行，但是当这次旅行逆转为归家之旅时，讽刺就让位于和解的喜剧了。史密斯的循环性旅行表现了 20 世纪 50 年代道路小说主人公的喜剧性特征。"① 尽管塞林格短篇小说中的这些归家结尾颇遭人诟病，但它们毕竟反映了作者本人的旅行经历和反叛社会的方式。

"贝娄的人生经历与他的小说创作互相关联。"② 贝娄一家的迁徙和旅行经历对这位作家的文学创作影响深远。他父母从俄国圣彼得堡逃离到加拿大的经历，被贝娄写进一篇名为《贝拉罗莎暗道》（*Bellarosa Connection*，1989）的中篇小说中，其中心叙事就是一次神奇的逃离之旅。小说的主人公名叫哈里·范斯特恩（Harry Fonstein），是一个以伪造证件身份居住在法西斯罗马的犹太人，后来被罗马当局逮捕。在朋友的帮助下，范斯特恩通过一条帮助欧洲犹太人逃离纳粹迫害的地下通道成功逃出意大利。"美国城市，尤其是芝加哥和纽约，成为贝娄的家，成为他的创作激情和愿望的源泉。"③ 贝娄小说创作的地理图景主要是美国的城市，其中，《晃来晃去的人》（*Dangling Man*）、《奥吉·马奇历险记》和《真实》（*The Actual*，1997）的主要叙事场景就在芝加哥。在这个城市景观里，他小说中的人物上演着他们的激情、历险和放纵。在散文《芝加哥：曾经的城市，现在的城市》（"Chicago：The City That Was，the City That Is"）中，贝娄用哀伤的语调讲述芝加哥 20 世纪三四十年代的生活，哀叹那里"族裔邻居"的消失，抨击来自郊区的文化病毒的令人窒息的气味。即使后来离开了芝加

① Peter C. Surace，*Round Trip in the Fiction of Sallinger，Bellow and Barlow During the Nineteen Fifties*，p. 106.
② Mark Connelly，*Saul Bellow：A Literary Companion*，p. 4.
③ Victoria Aarons，*The Cambridge Companion to Saul Bellow*，Cambridge：Cambridge University Press，2016，p. 2.

哥和中西部，贝娄仍然没有隔断与这个城市的联系。1968 年，贝娄在旧金山州立学院做过一次讲演，在与听众进行一次不愉快的交流后拂袖而去，这一旅行讲演事件在他的小说《萨姆勒先生的行星》（*Mr. Sammler's Planet*）中得以艺术地再现。小说的主人公萨姆勒先生，是一位年老的大屠杀幸存者，在哥伦比亚大学做讲演时被激进的学生嘘下台。但是，这部小说并非如题目所标示的那样是一部星际旅行小说。萨姆勒先生的"行星"不是月球，不是主人公的科学家朋友所计划的月球旅行与殖民开发，而是主人公所居住的地球本身。作为一个患有眼疾、生活在纽约的波兰犹太移民，萨姆勒先生不是一个职业上的天文学家，而是一个哲学意义上的天文学家。用一只正常的眼作为交通工具，萨姆勒先生穿越历史的时空，探讨地球上的文化图景。在这个地球上，人类能将自身送入月球，但是他们解决不了自身的精神荒原问题。在"二战"期间，萨姆勒先生从纳粹集中营里逃出来，流落到美国的纽约，却始终为周围的暴力现象惊恐不已。小说展示了美国纽约在 20 世纪 60 年代地狱般的文化图景。深陷于抢劫犯、扒手和思想空洞的知识分子的围困之中，萨姆勒先生认为整个世界陷入了疯癫。小说的中心情节是萨姆勒先生在纽约的三天历险：与一个"黑鬼"的街头遭遇使他再次体验死神的恐怖，跟他的科学界的朋友就生物学和人类意志的大讨论，以及对他的将死的侄子的不成功的拜访。每一次所谓的"历险"都表征着主人公对堕落的美国文化景观的批判。

　　旅行甚至影响到贝娄具体的小说创作风格和整体的构思布局。比如在巴黎，贝娄开始构思一部名为《螃蟹与蝴蝶》（*The Crab and the Butterfly*）的小说，描写一位住院的知识分子与同病房的一个病友的对话。贝娄苦思冥想，始终抓不住小说的写作风格。漫步在巴黎的街道上，贝娄无意识中看到水沿着排水沟流动的情景。"这条小小的溪流令他幻化出一个更加开放、自由流动的叙事风格。于是，贝娄撕掉了他的'病房小说'手稿，开始构思日后成为名作的《奥吉·马奇历险记》。贝娄后来回忆到，受这种新的叙事方法的激励，词句几乎自然流出来。他用速记的方式填满笔记本，几乎不作任何增删。"① 这部小说的青年主人公及松散的流浪汉叙事结构，堪与马克·吐温的《哈克贝利·费恩历险记》媲美。"小说首先叙述了一个移民家庭在大萧条时期的痛苦挣扎，然后转入马奇流浪汉式的冒险

---

① Mark Connelly, *Saul Bellow: A Literary Companion*, p. 9.

经历。"①

　　与《奥吉·马奇历险记》一样具有显性旅行叙事特征的是《雨王亨德逊》。克劳瑞亚·克洛宁（Gloria L. Cronin）认为，这部小说"揭示了贝娄对非洲人种学、旅行叙事、少年历险故事、新闻报道及非洲历险小说的熟悉"②。小说整体上可以划分为三个部分，亨德逊在美国的生活、亨德逊在非洲的旅行和亨德逊回归美国。这三个部分在叙事结构上也正好照应着约瑟夫·坎贝尔"英雄旅行"的神话。像神话中的英雄一样，处于日常生活状态的尤金·亨德逊（Eugene Henderson）也承受着人生的困厄。虽然物质上腰缠万贯、衣食无忧，亨德逊却始终感觉自己在精神上是个奴隶，受制于宗教、城市建筑和新婚妻子莉莉（Lily）的束缚。因此，亨德逊内心不时地有一种声音在召唤他，这种声音无疑就是坎贝尔所言的"英雄历险的召唤"。为了摆脱了内心的精神压抑，亨德逊决定带着他的发小查理·阿尔巴特（Charlie Albert）和妻子莉莉去非洲旅行。在非洲，亨德逊认为查理的旅行方式太娇贵。作为一个现代文明社会的大富翁，查理的非洲之行携带了大量的现代化设备，而且他也只满足于在非洲拍摄人物和风景。于是亨德逊决定离开查理和妻子，在向导罗米拉玉（Romilayu）的带领下，到非洲腹地旅行。经过许多天的长途跋涉，亨德逊来到阿纳维部落居住区。在那里，亨德逊被引见给部落女王薇拉塔勒（Queen Willatale）。女王对亨德逊身份的追问引发了这位五十多岁的中年人对"我是谁"这个简单而又一言难尽的问题的思考。"我——我是谁？一个家财万贯的流浪汉，一个被驱逐到世上的粗暴之徒，一个离开自己祖先移居之国土的流亡者，一个心里老呼唤'我要，我要'的家伙。"③在女王的启示下，亨德逊认识到人生的本质，于是心甘情愿地留下来帮助部落破除蛙害。由于不慎炸毁了部落的水池，亨德逊灰溜溜地离开阿纳维部落，向非洲更远的腹地旅行，来到一个叫瓦里里的部落，与部落的国王达甫（Dahfu）结交，并被后者封为"雨王"。在"雨王"加冕仪式上，达甫教导亨德逊模仿狮子的活动，以消除内心的精神郁闷。在达甫国王的引导下，亨德逊最终摆脱了

---

① Philip A. Greasley, ed., *Dictionary of Midwestern Literature*, Vol. 1, Bloomington: Indiana University Press, 2001, p. 60.

② Gloria L. Cronin, "Africanity and the Collaps of American Culture in the Novels of Saul Bellow", in Alan L. Berger, Gloria L. Cronin, eds., *Jewish American and Holocaust Literature: Representation in the Postmodern World*, Albany, New York: State University of New York Press, 2004, p. 142.

③ 〔美〕索尔·贝娄：《雨王亨德逊》，蓝仁哲译，上海译文出版社 2006 年版，第 73 页。

内心的精神困惑，获得新生。亨德逊决定返回美国，重建他与妻子莉莉的爱情，实现他多年来受到压抑的医生梦想。除了运用坎贝尔英雄旅行神话的叙事结构外，贝娄在这部小说中还运用了滑稽模仿的叙事方式。具体而言，就是综合模仿了20世纪文学中耳熟能详的对黑暗地区的个人或神话的追寻——康拉德到非洲黑暗的腹地的航行、海明威在非洲大陆绿色的养狮山的游猎，劳伦斯到墨西哥腹地的宗教朝圣。这些滑稽模仿在外在的叙事结构方面仍然是旅行。虽然这部小说表面上最不具有犹太性，但在深层意义上它仍然属于犹太文学。小说的主人公亨德逊，仍然是个犹太人。在整个旅行过程中，亨德逊仍然以犹太术语来界定自己。正如斯蒂芬·阿克赛尔洛德（Steven Gould Axelrod）所言，"在某种意义上，亨德逊更具有犹太性。他的犹太人身份在小说的结尾比在小说的开始体现得更加典型。他自封的尼布甲尼撒二世（Nebuchadnezzar）将他转化成但尼尔（Daniel），狮窝里的幸存者。他甚至与号称'狮窝里的幼崽'的犹大建立了联系，后者曾经孕育了一个以色列部落，以他的名字建立了犹太教"①。

　　"正如赫尔曼·麦尔维尔所言，圣地之行是一个巨大的主题……马克·吐温、赫尔曼·麦尔维尔、汉纳·亚伦德（Hannah Arendt）、索尔·贝娄等根据他们的耶路撒冷之行写出了很好的美国文学作品。"② 1975年秋，贝娄在以色列为期三个月的旅行使他创作出著名的长篇叙事散文《耶路撒冷来去》（"To Jerusalem and Back"），其中旅行叙事和犹太人身份问题成为这篇叙事散文的一个重要主题。散文开篇便描述贝娄在中东之行中所遭遇的身份尴尬问题。在飞往耶路撒冷的飞机上，贝娄和二百多位来自世界各地的犹太人相遇。这些犹太人都是严格遵守犹太教规的哈西德教徒，要去以色列参加他们拉比（犹太教会精神领袖或宗教导师）儿子的割礼仪式。其中一个犹太小伙子碰巧坐在贝娄夫妇的邻座，但是要求更换座位，以免和贝娄妻子挨着，因为犹太教禁止一个男子和一个没有任何关系的女子坐在一起。这位犹太小伙子还对会说意第绪语而且吃鸡肉的贝娄表示反感，认为贝娄的行为是对犹太教的大不敬。这位小伙子甚至天真地提出以给贝娄发工资为条件，劝说贝娄不要再吃那些"不干净的食品"，以此来"拯救"背离犹太教的贝娄。"一个美国化的犹太人，在以色列的入

---

①　Steven Gould Axelrod, "The Jewishness of Bellow's Henderson", *American Literature*, Vol. 47, No. 3, November 1975, p. 441.

②　Hilton Obenzinger, "Americans in the Holy Land, Israel and Palestine", in Alfred Bendixen and Judith Hamera, eds., *The Cambridge Companion to American Travel Writing*, Cambridge, UK: Cambridge University Press, 2009, pp. 146 – 147.

口处，被迫上了一课极为刻板的犹太规训，算是自家人的一个见面礼。"①
这次以色列之行使一向对犹太人身份不置可否的贝娄内心受到深深的触
动。但是，贝娄对犹太人身份的认知不仅仅体现在他在以色列的旅行方
面，更在于他的美国回归之旅方面。克里斯蒂·伯德认为："发表于1976
年的旅行书《耶路撒冷来去》的题目本身，就揭示了索尔·贝娄对以色列
的外在之旅和对美国的归家性旅行，因此解决了他的回归问题……他对以
色列的'认识'不可能靠花费三个月的时间来完成，他必须回家——回到
芝加哥、加利福尼亚、华盛顿，才能'认识'以色列，就像美国人认识它
一样。"②

　　尽管一生旅行不多，辛西娅·奥奇克对旅行的本质却有深刻的洞察。
她认为，"旅行就是观看。不言而喻，我们都要旅行。旅行者就是幻想家、
魔术师和观察家"③。在《茶壶的震惊》（The Shock of Teapots）一书中，奥
奇克利用到斯德哥尔摩的一次具体旅行，探讨旅行和旅行者的本质。在这
部非虚构的作品中，奥奇克运用多种文学范式和修辞来强调她的观点，那
就是，旅行者在参观陌生的地方和国度的时候，他们会用新的眼光去观看
熟悉的东西。在奥奇克看来，旅行者比原住民更能看到许多新奇的东西，
因为"他们将自己与原来的社会隔离开来，与每一个社会隔离开来。他们
就像飞行的流浪者，像宇航员沿着一条直线在宇宙中行走"④。接着，奥奇
克叙述了她1957年在爱丁堡旅行的经历，以阐述她的旅行观点。经过几
天的飞行，她乘坐的飞机终于在爱丁堡机场降落。随后，她乘坐一辆红色
的机场大巴驶向市区。在爱丁堡市区，奥奇克看到犹如童话般的城堡，具
有梦幻、亚瑟王时代的风格。梦幻的城堡和红色的机场大巴在特定的时间
形成一种奇妙的组合。"这辆不同寻常的大巴，带着它的明亮、向前突出
的鼻子，一下子被那个畸形、深不可测的火星人吞噬了。是那辆大巴而不
是梦幻般的城堡，遮蔽甚至迷惑了我们理性的人类。"⑤

　　但是，对于奥奇克这位作家来说，旅行对于她的意义更体现在对于小
说创作手法和主题的表现方面。在哥伦布市的俄亥俄州立大学研究亨利·

① 武跃速：《无处置放的乡愁——论索尔·贝娄的〈耶路撒冷来去〉》，《外国文学评论》
　　2012年第4期。

② Christine M. Bird，"The Return Journey in *To Jerusalem and Back*"，*MELUS*，Vol. 6，No. 4，
　　Non-Traditional Genres，Winter 1979，p. 51.

③ Cynthia Ozick，"The Shock of Teapots"，*Metaphor & Memory*，New York：Vintage Press，
　　1991，p. 144.

④ Cynthia Ozick，"The Shock of Teapots"，*Metaphor & Memory*，p. 144.

⑤ Cynthia Ozick，"The Shock of Teapots"，*Metaphor & Memory*，p. 144.

詹姆斯，这对奥奇克前期的文学创作影响深远。"我继承了詹姆斯的观点，我成了他的崇拜者，我成了文学的崇拜者，文学成为我唯一的神坛。我像那位年老秃头的詹姆斯一样，成了这个神坛的牧师，这个神坛就是我的一生。"① 奥奇克发表的第一部小说《信任》（Trust，1966），就是运用詹姆斯风格写成的，"许多主题和观点贯穿于她后半生写作的生涯，例如寻父主题、大潘神和摩西的永恒斗争、偶像崇拜及在人物刻画和欧美场景并置方面典型的詹姆斯风格"②。法吉奥涅所言的大潘和摩西的斗争，以及偶像崇拜正是犹太文学的典型主题。"为了确立历史和记忆在人类经历中的重要性，奥奇克把她的小说《信任》分为'美国''欧洲''布莱顿'和'都尼克斯'四个部分，这是故事的叙述者发生顿悟的四个地方。"③ 这四个地方也对应不同的宗教意识，例如欧洲对应犹太教的历史流散性。这四个地方当然也是叙述者旅居的地方，不过叙述者的旅行更像是一种时空旅行。故事叙述者是一个21岁的女大学生，始终在寻找生身父亲的真实身份和居住之处。二十多年没有见面，父亲古斯塔夫·尼古拉·迪伯克（Gustave Nicholas Tilbeck）已经从女儿的记忆中消失了。由于叙述者是母亲阿利格拉·范德（Allegra Vand）在两次婚姻之间出生的，母亲也不能确定女儿的生身之父是谁。这样，叙述者就成为一个来历不明、没有确切身份的私生子，她的寻父之旅就暗含着希腊神话中奥德修斯之子忒勒玛科斯的外出寻父之旅的意味。正如劳伦斯·弗里德曼（Lawrence S. Friedman）所言，"荷马的《奥德赛》是西方文学自我发现和寻父的经典。当然，忒勒玛科斯知道父亲的身份，但是不知道他在哪里。奥奇克的年轻女人必须要不仅知道她的父亲在哪里，还要必须知道他是谁"④。弗里德曼继续指出，奥奇克的《信任》在叙事主题方面采用的是古老的"追寻"（quest）主题，只不过故事的主人公不再是儿子，而是一个女儿。埃琳·考娃（Elaine Kauvar）也认为在旅行叙事方面，奥奇克的这部小说隐含了荷马的《奥德赛》："隐含地将自己的小说与《奥德赛》联系起来，与忒勒玛科斯的旅行和他父亲经历的历险联系起来，奥奇克将荷马史诗的重要性转移到

---

① Cynthia Ozick, "The Lesson of Masters", *A Cynthia Reader*, Bloomington: Indiana University Press, 1996, pp. 276 – 277.

② Daniela Fargione, *Cynthia Ozick Orthodoxy and Irreverence: A Critical Study*, Roma: Arache, 2005, p. 5.

③ Elaine Kauvar, *Cynthia Ozick's Fiction: Tradition and Invention*, Bloomington: Indiana University Press, 1993, p. 6.

④ Lawrence S. Friedman, *Understanding Cynthia Ozick*, Columbia: University of South Carolina Press, 1991, p. 31.

《信任》方面。在叙述者的最终认知中，小说家融入了忒勒玛科斯和奥德修斯的漫游隐喻，将忒勒玛科斯的追寻和奥德修斯的归家结合起来。"①

　　第一部分发生在纽约，描写叙述者大学毕业后跟她的母亲暂居纽约，准备到欧洲旅行。这时，她接到了浪子生父的信，要求她到"都尼克斯"，在一个由她祖父创立的如今废弃不用的"海洋博物馆"见面。这一信件使这位女大学生叙述者非常困惑，因为她已经有二十多年没有见过自己的生父。在第二部分，叙述转到欧洲，时间定格在叙述者 10 岁的时候。继父伊诺克（Enoch）带着叙述者进行的欧洲之行，在旅行方面具有双重的意义。"对于意义的追寻，最明显地体现在伊诺克的斗争方面，它与叙述者的寻父之旅呈平行线发展。"② 在欧洲，伊诺克目睹了犹太大屠杀，开始深思犹太人的命运问题，这是这部小说中犹太性的一个重要显现。但是在巴黎，叙述者无意中瞥到父亲古斯塔夫·尼古拉·迪伯克向母亲阿利格拉·范德敲诈钱财的情景。叙述者如何认知和处理这件事情则成为"布莱顿"部分叙述的内容。在布赖顿，奥奇克再现了叙述者的母亲阿利格拉·范德颠簸流浪的青春岁月，重点讲述叙述者在英国海边出生的故事。生父古斯塔夫·尼古拉·迪伯克抛弃自己的情人阿利格拉和尚处在襁褓中的女儿，用情人给予他的购买早餐的钱，购买火车票离开，残忍地将母女二人丢在布赖顿。旅行叙事在这部分表现得极为明显，尤其是叙述者生父和母亲阿利格拉的旅行。正如弗里德曼所言，"阿利格拉·范德的战前欧洲经历主要是一些浅薄的政治和邂逅的罗曼史。她跟尼克（Nick）在布赖顿的插曲主要体现在她的旅行和生活方面"③。但是对于叙述者来说，了解母亲和生父青年时代的经历，能使她复原自己的人生历史，掌握判断现在的先决条件。"都尼克斯"部分反映了叙述者的人生发现，因为在这一部分，叙事又转回到现在的纽约。故事的高潮是叙述者和父亲在城市岛度过两天的时光。在这个城市孤岛上，父亲不仅勾引过其他的女游客，而且还试图勾引自己的女儿。通过时空旅行的叙事方式，该部小说表达了奥奇克关于记忆和历史在人类经历中的重要性的观点。小说中的三个父亲人物，也表现了奥奇克的三种文化矩阵：美国白人文化、犹太文化和异教的希腊文化。叙述者母亲的第一任丈夫威廉（William）是美国白人的代表，她母亲的第二任丈夫伊诺克是一位犹太人的代表，而叙述者的生父古斯塔夫·尼古拉·

①　Elaine Kauvar, *Cynthia Ozick's Fiction*: *Tradition and Invention*, p. 21.
②　Lawrence S. Friedman, *Understanding Cynthia Ozick*, p. 39.
③　Lawrence S. Friedman, *Understanding Cynthia Ozick*, p. 35.

迪伯克只是她母亲的情人，是浪漫的希腊人的代表。

　　中篇小说《雇佣兵》（A Mercenary）的主人公斯坦尼斯拉夫·鲁申斯基（Stanislav Lushinski）是一位波兰裔犹太人，也是一位外交家，这一暧昧的身份使得这部小说与犹太性关联起来。同时，与奥奇克的其他小说相比，主人公在波兰、俄国、美国纽约、瑞士、德国、法国巴黎，以及非洲的经历，使得这部小说成为一部名副其实的国际旅行小说。在奥奇克的小说中，除了纳粹德国以外，波兰是第二个将犹太受难与大屠杀联系起来的地域场景。在 1939 年德国入侵波兰之前，波兰拥有三百万犹太人，是拥有犹太人最多的欧洲国家。但在德国入侵半个世纪后，住在波兰的犹太人不足一千人。这一惨象促使奥奇克将欧洲尤其是德国和波兰看作犹太人的墓场。小说的主人公鲁申斯基，在 6 岁的时候遭遇纳粹德国的入侵，是父母将他化装成德国农民，才逃过被纳粹屠杀的劫运。在经历"魔鬼般的旅行"后，鲁申斯基来到非洲一个小国，阴差阳错地成为该国驻联合国大使，他的身份也戏剧性地由犹太人变成了非洲人。在这种戏剧性的时空转换过程中，鲁申斯基将自己寒冷、阴郁的欧洲家园置换成炎热、明亮的非洲家园，将自己的母语意第绪语置换成非洲部落方言，将自己的犹太教置换成世界主义。他对美国和非洲文化的依附和皈依，主要源于他对自己犹太身份的恐惧。鲁申斯基非常憎恶自己的犹太身份，一提起犹太这个字眼，他都要去洗澡，仿佛要洗心革面重新做人。大多数情况下，鲁申斯基旅居在纽约，一个能将世界各种身份混淆、改变和重铸的熔炉。但是作为一个失去身份和宗教信仰的"雇佣兵"，鲁申斯基在本质上是没有家园的。因此，他经常在美国各地旅行，偶尔也会因公事到非洲旅行。作为一个无根无基的人，鲁申斯基在性爱方面也具有流动性。他在纽约有一个叫路易莎（Louisa）的德国情人，在日内瓦有一个意大利男情人。不管是出于无根的漫游，还是因公事而出差，还是与情人幽会，鲁申斯基始终在旅途中奔波。他变成了一个"魔鬼旅行家"，背包里塞满"几套完整的伪造文件……几种身份的护照……许多不同语言的公文"①。因为失去了自己的犹太身份，鲁申斯基成为毫无归属感的旅行者和演员。穿着德国士兵的服装，鲁申斯基来到莱茵地区，在那里受到德国人的欢迎。在逃出德国人的魔爪之后，鲁申斯基对于自己犹太身份的恐惧驱使他继续逃离，逃离被他看作 20 世纪黑暗之心的欧洲。在小说中，奥奇克将欧洲的黑暗之心与非洲的无拘无束的异教场景并置起来，借以表现鲁申斯基的身份转换。鲁申

---

① Cynthia Ozick, *Bloodshed and Three Novellas*, 1976, New York: Dutton, 1983, p. 36.

斯基在非洲的经历可以视作圣经中的"伊多姆逗留",这是他逃避自己犹太人身份的荒野阶段。但是在乘飞机离开非洲的时候,鲁申斯基又将"游击队营地涂了焦油的屋顶"看作"秃鹫们黑暗的窝",表明他内心并不认同非洲。但是,到了联合国总部,鲁申斯基又理直气壮地声称自己是非洲人。通过再现鲁申斯基的不断旅行和身份转换,奥奇克实际上触及了后殖民主义社会语境中犹太人的身份变异这一重大问题。

中篇小说《大围巾》(*The Shawl*)及其续篇《罗莎》(*Rosa*)虽然讲述的是犹太人在纳粹集中营的悲惨遭遇,以及大屠杀的后遗症影响,但里面仍然涉及旅行叙事。这种旅行叙事表现在犹太人被纳粹分子押解到集中营的旅行过程,以及大屠杀幸存者流亡到美国及其在美国的记忆追寻经历。《大围巾》的主要故事情节发生在第二次世界大战时期,波兰的纳粹德军把饥寒交迫的犹太妇孺编成长长的队列,驱赶着她们千里迢迢到集中营行进。这次旅行,是犹太妇孺的血泪之旅。妈妈罗莎(Rosa Lublin)臃肿的胸前用大围巾兜着小玛格达(Magda),一路困顿前进。玛格达口含罗莎的乳头,而罗莎从不因此停下来喂她,像个能走路的摇篮。因为乳汁稀少,玛格达有时只能吸到冷气,于是她失声哭叫。罗莎步履蹒跚,身子摇摇晃晃,却不时用细瘦的手指掀开大围巾,偷看一下怀中的女儿,小东西像蜷缩在巢中的松鼠,安然无恙地昏睡在大围巾的褶层中。尽管女儿玛格达在大围巾的保护下从艰难的旅途中幸存下来,她却最终没有逃过纳粹士兵的魔爪。到了纳粹集中营,凶残的纳粹士兵将女儿玛格达残忍地抛向电网。女儿被电流滋滋电击的声音召唤着母亲罗莎前去营救,但是母亲罗莎没有听从这一母爱的召唤,而是强忍着悲痛无动于衷,因为她知道,稍一移动,她也会被法西斯分子打死。

续篇《罗莎》讲述的是纳粹集中营大屠杀对犹太幸存者的后遗症影响,这种影响仍然通过旅行叙事模式呈现出来。"二战"结束后,女主人公罗莎·鲁布林辗转流落到美国。在纽约布鲁克林的贫民区,罗莎跟侄女斯蒂拉(Stella)开设了一个旧家具店,日子过得还算红火。然而惨遭纳粹杀害的女儿玛格达的幽灵时时缠绕着罗莎,导致她精神失常。于是,罗莎离开纽约的布鲁克林,一路流浪到佛罗里达州的迈阿密,以求召唤女儿玛格达的亡灵。在流浪途中,罗莎遇到了一个来自波兰的犹太移民,这位犹太老头也在打听他那杳无音信的儿子。在迈阿密,罗莎在一家简陋的旅馆住下,白天几乎足不出户,只把主要时间用来给她的女儿玛格达写信。到了夜晚,罗莎在迈阿密城的大街小巷漫游,寻找女儿的大围巾,甚至不惜翻遍整个城市的垃圾桶。

第三节　《麦田里的守望者》——霍尔顿的
反叛性逃逸与顿悟

　　J. D. 塞林格的长篇小说《麦田里的守望者》（1951），总体上被认为是一部关注青少年成长的小说。小说的基本主题和叙事结构，正如亚瑟·海斯曼（Arthur Heiserman）和詹姆斯·米勒（James Miller）所言，"属于一种古老而又高尚的叙事传统，也许是西方小说中最深刻的传统……这当然就是追寻（quest）的传统"①。在区分了两类不同的追寻之后，海斯曼和米勒认为，"霍尔顿似乎属于两种性质的追寻：他想回家，他又想离开家……他的悲剧在于他无地可去"②。这就一针见血地揭示了主人公的悲剧。主人公霍尔顿·考尔菲德是一位 16 岁的犹太裔美国中学生，这一身份使得这部小说与犹太性建立起某种联系。"尽管在塞林格的作品中并没有多少明显的属于犹太小说的成分，但是在霍尔顿那种青春期笨手笨脚、忸怩不安的表现中，在他多灾多难、注定总是失望的命运中，仍然有着美国犹太小说中常见的施莱米尔（Schlemihl）式人物的轨迹。"③ 霍尔顿以回忆的方式讲述了自己在三天时间内从学校逃学、乘火车回纽约、在纽约的漫游，以及到西部旅行的幻想，这是小说地理层面上的旅行叙事。正如弗朗西斯·高斯（Francis L. Goss）和托尼·高斯（Toni Perior Goss）所言："霍尔顿逃离潘西预科学校，在纽约街头漫游，不知道下一步该怎么办，对未来充满恐惧。他对一个女友疯狂地谈论关于私奔及到森林中生活的想法，建议他们开车到马萨诸塞州和佛蒙特州，那里的乡下非常美丽。他谈论着从一家银行取走自己 180 美元的积蓄，并借朋友的汽车来旅行。"④ 小说精神层面上的旅行则是随着霍尔顿地理层面的漫游揭示了他有学不想上、有家不能归、西行无归宿的内心焦虑和苦闷，以及最终遁入精神病院的结局。因此，《麦田里的守望者》堪称一部将犹太青少年的漫游、追寻

①　Arthur Heiserman and James E. Miller Jr, "J. D. Salinger: Some Crazy Cliff", *Western Humanities Review*, Vol. 10, No. 2, 1956, p. 129.

②　Arthur Heiserman and James E. Miller Jr, "J. D. Salinger: Some Crazy Cliff", p. 130.

③　〔美〕萨克文·伯科维奇：《剑桥美国文学史》第 7 卷，蔡坚等译，中央编译出版社 2004 年版，第 182 页。

④　Francis L. Goss and Toni Perior Goss, *The Making of a Mystic: Seasons in the Life of Teresa of Avila*, Albany, New York: State University of New York Press, 1993, p. 17.

与反成长结合在一起的经典小说。

　　小说开始的时候，霍尔顿已经遁入加利福尼亚州的一家精神病院了。在那里，他以愤世嫉俗的叙述，引领着读者们回顾去年圣诞节前后三天内他的漫游和追寻经历。从叙事空间来看，霍尔顿的漫游性旅行可以划分为潘西中学、潘西中学—纽约都市的火车空间、纽约都市和归家四个场所。霍尔顿首先给读者讲述的是位于宾夕法尼亚州埃杰斯镇的潘西中学，他的空间漫游历程首先从这里开始。霍尔顿之所以逃离潘西预科学校并想到美国西部去过隐居的日子，主要原因是他在这所著名的富家子弟寄宿学校遭遇了精神的困厄。福柯（Michel Foucault）指出："空间是任何公共生活形式的基础，是任何权利运作的基础。"① 但是在霍尔顿求学的潘西中学空间，运行的机制是美国新教上流社会（WASP）的功利主义教育和赛马文化："潘西这所学校在宾夕法尼亚州埃杰斯镇……他们差不多在一千份杂志上登了广告，总是一个了不起的小伙子骑着马在跳篱笆。好像在潘西除了比赛马球就没有事可做似的。其实我在学校附近连一匹马的影子也没见过。在这幅跑马图底下，总是这样写着：'自从 1888 年起，我们就把孩子栽培成优秀的、有脑子的年轻人。'完全是骗人的鬼话。在潘西也像在别的学校一样，根本没栽培什么人才。而且在那里我也没见到任何优秀的、有脑子的人。"②

　　在这样的白人学校，霍尔顿和其他成绩不好的学生被贴上局外人（outsider）的标签。"局外人"或"边缘人"形象是犹太性的一个重要表征。"自古而来，散居的犹太移民往往为主体社会所拒绝而成为典型的边缘人，因而具有边缘人性质的'挂起来的人''推销员'之类的形象成为现当代犹太文学的突出形象。"③ 在这个被局外化的空间，霍尔顿与学校奉行的 WASP 教育理念格格不入，经常在学校生出事端，5 门功课的考试有 4 门不及格，面临着被学校第 4 次开除的厄运。鉴于这种局势，霍尔顿被迫逃离学校。霍尔顿的这种逃离性旅行在因果关系方面与神话中英雄的旅行有某种相似性。正如约瑟夫·坎贝尔所言，"单一神话中的英雄是具有特殊天赋的人物。他经常为他的社会所尊敬，也经常不为他的社会所承认，或受到鄙弃。他或他所处的世界缺失某种象征性的东西……而在启示

① 〔法〕米歇尔·福柯：《空间、知识、权力——福柯访谈录》，载包亚明主编《后现代性与地理学的政治》，上海教育出版社 2001 年版，第 13 页。
② 〔美〕杰罗姆·大卫·塞林格：《麦田里的守望者》，施咸荣译，译林出版社 1983 年版，第 2 页。
③ 刘洪一：《走向文化诗学：美国犹太小说研究》，第 32 页。

的幻想中则可能表现为整个世界物质和精神生活的崩溃和濒临崩溃"①。

无法在学校待下去的霍尔顿，最先想到的是进寺院。但是寺院更是一个桎梏人肉体和精神的空间，进寺院就要当天主教徒，这与半犹太身份的霍尔顿也格格不入。霍尔顿退却了，只好想着回归远在纽约的家。但是，一想到父母对他被潘西中学开除的反应，归家之旅就变得非常的艰难。相对于寄宿学校和天主教寺院来说，家对于处于成长时期的霍尔顿本是一个温暖的空间，在外部社会空间受到肉体或精神伤害的孩子本可以在家庭空间中得到父母的安慰。但是，霍尔顿的家庭空间无疑也是一个惩罚和规训的牢笼，身为犹太富商的父亲虽然没有在小说中正面出现，其犹太教中上帝般的威严都总是通过霍尔顿的妹妹菲苾（Phoebe）之口体现出来："爸爸会要了你的命。"事实上，霍尔顿与父亲的紧张关系，也正是这部被认为不具犹太性的小说中犹太性的隐匿性表现。"犹太文学作为犹太文化的一种重要构成，以其特有的方式十分生动、敏锐地表征了犹太文化传统中的'父与子'母题。在美国犹太小说中'父子战争'的问题得到尤为突出的表现。"②

为学校和家庭空间所不容的霍尔顿决定先到纽约市区漫游，于是他踏上了开往大都市的火车。虽然火车之旅在霍尔顿的整个漫游旅程中所占的篇幅并不多，但是它是实现霍尔顿从潘西中学空间到纽约空间过渡的重要连接点。福柯指出，"火车既指的是我们所处的车厢，也是我们从一地移动到另一地的途径，也是在我们眼前疾驰而过的物体"③。火车不仅是霍尔顿实现身体位移的主要途径，也是霍尔顿精神上寻求慰藉的场所。米歇尔·德塞托（Michel de Certeau）指出："火车车厢是个封闭空间，车厢有固定的座位，座位有固定的数目，旅客除了能去休息室和卫生间短暂活动外，就只能被束缚在座椅上。"④ 即便是在这种封闭的空间里，精神苦闷的霍尔顿也试图与周围的乘客聊天，建立某种和谐的关系。在火车上，霍尔顿跟一个四十多岁的中年女人坐在一起，那人正好是他在潘西中学的一个同学欧纳斯特·摩罗（Ernest Morrow）的母亲。虽然摩罗在潘西学校也表现得一塌糊涂，但是在这位母亲面前，霍尔顿还是将他的同学吹得天花乱

① 〔美〕约瑟夫·坎贝尔：《千面英雄》，第 38 页。
② 刘洪一：《走向文化诗学：美国犹太小说研究》，第 102 页。
③ Michel Foucault and Jay Miskowiec, "Of Other Space", *Diacritics*, Vol. 16, No. 1, 1986, pp. 23 - 24.
④ Michel de Certeau, *The Practice of Everyday Life*, Berkley: University of California Press, 1984, p. 112.

坠。在这里，霍尔顿的话语显然如他所憎恶的那样是撒谎，但是在此刻的旅途中，这种撒谎表现出霍尔顿渴望与人交流的善意。

《麦田里的守望者》拥有大量的关于旅途叙事的描写，尤其是霍尔顿在纽约市区的流浪和漫游经历。正如丹尼尔·奈斯（Daniel Ness）、斯蒂芬·法伦戛（Stephen J. Farenga）等人所言，"最著名、最大众化的文学人物之一是塞林格《麦田里的守望者》中的霍尔顿。读者们花费几十年的时间来阅读并反复阅读这位 16 岁少年在曼哈顿的旅行。尽管没有地图来引导读者们穿越纽约的街道，但是空间的地图式叙事提供了丰富的信息，使得任何一个粉丝都能沿着霍尔顿的脚步走下去。2010 年《纽约时报》发表了一篇文章，讲述读者们探访霍尔顿在曼哈顿之行中所走过的地方。从宾夕法尼亚火车站开始，读者们被引导到的不是当下的纽约市，而是 1949 年的纽约市。对宾夕法尼亚火车站的描写与该车站现在的样子不一样，从那里开始，读者们跟着塞林格的笔触去纽约市旅行"①。像大多数在纽约市区长大的孩子一样，霍尔顿对纽约的地貌有一种特殊的亲近感。从某种程度上讲，纽约市区就是他的家庭卧室的延伸。他知道该到哪里去，在哪里可以找到舒适的地方，甚至在哪里可以招惹麻烦。与此同时，纽约也是一个陌生的、令人困扰的、冰冷的城市，至少从字面上讲是这样的。正如查尔斯·卡普兰（Charles Kaplan）所言，"霍尔顿的世界是战后的纽约市……他走马灯似的遇到浮华的虚伪、无知、冷漠、道德堕落、性变态，以及统摄一切的'虚假'"②。

霍尔顿回纽约的时间正是 12 月中旬，这种气候无论是对于霍尔顿还是其他初来纽约的旅客来说都是一个无情的季节。霍尔顿一时对于自己的家乡纽约感到兴奋，一时又对它感到厌恶。这种对于纽约的兴奋和悲哀的心情在霍尔顿对于纽约的描述中不断出现。"遇到深夜有人在街上大笑，纽约确是个可怕的地方。你在好几英里外都听得见这笑声。你会觉得那么孤独，那么沮丧。"③ 所以，此时的霍尔顿非常想回到温暖的家中，然而他却不能够。但是在下意识中，霍尔顿还是把自己家的地址告诉了出租车司机，于是出租车径直朝他的家奔去。在《麦田里的守望者》中，主人公霍尔顿在纽约流浪和漫游时所借用的主要交通工具就是汽车。正如王守仁所

① Daniel Ness, Stephen J. Farenga and Salvatore G. Garofalo, *Spatial Intelligence: Why It Matters from Birth Through the Lifespan*, New York and London: Taylor & Francis, 2017, p.103.
② Charles Kaplan, "Holden and Huck: The Odysseys of Youth", *College English*, Vol.18, No.2, 1956, p.78.
③ 〔美〕杰罗姆·大卫·塞林格：《麦田里的守望者》，第 103 页。

言，"他外出逛夜总会、与女友萨莉到夜总会看戏、溜冰、去英语教师安东里尼（Antolini）家都是打'的'，以车代步。这从一个侧面说明汽车已经普及。塞林格敏锐地注意到汽车在现代社会的重要地位"①。

当霍尔顿意识到出租车朝家里开去并让司机转向的时候，他们已经来到了纽约中央公园。看到中央公园里的鸭子，霍尔顿突然深有感触地问道："你知道中央公园南头浅水湖附近的那些鸭子吗？那个小湖？我问你，在湖水冻结实以后，你可知道这些鸭子都上哪儿去了？"②霍尔顿的疑问没有得到出租车司机的回答。相反，面对司机对自己举棋不定的旅行终点的询问，霍尔顿只能用撒谎掩饰："我不想住东区的旅馆，怕遇见熟人。我是在微服旅行。"③最终，霍尔顿决定入住爱德蒙旅馆。像道路一样，旅店也是旅途叙事小说中一个重要的因素。"它们为演员、情人、流浪汉、水手、逃犯及各式各样的旅者提供了相遇的场所——情形总是这样，提及旅店时，小说中被称为'我们的旅者'的人物——他们需要停下来，不只是因为他们需要吃饭和住宿，而且他们需要彼此讲述各自的故事，大声地朗读或发表演说以吸引听众。旅店为小说提供了一种场合。"④正是在爱德蒙旅馆，霍尔顿走出校园后更加近距离地观察到美国社会中各种成年人的变态，例如一个中年商人在旅馆穿女人的服装，一对裸体男女在室内互相喷水。旅馆的紫丁香厅里乐队演奏和跳舞，由于霍尔顿事先没有拿一块钱小费给侍者，他被安排在一个糟糕的座位上。对此，霍尔顿感叹道：在纽约，只有钱能说话。

霍尔顿在纽约逗留的下一站是位于格林威治村的欧尼夜总会。当然，霍尔顿还是乘出租车去的那里。"我坐的那辆出租汽车是辆真正的旧汽车，里面的气味就好像有人刚刚呕吐过。我只要深夜出去，总会坐到这类令人作呕的汽车。"⑤在去欧尼夜总会的途中，霍尔顿再次关心起纽约中央公园的鸭子在冬天的去向："呃，你知道在湖里游着的那些鸭子吗？在春天和别的时候？可是到了冬天，你知道它们都到哪儿去了？"⑥为什么霍尔顿两次路过纽约中央公园都提起湖中的鸭子？甚至在他独自在中央公园漫游的时候，费尽周折找到了浅水湖，想看看鸭子究竟还在不在那里。这一细节

①　王守仁：《汽车与 50 年代美国小说》，《当代外国文学》1996 年第 3 期。
②　〔美〕杰罗姆·大卫·塞林格：《麦田里的守望者》，第 77 页。
③　〔美〕杰罗姆·大卫·塞林格：《麦田里的守望者》，第 77 页。
④　Percy G. Adams, *Travel Literature and the Evolution of the Novel*, p. 225.
⑤　〔美〕杰罗姆·大卫·塞林格：《麦田里的守望者》，第 103 页。
⑥　〔美〕杰罗姆·大卫·塞林格：《麦田里的守望者》，第 104 页。

其实具有重要的象征寓意。如果鸭子在寒冷的冬天能离开冰湖到南方取暖和觅食，那么霍尔顿能否离开寒冷的成人世界并找到自己温暖的人生归宿呢？罗伯特·霍尔兹曼（Robert S. Holzman）指出：“霍尔顿想知道鸭子的归宿。当水塘结冰的时候，鸭子就失去了它们本来的栖息地和安全的家园。谁来给它们喂食？它们怎样生存下去？他似乎将自己等同于那些鸭子。他的疏离感体现在他不敢回家及面对朋友。”①

虽然时间已是深夜，但欧尼夜总会仍是宾朋满座，绝大部分是大学预科学生，霍尔顿又再次被安排在一个糟糕的席位，这使他感觉很不爽。在欧尼夜总会停留不久，霍尔顿就决定回到爱德蒙宾馆。“我徒步走回旅馆。整个儿穿过第四十一条大街。我这样做，倒不是因为我想散步什么的，主要还是因为我不想再在另一辆出租汽车里进进出出。有时候你会突然讨厌乘出租汽车，就像你会突然讨厌乘电梯一样。”② 回到宾馆，霍尔顿仍然感到百无聊赖，于是想找个妓女慰藉一下寂寞和痛苦。可是当妓女真的到来的时候，他又感到害怕，慌乱中塞给妓女 10 美元，把她打发掉。

此后，霍尔顿退掉爱德蒙旅馆的房间，约他的女朋友萨莉去剧场看戏。拿到戏票后，霍尔顿百无聊赖地游逛中央火车站，然后又去自然博物馆，希望在那里能碰到妹妹菲芯。但是霍尔顿终究没有走进自然博物馆，而是去到巴尔的摩剧场跟女朋友萨莉会面。然而萨莉的假情和做作使霍尔顿非常不快，两人最终不欢而散。在钱将要花光的情况下，霍尔顿被迫偷偷地回家。虽然就在自己的家里，霍尔顿却不敢见自己的父母，最终还是趁父母不注意的时候溜出家门。无家可归的霍尔顿决定到他唯一一个比较尊敬的老师安东里尼先生家过夜。可是当他半夜醒来的时候，却发现这位老师也是个道貌岸然的人，而且是个同性恋者，正要对自己进行猥亵，这使得霍尔顿对成人社会的虚伪和邪恶彻底绝望了。从犹太性方面讲，霍尔顿的三天漫游经历和精神苦闷也隐含地反映了犹太民族文化中的流浪和受难。刘洪一指出，“犹太人几千年的民族演进历史是一部典型的流浪史”③。早在创世纪时期，上帝就对犹太人始祖亚伯拉罕说，“你要离开本地、本族、父家，往我所要指示你的地去”④。然而，当亚伯拉罕率领着希伯来人刚进入迦南的时候，“你要离开”的神意再次降临。因为迦南闹饥荒，希

---

①　Robert S. Holzman, *Catcher in the Rye* (*MAXNotes Literature Guides*), Research & Education Assoc., 2012, p. 48.

②　〔美〕杰罗姆·大卫·塞林格：《麦田里的守望者》，第 112 页。

③　刘洪一：《走向文化诗学：美国犹太小说研究》，第 13 页。

④　《新旧约全书·创世记》第 32 章第 28 节。

伯来人被迫流落到埃及，在那里生存繁衍 400 余年。这时，早先的神意
"你要离开"第三次降临，古希伯来人在埃及遭遇法老的残酷迫害，上帝
派先知摩西带领古希伯来人出埃及，重返迦南。到公元前 1028 年，颠沛
流离的古希伯来人终于获得稳定的家园，拥戴扫罗（Saul of Tarsus）为王，
建立以色列国。但是，犹太人的流浪命运并没有就此终结。公元前 933
年，以色列国由于以色列人的内讧而瓦解，犹太人又开始四处流浪。在古
罗马时期，犹太人反抗罗马暴政的战争均遭遇失败，犹太人开始了涌向世
界各地的大流散（the Dispersion）时期，历时两千余年。

　　成人世界的虚伪和丑恶使得霍尔顿对人生失去信心，产生死亡的念
头。"可我真正想干的是自杀，我觉得我想从窗口跳下去。"然而，霍尔顿
此刻唯一放心不下的就是自己的小妹妹菲苾，和妹妹菲苾聊天是他最喜欢
做的事情。由妹妹的天真可爱，霍尔顿联想到其他儿童的天真。于是，霍
尔顿突发浪漫的奇想："我老是在想象，有那么一群小孩子在一大块麦田
里做游戏。几千几万个小孩子，附近没有一个人——没有一个大人，我是
说除了我。我呢，就站在那混账的悬崖边。我的职务是在那儿守望，要是
有哪个孩子往悬崖边奔来，我就把他捉住——我是说孩子们都在狂奔，也
不知道自己是在往哪儿跑，我得从什么地方出来，把他们捉住。我整天就
干这样的事。我只想当个麦田里的守望者。我知道这有点异想天开，可我
真正喜欢干的就是这个。"①霍尔顿超脱自身的痛苦并转而想到去拯救和维
护儿童们的天真，这又体现出犹太教中的弥赛亚（Messiah）救赎意识。
"弥赛亚从'旧约'时代起就与希伯来民族的复兴联系在一起，先知们预
言在某一合适的时机，上帝将遣其受膏者弥赛亚前来拯救犹太民族，因而
对弥赛亚的等待成为犹太人的永恒期望。"②

　　但是，霍尔顿这一天真的救赎意识在冰冷的成人社会毕竟是行不通
的，不仅会遭遇他父母的极力阻挠，甚至连他的天真可爱的小妹妹菲苾也
不能理解。救赎希望破灭的霍尔顿决心离开纽约，逃往西部的大森林，像
大卫·梭罗那样，盖一间小屋，靠自己的勤奋劳动过一种宁静简朴的田园
生活。"我打定主意，决计远走高飞。我决意不再回家，也不再到另一个
混账学校里去念书了。我决定再见老菲苾一面，向她告别，把她过圣诞节
的钱还她，随后我一路搭人家的车到西部去。我想先到荷兰隧道不花钱搭
一辆车，然后再搭一辆，然后再一辆、再一辆，这样不多几天我就可以到

① 〔美〕杰罗姆·大卫·塞林格：《麦田里的守望者》，第 220 页。
② 刘洪一：《走向文化诗学：美国犹太小说研究》，第 33 页。

达西部，那儿阳光明媚，景色美丽。"① 然而不同于梭罗和哈克的是，在霍尔顿的时代，甚至在早于他半个世纪的 19 世纪末期，在美国生活中占据重要地位的西部边疆拓荒已经结束。霍尔顿幻想中的纯朴的西部地区已不复存在，已经没有大自然可以作为他的精神避难所了。这是霍尔顿的无奈和悲哀，也是 20 世纪 50 年代不满于物欲横流而又无处逃遁的美国人的无奈和悲哀。所以霍尔顿的结局是彻底的人生绝望和精神崩溃，精神病院成了他流浪性旅行后的唯一归宿。

第四节 《奥吉·马奇历险记》——马奇的流浪性旅行与犹太性回归

"迁徙（migration）曾经是并且一直是犹太历史的中心主题之一。圣经学者追溯了古以色列人的漫游，中世纪犹太历史学家聚焦于犹太人从西欧的流放，现在犹太历史学家审视人口统计学上的变迁，这种变迁导致新的犹太社区在巴勒斯坦、南美洲和美国的出现。"② 犹太人的这种长达几千年的迁徙、流散和流浪生活甚至在 20 世纪以色列建国以后也没有停止，正如亚瑟·格仁所言，"即使在以色列建国以后，仍然有多达 30 万犹太人从以色列永久性地移民到美国……以色列移民的到来为美国犹太社团提出了这样一个问题：他们选择离开的土地正是每一个美国犹太人业已认识到要把它作为'停泊之港'的地方，是犹太幸存者的保护地和希伯来文化的中心"③。作为这种历史和现实的反映，犹太文学尤其是美国犹太文学的一个中心主题就是流浪。"犹太历史化的经验积淀如同犹太超验思想一样对文学主题也起到了某种内在的启示作用。不断的流浪史程构成了犹太民族基本的经验因素，犹太散居者在本质上都是一个无家可归的流浪者。在非族语犹太文学的结构模式中，贝娄的《奥吉·马奇历险记》……约瑟夫·布罗茨基的'流亡诗歌'、卡夫卡的《美国》《城堡》等都是极为突出的实例。"④ 犹太文学作品中主人公的流浪性旅行，不管其内在的原因是什么，

① 〔美〕杰罗姆·大卫·塞林格：《麦田里的守望者》，第 252 页。
② Pamela Susan Nadell, *The Journey to America by Steam: the Jews of Eastern Europe in Transition*, Ph. D. dissertation, Ohio State University, 1982.
③ Arthur A. Goren, *The American Jews*, Cambridge, Massachussets: Belknap Press of Harvard University Press, 1982, pp. 111 – 112.
④ 刘洪一：《走向文化诗学：美国犹太小说研究》，第 33—34 页。

都与美国主流文化中的旅行叙事具有同构性。

作为美国当代最著名的犹太小说家，索尔·贝娄身上同时存在着犹太和美国两种文化的影响，① 其作品中所塑造的流浪汉形象也都是探索道德和精神品质之原初文化动力的典范，② 这种所谓的原初文化即古老的犹太教文化。关于贝娄作品中的流浪汉旅行叙事，国外评论界也有简要的论述，例如萨克文·伯科维奇（Sacvan Bercovitch）编撰的《剑桥美国文学史》（*The Cambridge History of American Literature*）指出贝娄的《奥吉·马奇历险记》和《雨王亨德森》"基本上都是道路小说"③。埃兹拉·卡佩尔（Ezra Cappell）认为，"对贝娄式的主人公来说，最重要的事情不是美国化的进程本身，而是更困难的人性化（mentchification）旅行"④。但是纵观诸多文献，关于贝娄式人物旅行与文化隐喻的论述却几乎没有。本节旨在以《奥吉·马奇历险记》为例证，探讨索尔·贝娄流浪性旅行叙事与作家企图揭示的文化隐喻之间的关系。在美国社会物质至上、享乐为先的主流文化大背景下，贝娄通过表现犹太主人公的旅行过程，来深刻审视本民族古老的传统文化，倡导文化精髓的回归。

《奥吉·马奇历险记》以一连串流浪汉旅行片段将主人公逐渐推向美国广阔的社会文化空间中去，以现实主义笔触书写美国社会文化状态。作者并不受限于第一人称观察者视角而仅仅客观关注外部现实世界，而是给予主人公诸多广泛深刻的哲学思考，以便发掘人物内心的价值探索，反映作家的社会文化观。主人公奥吉·马奇的旅行活动基本以家园为中心，包括离家、回家、失去家园、建立家园和四海为家，这既与他的个人成长过程契合，又与犹太移民的历史暗合。主人公由旅行而生发的人文思索，也映射出犹太移民对本民族文化生存问题的考察。奥吉虽然历经颠簸并错失了几个物质成功的机会，却能够通过广泛的旅行和学习，获得文化感悟，从而避免落入空虚。他最终不仅获得物质上的成功，而且在思想上越发回归犹太教义，达到慈悲、善良和宽容。因此，《奥吉·马奇历险记》是一部以美国文化为背景、以旅行叙事为主要辅助手段的美国与犹太双重文化

① John J. Clayton, *Saul Bellow: In Defense of Man*, Bloomington, London: Indiana University Press, 1979, p. 30.

② Sharon Kaplan Jaffe, *The Immigrant Journey in 20th Century Jewish-American Fiction*, Los Angeles: University of California, 1987, p. 179.

③ 〔美〕萨克文·伯科维奇主编：《剑桥美国文学史》第7卷，第196页。

④ Ezra Cappell, *American Talmud: The Cultural Work of Jewish American Fiction*, Albany, New York: State University of New York Press, 2012, p. 55.

考察的小说。

"索尔·贝娄的《奥吉·马奇历险记》是一部流浪汉小说，讲的是一个散漫、英俊的年轻人的故事，在他所有的无穷无尽的旅行中，大门都神奇地为他打开。在从芝加哥到墨西哥、从南北美洲到欧洲的旅行过程中，奥吉体现出身体上的流动性，这种流动性使他有能力去取悦他在旅行途中所遇到的富人阶层和穷困潦倒的波西米亚流浪汉。"[1] 流浪汉小说中的流浪汉，"却是一生都在旅行和历险之中"[2]。梳理奥吉·马奇的旅行轨迹，一张清晰的地图跃然纸上：芝加哥—水牛城—底特律—芝加哥，芝加哥—墨西哥—芝加哥，芝加哥—欧洲。这三大旅行轨迹逐渐拓宽了主人公奥吉的活动空间，把他从芝加哥城郊贫穷的移民聚居区逐渐带入广阔的美国（甚至美国以外的）社会。旅行因此变得《自我之歌》式和《诗章》（Cantos）式，成为铺展美国广阔现实的《清明上河图》。但是，作家的用意并不止步于自然主义的铺陈，而是以空间的扩大带动文化的延展，背负双重文化的负担，探索犹太人在美国主流文化下的生存之道。推动奥吉旅行的动因主要是对金钱、爱情、理想的追求，这同样是美国主流文化中的"美国梦"的表征，尽管这种"美国梦"在奥吉所生活的时代已经异化成"金钱至上"和享乐主义。以奥吉的旅行两端地点为依据，主人公的旅行可以归纳为离家、回家、失去家园、建立家园和四海为家之旅。这些与美国文化同构的旅行又都是犹太移民史的写照，是犹太文化追寻、迷失、边缘化、同化、回归之路的翻版。从这种意义上来说，在物质至上、精神缺失的美国主流文化背景下，《奥吉·马奇历险记》是以旅行叙事诠释传统犹太价值观的精神探索之旅。

美国主流文化中的金钱至上、及时享乐观念咄咄逼人，足以同化每一个生活在那片土地上的人。作为第二代犹太移民，奥吉出生于美国，但是从未见过他的父亲。父亲的缺席对奥吉的成长影响极大。在犹太教里，父亲象征着上帝和教师。"父亲的职责就是清除儿子的罪孽，拯救他，教他学犹太律法；确保他结婚成家；教会他一门技艺。"[3] 没有父亲的奥吉缺少原生家庭的文化继承，因为他无法从头脑简单的母亲那里得到人生教诲。

---

[1]　Wilson Kaiser, "The Einhorn Effect in Saul Bellow's *Adventures of Augie March*", *The Explicator*, Vol. 71, No. 4, 2013, p. 320.

[2]　Claudio Guillén, "Toward a Definition of the Picaresque", *Literature as System: Essays Toward the Theory of Literary History*, Princeton: Princeton University Press, 1971, pp. 71 – 89.

[3]　Shaye J. D. Cohen, *Why Aren't Jewish Women Circumcised?: Gender and Covenant in Judaism*, Berkeley, Los Angeles and London: the University of California Press, 2005, p. 116,

在他的儿童和少年时期，那些扮演他父母角色、试图给予他人生导引的都是些"马基雅维利主义式的人物"①。马基雅维利（Machiavelli）是16世纪意大利著名的政治家，其政治观点被广泛误解为"为达目的而不择手段"的马基雅维利主义。"在当时，任何阴险的招数或'无神论'的政治权谋都被冠以马基雅维利主义。"② 在《奥吉·马奇历险记》中，劳什奶奶（Grandma Lausch）、雇主威廉·爱因霍尔（William Einhorn）、任林夫妇（the Renlings），甚至哥哥西蒙（Simon）都在教唆奥吉抓住一切机会向上爬。在他们看来，成功的标志只有一个，那就是金钱。受这种马基雅维利主义和金钱至上观的影响，奥吉开始了他的第一次长途历险旅行。

　　山姆·布鲁法布认为，美国文学中主人公的逃离"大部分情况下是出于摆脱困难或者危险的处境"③，奥吉第一次历险性旅行也是缘于对窘迫的物质环境的逃离。由于拒绝富商任林夫妇的收养，奥吉失去了他们的经济庇佑，陷入窘困的境地。他推销的油漆几乎无人问津，张罗结婚的哥哥又指望他分担赡养母亲的经济压力。面对此种困境，奥吉选择逃离。恰在此时，少时劣迹斑斑的乔·戈曼（Joe Gorman）鼓动他开车去边境接送入境的偷渡者，诱惑是奥吉可以挣到大把的金钱。乔·戈曼的蛊惑给予了奥吉逃离当下困境的契机，于是他决定"离开这个城市"④，踏上惊险的淘金之旅。延伸的高速公路和飞驰的汽车，使得奥吉的逃离和淘金之旅在开始的时候相当顺利。但是麻烦很快出现，一天的飞驰以州警察追捕偷车贼而结束。随着偷车贼乔·戈曼的落网，奥吉被迫中断了他的逃离和淘金之旅，混迹于游行的队伍中间，进入水牛城，开始他的回家之旅。逃离行不通，回家也没有那么容易。由于身上的钱不够买车票回家，求助兄长的救济又没有成功，奥吉只好进行流浪。他扒过火车，搭过卡车，宿过下等旅馆，蹲过警察局拘留所，还偷过面包充饥。然而当忍饥挨饿、颠簸跋涉的奥吉终于回到家里的时候，他却发现哥哥西蒙卖掉了公寓和家具，头脑简单、双目失明的母亲也被临时寄居在邻居家里。贫民窟的家不复存在，奥吉的回归成为失家之旅。

　　"旅行和道路生活构成了流浪主人公的主要性格，由于他们不断地从

① 〔美〕索尔·贝娄：《索尔·贝娄全集》，宋兆霖译，河北教育出版社2001年版，第12页。

② Paul H. Kocher, *A Study of his Thought, Learning, and Character*, Chapel Hill: University of North Carolina Press, 1946, p. 195.

③ Sam Bluefarb, *The Escape Motif in the American Novel: Mark Twain to Richard Wright*, p. 4.

④ 〔美〕索尔·贝娄：《索尔·贝娄全集》，第225页。

城镇到乡村及全国各地的漫游，他们就获得了对人类生存状况的全新了解。"① 从离家淘金到流浪归家，奥吉的这一次旅行可谓他一生中所经历的最艰难的旅行。主人公的足迹最远到达底特律，按照作家着力描述的顺序，路线划过印第安纳州、纽约州、宾夕法尼亚州和俄亥俄州。一路上，奥吉不仅饥寒困顿，颠沛流离，甚至还遭遇同性恋的骚扰和警察的拘留。但是，这次窘迫的旅行也是一堂生动的文化课，让奥吉看到了美国人民生活的真实场景。水牛城、尼亚加拉瀑布、伊利湖等风景名胜迎接旅者的不是风景的秀丽，而是大萧条的压抑与萧索。底特律的工厂、芝加哥的烟火，给奥吉的印象仿佛是工业文明制造的炼狱。例如在水牛城，奥吉看到游行者要求提高救济，失业者在流浪，茫然漂泊。"公路上却走着这帮流浪汉。在他们的心目中，没有耶路撒冷或基辅之类的神圣目的地，没有圣徒遗物要亲吻，也不想赎除自己的罪孽，只希望到下个城镇运气也许会好一点。"② 如果追逐金钱的淘金之旅只能幻灭，并且给人带来更多困苦的话，那么要怎么样才能获得幸福？此时的奥吉虽然还不能清楚地回答这个问题，但是朦胧中他倾向宽容与爱。所以，当得知兄长西蒙以他的名义借到钱款，却没有汇寄给他解困的时候，奥吉没有愤怒，而是选择了原谅。

除了物质至上以外，享乐主义也是美国主流文化的主要构成。"经过二十多年的萧条和战争，美国在 20 世纪 50 年代进入享乐主义泛滥的时代。"③ 缺乏父亲精神教诲的奥吉，却不乏享乐主义者的诱引，例如任林夫妇、哥哥西蒙，以及坐轮椅的爱因霍尔。享乐的空间场所包括剧场、台球室、豪华餐厅、度假胜地、地下妓院等。享乐与旅行相关的书写，在作品中能找到很多例证。例如，高中毕业的时候，奥吉曾经在他的马基雅维利式的导师爱因霍尔的诱使下，进行过一次神秘的地下妓院之旅。地下妓院的见闻让奥吉感受到消费主义式的享乐行为的可怕。当一切都可以成为商品的时候，性也可以买卖，付钱的不在意与别人分享商品，出卖的也不在意是谁在购买。贫民窟的妓女、初出茅庐的高中毕业生、生活不能自理的残疾人，似乎在冰冷的货币面前找到了无情的平等。夜逛芝加哥地下妓院，这在小说中无疑具有象征的成分，类似古希腊罗马神话中的英雄坠入地狱，在与魔鬼搏斗之后获得新生。"像埃涅阿斯一样，奥吉也准备离开

① Marc V. Donadieu, *American Picaresque: The Early Novels of T. Coraghassen Boyle*, Ph. D. dissertation, University of Louisiana, 2000.

② 〔美〕索尔·贝娄：《索尔·贝娄全集》，第 230 页。

③ Lary Gross, *Up from Invisibility: Lesbians, Gay Men, and the Media in America*, New York: Columbia University Press, 2001, p. 184.

'芝加哥'这个堕落之城，开始他的旅行。"① 他的第二次长途旅行就是芝加哥—墨西哥—芝加哥之旅。

与第一次淘金之旅一样，这次旅行也是一个逃离与回归的模式。由于受到美国劳工联合会打手的追赶，奥吉陷入危险的处境，就像神话中的英雄遇到了困厄。就在此时，昔日的情人西亚（Thea）出现了，邀请奥吉同往墨西哥，这恰巧又给予主人公一个逃离当下困厄的机会。奥吉于是"离开芝加哥"，踏上追爱之旅。由于恋人西亚拥有丰厚的金钱（来自她即将离婚的丈夫），他们的墨西哥之旅没有上次淘金之旅的窘迫。按照作家着力描述的旅行地图，他们的路线划过圣路易斯州、密苏里州、得克萨斯州直至进入墨西哥。广阔的美国南部，野性的墨西哥，构成了小说巨大的旅行空间。旅行车走走停停，奥吉与西亚一路上一边调情做爱，另一边驯鹰狩猎，十天的旅途悠闲舒缓，丝毫没有旅途的颠簸劳顿。然而这样的浪漫并没有持续下去。在第二次骑马驾鹰猎捕巨型蜥蜴时，奥吉摔下马背受了伤。西亚感到奥吉的无用，于是，西亚与她的前情人决定野外猎蛇。在此期间，奥吉租车夜送斯泰拉（Stella）逃离她的通缉犯情人奥利佛（Oliver）。车在野外抛锚后，两人突破道德底线发生了性关系。闻之此事的西亚怒而离开，与塔拉维拉复合。奥吉随后乘长途车尾追西亚，以期挽回恋情，但是无果。此次追爱之旅以情欲开始，又因情欲终结。爱情戛然而止，奥吉借钱返回芝加哥。

虽然在这一次墨西哥之旅中奥吉想到了婚姻，但是他和西亚本性的不同注定这一场以爱情为名的旅行无果而终。西亚墨西哥之行的目的在于成功地驾驭美国鹰猎获南美巨型蜥蜴，获取巨大的财富。在她的冒险之旅中，奥吉不过是一个狩猎帮手，与她在得克萨斯州购买的美国鹰一样。第一次出猎，鹰的畏缩表现已经让西亚失望，而第二次出猎时奥吉的受伤则彻底让西亚感到奥吉的无用。堂吉诃德式的荒诞过后，西亚送走了鹰，转而猎捕毒蛇，狩猎帮手也换成了他人，让奥吉离开也是迟早的事情。鹰、蛇、墨西哥情人、奥吉都是西亚生命中的象征符号，动物象征她的征服，人则是她发泄欲念和享乐的对象。对于西亚来说，符号一直都在，代表这些符号的具体物和人总在更换。美国的享乐主义没有给主人公带来幸福，肉体的原始诱惑力和享乐的冲动让他们远离真正的爱情。和淘金之旅一样，这场名为追爱、实为享乐主义的旅行也以失败告终。

---

① Wilson Kaiser, "The Einhorn Effect in Saul Bellow's *Adventures of Augie March*", *The Explicator*, Vol. 71, No. 4, 2013, p. 322.

墨西哥旅行之后，奥吉又进行了几次海上旅行，其中第一次海上旅行是贝娄重点表现的对象。"二战"期间，奥吉成为"山姆·麦克麦纳斯号"商船上的船员，开始首次海上航行。商船由波士顿港出发，"一驶出港口，北大西洋便像一只灰色的猛兽，猛力朝船冲了过来，怒吼，推撞，低嚎，恶狠狠的浪头猛扑着舱壁"[1]。奥吉的这次海上旅行，犹如荣格所言的"夜海航行"（night sea journey）。"英雄穿越子夜的大海，与黑夜之蛇进行可怕的搏斗之后，在黎明的时候再度诞生。"[2]"夜海航行"的主人公通常是一个涉世未深的少年英雄，在子夜穿过一条河流或大海，来到某种阴暗的王国。在经受一系列考验和诱惑后，英雄在向导或益友的帮助下，战胜黑夜王国的魔鬼，发现自己的身份。当他从夜海的旅途归来的时候，他具有了责任和成熟。奥吉在这次夜海航行中，也经历了磨难和考验。"山姆·麦克麦纳斯号"轮船在一个夜晚被鱼雷击中，奥吉与船上的木匠犹太人巴斯特肖（Basteshaw）爬上救生艇，成为幸存者，在海上漂泊。但是巴斯特肖是否是奥吉此次"夜海航行"的导师，在评论界还是一个争论的焦点。与《鲁滨逊漂流记》的主人公不同的是，巴斯特肖的终极关怀不是先生存下来，而是怎么拯救人类。他认为工业、商业和革命都不能帮助人类远离苦难，只有科学才能实现这一目的。他自比摩西，劝说奥吉做约书亚（Joshua），同去加那利群岛寻求拯救人类的科学秘密。但是，此时的奥吉精神已经比较成熟和务实，认为回归家园才是正确的道路。奥吉认为人类犯了很多错误，只有爱能让人类活下去。巴斯特肖劝说不成，用船桨击倒奥吉，并将他剥衣捆缚。奥吉挣脱束缚，被一艘英国邮轮救下，六个月后回到纽约，与妻子团聚。

战后美国的经济复苏给奥吉带来了经商的机遇，他连续几次到欧洲旅行，意大利的佛罗伦萨、法国的巴黎、比利时的布鲁日，欧洲的城市空间随着主人公旅行的脚步展现在读者的面前。在欧洲旅行的过程中，轮船和汽车营造的舒适空间、欧洲古老的文化氛围，使奥吉身心放松，有充足的时间思索自己的如烟往事，发现相爱和宽容是人间幸福的真谛。"爱"和"宽容"是犹太伦理中的中心价值观，《利未记》（*The Book of Leviticus*）教导"爱邻居如同爱自己"，《可兰经》（*The Quran*）也告诫人们"当冒犯你的人乞求宽恕的时候，你要用一个真诚的心和情愿的精神进行宽恕……宽

---

① 〔美〕索尔·贝娄：《索尔·贝娄全集》，第 667—668 页。

② C. G. Jung, *Collected Works*, Vol. 8, Princeton, New Jersey: Princeton University Press, 1970, p. 312.

恕是以色列人的种子"①。当发现爱人有不贞的秘密时，奥吉还是宽容地原谅了她。至此，主人公已经不再是跌跌撞撞的青年，而是在精神上彻底成熟了的男人。小说结尾时奥吉自比为哥伦布，这样的宣言背后是游历世界的野心。作家安排这样的开放式结局似乎是想要说明：人总是向往旅行的，像古老的犹太民族向往应许之地，这一向往的根源是崇尚自由的文化价值观，这既是犹太的，也是美国的，是小说双重文化相融合的体现。

"作为空间移动的旅行，几乎从来无法与物质工具相剥离，即使是最原始的步行，也总要竹杖一支……现代大众旅行之实现，与各种新式交通工具的出现密不可分。"② 20 世纪美国交通工具的发达不仅使这个国家享有"坐在车轮上的国家"的美誉，而且也给旅行者提供了快捷方便的条件。这部小说中出现的交通工具，几乎囊括了美国各种类型的交通工具。它们既是主人公旅行的手段，又是主人公活动的空间。它们将迅速位移的主人公不断地置于变换的环境和人群之中，像反光镜一样反射出双重文化的冲突与消融。限于篇幅，本节仅探讨汽车、火车、轮船和救生艇在小说中的叙事作用。

在所有的交通工具中，关于汽车的书写在小说中占的比重最大。罗纳德·普莱谬指出："汽车进入旅行文学这个悠长的传统，并赋予后者一种独特性，那就是把边疆精神和将这种机器作为一种复杂图像的崇拜结合在一起。美国汽车早已超越单纯的交通功能，它是地位、成功、梦幻、历险、神秘和性欲。"③ 在小说中，汽车不仅是主人公奥吉旅行的主要工具之一，成为推动情节发展的必要元素，而且还具有其他丰富的文化含义。首先，汽车是消费符号。奥吉与西亚前往墨西哥驾驶的旅行车载有满满几个旅行箱的奢华衣物、狩猎用品和露营设备，还要放进一只八个月大的美国鹰，空间之大可想而知。西亚的挥霍让旅行车成为美国消费主义的典型符号。其次，汽车是犯罪符号。在芝加哥—纽约—芝加哥冒险之旅中，奥吉去程所乘坐的黑色别克车本身就是犯罪的标志物，它是乔·戈曼偷来的赃车。这辆车也是犯罪工具，乔和奥吉驾驶它正是为了去美加边境高价运送偷渡者去纽约。当沿着前往托莱多的公路飞驰的时候，这辆车成为违法的超速车。它最终在接近拉克万纳加油站时被巡警发现，乔和奥吉弃车逃

---

① *Mishneh Torah*, trans. Boruch Kuplan and Eliyahu Touger, New York：Moznaim Publishing 1998，2：10.

② 唐宏峰：《旅行的现代性——晚清小说旅行叙事研究》，北京师范大学出版社 2011 年版，第 81 页。

③ Ronald Primeau, *Romance of the Road：The Literature of the American Highway*, p. 5.

跑，这辆车又成为畏罪潜逃的证物。总之，这辆汽车不是奥吉迅速获取财富和自由的工具，却是招来更多麻烦的祸端。它击碎了奥吉的金钱梦，将他丢入乡间田野。最后，汽车是欲望之所。奥吉答应斯泰拉的请求，护送她逃离她的通缉犯情人奥利佛，他们选择的出逃时间是夜晚，工具是租来的汽车。这个逃向自由之旅的时间和空间同时又制造了与外界时空的隔离，构成一个独立的小世界。在这个缩小的空间里，奥吉和斯泰拉抛却广阔大世界的行为准则，做出在这个空间以外不可能做出的事情。当汽车在野外抛锚的时候，奥吉和斯泰拉突破道德底线，让情欲的享乐支配他们的头脑和身体。

"火车旅行具有社会性的特征。在进行火车旅行的时候，旅客成为一个公众人物，他在许多陌生人的陪伴下旅行，在这种情况下容易建立亲密关系。这是机遇，但也是危险……这使得火车旅行成为一种独特的交通方式，也成为城市居民生活经历的一个隐喻。"[1] 在小说中，奥吉乘坐的不是客运火车，而是货运火车，这就使他的旅行经历显得格外与众不同。淘金之旅夭折后，落魄的奥吉三次扒火车，疾驰的火车与飞跑的追车者的身影构成庞大与渺小的鲜明对比。货运火车空间阴暗幽闭，同行者神秘陌生，为主人公的落魄回家之旅笼罩上一层压抑的气氛。货运火车是流浪者绝望的代步工具，在这里货物（煤、家具、牲畜等）是主体，旅行者被异化，同行者之间没有交流，唯一关心的是关于货车出发的消息。奥吉蜷缩在平板火车上或货厢里，煤灰、刨花、草屑、坏气味、雨水扑面而来，那滋味是坐客运火车的旅行者所体会不到的。黑夜里被警察清理下车，清晨发现错过站，这是流浪汉扒火车旅行常遇到的事情。废弃的货运火车车厢通常成为流浪者的栖身之所，这是文明世界所不能到达的角落，阴冷黑暗。一次雨夜睡梦中，奥吉险遭同性恋者的侵犯，车厢因此成为同性恋的欲望之地。同行的学生斯东尼对奥吉的信任与依赖，又使车厢成为希望之所，使得冰冷的世界里存有一丝人间关怀。渴望人类彼此间能像兄弟般相爱，正是犹太传统文化所倡导的理念之一。

海上旅行也是这部小说的一个重要组成部分。"海上航行（Voyaging）是西方人理解现实的一个杰出隐喻。"[2] 在海上旅行中，商船、客轮、军

[1] Michael Schudson, *Advertising, the Uneasy Persuasion: Its Dubious Impact on American Society*, New York: Basic Books, 1986, p. 149.

[2] Donald Whartson, "Hudson's Mermaid: Symbol and Myth in Early American Sea Literature", in Kathryn Zabelle Derounian-Stodola, ed., *Early American Literature and Culture: Essays Honoring Harrison T. Meserole*, Newark: University of Delaware Press, 1992, p. 53.

舰、渔船、救生艇等构成了必要的旅行载体和社会空间，而奥吉的海上旅行就发生在商船、救生艇和客轮这三种交通载体上。约翰·派克（John Peck）指出，商船、军舰和救生艇上的历险通常隐喻着死亡和男性英雄主义。① 奥吉所服役的"山姆·麦克麦纳斯号"商船在首次航行时就被鱼雷击沉，奥吉跟一位癫狂的犹太弥撒亚幻想者搭上一艘救生艇，在茫茫的大海上漂泊。那艘沉没的商船成为死亡的背景，与作为生的希望的救生艇形成对比。商船让奥吉身陷危险，救生艇却使他获得对生活真知的认识和生命的救赎。约翰·派克同时也指出，游轮（passenger ship）旅行体现的是一种"绅士风度"②。在"二战"后的横跨大西洋的欧洲旅行中，奥吉主要乘坐豪华的游轮。游轮不仅成为财富与自由的象征，而且也体现出温文尔雅的绅士风度。正是在惬意的游轮旅行中，奥吉坚定了他内心的爱，宽容地接受了曾经在他身边出现的所有人，更好地爱护包容还在身边的人。

与《麦田里的守望者》中的逃离之旅范式相似，贝娄的《奥吉·马奇历险记》中的主人公由于不满家庭的环境而离开家园，在寻求自我完善的过程中，主人公渐渐发现他所认同的正是当初他所要逃离的，最终返回起点。但是《奥吉·马奇历险记》的作者采取了螺旋上升式的叙事结构，即主人公的每一个重大旅行看似把他带回原点，实际上是把他带到新的起点。虽然奥吉每一次的出发点是家园，回归点也是家园，但是家园的意义却在不断扩大。离别时家园的意义是负担，回归时家园的意义是爱。这样的旅行与美国主流文学中的旅行又不尽相同。詹尼斯·斯道特指出，对于美国人来说，回家通常不被称赞，归家的旅行模式也很少出现在美国的文学作品之中。主人公通常是走出去而不是返回来。在美国文学中，回家意味着失败、绝望、对自由的放弃。③ 但是，贝娄对于奥吉流浪式旅行的处理却具有他自己的文化考虑。作为第三代美国犹太作家的代表人物，贝娄反对犹太文化虚无主义，倡导犹太传统文化是美国文化的有益补充。为此，《奥吉·马奇历险记》部分借鉴了美国传统历险小说如《哈克贝利·费恩历险记》的旅行构架，但是又不囿于美国式历险精神，而是通过旅行叙事，揭示犹太文化与美国主流文化的交会与碰撞。旅程与旅行工具是小

---

① John Peck, *Maritime fiction: sailors and the sea in British and American novels, 1719–1917.* New York: Palgrave, 2001, pp. 98–106.

② John Peck, *Maritime fiction: sailors and the sea in British and American novels, 1719–1917,* p. 172.

③ Janis P. Stout, *The Journey Narrative in American Literature: Patterns and Departures,* pp. 65–66.

说旅行叙事的经纬，而旅行过程中的各种偶发事件是引发思考的主要因素，它们准确地定位了美犹双重文化的冲突与调和。

第五节 《异物》——碧特蕾丝的欧美之行 与犹太救赎

对于《异物》（*Foreign Bodies*）这部小说，评论界惯常的反应是它只不过是对亨利·詹姆斯的《使节》的反写而已，正如卡洛斯·劳兀（Carlos John Row）所言：“辛西娅·奥奇克在《异物》中对《使节》的反写表明亨利·詹姆斯在后现代时期仍然具有持续的影响力。”[①] 事实上，作为美国主流文学的一个本体性叙事和主题，旅行也在奥奇克小说中多有呈现，《异物》就是表现美国犹太人旅行的经典作品。要创作一部表现犹太人国际旅行的小说，对于早在俄亥俄州立大学攻读硕士期间就致力于研究亨利·詹姆斯的奥奇克来说，《使节》自然是一部参照并进行反写的理想作品。《使节》的中心叙事之一就是欧美旅行，作品的主人公“斯特瑞（Strether）像作家詹姆斯一样，是一个回转型的旅行者（returning tourist），他的旅行不仅使他能够面对面地接触到巴黎的文化地理，而且认识到自己年轻的自我与过去的经历”[②]。作为对《使节》的反写，《异物》自然也就继承了詹姆斯的欧洲旅行叙事。《异物》开篇的题词，就是来自《使节》，描述主人公斯特瑞动身去巴黎之前接受朋友的忠告：“以他目前的处境而论，可能发生两种完全不同的情况，一种情况是他会变得越来越堕落，另一种情况是他会变得越来越有修养。”[③] 同《使节》一样，《异物》也是由女主人公赴欧洲执行任务之旅开启故事叙述，并由主人公的巴黎之行及其随后的美国国内旅行串联多个故事情节。

《异物》的故事背景是 20 世纪 50 年代，美国中年女教师碧伊·南丁格尔（Bea Nightingale）小姐准备到欧洲旅行度假，计划路线是纽约—伦敦—巴黎—罗马—纽约。同《使节》中的斯特瑞相似，碧伊的欧洲之行也有一个使命，就是奉兄长马文（Marvin Nachtigall）的重托，寻找离经叛

---

① Carlos John Row, "Recent Literary Adaptations of Henry James by Phillip Roth, Cynthia Ozick and Jonathan Frazen", in John Carlos Row, ed., *Henry James Today*, Newcastle Upon Tyne: Cambridge Scholars Publishing, 2014, p. 134.

② Alexandra Peat, *Travel and Modern Literature: Secret and Ethical Journeys*, p. 73.

③ Henry James, *The Ambassadors*, New York: Penguin Books Ltd., 1983, p. 48.

道、漂泊在巴黎的侄子朱利安·纳其格尔（Julian Nachtigall），并将他带回美国洛杉矶的家中。但是，在这表层的与亨利·詹姆斯《使节》近乎相同的旅行叙事结构下，奥奇克却更多地表达了她对犹太文化异化和回归的关注。比起 J. D. 塞林格、索尔·贝娄等犹太作家，奥奇克更关注自己的犹太作家身份和犹太文化。正如约斯芬·克诺普（Josephine Z. Knopp）所言，"作为一个作家，辛西娅·奥奇克最关注犹太性和犹太教"①。在《异物》中，犹太性首先以悖论式的反犹太性表现出来。不论是前去欧洲旅行的妹妹碧伊，还是留在美国本土的兄长马文，都不同程度地摈弃了犹太教信仰和犹太身份。20 世纪 50 年代的美国虽然物质文化生活比大西洋西岸的欧洲优越，但是美国梦的过度发酵也使得生活在美国的犹太人自觉或不自觉地放弃了他们的犹太教规，开始信奉物质主义。"肤浅的物质主义所带来的智慧水平的下降对犹太人的生存构成了极大威胁，这往往比以暴力手段威胁犹太人的敌人更可怕。"② 在其所任教的学校里，碧伊为了迎合学生，保住自己的饭碗，甚至将自己的姓氏"纳其格"（Nachtigall）改为英国化的"南丁格尔"（Nightingale）。劳拉·埃克诺姆（Laura Eknolm）和塞门·穆尔（Simon Muir）认为，"名字是个体和集体的能指。通过名姓的组合我们被确定为个体的身份存在。同时，名字也负载着语言、宗教和社会背景的含义。名字隐喻着我们属于某个社会集体的成员"③。碧伊放弃了自己的犹太姓氏，意味着她对犹太性身份的放弃。马文虽然没有像妹妹那样放弃自己的犹太姓氏，却痛恨自己的犹太身份。为了获取金钱财富和跻身纽约上流社会，马文甚至不惜背弃犹太教传统与贵族出身的基督徒玛格丽特（Margaret）结婚。犹太人与基督徒结婚，就是放弃犹太信仰的表现，因为犹太经典《塔木德》（Talmud）严禁犹太人与非犹太人之间的通婚。"后圣经时代犹太教的一个中心特征就是禁止异族通婚。犹太人不能与非犹太人通婚。从古希腊罗马时期一直到现代，这个禁令一直是许多人讨论的话题。犹太作家捍卫这个禁令，认为它对于犹太教的永恒延续至关重要。"④ 马文不仅违背犹太教中禁止与异族通婚的教义，而且还与别的年轻

① Josephine Z. Knopp, "Ozick's Jewish Stories", in Harold Bloom, ed., *Cynthia Ozick*, New York: Chelsea House Publishers, 1986, p. 21.
② Ronald Sukenick, *Mosaic Man*, Tuscaloosa: University of Alabama Press, 1999, p. 95.
③ Laura Eknolm and Simon Muir, "Name changes and visions of 'a new Jew' in the Helsinki Jewish community", *Jewish Studies in the Nordic Countries Today*, No. 27, 2016, p. 173.
④ Shaye J. D. Cohen, "From The Bible To The Talmud: The Prohibition of Intermarriage", *Hebrew Annual Review*, No. 7, 1983, p. 23.

女子通奸，这也是犹太教义严令禁止的罪恶。

尽管父子冲突在其他文化中也存在，但是它是犹太文化中一个永恒的主题。这种父子冲突最初源于《圣经》中天父与其子民的对立关系，这种关系"在犹太历史中生发成一种具有模式意义的文化母题，在犹太思想和犹太生活中得到恒定性的贯彻和实现"①。小说中的父子冲突首先表现在犹太富商马文·纳其格尔与儿子朱利安和女儿爱丽丝（Alice）的冲突方面。虽然在社会生活方面马文已经放弃犹太教信仰，但是在家庭生活方面他仍然试图扮演犹太教中威严父亲的角色，要求儿女们按照他的意志行事。马文要求子女们像祖辈那样发家致富，一旦子女们达不到他的预期，他就会斥责他们为废物或以家法惩罚他们。正如马文的妻子玛格丽特所哀叹的那样："我可怜的女儿啊，他让她没日没夜地待在实验室里！而朱利安……那就不仅仅是噩梦了……在马文眼中他喜欢的任何东西都粗俗不堪！"② 马文的金钱拜物教思想及对于子女们近乎苛刻的管教终于引发了父子，当然也有父女之间的关系危机。在儿子朱利安看来，以父亲为主导的家庭已经不称其为家了，"那儿的人不把你当人，生在那个地方并不意味着那就是家"③。为了摆脱父亲的专制，朱利安干脆从普林斯顿大学退学，选择离家出走的流浪生活。马文对儿子离家出走的严厉阻挠和利益诱惑更加激发儿子的强劲反抗，使他在流浪的路上越走越远，直至离开美国，旅居巴黎。对于儿子的背叛，马文极其恼火，因此遣使妹妹碧伊前去巴黎，不惜一切代价将朱利安"带离欧洲，离开那片肮脏的地方，回到他的归属地美国来"④。

尽管兄妹之间已经疏远多年，自身也没有摆脱由于与丈夫利奥·库柏史密斯（Leo Coopersmith）离婚而陷入的精神困顿，碧伊还是肩负兄长的使命，赴欧洲执行说服侄子回国的使命。"她本来计划要去伦敦、巴黎和罗马，但是却放弃了罗马之行（尽管罗马之行包含在旅行社的一揽子计划中），因为在离伦敦皮卡迪利大街不远的一家喧闹、炎热的旅馆里，她听说欧洲南方的气温高得令人受不了。如果你坐在阴凉之处，伦敦还勉强能够忍受。但是巴黎太可怕了，罗马简直是地狱。"⑤ 欧洲不仅热浪滚滚，而

① 刘洪一：《走向文化诗学：美国犹太小说研究》，第 101 页。
② Cynthia Ozick, *Foreign Bodies*, New York：Mariner Books, Houghton Mifflin Harcourt, 2011, p. 93.
③ Cynthia Ozick, *Foreign Bodies*, p. 103.
④ Cynthia Ozick, *Foreign Bodies*, p. 10.
⑤ Cynthia Ozick, *Foreign Bodies*, p. 4.

且其政治和文化环境也与亨利·詹姆斯小说《使节》中的巴黎迥然相异。《使节》中的巴黎具有梦幻般的风景和浓厚的文化氛围，使得每一个前来朝圣的美国人都流连忘返。作为对《使节》的反写，"奥奇克的《异物》将 20 世纪 50 年代的美国人带入一个充斥着泛欧洲难民的日趋衰败的巴黎……奥奇克将詹姆斯的故事带入一个残忍无情的'二战'后场景及衣衫褴褛的受害者之中"①。"二战"时期，欧洲不仅是犹太人的人间地狱，而且其战后的废墟场景仍然能让旅行者感觉到一种地狱的气息。这里没有《使节》中的巴黎圣母院和塞纳河油画般的美丽风景，没有舒适的宾馆，也没有优雅高贵的法国女郎，更没有像查德那样的崇尚自由的美国年轻人。《异物》中的巴黎肮脏破败，不时地会看到一些前途未卜的欧洲难民和虚度光阴的美国游荡者。这样的巴黎充斥着战争的创伤与现代文化的颓败，全无《使节》中斯特瑞所感受的那种让人重生的文化生机。同《使节》中斯特瑞的寻人之旅更加不同的是，碧伊的首次巴黎之旅并不顺利。按照马文所给的地址，碧伊找到朱利安在巴黎的所谓安身之地，却扑了个空。此后，碧伊顶着酷暑，沿着巴黎社区的肮脏街道，冒着单身犹太女人未知的危险，仅凭着一张照片在街边酒吧挨个进行地毯式的搜寻，直到她发现这样的努力徒劳无益，朱利安根本不在他父亲所认定的范围内活动。碧伊的救赎之旅无果而终，马文的首次遣使救赎行动以失败告终。

尽管碧伊退回了支票，马文仍然无法接受遣使寻子计划落空的事实。因此，他对妹妹碧伊的失望与厌恶又增加一层。碧伊也清楚，她和兄长马文之间的隔阂由来已久，非一次奉使行动所能化解。马文是一个不达目的誓不罢休的人，为了让儿子回归美国，他不惜再次催促妹妹碧伊第二次赶赴欧洲。碧伊的第二次巴黎之旅有着双重色彩。一方面是迫于马文的压力而勉强成行。因为不是假期，碧伊需要将高中课程——狄更斯的《双城记》(*A Tale of Two Cities*)，托付给好友劳拉（Laura）来代讲。这样的安排巧妙地暗合着碧伊将前往的城市，因而强化了小说的旅行叙事结构。另一方面，碧伊受好奇心的驱使，想真实地了解促使侄子朱利安旅居巴黎的原因。接受上次挫败的教训，马文认为除了金钱支持之外还有必要让碧伊掌握更多的关于儿子朱利安的情报。于是，马文决定派遣自己的女儿爱丽丝去纽约向碧伊详述关于朱利安的一切。在父亲马文眼中，读博士的女儿爱丽丝是他的安慰与骄傲。然而马文再次失算。被称为家族的"居里夫

---

① Michaela Bronstein, *Out of Context: The Uses of Modernist Fiction*, New York: Oxford University Press, 2018, p. 207.

人"（Marie Curie）的爱丽丝，竟然瞒天过海，拿着父亲的钱，利用加州—纽约之行，重蹈弟弟的覆辙，飞往巴黎去了。女儿爱丽丝的明修栈道暗度陈仓，首先强化了小说中作为犹太文学主题之一的父子（女）矛盾。其次，爱丽丝离开美国、远赴巴黎的行为也强化了犹太文化中的"流放"（exile）和"流散"（diaspora）意识。正如伊如克·格如恩（Erich S. Gruen）所言，"流散深深地植入犹太人的意识之中。它几乎从一开始就以这种或那种形式存在，作为犹太历史不可分割的部分永久持续下去"①。受这种传统流散意识的影响，朱利安和爱丽丝都否认流散在异国他乡是一种痛苦，反而认为与父亲的相处与对抗令人感到难受。

有了前一次的经验，同时由于获得了爱丽丝提供的情报，重返巴黎的碧伊不再像无头苍蝇，寻亲之旅异常顺利，很快在巴黎的一家私人医生诊所找到了侄子。由于这家诊所的犹太人蒙塔尔巴诺医生（Dr. Montalbano）要到其他城市的诊所巡回问诊，巴黎的这个诊所就暂时成为朱利安的旅店。旅店是旅行叙事小说中一个非常重要的叙事场所。在这家由私人诊所充当的旅店里，碧伊不但找到了马文自我放逐的孩子们，而且见到了一位罗马尼亚籍犹太难民莉莉（Lily）。生病的朱利安没有回归美国家乡的愿望，非常懊恼被姐姐和姑妈找到。他甚至认为碧伊是受雇于父亲马文的间谍，专程来巴黎收买他回家。爱丽丝也认为姑妈来巴黎是多此一举，马文家的事情任谁都无能为力，大家都在逃离专制的男主人，朱利安如此，自己如此，甚至他们的母亲、马文的妻子玛格丽特也是如此。此时的碧伊感到自己在巴黎成了不受欢迎的人，遭到了无礼的冷遇与抵制。在巴黎逗留期间，碧伊不断地往返于旅馆和侄子侄女暂住的诊所，渐渐发现马文担惊受怕的真相："他害怕欧洲。他害怕巴黎……他心目中的巴黎只不过是老生常谈的明信片、埃菲尔铁塔、凯旋门；下边是阴郁的、血腥的地牢在吞噬他的儿子。在这些著名的公共建筑下面是旅行者无法预测的内部空间。在马文的想象中，他的儿子已经不再是一个旅行者，他已经进入了那个不自然的黑幕。朱利安已经成为欧洲的俘虏。"② 在巴黎，碧伊发现朱利安已经结婚，妻子莉莉就是旅居巴黎的罗马尼亚籍犹太难民，而且年龄比朱利安大得多！这个情节的安排显然与亨利·詹姆斯的《使节》呈现出一种互文性的照应。在《使节》中，查德（Chad）结交的也是一个年龄比自己

---

① Erich S. Gruen, *The Construct of Identity in Hellenistic Judaism*: *Essays on Early Jewish Literature and History*, Vol. 29, Boston and Berlin: Walter de Gruyter GmbH & Co KG, 2016, p. 283.

② Cynthia Ozick, *Foreign Bodies*, p. 41.

大的女子，一个名叫玛丽·凡尼特（Marie de Vionnet）的法国贵族女人，她的教养令查德羡慕不已。但是《异物》的莉莉是大屠杀的幸存者，尽管身心受到创伤，莉莉仍然依靠力量和勇气在巴黎艰难地生存下来。正是这位流离失所的犹太女人，使旅居巴黎的朱利安意识到犹太性的重要，并最终说服他回到美国。另外一个令马文恐惧的原因是他的引以为豪的女儿爱丽丝对父亲的安排一直阳奉阴违，乖巧顺从的外衣下面是一颗蠢蠢欲动、渴望叛逆的野心。事实上她已中断实验室的研究，打算加入巴黎的漂泊者行列。

　　这样的发现多少让碧伊感到吃惊。总之，犹太移民二代的子女没有按照父亲规划的美国梦成长。犹太式的家长制在遭遇美国式的教育下，终于上升为家庭危机。朱利安和爱丽丝为了摆脱父亲的专制，追求自由，宁可选择到欧洲流浪。他们的选择其实也是在重复父亲的叛逆行为，只不过方式不同而已。正如父辈奋力抛弃祖辈塑造的犹太身份一样，马文也曾不遗余力地洗刷五金店店主之子的身份，就读普林斯顿大学，婚娶有身份的基督徒为妻，离开纽约布朗克斯，前去加州捞金。第二次巴黎之行，也使得碧伊能够从更深的层面了解这座城市。巴黎没有文化营养可供汲取，反倒拥抱了以电影为代表的美国文化，这也许是马歇尔计划的副产品。在亨利·詹姆斯的《使节》中，漂泊巴黎的美国年轻人查德一族自由向上、生气勃勃，而《异物》中朱利安接触的美国人尤其是美国犹太人都具有某种病态或邪恶的特点，例如给朱利安介绍侍应生工作的阿尔弗莱德（Alfred）和蒙塔尔巴诺医生之流，他们靠坑蒙拐骗在巴黎勉强度日。总之，《异物》中的巴黎不再是《使节》中令人神往的天堂，而是吞噬年轻人的地狱。

　　《异物》中女主人公碧伊两次出使巴黎都有辱使命，这使得她开始怀疑使命的合理性，思考自己的精神独立问题。事实上，自从踏上欧洲的第一天起，碧伊就在潜意识中不断地思考自己的问题，奥奇克用"to Bea or not to Bea"① 这个哈姆雷特式的独白谐音，来表征碧伊的两难思考：继续做过去的"碧伊"，对兄长马文唯唯诺诺，与前夫利奥藕断丝连，还是不做那样的"碧伊"，而是做一个精神独立的女人。谋求精神独立的碧伊决定再一次缩短行程，改签机票，绕过马文，将最新的情报送往洛杉矶，送到朱利安和爱丽丝的母亲玛格丽特那里。这样，小说就转向了叙述主人公碧伊在美国国内尤其是加州的旅行。在碧伊看来，加州"是另一个国家。深夏长过秋天，女人在大街上闲暇地散步，穿得很暴露，袒肩露背，用珠

---

　　① Cynthia Ozick, *Foreign Bodies*, p. 6.

宝涂红的脚趾从高跟凉鞋里露出来。煎炸的香味从餐馆里飘出来，使空气都变得芳香扑鼻。小汽车在丝带般的高速公路上行驶。洛杉矶让人头晕目眩，好像一个城市从天上掉下来，摔成碎片散落到各个地方，绵延数十英里"①。碧伊在国内的旅行，其实也是她欧洲旅行的延续，因为她在国内的一切旅行都与她的欧洲旅行有着直接或间接的关系。从叙事的角度讲，碧伊的加州之行具有三个方面的作用：第一，扩大了小说的旅行叙事范围，使得这部小说在互文性反写《使节》的基础上又试图摆脱小说原有的叙事框架；第二，借助碧伊的加州之行，奥奇克表现了美国20世纪50年代的物质繁荣景象，使之与"二战"后的欧洲衰败场景形成鲜明的对比，从而为朱利安、爱丽丝等"移居国外者"最终回归美国埋下伏笔；第三，强化小说中人物之间错综复杂的矛盾，再现犹太亲情的疏离与和解，凸显犹太性主题。

　　碧伊洛杉矶之行的第一站是去洛杉矶温泉疗养中心，拜访在那里接受精神康复治疗的马文的妻子玛格丽特。长期受到马文精神折磨的玛格丽特见到多年未曾谋面的小姑子后情绪非常激动，向她控诉马文对子女成长的苛刻要求，讲述自己精神失常的原因，表达盼望儿子回家的心情。碧伊将朱利安与罗马尼亚籍难民莉莉结婚的消息告诉了近乎歇斯底里的嫂子，并告诉她爱丽丝也在巴黎和朱利安夫妇生活在一起。碧伊的洛杉矶温泉疗养中心之行，显示出她自身意识的苏醒、对马文权威的抗拒，以及对犹太疏离的亲情的重建，因为关于朱利安在巴黎的情况马文绝对不允许碧伊透露给他妻子玛格丽特。从玛格丽特那里，碧伊也了解到前夫利奥·库柏史密斯的住所。因此，碧伊的洛杉矶之行的第二站就是寻找前夫利奥。虽然利奥已经与碧伊离婚很长一段时间，但是他始终不曾离开她的心头。二十四年前，正是梦想成为作曲家的利奥向碧伊求婚，婚后的他们租住在一间只能安放一架钢琴的狭小公寓。在这狭小的天地里，利奥疯狂地练琴，着魔似的向碧伊讲述自己的音乐，畅谈创作让世界震撼的交响乐梦想。可是，他们短暂的幸福以离婚告终。离家之前，利奥说他很快就会回来带走钢琴。利奥离开后，碧伊没有换过工作，没有搬过家，那架代表着利奥野心、意志和灵魂的大钢琴一直"神圣"地盘踞在起居室，将碧伊锁在被利奥抛弃的旧生活里。按照玛格丽特提供的地址，碧伊找到利奥的住所。此时的利奥又离婚两次，虽然早已拥有更好的钢琴，却一直没有创作出他梦想的交响乐。与利奥的再次见面，使得碧伊彻底理顺了她与前夫的关系。

---

①　Cynthia Ozick, *Foreign Bodies*, p. 87.

碧伊洛杉矶之行的第三站是马文家，但是她并没有与一直讽刺挖苦她的哥哥见面，而是躲在租来的汽车里，透过车窗打量着这位兄长打造的王国。在这个王国，一双儿女逃离到巴黎，妻子被监禁在疗养院，国王成为真正意义上的孤家寡人。在为这个分崩离析的犹太王国哀伤的时候，碧伊意外地窥见了马文和他的情人。那个表面为儿子操心、为妻子担忧的好男人正和年轻的情人一起扑向游泳池的柔波，尽享加州美好的阳光。再次看到兄长虚伪的面目，碧伊伤心地驱车离开。

　　加州和纽约虽然都在美国本土，却像两个不同的国家，代表着小说里的两个世界——旧世界和新世界。旧世界是碧伊所居住的纽约，新世界是马文和利奥所居住的加州洛杉矶。马文抛弃纽约布朗克斯的旧世界去新世界改头换面，利奥抛下他的第一架钢琴去新世界追求梦想，而碧伊留守在旧世界过着一成不变的孀居生活。在过去的二十几年里，新旧世界的故人，几乎从无往来，是下一代叛逆的犹太浪子朱利安的巴黎旅居行为将他们又联系在一起。因为马文拜托利奥在好莱坞为子寻差，玛格丽特获悉了利奥的地址，告诉了碧伊。碧伊的加州之行，使她最终认清中年一代犹太人之间彼此嫌恶和疏离的关系，尤其是彻底断绝了她对前夫利奥的念想。回到纽约后的碧伊，决定"改变自己的生活"①。她首先处理掉利奥的钢琴，消除了笼罩在她心头二十四年的利奥的阴影，开始谋划自己的新生活。这样的情节安排也使小说与詹姆斯的《使节》呈现出某种形式的反讽性对应。《使节》的男主人公斯特瑞在接受欧洲异域文化的影响后回到美国，但是清算了与纽瑟姆夫人（Mrs. Newsome）的婚姻契约。

　　除了主人公外，小说中的其他人物也都有各自不同的旅行故事，他们与主人公的旅行互为因果，相辅相成，共同推动情节的发展。同时，众多人物的旅行叙事也为小说带来行进中的多个视角，有助于小说家多层次解析人物所在的家庭与社会。朱利安几乎是小说所有旅行的最终原因，姑妈碧伊、妹妹爱丽丝、父亲马文、母亲玛格丽特都因他而动。朱利安的巴黎自我放逐引发了碧伊的两次奉使旅行巴黎，促成了爱丽丝的纽约信使之旅和巴黎逃离之旅。他计划回归美国的消息导致马文横穿美国，到纽约阻止他带领犹太裔妻子回家；同时，朱利安回国的消息也经碧伊之口传到在洛杉矶温泉进行治疗的玛格丽特那里："我相信你听到这个来自巴黎的消息将会很高兴。朱利安要回家了，他的妻子莉莉将陪伴他回国。"② 接到这个

---

① Cynthia Ozick, *Foreign Bodies*, p. 135.

② Cynthia Ozick, *Foreign Bodies*, p. 184.

消息，玛格丽特逃离温泉疗养中心，回家迎接儿子。遗憾的是，她的旅行很短暂，出门不久，就被撞死在南加利福尼亚的马路上。这些旅行叙事交织在一起，将一个犹太家庭的矛盾纠葛尽数抖落，把美国与欧洲、加州与纽约两个不同层次的新旧世界对立统一起来。

朱利安在巴黎逗留三年，居无定所，在事业方面也一事无成。他曾与同伴阿尔弗莱德在凌晨三点的巴黎大街上咆哮，也曾在旅居巴黎的美国人创办的刊物《梅林》（Merlin）上发表关于人类存在的讽刺性文章。但是他的才情不高，好友阿尔弗莱德的自杀也使他无法继续写作。在这样落寞的状态下，朱利安遇到比自己大十几岁的罗马尼亚籍犹太难民莉莉。莉莉在"二战"期间失去了丈夫和孩子，为寻找战争中失散的叔叔，辗转流落到巴黎。她的旅行历经充满了生死的考量，胳膊上还带着欧洲大屠杀时留下的伤疤。旅居巴黎期间，莉莉为难民局工作，她的任务是找出那些不符合难民资格的犹太人，以便让当局将他们遣送回去。作为一个饱受战争创伤的犹太女性，莉莉深知犹太难民的痛苦，因此对那些不符合难民资格的犹太人申请巴黎旅居资格审查得并不严格。就是这位饱经战争创伤的莉莉接受了落寞的朱利安，在人性荒漠的巴黎给予他母亲和妻子的双重之爱，也使他认识到大屠杀的死亡痛苦和犹太性的重要性。朱利安的精神变化，通过爱丽丝的视角表现了出来。"爱丽丝明显地看到，她的弟弟已经变了；他正在一点一点地变成另外一个朱利安……他娶了一个女人，使他了解了什么是死亡。"[1] 大屠杀是犹太人的集体梦魇，谈论大屠杀对于犹太人来说既是一种痛苦的重温，又可以唤起他们对于犹太身份的意识。在妻子莉莉的影响下，朱利安开始拿起《圣经》，"狂热地抄写弥撒曲"[2]，直至"在思想中入了教"[3]。朱利安甚至答应跟莉莉一起到以色列旅行，这一计划中的旅行暗示着朱利安对犹太身份的彻底回归。虽然他们的以色列之行最终改成到美国的得克萨斯州定居，这对于皈依犹太身份的朱利安来说，仍然像上帝给予摩西的新世界。正是这位旅居巴黎的大屠杀幸存者，完成了碧伊所无法完成的说服侄子回国的使命。然而，盼望儿子回国的马文此时却要尽力阻止儿子回国，因为他无法接受一个旧世界的犹太难民做他的儿媳，甚至不能接受一个娶了旧犹太人的儿子。因此，当他知道朱利安将携妻前往纽约、将在碧伊那里暂住的消息时，终于按捺不住。他不辞劳顿，

---

① Cynthia Ozick, *Foreign Bodies*, p. 129.

② Cynthia Ozick, *Foreign Bodies*, p. 134.

③ Cynthia Ozick, *Foreign Bodies*, p. 209.

亲自出马，颠簸十个小时，中途转机两次，辗转三千英里，从洛杉矶到纽约，专程阻止儿子回国。

爱丽丝出场的身份同碧伊一样，也是马文派出的使者。在碧伊初次寻访朱利安不遇后，马文第二次遣使救子的第一步就是派爱丽丝飞往纽约，给碧伊讲述她所了解的弟弟。爱丽丝凭借这个差遣，明修栈道暗度陈仓，机智地飞往巴黎。她的目的和弟弟一致，都是反抗父亲的权威。加州—纽约—巴黎之旅，是她第一次打破父亲的安排，尝到叛逆的兴奋。遗憾的是，在巴黎，爱丽丝成为菲利普·蒙塔尔巴诺医生手下不拿工资的助手，她的美国高等学府的专业知识被用来蒙骗迷信偏方的病人，她甚至甘愿被菲利普诱奸，成为他的情人，安心滞留巴黎。爱丽丝在反抗父亲马文权威的同时，也失去了犹太人的传统。正是母亲玛格丽特的死讯召唤她回家，使她意识到自己在巴黎的放荡生活。最后她决定返回美国，重新回到父亲的身边，做一个乖乖女。

总之，虽然《异物》以互文性的方式反写了亨利·詹姆斯《使节》的巴黎之旅，但奥奇克本意并不在于刻意模仿自己的文学导师，而是要通过女主人公碧伊和其他人物的国内外旅行的叙事丰富《使节》中的叙事能量。通过再现主人公和其他人物的国内外旅行，奥奇克表现了犹太家庭内部犹太性的离散和重建。以碧伊和莉莉为代表的犹太女性在维护自身独立性的同时，企图重构被物质主义消解的犹太性。

第六节　小结

犹太民族的迁徙和流散文化与美国主流文化中旅行情结的契合，使得处于兴盛时期的美国犹太小说具有鲜明的旅行叙事或道路小说的特征。以J. D. 塞林格、索尔·贝娄和辛西亚·奥奇克为代表的美国犹太作家，在美国国内外有过广泛的旅行经历，这些旅行经历作为文学发生学的第一手资源，以直接或间接的形式反映在他们的小说创作之中，尤其是以《麦田里的守望者》《奥吉·马奇历险记》和《异物》为代表的经典小说中。在这些美国犹太作家的小说中，虽然犹太历史中的流散和奥斯威辛大屠杀记忆仍然隐隐存在，但是作家们更多关注的是当代美国犹太人在美国白人的文化压抑下的生存境况。塞林格多关注美国犹太少年的叛逆和逃避，贝娄多关注犹太青年和中年人的求索和历险，奥奇克多关注犹太女性的身份意识。从旅行区域来看，塞林格的小说的主人公多在美国本土旅行，贝娄和奥奇克的主人公的旅行轨迹遍及欧美两个大陆。尽管旅行的主人公的年龄、性别和旅行地域不尽相同，小说家们的旅行叙事所涉及的文化隐喻却基本相同。作品中旅行的主人公大都是犹太人或试图放弃犹太文化的半犹太人，他们踏上旅途的原因大多是逃避白人文化的压迫，反抗家庭内部犹太教的父权制权威，或者追求物质生活的享受。虽然他们最初都试图通过流浪和历险逃避他们所生活的学校、家庭和社区，但是他们最终都还是回归了他们的家园和社区。他们物理旅行意义上的回归隐喻着他们精神意义上的回归和升华，即回归犹太性，认清生活的本质，或获得身份的独立。这三位小说家作品中所体现的当代美国犹太人旅行和文化回归特征，在20世纪后期的美国犹太小说中仍然有所体现，例如菲利普·罗斯的《波特诺的诉怨》（*Portnoy's Complaint*，1969）、保罗·奥斯特（Paul Auster，1947—　）的《最后之物的国家》（*In The Country of the Last Things*，1987）等。

第九章　开放的旅行

——美国黑人小说中的旅行叙事

　　像美国犹太作家一样，美国黑人文学也是一个不易界定的概念。本章根据传统文学史的描述，将出身或移居在美国的黑人作家创作的关于黑人题材的作品通称为美国黑人文学，美国白人小说家或其他族裔小说家所写的关于黑人题材的作品则不在此列。美国黑人的祖先被运输贩卖到美国南方的经历，其痛苦不亚于美国始祖们的"五月花"号航行。因此，这段凄惨的历史成为美国黑人心头挥之不去的创伤，与废奴主义运动时期的"地下铁路"大逃亡和 20 世纪初的北方大迁徙运动结合起来，成为美国黑人文化的宝贵遗产。以理查德·赖特、拉尔夫·埃里森、托尼·莫里森等为代表的美国 20 世纪黑人小说家，继承黑人文学中的这种以迁徙和逃离为代表的旅行遗产，结合自身的旅行经历，创作出一系列旨在通过旅行表现美国黑人反抗白人种族、与白人种族认同，以及回归黑人社区等文化隐喻的作品。正如安尼萨·沃迪（Anissa J. Wardi）所言，"旅行主题是美国黑人文学表现传统的一个持续的隐喻。如果说美国白人文学经常聚焦于西部并将之作为一个前进和进步的场景的话，那么自从奴隶叙事以来的黑人文学则始终关注黑人从南方到北方的旅行"[1]。同时，火车和汽车等交通工具的出现，为黑人的旅行提供了极大的便利。借助于便利的交通工具，美国黑人的旅行就更具开放性，也更加多元化。比如，在总体上表现自南向北的旅行框架下，有些黑人的小说也表现主人公自北向南的反向旅行，罗伯特·斯特普托（Robert Stepto）将这种反向旅行看作一种"洗礼仪式"（ritual of immersion）。他指出："从根本上讲，洗礼叙事是对一种象征性南

---

① Anissa J. Wardi, "Divergent Paths to the South: Echoes of *Cane* in *Mama Day*", in Shirly A. Stave, ed., *Gloria Naylor: Strategy and Technique*, *Magic and Myth*, Newark, Delaware and London, England: Associated University Press, 2001, p. 47.

方仪式化的旅行表达，在那里，主人公寻求到一些部落文化，这些部落文化如果还没有消亡的话，能够减轻由种族隔离所带来的痛苦。"①

第一节　黑人文学与黑人小说家的旅行

美国黑人文学，或曰美国非裔文学（African-American literature），像美国犹太文学一样，是一种不易用三言两语进行界定的族裔文学范畴。杰拉尔德·厄尔利（Gerald Early），华盛顿大学研究美国文学的杰出教授，曾经以"什么是美国黑人文学"为题试图给这种族裔文学形式下一个完整的定义。但是，这篇文章只列举了美国黑人文学的文本表现，并没有给读者们提供一个关于"美国黑人文学"的字典性定义。肯尼斯·沃伦（Kenneth W. Warren）将非裔美国文学定义为黑人在既受制于美国吉姆·克鲁体制又对其进行反抗的状态下产生的具有批判性的作品，并且以这些条件为观测点考察20世纪前2/3的时间里美国黑人作家所创作的作品，由此给出一种强烈的文化暗示，即"美国非裔文学"已经过时。② 本章无意对"美国黑人文学"或"美国非裔文学"进行学理上的定义，而是根据传统的文学史书上的描述，将美国黑人文学或美国非裔文学限定在美国具有黑人血统的作家所创作的关于黑人题材的文学作品，并区别于美国白人作家所写的关于黑人题材的作品。自从1746年北美黑人奴隶露西·特里（Lucy Terry，1730—1821）创作出第一首反映北美非裔奴隶生活的诗歌以来，美国非裔文学便从早期的歌谣、奴隶逃亡自传发展到以戏剧、诗歌和小说作为主体的重要族裔文学分支。在美国非裔文学的形成过程中，哈莱姆文艺复兴是一个重要的标志性事件。美国学者德迪米特里斯·沃尔勒（Demetrice A. Worley）说过："从词义上看，复兴这个词的意思是新生。可是，又不是新生，哈莱姆文艺复兴实际上是非裔美国人形成美国非裔文化独特性的第一个机会。"③ 虽然美国黑人文学早已有之，但严格意义上的反映黑

① Robert Stepto, *From Behind the Veil: A Study of Afro-American Narrative*, Urbana: University of Illinois Press, 1991, p. 167.

② Kenneth W. Warren, *What Was African American Literature?* Cambridge, Massachussets and London, England: Harvard University Press, 2011, pp. 1 – 2.

③ Demetrice A. Worley and Jesse Perry Jr, eds., *African American Literature: An Anthology of Nonfiction, Fiction, Poetry and Drama*, Lincolnwood, Illinoise: National Textbook Company, 1993, p. xix.

人主题、具有黑人民族风格的文学在哈莱姆文艺复兴之前并没有出现。是哈莱姆文艺复兴运动，尤其是黑人学者柯兰·洛克（Alain Locke，1885—1964）发表的《新黑人：一种阐释》（The New Negro：An Interpretation）一书，极大地激发了黑人的民族自豪感，开垦了黑人意识和黑人文学的处女地，促进了黑人文学的空前繁荣。一大批有成就的黑人文学家，例如兰斯顿·休斯（Langston Hughes）、理查德·赖特、拉尔夫·埃里森、詹姆斯·鲍德温等，就是在这一时期出现的。"正是这批有着非裔传统的黑人作家使非裔美国黑人文化得以再生。他们不仅高度赞扬本民族文化，而且大大推广了黑人音乐、舞蹈和文学。新黑人为了寻找创作灵感而纷纷转向非洲和非裔美国黑人民间传说，并在寻找与种族一致的过程中开始探索自己种族遗产的根源。"[1]

在黑人尤其是美国黑人文化传统中，旅行经历是一种无法忽视的文化存在。历史上，美国黑人至少经历了三次大规模的旅行。第一次是群体迁徙性旅行，即美国黑人祖先们从遥远的非洲被白人奴隶主胁迫来到美国南方种植园，成为美国白人的奴隶，他们的旅行充满屈辱、无奈和痛苦。西瑞尔·詹姆斯（Cyril James）指出："保守判断约有 1500 万非洲人自大西洋彼岸贩卖至此，一些学者则给出了 5000 万的数字甚至更多。更重要的是在航行中的死亡率通常也是极高的，且有部分非洲人死于为了获取奴隶的劫掠和战争，而另有一部分则在等待贩卖和运输的过程中死亡。"[2] 第二次是美国黑人的个体逃离性旅行，试图逃离奴隶主的地狱般的种植园，寻找没有剥削和压迫的"自由州"。这一时期黑人寻找自由的旅行主要通过"地下铁路"的方式进行。由废奴主义者约翰·布朗（John Brown）等人发起的"地下铁路"并不只是运用火车的形式帮助黑人奴隶们逃亡，奴隶们也会使用轮船、马车乃至步行等方式。分布在 14 个州的"地下铁路"呈现复杂的网状结构，虽然条条路径不尽相同，但是最终都指向北方的自由州。正是因为"地下铁路"在美国黑人的第二次大旅行中起着决定性的作用，"火车作为一种象征不是 20 世纪美国非裔小说的无意识特点继承。20 世纪美国非裔小说家有意识地使用火车作为象征是因为火车在美国历史上的重要作用，对地下铁路的关注，对于传说中的黑人男女通过铁路得以相遇的神话了解的渴望，以及与火车、铁轨和现代地下铁路相联系的隐喻

---

[1] 杨金才：《新编美国文学史》第 3 卷，第 502 页。
[2] Cyril James, *A Turbulent Voyage*, Lanham：Rowman and Littlefield, 2000, p. 63.

的可能性"①。第三次仍然属于群体迁徙性旅行，即随着奴隶制的废除和北方工业文明的兴起，大批的黑人从南方迁移到北方，寻找工作和就业机会。1890 年到 1910 年，有一万多名黑人从南方迁徙到了北方。"大约在1915 年，非裔美国人的大迁徙（the Great Migration）浪潮出现。成千上万的非裔美国人怀着对美好生活的追求，长途跋涉走进城市。"② 在其后的10 年中，有 5 万名黑人从南方迁徙到北方，其中大部分是在 1914 年之后迁徙而来的。20 世纪美国人口布局一个重要的变动就是黑人大规模地从南方种植园迁徙到北方的城市。为了逃避种族歧视，寻求就业机会，几十年来美国南方的黑人持续不断地涌向纽约、费城、匹兹堡、克利夫兰和底特律等北方城市。对于那些来自密西西比河下游河谷的黑人迁徙者来说，最诱人的麦加圣地就是芝加哥。

火车、汽车等新兴交通工具的出现和普及，再次为美国黑人的旅行创造了便利条件，使他们能够跨越各个州县和城市，拥有更多的选择和去处。因此，罗伯特·巴特勒认为，"虽然美国人和非裔美国人的文学传统在许多重要方面截然不同，但是它们在想象运动（movement）方面却具有惊人的相似性。旅行母题在两种文学传统中同等重要，而且通常是没有固定目的的旅行"③。为此，巴特勒甚至将当代黑人文学中的旅行称为"开放的旅行"（open journey）。由于非裔美国文学作品大多取材于黑人被奴役的经历，因而作品中呈现较多的逃离者形象，即黑人奴隶通过逃离性旅行竭力摆脱南方种植园和奴隶主的压迫。菲利斯·克洛特曼（Phyllis Rauch Klotman）认为，黑人奴隶叙事中的逃离者，是从束缚中逃向自由，是通过逃离确认身份，追求被否定的人性。因此，在非裔美国文学中，黑人逃离者是英雄式的人物，因为他们代表着历经磨难却依然向往自由的黑人精神。④ 在 20 世纪，随着废奴运动和奴隶制的废除，奴隶叙事不再局限于描述奴隶的逃离，而更多关注黑人奴隶的后裔在南北地区的旅行和人生境遇的变化。尽管对于黑人自由的公开禁锢已经废除，黑人们在旅途中仍会遇到比白人旅行者更多的困难。因此，非裔美国黑人从被迫旅行到主动出发的转变，既反映了他们悲惨的民族命运，又折射出他们锲而不舍追求新生

---

① Darcy Zabel, *The Underground Railroad in African American Literature*, New York: Peter Lang, 2004, p. 6.

② 庞好农:《非裔美国文学史》，中央编译出版社 2013 年版，第 137 页。

③ Robert Butler, *Contemporary African American Fiction: The Open Journey*, p. 11.

④ Phyllis Rauch Klotman, *Another Man Gone: The Black Runner in Contemporary Afro-American Literature*, John E. Becker, ed., London: Kennikat Press, 1977, pp. 10–20.

的愿望。为了深刻反映黑人旅行与文学表征之间的关系，本章以理查德·赖特、拉尔夫·埃里森和托尼·莫里森三位代表作家作为对象，探讨他们的旅行经历与他们的文学创作之间的关系，以及他们作品中各自不同的旅行叙事和文化隐喻。

理查德·赖特于 1908 年 9 月 4 日出生在美国密西西比州一个黑人家庭，自幼生活在贫穷的社区，辗转于孤儿院和乡邻之间，过着寄人篱下的生活。在充满敌意的环境中长大的赖特，深感自己作为受歧视的黑人、"弃儿"和"局外人"的身份，对白人世界怀着又恨又怕的反常心理。因此，赖特所生活的南方，"不仅是剥夺他经济机会和社会发展的自然陷阱，还是一个威胁他灵魂的但丁式地狱"①。逃离这个地狱般的南方环境，成为幼年的赖特的第一个人生目标。早年的赖特不断地在密西西比河、阿肯色和田纳西州之间奔波，因为他的父母要寻找保证能够安身立命的工作。1911 年，他的父亲内森·赖特（Nathan Wright）将家迁到田纳西州的孟菲斯市，在一家商店找到一份搬运工的工作。临行前，赖特的母亲埃拉（Ella）告诉年幼的赖特，他们会坐轮船"凯特·亚当斯"号，沿着密西西比河旅行。母亲告诉孩子，那是一艘大轮船。然而，当赖特看到"凯特·亚当斯"号轮船只不过是一艘脏兮兮的小船而且跟他所想象的金光闪闪的大船相距甚远时，他不禁大哭起来。1912 年，父亲赖特抛弃妻子和孩子，不知去向。不久，母亲埃拉也疾病缠身，年幼的赖特无人照顾，曾一度被寄养到孟菲斯市的一家孤儿院。在赖特 8 岁的时候，他的外祖母玛格丽特·威尔逊（Margaret Wilson）在孟菲斯市找到这一家人，并把他们带到位于密西西比州杰克逊市的家。在以后的几年里，小赖特跟他的母亲和兄弟们，就住在不同的地方，有时候跟他的姨妈麦琪（Aunt Maggie）住在阿肯色州的埃廉市，有时候又住在阿肯色州的西海伦娜市。在乘火车旅行的时候，赖特意识到了种族差别。在火车站，赖特注意到买票窗口有两道线将黑人和白人分开。在火车上，赖特意识到他坐的车厢里只有黑人乘客，而其他车厢里则是白人乘客。在赖特的幼年时代，正是以种族歧视和隔离为目的的《吉姆·克劳法》在美国南方大行其道的时候。这一法案将黑人与美国白人彻底隔离开来，剥夺了黑人在教育、就业、交通、种族婚姻等方面应与白人一样享受的权利。赖特亲身体验并目睹了南方种族主义的恐怖，这种恐怖在他幼小的心中留下了不可磨灭的印象。例如，有一个叫雷

---

① Jerry W. Ward and Robert J. Butler, *The Richard Wright Encyclopedia*, Santa Barbara, California：ABC-CLIO, 2008, p. 2.

伊·罗滨逊（Ray Robinson）的黑人青年，由于声称与一位白人妓女发生过关系，白人种族主义者便抓住这位黑人青年并将之生生阉割。在杰克逊市的时候，赖特曾经给一个白人家庭打杂。有一天他给这家白人的女儿屋中送炭火，无意中瞥见这位白人女孩裸体的情景。赖特极为恐惧，担心会遭受像那位叫雷伊·罗滨逊的黑人的厄运。正如许多评论家和传记作家所指出的那样，"赖特的南方经历在他的个性形成中占据核心地位，尽管他成年后广泛地旅行并在南方之外的许多地方居住过，但他始终无法摆脱隔离、恐惧和愤怒，这是种族隔离的南方在他孩提和青年时代给他留下的阴影"①。

　　1925 年秋，赖特离开密西西比州，再次来到田纳西州的孟菲斯市。为了养家糊口，赖特做过洗碗工、派送员、搬运工等各种各样的工作。孟菲斯市的经历在赖特的人生中是一个转折点，因为正是在这个城市，17 岁的赖特获得了在公共图书馆读书的机会。H. L. 门肯（Henry Louis Mencken）对美国南方的辛辣批评尤其引起了赖特的兴趣，阅读现代文学作品是他实现自我教育的主要途径。然而，"尽管孟菲斯市为赖特提供了密西西比州所不具备的成长可能性，它毕竟还是一个南方城市，在法律上仍然推行种族隔离政策。于是，赖特决定离开它，到北方追求一种更好的生活"②。在 1927 年 11 月，当密西西比河流域遭遇百年不遇的洪水的时候，赖特带领他的家人离开孟菲斯市，乘火车前往北方重要城市芝加哥。"当火车穿过俄亥俄河的时候，天已经黑了。赖特一直在想象河水像水银一样在闪耀。当他的祖父母年轻的时候，这条河曾经是奴隶制和自由之间的分界线。奴隶制结束 62 年来，南方黑人仍然把这条河看作通向自由的入门。当火车从河上的大桥穿过的时候，赖特仍然能听到他的先祖们跪地祈祷的声音。"③ 赖特的这次北方之行，伴随着黑人大迁徙进行。早在第一次世界大战初期，就有 5 万多黑人离开他们祖祖辈辈生活的南方，流入北方城市芝加哥。这股黑人移民潮一直延续到 20 世纪 30 年代。像南方的许多黑人一样，赖特曾长期对芝加哥抱有幻想，以为那里是没有奴隶压迫、平等自由的乐园。但是，真正来到这个城市后，赖特发现黑人的处境比在南方好不到哪里。来到芝加哥后，赖特一家也只能生活在城市南部的贫民窟。尽管如此，在赖特的心中芝加哥仍然是一个暧昧和矛盾的城市，既具有现代都

　　①　Jerry W. Ward and Robert J. Butler, *The Richard Wright Encyclopedia*, p. 3.
　　②　Jerry W. Ward and Robert J. Butler, *The Richard Wright Encyclopedia*, p. 4.
　　③　Hazel Rowley, *Richard Wright: The Life and Times*, Chicago: University of Chicago Press, 2008, p. 50.

市的机械冰冷，又是一个充满现代生机的地方。虽然赖特跟他的母亲和兄长居住在拥挤的、肮脏的贫民窟里，干过挖沟员、医院护理、洗碗工等许多低端工作，但是他也得到了在南方所无法得到的发展机遇，尤其是对于他的文学创作来说。1960年，在赖特去世的前一年，他曾经接受过法国一家媒体的采访，声称"在他的一生中，再没有另外一件事情能像从南方到北方的旅行那样艰难和具有创伤性。然而，他只是1916年到1928年的大迁徙（Great Migration）过程中从南方到北方的1200万南方黑人中的一员。火车在一夜之间，将他们从半封建的南方乡村带到现代资本主义的钢铁和岩石的城市"①。正是在芝加哥，赖特结识了一位名叫阿比·亚伦（Abe Aaron）的邮政工人，并经后者介绍加入左派和共产主义组织——约翰·里德俱乐部芝加哥分部。加入约翰·里德俱乐部，"是赖特人生中的一次重大的发展，它结束了赖特多年来的孤立状态，使他能够和一群具有类似思想的作家和组织者们进行交往。约翰·里德俱乐部使赖特平生第一次进入一个组织，这个组织欢迎他作为一个黑人加入，让他置身于不同种族和社会背景的人员之中，这些人认同赖特的社会观，也鼓励他进行写作"②。

　　1937年，赖特放弃了他在芝加哥邮政局的稳定工作，怀揣40美元，到美国最大的城市纽约谋求发展。"赖特坐汽车到纽约旅行，还一度跟朋友们一起搭便车。"③初到纽约，赖特留宿在朋友们那里，直到在哈莱姆找到一个廉价的住处。在哈莱姆，赖特成为一份名为《工人日报》（The Daily Worker）的共产主义刊物编辑。这份工作加深了他对城市黑人生活的了解，为他成为一个具有政治倾向性的作家提供了许多机会。不过20世纪40年代的纽约仍然是一个种族关系比较紧张的城市，种族隔离也并没有完全消除。在哈莱姆，要找一家为黑人提供住宿的宾馆很难。有一次，赖特看到一家外观还不错的宾馆，有黑人进进出出。他斗胆走进去，发现柜台值班的是一位白人。犹豫了一下后，赖特对白人服务生说："给我安排一个房间。"白人服务生看了他一眼，说道："没有房间。"虽然居住在格林威治村，赖特理发的时候还是必须到哈莱姆，因为白人理发师不愿意为黑人服务。尽管如此，赖特在纽约仍然找到了自己的幸福。作为一个黑人作家，赖特居然能够娶到一位白人女子为妻。该女子名叫埃伦·波普拉（Ellen Poplar），是一名共产党员。为了防止他的家人受到白人种族主义者的

①　Hazel Rowley, *Richard Wright*: *The Life and Times*, p. 52.

②　Jerry W. Ward and Robert J. Butler, *The Richard Wright Encyclopedia*, p. 5.

③　Debbie Levy, *Richard Wright*: *A Biography*, Minneapolis: Twenty-First Century Books, 2008, p. 64.

袭扰，也因为他与纽约的共产党组织意见不合，赖特决定将他们的家迁到欧洲的法国。因此，自 1946 年起，赖特携家人离开美国，永久性地到法国旅居。在法国的前 5 年时间为赖特提供了极好的开阔视野的机会，因为在此期间，赖特有机会系统阅读克尔凯郭尔（Kierkegaard）、海德格尔、加缪、萨特（Satre）等哲学家的著作。

在旅居法国期间，赖特还经常到欧洲、亚洲及非洲诸国去旅行。"通过不断的地理上的漫游，赖特到过许多国家和地区，例如西班牙、印度尼西亚、阿根廷及非洲的黄金海岸。然而，不管他走到哪里，他最终都会不可避免地回到美国的种族问题上，那是他在青少年时期就形成的。"① 然而，赖特对美国黑人种族问题的完全认知，是在他走遍世界各地，尤其是到那些"野蛮"和"异教"之地旅行之后。正如哈罗德·麦卡锡（Harold T. McCarthy）所言，赖特的旅行分为两部分，童年时国内的颠沛流离和中年时代国外的流放。自童年时候起，赖特就离开密西西比州纳切兹市的窝棚，开始漫长的迁徙，来到芝加哥和纽约，成为这些城市的"局外人"。离开美国之后，赖特先后到过非洲、印度尼西亚和西班牙等地，在那些"野蛮"和"异教"之地，赖特找到了"家"，认识到作为黑人的意义。② 约翰·格路埃瑟（John C. Gruesser）也认为，赖特只是在旅行到西非国家之后才把自己和非洲联系起来，探寻到一个新的生存方式。③

1913 年 3 月 1 日，拉尔夫·埃里森出生于俄克拉荷马州俄克拉荷马城一个黑人家庭。为了让孩子能够接受一点教育，父亲刘易斯·埃里森（Lewis Ellison）给儿子起名拉尔夫·沃尔多·埃里森，与美国超验主义思想家爱默生的名字仅有两个字母之差。由于父亲的早逝，埃里森一家总是过着朝不保夕的生活。接受爱默生式的教育，对于年幼的埃里森来说，只能是一种奢望。1921 年，为了能让孩子们过上幸福的生活，埃里森的母亲埃达（Ida）决定举家迁徙到印第安纳州的工业重镇加里市。年幼的埃里森起初并不想离开俄克拉荷马城这个穷家，直至母亲给他许诺这次举家北迁能坐火车旅行。然而，埃里森一家并没有在加里市待多久。钢铁产业中的一场突如其来的危机使埃达的兄长丢了饭碗，而埃达也无法找到工作，

① Russell Carl Brignano, *Richard Wright: An Introduction to the Man and His Works*, Pitsburg: University of Pitsburg Press, 1970, p. 3.

② Harold T. McCarthy, "Richard Wright: The Expatriate as Native Son", *American Literature*, Vol. 44, No. 1, 1972, pp. 97 – 98.

③ John C. Gruesser, "Afro-American Travel Literature and Africanist Discourse", *African American Review*, Vol. 24, No. 1, Spring 1990, p. 12.

一家人只能靠捡拾虫蚀的豆子、过期的牛奶和面包为生。在这种困境下，埃达又思忖着带领孩子回归他们在俄克拉荷马城的老家。可是，身无分文的母亲怎么带领孩子回家呢？

　　一天，一辆配有专用司机的旅行车来到加里市，愿意搭载他们回俄克拉荷马城，这在埃达一家看来简直不可思议。原来，车主是库克夫妇，俄克拉荷马城比较富裕的黑人。他们拥有一辆房车，每年都会开着它在俄克拉荷马州及其周边的地方旅行。在到芝加哥走亲串友期间，库克夫妇来到加里市，提出愿意捎带埃达一家人回俄克拉荷马城。这次落魄的旅行经历给年幼的埃里森留下了深刻的印象。40年后，埃里森还写信对孀居的库克夫人表示感谢："那是我一生中最重要的旅行之一，因为天知道如果我们继续留在加里城将会发生什么变故。"① 他们的这次回归之旅有几分超现实主义的色彩。他们一路上既行驶在平坦的公路上，又行驶在脏兮兮的土路上，这些土路误将他们引入偏僻的乡村，在那里他们穿越危险的河流、桥梁，以及马拉的摆渡。"下了高山就是平原，"埃里森后来回忆到，他看到"一棵死亡的、树皮脱落的白树矗立在河岸上，上面爬满了蛇，逃避上涨的河水。空气中有一股死亡的味道，秃鹫在天空盘旋"②。直到他们来到俄克拉荷马州的图尔萨市，这种死亡味道才逐渐消失。

　　从印第安纳州的加里回到故乡俄克拉荷马城后，埃里森受当地黑人社区的影响，逐渐喜欢上了音乐，对各种乐器都很熟悉，而且还能用铜管乐器、小号等弹奏黑人爵士乐、布鲁斯音乐甚至军乐。在俄克拉荷马市道格拉斯黑人高中毕业时，埃里森获得了州政府的助学金，决定到亚拉巴马州塔斯基基学院进行音乐深造。要实现这一愿望，埃里森首先必须面临从俄克拉荷马到亚拉巴马之间的旅行挑战。此时，埃里森收到来自塔斯基基学院的一封信，要求他在6月的某一天来到塔斯基基，担任学院的小号演奏师。埃里森用打零工的微薄收入购买了一件新乐器和一件新衣服后，所剩无几的钱就无法支付他的旅行费用了。尽管如此，埃里森仍然执意前往。20世纪30年代，美国陷入百年不遇的经济危机。为了生存，大批的失业工人不得不加入流浪队伍，沿着铁轨一路从南方旅行到北方。穿着新买的服装，鞋里塞了点零花钱，埃里森与其他黑人一起上路了，或沿着铁路行走或乘坐火车。最初几天的旅行还算顺利，但是当他乘坐的L&N号列车行驶到距塔斯基基市以北200英里的迪凯特市的时候，埃里森和他的流浪汉

① Arnold Rampersad, *Ralph Ellison: A Biography*, New York: Vintage Books, 2008, p. 21.

② Arnold Rampersad, *Ralph Ellison: A Biography*, p. 21.

同伴们开始紧张了。早在两年前，有 9 位黑人男孩曾经从一列开往田纳西州查特奴加市的列车上被揪下来。这 9 名黑人男孩的年龄在 12 岁到 20 岁，彼此素不相识。由于被指控在火车上强奸和殴打两名白人女孩，这 9 个黑人男孩被带到位于亚拉巴马州斯科茨伯勒市的杰克逊国家监狱，愤怒的白人聚集在监狱门口，扬言要对他们施加私刑。法官进行了草率的审判，除了一名 12 岁的黑人男孩外，其他 8 名均被判处死刑。来到这样一个种族对抗极其严重的地方，埃里森不由得紧张起来。在亚拉巴马州的迪凯特市，埃里森被铁路侦探发现，被强令与四五十个流浪者沿着铁路站成一排。埃里森极为恐惧，担心会遭遇与"斯科茨伯勒男孩们"相同的命运。当其他流浪汉挣脱羁绊逃跑的时候，埃里森也跟着四散逃命。尽管在逃亡的过程中毫发未损，埃里森还是对这次旅行中的插曲记忆犹新。在以后的岁月里，他都会在梦中重温这次在火车站遭遇羁押的噩梦。在 1937 年写的第一部小说中，埃里森有意识地表现了铁路侦探的凶恶特性，他们用枪托殴打流浪的黑人。"埃里森用了将近一周的时间，才从俄克拉荷马州到达亚拉巴马州的塔斯基基市，在那里他很快得知他已经进入了一个完全不同的世界。"[1]

塔斯基基学院由美国黑人运动领袖布克·T. 华盛顿（Booker T. Washington）在 1891 年创建，最初只是一所旨在培养年轻美国黑人的贸易学校。华盛顿强烈反对美国黑人大规模地从南方迁徙到北方，而是鼓励他们要安于南方的现状，服从美国南方白人的统治。华盛顿的理念受到美国白人股东的支持，但是受到激进的黑人运动领袖的批判。因此，塔斯基基学院虽然由黑人领袖创建，但是并非一所为黑人谋利益的学校。"当拉尔夫·埃里森 1933 年来到学院的时候，这里的课程体系虽然发生了很大的变化，但是对于黑人入学的限制仍然深深地嵌入师生们的意识形态之中。"[2] 好在学院的图书馆并不是一个意识形态浓厚的地方，在这里埃里森可以接触到许多教室里不容易看到的书籍。一个偶然的机会，喜欢黑人爵士乐的埃里森也喜欢上了美国现代诗人 T. S. 艾略特的《荒原》。"《荒原》与黑人爵士乐的即兴创作之间的联系很明显，两者都是对'一战'期间和之后的变态压力的反应。"[3] "对于《荒原》的喜爱促使他去查找诗后的脚

①　Norma Jean Lutz, "Biography of Ralph Ellison", in Harold Bloom, ed., *Ralph Ellison*, New York: Infobase Publishing, 2009, p. 22.

②　Norma Jean Lutz, "Biography of Ralph Ellison", p. 22.

③　Arnold Rampersad, *Ralph Ellison: A Biography*, p. 77.

注，这进一步引导他去学习诗歌和小说的创作技巧。"① 循着艾略特的足迹，埃里森阅读了尤金·奥尼尔、格鲁特·斯泰因、詹姆斯·乔伊斯等现代派作家的作品。埃里森不断地光顾图书馆引起了图书馆馆长沃尔特·威廉姆斯（Walter Williams）的注意，这位学院的高才生鼓励埃里森阅读文学书籍，并为今后文学创作做准备。

1934 年春天，在两个朋友的陪同下，埃里森跟威廉姆斯开车到南方位于墨西哥湾的彭萨科拉市旅行。他们在赤日炎炎的佛罗里达海滩度过了三天的美好时光。在给母亲埃达的信中，埃里森写道："你想象不到，我现在变得更黑了。"② 一个黑人孩子说自己变得更"黑"，其言下之意，是说通过这次南方之行，他更加意识到自己的黑人身份。同时，通过这次旅行，埃里森意识到尽管作为一个黑人，他也仍然能够与白人建立友谊。"他也知道，尽管在人生中他们的位置不同，他跟沃尔特已经走得很近了，远非别人所认为的应该保持的距离。"③ 当 1934—1935 学年开始的时候，埃里森已经是大二的学生，而且也是学院学生乐队的领袖，这使他获得了更多的机会进行旅行并参加各种文娱活动。比如，在随乐队到芝加哥演出的时候，他第一次观看了歌剧表演。他跟威廉姆斯还去了亚拉巴马州蒙哥马利县，参观在那里举行的"意大利绘画展"。同年 11 月 16 日，埃里森来到费城，观摩费城管弦乐队表演，其中黑人作曲家威廉·道森（William L. Dawson）的《尼格罗交响曲》（"Negro Folk Symphony"）尤其引起黑人听众的共鸣，也激起埃里森内心出人头地的欲望。

1936 年夏天，埃里森离开阿拉巴马，前去纽约旅行，希望挣点学费后再在那年秋天回到塔斯基基学院。然而，埃里森的这次纽约之行既没有挣到钱，也最终没有回到阿拉巴马的塔斯基基学院。相反，他留在了号称美国黑人文化之都的哈莱姆。正是在哈莱姆，埃里森有幸见到了美国黑人诗人、剧作家和专栏作家兰斯顿·休斯。休斯对年轻的艺术家非常慷慨，他不仅把自己的书送给埃里森，而且还给了这位小伙子一些人生忠告。通过休斯，埃里森还结识了一些具有共产主义倾向的黑人作家，尤其是理查德·赖特。在赖特的建议下，埃里森开始为《新挑战》（New Challenge）杂志撰写短篇小说。埃里森所写的第一篇短篇小说，利用的就是扒货车题材。在赖特的帮助下，埃里森于 1938 年加入"纽约作家"组织，并在马

---

① Norma Jean Lutz, "Biography of Ralph Ellison", in Harold Bloom, ed., *Ralph Ellison*, New York: Infobase Publishing, 2009, p. 23.

② Arnold Rampersad, *Ralph Ellison: A Biography*, p. 65.

③ Arnold Rampersad, *Ralph Ellison: A Biography*, p. 65.

克思主义理论的影响下，发表了一些旨在鼓励黑人为全人类利益而奋斗的书评性文章。同年，埃里森还与一位名叫罗斯·波因德克斯塔（Rosa Poindexter）的黑人女演员结了婚。不过，由于与一位白人女作家产生了婚外恋，埃里森与罗斯的婚姻很快就走到尽头。在与妻子罗斯婚姻破裂的同时，埃里森也与以赖特为代表的美国共产主义作家产生了裂痕。埃里森认为，美国共产党过于强调全人类的进步而忽略美国黑人的现实需求，因而势必要走向衰落。受到美国共产党的排斥和与妻子分手的双重压力，埃里森在美国商船上谋得一个二等厨师的工作，借机乘船赴欧洲旅行。

不像赖特、鲍德温等其他黑人作家，埃里森并没有将国外旅行视为黑人所认为的一种自由的生活。在欧洲旅居一年后，埃里森于1945年回到哈莱姆，决心在文学和社会工作方面实现自己的抱负。同年，由于身体原因，埃里森到佛蒙特州威斯特菲尔德地区一个朋友的庄园度假。一天早晨，在田间散步的时候，埃里森突发奇想，写道：“我是一个看不见的人。”借以表现美国黑人的处境。开始的时候他想摒弃这个观念，但是很快就为这一念头着了迷，成为他创作小说《看不见的人》的最初动因。《看不见的人》于1952年出版，在国内外引起巨大的反响，使埃里森一举成名。成名后的埃里森受到欧洲文学界的邀请，正式以作家的身份赴欧洲旅行。“1954年夏天，埃里森到欧洲旅行和讲演。他的旅行行踪终止于巴黎，与移居在巴黎的美国人相处了几周，这些人都读过他的书，也对他的书感兴趣。”①

直到1994年去世，埃里森的创作生涯始终与旅行分不开。旅行的意义对于埃里森已经不仅仅是出于生存的目的，更被赋予神话的意义。正如埃里森在访谈录中所说的那样，“在我的书中，这种东西已经与西方神话中的黑暗和光明联系在一起。邪恶和善良，无知和智慧等。在我的小说中，叙述者的发展就是从黑暗到光明、从无知到启蒙、从看不见到看得见的过程。他离开南方，进入北方，这一点在阅读黑人民间故事时你会注意到，始终是通向自由的道路——一种向上的运动”②。

托尼·莫里森于1931年2月出生于俄亥俄州的洛雷恩市，当时的名字是克罗伊·沃夫德（Chloe Wofford）。她的家族在大迁移时期从美国南方迁徙到北方。她的外祖父母威利斯一家来自亚拉巴马州，她的外祖母带着7

① Alfred Chester and Vilma Howard, “The Art of Fiction, an Interview”, in Ralph Ellison, *Conversations with Ralph Ellison*, Jackson: University Press of Mississippi, 1995, p. 6.

② Alfred Chester and Vilma Howard, “The Art of Fiction, an Interview”, pp. 11 – 12.

个孩子和 18 美元，踏上北去的火车；而她的外祖父则从亚拉巴马州的伯明翰市悄悄启程，跟妻子在北方团聚。莫里森的祖父和祖母则来自佐治亚州。在谈到她的家族的迁徙史时，莫里森说道："我母亲、我祖母和她的母亲能做那种事情，但是对于我来说太可怕了。抱起孩子，在黑夜漫游，逃离南方，住在底特律，既不会读也不会写，居然能在大城市生活下来并养活孩子。"① 在莫里森出生的那一年，洛雷恩市已经成为一个人口高度密集的城市，到处都是来自欧洲、墨西哥和美国南方各州的移民。即使生活在洛雷恩市，莫里森一家也经常因为付不起房租而不断地在这个城市内部迁徙。在莫里森的童年时代，他们一家总共搬迁过 6 个地方。有一次，当一家人支付不起 4 美元的月租的时候，房东居然放火焚烧他们的家。莫里森一家对此付之一笑，又搬迁到另一处地方。

莫里森的母亲拉玛（Ramah）拥有高中学历，深知教育的重要性，想尽一切办法供应女儿上高中、读大学。1949 年，莫里森首次离开家乡，到位于华盛顿哥伦比亚特区的霍华德大学攻读英美文学。在大学期间，莫里森曾经有机会随大学的戏剧社到南方旅行和巡回演出，感受到同族人的温暖，接触到更多的黑人历史和文化。1955 年，莫里森从霍华德大学毕业，前去位于纽约州伊萨克市的康奈尔大学攻读硕士学位，这是莫里森的第二次求学之旅。从康奈尔大学获得硕士学位后，莫里森回到南方，在位于休斯敦的得克萨斯南方大学任教。在这所完全属于黑人的大学里，莫里森开始形成某种政治意识，这种意识她在霍华德大学做学生时没有体验过。莫里森在休斯敦旅居两年，1957 年她离开那里，重返华盛顿哥伦比亚特区。"1957 年，莫里森回到霍华德大学，这次是为了任教。她一直在那里任教，直到 1964 年与牙买加建筑师哈罗德·莫里森（Harold Morrison）结婚生子。"② 虽然此时霍华德大学里的黑人民权运动搞得如火如荼，但是莫里森并没有介入。

由于与丈夫之间的文化差异，莫里森的婚姻并不幸福。1964 年，在怀着第二个孩子的时候，莫里森决定到欧洲旅行，直到年底才回到美国，然后马上回到她在俄亥俄州洛雷恩市的家，与父母住在一起。此行一是为了照看她的两个孩子，二是为了与丈夫离婚。尽管母亲为她的行踪不定而担忧，莫里森还是于 1965 年离开家乡，在纽约州的雪城谋得一份教科书编

---

① Judith Wilson, "Conversations with Toni Morrison" in Danille Talor Guthrie, ed., *Conversations with Toni Morrison*, Jackson: University Press of Mississippi, 1994, p. 131.

② L. Wangner Martin, *Toni Morrison, a Literary Life*, New Yok: Springer, 2015, p. 7.

辑的职位，遂带着孩子移居纽约州。在雪城，莫里森很快结交上许多朋友，大部分都是女性。在雪城担任教科书编辑一职时，莫里森还忙里偷闲地从事小说创作，她的第一部成名作就是在雪城创作出来的。1967 年，由于工作中的出色表现，莫里森被提拔到纽约兰登书屋的高级编辑一职，这是美国历史上第一次由黑人女性担任这一著名出版机构的高级编辑要职。为此，莫里森离开纽约州的雪城，来到世界大都市纽约。在兰登书屋做高级编辑的同时，莫里森还于 1971 年在纽约州立大学帕切斯分校谋得一个教职。这似乎成为成名后的莫里森在各个大学任职和做讲座的第一站。此后，莫里森先后奔波于耶鲁、巴德、哈佛、鲁特格斯、三一学院、剑桥、纽约州立大学阿尔巴尼分校、加州大学伯克利分校、普林斯顿等美国和世界各地大学。比如在 1976 年，耶鲁大学就给予了莫里森一个客座讲师的职位。莫里森愉快地接受了，随后便在纽约和康州的纽黑文两地之间奔波，既做编辑，又搞教学。

第二节　旅行的发生学影响与黑人小说中的
　　　　旅行叙事概观

　　就文学创作而言，赖特早年在南方的旅行奔波经历对于他认识黑人问题具有重要意义，正如卡尔·布里格纳诺（Carl Brignano）所言，"赖特对南方敌对的白人文化的看法随着生活的阅历而加强，这可以从他早年和20世纪 20 年代中期在杰克逊市、密西西比和孟菲斯的求职经历的观察中得到证明。他开始观察黑人劳动力受剥削的方式"[1]。然而，从根本上影响赖特文学创作的是他 1927 年从南方到北方的旅行。"理查德·赖特离开美国南方、到世界各地的外向性旅行始于 1927 年，那一年他离开孟菲斯，到了芝加哥。尽管那时候他并没有意识到这一点，他所背负的最重要的行李却是他无法替代或失去的东西：皮肤的颜色。"[2] 赖特对于南方的逃离，被他本人视作一种追寻（quest），即对一种"我曾经是谁和我可能是谁"的身份的求索。然而，不管他旅行到哪里，也不管他怎样被激进工人组织或共产党组织接纳，他都始终忘记不了自己的南方出生地和种族肤色。

　① Russell Carl Brignano, *Richard Wright*: *An Introduction to the Man and His Works*, Pitsburg: University of Pitsburg Press, 1970, p. 10.

　② Russell Carl Brignano, *Richard Wright*: *An Introduction to the Man and His Works*, p. 3.

赖特的短篇小说集《汤姆叔叔的孩子》包含六篇短篇小说，其主题都不同程度地涉及主人公的逃离性旅行。例如，"《大男孩离家》叙写了黑人少年大男孩莫里森出于自卫、谋杀白人后被迫逃离家乡的故事"①。《大男孩离家》的叙事行为发生在 24 小时之内，叙事场景发生在美国南方的一处小河湾。主人公莫里森是一个黑人少年，跟其他几位黑人男孩裸体跳入这条河湾洗澡，惊动了岸上的一位白人小姐。听到白人小姐的惊叫，一个白人男子持枪跑过来，枪杀了在河湾里洗澡的两个黑人少年。莫里森为了自卫，杀死那个白人男子。莫里森和另外一个幸存者鲍柏（BoBo）跑回家里，企图逃避白人的私刑。莫里森的家人和朋友为了掩护莫里森逃离，把他掩藏在一处砖窑中，等待一位卡车司机把他安全带到芝加哥。他的朋友鲍柏却不幸落入白人追捕者的手中，被涂上柏油活活烧死。险恶的暴力环境迫使莫里森进行孤注一掷的逃离。在逃离过程中，莫里森经历了许多磨难。他棒打毒蛇，与警方的猎狗展开殊死搏斗，在被雨水浸湿的窑洞里与猎狗的尸体和洞外烧焦的同伴尸体相伴度过漫长的夜晚。第二天一大早，莫里森登上前来接他逃亡的卡车，逃向北方城市芝加哥。但是，这部小说中的逃离具有反讽性，因为莫里森不是逃向一个崭新的、更加自由的空间，而是芝加哥这样一个暴力的城市。小说中的逃离行为与北去的列车一起以象征的方式表现出来。北方被表述成一个逃离种族压迫的理想场所，但是小说中的芝加哥，却不是美国黑人所期盼的天堂。这里仍然弥漫着暴力冲突和对黑人的歧视。莫里森通过逃离所获得的人生顿悟这一主题后来成为赖特小说的中心主题，包括《土生子》《局外人》（The Outsider）和《长梦》（The Long Dream）。

发表于 1945 年的《黑男孩》（Black Boy）"是迄今为止美国作家所写的最著名的自传之一。它的情节围绕着作家从童年到成年的人生经历展开"②。既然围绕着理查德·赖特的人生经历展开，作家从南方到北方的逃离性旅行经历自然就是这部自传性小说中的一项重要内容。正如罗伯特·费尔加（Robert Felgar）所言，"这本书的中心主题是饥饿，不仅是对食物的渴求，而且是对生活本身的渴求——知识、爱情、经历、旅行、友谊、语言和教育"③。事实上，费尔加所言的多种主题，都或多或少地与旅行结合在一起。比如，赖特叙述了他 4 岁时随父母坐船到孟菲斯旅行的经历。

---

① 杨金才：《新编美国文学史》第 3 卷，第 534 页。
② Robert Felgar, "Black Boy", in Emmanuel S. Nelson and Santa Barbarra, eds., *Ethnic American Literature: An Encyclopaedia for Students*, California: ABC-CLIO, 2015, p. 100.
③ Robert Felgar, "Black Boy", p. 100.

听到母亲说要乘"凯特·亚当斯"号轮船去孟菲斯旅行的时候，小赖特激动得晚上睡不着觉，想象着轮船的大小、汽笛声音，以及轮船的颜色等。可是真到动身那天，看到想象中的大白船只不过是一艘脏兮兮的小船的时候，赖特失望地哭了。这次旅行经历让他理解了想象与现实之间的巨大差距。"到了孟菲斯，我们住进了一所租来的砖砌平房。石头砌的大楼和混凝土铺的马路都是阴森森的，对我没有好脸。这座城市见不到黛绿色的生机盎然的东西，看上去死气沉沉。"① 这样，赖特从一个少年旅行者的视角，表现了心目中的大城市孟菲斯的真正面目，揭示了主人公对于现象与本质之间的差距这一知识的习得。

在叙述母亲带着孩子到阿肯色州寻找姨妈麦琪的旅行途中，赖特表现了种族主义冲突和隔离主题。在去阿肯色州的旅行途中，主人公注意到黑人和白人旅行者之间有一条隔离带。"我们终于挎着包裹站在车站里，等候着将把我们带到阿肯色的火车了。而且我是第一次注意到在售票口处有两行人，一行是'白人'，一行是'黑人'……登上火车，我就注意到我们黑人坐在火车的一头，而白人坐在另一头。"② 年幼的赖特出于好奇想问明白设置这种隔离带的原因，但是他的母亲埃拉制止了他，因为种族隔离在那个时代毋庸置疑。到了阿肯色州的衣莱恩市不久，赖特一家就目睹了血淋淋的种族暴力冲突。白人为了霸占姨夫霍斯金的酒馆，开枪打死这位老黑人，并扬言要杀死他所有的家人和亲属。在这种险恶的环境下，姨妈和母亲只得带着赖特兄弟俩选择逃离衣莱恩："妈妈和麦琪姨妈都感到震惊、恐惧及失去丈夫和朋友的寂寞……经过反复的争论和犹豫，她们决定回姥姥家去……筹划一个谋生的新办法。我对突如其来的搬迁已经习惯了，再一次旅行的前景并没有使我感到振奋。"③

然而，在姥姥家住了几个月以后，妈妈就决定带着赖特兄弟俩再次搬家，搬回他们的老家西赫勒那市。这次促使他们逃离性旅行的原因是妈妈无法忍受姥姥家那严厉的宗教常规，厌倦了每天长时间的家庭祈祷、《圣经》朗诵和每周六雷打不动的基督安息日守候。小赖特也对这次逃离姥姥家的旅行感到心情愉快："对我来说，旅行自然令人愉快。我们又一次收拾了行装。又一次告别。又坐上了火车。又回到了西赫勒那了。"④ 即使回

① 〔美〕理查德·赖特：《黑孩子：童年与青年时代的记录》，王桂岚译，吉林人民出版社1989年版，第9页。
② 〔美〕理查德·赖特：《黑孩子：童年与青年时代的记录》，第48—49页。
③ 〔美〕理查德·赖特：《黑孩子：童年与青年时代的记录》，第58—59页。
④ 〔美〕理查德·赖特：《黑孩子：童年与青年时代的记录》，第64页。

到老家，少年赖特的日子也并不好过，不得不经常随大人们四处奔波，寻找工作。赖特写道："旅行是艰难的。我们从早到晚乘火车，坐汽车，搭货车，从一所小棚屋到另一所小棚屋，从一处种植园到另一处种植园。"①小说中最著名的旅行叙事，是主人公19岁时离开南方到北方的旅行。小说写道："我两眼随时保持着警惕，一身带着有形无形的伤疤，就这样直奔北方而去。我满脑子迷迷糊糊的就只一个想法：生活可以过得堂堂正正；人格不容侵犯，人与人交往，应当做到无所畏惧和无所羞愧。"②在这里，主人公不仅讲述了他逃离南方的原因，更表明了他到北方旅行、寻求人生要义的动机。

　　赖特在国外的广泛旅行也使他创作出一些关于旅行的散文类作品，其中最具代表性的是《黑色力量》（*Black Power*，1954）、《颜色帷幕》（*The Color Curtain*，1956）和《异教的西班牙》（*Pagan Spain*，1957）。"在他的三本关于旅行的书——《黑色力量》《颜色帷幕》和《异教的西班牙》中，赖特踏上了一种客观分析地域、人种和事件的旅程。他要让读者们理解促使他进行探险的环境，揭示他的独特知识、情感和偏见。"③例如，《颜色帷幕》的叙事结构是旅行日志。但是不同于传统的描写从家乡启程到世界各地旅行的日志的是，赖特这部日志的旅行起点不是美国，而是欧洲，而且终点在亚洲。作为一个生活在巴黎的国外流放者，赖特乘火车旅行到西班牙的马德里，然后乘飞机飞往印度尼西亚的雅加达，中途在埃及的开罗、巴基斯坦的卡拉奇、印度的加尔各答和泰国的曼谷短暂停留。日志的叙事包括赖特在火车和飞机上与旅行者的访谈，这些旅行者主要是来自各种文化背景的知识分子，例如一个年轻的具有反种族主义倾向的荷兰女人、一个西方化的印度尼西亚教育家、一个年轻的男性巴基斯坦记者。不同于《黑孩子》和《汤姆叔叔的孩子》的是，《颜色帷幕》的主题具有多元文化主义的特征。通过描写旅行途中的所见所闻及万隆会议盛况，赖特表明"通过多元文化的和平共处及西方给予东方的科学和技术帮助，亚洲和非洲有色人种的进步就会到来"④。

---

① 〔美〕理查德·赖特：《黑孩子：童年与青年时代的记录》，第155页。
② 〔美〕理查德·赖特：《黑孩子：童年与青年时代的记录》，第302页。
③ Russell Carl Brignano, *Richard Wright: An Introduction to the Man and His Works*, Pitsburg: University of Pitsburg Press, 1970, p. 88.
④ Yoshinobu Hakutani, "The Color Curtain: Richard Wright's Journey into Asia", in Virginia Whateley Smith, ed., *Richard Wright's Travel Writings*, Jackson: University Press of Mississippi, 2012, p. 69.

拉尔夫·埃里森的旅行对他的文学创作也产生了一定的影响，尤其是1933年的那次火车之旅。"1933年夏天，也就是经济危机达到顶峰的那一年，拉尔夫的火车之旅就是一次教育之旅。在这次艰难的、非法的旅行中，拉尔夫看到了各行各业的人……自幼受到尊重权威和长辈教育的拉尔夫，感到要为自己的人格和种族的尊严挺起胸膛。不管身处何地，这两者都不能少。这次求学的火车之旅四年过后，拉尔夫写出一篇小说叙述此次经历，揭示一个敢于发声的黑人流浪者内心的张力，他渴望友情，但是更想维护自己的尊严。"① 甚至在与一位白人老者交谈的时候，故事中那个与拉尔夫年龄大小相仿的男主角，也不愿称呼白人为"先生"。拉尔夫不认为所有的白人都歧视黑人，也不相信黑人的卑躬屈膝会有助于黑人境遇的改善。"拉尔夫在火车上的经历也有助于使他早年成长过程中所形成的有关人类平等和社会正义的朦胧观点得以成型。在由乘火车旅行的穷人和落魄者组成的社区里，种族等级并非神圣而不可冒犯。简陋的火车给拉尔夫提供了一个更加平等的世界，那里尽管危险，却有基于人格真诚和善良而形成的平等的人际关系。这次火车旅行不仅使他第一次独立地离开母亲的家园，而且也是他第一次单独地与成人世界接触，这次接触没有做作和虚幻。那种使得流浪行为吸引人的自发性、平等性和斗争性特征也成为他的性格中的重要组成部分。"② 埃里森从南方到北方的旅行经历，在他日后的小说创作尤其是代表作《看不见的人》中都有不同程度的表现。

《火车上的男孩》（"Boy on a Train"）是埃里森的一篇短篇小说，讲述的是一个叫詹姆斯（James）的11岁男孩在父亲死后随母亲和兄长乘坐种族隔离火车离开他们在俄克拉荷马城的家，到异乡开始新生活的故事。在火车上，一个白人屠夫企图骚扰詹姆斯的母亲，遭到母亲的反抗。在这样的一列种族隔离火车上，詹姆斯看到他们一家人所处的敌对环境，开始理解他在这样一个种族隔离的社会所处的位置。同时，母亲作为一个黑人所承载的历史也引导孩子去思考这个世界。母亲给儿子讲解她跟父亲的生活经历，以及他们为了寻找工作机会而从南方迁徙到俄克拉荷马城的过程。在讲述过去的家庭历史的时候，母亲刻意让詹姆斯记住这次火车旅行的象征意义："儿子，我要你记住这次旅行！"孩子不仅要理解这次火车旅行的象征意义，而且母亲还要他为这次火车旅行的意义承担起责任。《飞归故

① Lawrence Patrick Jackson, *Ralph Ellison*: *Emergence of Genius*, Athens and London: University of Georgia Press, 2007, pp. 91－92.

② Lawrence Patrick Jackson, *Ralph Ellison*: *Emergence of Genius*, p. 92.

乡》（"Flying Home"）是埃里森成名前成功的一篇短篇小说，将旅行、种族隔离、成长和身份认知等主题和神话叙事方式有机地结合在一起，为《看不见的人》的创作铺平了道路。小说的主人公托德（Todd）是亚拉巴马州一位黑人受训者，因飞行过高而与一只秃鹰相撞。他跌落在一家白人的庄园，折断了脚踝。当他苏醒过来的时候，庄园里的一位名叫杰克逊（Jackson）的黑人佃农询问他为什么要飞。杰克逊告诉托德，他可能会受到误解并以撞死秃鹰的罪名被枪毙。接着，杰克逊给托德讲述了两则民间故事，一是两只秃鹰从一匹马的腐尸中飞出来，二是"有色人种在天堂"。在第二篇故事中，一位在天堂的黑人只被上帝给予一只翅膀练习飞行。尽管用这一只翅膀他也将飞行技术学得很好，但他最终还是被驱逐出天堂，原因是飞行太快，无视飞行规则。托德被这个故事激怒了，认为杰克逊是在讽刺他的行为。当庄园主达布尼·格雷夫斯（Dabney Graves）赶到后，他让人把托德捆起来，原因是"在黑人发疯之前不能让他飞得更高"。《在一个陌生的国度》（"In a Strange Country"）取材于埃里森在英国威尔士地区的旅行。当人们旅行的时候，他们会以自己的方式理解世界和社会的关系。小说以一位名叫帕克（Parker）的美国士兵为主人公，表现了他在英国威尔士的旅行经历和身份认知。当合唱队在异国他乡唱起"星条旗之歌"的时候，这位非裔美国叙述者首次感受到自己作为美国人的身份。同时，在国外的流亡经历及与那些挣扎在双重族裔或国籍意识的人的接触，促使了叙述者对自身身份的反思。

埃里森在美国南方和北方的旅行经历也在他的第二部长篇小说《六月庆典》（*Juneteenth*，1999）中表现出来。索尔·贝娄认为，在叙述希克曼（Alonzo Hickman）早年以及布里斯（Bliss，又名制片人先生）20 世纪 20 年代在俄克拉荷马的故事时，埃里森是在讲述他本人的故事。①《六月庆典》也被誉为一部"美国的尤利西斯"②。既然被誉为美国的"尤利西斯"，那么它自然具有荷马史诗中奥德修斯式的旅行和漂泊。为了回家与妻子团聚，英雄奥德修斯经历长达十年的海上历险性旅行，先后遭遇独眼巨人的围攻、女神卡吕普索（Calypso）的爱情挽留、塞壬女妖的妖娆蛊惑等，其征程布满荆棘。小说从明暗两个结构层面上呈现出奥德修斯的旅行隐喻。首先从暗含的结构层面讲，从早期黑人踏上北美大陆这块土地起，

① ［美］约翰·弗·卡拉汉：《六月庆典·序言》，载〔美〕拉尔夫·埃里森《六月庆典》，谭惠娟、余东译，译林出版社 2003 年版，第 9 页。
② 谭惠娟：《拉尔夫·埃里森及其〈六月庆典〉》（代译序），载〔美〕拉尔夫·埃里森《六月庆典》，谭惠娟、余东译，译林出版社 2003 年版，第 10 页。

黑人就开始了漫长的文化漂泊,既疏离自己的非洲母文化,又要在北美白人文化的压榨下寻求生存。不同于奥德修斯的是,黑人从非洲到美洲的漂泊旅行戴着镣铐枷锁。阿郎索·希克曼牧师以布道般的语气讲述了美国黑人戴着镣铐枷锁的旅行:"历史告诉我们,所用的铁锁链和船只都不配用来运猪……因为猪的成本太贵,不像黑人那样还允许一定数量的浪费和死亡……你多次听说过的'五月花号'就是一艘基督徒的船只……我们乘坐的这些名称众多、浮在海上的棺材船,也是打着基督的名义。"① 黑人被船运着横穿大西洋的旅行,俨然如同奥德修斯的地狱之行,随时都有葬身鱼腹的危险。到达美洲大陆后,黑人经历了南方种植园的血腥压榨、"地下铁路"大逃亡、废奴主义运动及从南方种植园到北方城市的集体大迁徙。"六月庆典"是美国南方黑人庆祝种族解放的盛大节日,但是在埃里森看来,这个节日只不过是一个名不副实的仪式而已。法律性的种族压迫取消了,但是现实中的种族对立和迫害仍然甚嚣尘上。

从显性层面上看,布里斯〔参议员亚当·桑瑞德(Adam Sunraider)少年时期的名字〕寻求身份之旅和牧师希克曼对他的拯救也具有奥德修斯的隐喻。《六月庆典》以意识流的手法写成,通过表现参议员桑瑞德、小布里斯和牧师希克曼的内心回忆、意识流动和独特叙述,表现了参议员桑瑞德的身份追寻之旅、希克曼牧师在桑瑞德身份寻求之旅中的引路人作用,以及美国黑人民族历史和现实境遇。小说的意识流叙事实质上就是桑瑞德参议员寻求自身身份的时空旅行,小说中具体的旅行叙事,以及关于飞机、火车、出租车、马车、旅馆等旅行工具和旅行设施的描述也强化了这部小说的旅行叙事母题,那就是通过旅行表现美国黑人民族的旅行历史、现实际遇,以及对自身身份的追求。比如,小说的开篇这样写道:"在枪杀事件发生的前两天,一群南方黑人包了一架飞机直奔哥伦比亚特区,想见这位参议员。"② 在小说的第六章,希克曼牧师在引导受伤的参议员桑瑞德回忆过去的布道时,也运用了旅行的表述:"兄弟姐妹们,今天上午,我们要带你们做一次旅行。我要把你们带回到时间的发端。我要让你们按着上帝的速度旅行。是的,让我们回到伊甸园以后的降临在地球上的那段昏天黑地的旷古时期。"③

透过参议员桑瑞德时空旅行式的意识流活动,以及与牧师希克曼的独

---

① 谭惠娟:《拉尔夫·埃里森及其〈六月庆典〉》(代译序),第120—121页。
② 〔美〕拉尔夫·埃里森:《六月庆典》,谭惠娟、余东译,译林出版社2003年版,第1页。
③ 〔美〕拉尔夫·埃里森:《六月庆典》,第100页。

特对话，叙事杂乱的情节逐渐得以厘清。幼年时的桑瑞德名叫布里斯，与希克曼牧师快乐地生活在南方，并跟随希克曼进行巡回布道。在"六月庆典"节日游行中，布里斯偶尔听到一位白人妇女说他是她的孩子，是她跟一个黑人偷情所生的混血儿。这一信息俨然如古希腊神话中英雄历险的召唤，促使布里斯逃离南方和牧师希克曼，前去北方历险并试图寻求自己的身世之谜。他将自己的名字 Bliss 改为 Sunrider，意思是"追赶太阳"，这一名字本身就具有旅行意象，正像中国神话中的夸父逐日。布里斯从南方逃往北方，企图寻找自己的母亲、身世，以及梦中的白人家园。然而，美国的北方也并不是黑人们所认为的种族平等的天堂。它犹如奥德修斯所面临的大海，表面波澜不惊，水下却暗流涌动。在北方迷宫似的都市丛林中，布里斯很快就迷失了方向。他先是以制片人先生的身份出现，在亚特兰大、纽约、华盛顿、底特律等美国各地城市奔波，追寻母亲的踪迹。例如，埃里森让参议员桑瑞德用意识流回忆的口气，叙述了布里斯在亚特兰大的旅行和追寻："那是在亚特兰大！在一辆路过的电车车身一侧。车内，微笑着的尖鼻子妇女们身着夏装，坐在敞开的车窗格栅后，在安详地聊天，观望车外晃动的景象。我看到她的画像晃了过去，在阳光下那么宁静，充满灵魂的动力，行进中的车像有一股力，带着车旁的我往前冲，直到她去远了。"①

　　具有反讽意味的是，布里斯不仅没有在北方找到母亲和自己的身份，反而误入歧途，摇身一变成为支持种族迫害的参议员，利用他从希克曼牧师那里学到的布道演讲本领，发疯地煽动对有色人种的迫害活动，最终成为种族冲突的牺牲品。为了寻找离家出走的布里斯，希克曼牧师跟他的教民也踏上了艰难的寻找布里斯的旅程："所以我们开始寻找、打听。所有的司机和普尔曼式客车服务员、侍者，工作中需要旅行的一切人——最后我们终于又发现了他的踪迹。"② 当获悉布里斯在华盛顿有难时，希克曼牧师率领其他黑人同胞立刻奔赴华盛顿，去拯救那位迷途的游子。从枪击中幸存下来的参议员桑瑞德，在希克曼牧师的精心呵护下，通过对童年生活的回忆，最终找到了自己的身份，认同了黑人民族文化。

　　卡门·吉利斯皮（Carmen Gillespie）指出："托尼·莫里森的家庭对她的作家生涯产生了深远的影响。"③ 莫里森的一生中有相当多的时间与她

---

① 〔美〕拉尔夫·埃里森：《六月庆典》，第 246 页。

② 〔美〕拉尔夫·埃里森：《六月庆典》，第 302 页。

③ Carmen Gillespie, *Critical Companion to Toni Morrison*: *A Literary Reference to Her Life and Work*, New York: Infobase Publishing, 2007, p. 3.

的家人在一起度过，尤其是她的母亲、外公和外婆。"莫里森家里双方的亲人都从南方各州迁徙到北方，就像大多数美国黑人在史称'大迁徙'的过程中出埃及一样。"① 这一家族迁徙历史和莫里森本人的求学和求职之旅，对她日后在文学创作中书写旅行和迁徙产生了深远的影响。在一次与莫里森的访谈中，罗伯特·斯托普托（Robert Stepto）指出，"黑人文学中的大多数主要黑人男性人物都始终处在运动之中"②。莫里森对这个观点表示认同，并指出："黑人男性的工作——主要的黑人男性人物，与黑人女性工作的一个主要不同之处就在那方面。对于黑人男性来说，最大的场景就是旅行着的尤利西斯场景。他们在运动。"③ 莫里森继而指出黑人男性旅行的动因是他们缺乏一块属于自己的土地。这些旅行的结局是，黑人在旅行的过程中造就了自身。"为了与黑人文化传统中的流动性保持一致，迁徙和各种范式的旅行成为托尼·莫里森小说中的主要行为。"④ 中途航道（The Middle Pasage）、地下铁路（the Underground Railroad）、大迁徙（the Great Migration）等著名的群众性地域位移构成了美国黑人历史的主要基调。"在莫里森的每一部小说中，她的人物都经历了反映这些历史性先例的旅行，而且她经常表现人物在美国南方和北方之间的旅行。"⑤ 在经历地理旅行的过程中，这些人物也经历了情感和精神上的旅行。这些精神上的旅行，莫里森认为与人物旅行的目的地同等重要。莫里森的小说具有这样一种叙事范式，那就是人物的内心探索总是与外在的旅行交织在一起。

在《最蓝的眼睛》（*The Bluest Eye*，1970）中，科利（Cholly Breedlove）与鲍琳·布里德拉夫（Pauline Breedlove）在肯塔基州相遇。鲍琳随家人来自亚拉巴马州，而科利则从佐治亚州旅行而来。这一对青年男女最终决定结婚，并继续向俄亥俄州进发。这部小说反映了美国20世纪早期许多美国黑人在北方工业城市寻求更好生活可能性的经历，例如莫里森父母的迁徙经历，他们都是从亚拉巴马州和佐治亚州迁徙过来的。科利和鲍琳定居在俄亥俄州的洛雷恩市，一个在钢铁厂找到一份工作，一个在家里

① Carmen Gillespie, *Critical Companion to Toni Morrison: A Literary Reference to Her Life and Work*, p. 3

② Robert Stepto, "Intimate Things in Place: A Conversation with Toni Morrison", in Michael S. Harper and Robert B. Stepto, eds., *Chant of Saints*, Urbana: University of Illinois Press, 1979, p. 226.

③ L. Wangner Martin, *Toni Morrison, a Literary Life*, New Yok: Springer, 2015, p. 168.

④ Elizabeth Ann Beaulieu, ed., *The Toni Morrison Encyclopaedia*, Westport, Connecticut: Greenwood Publishing Group, 2003, p. 209.

⑤ Elizabeth Ann Beaulieu, ed., *The Toni Morrison Encyclopaedia*, p. 209.

做家务。由于孤独，鲍琳开始在电影院里寻找情感的避难所，踏上一条危险的情感旅程，结果在文化价值观方面产生了一种具有破坏性的转向，这一负面的文化遗产导致她女儿佩科拉（Pecola Breedlove）的精神堕落。其他在物质方面比较成功的洛雷恩市定居者，来自佐治亚的马利埃塔市、南卡罗来纳州的埃肯市、纽约州的新港市等，他们同时也带来了南方的保守情感。还有一个定居者，性格古怪，萎靡不振，人们都叫他皂头教堂（Souphead Church），出生于西印度群岛，最终定居在洛雷恩市。总之，《最蓝的眼睛》中的这些人物都经历过地理意义上的旅行，但是都没有克服精神方面的困境。

　　与莫里森的早期小说相比，《秀拉》（Sula，1973）拥有一个比较固定的地理场景，亦即"底部"，一个虚构的俄亥俄州马德林市郊外的一个黑人社区。"尽管如此，这部小说包括了一些重要的旅行，以及一些短途旅行。"① 《秀拉》开篇就描写了在"一战"中负伤的黑人士兵夏德拉克（Shadrack）的迷惘之旅。在迈出医院大门时，夏德拉克被大地的景象深深吸引："夏德拉克看着那一条条水泥路，每一条都显而易见地引向某个预定的目标。在所有的水泥路面与绿草皮之间没有篱笆，没有警告牌，也没有别的障碍，因此，人们可以完全无视小石子的隔断而走向另外一条路——选择自己要去的方向。"② 这里所描写的"道路"在旅行小说中是最常见的叙事元素。巴赫金认为："道路有着丰富的'比喻'或'象征'意义。道路往往是事件起始之点和事件结束之处，在旅程中时间仿佛注入了空间，并在空间上流动（形成道路），由此道路也具有如此丰富的比喻意义：'生活道路''走上新路''历史道路'等。"③ 展现在夏德拉克面前的道路，正是他要面对的人生选择。让他感觉不安的人行道，是他对未来的恐惧。这种恐惧，主要源于黑人遭受歧视的社会现实。"作为黑人士兵，他们不仅仅面对着惨烈的战争，还需要忍受白人士兵的歧视。"④ 果不其然，走出医院不久的夏德拉克就被白人警察投进监狱。在监狱马桶的倒影中夏德拉克看到自己的黑人面孔，这张面孔让他回忆起故乡梅得林镇。明

---

① Elizabeth Ann Beaulieu, ed., *The Toni Morrison Encyclopaedia*, p. 210.

② 〔美〕托尼·莫里森：《最蓝的眼睛 & 秀拉》，陈苏东等译，南海出版公司 2005 年版，第 142 页。

③ 〔苏联〕巴赫金：《小说的时间形式和时空体形式——史诗学概述》，载《巴赫金全集》第 3 卷，河北教育出版社 1998 年版，第 444 页。

④ John E. Becker, *Another Man Gone: The Black Runner in Contemporary Afro-American Literature*, New York: Kennikat Press Corp, 1977, p. 127.

确自己的身份后，夏德拉克决定回归故乡。遗憾的是，回到梅德林镇的夏德拉克仍然没有获得精神的新生，而是创办了"国家自杀日"，从此变得疯疯癫癫。《秀拉》出版时，正值美国宣布从越南撤军，士兵从战场上归来的境况成为主流媒体报道的内容。但是与白人士兵受到欢迎的场景呈反讽性对应的是，"从战场上归来的黑人士兵，仍然遭受白人的侮辱和歧视"①。通过展现夏德拉克的归乡经历，莫里森不仅唤起了人们对黑人士兵遭受不公正待遇的关注，而且试图表现黑人的心理向度与他们回归家园之间的关系。

与《秀拉》中的夏德拉克迷惘的归家之旅相比，《家园》（*Home*）中的主人公弗兰克（Frank Money）的归家之旅则具有一种精神新生的寓意。饱受战争痛苦的弗兰克并不愿意归家，因为对于像他这样的黑人来说，家园从来没有安全感。"就算你待在屋里，在自己住了一辈子的家里，还是会有戴或不戴警徽但总是拿着枪的人逼着你，让你的家人和你的邻居们卷铺盖走人。"② 种族歧视下的黑人家园不安全感，会因为黑人与白人一起参加朝鲜战争而有所改变么？约翰·贝克（John Becker）指出："美国黑人认为参军意味着两场同时存在的战争：不仅要在前线抗敌，还要和国内的种族主义做抗争。黑人希望通过前线战争的胜利来获得国内反种族歧视战斗的胜利，因为他们希望通过为国家奋战，可以得到国内人民的肯定和接受。"③ 但是严酷的现实表明，黑人士兵在服役过程中不仅没有得到与白人士兵同等的对待，而且从战场上归来后种族歧视的境遇也丝毫没有改变。弗兰克不愿意归家，还因为他对未来前途的不确定性，他不确定自己的妹妹茜（Cee）是否还活着，也不确定未来应该去向何方。在弗兰克参军之后，茜曾经跟随一个男人移居亚特兰大，希望通过逃离家园来摆脱枯燥无聊的生活。但是，在亚特兰大，茜的生活境况并不顺利，她遭到那个男人的始乱终弃，处于穷困潦倒之中。

但是当返乡的火车启程后，弗兰克焦虑的心境有了变化。艾托·伊巴罗拉（Aitor Ibarrola）认为："回家之旅可以让旅行者重新认识和建构他与周围环境之间的关系。弗兰克从前线回到乔治亚的旅行使他可以摆脱之前

---

① Rachel Lister, *Reading Toni Morrison*, Santa Barbara, California: Greenwood Press, 2009, p. 32.

② 〔美〕托尼·莫里森:《最蓝的眼睛 & 秀拉》，第 7 页。

③ John E. Becker, *Another Man Gone: The Black Runner in Contemporary Afro-American Literature*, p. 128.

的痛苦回忆，也在一定程度上治愈了他的心理创伤。"① 在归家的火车上，弗兰克领略到不同于战场的自然风景，结识了战场和洛斯特之外的白人和黑人。他意识到自己的困境不是一个人的困境，而是黑人争取民族身份的困境，刻意的回避和遗忘不能解决问题。弗兰克的精神状态随着旅行的进展不断变化，因为旅行为他提供了一种精神上探索的可能性。来到亚特兰大后，弗兰克把生命垂危的茜从医生的手里解救出来，带她回到故乡洛特斯。茜在一群"喜欢说刻薄话的乡下女人"的照顾下，逐渐恢复了健康。此时此刻，弗兰克对故乡的感觉不再是恐惧和憎恨，而是一种安全感和亲切感。"他难以相信自己曾经那么痛恨这个地方。如今，它看起来清新又古老，既能给人安全感，又需要人劳心费力去应付。"② 归家之旅让弗兰克和黑人社区紧紧地融合在一起，他不仅想深深地扎根于故土，而且要和自己的同族人一起去迎接未知的挑战。斯道特指出："对于美国人来说，回家通常不被称赞，归家的旅行模式也很少出现在美国的文学作品之中。英雄通常是走出去而不是返回来。在美国文学中，回家意味着失败，绝望，对自由的放弃。"③ 但是，在莫里森的这部小说中，回归却是一种胜利，是一种必然的选择。

对于女性而言，旅行提供了一种不同于以往生活体验的可能性。无论是小说，还是非小说，散文或者诗歌，女性的旅行者都是对女性压抑、政治环境及帝国主义期盼的反叛，传达了女性发展的可能性，而不是被男性剥削。④ 这是马里琳·魏斯莉对美国文学中女性旅行的总体概括。作为一个黑人女性小说家，莫里森自然不忘表现黑人女性的旅行，尤其是归家之旅。在小说《秀拉》中，旅行对女性人物的塑造作用，可以从奈尔（Nel）和秀拉的旅行经历中窥见一斑。在母亲海伦娜（Helene）的抚育下，奈尔成为一个既听话又懂事的女孩。可是在跟随母亲到南方旅行的火车上，奈尔和母亲不小心进入白人车厢。面对白人列车员鄙夷不屑的目光和盘问，母亲露出一脸谄媚。这次火车上的遭遇让奈尔对种族和性别有了新的认识。"正是在那次列车上，那次向辛辛那提慢吞吞前进的列车上"，奈尔"下定决心要保持警觉……她不会让任何男人用那种眼神望着她，不会让

---

① Aitor Ibarrola, "The Challenges of Recovering from Individual and Cultural Trauma in Toni Morrison's *Home*", *International Journal of English Studies*, Vol. 14, No. 1, 2014, p. 114.

② 〔美〕托尼·莫里森：《最蓝的眼睛 & 秀拉》，第 137 页。

③ Janis P. Stout, *The Journey Narrative in American Literature: Patterns and Departures*, pp. 63 - 66.

④ Marilyn C. Wesley, *Secret Journeys: The Trope of Women's Travel in American Literature*, p. xiii.

午夜般黑沉沉的目光或大理石般的血肉不期而至，粉碎她的自尊"①。此次列车旅行，也让奈尔开始对自己的身份有所认识。因此，小说中的那列火车，提供了主人公与他人相逢的可能性。"相逢情节具有不同的具体意味，其中包括不同的感情评价意味。"② 与白人列车员、黑人士兵及南方的外祖母的相逢，唤起了奈尔内心的自我意识，那就是"我就是我"。

如果说奈尔的南方旅行是一种自我身份觉醒的归家之旅，那么秀拉的旅行则更像追寻。"追寻首先是一种寻找，是对未知的追求。追寻的目标既不确定，又意义非凡，不能被定义或衡量……当追寻达到真理阶段时，叙事也不再局限于外在现实。追寻更像是精神旅行，主人公的精神追寻则会超越实际的旅行，占据主要地位。"③ 在追寻的旅行叙事中，主人公通常是一个孤独的探索者，与其说他在追求物质上的积累，不如说他在追求精神的启发。在旅行之前，秀拉对作为黑人社区象征的"底部"极其厌恶。她反感母亲汉娜（Hannah）的性滥交，也挑战祖母伊娃（Eva）所代表的权威和以结婚生子为终极目标的"底部"传统生活。为此，秀拉选择了逃离"底部"，渴求另外一种生活方式。"女性的旅行具有创新性，是和陈规旧习的对立，是对思想和身体上束缚的挑战，也是对性别自由的争取。"④ 秀拉的旅行，正是为了摆脱"底部"的束缚，为了追求和伊娃、汉娜等"底部"阶层不一样的生活方式。秀拉的旅行持续了十年之久，当她再回来的时候，她已经由内而外地改变了。秀拉不仅在服饰方面与"底部"的人大相径庭，而且无视"底部"的生活传统，和奈尔的丈夫裘德（Jude）及其他男人滥交，完全变成"底部"的"蟑螂"。结果，秀拉遭到"底部"社区的排斥和放逐。秀拉的反常之举说明归家之旅并没有为她找到身份的认同，她的生活依然是通过别人来定义的。秀拉再次回到"底部"是因为她已对底特律、新奥尔良、纽约、费城、圣地亚哥等地方感到厌烦。在她看来，所有这些城市住着同样的人，动着同样的嘴，出着同样的汗。莫里森笔下的这位秀拉虽然也进行社会抗争，但是结局悲惨。她虽然想通过归家之旅争取不一样的人生，但是终究摆脱不了既定的命运。

---

① 〔美〕托尼·莫里森：《最蓝的眼睛 & 秀拉》，第 151 页。

② 〔苏联〕巴赫金：《小说的时间形式和时空体形式——史诗学概述》，载《巴赫金全集》第 3 卷，河北教育出版社 1998 年版，第 288—288 页。

③ Janis P. Stout, *The Journey Narrative in American Literature*: *Patterns and Departures*, pp. 88 - 90.

④ Marilyn C. Wesley, *Secret Journeys*: *The Trope of Women's Travel in American Literature*, p. xiv.

第三节　《土生子》——别格·托马斯反抗种族
压迫的逃离性旅行与死亡

　　《土生子》之所以被认为是一部具有流浪汉叙事的旅行小说，是因为
"它运用开放的旅行作为一个表征主要人物内心渴望的隐喻"①。为此，小
说主人公别格·托马斯反抗白人种族压迫和逃离性旅行构成了小说后半部
主要的故事情节。通过再现黑人青年别格杀害白人姑娘和企图逃亡的故
事，《土生子》表征了美国黑人反抗种族歧视的必然性和无路可逃的悲剧
性。主人公别格的逃离性旅行首先通过不同的空间转换体现出来。迈克·
克朗（Mike Crang）指出，"小说具有内在的地理学属性。小说的世界由位
置和背景、场所与边界、视野与地平线组成"②。《土生子》这部小说的地
理空间主要体现在封闭空间和开阔空间两个方面：别格一家的出租屋和道
尔顿先生（Mr. Dalton）家的房子构成束缚别格的封闭空间；别格乘坐的各
种交通工具，以及在路上的逃离，构成他思想解放的开阔空间。虽然赖特
在形式上没有完整地描述别格的旅行，却通过别格在不同空间中的移动巧
妙地展示了别格精神上的旅行。

　　山姆·布鲁法布指出："对于赖特《土生子》中的主人公别格·托马
斯来说，逃离性旅行开始于被称为黑人贫民窟的城市迷宫。"③ 在小说开
头，别格一家四口挤住在封闭的出租屋，用帘子分割生活空间，生活十分
压抑。别格厌恶这种生活，却又没有办法改变。他唯一能做的，就是走出
这个屋子，透过前门的厚玻璃眺望大街。大街上隆隆驶过的有轨电车使别
格暂时忘记家庭里的不快，而在电影院看场电影也可以使他放飞梦想。密
闭的屋子和开放的街道第一次形成空间的对比，别格宁愿在外游荡也不愿
意待在家里的行为暗示着他内心对出走的渴望。来到大街上，别格两眼盯
着川流不息的汽车和天空飞过的飞机，像孩子一样好奇，梦想着自己有一
天能够开上飞机。但是，飞机和汽车所代表的远方对于别格来说遥不可
及，因为黑人所能获得的交通工具只有市内电车。他们被剥夺的不仅是操
作交通工具的权利，更是改变命运的机会。望着飞机，别格祈求着："上

---

①　Robert Butler, *Contemporary African American Fiction*：*The Open Journey*, p. 32.

②　〔英〕迈克·克朗：《文化地理学》，杨淑华、宋慧敏译，南京大学出版社 2005 年版，第
39 页。

③　Sam Bluefarb, *The Escape Motif in the American Novel*：*Mark Twain to Richard Wright*, p. 135.

帝，我真想在那边天上飞。"① 别格对飞机的向往，实则是内心逃离现实困厄的渴望。

当别格离开自己的黑人之家来到白人道尔顿先生家打工时，他等于从一个封闭压抑的空间来到另一个封闭压抑的空间：房间里的地毯太软，仿佛走一步就要摔倒；昏暗的灯光下仿佛有稀奇古怪的东西在向他挑战；白人道尔顿先生审视着他的每一寸黑皮肤，女主人则如一个鬼影一样突然出现；白色的猫注视着他。在这个白人生活的空间里，别格再次被束缚，不知道如何是好。当驾车护送玛丽（Mary Dalton）回学校的时候，别格第一次有机会掌控交通工具。手握方向盘的别格，产生了一种敏锐的权利感和力量感。掌控方向盘，对别格及其他美国黑人来说，无疑等于拥有了不受限制的空间流动自由和掌控自己命运的可能性。正如约翰·海特曼（John Heitman）所言，"在20世纪二三十年代，对于那些来自卑微和种族限制世界的黑人艺术家来说，汽车是一种自由和不受限制的流动性象征。由于黑人生活在南方种族隔离法时代自由受到限制的空间里，作为他们艺术表征的蓝调蕴含着这样一个观点，那就是汽车无论是在个人隐私空间还是社会经济解放方面都是一种解放性力量"②。具有讽刺意味的是，这次驾车护卫之旅虽然让别格体悟到黑人旅行的自主性，却也是别格命运的转折点。当别格在傍晚搀扶着醉酒状态的玛丽回到她的卧室的时候，险些与道尔顿太太碰个正着。为了防止道尔顿太太发现自己在她女儿的房间，别格慌乱中将玛丽闷死，并将她的尸体放到火炉里焚烧，以期逃避罪责。

《土生子》是"一部通常意义上的逃离小说，一部表现主人公进行地理意义上的旅行或追寻以便摆脱一种危险环境的小说"③。这种地理意义上的旅行主要在小说的第二部分展开。别格嫁祸于人的计划失败后，他从道尔顿家的窗户跳出去，落在大雪覆盖的街道上。他顺着德莱克赛尔林荫路往前走，不知道要去哪里，只知道他必须离开这个白人区。他避开电车轨道，转入黑暗的街道，一边往前赶，另一边不断回头看。跑到第四十条街的时候，别格溜进一个门道等电车。当电车驶入视野时，别格奔到街上，在最后一个乘客上车的时候登上脚踏板。他买了车票，观察售票员是否在注意他，然后站在前面驾驶台上，就在司机背后。万一发生什么情况，他能在这迅速下车。随后他来到女友蓓西（Bessie Mears）家，带着她逃到一

① 〔美〕理查德·赖特：《土生子》，施咸荣译，译林出版社2003年版，第18页。
② John Heitman, *The Automobile and American Life*, Jefferson, North Carolina：McFarland, 2009, p. 115.
③ Sam Bluefarb, *The Escape Motif in the American Novel：Mark Twain to Richard Wright*, p. 135.

栋高大的、盖满积雪的建筑物。由于担心蓓西拖累自己，别格将她残忍杀害，随后继续奔逃。但是一场暴风雪阻塞了全市的交通，一切道路都被封锁，一切火车、公共汽车和汽车都被拦住搜查。缺乏旅行工具的别格被堵在城市中，只能穿梭于一栋栋黑人居民楼，在那里寻找藏身之处。随着搜捕范围的逐渐缩小，别格最终被美国白人逮捕。

　　"他（别格）的逃离被封堵了，甚至在开始之前就注定了失败的命运。"① 造成这一逃离性旅行失败的根本原因是白人势力的强大，他们不仅拥有以警察为代表的暴力机器，而且掌控所有的交通工具。相反，别格从未拥有属于自己的交通工具，而且当他最需要电车逃离芝加哥的时候，却被大雪阻拦。由此看来，交通工具在黑人逃离种族压迫的旅行中起着重要的作用。"许多评论者得出结论，认为《土生子》只是一部阴暗的自然主义小说，表现的是一种失败的旅行，别格始终在毫无目的地漂浮，最终陷入瘫痪。"② 笔者认为这种结论并不正确。事实上，别格在逃亡的过程中及在临死之前的确实现了某种程度的自我意识的觉醒。他意识到黑人在黑白两极族裔空间之间的艰难处境，黑人在追求幸福的过程中所遭遇的来自白人世界的阻遏，以及黑人面对白人种族压迫所被迫进行的反抗。因此，在临死之前，别格对自己的行为进行了存在主义的阐释："我杀人的动机准是好的！"③ 这一宣称反映了两种矛盾的哲学观：理性主义和存在主义。这句话听起来就犹如"我杀，故我在"！一种对勒内·笛卡儿（René Descartes）"我思，故我在"的滑稽模仿。约兰德·培基（Yolanda Page）认为，别格临死前的宣称"体现了一种启蒙主义哲学。别格·托马斯已经成长为某种程度上的哲学家，能够对他的行为进行概念化和普遍化"④。

第四节　《看不见的人》——无名叙事者寻找
族裔身份融合的旅行与失败

　　詹姆斯·莱恩（James B. Lane）认为，"《看不见的人》是一部城市小说，追溯了主人公从乡村的天真和自我欺骗到城市的成熟、失望和自我救

---

① Sam Bluefarb, *The Escape Motif in the American Novel*: *Mark Twain to Richard Wright*, p. 135.

② Robert Butler, *Contemporary African American Fiction*: *The Open Journey*, p. 36.

③ 〔美〕理查德·赖特:《土生子》，第 490 页。

④ Yolanda Williams Page, *Icons of African American Literature*: *The Black Literary World*, Santa Barbara, California: ABC-CLIO, 2011, p. 329.

赎的旅程"①。作为一个始终行走在区域和族裔空间的旅行者，无名叙述者"我"的身份也在不断地变换。他首先是一个不被人注意的南方黑人学生，其次是北方油漆厂的幼稚工人，再次是稀里糊涂的哈莱姆区煽动民众情绪的演讲家，最后成为一个躲在地下的逃离社会的看不见的人。无名叙事者"我"的人生旅程充满种族歧视、伪善和精神上的匮乏。他的"不可见性"形成于南方的种族隔离制度，在北方城市中变得更为严重。即使是在黑人的"应许之地"哈莱姆区，黑皮肤依然被白人主流社会忽视。关于小说中真实的道路旅行再现，威廉·沃灵（William Walling）认为，《看不见的人》用 25 个篇章叙事，"叙述了无名主人公一系列的冒险和不幸事件，讲述了从南方到北方，从天真到成熟，从黑暗走向光明的历程"②。无名主人公最终是否走向光明，这一点有待商榷，但是主人公的道路旅行却是小说中一个显性的表征。与别格·托马斯不同的是，埃里森笔下的无名主人公 20 多年的人生基本上是在路上度过的，从家乡到大学，从大学到北方，再到纽约的哈莱姆区。当离开家乡到一所黑人大学求学的时候，无名叙事者"我"心目中的大学如伊甸园一般美好，只要顺利毕业，得到白人校董和校长的肯定，便可以获得成功。但是，这所黑人大学所要培养的是听话的"黑人"，而不是有"想法"的黑人。所以，当无名叙事者"我"开车带着白人校董视察黑人贫民窟而不是体面的住房和车道之后，便受到开除的处分。被大学开除了的无名叙事者"我"没有选择回家，而是打算去纽约寻找工作。在他心目中，北方的纽约代表着自由。

　　"通过一系列发生在种族主义南方的事件，《看不见的人》中的无名叙述者展示了他的旅行，他要继续向北旅行，因为他要寻找自己主人的身份。然而，他的旅行暴露出诸多的弊端，一些关乎他个人，一些关乎美国社会。"③无名叙事者"我"在车站购买去纽约的车票，踏上北去的汽车。虽然汽车上的乘客寥寥无几，但无名叙事者"我"仍不得不走向后排专门留给黑人的座位。他和黑人老兵坐在一起，即便听到黑人老兵关于北方并不如想象中美好的告诫，他也依然对北方充满向往和期待。随着汽车的启程，无名叙事者"我"的思绪也随着汽车一路疾驰：熟悉的南方土地渐渐消去，未知的天地正在靠近……虽然内心感到沮丧和孤独，但是当车子穿

①　James B. Lane，"Underground to Manhood：Ralph Ellison's *Invisible Man*"，*Negro African American Review*，Vol. 7，No. 2，1973，p. 64.

②　William Walling，"Ralph Ellison's *Invisible Man*：It Goes a Long Way Back，Some Twenty Years"，*Phylon*，Vol. 34，No. 1，1973，p. 6.

③　Yolanda Williams Page，*Icons of African American Literature：The Black Literary World*，p. 202.

过新泽西田野的时候，无名叙事者"我"还是感到心胸豁朗一些，开始憧憬在北方的美好岁月。想到自己在北方将要获得成功，能和白人在一起相处，能够带着金钱和纽约的文化修养返回故乡，他不禁扬扬自得起来。但是，无名叙事者"我"在北方的旅行和身份追求，注定归于失败，正如黑人老兵所言："现在的年轻的黑人都往纽约跑。跳出了火炉，又进了煎锅。"①

来到纽约后，无名叙事者"我"最先不适应的，就是乘坐地铁。"进入地铁，我不由自主地被黑压压的人群拥着往前走。一个身穿蓝色制服、身材和休铂卡戈相当粗壮的服务员一把抓住我的后背，把我连人带物一下给塞进了车。车厢里拥挤不堪，乘客都给挤得仰着头、瞪着眼，活像小鸡听到了大难临头的响动，吓蒙了似的……火车仿佛顺坡而下，猛然一停把我摔到了月台上面，好像是从发狂的鲸鱼肚皮里被反刍出来了……我也不管到了什么地方，其余的路我宁可步行。"② 地铁，作为方便旅行的现代化交通工具，对于无名叙事者"我"而言，却是难以融入的空间。无名叙事者"我"在北方的经历，正如他在纽约乘坐地铁的旅行一样，丝毫不以他的意志为转移。他像是被一个无形的命运裹挟着往前走，先后干过油漆工，受伤后住过医院，出院后因为一次反驱逐的演讲被兄弟会接纳为会员。兄弟会是白人领导的具有乌托邦性质的组织，妄想改变社会秩序，他们对黑人的态度就是让黑人按照他们的想法思考，并不真正关心黑人的族裔需求。意识到兄弟会的本质后，无名叙事者"我"逃离了兄弟会。后来，在被黑人活动家拉斯（Ras）追杀和被警察追捕的时候，无名叙事者"我"掉进一家煤窑的阁楼里，彻底成为一个"看不见的人"。

从表面上看，无名叙事者"我"打破了地域和族裔空间上的限制，获得了身体上的旅行自由。他可以从南方来到北方，也可以利用各种交通工具在城市中移动。但是，他的自由旅行依然使他不知道如何确认自己的身份，不知道如何在黑人政治、经济、文化乃至民族精神依然处在劣势的情况下寻找自己的定位。无名叙事者"我"一直以来都在通过旅行寻求一个跨越黑白族裔对立的身份，逃离自己被白人看不见的事实。但事实却是，他越想证明自己，就越失去自己的身份。约翰·斯塔克（John Stark）指出，无名叙事者"我"的遭遇事实上是美国黑人历史的一个缩影，个体遭

---

① 〔美〕拉尔夫·埃里森：《看不见的人》，任绍曾等译，外国文学出版社 1984 年版，第 151 页。

② 〔美〕拉尔夫·埃里森：《看不见的人》，第 157 页。

遇折射出整个民族的境遇：先是受到白人的剥削，之后取得了一些进步，然后尝试融入白人社会，却发现那完全不可能。① 约兰德·培基更进一步指出了"看不见的人"的旅行本质："在许多方面，'看不见的人'的旅行是 20 世纪早期非裔美国人的社会政治旅行的象征。因此，一个无名的、看不见的叙述者，象征着非裔美国人的身份，这种身份是流动和破碎的，没有被种族的意识形态固化。"②

第五节　《所罗门之歌》——男女主人公的反向旅行与族裔回归

哈罗德·布鲁姆指出："在莫里森的作品中，旅行几乎总是一种获取独立的形式和方式。"③ 作品中的男女主人公，通过不断的旅行来追求身份独立或对黑人民族的文化认同，最典型的代表是《所罗门之歌》中的奶娃（Milkman Dead）和他的婶子派拉特（Pilate Dead）。

奶娃从北方到南方的反向之旅具有约瑟夫·坎贝尔单一神话中英雄旅行的叙事特征。"英雄从日常生活的世界出发，冒种种危险，进入一个超自然的神奇领域；在那神奇的领域中，英雄和各种难以置信的有威力的超自然体相遇，并且取得决定性的胜利；于是英雄完成那神秘的冒险，带着能够为他的同类造福的力量归来。"④ 根据坎贝尔的理论，"英雄"的旅行过程一般包括"历险召唤""上路旅行""旅途考验""征服魔鬼""满载而归"等几个阶段。奶娃虽然不具备坎贝尔所言的半神半人的英雄特征，却是美国黑人的典型代表。在当时的美国黑人看来，南方代表着蓄奴和落后，北方则意味着自由和文明。在大迁徙时期，许多黑人从南方逃到北方。奶娃的旅行则是反向的，离开北方，回归南方。

奶娃的反向旅行源于他在家庭里遭遇的困厄。父亲麦肯（Macon）的专横跋扈，母亲露丝（Ruth Foster Dead）的逆来顺受，两个姐姐的冷漠疏远，使奶娃感觉犹如生活在监狱里一般。在婶婶派拉特的鼓励下，奶娃决定逃离北方痛苦的家庭生活，到南方寻找新的天地。詹尼斯·斯道特认

① John Stark, "Invisible Man: Ellison's Black Odyssey", *African American Review*, Vol. 7, No. 2, 1973, p. 60.

② Yolanda Williams Page, *Icons of African American Literature: The Black Literary World*, p. 202.

③ Harold Bloom, *Toni Morrison's the Bluest Eye*, New York: Infobase Publishing, 2007, p. 141.

④ 〔美〕约瑟夫·坎贝尔：《千面英雄》，第 24 页。

为，"逃离模式的主人公从熟悉的社会中逃脱出去，进入一个完全不熟悉的新环境……通常来说，这种旅行模式以主人公同身边环境的决裂为开端，也可能是探索也可能是归返。一般来说，美国小说中的逃离被认为是一种胜利，对超越自我的颂扬"①。奶娃先是乘坐飞机到达匹兹堡，乘飞机旅行振奋了奶娃，使他产生一种奇妙的幻觉："坐在这样一只由复杂的金属机件制成的闪闪发光的巨鸟之中，高高飞翔于云彩之上，沉重的机体显得如此轻巧灵敏，飞快的速度却让人感到静止不动，简直不能让奶娃相信自己犯过或会犯错误……在空中飞行，远离了现实生活，他感到自由自在。"② 在匹兹堡下飞机后，奶娃又乘坐"灰狗"长途汽车，到达弗吉尼亚州南部的丹维尔。在丹维尔，奶娃遇到父亲的邻居，了解了祖先在弗吉尼亚州的生活经历。在沙理玛寻找姑姑派拉特藏金的地方时，奶娃购买了一辆二手汽车。坐在汽车方向盘前，奶娃感觉到自己充分掌握了旅行的自主权。

"与北方资本主义充满虚假和物质的生存环境截然不同，弗吉尼亚代表着南方纯粹的自然环境，奶娃也得以通过体验相对原始的生活状态，在精神上得到净化。"③ 在南方的反向旅行，尤其是在寻找金子的过程中，奶娃得以了解黑人宗族的历史，得以近距离接触南方的自然环境。南方广袤的田野、高大的树木、潺潺的河流，以及明媚的阳光，与以钢铁和机械为代表的北方截然不同。"他感到了清香的桉树隆出地表的根部在摩挲着他……他发现自己仅仅由于走在大地上便振奋不已，走在大地上就像是他属于大地；就像他的两腿是庄稼的茎，是树木的干；他的部分躯体就这样往下延伸，延伸，直扎进石头和土壤之中，感到在那里十分畅快——在大地上，在他踏步的地方。"④ 通过在南方的反向旅行，奶娃发现自己是所罗门后人的秘密，找到曾经遗失的身份，实现了坎贝尔所言的凯旋回归。贾斯汀·特里（Justine Tally）指出："莫里森的小说不仅反映了人与大地之间或亲昵或疏远的关系，也折射出与自然环境有关的顿悟、发现和联系。《所罗门之歌》肯定了通过与自然亲密接触所建立的家的概念及重构同过

---

① Janis P. Stout, *The Journey Narrative in American Literature*: *Patterns and Departures*, pp. 30 – 33.

② 〔美〕托尼·莫里森：《所罗门之歌》，胡允恒译，南海出版公司 2009 年版，第 223 页。

③ Justine Tally, ed., *The Cambridge Companion to Toni Morrison*, Cambridge：Cambridge University Press, 2007, p. 30.

④ 〔美〕托尼·莫里森：《所罗门之歌》，第 286—288 页。

去的联系。"① 因此，奶娃的反向旅行，表面上看好像一种个体黑人逃离北方之旅，实质上是非裔美国人对失去的南方传统家园的精神回归。

作为一位黑人女性小说家，莫里森更关注黑人女性的旅行。埃瑞克·里德（Erick Leed）认为，在男性作家的笔下，女性由于惧怕在路途上遭遇男性的强奸，大都选择与自己的丈夫、父亲或兄长等男性结伴同行，自觉地将自己置于"精液旅行"（spermatic journey）背景之下。② 莫里森作品中的女性却与男性作家笔下的女性不同。她们不仅敢于自己独立旅行，而且还能在旅行的过程中追求自己的独立。"莫里森的大多数女性主人公，尤其是《所罗门之歌》中的派拉特，在充满种族歧视和性别歧视的世界里通过不断地旅行来维持自己的身份。"③

奶娃的婶婶派拉特是一位极具神性的女人。在她的母亲死于难产的时候，派拉特在没有肌肉收缩和迅速流动的羊水压力下，自己挣扎着爬出母亲的子宫。"由于她没有肚脐，人们都相信，她不是通过正常渠道来到人间的。"④ 也正因为如此，派拉特遭遇同族人的疏远。为了找回自己的身份及与同族人的联系，年仅 12 岁的派拉特决定去南方旅行。她没有别的什么东西可带，只有学校老师送给她的一本地理书。在旅途中，派拉特先后被牧师和农场采摘女工收留过。道貌岸然的牧师企图对她进行性骚扰，但是农场的采摘女工们对她很关心。在被人们发现她没有肚脐以后，派拉特遭到驱逐，只得再次踏上漫游之路。一路上，派拉特发现，她的肚子没有肚脐这一现象始终使她与黑人同胞隔离开来，即使在性爱方面。"虽然男人操没有胳膊的女人、一条腿的女人、驼背的女人和瞎眼的女人、喝醉酒的女人、带剃刀的女人、女侏儒、小孩子、罪犯、男童、绵羊、狗、山羊、居民，相互之间，甚至某些植物，但是他们不敢操她——一个没有肚脐的女人。"⑤

16 岁的时候，派拉特来到弗吉尼亚南部岸边的一个小岛上，被当地的黑人收留。靠掩盖自己的生理缺陷，派拉特和该岛上的一位黑人男性同居并生下女儿丽巴。当丽巴（Reba）2 岁的时候，派拉特开始感到躁动不安，似乎她的地理书在默默地指示她走遍全国各地，让足迹踏遍地图上五

---

① Justine Tally, ed., *The Cambridge Companion to Toni Morrison*, pp. 94 - 95.

② Erick J. Leed, *The Mind of the Traveler: from Gilgamesh to Global Tourism*, New York: Basic Books, 1991, p. 113.

③ Robert Butler, *Contemporary African American Fiction: The Open Journey*, p. 13.

④ 〔美〕托尼·莫里森：《所罗门之歌》，第 27 页。

⑤ 〔美〕托尼·莫里森：《所罗门之歌》，第 149 页。

颜六色的美国各州。尽管岛上的那个男人极力挽留，派拉特还是带着女儿丽巴离开小岛，踏上浪迹天涯的旅程，这一旅程前后持续了二十多年。在这漫长的旅行途中，派拉特始终受到同族人的孤立。但是，这种长时间的与同族隔绝的生活也使派拉特获得了精神的顿悟："通过这种新奇或许普通的对知识的探索，她的努力集中到一个信念：既然死亡于她不造成任何恐惧（她时常同死亡交谈），她知道她已经无所畏惧了。这一点，连同她对处于困境的人们的客观同情，一方面使她成熟，另一方面——她补足和掌握了知识的结果——只能使她局限于精心策划以符合社会需要的黑人世界。"① 获得精神顿悟的派拉特决定返回家乡，试图通过自己的主观努力与家乡的族人建立一种和谐的人际关系，而不是靠逃离和别人的收留。吉尔·霍尔布鲁克（Jill Anne Holbrook）认为："派拉特的旅行与美国传统文学中的旅行模式截然相反。在主流文学中，旅行者一般都是通过逃离集体以便有机会发现自己的身份，而派拉特的旅行则代表着通过与集体的紧密联系来确认身份，即便和集体的关系很痛苦，而且支离破碎。"②

第六节 小结

劳伦斯·罗德格斯（Lawrence Richard Rodgers）指出："几乎所有的非裔美国文学都是迁徙文学。"③ 当代非裔美国小说，不管是黑人男性作家的小说还是黑人女性作家的小说，基本都把黑人历史上的迁徙之旅尤其是美国黑人从南方到北方的迁徙之旅，作为小说的叙事主题来进行表达。黑人主人公旅行的基本目的，就是摆脱南方奴隶制对黑人的压迫，到北方寻求安身之所，然而他们的迁徙之旅大多以失败告终。这是 20 世纪美国黑人小说旅行叙事的共性。但是，20 世纪的美国黑人小说家在表现迁徙性旅行叙事的时候也具有开放性，这种开放性旅行因作家的性别和党派的不同而呈现多元的特色。理查德·赖特加入了美国共产党，赞同共产党人的阶级斗争思想，所以他的作品尤其是《土生子》主要表现主人公通过旅行来反抗白人种族主义的统治。拉尔夫·埃里森不同意赖特的党派观点，赞同黑

① 〔美〕托尼·莫里森：《所罗门之歌》，第 152 页。
② Jill Anne Holbrook, A Different Destination: The American Journey Theme in the Novels of Tony Morrison, Ph. D. dissertation, St. John's University, 1995.
③ Lawrence Richard Rodgers, *Canaan Bound: The African-American Great Migration Novel*, Urbana and Chicago: University of Illinois Press, 1997, p. 3.

人领袖布克·华盛顿的"不以暴力抗击种族主义"思想，所以他的小说尤其是《看不见的人》主要再现主人公通过旅行融入白人社区的主题思想。作为一个黑人女性小说家，托尼·莫里森自然会在小说中把黑人女性作为主人公，表现黑人女性通过旅行寻求自我独立，以及与黑人社区的融合。虽然这些作品中的主人公的旅行大多以失败而告终，但他们至少通过旅行获得了某种精神的顿悟。《土生子》中的别格·托马斯意识到只有黑人的暴力反抗才能让白人社会意识到黑人的存在，《看不见的人》中的无名叙述者"我"最终意识到黑人与白人的和解之旅只能使黑人成为"看不见的人"，即成为不为任何种族、党派和团体所接纳的人。莫里森既不同意赖特的暴力抗击种族主义主张，又不赞成埃里森的与白人和解思想，而是主张黑人社区的团结和自立。因此，她的作品，尤其是《所罗门之歌》，通过再现黑人男女主人公的反向旅行，亦即黑人从北方向南方的旅行，去再现黑人的寻根和对族裔身份认同。

第十章　余论

美国 20 世纪小说中的旅行叙事，绝不止于上述所言的六类流派、区域、族裔和性别文学中的代表性作品，也不仅仅局限于 20 世纪 60 年代以前的文学作品。20 世纪中后期的后现代小说、新现实主义小说、社会风尚小说等其他类别的小说中也都不乏旅行叙事的内容。以黑色幽默小说和试验小说为代表的后现代主义小说叙事情节呈碎片化状态，主题也具有多元性，但是其旅行叙事的特征并没有改变。正如詹尼斯·斯道特所言，"后现代主义阶段的美国小说继承了表达旅行这种象征性运动的传统主题"①。这种表现旅行的传统主题具体体现在两个共性的人物和叙事特征方面：其一，作品中的旅行主人公大多是"反英雄"；其二，流浪汉式的旅行叙事结构像一根红线，将碎片化的情节串联起来。

弗拉基米尔·纳博科夫是俄裔美国小说家的代表性人物，更是一个具有后现代主义叙事特征的作家。纳博科夫的代表作是《洛丽塔》，表现了一位从法国移民到美国的中年男子亨伯特·亨伯特与一位年仅 12 岁的美国小女孩的不伦之恋。虽然是一部后现代小说，但其蝴蝶结似的复杂叙事策略仍然难以掩盖作品中的旅行叙事。詹尼佛·詹金斯指出："《洛丽塔》是一部最具美国性的故事，是一部旅行叙事。小说中到处是地图、汽车旅馆、旅行陷阱和风景评论，而身体位移和运动又促使小说的叙事向前推进。然而《洛丽塔》远不是一部简单叙述亨伯特旅行痴迷的故事，这个美国之行的终极阶段是朝圣，一种英雄的追寻。"② 亨伯特从法国移民到美国，目的是寻找能满足他童年记忆的小美女。在新英格兰，亨伯特终于遇到了一个名叫洛丽塔的 12 岁少女，跟其童年记忆中的小美女安娜贝尔（Annabel）非常相像。于是，他把洛丽塔拐走了。为了逃避美国的律法，

---

① Janis P. Stout, *The Journey Narrative in American Literature*: *Patterns and Departures*, p. 229.

② Jennifer L. Jenkins, "Searching High and Lo: Unholy Quests for Lolita", *Twentieth Century Literature*, Vol. 51, No. 2, Summer 2005, p. 210.

延续他与洛丽塔的性爱，亨伯特开始了长达两年多的旅行生活，这就把作品的大部分篇幅转移到了道路叙事方面："从那时起，我们开始了遍游美国的旅行。在各种类型的住宿中，我很快就喜欢上了'实用汽车旅馆'——干净，整洁，安全隐蔽，是睡觉、吵架、和好、贪婪和违法私通的理想之所。"① 在和洛丽塔漫游美国的过程中，亨伯特了解了许多关于美国的知识，例如美国的汽车旅馆、道路、城市和沿途的风景。为了使洛丽塔能够安逸于旅途生活而不至于反感，亨伯特千方百计地规划旅行路线，并使洛丽塔对未来的旅途有所期盼。"在我们长达一年的旅行中，每天清晨，我必须为她设计出一些期望，一些特殊的时间和空间支点让她期盼，让她能持续到睡觉的时刻。否则，没有个有形、长远的目的，她生活的框架就会坍陷、崩塌。"② 此时亨伯特的旅行，属于逃避性旅行。当洛丽塔被一位名叫奎尔蒂（Quilty）的艺术家拐走后，亨伯特像被逐出爱情伊甸园的亚当一样失落，发疯地开车在全国狂奔，寻找他心中的爱神洛丽塔。所以，此时的旅行又成为追寻式的旅行。三年后亨伯特终于找到令他魂牵梦绕的洛丽塔，然而此时的洛丽塔失去了昔日 12 岁小美女应有的神性和美丽，已经不再是他心目中的"小仙女"。尽管如此，亨伯特仍然坚持要带洛丽塔离开那个偏僻肮脏的地方，企图重建他们在一起时的温馨的爱情家园。这说明，亨伯特对洛丽塔的爱情已经升华，超出了鳏夫对小美女的不伦之恋的樊篱。

约瑟夫·海勒（Joseph Heller，1923— ）是"黑色幽默"代表作家之一，他于 1961 年发表的《第二十二条军规》（Catch‐22）被誉为讽刺美国军事官僚体制的代表作。虽然缺乏传统意义上连贯的故事情节，《第二十二条军规》仍然不乏旅行叙事，尤其是古希腊神话中的英雄地狱之行的叙事结构。米娜·多斯科（Minna Doscow）认为，"海勒的主人公，像《奥德赛》《埃涅阿斯记》《神曲》中的主人公一样，在与一种异己势力进行斗争。为了生存，他必须战胜这种异己势力，而且他也的确最终战胜了。在斗争中，他经历了危机，进行了一次地狱之行，带着知识从地狱出来，最终成为胜利者"③。故事的主人公尤瑟林（Yossarian）是一位美国空军轰炸机飞行员，"二战"时期被派驻到欧洲执行轰炸德国军事目标的任务。同伴的相继阵亡使尤瑟林极为恐惧，因此他想尽一切办法逃避飞行任

---

① 〔美〕纳博科夫：《洛丽塔》，于晓丹译，时代文艺出版社 1997 年版，第 165 页。

② 〔美〕纳博科夫：《洛丽塔》，第 172 页。

③ Minna Doscow, "The Night Journey in *Catch‐22*", *Twentieth Century Literature*, Vol. 12, No. 4, January 1967, p. 186.

务。在医院，尤瑟林得知在美国飞行中队存在一条荒诞的"第二十二条军规"，军规中的一系列悖论式规定将飞行员牢牢地禁锢在荒谬的军事轰炸任务之中。认识到"第二十二条军规"的荒诞本质后，尤瑟林决定逃跑到中立国瑞典。小说的旅行叙事尤其体现在最后几章中，而且还具有神话传奇中英雄遁入地狱、带着新的启示复活及夜行（night journey）的原型叙事结构。尤瑟林的罗马之行，本是为拯救同伴纳特利（Nately）女友的妹妹，一个年仅12岁的小姑娘，却在尤瑟林人生旅程中具有象征意义，象征着他的地狱之行。"当他进入罗马这座永恒的毁灭之城的时候，尤瑟林开始了他的象征性的地狱之行。"① 在罗马，尤瑟林发现那里的警察像他所在的军事机构一样黑暗，他们对失踪的女孩根本不予救助，相反，他们甚至跟其他黑暗势力一起对尤瑟林的人身安全构成威胁。在认清军队的邪恶体制和罗马城的地方黑暗以后，尤索林决定驾机逃亡到中立国瑞士，完成了一个反英雄的逃离性旅行。

　　发表于1969年的《五号屠场》（*Slaughterhouse Five*）是后现代主义小说家库尔特·冯尼古特（Kurt Vonnegut，1922—2007年）的代表作，小说表现的是另一种形式的旅行，即时空旅行。小说的主人公毕利·皮尔格利姆（Billy Pilgrim）是一位反英雄，"二战"时期被德军俘虏，在盟军飞机轰炸德雷斯顿市时险些遇难，战后回到美国，通过与一个富商女儿的畸形婚姻，成为一家公司的经理。在一次飞机旅行空难中，毕利的脑部受伤，从此开始了持续不断的时空旅行。小说写道："毕利·皮尔格利姆挣脱了时间的羁绊。他就寝的时候是个衰老的鳏夫，醒来时却正举行婚礼。他从1955年的门进去却从另一个1941年的门出来。他再从这个门回去，却发现自己在1963年。"② 在这些时空旅行中，毕利的思绪在"二战"时的德国战场、童年时期的游泳场和中年时代的埃廉市生活场景之间转换。在第二次世界大战期间，毕利是一个随军牧师助理，与另外三个美国兵在德国战场逃命。在冰天雪地的森林里极度困倦的时候，毕利挣脱了时空的束缚，旅行到他的童年状态。在跟父亲学游泳的时候，毕利被强行投入深水区，险些溺死。从孩提时代的游泳场，毕利时空旅行到1965年，此时毕利已经41岁，在一家老年收容所目睹年迈的母亲孤独地逝去。从1965年的老年收容所，毕利又时空旅行到1958年，参加儿子罗伯特（Robert）所

　　① Minna Doscow，"The Night Journey in *Catch-22*"，p. 187.

　　② 〔美〕库尔特·冯尼古特：《五号屠场》，云彩、紫衫译，湖南人民出版社1985年版，第22页。

在的美军陆战队的一个盛宴，为儿子出征越战送行。从 1958 年，毕利又时空旅行到 1961 年，他在验光配镜师员工聚会上喝得酩酊大醉。从那个酒醉状态，毕利又时空旅行到"二战"时期的德国后方，毕利跟一个叫韦锐（Weary）的反坦克兵被德军活捉，押解到一个战俘集中点。在那里，毕利又时空旅行到 1967 年，那时他开着高级轿车去参加埃廉市"狮子俱乐部"的午宴，听一个海军陆战队少校关于轰炸越南的演讲。毕利对要把越南"炸回旧石器时代"的演讲并不感到震惊，这一方面是因为他早已经历过了，另一方面也与他在 541 号大众星上的旅行经历有关。在女儿巴巴拉（Barbara）举行婚礼的那天晚上，毕利被飞碟绑架到 541 号大众星上。"飞碟发出的唯一声响像猫头鹰歌唱。它飞得很低，在毕利的头上盘旋，把他笼罩在闪烁的紫色光柱里。"① 毕利在 541 号大众星上居住多年，但是他离开地球的时间却只不过一微秒。自从有了那次星际旅行经历以后，毕利到 541 号大众星旅行便成为常态，在那里接受时间及生与死的相对性教育。理查德·辛奇克利夫（Richard Hinchcliffe）指出："冯尼古特忧郁的主人公毕利·皮尔格利姆及他的穿越时空的精神错乱之旅，戏仿的是清教徒的荒原之旅。更具体地说，冯尼古特的毕利·皮尔格利姆与约翰·班扬《天路历程》中的基督徒有紧密的联系。"② 《天路历程》中的基督徒离行将毁灭的城池到天国寻求救赎，《五号屠场》中的毕利也企图离开由历史的德累斯顿大轰炸和当代的冷漠世界造成的"创伤之城"，前往 541 号大众星寻求精神的救赎。在 541 号大众星上，毕利可以自由地与外星人谈论他在德累斯顿大轰炸中看到的惨象，谈论生与死的相对性，谈论战争和人类意志的本质等诸种问题。541 号大众星的哲学观尤其使毕利印象深刻，它反对从发生的任何事件中寻求意义。因此，541 号大众星实际上就是毕利精心构建的用来对抗地球上"创伤之城"的"天国之城"，他到 541 号大众星上的"旅行及他从那里带回的'知识'表现了他本人对于和平、爱、永恒、稳定和一种有秩序的存在的极度渴望"③。

约翰·厄普代克是 20 世纪中后期美国现实主义和社会风尚小说的代

---

① 〔美〕库尔特·冯尼古特：《五号屠场》，第 69—70 页。

② Richard Hinchcliffe，"Would'st Thou Be in a Dream John Bunyan's *The Pilgrim's Progress* and Kurt Vonnegut's *Slaughterhouse-Five*"，*European Journal of American Culture*，Vol. 30，No. 2，2002，p. 183.

③ Leonard Mustazza，*Forever Pursuing Genesis：The Myth of Eden in the Novels of Kurt Vonnegut*，New Jersey：Cranbury Associated University Press，1990，p. 103.

表性作家，被评论界称为"社会历史变化的准确记录者"①。他的代表性小说是以"兔子"命名的四部曲，即《兔子，跑吧》《兔子回来了》（*Rabbit Redeux*，1971）、《兔子富了》（*Rabbit Is Rich*，1981）和《兔子休息了》（*Rabbit at Rest*，1990）。这些小说虽然旨在表现美国 20 世纪中后期的社会风尚和道德变迁，但是仍然将旅行作为基本的情节架构，这在《兔子跑吧》和《兔子休息了》中表现得最为明显。皮特·弗里斯（Peter Freese）指出："逃离性旅行在现当代美国文学中仍然非常普遍……在约翰·厄普代克的《兔子跑吧》（1960）中，哈里·安格斯特罗姆（Harry Angstrom）试图逃离他视为监狱的家乡。"② 主人公哈里中学时代曾经是篮球明星，因为在篮球场中动作敏捷而获得了"兔子"的绰号。成年后的哈里在宾州布鲁厄市的一家商场做店员，并结婚生子，日子过得沉闷单调，好似生活在监狱里一般。在一天晚上开车去父母家接送儿子回家的时候，哈里突然决定改变行程，出走佛罗里达州，逃避与妻子詹尼斯（Janice）平淡沉闷的生活，这就将叙事的场景由家庭转移到高速公路上。"他飞快地驶过约瑟夫大街，然后向左转，全然不顾停车信号，一头扎进杰克逊大街，再斜插到中央大道，即通往费城的 422 公路……他想往南，照地图方位向下，向下，到有柑橘园、雪水汽的河流及赤脚女人的地方去。看上去也够简单的，开呀开呀整个晚上整个上午整个下午都开，一过中午就把车停在海滩上，脱掉鞋子在墨西哥湾边入睡。"③ 只是在汽车开到西弗吉尼亚的时候，由于迷了途，身上带的油钱不多，哈里才被迫掉头回到布鲁厄市。虽然哈里最终回了家，但是他与妻子詹尼斯在家庭生活中的矛盾并没有解决，于是他开车逃离家庭的行为时有发生。小说的结局是哈里再一次逃离家庭，虽然是以奔跑而不是开车的形式。《兔子休息了》是"兔子"四部曲中的最后一部，虽然仅有三章，但是从这三章的题目的空间转换，就可以看出这部小说的旅行叙事。第一章题目为"佛罗里达"，叙述哈里在佛罗里达州的迪利昂市购买了一套别墅，过上一种半隐半旅的生活。他在与孙女朱迪（Judy）乘帆船出海航行时，不幸翻船落水，险些遇难。第二章题目为"宾夕法尼亚州"，叙述哈里从佛罗里达回归到故乡宾夕法尼亚州的布鲁厄

①　Malcolm Bradbury, *The Modern American Novel*, Oxford: Oxford University Press, 1992, p. 183.

②　Peter Freese, "The Journey of Life in American Fiction", *Hungarian Journal of English and American Studies*, Vol. 19, No. 2, Fall 2013, p. 251.

③　〔美〕约翰·厄普代克：《兔子，跑吧》，李力、李欣等译，重庆出版社 1987 年版，第 30—33 页。

市的生活。故地重游，勾起哈里对故人往事的许多回忆。故事的第三章题目是"迈阿密州"，叙述哈里重演 30 年前的旧戏，再次离家出走，一人驾车跑回佛罗里达州的迪利昂市，最后因心肌梗死而猝死在那里。"哈里当年首次驾车离家出走时曾打算去佛罗里达州，他梦想的一个具体表现是到南方去享受海滩和阳光。《兔子休息了》开始时，哈里在佛罗里达州居住已达 5 个年头……哈里住到佛罗里达州，与其说是象征着他美国梦的实现，不如说是表明他梦想的破灭。"①

罗伯特·斯通（Robert Stone，1937—　）是 20 世纪 70 年代美国新现实主义文学的代表性作家，他的主要小说有《亡命之徒》（*Dog Soldiers*，1974）、《日出的旗子》（*A Flag for Sunrise*，1982）、《外桥地带》（*Outerbridge Reach*，1992）等。这些小说的一个中心叙事就是旅行和探索。"斯通小说的一个关键元素就是某种追寻旅程：到达危险边缘、寻求终极定义、达成终极决策。通常，追寻者要么是被内心无法抗拒的冲动，要么是被酗酒、吸毒或发疯驱使，甚至是因突如其来面对可怕的死亡而踏上征程。"②《日出的旗子》主要讲述几种不同类型的美国人在一个名叫"特肯"的虚构中美洲国家的旅行和历险，包括美国人类学家弗兰克·霍利威尔（Frank Holliwell）、海岸警备队队员帕布罗·塔巴（Pablo Tabor）、一对富有的美国夫妇杰克（Jack）和迪迪·卡拉罕（Deedee Callahan）、传教士埃甘（Father Eagan）和修女贾斯廷（Sister Justin）等。他们怀着不同的目的来到中美洲国家，或是逃避在美国受挫的生活，或是传教，或是投资开发那里的旅游资源。其中，弗兰克·霍利威尔在中美洲国家的旅行和历险是小说的主要叙事内容。这部小说甚至具有约瑟夫·坎贝尔单一神话中的英雄历险的叙事结构，即英雄响应历险召唤和拒绝历险召唤的叙事元素。"霍利威尔漫长和恐怖的旅行开始了，表面上看没有什么危险。他接受了一个邀请，到中美洲的一所大学做学术讲座。"③同时，他也拒绝了一个非正式的任务，那就是为他的老朋友和同学、现任的美国中情局局长马迪·诺兰（Marty Nolan）收集情报。于是，霍利威尔离开纽约州舒适的家园，取道纽约市，在那里坐飞机飞向克姆坡斯蒂拉，他的中美洲旅行的目的地。"霍利威尔到克姆坡斯蒂拉及特肯国的旅行在一种层面上也象征着主人公的内心旅行，一种与地区、人物和场景的相遇，它们构成了他的心理

---

① 王守仁：《新编美国文学史》（卷四），上海外语教育出版社 2002 年版，第 135—136 页。

② Gregory Stephenson，*Understanding Robert Stone*，Columbia：University of South Carolina Press，2002，p. 238.

③ Gregory Stephenson，*Understanding Robert Stone*，p. 66.

的外化或客观化。在旅行的过程中，那个熟悉的、外在的霍利威尔，亦即那个学术性的、恋家的男人，开始逐渐崩溃，因为他内心的各种力量之间的冲突开始以日益增加的频度和强度呈现出来。"① 在特肯国，霍利威尔经历了一系列历险。在特肯国的一个港口小城，霍利威尔邂逅了修女贾斯廷，并与之产生恋爱关系。可惜，这位漂亮的女孩受牧师埃甘的指使参加当地的反政府活动，不幸被杀害。故事的结局是霍利威尔和帕布罗驾着一艘小船，逃离危险的中美洲。《外桥地带》取材于斯通本人对海上航行的喜爱，也部分取材于他 1958 年随美国海军在南极地区的航行。因此，这是一部以海上航行为主要叙事的小说。小说的主人公欧文·布朗（Owen Browne）虽然当过海军，但是并无多少航海经验。当海兰公司老板马迪·海兰（Matty Hylan）突然失踪、无法代表公司参加环球帆船比赛时，布朗决定填补这个空缺，代表公司前去参加比赛。布朗此举的目的，就是通过漫长艰难的海上航行，找回自我，找回青年时代的自豪感。虽然布朗的妻子安妮（Anne）怀疑丈夫是否有能力进行这次艰难的航行，但是她还是支持丈夫做此冒险，希望此次历险能够使丈夫重新获得朝气和对婚姻生活的自信。小说的后半部分交替叙述布朗在海上的孤独旅行和妻子在纽约的生活，尤其是她趁机与他人的情感私通。获悉妻子的背叛，布朗感到自己的人生非常失败。最后，布朗放弃远航，改变航向，谎报自己在海上的位置，任凭帆船在南大西洋上自由漂流。在经历一些宗教的幻境之后，布朗选择跳海自杀。

保罗·奥斯特是美国 20 世纪 80 年代的一位著名犹太小说家，也是一位后现代小说家。虽然奥斯特的小说对于犹太族裔问题的关注已经不如他的前辈作家那么明显，而且他的小说具有明显的后现代主义叙事特征，但是他对于旅行和求索的表现却始终切合美国 20 世纪小说的旅行叙事主体。奥斯特的代表性小说包括《月宫宫殿》（Moon Palace）、《最后之物的国家》《机缘的音乐》（The Music of Chance，1990）、《韦尔迪格先生》（Mr. Vertigo，1994），以及《廷巴克图》（Timbuktu，1999）等。"尽管这些小说中的每一部都明显地用不同的范式写成，但它们都具有共同的形式和时间性结构，即主人公出发，去进行他希望完成的旅行。"② 艾拉纳·施拉哈（Ilana Shiloh）进一步指出："流浪汉道路故事、道路时空体和机遇时空

---

① Gregory Stephenson, *Understanding Robert Stone*, p. 68.

② Ilana Shiloh, *Paul Auster and Postmodern Quest: on the Road to Nowhere*, New York: Peter Lang, 2002, p. 1.

体、机缘时空体的暧昧性及它与失落的语言性和本体性的结合，所有这些
特征都契合奥斯特的小说。如果奥斯特的几部小说，例如《月亮宫殿》
《机缘的音乐》和《韦尔迪格先生》至少部分具有旅行叙事的话，那么其
他的小说都具有旅行或求索的叙事结构。"①《最后之物的国家》以书信体
的形式写成，将旅行叙事和敌托邦叙事有机地结合在一起，叙述犹太女孩
安娜·布鲁姆（Anna Blume）在"毁灭之城"的旅行、求索，以及梦魇般
的遭遇。一天，安娜到一个无名之城旅行，去寻找她失踪的哥哥威廉·布
鲁姆（William Blume）。威廉是一家报社的记者，在被派到这个无名之城
之后很快消失。"这部小说的结构性叙事框架就是安娜寻找她失踪的哥哥。
寻找也是这个可怕的毁灭城中的居民的主要行为，他们通过在废物中觅食
或者搜寻猎物而勉强维持生计。这个寻找的叙事范式也进一步为多元的旅
行和航行隐喻所丰富，比如次要人物伊萨贝尔（Isabella）和弗迪南
（Ferdinand），他们曾经是资助哥伦布进行发现之旅的西班牙统治者的名
字。"② 安娜来到这个城市，发现它为集权主义所控制，充满暴力和死亡。
在这个"毁灭之城"，房子、街区和人物都成为"最后"一个，很快都消
失不见了。安娜在图书馆发现接替他哥哥工作的报社记者萨姆（Sam），同
时还有上百个"清洗运动"的幸存者，包括犹太教的拉比（Rabbi）牧师。
但是，图书馆很快就被大火焚烧，安娜和萨姆逃离"毁灭之城"。《机缘音
乐》的最典型叙事特征就是开车旅行。这个叙事主题甚至在小说的开篇就
体现无疑："一整年来他什么都没有干，就是开车，在美国来来往往地旅
行，因为他在等钱。"③ 小说的主人公吉姆·纳什（Jim Nash），生活在波
士顿郊外，生活入不敷出。收到父亲的 20 万美元遗产后，他用其中的一
部分钱购买了一部新车，驾车周游美国，寻找自由的生活。旅行几乎耗费
掉他所有的积蓄，于是他决定到纽约去，寻找新的谋生之路。途中，纳什
遇到一个名叫波齐（Pozzi）的年轻人，同意让他搭便车去纽约。波齐靠赌
博为生，说服纳什跟他一起去赌博。结果，纳什的钱在赌场输得精光，连
他的新车也赔了进去。纳什被迫给债主做苦役，费尽周折总算把赌债还
清。小说结尾时，纳什又开车上路，结果却与迎面而来的汽车相撞，当场
毙命。小说将旅行和机缘结合在一起，阐释旅行的不确定性。在旅途中，
人们会遇到各种各样的人，也会受到各种各样的诱惑。一旦做出错误的选

① Ilana Shiloh, *Paul Auster and Postmodern Quest: on the Road to Nowhere*, p. 3.
② Ilana Shiloh, *Paul Auster and Postmodern Quest: on the Road to Nowhere*, p. 147.
③ Paul Auster, *The Music of Chance*, New York: Penguin Books, 1991, p. 1.

择，旅行者将会获得悲剧性的人生归宿。

"当代美国黑人小说一个令人瞩目的现象是女性作家的崛起。与男性作家不同，女性作家的笔触深入黑人妇女的内心世界，着重描写她们的生活体验。"① 在这些黑人女作家中，艾丽斯·沃克是最有影响力的人物之一。像她的黑人文学前辈一样，"艾丽斯·沃克在小说中也深深地关注女性通过公开的旅行获得解放"② 这一主题。沃克的第一个短篇小说集《爱情与麻烦：黑人妇女的故事》(In Love and Trouble: Stories of Black Women, 1973) 中就收录了许多关于黑人女性旅行叙事的短篇小说。小说集中的第一篇是《罗斯莉莉》("Roselily")，表现主人公在毫无生气的南方家庭生活中的羁绊，以及到北方去追求独立自由生活的渴望。随着拘谨的结婚仪式的来临，罗斯莉莉感到内心非常压抑，唯一的慰藉就是幻想能有一辆"锃亮的灰蓝色"汽车载她离开"密西西比的黑暗"③，到达芝加哥，在那里开始新的生活。"沃克的第二部小说集《你不能让一个好女人失望》(You Can't Keep a Good Woman Down)，里面也包含许多女性通过公开的旅行获得个性解放的故事"④，例如《情人》的女主人公为日常生活中的妻子和母亲角色感到压抑，于是离开她在美国中西部的家，来到新英格兰，在那里，她获得了许多自由，包括爱情。尽管她最后还是回到了中西部的家园，但她的躁动不安的旅行意识激励她梦想到"所有遥远的国家"旅行，"进行大胆的冒险"，以及"寻找更多的情人"⑤。短篇小说中的这些女性旅行和寻求个性解放的叙事，在沃克的长篇小说中也有所体现。例如，沃克的第一部长篇小说《格兰奇·科普兰的第三次人生》(The Third Life of Grange Copeland, 1970) 就表现了黑人男性和女性的各种失败的旅行活动。在这部小说中，南方是一个可怕的地狱，禁锢着黑人，使他们无法过上体面的物质生活，导致他们精神的堕落和心理变态。为此，小说中的男女人物都渴望进行逃离南方的旅行。格兰奇·科普兰是佐治亚州的一个黑人佃农，因为生活的沉重和社会的歧视而郁郁寡欢，性情暴躁。姐夫塞拉斯 (Silas) 在纽约的发迹刺激了他对改变命运的想象，于是他离开家乡，向纽约进发。"他还没有弄明白他要去做什么。他只是去一个人云亦

① 王守仁：《新编美国文学史》(卷四)，第 297 页。
② Robert Butler, *Contemporary African American Fiction: The Open Journey*, p. 68.
③ Alice Walker, *In Love and Trouble*, New York: Harcourt Brace Jovanovich, 1973, p. 9.
④ Robert Butler, *Contemporary African American Fiction: The Open Journey*, p. 66.
⑤ Alice Walker, *You Can't Keep a Good Woman Down*, New York: Harcourt Brace Jovanovich, 1981, p. 39.

云的好地方。"① 然而，格兰奇最终发现，纽约作为一个真实的地方并不是美国黑人的幸福天堂，黑人在纽约所受到的压迫和歧视与他们在佐治亚州所受到的压迫和歧视别无二致。"他发现无论他走到哪里，他都受到白人的控制。他们统治着纽约，就像统治着佐治亚州。"② 认识到纽约尤其是哈莱姆的邪恶以后，格兰奇毅然回归故乡佐治亚州，逐渐喜欢故乡的田园生活。格兰奇的儿子布朗菲尔德（Brownfield）长大以后，也试图重走他父亲的老路，离开南方，到北方寻找幸福的生活。小说一开始就描写布朗菲尔德喜欢做白日梦，梦见自己拥有一座漂亮的别墅，拥有一辆光彩夺目的汽车。他母亲去世以后，布朗菲尔德拒绝继续为希普利（Shipley）的农场打长工，决定到北方追求"自己的自由"。但是，当他在旅途中留宿露珠店铺并被他父亲的相好乔西（Josie）诱惑的时候，他的北方之行就夭折了，他也就注定要重复他父亲的生活。相较于父辈失败的旅行，作为科普兰家族第三代的女儿露丝（Ruth），她的旅行就比较成功。爷爷格兰奇在纽约挣的血汗钱使她能够接受较好的教育，美国文学和非裔美国文学中所书写的旅行场景极大地开阔了她的视野，激励她像文学中的大多数人物一样，摆脱家园的束缚，进行自己的人生旅行。在她看来，黑人在南方社会的发展是受限的，不仅受制于白人的限制，也受制于黑人社区的限制。当她问爷爷格兰奇"她长大了能干什么"的时候，她得到的回答是"继续留在农场生活"。对于这种静态的生活，露丝断然拒绝。她告诉爷爷格兰奇："有朝一日我想离开这里……我想我应该像你那样去北方。"③ 小说结尾的时候，露丝为汹涌澎湃的黑人民权运动所吸引，她是否会离开家园并投入黑人民权运动，沃克留下了一个开放性的结局。

20 世纪 70 年代以后，华裔文学在美国异军突起，代表性作家有汤亭亭（Maxine Hong Kingston，1940—　）、谭恩美（Amy Tan，1952—　）和任碧莲（Gish Jen，1955—　）等。虽然华裔文学在成就和影响力方面不及非裔和犹太裔文学，华裔美国人也与美国白人和其他族裔文化不同，但是在表现旅行尤其是移民性旅行和流浪性旅行方面仍然与美国主流文学中的旅行叙事具有共性部分，因为美国是一个移民国家，每年都有其他大陆和国家的人源源不断地移民到美国。到了美国之后，这些移民也会因为找不到工作而四处流浪。发表于 1989 年的《孙行者》（*Tripmaster Monkey*：

① Alice Walker, *The Third Life of Grange Copeland*, New York: Harcourt Brace Jovanovich, 1981, p. 140.
② Alice Walker, *The Third Life of Grange Copeland*, p. 140.
③ Alice Walker, *The Third Life of Grange Copeland*, p. 193.

His Fake Book），是汤亭亭的一部典型的华裔流浪汉小说。"《孙行者》展示了从其他虚构性叙事范式中借鉴过来的特征。从被称为流浪汉的插曲式叙事范式中，汤亭亭借鉴了反英雄的主人公〔惠特曼·阿新（Wittman Ah Sing）〕和一些或多或少的历险，在这些历险中主人公陷入麻烦并为了某种目的而旅行。"① 背景设在 20 世纪 60 年代的美国旧金山，"《孙行者》叙述了惠特曼·阿新的流浪性旅行……影响阿新旅行的动机，是他对清晰而稳定的身份的追求，以及对一个能使他探索什么是美国人本质的艺术项目的追求"②。"惠特曼·阿新"这个名字充分显示出主人公是美国文化和中国文化的融合，"惠特曼"令人想起写出《大路之歌》的美国诗人惠特曼，"阿新"是中国广东或上海人的常见名字。小说通过主人公在旧金山及美国其他地方的流浪性旅行，揭示华裔美国人所受到的种族歧视，以及华裔美国人对自己身份的追求。由于其跨掉派的生活作品以及对工作的不上心，阿新丢掉了售货员的工作，在旧金山城里流浪。他带着唐娜回家看望父亲，然后驱车去赌城雷若寻找离家出走的婆婆。他参加一个马拉松晚会，在公交车上高声朗诵里尔克的诗歌，还创作了一部宏大的史诗剧，把《西游记》、莎士比亚、《三国演义》、惠特曼等他所知道的内容都容纳进去，借以建构新的华裔身份的可能性。

　　李建孙（Gus Lee，1946—　）的《支那崽》（*China Boy*，1991）再现了华人到美国的移民经历，以及华人子孙在美国的流浪和追寻。小说的主人公丁凯（Kai Ting），出生于美国加利福尼亚的旧金山。丁凯的父亲曾经是国民党军官，因逃离战火和追捕而移民到美国，渴望融入美国文化。丁凯的生母是一位大家闺秀，带着三个孩子，冲破战火、土匪、日军的阻遏，不远万里来到美国，与丈夫团聚。在母亲健在的日子里，丁凯的童年生活还比较幸福。母亲去世以后，急于被美国文化同化的父亲娶了一个名叫艾德娜（Edna）的美国女人为妻。丁凯的这位美国继母既不尊重中国文化，又对丈夫的孩子们百般虐待，竟然将丁凯扫地出门，使他成为一个无家可归的流浪汉。丁凯在旧金山街头的流浪，虽然时间和空间的跨度不如《哈克贝利·费恩历险记》等经典流浪汉小说的时空跨度大，但是它仍然能使主人公从一个流浪者和社会边缘人的视角，体验社会底层人民的疾苦及华裔移民融入美国社会的艰难。追寻（quest）是旅行的一个重要动机，

① E. D. Huntley, *Maxine Hong Kingston: A Critical Companion*, Greenwood Publishing Group, 2001, pp. 157–158.

② E. D. Huntley, *Maxine Hong Kingston: A Critical Companion*, p. 158.

丁凯的流浪性旅行里面也有追寻，那就是对父母之爱和身份的追寻。拉罗太太（Mrs. LaRue）给丁凯的一杯水，被丁凯视为母爱和生命的源泉而得以珍惜。辛伯伯（Uncle Shim）虽然是丁凯流浪生活中的引路人，但是他的儒家思想却与美国文化格格不入。在丁凯的街头流浪途中，基督教青年会承担了缺位的父亲角色。[①] 这是一个由华裔、非裔、犹太裔等多种移民文化组成的会所，既给丁凯进行体格和拳击方面的训练，又给他进行多元文化的精神教育。正是在这个会所，流浪的丁凯找到了家园，并最终成长为一个中西合璧的拳击师。

徐宗雄（Shawn Wong, 1949—　）的《天堂树》（*Homebase*, 1979）以主人公华裔少年陈雨津（Rainsford Chan）的地理旅行和精神旅行为主线，展示华裔在美国的移民和身份追求的历程。陈雨津童年时代生活在美国的关岛和伯克利，在父亲的庇护下生活过得还算浪漫和欢快。在关岛期间，他和父亲观看美国轰炸机的升降起落，热带雨林也成为他和父亲惊险刺激的迷宫。他的父亲尤其"纵容儿子对飞机、骑车、牛仔、连环画里的英雄和火车的迷恋和幻想"[②]。迁居到伯克利之后，父亲仍然带着儿子不惜远道去看火车在大桥上进站和出站的情景。然而，好景不长，父母的先后去世，使得童年和青少年时期的陈雨津心理上承受了难以言状的痛苦。他认为，逃离心灵创伤的一个有效方式就是开车旅行。"当我开始开车时，我通常在晚上开车，翻过山，穿过空旷的街，用开夜车的方式来逃避思考我自己生命的追求问题。"[③] 在开车、坐火车和飞机在全国各地的旅行途中，陈雨津开始了追踪华裔移民尤其是其家族移民的历史。"我要用我以前去的地方来命名我生命的重要时刻，加以分类，以便从记忆中挖出，找到我生命的稳定脉搏，然后把我的生命扎根于这些地名中。"[④] 他来到曾祖父修筑铁路的内华达山脉，曾祖母曾不远万里赶来与曾祖父团聚，却不幸病逝在那里。循着曾祖父的筑路轨迹，陈雨津来到怀俄明州，在那里，铁路修完了，曾祖父和其他华工被遣散，颠沛流离到美国的西部。陈雨津还来到加州海边的奥克兰小镇，寻觅祖父当年发家的地方。在奥克兰，祖父与祖母相识结婚，作为家族第二代算是在美国定居下来。陈雨津还重游位于旧金山湾的天使岛，这是当年中国移民到达美国西海岸入境的必经之地，在这里陈雨津想象祖父当年入境时所受到的粗暴对待。此后，陈雨津

---

① 侯金萍：《华裔美国小说成长主题研究》，博士学位论文，暨南大学，2010 年，第 53 页。

② Shawn Wong, *Homebase*, New York：Penguin Books USA Inc., 1991, p. 36.

③ Shawn Wong, *Homebase*, p. 8.

④ Shawn Wong, *Homebase*, p. 23.

开始寻访父亲走过的足迹，从关岛、伯克利一直延伸到美国的每一片土地。陈雨津在身体旅行的同时，精神也在旅行。"陈雨津"本是根据他曾祖父所生活的小镇而起的名字，然而遍访美国版图，陈雨津居然找不到这个小镇，一如华裔历史在美国历史中被抹杀一样。但是通过身体的旅行和精神的旅行，陈雨津将自己祖先在美国的移民史和文化融合史有机地结合起来，证明华裔族群和欧洲白人族群一样，早已和美国融为一体，既是美国人，又保留着自己独特的文化。正如原产于中国南方的天堂树，也能在美国的加州生根发芽，枝繁叶茂。在这部小说中，旅行尤其是迁徙性旅行，是最中心的叙事模式和文化隐喻。正如黄秀玲（Sau-ling Cynthia Wong）所言，"在思索祖先命运时，陈雨津对迁徙进行了独特而持久的关注"①。这种迁徙之旅在四代华裔美国人中以不同的方式呈现。作为第一代华裔美国人，曾祖父进行的是从中国到美国的移民之旅，以及在美国修建铁路的苦力之旅；作为第二代移民，祖父被迫进行的是驱逐与流浪之旅；作为第三代华裔美国人，父亲进行的类似欧洲大旅行时期的教育之旅，通过带领儿子游览美国的山川、平原和城市，培养儿子作为一个美国人的自豪感；作为第四代华裔美国人，陈雨津进行的是文化寻根之旅，通过遍访祖父辈们在美国的足迹，陈雨津找到了华裔美国人的根和身份。②

　　阿里基·范诺戈利（Aliki Vannogli）指出，"旅行和错位始终是美国故事中的两个中心概念。除了只经历过文化错位的美国印第安人以外，其余的种族都在某种程度上经历过旅行和错位。不管他们来到美国是作为自愿的移民，还是作为不情愿的奴隶，他们的旅行都曾经改变并且在继续重新界定今日的美国"③。其实，范诺戈利的观点有些武断，即使是印第安文学中，也具有旅行和文化错位的叙事，例如达西·麦克尼柯尔（D'Acy McNickle，1904—1977年）的小说《被包围者》（The Surrounded，1936）和路易丝·厄德里克（Louise Erdrich，1954—　）的《爱药》（Love Medicine，1984）。小说《被包围者》的主人公阿切尔德·林恩（Archilde Leon）具有印第安萨利什和西班牙的双重血统，在俄勒冈州进行过短暂的漂泊和卖艺后回归其位于弗兰特赫德印地安保护地的家园。阿切尔德在远离萨利什文化的"异域"世界的冒险象征着他的"漫游"阶段或者是一种求

① 黄秀玲：《从必须到奢侈：解读亚裔美国文学》，詹乔等译，中国社会科学出版社2006年版，第214页。

② 侯金萍：《华裔美国小说成长主题研究》，第87—88页。

③ Aliki Vannogli，*Travel and Dislocation in Contemporary American Fiction*，New York：Routledge，2012，p. xv.

索。这样的一种旅行，既要求与本族社区的暂时脱离，又是一种对身份、对印第安民族身份的深层理解。如果求索之旅获得成功，主人公阿切尔德将会和印第安社区文化达到一种全新的亲密融合。"在这部小说中，一条象征性的道路在印第安和白人世界的交叉口岔开。从主流文化的视角看，选择必须进行：是走白人的路还是印第安人的路？"①《爱药》开篇讲述印第安女人琼·卡西波（June Kashpaw）"行走在北达科他州威利斯敦小镇崎岖不平的大街上，这个小镇以盛产石油而著名"②。她要等待公共汽车，载她回家。在等待公共汽车的过程中，琼邂逅了一个叫安迪（Andy）的白人工程师，并在后者的引诱下坐上他的汽车。在远离小镇的乡下公路上，琼和白人工程师发生了性关系，然后她决定下车步行回家。在回家的途中，琼遭遇暴风雪，结果冻死在路上。琼的死亡引起了印第安族人的种种猜测，有的人认为这是白人社会欺压印第安社会的结果，有的人则只关心琼的意外死亡给她的儿子利普莎·毛利塞（Lipsha Morrissey）带来的保险金的数额，以及毛利塞用母亲死亡保险金购买的新汽车。小说的结尾描述琼的儿子毛利塞在帮助他父亲逃亡到加拿大以后，驾车行驶在高速公路上。他来到"界河桥上"，在那里停了下来，回想起印第安部落的一些仪式、他的母亲，以及一些沉没在河里的破旧汽车。在回想起河流曾经是海洋这一印第安神话以后，毛利塞认识了部落"干旱土地"的"真相"，然后继续沿着"正确的路线"回家。芭芭拉·皮特曼（Barbara L. Pittman）认为，"厄德里克利用道路叙事母题来架构她的小说的开篇和结尾，同时也用来表现人物的时空相遇"③。除了开头和结尾用到道路叙事之外，小说的其他部分也都或显或隐地使用了流浪汉旅行叙事，借以表现印第安族裔内部及印第安族裔和白人文化的冲突。

总之，纵观美国 20 世纪小说，尽管在内容表现方面有流派、区域、族裔、性别等方面的区别，在表现方式方面有现实主义、现代主义、后现代主义，以及新现实主义的不同，但是在旅行叙事结构方面却具有诸多的共性之处。第一，这些小说主要人物的旅行动机和叙事起点基本上都是"逃离"（escape），而"逃离"在美国文学中具有独特的文化隐喻。"美国小说传统上将逃离视作一种胜利，一种庆祝个人超验的成长仪式。通过逃

① Louis Owens, *Other Destinies*: *Understanding the American Indian Novel*, Norman, Oklahoma: University of Oklahoma Press, 1994, p. 69.

② Louise Erdrich, *Love Medicine*, New York: Bantam, 1989, p. 1.

③ Barbara L. Pittman, "Cross-Cultural Reading and Generic Transformations: The Chronotope of the Road in Erdrich's *Love Medicine*", *American Literature*, Vol. 67, No. 4, 1995, p. 779.

离，主人公对他所处的社会进行评判，含蓄地表达出对习俗和腐败的弃
拒。"① 欧内斯特·海明威的《太阳照常升起》中的"迷惘的一代"群体
逃离美国，约翰·斯坦贝克《愤怒的葡萄》中的约德一家逃离俄克拉荷马
州，杰克·凯鲁亚克《在路上》中的"垮掉派"群体逃离纽约物质主义的
困扰，黑人作家拉尔夫·埃里森《看不见的人》中的主人公逃离美国南
方，美国南方作家托马斯·沃尔夫《你不能再回家》中的主人公乔治·韦
伯极力逃离南方没落和窒息的社会环境，J. D. 塞林格《麦田里的守望者》
中的主人公霍尔顿·考尔菲德逃离潘西预科学校的陈腐教育等，都是逃离
性旅行的典型表现。

　　第二，这些小说都具有共同的漫游叙事情节。斯道特指出，"在20世
纪美国小说中，旅行的母题持续地重现，呈现出一种无规则的漫游形式，
我们的旅行没有确定目的和时限，旅行没有终点"②。在"迷惘的一代"
的作品中，海明威的《太阳照常升起》再现了美国"迷惘的一代"青年在
欧洲尤其是巴黎的漫游，他们的旅行地点可以绘制成一幅巴黎地形图。F.
S. 菲茨杰拉德的《夜色温柔》也表现了戴弗夫妇在欧洲各地的漫游，不断
地穿梭于各种酒会之中。约翰·多斯·帕索斯的《曼哈顿中转站》则以蒙
太奇的叙事方式把纽约各个阶层人士的漫游表现得淋漓尽致。在漫游性旅
行方面，"垮掉派"作家的小说不折不扣地继承了"迷惘的一代"作家的
衣钵。约翰·赫尔米斯《行走!》再现了"垮掉派"原型人物在纽约的漫
游、吸毒和派对，凯鲁亚克把赫尔米斯《行走!》中的人物漫游从纽约扩
展到大半个美国，而威廉·巴勒斯的《裸体午餐》则把"垮掉派"人物的
漫游从现实的美国扩展到虚构的时空维度。除此之外，漫游也是其他派别
和族裔小说中的主要结构性情节。例如，刘易斯《大街》的女主人公卡罗
尔离开戈弗草原镇而到全国各地的漫游，塞林格《麦田里的守望者》中霍
尔顿在纽约街头的漫游，托尼·莫里森《所罗门之歌》中的男女主人公在
美国南方各地的反向漫游，托马斯·沃尔夫《你不能再回家》中的主人公
乔治·韦伯在美国乃至欧洲的漫游等。

　　第三，这些小说都具有共同的追寻性（quest）主题和叙事模式。"追
寻首先是一种寻找之旅，一种对未知世界的求索。其目的既未知，又很重
要，超乎人们的界定和理性的评判。它既像一头体现终极真理和终极神秘

---

① Janis P. Stout, *The Journey Narrative in American Literature: Patterns and Departures*, p. 33.

② Janis P. Stout, *The Journey Narrative in American Literature: Patterns and Departures*, p. 105.

的鲸鱼，又像一缕神奇的金丝"①。在多斯·帕索斯的《曼哈顿中转站》中，流浪汉巴德·库本宁从乡下农场流浪到纽约曼哈顿，目的是寻找以百老汇大街为象征的"美国梦"。在约翰·斯坦贝克的《愤怒的葡萄》中，约德一家离开干旱肆虐的俄克拉荷马州，沿着66号公路驱车驶向加利福尼亚州，目的是寻找现实的"迦南"圣地。在弗兰纳里·奥康纳的《智血》中，主人公黑兹尔·莫茨到托金汉姆市的旅行，其最初的目的是寻求新宗教教旨。"垮掉派"虽然名为"垮掉"，但并非没有精神追求。在赫尔米斯的《行走!》中，斯托夫斯基的三次旅行都具有求索的目的，渴望寻找人生的真谛和精神的救赎。在《奥吉·马奇历险记》中，奥吉在国内外的漫游性旅行，终极目的就是追寻犹太性和美国梦的完美契合。在托尼·莫里森的《所罗门之歌》中，女主人公秀拉的全国漫游也具有追寻的意义，寻求一种独立的黑人女性的生活方式和价值观。在华裔作家徐宗雄的《天堂树》中，主人公陈雨津在全国各地的漫游，就是为了追踪祖先在美国的移民踪迹，书写华裔美国人的历史，建构华裔美国人的身份。

在以旅行叙事为主体的美国20世纪小说中，各类现代性交通工具始终是一种不可或缺的叙事性因素，其中尤以汽车的文化隐喻最为突出。"汽车拥有多种意义——它们能表征诸如'财富''地位''流动性'和'自由'等多种概念。"②旅行中对各种交通工具的选择，体现出不同种族、阶层、性别和地域的美国人的心理偏好和文化向度。美国南方作家威廉·福克纳对汽车闯入人们的旅行生活表现出一种潜在的抵触情绪，认为汽车昭示的是一种由内向外的离心运动，弱化南方传统的家庭关系，消解南方的贵族历史。因此，在以《掠夺者》为代表的南方小说中，福克纳总是有意地揶揄汽车而礼赞传统的马车。同是南方作家的托马斯·沃尔夫，却执意要离开南方，摆脱传统落后文化的禁锢。在他看来，火车是终结南方传统秩序并将南方人带入现代性文明的理想交通工具。所以，在他的《你不能再回家》《天使望乡》等系列小说中，火车成为主人公旅行的主要载体。"火车，火车站及远方火车的鸣笛声遍布沃尔夫小说的每一个页面，也占据着他作品中每一个人物的意识。在所有的长篇小说和短篇小说中，沃尔夫将数以百计的页面用来描绘他的主人公尤金·甘特或乔治·韦

① Janis P. Stout, *The Journey Narrative in American Literature: Patterns and Departures*, p. 88.
② Laura DeLucia, "Positioning Steinbeck's Automobiles: Class and Cars in *The Grapes of Wrath*", *Steinbeck Review*, No. 2, 2014, p. 141.

伯坐火车在美国或欧洲旅行的场景。"① 火车和公共汽车是 20 世纪美国黑人小说中常见的一个叙事符号，火车尤其被黑人作家们视作一个危险而必需的旅行象征。"只要文本中出现火车，它就不是象征作家对进步具有正面或负面反应的客观物体，而是象征一种超越线性历史的时空裂隙……火车既是一个有限的空间，又是一种生理和精神上的门槛，也是黑人男女在进行心理旅行时所面临的物理和精神选择的象征。"② 对于黑人来说，火车旅行之所以是他们的第一选择，是因为它相对比较便宜，非常适合经济拮据的黑人。但火车旅行的危险性在于，它与公共汽车旅行一样，是遭遇种族歧视和冲突的必然场所。比如在托尼·莫里森的小说《秀拉》中，主人公奈尔有一次跟随母亲乘火车到南方旅行。这对黑人母女不小心进入白人车厢，立刻遭遇到白人列车员鄙夷不屑的目光和盘问，这次火车上的遭遇让奈尔对种族和性别有了新的认识。和拉尔夫·埃里森的《看不见的人》中，无名叙事者"我"在车站买下去纽约的车票，踏上北去的公共汽车。虽然汽车上的乘客寥寥无几，无名叙事者"我"仍不得不走向后排专门留给黑人的座位，由此看出种族歧视在公共旅行交通工具中的无所不在。F. S. 菲茨杰拉德是美国 20 世纪 20 年代"迷惘的一代"作家中的代表人物，在他的《了不起的盖茨比》《夜色温柔》等小说中，各种品牌的汽车闪亮登场，成为作品中主要人物美国梦寻和炫富的手段。约翰·斯坦贝克是 20世纪 30 年代社会抗议作家的杰出代表，在他的《愤怒的葡萄》等小说中，笨重破旧的卡车是美国农业工人摆脱贫困、寻找出路的主要载体。杰克·凯鲁亚克是 20 世纪 50 年代"垮掉派"作家的杰出代表，他的小说《在路上》堪称是一部上路旅行的圣经，也是关于汽车的颂歌。在这里，汽车是运动、速度、激情、自由、放纵的完美结合。

　　总之，旅行叙事在 20 世纪美国各个时代、流派、阶层、区域、族裔和性别的小说创作中无所不在，本书只能利用枚举的方式择其代表性作品而述之，而无法穷尽一切作品。研究美国 20 世纪小说中的旅行叙事，不仅是从一个新的视角对美国文学的叙事和主题进行阐释，而且对于中国当下的文化建设和文学创作也具有重要的启示性意义。进入 21 世纪以来，随着中国现代化进程的深入和人民生活水平的日益提高，旅行日益成为中国人民工作和消遣的主要方式，飞机、高铁、汽车也成为中国人民旅行的

---

① Joseph Bentz，"More than a Means to an End：The Train as the Locus of Human Interaction in the Fiction of Thomas Wolfe"，*Thomas Wolfe Review*，Vol. 36，No. 1 - 2，2012，p. 7.

② Darcy Zabel，*The Underground Railroad in African American Literature*，New York：Peter Lang，2004，p. 5.

主要交通工具。作为文学发生学的反映，中国作家的创作也势必会反映旅行叙事。尤其是在"中国梦"和"一带一路"的文化语境下，中国人民的旅行对内具有"中国梦"追寻的意义，对外具有"一带一路"国际形象传播的使命。借鉴美国 20 世纪小说中的旅行叙事书写及其文化隐喻，中国作家必将创作出符合中国时代特色和主题特色的旅行叙事作品。

参考文献

一　中文文献

陈红梅：《感伤之旅：在传统与现代的连接点上——〈太阳照常升起〉作为旅行文学》，《天津外国语大学学报》2013 年第 5 期。

董衡巽：《海明威评传》，浙江文艺出版社 1999 年版。

郝克路：《战后美国城郊化的趋势和原因》，载《美国现代化历史经验》，东方出版社 1994 年版。

侯金萍：《华裔美国小说成长主题研究》，博士学位论文，暨南大学，2010 年。

李文俊：《福克纳传》，新世界出版社 2003 年版。

廖永清、张跃军：《美国文学中的旅行与美国梦》，《外语教学》2008 年第 4 期。

刘国枝：《威廉·福克纳荒野旅行小说的原型模式》，博士学位论文，华中师范大学，2007 年。

刘洪一：《走向文化诗学：美国犹太小说研究》，北京大学出版社 2002 年版。

吕庆广、钱乘旦：《60 年代美国学生运动》，江苏人民出版社 2005 年版。

毛信德：《美国小说发展史》，浙江大学出版社 2004 年版。

《毛泽东选集》第 3 卷，人民出版社 1991 年版。

南治国：《中国现代小说中的南洋之旅》，博士学位论文，新加坡国立大学，2005 年。

庞好农：《非裔美国文学史》，中央编译出版社 2013 年版。

彭兆荣：《归去来：运动与旅行的文化人类学视野》，《内蒙古社会科学》

2013 年第 6 期。

乔国强：《美国犹太文学》，商务印书馆 2008 年版。

申荷永：《荣格与分析心理学》，广东教育出版社 2004 年版。

唐宏峰：《旅行的现代性——晚清小说旅行叙事研究》，北京师范大学出版
　社 2011 年版。

陶家俊：《身份认同导论》，《外国文学》2004 年第 2 期。

王本朝：《西方文学悲剧意识的宗教背景》，《文艺研究》1996 年第 3 期。

王宁：《现实主义，现代主义和后现代主义》，载柳鸣九主编《西方文艺思
　潮论丛：二十世纪现实主义》，中国社会科学出版社 1992 年版。

王守仁：《汽车与 50 年代美国小说》，《当代外国文学》1996 年第 3 期。

——，《新编美国文学史》（卷四），上海外语教育出版社 2002 年版。

王旭：《美国三大城市与美国现代区域经济结构》，载《美国现代化历史经
　验》，东方出版社 1994 年版。

文楚安：《"垮掉一代"及其他》，四川大学出版社 2003 年版。

吴建国：《菲茨杰拉德研究》，上海外语教育出版社 2002 年版。

武跃速：《无处置放的乡愁——论索尔·贝娄的〈耶路撒冷来去〉》，《外
　国文学评论》2012 年第 4 期。

杨金才：《新编美国文学史》第 3 卷，上海外语教育出版社 2002 年版。

虞建华：《美国犹太文学的"犹太性"及其代表价值》，《外国语》1990 年
　第 3 期。

——，《美国文学词典：作家与作品》，复旦大学出版社 2005 年版。

——，《杰克·伦敦研究》，上海外语教育出版社 2009 年版。

张冲：《新编美国文学史》第 1 卷，上海外语教育出版社 2000 年版。

张国庆：《垮掉的一代与中国当代文学》，武汉大学出版社 2006 年版。

张艺：《桑塔格文学作品中的旅行思想及其情感叙事》，《江苏社会科学》
　2014 年第 3 期。

张莹：《杰克·伦敦》，载吴富恒、王誉公主编《美国作家论》，山东教育
　出版社 1999 年版。

祝东平：《杰克·伦敦的青少年时代》，山西人民出版社 1999 年版。

〔奥地利〕阿德勒：《超越自卑》，黄国光译，国际文化出版公司 2005
　年版。

〔奥地利〕埃默里·埃利奥特：《哥伦比亚美国文学史》，朱通伯等译，四
　川辞书出版社 1994 年版。

〔苏联〕巴赫金：《小说的时间形式和时空体形式——历史诗学概述》，载

《巴赫金全集》第 3 卷，河北教育出版社 1998 年版。

〔法〕米歇尔·福柯：《空间、知识、权力——福柯访谈录》，载包亚明主编《后现代性与地理学的政治》，上海教育出版社 2001 年版。

〔美〕保罗·亚历山大：《守望者：塞林格传》，孙仲旭译，译林出版社 2001 年版。

〔美〕菲茨杰拉德：《了不起的盖茨比》，巫宁坤等译，上海译文出版社 2002 年版。

——，《夜色温柔》，主万、叶尊译，人民文学出版社 2007 年版。

——，《人间天堂》，金绍禹译，上海译文出版社 2010 年版。

〔美〕弗兰纳里·奥康纳：《智血》，周欣译，译林出版社 2001 年版。

——，《好人难寻》，於梅译，新星出版社 2010 年版。

〔美〕哈罗德·福克纳：《美国经济史》下卷，王锟译，商务印书馆 1964 年版。

〔美〕亨利·米勒：《空调噩梦》，金蕾译，中国人民大学出版社 2004 年版。

〔美〕黄秀玲：《从必须到奢侈：解读亚裔美国文学》，詹乔等译，中国社会科学出版社 2006 年版。

〔美〕杰克·凯鲁亚克：《在路上》，文楚安译，漓江出版社 2001 年版。

——，《孤独旅者》，赵元译，重庆出版社 2007 年版。

——，《达摩流浪者》，梁永安译，上海译文出版社 2008 年版。

〔美〕杰克·伦敦：《荒野的呼唤》，蒋天佐译，人民文学出版社 1981 年版。

〔美〕杰罗姆·大卫·塞林格：《麦田里的守望者》，施咸荣译，译林出版社 1983 年版。

〔美〕库尔特·冯尼古特：《五号屠场》，云彩、紫衫译，湖南人民出版社 1985 年版。

〔美〕拉尔夫·埃里森：《看不见的人》，任绍曾等译，外国文学出版社 1984 年版。

——，《六月庆典》，谭惠娟、余东译，译林出版社 2003 年版。

〔美〕勒内·韦勒克、奥斯汀·沃伦：《文学理论》，刘象愚等译，江苏教育出版社 2005 年版。

〔美〕雷贝嘉·索尔尼：《浪游之歌》，刁筱华译，麦田出版社 2001 年版。

〔美〕理查德·赖特：《黑孩子：童年与青年时代的记录》，王桂岚译，吉林人民出版社 1989 年版。

——，《土生子》，施咸荣译，译林出版社 2003 年版。

〔美〕刘易斯·P.辛普森：《南方小说》，载丹尼尔·霍夫曼主编《美国当代文学》（上），中国文联出版公司 1984 年版。

〔美〕马尔科姆·考利：《流放者归来——二十年代的文学流放生涯》，张承谟译，上海外语教育出版社 1986 年版。

〔美〕纳博科夫：《洛丽塔》，于晓丹译，时代文艺出版社 1997 年版。

〔美〕诺曼·梅勒：《白种黑人，伊甸园之门——六十年代美国文化》，方晓光译，上海教育出版社 1985 年版。

〔美〕欧内斯特·海明威：《太阳照常升起》，赵静男译，上海译文出版社 1984 年版。

——，《海明威短篇小说全集》（上），陈良廷译，上海译文出版社 2004 年版。

〔美〕萨克文·伯科维奇：《剑桥美国文学史》第 7 卷，蔡坚等译，中央编译出版社 2005 年版。

〔美〕斯坦贝克：《愤怒的葡萄》，胡仲持译，译文出版社 1982 年版。

〔美〕苏珊·席林格罗：《俄罗斯纪行·导读》，载斯坦贝克《俄罗斯纪行》，杜默译，重庆出版社 2006 年版。

〔美〕索尔·贝娄：《索尔·贝娄全集》，宋兆霖译，河北教育出版社 2001 年版。

——，《雨王亨德逊》，蓝仁哲译，上海译文出版社 2006 年版。

〔美〕托马斯·沃尔夫：《天使望乡》，范东生、许俊东译，安徽文艺出版社 1996 年版。

——，《你不能再回家》，刘积源、祁天秀译，敦煌文艺出版社 2008 年版。

——，《一位美国小说家的自传》，黄雨石译，上海人民出版社 2008 年版。

〔美〕托尼·莫里森：《最蓝的眼睛 & 秀拉》，陈苏东等译，南海出版公司 2005 年版。

——，《所罗门之歌》，胡允恒译，南海出版公司 2009 年版。

——，《家园》，刘昱含译，南海出版公司 2014 年版。

〔美〕托·斯·艾略特：《四个四重奏》，裘小龙译，漓江出版社 1985 年版。

〔美〕威廉·巴勒斯：《裸体午餐》，马爱农译，作家出版社 2013 年版。

〔美〕威廉·范·俄康纳：《美国现代七大小说家》，张爱玲译，生活·读书·新知三联书店 1988 年版。

〔美〕威廉·福克纳：《坟墓的闯入者》，陶洁译，上海译文出版社

2004 年版。

——,《我弥留之际》,李文俊译,上海译文出版社 2004 年版。

〔美〕辛克莱·刘易斯:《大街》,潘庆龄译,上海译文出版社 1993 年版。

——,《巴比特》,蔡玉辉译,译林出版社 2003 年版。

——,《孔雀夫人》,郝姣译,首都师范大学出版社 2015 年版。

〔美〕约翰·多斯·帕索斯:《曼哈顿中转站》,闵楠译,重庆出版社 2006
年版。

〔美〕约翰·厄普代克:《兔子,跑吧》,李力、李欣等译,重庆出版社
1987 年版。

〔美〕约瑟夫·坎贝尔:《千面英雄》,张承谟译,上海文艺出版社 2000 年
版。

〔美〕詹姆士·O.罗伯逊:《美国神话美国现实》,贾秀东译,中国社会科
学出版社 1990 年版。

〔美〕詹姆斯·W.汤普逊:《中世纪经济社会史》(上),耿淡如译,商务
印书馆 1984 年版。

〔瑞士〕荣格:《分析心理学的理论与实践》,成穷、王作虹译,生活·读
书·新知三联书店 1991 年版。

〔英〕马尔科姆·布雷德伯里、詹姆斯·麦克法兰:《现代主义》,胡家峦
译,上海外语教育出版社 1992 年版。

〔英〕迈克·克朗:《文化地理学》,杨淑华、宋慧敏译,南京大学出版社
2005 年版。

二 英文文献

Aarons, Victoria, *The Cambridge Companion to Saul Bellow*, Cambridge, UK:
Cambridge University Press, 2016.

Abbeele, Georges Van Den, *Travel as Metaphor: From Mantainge to Rousseau*,
Minneapolis: University of Minnesota Press, 1992.

Abrams, M. H., "Spiritual Travelers in Western Literature", in Bruno Ma-
gliocchetti and Anthony Verna, eds., *The Motif of the Journey in Nineteenth-
Century Italian Literature*, Gainesville: University Press of Florida, 1994.

Adams, Percy G., *Travel Literature and the Evolution of the Novel*, Kentucky:
University Press of Kentucky, 1983.

——, *After the Lost Generation*, New York: McGraw-Hill Book, 1951.

Agee, James, *Selected Journalism*, Paul Ashdown, ed., Knoxville: University of Tennessee Press, 2005.

Aldridge, John W., "Afterthoughts on the Twenties and *The Sun Also Rises*", in Linda Wagner-Martin, ed., *New Essays on The Sun Also Rises*, Cambridge: Cambridge University Press, 1987.

Allen, William Rodney, "The Cage of Matter: The World as Zoo in Flannery O'Connor's *Wise Blood*", *American Literature: A Journal of Literary History, Criticism and Bibliography*, Vol. 58, No. 2, 1986.

Alsen, Eberhard, *Romantic Postmodernism in American Fiction*, Chicago: Rodopi, 1996.

Ammary, Silvia, *The Influence of the European Culture on Hemingway's Fiction*, Lanham, Maryland: Lexington Books, 2015.

——, *A Moveable Feast*, New York: Charles Scribner's Sons, 1964.

——, and Blake Hobby, *The Hero's Journey*, New York: Infobase Publishing, 2009.

Anderson, Athur C., *The Journey Motif in the Fiction of John Steinbeck: the Traveller Discovers Himself*, Ph. D. dissertation, Fordham University, 1976.

Astro, Richard, "Travels with Steinbeck: The Laws of Thought and the Laws of Things", in Tetsumaro Hayashi, ed., *Steinbeck's Travel Literature: Essays in Criticism*, Library of Congress, 1980.

Auster, Paul, *The Music of Chance*, New York: Penguin Books, 1991.

Axelrod, Steven Gould, "The Jewishness of Bellow's Henderson", *American Literature*, Vol. 47, No. 3, 1975.

——, *Babbit*, New York: Harcour Brace Jovannovich Inc, 1922.

Bacon, Francis, *The Essays of Francis Bacon*, Mary Agusta Scott, ed., New York: Charles Scribner's Sons, 1908.

Baker, Phil, *William S. Burroughs*, London: Reaktion Books Limited, 2010.

Balaswamy, P., "The Chosen People in the Promised Land: The Allegorical Structure of *The Grapes of Wrath*", in Manmohan K. Bhatnagar, ed., *Twentieth Century Literature in English*, Vol. 1, New Delhi: Atlantic Publishers & Distributors, 1996.

Banco, Lindsey, *Travel and Drugs in Twentieth-Century Literature*, New York and London: Routledge, 2013.

Baos, Franz, *Anthropology and Modern Life*, New York: Norton, 1928.

Barth, Daniel, "Thomas Wolfe's Western Journeys", *Western American Literature*, Vol. 26, No. 1, 1991.

Bartkowski, Frances, *Travelers, Immigrants, Inmates: Essays in Estrangement*, Minneapolis/London: University of Minnesota Press, 1995.

Beach, Joseph Warren, "John Steinbeck: Art and Propaganda", in W. Tedlock and C. V. Wicker, eds., *Steinbeck and His Critics*, Albuquerque: University of New Mexico Press, 1957.

Beaulieu, Elizabeth Ann, ed., *The Toni Morrison Encyclopaedia*, Westport, Connecticut: Greenwood Publishing Group, 2003.

Becker, John E., *Another Man Gone: The Black Runner in Contemporary Afro-American Literature*, New York: Kennikat Press Corp, 1977.

Beddow, Alastair, "Manhattan Nightmares: John Dos Passos, Charles Sheeler and the Distortion of Urban Space", *Moveable Type*, Vol. 6, 2010.

Benson, Jackson, *The True Adventures of John Steinbeck, Writer*, New York: Viking, 1984.

Bent, Jaap Vander, "John Clellon Holmers", in William Lawlor, ed., *Beat Culture: Lifestyles, Icons and Impact*, Santa Barbara, California: ABC-CLIO, 2005.

Bentz, Joseph, "More than a Means to an End: The Train as the Locus of Human Interaction in the Fiction of Thomas Wolfe", *Thomas Wolfe Review*, Vol. 36, 2012.

Beranger, Jean F., "John Fante and the Eco of Social Protest", in Stephen Cooper and David M. Fine, eds., *John Fante: A Critical Gathering*, Madison, Jew Jersey: Fairleigh Dickinson Univ Press, 1999.

Binford, Paul, "American Realism: Literature or Social Criticism?" *Journal of Nanzan Junior College*, Vol. 32, 2004.

Bird, Christine M., "The Return Journey in *To Jerusalem and Back*", *MELUS*, Vol. 6, No. 4, 1979.

Bloom, Harold, *Herman Melville's Moby Dick*, New York: Infobase Publishing, 2007.

Bloom, Harold, *John Steinbeck's The Grapes of Wrath*, New York: Infobase Publishing, 2005.

Bluefarb, Sam, *The Escape Motif in the American Novel, Mark Twain to Richard*

Wright, Columbus: Ohio State University Press, 1972.

Boon, Marcus, *The Road of Excess: A History of Writers on Drugs*, Cambridge, Massachussetes: Harvard University Press, 2002.

Borm, Jane, "Defining Travel: On the Travel Book, Travel Writing and Terminology", in Glenn Hooper and Tim Youngs, eds. , *Perspectives on Travel Writing*, Burlington: Ashgate Publishing Company, 2004.

Bouzenviller, Elisabeth, "A Decisive Stopover in 'an Antiseptic Smelling Land': Switzerland as a Place of Decision and Recovery in F. Scott Fitzgerald's Fiction", *The F. Scott Fitzgerald Review*, Vol. 3, 2004.

Boyer, Paul S. , et al. , *The Enduring Vision: A History of the American People*, Boston, Massachussets: Cengage Learning, 2010.

Bradbury, Malcolm, *The Modern American Novel*, Oxford: Oxford University Press, 1992.

Brandon, S. G. F. , ed. , *A Dictionary of Comparative Religion*, London: Weidenfeld and Nicolson, 1970.

Brevda, William, "How Do I Get to Broadway? Reading Dos Passos's Manhattan Transfer Sign", *Texas Studies in Literature and Language*, Vol. 38, No. 1, 1996.

Brignano, Russell Carl, *Richard Wright: An Introduction to the Man and His Works*, Pittsburgh: University of Pitsburg Press, 1970.

Bronstein, Michaela, *Out of Context: The Uses of Modernist Fiction*, New York: Oxford University Press, 2018.

Brookes, Gavin Cologne, "Writing and America, an Introduction", in Gavin Cologne-Brookes, Neil Sammells and David Timms, eds. , *Writing and America*, London and New York: Routledge, 2016.

Bruccoli, Matthew, ed. , *The Notebooks of F. Scott Fitzgerald*, New York: Harcourt Brace Jovanovich/Bruccoli Clark, 1978.

Bruccoli, Matthew J. and Judith S. Baughman, *Reader's Companion to F. Scott Fitzgerald's Tender is the Night*, Columbia: University of South Carolina Press, 1996.

Bucco, Martin, *Main Street: The Revolt of Carol Kennicot*, New York: Twayne Publishers, 1993.

Bui, Thi Huong Giang, *Trauma and Psychological Losses in F. Scott Fitzgerald's Novels*, Ph. D. dissertation, Fukuoka Women's University, 2014.

Burroughs, William S. and Allen Ginsberg, *The Yage Letters*, San Francisco: City Lights, 1975.

Burroughs, William S. , *The Letters of William S. Burroughs*, *1945 – 1959*, Oliver Harris, ed. , New York: Viking, 1993.

Butler, Robert J. , "Patterns of Movement in Ellison's Visible Man", *American Studies*, Vol. 21, No. 1, 1980.

Byron, George Gordon, *Works of Lord Byron: Letters and Journals*, Rowland E. Prothero, ed. , 12 Vols, New York: Octagon, 1966.

Callahan, John F. , "F. Scott Fitzgerald's Evolving American Dream: The 'Pursuit of Happiness' in *Gatsby*, *Tender Is the Night*, and *The Last Tycoon*", *Twentieth Century Literature*, Vol. 42, No. 3, 1996.

Calverton, V. F. , "Left-Wing Literature in America", *The English Journal*, Vol. 20, No. 10, 1931.

Cappell, Ezra, *American Tamud: The Cultural Work of Jewish American Fiction*, Albany, New York: State University of New York Press, 2012.

Carl, Fredrick R. , "The Fifties and After: An Ambuguous Culture", in Josephine G. Hendin, ed. , *Concise Companion to Postwar American Literature and Culture*, Malden, Massachusetts: John Wiley & Sons, 2008.

Carr, Spencer Virginia and Donald Pizer, *Dos Passos: A Life*, Evanston, Illinois: Northwestern University Press, 2004.

Certeau, Michel de, *The Practice of Everyday Life*, Berkley: University of California Press, 1984.

Charters, Ann, *Kerouac: A Biography*, New York: Warner, 1974.

Chester, Alfred and Vilma Howard, "The Art of Fiction, An Interview", *Conversations with Ralph Ellison*, Jackson: University Press of Mississippi, 1995.

Choi, Insoon, *The Journey Home to the True Country: A Study of Flannery O'Conner's Fiction*, Ph. D. dissertation, University of Winsconsin, 1989.

Clark, Deborah, "William Faulkner and Hery Ford: Cars, Men, Bodies, and History as Bunk", in Ann J. Abadie and Donald Katiganar, eds. , *Faulkner and His Contemporaries*, Jackson: University Press of Mississippi, 2004.

Clark, Michael and Michael Hardbackark, *Dos Passos's Early Fiction*, *1912 – 1938*, Cranbury, N. J. : Susquehanna University Press, 1987.

Clayton, John J. , *Saul Bellow: in Defense of Man*, Bloomington and London:

Indiana University Press, 1979.

Cohen, Shaye J. D. , "From The Bible To The Talmud: The Prohibition of Intermarriage", *Hebrew Annual Review*, No. 7, 1983.

Cohen, Steven M. and Arnold M. Eisen, *The Jew Within: Self, Family, and Community in America*, Bloomington: Indiana University Press, 2000.

——, *Collected Works*, Vol. 8, Princeton, New Jersey: Princeton University Press, 1970.

Connelly, Mark, *Saul Bellow: A Literary Companion*, Jefferson, North Carolina: McFarland, 2016.

Conroy, Stephen S. , "Sinclair Lewis's Plot Paradigms", *Sinclair Lewis Newsletter*, No. 5 – 6, 1973 – 1974.

Constantine, David, *Early Greek Travelers and the Hellenic Ideal*, New York: Cambridge University Press, 1984.

——, *Contemporary African American Fiction: The Open Journey*, Teaneck: Fairleigh Dickinson University Press, 1998.

——, *Conversations with William S. Burroughs*, Allen Hibbard, ed. , Jackson: University Press of Mississippi, 1999.

Conway, Cecelia, "Appalachia", in Joseph M. Flora and Lucinda Hardwick Mackethan, eds. , *The Companion to Southern Literature: Themes, Genres, Places, People, Movements and Motifs*, Baton Rouge: Louisiana State University Press, 2001.

Crim, K. R. ed. , *Abingdon Dictionary of Living Religions*, Nashville: Abingdon, 1981.

Cronin, Gloria L. , "Africanity and the Collaps of American Culture in the Novels of Saul Bellow", in Alan L. Berger and Gloria L Cronin, eds. , *Jewish American and Holocaust Literature: Representation in the Postmodern World*, Albany, New York: State University of New York Press, 2004.

Davis, Jonathan P. , *Stephen King's America*, Bowling Green, Ohio: Popular Press, 1994.

Davis, Joseph Addison, *Rolling Home: The Open Road as Myth and Symbol in American Literature, 1890 – 1940*, Ph. D. dissertation, University of Michigan, 1974.

Defalco, Joseph Michael, *The Theme of Individualization in The Short Stories of Ernest Hemingway*, Ph. D. dissertation, University of Florida, 1961.

Delucia, Laura, "Positioning Steinbeck's Automobiles: Class and Cars in The Grapes of Wrath", *The Steinbeck Review*, Vol. 11, No. 2, 2014.

DePastino, Todd, *Citizen Hobo: How a Century of Homelessness Shaped America*, Chicago and London: University of Chicago Press, 2010.

Dettlebach, Cynthia Golomb, *In Driver's Seat: The Automobile in American Literature and Popular Culture*, Westport, Connecticut: Greenwood Press, 1976.

Dittman, Michael J., *Masterpieces of Beat Generation*, Westport, Connecticut: Greenwood Publishing Group, 2007.

Donadieu, Marc V., *American Picaresque: The Early Novels of T. Coraghassen Boyle*, Ph. D. dissertation, University of Louisiana, 2000.

Donald, David Herbert, *Look Homeward: A Life of Thomas Wolfe*, Boston: Little Brown, 1987.

Doscow, Minna, "The Night Journey in *Catch -22*", *Twentieth Century Literature*, Vol. 12, No. 4, 1967.

Echevarría, Luis Girón, "The Automobile as a Central Symbol in F. Scott Fitzgerald", *Revista Alicantina de Estudios Ingleses*, No. 6, 1993.

Editor's Drawer, *Harper's New Monthly Magazine*, Vol. 75, No. 445, 1887.

Ehrenhaf, George, *John Steinbeck's The Grapes of Wrath*, New York: Barron's Educational Series, 1984.

Eknolm, Laura and Simon Muir, "Name changes and visions of 'a new Jew' in the Helsinki Jewish community", *Jewish Studies in the Nordic Countries Today*, No. 27, 2016.

Eliade, Mircea, *The Myth of Eternal Return: Cosmos and History*, Princeton, New Jersey: Princeton University Press, 2005.

Elie, Paul, *The Life You Save May Be Your Own: An American Pilgrimage*, New York: Macmillan, 2004.

Epstein, I., ed., *Babylonian Talmud*, trans. H. Friedman, Tractate Kiddushin, 1966.

Erdrich, Louise, *Love Medicine*, New York: Bantam, 1989.

Etulain, Richard W., "The Road by Jack London (Review)", *Western American Literature*, No. 1, 1974.

Farand, Maria, "Literary Feminism", in Leonard Cassuto, ed., *The Cambridge History of American Novels*, New York: Cambridge University

Press，2011，

Fargione，Daniela，*Cynthia Ozick Orthodoxy and Irreverence*：*A Critical Study*，Arache，2005.

Felgar，Robert，"Black Boy"，in Emmanuel S. Nelson and Santa Barbarra，eds.，*Ethnic American Literature*：*An Encyclopaedia for Students*，California：ABC-CLIO，2015.

Fichtelberg，Joseph，"The Picaros of John Dos Passos"，*Twentieth Century Literature*，Vol. 34，No. 4，1988.

Fiedler，Leslie，"Genesis：The AmericanJewish Novel through the Twenties"，*Midstream*，Vol. 4，No. 3，1958.

Field，Allyson Nadia，"Expatriate Lifestyles as Tourist Destination：*The Sun Also Rises* and Experiential Travelogues of the Twenties"，*The Hemingway Review*，Vol. 25，No. 2，2006.

Fitzgerald，F. S.，*The Notebooks of F. Scott Fitzgerald*，Matthew Bruccoli，ed.，New York：Harcourt Brace Jovanovich/Bruccoli Clark，1978.

——，*Flannery O'Connor*，New York：Infobase Publishing，2009.

——，*Foreign Bodies*，New York：Mariner Books，Houghton Mifflin Harcourt，2011.

Foster，Edward Halsey，*Understanding the Beats*，Columbia：University of South Carolina Press，1992.

Foster，Mark S.，*A Nation on Wheels*：*The Automobile Culture in America Since 1945*，Belmont，California：Wadsworth/ Thompson Learning，2003.

Foucault，Micheland Jay Miskowiec，"Of Other Space"，*Diacritics*，Vol. 16，No. 1，1986.

Fox，Charles Elmer，*Tales of an American Hobo*，Iowa City：University of Iowa Press，1989.

Franklin，Benjamin，*Research Guide to American Literature*，Vol. 1，New York：Infobase Publishing，2010.

Freese，Peter，"The Journey of Life in American Fiction"，*Hungarian Journal of English and American Studies*，Vol. 19，No. 2，2013.

Frenz，Horst，*Literature*，*1901 – 1967*，Singapore：World Scientific，1999.

Friedman，Lawrence S.，*Understanding Cynthia Ozick*，Columbia：University of South Carolina Press，1991.

Fry，Northrop，*Anatomy of Criticism*，Toronto，University of Toronto

Press, 2006.

Fussell, Paul, *Abroad: British Literary Travelling Between the Wars*, New York: Oxford Press, 1980.

Gabel, Stewart, *Jack London: A Man in Search of Meaning: A Jungian Perspective*, Bloomington, Indiana: Author House, 2012.

Geismar, Maxwell, *Writers in Crisis: The American Novel, 1925 – 1940*, Boston: Houghton Mifflin, 1961.

Gelfant, Blanche H. , "The Search for Identity in the Novels of John Dos Passos", *PMLA*, Vol. 76, No. 1, 1961.

Genep, A. Van, *The Rites of Passage*, London: Routledge & Kegan Paul, 1965.

Ghosh, Biswanath, *Tourism & Travel Management*, New Delhi: Vikas Publishing House Pvt Ltd. , 2010.

Giarell, Andrew L. , "Ernest Hemingway", in Jennefier Speake, ed. , *Literature of Travel and Exploration: An Encyclopedia*, London and New York: Routledge, 2014.

Gidwani, Vinay and K. Sivaramakrishnan, "Circular Migration and the Spaces of Cultural Assertion", *Annals of the Association of American Geographers*, Vol. 93, No. 1, 2003.

Gillespie, Carmen, *Critical Companion to Toni Morrison: A Literary Reference to Her Life and Work*, New York: Infobase Publishing, 2007.

Gilmore, Mikal, "Allen Ginsberg, 1926 – 1997", in Holly George Warren, ed. , *The Rolling Stone Book of the Beats: The Beat Generation and the Counterculture*, London: Bloomsbury Publishing Plc, 1999.

Glage, Liselotte, "Introduction", in Liselotte Glage, ed. , *Being/s Transit: Travelling, Migration, Dislocation*, Amsterdam-Atlanta, Georgia: Rodopi, 2000.

Goisbeault, Nicole, "African Myths", in Piere Brunel, ed. , *Companion to Literary Myths, Heroes and Archetypes*, New York: Routeledge, 2015.

Golden, Jonne M. , *The Narrative Symbol in Childhood Literature: Exploration in the Construction of Text*, Berlin and New York: Walter de Gruyter, 1990.

——, *Go*, New York: Thunder's Mouth Press, 1997.

Gordimer, Nadine, *Telling Times: Writing and Living, 1954 – 2008*, New York: W. W. Norton, 2010.

Gordon, Mary, *Good Boys and Dead Girls: And Other Essays*, New York: Open Road Media, 2013.

Goren, Arthur A., *The American Jews*, Cambridge, Massachussets: Belknap Press of Harvard University Press, 1982.

Goss, Francis L. and Toni Perior Goss, *The Making of a Mystic: Seasons in the Life of Teresa of Avila*, Albany, New York: State University of New York Press, 1993.

Grauerholz, James, "Interzone", in James Grauerholz and Ira Silverberg, eds., *Burrows, William S. Word Virus: The William S. Burroughs Reader*, New York: Grove/Atlantic, Inc., 2007.

Greasley, Philip A., ed., *Dictionary of Midwestern Literature*, Vol. 1, Bloomington: Indiana University Press, 2001.

Grebstein, Sheldon Norman, *Hemingway's Craft*, Carbondale: Southern Illinois University Press, 1973.

Green, Nancy L., "Expatriation, Expatriates, and Expats: The American Transformation of a Concept", *Chicago Journals*, Vol. 114, No. 2, 2009.

Grimshaw, Mike, *Bibles and Baedekers: Tourism, Travel, Exile and God*, New York: Routledge, 2014.

Gross, Andrew S., "The Road Novel", in Brian W. Shaffer, et al., eds., *The Encyclopedia of Twentieth-Century Fiction*, West Sussex, UK: John Wiley & Sons, 2010.

Gross, Lary, *Up from Invisibility: Lesbians, Gay Men, and the Media in America*, Columbia University Press, 2001.

Gruen, Erich S., *The Construct of Identity in Hellenistic Judaism: Essays on Early Jewish Literature and History*, Boston and Berlin: Walter de Gruyter GmbH & Co KG, 2016.

Gruesser, John C., "Afro-American Travel Literature and Africanist Discourse", *African American Review*, Vol. 24, No. 1, 1990.

Guillén, Claudio, "Toward a Definition of the Picaresque", in *Literature as System: Essays Toward the Theory of Literary History*, Princeton: Princeton University Press, 1971.

Gumbretcht, Hans Ulrich, *In 1926: Living on the Edge of Time*, Cambridge, Massachussets and London, UK: Harvard University Press, 1997.

Gwynn, Frededck L. and Joseph L Biotnex, eds., *Faulkner in University*, New

York: Vintage Books, 1965.

Hagood, Taylor, "Cosmopolitan Culture: New Orleans to Paris", in John T. Matthews, ed. , *William Faulkner in Context*, Cambridge: Cambridge University Press, 2015.

Hakutani, Yoshinobu, "The Color Curtain: Richard Wright's Journey into Asia", in Virginia Whateley Smith, ed. , *Richard Wright's Travel Writings*, Jackson: University Press of Mississippi, 2012.

Halasz, Judith R. , *The Bohemian Ethos: Questioning Work and Making a Scene on the Lower East Side*, New York: Routledge, 2015.

Hamilton, Frederic W. , "Introduction", in Andrew Sloan Draper and Charles Welsh, eds. , *Self Culture for Young People: Exploration, Travel and Invention*, Berkeley: University of California Press, 1906.

Hamilton, Ian, *In Search of J. D. Salinger*, London: Faber & Faber, 2010.

Harris, Oliver, "Introduction", in Oliver Harris, ed. , *The Yage Letters Redux*, San Francisco: City Lights Books, 2006.

Hawthorne, Nathaniel, *The Complete Works of Nathaniel Hawthorne*, 12 Vols, Boston: Houghton Mifflin & Co. , 1883.

Heiserman, Arthur and James E. Miller, "J. D. Salinger: Some Crazy Cliff", *Western Humanities Review*, Vol. 10, No. 2, 1956.

Heitman, John, *The Automobile and American Life*, Jefferson, North Carolina: McFarland, 2009.

Helmers, Marguerite and Tilar Mazzeo, *The Traveling and Writing Self*, Newcastle, UK: Cambridge Scholars Publishing, 2007.

Hemingway, Ernest, *The Green Hills of Africa*, New York: Scribers, 1935.

Hemmer, K. , *Encyclopedia of Beat Literature*, New York: Facts On File, Inc. , 2007.

Herberg, Will, *Protestant-Catholig-Jew: An Essay in American Religious Sociology*, New York: Anchor Book, Doubleday& Company, 1960.

——, *Herman Melville's Moby Dick*, New York: Infobase Publishing, 2007.

Hinchcliffe, Richard, "Would'st Thou Be in a Dream John Bunyan's *The Pilgrim's Progress* and Kurt Vonnegut's *Slaughterhouse-Five*", *European Journal of American Culture*, Vol. 30, No. 2, 2002.

Holbrook, Jill Anne, *A Different Destination: The American Journey Theme in the Novels of Tony Morrison*, Ph. D. dissertation, St. John's University, 1995.

Holman, C. Hugh, "Thomas Wolfe and America", *The Southern Literary Journal*, Vol. 10, No. 1, 1977.

Holmes, John Clellon, "This Is the Beat Generation", *New York Times Magazine*: November 16, 1952.

Holzman, Robert S. , *Catcher in the Rye (MAXNotes Literature Guides)*, Research & Education Assoc. , 2012.

Hume, Kathryn, "William S. Burroughs's Phantasmic Geography", *Contemporary Literature*, Vol. 40, No. 1, 1999.

Hume, Peter and Tim Youngs, *The Cambridge Companion to Travel Writing*, Cambridge, UK: Cambridge University Press, 2002.

Hunt, Bishop C. , "Travel Metaphors and the Problem of Knowledge", *Modern Language Studies*, Vol. 6, No. 1, 1976.

Huntley, E. D. , *Maxine Hong Kingston: A Critical Companion*, Westport, Connecticut: Greenwood Publishing Group, 2001.

Hutchisson, James M. , *Rise of Sinclair Lewis, 1920 – 1930*, Pensylvania: Pensylvania State University Press, 2010.

Ibarrola, Aitor, "The Challenges of Recovering from Individual and Cultural Trauma in Toni Morrison's Home", *International Journal of English Studies*, Vol. 14, No. 1, 2014.

Irving, Howe, *William Faulkner: A Critical Study*, Chicago: Chicago University Press, 1975.

——, "Ishi and Jack London Primitives", in Leonard Cassuto and Jeanne Campbell Reesman, eds. , *Rereading Jack London*, Stanford: Stanford University Press, 1996.

Jackle, John A. and Keith A. Sculle, *Remembering Roadside America: Preserving the Recent Past as Landscape and Place*, Knoxville: University of Tennessee Press, 2011.

Jackson, Lawrence Patrick, *Ralph Ellison: Emergence of Genius*, Athens, Georgia: University of Georgia Press, 2007.

Jacobson, Jim, *Heritage of the South*, New York: Crescent Books, 1992.

Jaffe, Sharon Kaplan, *The Immigrant Journey in 20th Century Jewish-American Fiction*, Los Angeles: University of California, 1987

James, Cyril, *A Turbulent Voyage*, Lanham, Maryland: Rowman and Littlefield, 2000.

James, Henry, *The Ambassadors*, New York: Penguin Books Ltd., 1983.

Jenkins, Jennifer L., "Searching High and Lo: Unholy Quests for Lolita", *Twentieth Century Literature*, Vol. 51, No. 2, 2005.

Jerome, John, *The Death of the Automobile: the Fatal Effect of the Golden Era, 1955 – 1970*, New York: Norton, 1972.

——, *John Barleycorn*, New York: Century Co., 1913.

Johnson, Claudia Durst, *Understanding The Call of the Wild: A Student Casebook to Issues, Sources, and Historical Documents*, Westport, Connecticut: Greenwood Publishing Group, 2000.

Johnson, Ronna C. and Nancy M. Grace, eds., *Girls Who Wore Black: Women Writing the Beat Generation*, New Brunswick, New Jersey and London: Rutergers University Press, 2002.

Juncker, Clara, "Friends, Enimies, Writers: Dos Passos and Hemingway", *American Studies in Scandinavia*, Vol. 42, No. 2, 2010.

Jung, Carl G., *The Complete Works of Carl Jung*, Vol. 16, Princeton, New Jersey: Princeton University Press, 1966.

Kaiser, Wilson, "The Einhorn Effect in Saul Bellow's Adventures of Augie March", *The Explicator*, Vol. 71, No. 4, 2013.

Kaplan, Charles, "Holden and Huck: The Odysseys of Youth", *College English*, Vol. 18, No. 2, 1956.

Kaplan, Karen, *Questions of Travel: Postmodern Discourse of Displacement*, Durham and London: Duke University Press, 1996.

Karl, Frederick R., *William Faullmer: American Writer*, New York: BallantineBooks, 1989.

Kauvar, Elaine, *Cynthia Ozick's Fiction: Tradition and Invention*, Bloomington: Indiana University Press, 1993.

Kazin, Alfred, *Contemporaries: From the 19th Century to the Present*, New York: Horizon Press, 1982.

Kennedy, J. Gerald, "Fitzgerald's expatriate years and the European stories", in Ruth Prigozy, ed., *The Cambridge Campanion to F. S. Fitzgerald*, Cambridge and New York: Cambridge University Press, 2002.

Kennedy, Richard S., *The Window of Memory: The Literary Career of Thomas Wolfe*, Chapel Hill: University Of North Carolina Press, 1962.

Kennedy, Richard S. , "Thomas Wolfe's Don Quixote", *College English*, Vol. 23, No. 3, 1961.

Kershaw, Alex, *Jack London: A Life*, New York: St. Martin's Griffin, 2013.

Kirk, Connie Ann, *Critical Company to Flannery O'Connor*, New York: Infobase Publishing, 2008.

Kirkpatric, Robin, *Dante: The Divine Comedy*, New York: Cambridge University Press, 2004.

Klatman, Phyllis Rauch, *Another Man Gone: The Black Runner in Contemporary Afro-American Literature*, Port Washington, New York State: Kennikat Press, 1977.

Knight, Arthurand Kit Knight, *Interior Geographies: An Interview with John Clellon Holmes*, Warren, Ohio: The Literary Denim, 1984.

Knopp, Josephine Z. , "Ozick's Jewish Stories", in Harold Bloom, ed. , *Cynthia Ozick*, New York: Chelsea House Publishers, 1986.

Knudsen, Grethe, "Travel as Pilgrimage in Late Adulthood", *Ageing International*, Fall 1997/Winter 1998.

Kocher, Paul H. , *A Study of his Thought, Learning, and Character*, Chapel Hill: The University of North Carolina Press, 1946.

Kowalewski, Michael, "Introduction: The Modem Literature of Travel", in Michael Kowalewski, ed. , *Temperamental Journeys: Essays on the Modern Literature of Travel*, London and Athens, Georgia: The University of Georgia Press, 1992.

Kuplan, Boruch and Eliyahu Touger, trans. , *Mishneh Torah*, Publisher: Moznaim, 1998.

Lackey, Kris, *Road Frames: The American Highway Narrative*, Lincoln and London: University of Nebraska Press, 1999.

Laderman, David, *Driving Visions: Exploring the Road Movies*, Austin: University of Texas Press, 2010.

Laing, Jenniferand Warwick Frost, *Books and Travel*, Bristol, Buffalo, Toronto: Channel View Publications, 2012.

Laird, David, "Versions of Eden: The Automobile and the American Novel", in David L. Lewis and Laurence Goldstein, eds. , *The Automobile and American Culture*, Ann Arbor: University of Michigan Press, 1983.

Lakoff, George and Mark Turner, *More Than Cool Reason: A Field Guide to Po-*

etic Metaphor, Chicago: University of Chicago Press, 1989.

Lambert, Josh, *American Jewish Fiction: A JPS Guide*, Philadelphia, Pensilvania: Jewish Publication Society, 2010.

Lane, James B, "Underground to Manhood: Ralph Ellison's *Invisible Man*", *Negro African American Review*, Vol. 7, No. 2, 1973.

Lardas, John, *The Bop Apocalypse: The Religious Visions of Kerouac, Ginsberg, and Burroughs*, Urbana: University of Illinois Press, 2001.

Larson, Lars Eric, "Free Ways and Straight Roads: The Interstates of Sal Parodise and 1950 America", in Hilary Holladay and Robert Holton, eds., *What's Your Road, Man?: Critical Essays on Jack Kerouac's On the Road*, Carbondale: Southern Illinois University Press, 2009.

Leader, Zachary, *The Life of Saul Bellow: To Fame and Fortune, 1915 – 1964*, New York: Alfred A. Knopf, 2015.

Leed, Erick J., *The Mind of the Traveler: from Gilgamesh to Global Tourism*, New York: Basic Books, 1991.

Leed, Jacob, "Gary Snyder, Han Shan and Jack Kerouac", *Modern Literature*, Vol. 11, No. 1, 1984.

Lee, Jun Young, *History and Utopian Disillusion: The Dialectical Politics in the Novels of John Dos Passos*, New York and Washington, D. C.: Peter Lang, 2008.

Lehan, Richard, *Literary Modernism and Beyond: The Extended Vision and the Realms of the Text*, Baton Rouge: Louisiana State University Press, 2012.

Letter, Red, ed., *The Holy Bible*, New World Press, 1913.

Levinston, David, *Encyclopedia of Homelessness*, Vol. 1, London: Sage Publications, 2004.

Leviticus, *Holy Bible*, New International Version, NIV, Copyright 1973, 1978, 1984, 2011 by Biblica, Inc.

Levy, Debbie, *Richard Wright: A Biography*, Minneapolis: Twenty-First Century Books, 2008.

Lewis, Grace Hegger, *Half a Loaf*, New York: Liverright, 1931.

Lewis, Sinclair, *Our Mr. Wren*, New York and London: Harper & Brothers Publishers, 1914.

Lindner, Rolf, *The Reportage of Urban Culture: Robert Park and the Chicago School*, New York: Cambridge University Press, 1996.

Lingeman, Richard, "Sinclair Lewis", in Jay Panini, ed. , *The Oxford Ency-clopedia of American Literature*, Vol. 1, Oxford and New York: Oxford University Press, 2004.

Lisca, Peter, *The Wide World of John Steinbeck*, New Brunswick and New Jersey: Rutgers University Press, 1958.

Lisle, Debbie, *The Global Politics of Contemporary Travel Writing*, Cambridge, New York: Cambridge University Press, 2006.

Lister, Rachel, *Reading Toni Morrison*, Santa Barbara, California: Greenwood Press, 2009.

Loewinsohn, Ron, "Gentle Reader, I Fain Would Spare You This, but My Pen Hath Its Will like the Ancient Mariner: Narrator and Audience in William S. Burroughs's *Naked Lunch*", *Contemporary Literature*, No. 39, 1998.

London, Jack, *The Road*, New York: Macmillan, 1907.

Loughlin, Richard L. , "To the Mother of a Young Lady Recently Licensed to Drive an Automobile", *The English Journal*, Vol. 38, No. 10, 1949.

Luddington, Townsend, *John Dos Passos: A Twentieth Century Odyssey*, New York: Dutton, 1980.

Ludington, Townsend, "The Hotel Childhood of John Dos Passos", *The Virginia Quarterly Review*, No. 2, 1978.

Lukács, Georgand György Lukács, *The Theory of the Novel: A Historico-philo-sophical Essay on the Forms of Great Epic Literature*, Cambridge, Massachussets: MIT Press, 1971.

Luoago, Jennifer R. , *Memory, History and the Journey West in 20th Century Novel*, Ph. D. dissertation, Fordham University, 2006.

Lupack, Allanand Barbara Tepa Lupark, *King Arthur in America*, New York: Boydell & Brewer, 2001.

Lutz, Norma Jean, "Biography of Ralph Ellision", in Harold Bloom, ed. , *Ralph Ellison*, Infobase Publishing, 2009.

Lydenberg, Robin, *Word Cultures: Radical Theory and Practice in William S. Burroughs' Fiction*, Urbana and Chicago: University of Illinois Press, 1987.

MacAdams, Lewis, "William S. Burrougs (1914 – 1997)", in Holly George-Warren, ed. , *The Rolling Stone Book of the Beats: The Beat Generation and the Counterculture*, London: Bloomsbury Publishing Plc, 1999.

Maffina, Stefano, *The Role of Jack Kerouac's Identity in the Development of his*

Poetics, Lulu. com, 2012.

Magill, Frank N. , *The 20th Century O-Z: Dictionary of World Biography*, London and New York: Routledge, 2013.

Maher, Paul Jr. , *Kerouac: His Life and Work*, Lanham, Maryland: Taylor Trade Publications, 2007.

——, "Making a Way Out of No Way: The Open Journey in Alice Walker's *The Third Life of Grange Copeland*", *Black American Literature Forum*, Vol. 22, No. 1, 1988.

Mandel, Miriam B. , *Hemingway and Africa*, New York: Camden House, 2011.

Martin, L. Wangner, *Toni Morrison, a Literary Life*, New York: Springer, 2015.

Masserand, Anne M. , "Eudora Welty's Travelers: The Journey Theme in Her Short Stories", *The Southern Literary Journal*, Vol. 3, No. 2, 1971.

Mathers, Dale, *An Introduction to Meaning and Purpose in Analytical Psychology*, East Sussex: Routeledge, 2003.

McCarthy, Harold T. , "Richard Wright: The Expatriate as Native Son", *American Literature*, Vol. 44, No. 1, 1972.

McCormick, Michael, "Beat Pharmacopoeia", in Holly George-Warren, ed. , *The Rolling Stone Book of the Beats: The Beat Generation and the Counterculture*, London: Bloomsbury Publishing Plc, 1999.

McDowell, Deborah E. , "New Directions for Black Feminist Criticism", in Winston Napier, ed. , *African Literary Theory: A Reader*, New York: New York University Press, 2000.

McHugh, Anna, "Journeys of the Mind: Pearl as Travel Literature", in Geraldine Barnes, ed. , *Travel and Travellers from Bede to Dampier*, Newcastle: Cambridge Scholars Publishing, 2008.

McKay, Nellie, "Autobiography and the Early Novel", in Emory Elliott and Cathy N. Davidson, eds. , *The Columbia History of the American Novel*, New York: Columbia University Press, 1991.

McMahon, Joseph H. , "City for Expatriates", *Yale French Studies*, No. 32, 1964.

Mellow, James R. , *Charmed Circle: Gertrude Stein and Company*, New York: Houghton Mifflin, 1991.

Melton, Jeffery A., "Travel Literature", in Joseph M. Flora and Lucinda Hardwick Mackethan, eds., *The Companion to Southern Literature: Themes, Genres, Places, People, Movements and Motifs*, Baton Rouge: Louisiana State University Press, 2001.

Messent, Peter, "John Dos Passos", in Andrew Hook & David Seed, eds., *A Companion to Twentieth-Century United States Fiction*, West Sussex, UK: John Wiley & Sons, 2010.

Mewshaw, Michael, "Travel, Travel Writing and the Literature of Travel", *South Central Review*, Vol. 22, No. 2, 2005.

Meyers, Jeffrey, *Hemingway: A Biography*, Boston, Massachessets: Da Capo Press, 1999.

Millchap, Joseph R., *Dixie Limited: Railroads, Culture, and the Southern Renaissance*, Lexington: University Press of Kentucky, 2015.

Millhauser, Milton, "The Form of Moby-Dick", in Thomas J. Rountree, ed., *Critics on Melville*, Coral Gables: University of Miami, 1972.

Mills, Katie, *The Road Story and the Rebel: Moving Through Film, Fiction and Television*, Carbondale: Southern Illinois University Press, 2006.

Mitchell, Ted, *Thomas Wolfe: An Illustrated History*, New York: Pegasus Books, 2006.

Moddelmog, Debra A. and Suzanne del Gizzo, *Ernest Hemingway in Context*, New York: Cambridge University Press, 2013.

Monteiro, George, "The Hemingway Story", in Alfred Bendixen and James Nagel, eds., *A Companion to American Short Story*, West Sussex, UK: John Wiley & Sons, 2010.

Morgan, T. B., "What a Car Means to a Boy", *Look*, No. 23, 1959.

Morgan, Ted, *Literary Outlaw: The Life and Times of William S. Burroughs*, W. W. Norton & Company, 2012.

Morinis, Allan E., *Sacred Journeys: The Anthropology of Pilgrimage*, Wesport, Connecticut: Greenwood Publishing Group, 1992.

Morley, Catherine, *Modern American Literature*, Edinburgh: Edinburgh University Press, 2012.

Mustazza, Leonard, *Forever Pursuing Genesis: The Myth of Eden in the Novels of Kurt Vonnegut*, Cranbury, New Jersey: Associated University Press, 1990.

Nadell, Pamela Susan, The Journey to America by Steam: the Jews of Eastern

Europe in Transition, Ph. D. dissertation, Ohio State University, 1982.

——, *Naked Angels*: *Kerouac*, *Ginsberg*, *Burroughs*, Chicago: Ivan R. Dee, 2006.

Nash, Roderick Frzzier, *Wildness and the American Mind*, New Haven: Yale University Press, 1967.

Ness, Daniel, Stephen J. Farenga and Salvatore G. Garofalo, *Spatial Intelligence*: *Why It Matters from Birth Through the Lifespan*, New York: Taylor & Francis, 2017.

Newhouse, Thomas, *The Beat Generation and the Popular Novel in the United States*, *1945 – 1970*, Jefferson, North Carolina: McFarland, 2000.

Nicosia, Gerald, *Memory Babe*: *A Critical Biomanhv of Jack Kerouac*, New York: Grove, 1983.

Nilson, Helge Normann, " Rebellion Against Jewishness: *Portnoy's Complaint*" , *English Studies*, Vol. 65, No. 6, 2008.

——, *Notebooks of Thomas Wolfe*, Richard S. Kennedy and Paschal Reeves, eds. , 2 Vols, Chapel Hill: University of North Carolina Press, 1970.

Nowell, Elizabeth, *Thomas Wolfe*, New York: Doubleday & Co. , 1960.

Nuernberg, Susan, et al. , " *The Valley of the Moon*: Quest for Love, Land and a Home", in Jay Williams, ed. , *The Oxford Handbook of Jack London*, New York: Oxford University Press, 2017.

Obenzinger, Hilton, " Americans in the Holy Land, Israel and Palestine", in Alfred Bendixen and Judith Hamera, eds. , *The Cambridge Companion to American Travel Writing*, Cambridge, UK: Cambridge University Press, 2009.

O'Connor, Flannery, *The Habit of Being*: *Letters of Flannery O'Connor*, Sally Fitzgerald, ed. , New York: Macmillan, 1988.

O'Donnell, Angela Alaimo, *Flannery O'Connor*: *Fiction Fired by Faith*, Collegeville, Minnesota: Liturgical Press, 2015.

Owens, Louis, *Other Destinies*: *Understanding the American Indian Novel*, Norman, Oklahoma: University of Oklahoma Press, 1994.

Ozick, Cynthia, *Bloodshed and Three Novellas*, 1976, New York: Dutton, 1983.

Parini, Jay, *American Writers*: *A Collection of Literary Biographies*, Detroit, Michican: Charles Scribner's Sons, 2010.

Parker, John W., *The Roads and Railroads, Vehicles, and Modes of Travel-ling, of Ancient and Modern Countries*, London: West Strand, 1839.

Parkinson, Kathleen, *F. Scott Fitzgerald "Tender Is the Night" – A Critical Study*, Harmondsworth: Penguin Books, 1986.

Passos, John Dos, "Les Lauriers Sont Coupés", *Harvard Monthly*, No. 62, 1916.

Peat, Alexandra, *Travel and Modernist Literature: Sacred and Ethical Journeys*, New York: Routledge, 2012.

Peck, John, *Maritime Fiction: Sailors and the Sea in British and American No-vels, 1719–1917*, New York: Palgrave, 2001.

Peirce, J. F., "The Car as Symbol in Hemingway's The Short Happy Life of Francis Macomber", *The Southern Central Bullitin*, Vol. 32, No. 4, 1972.

Pelzer, Linda Claycowb, *Student Companion to F. Scott Fitzgerald*, Westport, Connecticut and London: Greenwood Publishing Group, 2000.

Perosa, Sergio, *The Art of F. Scott Fitzgerald*, trans. Charles Matz, Ann Arbor, University of Michigan Press 1965.

Phillips, William, "Three Generations", *Partisian Review*, Vol. 1, No. 4, 1934.

Pinsker, Sanford, *Between Two Worlds, the American Novel in the 1960's*, New York: Whitson Publishing Company, 1980.

Pittman, Barbara L., "Cross-Cultural Reading and Generic Transformations: The Chronotope of the Road in Erdrich's *Love Medicine*", *American Literature*, Vol. 67, No. 4, 1995.

Pizer, Donald, *American Expatriate Writing and the Paris Moment: Modernism and Place*, Baton Rouge: Louisiana State University Press, 1997.

Plato, *The Dialogues of Plato*, New York: Random House Publishing Group, 2006.

Pounds, Wayne, "The Postmodern Anus: Parody and Utopia in Two Recent Novels by William Burroughs", *Poetics Today*, No. 8, 1987.

Predmore, Richard, *The World of "Don Quixote"*, Cambridge: Harvard University Press, 1967.

Prigozy, Ruth, *The Cambridge Companion to F. Scott Fitzgerald*, Cambridge, UK and New York: Cambridge University Press, 2002.

Primeau, Ronald, *Romance of the Road: The Literature of the American Highway, Bowling Green, Ohio: Bowling Green State University Popular Press, 1996.

Prothero, Stephen, "On the Holy Road: The Beat Movement as Spiritual Protest", *The Harvard Theological Review*, Vol. 84, No. 2, 1991.

——, *Psychology and Alchemy*, London: Routeledge & Keegan Paul, 1968.

Purcell, Andrew, "Sallinger's Secrets: The Man Behind the Legend", *The Sidney Morning Herald*, September 7, 2013.

Puzon, Bridget, "The Bildungsroman of Middle Life", *Harvard Library Bulletin* No. 26, 1978.

Raban, Jonathan, *For Love and Money: Writing-Reading-Travelling* 1968 – 1987, London: Picador, 1988.

Railsback, Brian E. and Michael J. Meyer, eds. , *A John Steinbeck Encyclopedia*, Westport, Connecticut: Greenwood Publishing Group, 2006.

Rampersad, Arnold, *Ralph Ellison: A Biography*, New York: Vintage Books, 2008.

Rao, Rama P. G. , *Ernest Hemingway's A Farewell to Arms*, New Delhi: Atlantic Publishers & Dist, 2007.

Raskin, Jonah, "Kings of the Road", *The Nation*, July 30, 2007.

Rechnitz, Robert M. , "Passionate Pilgrim: Flannery O'Connor's *Wise Blood*", *The Georgia Review*, Vol. 19, No. 3, 1965.

Rideout, Walter Bates, *The Radical Novel in the United States, 1900 – 1954: Some Interrelations of Literature and Society*, New York: Columbia University Press, 1992.

Rodgers, Lawrence R. , *Canaan Bound: The African-American Great Migration Novel*, Urbana and Chicaco: University of Illinois Press, 1997.

Row, Carlos John, "Recent Literary Adaptations of Henry James by Phillip Roth, Cynthia Ozick and Jonathan Frazen", in John Carlos Row, ed. , *Henry James Today*, Newcastle Upon Tyne: Cambridge Scholars Publishing, 2014.

Rowley, Hazel, *Richard Wright: The Life and Times*, Chicago: University of Chicago Press, 2008.

Samuels, Enerst, *Henry Adams: The Major Phase*, Cambridge, Massachussets: Harvard University Press, 1964.

Sargeant, Jack and Stephanie Watson, "Looking for Maps: Notes on the Road

Movie as Genre", in Jack Sargeant and Stephanie Watson, eds. , *Lost High-ways: An Illustrated History of Road Movies*, London: Creation Books, 1999.

Schindel, Nicole I. , "Les Années Folles: The American Portrayal of Interwar Period Paris—The Lost Generation ", *Binghamton Journal of History*, Vol. 16, 2015.

Schoer, Mark, *Sinclaire Lewis: An American Life*, New York: McGraw Hill Book Company Inn, 1961.

Scholes, Robert, James Phelan and Robert Kellog, *Nature of Narrative*, New York: Oxford University Press, 2006.

Schudson, Michael, *Advertising, the Uneasy Persuasion: Its Dubious Impact on American Society*, New York: Basic Books, 1986.

Sears, Stephen W. , *The Automobile in America*, New York: American Herit-age, 1977.

Seigneuret, Jean Charles, *Dictionary of Literary Themes and Motifs*, Vol. 1, Westport, Connecticut and London: Greenwood Publishing Group, 1988.

Shackley, Myra, *Atlas of Travel and Tourism Development*, New York and Lon-don: Routledge, 2007.

Shaffer, Brian W, et al. , *The Encyclopedia of Twentieth-Century Fiction*, Vol. 1, Chichester, West Sussex, UK: John Wiley & Sons, 2010.

Shawn, Wong, *Homebase*, New York: Penguin Books USA Inc. , 1991.

Sherrill, Rowland A. , *Road-book America: Contemporary Culture and the New Picaresque*, Urbana and Chicago: University of Illinois Press, 2000.

Shields, John C. , *The American Aeneas: Classical Origins of the American Self*, Knoxville: University of Tennessee Press, 2001.

Shiloh, Ilana, *Paul Auster and Postmodern Quest: on the Road to Nowhere*, New York: Peter Lang, 2002.

Shoemaker, Alice, "A Wheel within a Wheel: Fusion of Form and Content in Faulkner's *As I Lay Dying*", *Arizona Quarterley*, Vol. 35, No. 2, 1979.

Silk, Gerald D. , "The Image of the Automobile in American Art", in David L. Lewis and Laurence Goldstein, eds. , *The Automobile and American Culture*, Ann Arbor: University of Michigan Press, 1983.

Simpson, Melissa, *Flannery O'Connor: A Biography*, Westport, Connecticut: Greenwood Publishing Group, 2005.

Sim, Stuart, "Introduction", in John Bunyan, *The Pilgrim's Progress*, Herdfordshire, UK: Wordsworth Editions, 1996.

Smelser, Neil J., *The Odyssey Experience: Physical, Social, Psychological, and Spiritual Journeys*, Berkeley, Los Angeles and London: University of California Press, 2009.

Smethurst, Paul, "Introduction", in Julia Kuehn and Paul Smethurst, eds., *Travel Writing, Form, and Empire: The Poetics and Politics of Mobility*, New York and London: Routeledge, 2008.

Smith, Evans Lansing, *The Hero Journey in Literature: Parables of Poesis*, Lanham, New York and London: University Press of America, 1997.

Smoak, Shelby, *Framing the Automobile in Twentieth Century American Literature: A Spatial Aproach*, ProQuest Information and Learning Company, 2007.

Sobel, Robert, *The Great Boom, 1950 – 2000: How a Generation of Americans Created the World's Most Prosperous Society*, 1st ed., New York: St. Martin's Press, 2000.

Spears, Monroe K., *Dionysus and the City*, New York: Oxford University Press, 1970.

Stark, John, "Invisible Man: Ellison's Black Odyssey", *African American Review*, Vol. 7, No. 2, 1973.

Stazs, Clarice, *American Dreamers: Charmian and Jack London*, New York: St. Martin's Press, 1988.

Steinbeck, Elaine and Robert Walsten, eds., *John Steinbeck: A Life in Letters*, New York: The Viking Press, 1975.

Steinbeck, John, *The Log from the Sea of Cortez*, New York: The Viking Press, 1951.

Stein, Gertrude, *Gertrude Stein's America*, New York: W. W. Norton & Company, 1965.

Stephenson, Gregory, *The Daybreak Boys: Essays on the Literature of Beat Generation*, Carbondale: Southern Illinois University Press, 2009.

Stephenson, Gregory, *Understanding Robert Stone*, Columbia: University of South Carolina Press, 2002.

Stepto, Robert, *From Behind the Veil: A Study of Afro-American Narrative*, Urbana: University of Illinois Press, 1991.

Stepto, Robert, "Intimate Things in Place: A Conversation with Toni Morrison", in Michael S. Harper and Robert B. Stepto, eds. , *Chant of Saints*, Urbana: University of Illinois Press, 1979.

Stoneback, H. R. , "Pilgrimage Variations: Hemingway's Sacred Landscapes", *Religion & Literature*, Vol. 35, No. 2/3, 2003.

Stoute, Janis P. , *The Journey Narrative in American Literature: Patterns and Departures*, Westport, Connecticutt: Greenwood Press, 1983.

Sukenick, Ronald, *Mosaic Man*, Tuscaloosa: University of Alabama Press, 1999.

Summit, Magaret, *Catholic Literature: An Introduction*, Arcadia, California: Tumblar House, 2005.

Surace, Peter C. , *Round Trip in the Fiction of Sallinger, Bellow and Barlow During the Nineteen Fifties*, Ph. D. dissertation, Case Western Reserve University, 1996.

Sykes, J. B. , *The Concise Oxford Dictionary of Current English*, 7th ed. , Oxford: Clarendon Press, 1982.

Talbot, Jill Lynn, *This Is Not an Exit: The Road Narrative in Contemporary American Literature and Film*, Ph. D. dissertation, Texas Tech University, 1999.

Tally, Justine, ed. , *The Cambridge Companion to Toni Morrison*, Cambridge: Cambridge University Press, 2007.

Tamony, P. , "Beat Generation: Beat: Beatniks ", *Western Folklore*, Vol. 28, No. 4, 1969.

Tate, Allen, "The New Provincialism ", *Virginia Quarterley Review*, Vol. 21, 1945.

Terry, Jennifer, "Breathing the Air of a World So New: Rewriting the Landscape of America in Toni Morrison's A Mercy", *Journal of American Studies*, Vol. 48, No. 1, 2014.

Theado, Matt, *Understanding Jack Kerouac*, Columbia: University of South Carolina Press, 2000.

——, "The American Quest for Pure Movement in Dos Passos' *U. S. A*", *Twentieth Century Literature*, Vol. 30, No. 1, 1984.

——, *The Beat Reader*, New York: Punguine Books, 1992.

——, *The Diamond as Big as The Ritz*, Mineola and New York: Dover Publications, Inc. , 1998.

——, *The Fourteenth Chronicle: Letters and Diaries of John Dos Passos*, Townsend Ludington, ed., Boston: Gambit Inc., 1973.

——, "The Lesson of Masters", in *A Cynthia Reader*, Bloomington: Indiana University Press, 1996.

——, *The Letters of Thomas Wolfe*, Elizabeth Nowell, ed., New York: Charles Scribner's Sons, 1956.

——, *The Portable Jack Kerouac*, New York: Viking Press, 1995.

——, *The Price Was High: The Last Uncollected Stories of F. Scott Fitzgerald*, Matthew J. Bruccoli, ed., New York: Harcourt Brace Jovanovich/Bruccoli Clark, 1979.

——, "The Quest for Pure Motion in Richard Wright's *Black Boy*", *MELUS*, Vol. 10, No. 3, 1983.

——, "The Shock of Teapots", in *Metaphor & Memory*, New York: Vintage Press, 1991.

——, *The Third Life of Grange Copeland*, New York: Harcourt Brace Jovanovich, 1981.

——, *The Valley of the Moon*, New York: Macmillan Compony, 1913.

——, "This is the Beat Generation", in *Passionate Opions: The Cultural Essays*, Fayetteville: University of Arkansas Press, 1988.

——, "Thomas Wolfe: Discovery of Brotherhood", in Joseph Warren Beach, ed., *American Fiction 1920 – 1940*, New York: McMillan, 1941.

——, *Thomas Wolfe*, Minneapolis: University of Minnesota Press, 1960.

Thompson, Carl, *Travel Writing*, London and New York: Routeledge, 2011.

——, *Toni Morrison's the Bluest Eye*, New York: Infobase Publishing, 2007.

——, *Travels with Charley: In Search of America*, New York: Penguin, 1962.

——, "Travel Writing Now, 1950 to the Present Day", in Carl Thompson, ed., *The Routledge Companion to Travel Writing*, London and New York: Routledge, 2015.

Trites, Roberta, "Images of Growth: Embodied Metaphors in Adventures of Huckleberry Finn", in Claudia Nelson and Rebecca Morris, eds., *Representing Children in Chinese and U. S. Children's Literature*, Rarnham, England: Ashgate Publishing House, 2014.

Turnbaugh, William. A., "Wide-area Connections in Native North America",

American Indian Culture and Research Journal, Vol. 1, No. 4, 1976.

Turner, Frederic, *Epic: Form, Content and History*, New Brunswick, New Jersey: Transaction Publishers, 2012.

Turner, Frederick J. , *The Frontier in American History*, New York: H. Holt and Company, 1920.

Tytell, John, "The Beat Generation and the Continuing American Revolution", in Holly George-Warren, ed. , *The Rolling Stone Book of the Beats: The Beat Generation and the Counterculture*, London: Bloomsbury Publishing Plc, 1999.

Unknown Author, *The Roads and Railroads, Vehicles, and Modes of Travelling, of Ancient and Modern Countries*, London: John W. Parker, West Strand, 1839.

Urgo, Joseph R. , *Willa Catha and the Myth of American Migration*, Urbana and Chicago, University of Illinois Press, 1995.

Vaner, Paul, *Historical Dictionary of the Beat Movement*, Lanham, Maryland: Scarecrow Press, 2012.

Vannogli, Aliki, *Travel and Dislocation in Contemporary American Fiction*, New York: Routledge, 2012.

Veitch, Jonathan, "Angels of the Assembly Line: The Dream Machines of the Fifties", *Southwest Review*, Vol. 79, No. 4, 1994.

Verne, Jules, *The Exploration of the World-Famous Travels and Travelers*, trans. Dora Leigh, New York: Charles Scriber's Sons, 1892.

Voytilla, Stuart, *Myth and the Movies: Discovering the Mythic Structure of Fifty Unforgettable Films*, Studio City, California: Michael Wiese Publications, 1999.

Wagner, Linda W. , *Dos Passos: Artist as American*, Austin: University of Texus Press, 1979.

Waid, Candace, *The Signifying Eye: Seeing Faulkner's Art*, Athens: University of Georgia Press, 2013.

——, *Waiting for the End*, New York: Stein & Day, 1964.

Wald, Alan M. , "Steinbeck and the Proletarian Novel", in Leonard Cassuto, ed. , *The Cambridge History of American Novel*, Cambridge, UK: Cambridge University Press, 2011.

Wald, Alan M. , *Writing from the Left: New Essays on Radical Culture and Pol-*

itics, London and New York: Verso, 1994.

Walker, Alice, *In Love and Trouble*, New York: Harcourt Brace Jovanovich, 1973.

Walker, Franklin, *Jack London and the Klondike: The Genesis of an American Writer*, San Marino, California: Huntington, 1994.

Walling, William, "Ralph Ellison's Invisible Man: It Goes a Long Way Back, Some Twenty Years", *Phylon*, Vol. 34, No. 1, 1973.

Walser, Richard, "Thomas Wolfe's Train as Symbol", *The Southern Literary Journal*, Vol. 21, No. 1, 1988.

Walsh, Jeffery, *American War Literature: 1914 to Vietnam*, London: Micmillan, 1982.

Wardi, Anissa J, "Divergent Paths to the South: Echoes of Cane in Mama Day", in Shirly A. Stave, ed., *Gloria Naylor: Strategy and Technique, Magic and Myth*, Newark, Delaware and London, England: Associated University Press, 2001.

Ward, Jerry W. and Robert J. Butler, *The Richard Wright Encyclopedia*, Santa Barbara, California: ABC-CLIO, 2008.

Warren, Kenneth W. , *What Was African American Literature?*, Cambridge, Massachussets and London, England: Harvard University Press, 2011.

Watkins, Floyd C. , "Thomas Wolfe and the Nashville Agrarians", *The Georgia Review*, Vol. 7, No. 4, 1953.

Wells, Jennifer Marie-Holly, *The Construction of Midwestern Literary Regionalism in Sinclair Lewis's and Louise Erdrich's Novels: Regional and Cultural Influences on Carol Kennicott and Fleur Pillager*, Ph. D. dissertation, Drew University, 2009.

Wesley, Marilyn C. , *Secret Journeys: The Trope of Women's Travel in American Literature*, Albany: State University of New York Press, 1998.

West, James L. W. , "Introduction", in James L. W. West, ed. , *This Side of Paradise*, *F. S. Fitsgerald*, Cambridge: Cambridge University Press, 1995.

Whartson, Donald, "Hudson's Mermaid: Symbol and Myth in Early American Sea Literature", in Kathryn Zabelle Derounian-Stodola, ed. , *Early American Literature and Culture: Essays Honoring Harrison T. Meserole*, Newark: University of Delaware Press, 1992.

Whitman, Walt, *Poetry and Prose*, New York: Library of America, 1982.

——, *Why Aren't Jewish Women Circumcised?: Gender and Covenant in Judaism*, Berkeley, Los Angeles and London: the University of California Press, 2005.

Wilson, Judith, "Conversations with Toni Morrison" in Danille Talor Guthrie, ed. , *Conversations with Toni Morrison*, Jackson: University Press of Mississippi, 1994.

Wolfe, Thomas, *Thomas Wolfe's Letters to His Mother*, John Skally Tery, ed. , New York: Charles Scribner's Sons, 1946.

Wood, Ralph C. , "The Scandalous Baptism of Harry Ashfield in Flannery O'Connor's The River", in *Literature and Theology*, Nashville: Abingdon Press, 2008.

——, *Word Virus: The William S. Burroughs Reader*, James Grauerholz and Ira Silverberg, eds. , New York: Grove/Atlantic, Inc. , 2007.

Worley, Demetrice A. and Jesse Perry Jr, eds. , *African American Literature: An Anthology of Nonfiction, Fiction, Poetry and Drama*, Lincolnwood, Illinoise: National Textbook Company, 1993.

Yarborough, Richard, "The Quest for the American Dream in Three Afro-American Novels: *If He Hollers Let Him Go, The Street, and Invisible Man*", *MELUS*, Vol. 8, No. 4, 1981.

Yardley, Jonathan, "William Faulkner's Southern Draw: 'The Reivers'", *Washington Post*, January 6, 2004.

Yolanda, Williams, *Icons of African American Literature: The Black Literary World*, Santa Barbara, California: ABC-CLIO, 2011.

——, *You Can't Keep a Good Woman Down*, New York: Harcourt Brace Jovanovich, 1981.

Younge, William H. and Nancy K. Young, *The 1950s*, Westport, Connecticut and London: Greenwood Publishing Group, 2004.

Zabel, Darcy, *The Underground Railroad in African American Literature*, New York: Peter Lang, 2004.

Zabel, Mordon Dauwen, ed. , *The Art of Travel: Scenes and Journeys in America, England, France and Italy from the Travel Writings of Henry James*, Garden City: New York, Doubleday & Company, In. , 1958.